福建師範大學文學院百年學術論叢　第七輯

現代漢詩論集

王光明　著

第七輯
總序

　　適值福建師範大學一百一十五周年華誕，我校文學院又與臺北萬卷樓圖書公司合作推出「百年學術論叢」第七輯，持續為兩岸學術文化交流增光添彩。

　　本輯十種論著，文史兼收，道藝相通，求實創新，各有專精。

　　歷史學方面四種：王曉德教授的《美國文化與外交》，從文化維度審視美國外交的歷史與現實，深入揭示美國外交與文化擴張追求自我利益之實質，獨具隻眼，鞭辟入裏；林國平教授的《閩臺民間信仰源流》，通過田野調查和文獻考察，全面研究閩臺民間信仰的源流關係及相互影響作用，實證周詳，論述精到；林金水教授的《臺灣基督教史》，系統研究臺灣基督教歷史與現狀，並揭示祖國大陸與臺灣不可分割的歷史淵源與民族感情，考證謹嚴，頗具史識；吳巍巍研究員的《他者的視界：晚清來華傳教士與福建社會文化》，探討西方傳教士視野中的晚清福建社會文化的內容與特徵，視角迥特，別開生面。

　　文藝學方面四種，聚焦於詩學領域：王光明教授的《現代漢詩論集》，率先提出「現代漢詩」的詩學概念，集中探討其融合現代經驗、現代漢語和詩歌藝術而生成現代詩歌類型、重建象徵體系和文類秩序的創新意義，獨闢蹊徑，富有創見；伍明春教授的《早期新詩的合法性研究》，為中國新詩發生學探尋多方面理據，追根溯源，允足徵信；陳培浩教授的《歌謠與中國新詩》，理清「新詩歌謠化」的譜系、動因和限度，條分縷析，持正出新；王兵教授的《清人選清詩與清代文學》，從選本批評學角度推進清代詩學研究，論世知人，平情達理。

　　藝術學方面兩種：李豫閩教授的《閩臺民間美術》，通過田野調查和比較研究，透視閩臺民間藝術的親緣關係和審美特徵，實事求是，切中肯綮；陳新鳳教授的《中國傳統音樂民間術語研究》，提煉和闡釋傳統民間音樂文化與民間音樂智慧，辨析細緻，言近旨遠。

　　應當指出，上述作者分別來自我校文學院、社會歷史學院、音樂學院、美術學院和閩臺區域研究中心，其術業雖異，道志則同，他們的宏文偉論，既豐富了本論叢多彩多姿的學術內涵，又為跨院系多學科協同發展樹立了風範。對此，我感佩深切，特向諸位加盟的學者恭致敬意和謝忱！

　　薪火相傳，弦歌不絕。本論叢已在臺灣刊行七輯七十種專著，歷經近十年兩岸交流的起伏變遷，我輩同仁仍不忘初心，堅持學術乃天下公器之理念，堅信兩岸間的學術切磋、文化互動必將日益發揚光大。本輯論著編纂於疫情流行、交往乖阻之際，各書作者均能與編輯一如既往地精誠合作，敬業奉獻，確保書稿的編校品質和及時出版，實甚難能可貴。我由衷讚賞本校同仁和萬卷樓圖書公司的貞純合作精神，熱誠祈盼兩岸學術交流越來越順暢活躍，共同譜寫中華文化復興繁榮的新篇章！

汪文頂

西元二〇二二年十一月於福州

自序

　　《現代漢詩論集》忝列「福建師範大學文學院百年學術論叢」，是我的榮幸和欣慰：「現代漢詩」是我在福建師範大學任教時，上世紀九十年代提出的詩歌形態概念，「現代漢詩的百年演變（1898-1998）」也是一九九六年獲批國家哲學社會科學「九五」規劃重點課題的。如今北京退休後能夠帶著它重返母校，是葉落歸根，也是重新出發。

　　「現代漢詩」是現代漢語詩歌的簡稱。它是一個與中國「新詩」進行對話的詩歌概念。作為中國詩歌尋求現代性過程中建構自己的一種話語形式，「現代漢詩」將「新詩」與「舊詩」的不同，理解為代際性文類秩序、語言策略和象徵體系的差異。其最重要的特點是期待從現代經驗、現代漢語和詩歌本體要求的複雜互動關係出發，重新審視「新詩」的「新」意和實踐中出現的問題。過去我對這些問題的思考，主要體現在專著《現代漢詩的百年演變》（石家莊市：河北人民出版社，2003年）和論文集《現代漢詩論集》（北京市：中國社會科學出版社，2013年）中。

　　這本繁體版的《現代漢詩論集》，以簡體版為基礎，主要收入上世紀九十年代以來寫作和發表的詩歌論文。不過，它們的內容並不完全相同。繁體版一方面補充收入了自己二〇一三年以來的一些文章；另一方面補充收入了不斷重印的「普通高等教育『十五』國家級規劃教材」《二十世紀中國文學史》（嚴家炎主編，北京市：高等教育出版社，2010年初版）中本人執筆的當代詩歌史方面的內容。因為從現代漢詩的立場敘述當代中國詩歌的發展，與過去流行文學史的描述不大

相同，曾聽到一些表揚與批評意見（還有講授文學史的高校教師把電話打到我原先任教的大學文學院辦公室，約我討論某些章節），把這部分的內容補充進來，或許可以增加對現代漢詩詩學立場和方法的理解。

文學史寫作必須以許多專題研究作基礎，為了避免重複，繁體版也刪去了簡體版中的幾篇文章。

是為序。

王光明

二〇二二年九月十八日

目次

中國新詩的本體反思

　　在五四前後的「文學革命」中，詩歌曾被新文學的前驅者認為是最難爭奪的「壁壘」[1]，這個「壁壘」後來自然是攻克了。二十年代以來的絕大多數中國詩人都拋棄了過去的寫詩習慣，用「白話」和沒有格律形式約束的自由方式寫「新詩」，被稱為「新詩人」。「新詩」，隨著白話文的勝利和壟斷日益被體制化，成了二十世紀中國文學的一個「神話」，一種存在的「真理」。儘管對「新詩」的不滿普遍存在，批評和偏正的呼聲綿延不絕，然而，無論「新月派」提倡格律，象徵派和現代派追求詩質，或是五、六十年代臺灣提出「新詩的再革命」，大陸主張新詩在古典詩歌和民歌的基礎上發展。然而，「新詩」這一概念，在詩學上和美學上能成立嗎？假如它是一個歷史的觀念，它是否符合並有利於中國今後的詩歌發展？

　　在有了近一個世紀的詩歌創作與批評實踐行程之後，我們重新反思「新詩」這一概念，總覺得它過於弔詭含混，弊端不少。或許，它只是「文學革命」時期一個臨時性和過渡性的概念。無法涵蓋二十世紀中國詩歌歷史和美學行程上的辯證。本文的努力，是對「新詩」這一概念作歷史的追溯和進行詩學、語言學的反思，嘗試性地提出「現代漢詩」的概念，以便更好地促進和完善中國現代詩歌的進一步發展和繁榮。

1　胡適在〈逼上梁山──文學革命的開始〉一文中曾說：「現在我們的爭點，只在『白話是否可以作詩』的一個問題了。白話文學的作戰，十仗之中，已勝了七八仗。現在只剩一座詩的壁壘，還須用全力去搶奪。待到白話征服這個詩國時，白話文學的勝利就可說是十足的了……」《中國新文學大系·建設理論集》（上海市：上海良友圖書印刷公司，1935年），頁19。

一　歷史的追溯

　　「新詩」這一名稱的歷史淵源可追溯到晚清黃遵憲等人提倡的
「詩界革命」。黃遵憲在少年時代就有「別創詩界之論」[2]，丘逢甲也
提出「新築詩中大舞臺」[3]的主張，而梁啟超，則在他的《飲冰室詩
話》中，直接使用過「新詩」這一名詞：「蓋當時所謂新詩者，頗喜
撏撦新名詞以自表異。」不過，這時的新詩，卻不是五四之後普遍使
用的「新詩」概念，它不過是傳統中國詩歌的「改良」，而不是後來
另起爐灶的「革命」。無論是梁啟超等人提倡「以舊風格含新意境」[4]
也好，或是南社的柳亞子一派「革在理想」[5]的主張也好，本質上都
是舊瓶裝新酒，是「撏撦新名詞以自表異」的「革命」。這種革命當
然是有意義的，它是二十世紀中國詩歌革命和整個文學革命的前奏，
但形質的分離，不觸動體制和語言本質的改革，不過更醒目地表現了
古典詩歌體制的危機而已。而事實上，無論黃遵憲用五古寫「我手寫
我口，古豈能拘牽」（〈雜感〉），還是裘廷梁用文言寫《論白話為維新
之本》的論文，都具有反諷意味。

　　然而，正是由於晚清以來「文學革命」彰顯的危機與悖論，使胡
適感到文學革命的「新潮之來不可止」[6]，在「思想上起了一個根本
的新覺悟……一部中國文學史只是一部文字形式（工具）新陳代謝的

2　黃遵憲：〈與丘菽園書〉，見《中國歷代文論選》第4冊（上海市：上海古籍出版社，
　　1980年），頁131。

3　丘逢甲：〈論詩次鐵廬韻〉，見《中國歷代文論選》第4冊，頁132。

4　梁啟超在《飲冰室詩話》中說：「能以舊風格含新意境，斯可以舉革命之實矣。」
　　見《中國歷代文論選》第4冊，頁136。

5　柳亞子〈寄楊杏佛書〉：「文學革命所革在理想，不在形式，形式宜舊，理想宜新，
　　兩言盡之矣。」引自《胡適留學日記》（三）（上海市：上海商務印書館，1948年），
　　頁1163。

6　胡適：〈送梅覲莊往哈佛大學詩〉《胡適留學日記》（三）（上海市：上海商務印書館，
　　1947年），頁784。

歷史，只是『活文學』隨時起來替代了『死文學』的歷史。文學的生命靠能用一個時代的活的工具來表現一個時代的情感與思想。工具僵化了，必須另換新的，活的，這就是『文學革命』」[7]。並明確提出了「具體的方案，就是用白話作文，作詩，作戲曲」[8]。這樣就有了「白話詩運動」。白話詩運動是五四文學革命的一部分，只不過詩歌的壁壘最堅固，也最沒有傳統的經驗可以依傍，因此顯得最激進，引起的爭議也最大罷了。白話能否作詩，或者說怎樣用白話寫詩，是當時頗有爭議，今天也仍需要辨析的問題，這個問題我們在後文再作討論。這裡首先要指出的是，胡適的白話文、白話詩運動，之所以不同於清末的文學改革思潮，具有社會感召力和展開的可能性，就在於他在清末以來社會變革的心理要求與文學變革要求的契接點上，找到了一種「說法」，一個「具體的方案」。這就是，他認定了：「無論如何，死文字決不能產生活文學。若要造一種活的文學，必須有活的工具。那已產生的白話小說詞曲，都可證明白話是最配做中國活文學的工具的。我們必須先把這個工具抬高起來，使他成為公認的中國文學工具，使他完全替代那半死的或全死的老工具。」[9]「先要做到文字體裁的大解放，方才可以用來做新思想新精神的運輸品。」[10]這裡「死文字」與「活文學」的問題，被轉換為「工具」與「運輸」的問題，讓人們意識到不能單從學理、語言或文學問題中尋找答案。當時文學缺乏活力的問題，既不僅僅是黃遵憲提出的「語言與文字合，則通文者多；語言與文字離，則通文者少」[11]的問題，也不只是梁啟超所言的在舊風格中包含「新意境」的問題（雖然它也不是與這些方面無關），而是語言和言說方式就是民族的歷史、文化、遊戲與娛樂、

7　胡適：〈逼上梁山──文學革命的開始〉，《中國新文學大系·建設理論集》，頁9。
8　胡適：〈逼上梁山──文學革命的開始〉，《中國新文學大系·建設理論集》，頁13。
9　胡適：〈逼上梁山──文學革命的開始〉，《中國新文學大系·建設理論集》，頁19-20。
10　胡適：〈自序〉，《嘗試集》，上海市：亞東圖書館，1920年。
11　黃遵憲：〈梅水詩傳序〉，見《中國歷代文論選》第4冊，頁121。

信仰與偏見的問題。正是由於這一點，無論胡適當時對語言本質的認識是深刻還是膚淺，他從語言、文體下手的革命方案的確觸及到問題的實質。語言即存在這一事實，在喬姆斯基（Noam Chomsky）看來就是某種「心智狀態」（mental state）[12]。實際上，胡適提倡白話詩，與他把教育與文化看得比海軍還重要的「由底層做起」的思想是相互聯繫的[13]，因為語言是智力活動的基礎。

今天重讀胡適的《嘗試集》和《分類白話詩選》等集子，或許人們都會獲得一種強烈的印象。一九二〇年以前的白話詩，其主要的成就並不在詩，而在於那種強烈的尋求現代性意識支配下，作為白話文運動的一部分對語言革命的貢獻。雖然胡適文學革命的核心是「以質救文勝之弊」[14]，但他具體的做法卻在「作詩如作文」[15]。結合胡適的白話詩嘗試過程，這個「作詩如作文」早期以包含「不避文之文字」和「言之有物」兩個方面。即讓大量的白話和事理進入詩歌。他最早讚賞的白話詩試驗是楊杏佛的〈寄胡明復〉和趙元任的和詩，大體上是五言式的述事，是被朱經農稱作「日來作詩如寫信，不打底稿不查韻」那類傳統詩歌形式的散文，而胡適自己第一首白話詩〈答梅覲莊——白話詩〉則是一篇分行的議論文。實際上，白話詩時期的嘗試，重心是白話，而不是詩。當時兩個作詩最多，影響最大的詩人，胡適和康白情，主要的功績是把口語帶入到詩歌中，而形式上，還是傳統形式的襲用，胡適大量襲用「大傳統」裡律詩與詞的格式，康白情則以民間「小傳統」的謠曲為形式。因此，這還只是「工具」新，

---

12 Noarn Chomsky, *Rules and Representions*, New York: Columbia UP. 1980, p.48.

13 胡適在一九一五年二月二十一日中曾說：「國無海軍，不足恥也。國無大學，無公共藏書樓，無博物院，無美術館，乃可恥耳。我國人其洗此恥哉！」《胡適留學日記》（二），頁566。

14 《胡適留學日記》（三），頁844。

15 胡適曾在詩中寫過：「詩國革命何自始？要須作詩如作文。」又在早年日記中寫道：「然不避文之文字，自是吾論詩之一法。」見《胡適留學日記》（三），頁789-790、844-845。

不是體式新，尚未「做到『新詩』的地位」[16]。這樣說，也符合當時白話詩的「原則」：「要曉得白話詩的『原則』是『純潔』的，不是『塗脂抹粉』，當作『玩意兒』的；是『真實』的，不是『虛』的；是『自然』的，不是『矯揉造作』的。」[17]與這三條原則相關均是語言和「內容」，而不是形式。

「新詩」與白話詩不同之點，正在於它體式上的新。它當然是以白話為基礎的，但它不像白話詩那樣「脹裂」傳統的形式，而「詩體的大解放」，——這才是新詩「地位」的確立和「紀元」[18]。實際上，無論在胡適下「新詩運動可算得是一種『詩體的大解放』」這種判斷之前或之後，不少人也是以「新體詩」稱之的[19]。所以，在「差不多成為詩的創造和批評的金科玉律」[20]的胡適〈談新詩〉一文中，「新詩」意味著「不但打破五言七言的詩體，並且推翻詞調曲譜的種種束縛；不拘格律，不拘平仄，不拘長短；有什麼題目，做什麼詩；詩該怎麼做就怎麼做。」[21]而可以互參互見的，是康白情〈新詩底我見〉的闡述：「新詩所以別於舊詩而言。舊詩大體遵格律，拘音韻，講雕

---

16 胡適自己也認為他早期的白話詩「實在不過一些刷洗過的舊詩……一個自由變化的詞調時期。自此以後，我的詩才漸漸做到『新詩』的地位。」(《嘗試集》〈再版自序〉，上海亞東圖書館，1920年版。)「很像一個纏過腳後來放大了的婦人……總還帶著纏腳時代的血腥氣。」(《嘗試集》〈四版自序〉，上海市：亞東圖書館，1922年)

17 許德鄰：〈自序〉，見許德鄰編：《分類白話詩》，上海市：崇文書局，1920年。

18 胡適在《嘗試集》〈再版自序〉中說：「我做白話詩，比較的可算最早，但是我的詩變化最遲緩……六年秋天到七年年底，還只是一個自由變化的詞調時期。自此以後，我的詩方才做到『新詩』的地位。〈關不住了〉一首是我的『新詩』成立的紀元。」上海市：亞東圖書館，1920年。

19 在胡適〈談新詩〉(1919年10月)之前，俞平伯〈白話詩的三大條件〉(1919年3月)一文有「獨以新體詩招人反對最力」的說法；之後，宗白華《新詩略談》(1920年2月)文中也有「近來中國文藝界中發生了一個大問題，就是新體詩怎樣做法的問題。就是我們怎樣才能做出好的新體詩？」等等。以上三文均見《中國新文學大系・文學論爭集》，上海市：良友圖書印刷公司，1935年。

20 朱自清：《中國新文學大系・詩集系》〈導言〉，上海市：良友圖書印刷公司，1935年。

21 胡適：〈談新詩〉，《中國新文學大系・建設理論集》。

琢，尚典雅。新詩反之，自由成章而沒有一定的格律，切自然的音節而不必拘音韻，貴質樸而不講雕琢，以白話入行而不尚典雅。新詩破除一切桎梏人性底陳套，只求其無悖詩底精神罷了。」[22]

「新詩」的「新」，在詩形方面是體式與寫法的自由，在詩質方面是「破除桎梏人性底陳套」，追求個性的表現。前者，在後來漸就確立了「自由詩」這一主導形式；後者，以「自我」為內核建立起了新的話語據點。但如果我們同意朱自清的意見，把「新詩最興旺的日了」定在一九一九至一九二三這四年間[23]，我們會發現，在其早期「新詩」的主張中，在白話詩與「新詩」之間，甚至在胡適《嘗試集》與郭沫若《女神》之間，除了一致要求體式更解放，形式更自由，從大處著眼還有表現現實與抒發感情、「具體的做法」與「純真底自我表現」的區別：胡適曾提出「詩要用具體的做法，不可用抽象的說法。凡是好詩，都是具體的；越是偏向具體的，越有詩味」[24]，還能把主體與文本的美學要求分開，未曾要規範詩的題材。而到了郭沫若，則不僅主張詩的本職專在抒情，在自我表現，而且認為「詩不是『做』出來的，只是『寫』出來的」。他說：「只要是我們心中的詩意詩境底純真的表現，命泉中流出來的 Strain，心琴上彈出來的 Melody，生底顫動，靈底喊叫；那便是真詩，好詩，便是我們人類底歡樂底源泉，陶醉底美釀，慰安底天國。」[25]有趣的是，被胡適稱為「我的『新詩』成立的紀元」〈關不住了〉是美國詩人 Sara Teasdale "Over the Roofs"（在屋頂上）一詩的翻譯。胡適看重這首詩，顯然是由於詩中強烈的自我感情，以及說話語氣的直接表達的力量。而這些，正是郭沫若後來在《女神》中強化的東西：整部《女神》都是自我欲望與能量的轉喻，

---

22 康白情：《新詩之我見》，《中國新文學大系‧建設理論集》。
23 朱自清：〈新詩〉，《朱自清全集》第4卷，南京市：江蘇教育出版社，1990年。
24 胡適：〈談新詩〉，《中國新文學大系‧建設理論集》。
25 見田漢、宗白華、郭沫若：《三葉集》（上海市：亞東圖書館，1920年），頁6。

華美而又空泛，情感、經驗、想像與結構沒有距離，具有即興性和詞語狂歡的特點。

　　郭沫若的詩歌觀點和《女神》的美學成就，幾十年來頗有爭議。但在白話文運動取得勝利，「工具」的觀念確立之後，的確是郭沫若完成了中國詩歌的「脫胎換骨」：「自我」成了「新詩」區別於「舊詩」的旗幟，「純真底自我表現」也為「自由詩」提供了一元論的理論依據。由此，「新詩」的基本原則得以確立。自此以後，雖然有各種各樣完善詩歌的實踐和理論，雖然對二十世紀中國詩歌的成就、流派與作品的評價有著種種歧異，但對上述的基本原則，特別是對「新詩」這一概念本身，很少人提出質詢。

二　「新詩」的邏輯

　　然而，站在詩歌本體論的立場，面對二十世紀中國詩歌的歷史和發展，「白話詩」與「新詩」這兩個概念，固然反映了歷史和時代的合理要求，但也包含著語言認識和中國詩歌尋求現代性過程中的迷思。最簡略地說：「白話詩」時期，追求的是「白話」，「新詩」時期追求的是「新」，兩個時期的重點往往都在詩的外部而不在詩歌本身價值的追求上。

　　首先從語言的角度看。長期以來，文言完全在文人和官方系統裡自我循環，造成了書寫語言與口頭語言的嚴重脫節，未能在民間流通語言中不斷獲得活力。因此到了清末，漢語變革已蓄就一種趨勢，向白話（日常語言）尋求活力是一種必然。這時胡適揭竿而起，以提倡白話寫作作為文學革命的突破口，為形成現代「言文一致」的書面語作出了貢獻，但把白話「抬高」到神話的高度，在肯定其新意義和新價值時，把它弄到與文言「生」、「死」對立的地步，既經不起語言本質的分析，也無根本的詩學意義。一個民族的語言作為沉澱著這個民

族的歷史和文化的符號或記號系統，當然會在種種社會因素的作用下
發生變化，但這種變化，無論是「習非成是」或是有意識地改革，都
得從語言的性質和規律出發。著名的語言學家趙元任認為：漢語社會
有個很強的傳統，文盲跟識字人有相當多的口頭交際，「很不容易將
文盲的言語分離出來作為一個言語社團」，倒是那些受過教育的人
「不僅能從構成複合詞的音節詞追溯到它較古的意義（即使不是最古
的），而且還能相當自由地利用自己的音節詞詞庫來製造新的複合
詞」[26]。事實上五四前後的語言革命主要是由受過教育的人來承擔
的，也沒有誰真正用「白話」寫出過一首詩或一篇小說，因為「白
話」太雜、太狹，因為說話和文章，無論如何接近總還是有區別。
「筆寫的白話，同口說的白話斷斷然不能全然相同」[27]。更不用談通
訊語言與文學語言，文學語言與詩還有區別了。因此，「白話詩」這
種提法，在理論和實踐上難以成立，甚至連「言文一致」的主張，也
只能是程度上的，而不是本質上的。至於當時錢玄同等人「廢棄漢
字」的激進口號，就更是幼稚可笑了。

　　「白話文」、「白話詩」運動中諸多激進的、二元對立的理論主
張，從理論的角度看，表現出當時語言認識上的許多局限。實際上，
胡適在談及語言問題時，就常常混淆了語言本體與語言運用的區別
[28]，認為語言是人們任意使役的「工具」，沒有看到它是一種超主體
的、具有自己歷史的現象，而只是從歷史進化論的簡單信念出發，把
一切東西都一刀切成「新」與「舊」、「活」與「死」兩種水火不容的
世界。這自然不是因為胡適他們沒有思想和學問，而是與近代以來在

---

26 趙元任：〈漢語詞的概念及其結構和節奏〉，《中國現代語言學的開拓和發展——趙
　　元任語言學論文選》，北京市：清華大學出版社，1992年。

27 朱經農：〈致胡適信〉，《新青年》第5卷第2號。

28 如胡適一九一七年十一月二十日〈答錢玄同〉論及「白話」的語言特點，就將「說
　　白」、「土白」（語體）和「明白如話」、「沒有堆砌塗飾」（語用）混為一談。

內憂外患的現實中形成的急切「求解放」的情結有關。事實上是這種認識論上的局限與「求解放」情結的共同作用，使胡適「誤讀」了美國包括意象派詩在內的新詩運動，把深刻的詩歌變革變成了「言文一致」的文體改革運動的組成部分。自五十年代方志彤在〈中國新詩的意象主義到惠特曼主義──一個失敗了的詩學探索〉[29]的論文中指出胡適的《文學改良芻議》中的八項建議受意象派宣言影響，特別是六十年代周策縱在《五四運動：現代中國的思想革命》一書又作了進一步論述[30]以來，五四文學的外國影響問題，曾是海外漢學界廣泛討論的話題（實際上，這個問題在一九二六年梁實秋的《現代中國文學之浪漫的趨勢》一文中就已經提出）。但在我看來，若說胡適的「八不主義」受了龐德三年前（1913年）發表在《詩雜誌》的「幾個不」（ "A Few Don'ts" ）的影響，不如說只有姿態的相似和形式上的借用，而在實質上，龐德的觀點與胡適的主張，實在相去甚遠，甚至南轅北轍：龐德將意象定義為「在一剎那時間裡呈現理智和情感的複合物」，是要讓詩極力擺脫散文式表達的鬆散與沉悶；而胡適，「白話作詩不過是我主張的『新文學』的一部分」，目的是推倒舊文學，提倡白話文，因而在內容方面主張言之有物，不摹仿古人、不作無病之呻吟，在形式方面提出須講究文法、不避俗字俗語、不講對仗、不用陳套語、不用典[31]。這樣，在語言的運用上，龐德從意象呈現的原則出發，追求「不要用多餘的詞」、「不要沾抽象的邊」；而胡適，則提出「須講求文法」，走了「以文為詩」的偏鋒。在詩的作法上，胡適提

---

29 Achilles Fang, *From Imagism to Whitmanism in Recent Chinese Poetry: A Search for Poetics that Failed,* Proceeding of Indiana University Conperence on Oriental-Western Literary Relations, Horst Frenz and G. L. Anderson eds, Chapel Hill: North Caroling University Press,1955, pp.177-189.

30 Tsetsung Chow, *The May Fourth Movement: Intellectual Revolution in Modern China,* Cambridge, Mass, Harvard University Press, 1960, Chapter 2.

31 胡適：《文學改良芻議》，《中國新文學大系・建設理論集》。

出的「具體性」與龐德直接「呈現」的觀點，也只有表面上的相似。因為胡適屢舉《詩經》〈伐檀〉、杜甫〈石壕吏〉所闡述的是情境的具體描寫，而非意象派詩歌呈現剎那間視覺感受的具體性。我們從前面提及的胡適譯詩〈關不住了〉可以看出，譯詩多處忽視了原詩說話者的心理感受、意象色彩和兩者獨特組合中溢出的美學情趣，顯然是為了滿足感情和白話表達的流暢感。

理論認識的局限、「求解放」的情結和對詩本體要求的輕視，使整個的白話詩運動帶上了極明顯的實用主義色彩。「提高工具」是為了「運輸」，就免不了成為「運輸工具」。這幾乎成了「新詩」難以逃脫的命運。事實上，隨著白話文的勝利，「白話詩」的提法便逐漸為「新詩」所替代[32]。而「新詩」，也的確承擔起了「破除梏桎人性底陳套」，表現個性，「運輸」新思想新精神的使命。當時「新詩」最流行的是情詩（寬泛的與狹義的兩者兼具）和印象式的小詩，而最為時人和後人推崇的，則是郭沫若的詩集《女神》，聞一多說它「不獨藝術上他的作品與舊詩詞相去最遠，最要緊的是他的精神完全是時代的精神」[33]。這種時代精神最集中的體現，則是滲透著「泛神論」、「動的和反抗的精神」的「自我」[34]；《女神》通過「自我」混雜身分的揭示，包括對「自我」的顛覆，從內部拆解了傳統詩歌的話語秩序，使「新詩」不像白話詩那樣只是符號系統的更換（以「白話」代替文言），而且也表現了古典詩歌無法說出的新內容：世界必須打破和重建，自我與語言也必須更新。同時，隨著「自我」的確立，個人的立場、感覺和想像方式，成了詩歌寫作的先決條件。這一切成了一個新

---

32 據估計，一九一九年「全國所出的白話報不下四百種之多」（胡適：〈五十年來中國之文學〉，《胡適文存》卷二（上海市：亞東圖書館，1924年），在這個時期，「新詩」的提法開始正式取代「白話詩」，胡適〈談新詩〉一文也在本年寫出。

33 聞一多：〈《女神》之時代精神〉，《創造週報》第4號，1923年6月3日。

34 朱自清：〈新詩〉，《朱自清全集》第4卷。

的詩歌時代的標誌。但倘若進行深入的文本分析，其「自我」又是游移的、浮泛的，無法界定和無處安放的。在許多詩作中，言說者的身分既無法確定，話語的界限也動盪不定，從而無法進行意義和美學結構的營建，不能不流於自我符碼的複製。這其實是「自我」無根狀態的一種反映：聞一多、梁實秋、朱自清都曾指出《女神》主要受的是西方的影響，其實這種影響也是浮泛的，在根本上「不知道他到底是個什麼主張，⋯⋯只覺得他喊著創造、破壞、反抗、奮鬥的聲音」[35]，缺乏個體生命的真性情與真體悟。不幸的是，這種被西方浪漫主義激盪鼓漲起來的浮泛情感，在詩的社會價值方面被作為「時代精神」，在詩的功能方面被當作「本質」接受下來，感情與「自我」幾乎成了詩的同義詞，「工具」與「運輸」的觀念被內在化和體制化了：詩歌是抒發（或表現）感情的，情感的核心就是「自我」，而區別於「舊文學」的新「自我」不僅精神上是解放的、自由的，而且在形式上也是不應有約束的，——這就是「新詩」的邏輯。

三　「新詩」的唯新情結

本文認為「新詩」的邏輯的形成基於語言變革與「時代精神」的共同作用，在這一點上，大概無論有沒有胡適與郭沫若，白話詩與「新詩」都是要出現的。當然，這並不意味著既成現實的東西是無須反省的。今天看來，在白話文運動明顯的功利主義傾向與「新詩」的「本質」之間，存在著一種呼應與強化的關係：語言革命認識上的局限為個性主義時代的功能化詩歌及其理念的形成提供了基礎，而功能化詩歌話語權威的確立，又使當年的迷思演化為歷史的沉積。「新詩」必須以「白話」作表現工具，內容必須反映「時代精神」，形式

---

35 聞一多：〈《女神》之地方色彩〉，《創造週報》第5號，1923年8月10日。

以自由詩為主體，這些理念被日益地體制化了。這樣，從維護詩歌的立場出發，雖然在「新詩」的發展史上，也出現過諸多卓有成效的實驗，提出過種種建設性理論，諸如形式上從徐志摩、聞一多、朱湘等人的格律尋求，馮至十四行詩的移植轉化，到林庚的九言詩和吳興華新古典詩歌的摸索；詩質上從「現代」諸詩人「詩是詩」的提倡，「九葉集」詩人、臺灣五、六十年代現代詩人和八十年代大陸「朦朧詩」派對現代經驗、現代美感的關注；以及語言和技巧上，對口語與白話詩文區別的意識，通過意象化、隱喻、象徵、戲劇化豐富詩歌內涵的追求，等等，都促進了「新詩」的發展並留下了一些傑出詩篇。但從根本上看，又都無力走出體制化了的魔圈，因而一再陷於內容與形式、「大我」與「小我」、傳統與現代、民族化與西化、懂與不懂等外在問題的糾纏中。

　　其實，這些問題從大處看，仍然是朱自清在《中國新文學大系・詩集》「編選感想」中提出的「怎樣學習新語言，怎樣找尋新世界」的問題，但被體制化了的「新詩」理念事實上阻礙了二十世紀中國詩歌面對現代語言與現代經驗的特質展開自己的本體建構。朱自清在一九二七年的文章中認為「一九一九年來新詩的興旺，一大部分也許靠著它的『時式』。」[36]這個觀點反映了自梁啟超到聞一多[37]等諸多詩人的看法，觸及到「新詩」的某種病根。這種「『趨時』的意味」，認識論上來源於「進化史觀」對傳統的「循環史觀」的取代，實踐上則有反抗傳統專制和求解放的五四精神作動力，它經由「新詩」基本原則的體制化過程，逐漸演變為唯「新」是舉的歷史情結。它最大的特點是對「時代精神」的膜拜，在現代性的尋求中衍生出兩種表面相剋、實質相通的現象。一是對新現實的迷思，詩歌不僅反映而且作為促使「行動」的力量，直接參與了二十世紀中國革命的歷史進程，在革命

---

36 朱自清：〈新詩〉，《朱自清全集》第4卷。
37 聞一多：〈《女神》之地方色彩〉，《創造週報》第5號，1923年8月10日。

中完成了自身的換位：這就是批判與抒情的分離和詩歌革命到革命詩歌的轉移。二是「現代化」的迷思，對西方意識型態、語言形式和表現策略缺乏從自身經驗和語言根性出發的深刻反思，在西方現代主義思潮的影響下，片面追求意思的複雜性和表達的複雜性。這兩種現象，集中體現了五四時期無根的自我在「新詩」追求現代性過程中陷入迷思的進程，一是在將自我提升為產生意義與價值的社會經驗層面時，泯滅獨立性和美感方面的追求，二是將自我「世界化」的過程中喪失了對西方文化和語言形態的反思能力，造成了漢語詩歌的失真現象。因此，陳敬容在四十年代提出：「中國新詩雖還只有短短一二十年的歷史，無形中卻已經有了兩個傳統：就是說，兩個極端，一個盡唱的是『夢呀、玫瑰呀、眼淚呀』，一個盡吼的是『憤怒呀、熱血呀、光明呀』，結果呢，前者走出了人生，後者走出了藝術，把它應有的將人生和藝術綜合交錯起來的神聖任務，反倒擱置一旁。」[38]或者，可以拿鄭敏的幾行詩來象喻：「深雋的一雙黑眸子／醒悟了的意識又被／世紀初西方的迷惘催眠／怔怔地半垂著的視線／然而眼瞼卻沒有鬆弛／時間的脫節引起了肌理的失調」（〈戴項鍊的女人〉）。

這種「肌理的失調」現象最醒目的表現，反映在創作上，是在「時代精神」的追逐中遠離了真實經驗和漢語特質的追尋。由於近代以來我們參與現代化進程中面臨的傳統與西方文化的雙重宰制，由於詩歌在重塑自己的「新」形象過程對許多問題的認識相當的情緒化，「新詩」在革命之後只好游離在一個崩離破裂的空間裡求索。因為一切支離破碎，美學上缺乏根本的認同，便把本土的新現象和西方的新思潮都當作追求目標。這些，其實抓住的都只是當前的一些幻象，像舞臺上的角色一樣不真實。套用一位詩人的話：他們扮演不同的角色，出發點是尋找認同，但根本上看，不過是想歸類到時興的戲分中去，以便免去自我正視、自我尋找的苦痛。實際上，真正優秀的二十

---

38 默弓（陳敬容）：〈真誠的聲音〉，《詩創造》第12期，1948年6月。

世紀中國詩歌，並不是那些紅極一時的趨時之作，而是自覺面對現代中國經驗和現代漢語的矛盾生成狀態，用「詩想」和語言去反抗內心矛盾和文化焦慮的個人創造，如魯迅散文詩和穆旦詩歌對矛盾複雜的現代經驗的把握，艾青用現代漢語表現現代中國生活與情緒的努力，馮至十四行詩從中國經驗出發對西方詩歌的超越，等等。然而，這些更內在的現代中國人的內心經驗和語言經驗，包括聞一多、吳興華、林庚等人尋找新形式、新趣味的有益追求，並沒有引起人們足夠的重視，相反，由於前述的理由，「新詩」的探尋往往游離經驗與語言的真質而陷於二元對抗的惡性循環中。典型如五十年代初臺灣《現代詩》雜誌提倡的「新詩的再革命」主張，表面上是呼應三十年代《現代》雜誌張揚「詩是詩」的主張，實際上是變本加厲地把新詩引向了向西方求「新」的套路。「現代詩社」所立的六大信條是：

> 第一條：我們是有所揚棄並發揚光大地包容了自波德萊爾以降
> 　　　　一切新興詩派之精神與要素的現代派之一群。
> 第二條：我們認為新詩乃橫的移植，而非縱的繼承。
> 第三條：詩的新大陸之探險，詩的處女地之開拓，新的內容之
> 　　　　表現，新的形式之創造，新的工具之發見，新的手法
> 　　　　之發明。
> 第四條：知性之強調。
> 第五條：追求詩的純粹性。
> 第六條：愛國。反共。擁護自由與民主。[39]

臺灣五十年代現代詩人為逃避前途不明的政治現實，「排斥一切『非詩的』雜質」，追求詩的「純粹性」，在「日新又新」[40]中陷入西方現

---

39 見《現代詩》第13期封面，臺北市，1956年。

40 紀弦：《現代派信條釋義》，《現代詩》第13期，臺北市，1956年。

代主義思潮和反共俗套的現象，非常值得深思。其中不含「雜質」的主張與「愛國。反共。擁護自由與民主」兩者之間的反諷，是否表現了把手段上升為目的之後必然的現象？我在一篇文章中曾談及二十世紀中國現代性尋求中急切求解放心理支配下的「革命」情結[41]，「新詩」「日新又新」的要求其實與「革命，繼續革命，不斷革命」互相應答。在這種情形下，自然是新詩潮比好詩人、好作品多，詩歌的批評與研究也不可避免地在二元對抗的詩歌思潮的爭論中離開了基本的詩學立場和美學立場，無休止地陷於新與舊（創新與保守、現代與傳統）、大眾化與貴族化（懂與不懂）、民族化與西化的對峙話題中。如此一來，當我們面對《中國現代詩論》[42]這樣企圖反映二十世紀中國詩歌理論成就的選本，就難免會有一種困惑：何以現代詩歌理論的發展，建設性的理論越往後越弱，爭論的文章卻越往後越多？這顯然不是編選者的眼光有問題，雖然重要的遺漏也不是沒有，但更本質的問題卻是：在淡漠經驗與詩歌真質追求的狀態中，人們只能向當前的熱鬧認同。換句話說，不是編者忽略了多少具有真知灼見的詩學理論成果，而是可以選擇的成果實在不多。

　　所以，「新詩」的問題儘管很多很複雜，但它在現代性尋求中一種意識型態上的迷思不能不正視：我們渴望「新詩」戰勝「舊詩」，寫出新的情感、主題、內容、趣味，運用新的語言、技巧和形式，但新的經驗是什麼？如何用新的語言（發展成形的現代漢語）寫好一首詩？我們是要寫一首「新的詩」，還是要在現代經驗與現代漢語的應答和鳴上寫好一首詩？如果我只是要一首與「舊詩」區別的「新詩」，事情當然好辦得多，因為這樣既可以向「自我」尋求，向時代生活尋求，或者向西方的新思潮尋求。但倘若我們要求的是一首好的

41　參見拙作：〈講述問題的意義〉，《文藝爭鳴》1997年第2期。

42　楊匡漢、劉福春編：《中國現代詩論》上、下，廣州市：花城出版社，1985、1986年。

詩，就得放棄任何單向度的追求，就得包容和超越上述的一切並最終
將其交給詩的本體要求去評判。然而就二十世紀詩歌寫作的基本情形
看，詩的追求主要是前者而不是後者，只不過對「新」的理解與闡述
存在對立的兩條思路、兩種價值觀罷了。詩人不能自覺從真實經驗和
語言現實出發，便只能像浮萍一樣隨遇而安。事實上是，到現在為
止，人們對「新詩」的理解還十分模糊，而這種模糊最突出的表現，
是沒有質量上長期穩定的詩人，也未形成一大批訓練有素、品味純正
的讀者。因為沒有即使是相對認同的標準，創作者與欣賞者不能在美
學上和本體要求上判斷詩歌，寫詩全憑才氣，讀詩則完全依賴直覺，
詩的發展當然要受到影響。

四　超越「新詩」的局限

中國的詩歌當然要繼續發展，但「新詩」這一概念的弔詭含混及
其意識型態上的迷思，實際上轉移了詩人和詩歌批評對詩的本體問題
的關注。本文認為二十世紀中國詩歌最大的問題仍然是語言和形式問
題，漢語詩歌的發展必須回到這一問題中建構，才能使詩歌變革「加
富增華」而不是「因變而益衰」[43]。詩的活動領域是語言，詩的本質
必得經由語言的本質去理解，這是從漢字「詩」的訓詁到當代詩歌理
論普遍認同的觀念[44]，甚至也是「新詩」運動能夠起來的原因。但是

---

43 對於詩「正」、「變」之關係，朱自清《詩言志辨》談「正變」一節有極富個人發見
　　的闡述，可以參見。《詩言志辨》，上海市：開明書店，1947年。
44 綜合前人對「詩」的釋義：古文作「𧮪」，從「言」，「㞢」聲。「志」從「心」，
　　「㞢」聲，「寺」字亦從「㞢」聲。「志」與「寺」古音相同，可以假借。而
　　「㞢」，本基於「之」與「止」的共同本源（既為行之止，又為止之將行），大概有
　　腳踏地面做韻律動作之意。而「言」，象形字是「𠯑」，是口含笛子，意味著聲音律
　　動的傳達。詩，是否意味著內心氣象的旋律化？歷代西人論詩，看重「聲音模
　　式」，近代以來的西方詩論從瓦雷里、艾略特、海德格爾，特別是俄國形式主義和
　　結構主義學派，對詩的語言問題，均有發現。

「白話詩」以降的詩歌變革，不是自覺遵循「正──變──正」的文變規律，不是自覺從語言、形式下手又不斷回到語言、形式的反思和建設中去。這樣，不僅「白話詩」運動中的時弊得不到根治，也妨礙了對正在發展和形成的現代漢語的正視與反思。

在這裡，我想稍微提一提當代自覺反思「新詩」語言、形式問題的新古典主義理論主張。這是一種非常有見地和最值得回應對話的詩學思考。其主要論文和著作有林以亮的〈論新詩的形式〉、〈再論新詩的形式〉[45]，梁文星（吳興華）的〈現在的新詩〉[46]，胡菊人的〈論新詩的幾個問題〉、〈文化反芻：中文革命與依薩・龐德〉[47]，余光中的〈談新詩的語言〉[48]，葉維廉的《比較詩學》[49]，鄭敏近年來的詩論[50]等。作者大部分都具有詩人與學者的雙重身分，且均精通英語並有相當深厚西方文學和理論的功底，因而既可視為中國當代詩人的自我反思，又可視為具有雙重知識背景的文化反思。這些論文和著作，雖然出發點各有不同，但都主張重新體認漢語傳統和古典詩歌的魅力，為現代中國的詩歌尋找解困策略。這無疑有非同尋常的意義。的確，詩歌的發展必須回接傳統的血脈，包括重新占有被邊緣化和「遺忘」的語言珠寶。然而，回望傳統的光輝顯然是為了更自覺和更清醒地面向現在和未來，建構今天的詩，不是一種懷舊式的沉溺，而是鄭

---

45 林以亮：〈論新詩的形式〉、〈再論新詩的形式〉，《人人文學》1953年第15期、第18期，香港，署名「余懷」，後收入《林以亮詩話》，臺北市：洪範出版社，1976年版。

46 梁文星（吳興華）：〈現在的新詩〉，《文學雜誌》1956年第1卷第4期。

47 胡菊人：〈論新詩的幾個問題〉、〈文化反芻：中文革命與依薩・龐德〉，《文學的視野》，臺北市：遠景出版事業公司，1986年。

48 余光中：〈談新詩的語言〉，見《掌上雨》，臺北市：大林出版社，1984年。

49 葉維廉：《比較詩學》，臺北市：東大圖書公司，1983年。或參見《中國詩學》，北京市：生活・讀書・新知三聯書店，1992年。

50 鄭敏：〈世紀末的回顧：漢語語言的變革與中國新詩創作〉、〈中國詩歌的古典與現代〉、〈語言觀念必須變革〉，分別見《文學評論》1993年第3期、1995年第6期、1996年第4期。

敏所說的接受歷史的啟示：「對語言概念的深層意義，有所領悟，走出語言工具論的庸俗觀點，對語言所不可避免的多義及其自動帶入文本的文化、歷史蹤跡要主動作為審美活動來開發探討。」[51]而領悟語言的深層意義，展開審美活動的開發探討，我們所堅持的立場，恐怕既不應是傳統的立場，也不是當下被偏見蒙蔽著的功利立場，而應是詩歌的根本立場。可以說，正是詩把邏輯的語言系統轉換為審美的符號系統，衝破工具理性的層層羅網，使語言萎縮、板結的細胞得以復活和新生；正是詩歌語法的「特權」，為文學手法提供了新的片語用法、新型的語意句子結構。事實上，詩學立場的堅持才能真正使語言成為可能，因為語言與詩本身就存在循環的闡述關係，如同海德格爾（Martion Heidegger）所言：「十分明顯的是，詩的活動領域是語言，因此，詩的本質必得通過語言的本質去理解。……詩並不是隨便任何一種言說，而是特殊的言說，這種言說第一次將我們日常語言所討論和與之打交道的一切帶入敞開，因此，詩決非把語言當作手邊備用的原始材料，毋寧說，正是詩第一次使語言成為可能，詩是一個歷史的、民族的原始語言。因此，應該這樣顛倒一下，語言的本質必得通過詩的本質來理解。」[52]

自然，關於詩的本質存在著種種不同見解。傳統中國詩論的經典命題「詩言志」，是「言」、「志」並舉，歷代的主流文化重視「志」的詮釋（強調的是「義」，甚至解說為「道」），但詩歌批評方面探討得更充分、也更有價值的，卻是「言」，即詩歌的言說方式。而二十世紀西方文論也普遍轉向語言學的探討，譬如艾略特強調詩人「對語言負有直接義務」，俄國形式主義重視詩歌語言與散文語言的區別，結構主義提出了語言運作的「選擇」（Selection）和「合併」（Combination）

51　鄭敏：〈語言觀念必須變革〉，《文學評論》1996年第4期。

52　海德格爾：〈荷爾德林與詩的本質〉，《西方文藝理論名著選編》下卷，北京市：北京大學出版社，1987年。

理論，等等。實際上，詩歌的本質恐怕主要跟它的言說方式有關，即跟結構和形式有關，結構和形式則往往依賴於讀者與作者的共同認識來決定。正是最基本的語言形式規範及其所派生的修辭方式形成了詩歌的本質特性：詩的語言不僅是有所指的，而且是有所自指的（西方人所說的「散文是走路，詩是跳舞」、「語言的自我張揚」），即除了表情達意外，又要表現語言本身的美和魅力。因此，布克哈特（Sigurd Burckhardt）發現，詩人總是想方設法，把語言本身及背後的涵義加以隔離，以便讓讀者有優裕的時間、心情在文字之間停留，體會文字的魅力，他說：「詩最重要的技巧──特別是押韻、節奏與隱喻──其本質及其最基本的功用，都或多或少是把文字從意義或純粹的指涉束縛中解放出來，並賦予或歸還其骨肉之軀……詩人能在文字與意義之間打進一個三角楔（意即阻礙、延宕或破壞兩者之間的「直通」──引者），同時也盡可能減低文字的指稱力量，防止讀者從文字表面，不加思考即躍至所指稱的事物上。」[53]

　　倘若真正從詩的本體特性出發來反思二十世紀的中國詩歌，經由詩歌來重現漢語的光輝，作為對非常情緒化的五四「新詩」革命的反撥，重新體認古代語言的魅力和詩歌表現策略，是必要，甚至是重要的，詩人的確應該在此方面進行歷史的補課。但這樣的反思，顯然不是給定的，而是生成的；不是「白話詩」運動中二元對立策略，而是包容和超越性的；不是以千百年來篩選出來的經典來否定有待成熟的今天的詩歌，甚至也不是簡單以傳統漢語的標準去指責現代漢語的「歐化」或新詩的「散文化」，而應該以一種更理性、更公正、也更開放的態度，以詩的名義跟傳統與今天對話。在這一點上，或許我們要有一種冷靜對待漢語演變的精神。譬如關於上述新古典主義詩學理

---

53 引自周英雄《結構主義與中國文學》，原見Morton W. Bloomfield, *The Syncategorematic in Poetry: From Semantics to Syntactics,* To Honor Roman Jakobson (The Hague: Mouton,1967), p.313.

論家們幾乎人人提到的影響龐德意象派詩歌實驗的芬諾羅莎（Ernest Franciseo Fennolosa, 1853-1908）的論文："The Chinese Written Character as a Medium for Poetry"（《中國文字與詩的創作》），讀完之後，的確令人鼓舞，甚至誇張點說平添了幾分做中國人和寫中國詩的自信。因為文中對如下兩點作了充分的論述：（一）中國文字最有事物的存真性，因為它是象形文字，最接近自然；（二）中國文字最少理性邏輯的約束，沒有主動被動之分，它以主動為主，「即使所謂部首，都是動作或行動過程的速寫圖」。然而，漢字是否全是象形結構，漢語讀者在閱讀時比較注意的是知性意義，還是原始圖像？顯然是頗值思考的問題。的確，龐德接受過芬諾羅莎論文的啟迪，但龐德一九一一年就寫出了〈地鐵車站〉這首意象詩，並在一九一二年就發表了〈一個前瞻〉（"Prolegomena"），闡述反對詩歌語言的表面修飾，強調意象的「具體性」以及「堅硬」與「爽朗」的主張，這時的龐德並不通曉漢語，且未收到芬氏的這篇論文[54]。那麼，龐德「發明」、提倡意象詩，是受到中國詩的啟迪，還是詩的創造、領悟使他認出了漢詩這個「遠親」？的確，後來龐德常在文章和詩歌寫作中談論、引用中國詩，並從事了漢詩的翻譯，然而當我們看到他將「靜女」（《詩經》〈邶風〉中的「靜女其姝」）翻譯成"Lady of azure thought"（青色思想的仕女）時，我們不禁要懷疑，龐德是在鼓吹中國詩，還是借此宣揚自己的詩歌主張？

　　提出這些問題，當然不是要抹殺西方漢學家對我們的有益啟示，而是期待在當前「文化失真」和「詩歌危機」的焦慮中，經由詩歌更全面、更有流動感和開放性地認識自己的語言。無論如何，「母語」只是一個背景，雖然它是一個深刻影響我們思維習慣和美學觀點的背景，但語言發展的歷史規律總是負荷的增大和趨於抽象，「以『音

---

54 參見鄭樹森：〈俳句、中國詩與龐德〉，《文學因緣》，臺北市：東大圖書公司，1986年。

化』和『簡化』為綱」[55]。通過詩歌寫作和美學堅持，我們當然會不斷複現種族的文化記憶、一次又一次地出入「母語」的懷抱，但詩歌也在擴展和改造「母語」，兒子不可能完全以「母親的語言」說話，因此艾略特認為藝術家對傳統的意識「是對永久和暫時的合起來的意識」[56]。這裡故且不談那些單向認同漢字的象形特性，以圖示詩的實驗恐怕算不上成功[57]，僅就我們提筆寫作的狀態而言，也能深深感到語言抓住經驗（當然也可以反過來：經驗抓住語言）時，詞彙和句法發生了怎樣的變化。詩歌不能消極地對待這種變化（因為在某種意義上，詩正是反抗語言邏輯秩序的產物），但不能不正視這種變化。譬如徐志摩的名詩〈再別康橋〉，它顯示出詩人已無法用傳統的漢語習慣寫詩，其中至少雜揉了四種以上的語言特點。有口語式的白話語法（「在康河的波裡／我甘心做一條水草」）；有典雅的詩化語法（「……

---

55 這是語言學家蔣善國《漢字學》中的觀點，轉引自黃德寬、陳秉新《漢語文學學史》，合肥市：安徽教育出版社，1990年。

56 艾略特：〈傳統與個人才能〉，《艾略特詩學文集》，北京市：國際文化出版公司，1989年。

57 譬如臺灣詩人白萩的《流浪者》（豎排豎讀）：

```
                                    望
                                    著
                                    遠
                          望        方
                          著        的
                          雲        雲
                          的        的

                                    一    一    一
        一                          株    株    株
        株
        絲
        絲
  上 線 平 地 在 杉    上 線 平 地 在    杉  杉  杉  杉
```

作者在這裡企圖利用方塊字的視覺效果，通過廣漠的地平線（平面）與「一株絲杉」（立、突出），表現流浪者的孤獨感。形式上有明顯的意義暗示效果，但不是對漢字象形功能的開發，美感也顯得單一。

揉碎在浮藻間／沉澱著彩虹的夢」）；有西洋語法（如「輕輕的我走了」，是英文 Quitely I went away，按漢語語法當是「我輕輕地走了」。又如「沉默是今晚的康橋」，借用的是英文的倒裝句法，將 subject/verb-to-be/predicate 倒裝為 predicate/verb-to-be/subject，倒裝句在英詩裡十分常見）；有古代詩詞意象和修辭手段的轉化（如「滿載一船星輝／在星輝斑斕裡放歌」，似可視為宋代詞人張孝祥〈西江月‧黃陵廟（一）〉「滿載一船明月／平鋪千里秋光」的改造）。

　　從語言的角度看，或許這樣多種因素的雜糅正反映了二十世紀漢語發展的基本特點。我們可以說這已不是純粹的漢語，甚至可以說用這種雜糅的漢語寫出的詩不如古詩美，但誰也不得不承認這種語言在發展中得到了基本定型，形成了相對穩定的型態並有了普遍認同的命名：現代漢語，它命定般地決定了二十世紀絕大多數詩人詞彙的選擇和形式的試驗，包括決定了本文在內的寫作方式，為本文反思「白話詩」、「新詩」這些歷史的概念提供了基本的出發點，促使本文能夠提出如下幾個基本的論點：（一）儘管胡適等從語言、形式革命下手的詩歌革命策略是對的，但語言認識上的局限和急切「求解放」的時代語境的共同作用，卻使詩歌寫作產生了諸多意識型態上的迷思，游離了本體向度的建構而誤入了「新」神話的編織。從理論上看，「新詩」是與「舊詩」相對的概念，不能標示詩的本質與價值；從實踐的歷史看，「新」與「舊」、現代與傳統，已不像五四當年那樣勢不兩立、互相排斥，而是異同互勘、吸納轉化、尋求「通變」；從詩歌寫作活動的語言背景看，「白話」也在跟傳統和西方（主要經由翻譯的影響）文法的多向「對話」中發展成了相對成熟的現代漢語。「新詩」需要重新命名。（二）二十世紀中國詩歌發展存在著許多問題，包括現代漢語規範的不穩定和語言發展向度受商業主義時代工具理性的宰制（這樣導致了詩人寫作目的過於明確而背景又很模糊的矛盾），但對這些問題的闡述須要超越傳統與反傳統的二元對立模式，

不能簡單以語言的不完美來否定現代的中國詩歌，而是要通過詩歌本質的自覺遵從來持護漢語的美和擴展其表現力。（三）現在和未來中國詩歌的寫作，不能不認真面對遠非完美、穩定的現代漢語這一語言型態，猶如我們已無法迴避陌生的全球性經濟、文化的背景，無法迴避在此背景中文化融合與文化失真的矛盾一樣。重要的工作是從現代漢語出發又不斷回到現代漢語的解構與建構雙重互動的詩歌實踐中去，顧及外在形式與內在形式的共同要求，尋找最切近現代漢語特質的形式和表現策略，讓詩歌的創作規則及手段在詩歌文類（它可能是多種的）的意義上穩定下來，建立起詩人與讀者共同的橋樑。

　　這樣，本文認為有必要提出「現代漢詩」這一現代中國詩歌的型態概念，取代含混的「新詩」概念。現代漢詩作為一種區別於古典詩歌的文學型態，意味著正視中國現代經驗與現代漢語互相吸收、互相糾纏、互相生成詩歌語境，反思「白話詩」運動、「新詩」運動的成就與局限，從自發走向自覺的詩歌建構活動。它與現代中國小說、現代中國散文等文學型態學概念相近，但為了避免將現代詩等同現代主義詩歌的習慣所指，又略有區別。這不是一個具體的詩歌文類概念，或許它仍然是一個過渡性、臨時性的概念，但這個詩歌型態學概念有利於我們面對經驗與語言的真實，糾正「新詩」發展中的歷史偏頗，以詩的本體自覺和語言自覺，走向成熟的現代詩歌美學和形式美學建設。

　　　　——本文原刊於《中國社會科學》一九九八年第四期。

「新詩」與晚清「詩界革命」

　　即使「新詩」運動從五四時期開始，也不能忽略晚清的「詩界革命」，文學變革有一個從量變到質變的過程，文學運動有一個「蓄勢」的過程。沒有晚清「詩界革命」的創作實踐和理論倡導，哪有胡適發動「白話詩」運動振臂一呼，應者雲集的局面？連胡適自己也說：「我要大家知道白話文學不是這三四年來幾個人憑空捏造出來的；我要大家知道白話是有歷史的，是有很長又很光榮的歷史的。我要人人都知道國語文學乃是一千幾百年歷史進化的產兒。國語文學若沒有這一千幾百年的歷史，若不是歷史進化的結果，這幾年來的運動決不會有那樣的容易，決不能在那麼短的時期內變成一種全國的運動，決不能在三五年內引起那麼多的人的響應與贊助。」[1]

　　胡適這裡說的是整個的白話文學，自然包括了早期被稱為「白話詩」的「新詩」。而它與古典詩歌，特別是與晚清詩歌的歷史糾纏，實在有重新檢討的必要。

一　古典形式符號的物化

　　中國古典詩歌自齊梁開始探索漢語詩歌寫作的聲律和形式，大約經過一個半世紀的求索，終於在「初唐四傑」（王勃、楊炯、盧照鄰、駱賓王）手裡成熟了被稱為「絕句」和「律詩」的詩歌體式，它們分別指每首四句或八句，每句五言或七言，有約定的韻律與辭律的

1　胡適：《白話文學史》〈引子〉，上海市：新月書店，1928年。

嚴格形式。這些體式後來被群星燦爛的唐代詩壇廣泛採用，不僅被證明是主體抒情最有力的形式，而且有著豐富的可能性：它既是思維與想像獲得旋律的一種方式，又是一條從外部感覺抵達內心狀態的途徑，它讓詩的寫作有效避免了散文的鋪陳和感情的氾濫，同時打破了時空關係突出了意境的魅力。

　　形式規範的確立既意味著某種規律的發現，也意味著寫作與閱讀中介的形成。這當然是長期實踐的結果，但畢竟是從偶然到規律、從盲目到自覺的一種飛躍。它重要的詩學意義在於：一、強調了形式對內容的轉化，詩不能直接以再現內容來獲得價值，而必須通過形式來顯現；二、彰顯了漢語獨特的美學潛能，體現了單字單音的漢語詩歌形式在美學意境上的自足性；三、形式規範的確立體現了一種詩歌法則的形成，當然也意味著約束、限制和禁令，但與其說它限制了詩歌的自由，不如說它提供了駕馭自由的方式，提供了一座詩歌作者與讀者共同的橋樑。

　　唐代是中國詩歌史上最引人自豪的詩歌時代，如同春日般明麗曠遠的「盛唐氣象」，充分展示出漢語詩歌各種可能性，並把它推到了巔峰。然而，正如錢鍾書在《宋詩選注》中所說的那樣，前代詩歌的成就是後來者的產業，也是對後人的挑戰，有唐詩是後人的大幸，也是後人的不幸[2]。因為榜樣太偉大了，高山仰止，很難破除「影響的焦慮」。從這個角度看，林庚著眼於唐詩的「氣象」勝過於它的抒情美學，拈出盛唐詩中開朗、解放的「少年精神」[3]，可謂獨具慧眼。中國古典詩歌從五言到七言的演變，是語言與形式的解放，又是一個從散文化走向詩化的過程；而此一過程從「古體」到「律詩」的變化更是一種詩歌自足性的追求。也許，這種詩的自覺和自足性的追求才

2　錢鍾書：《宋詩選注》〈序〉，北京市：人民文學出版社，1958年。
3　參見林庚《中國文學簡史》第11章，北京市：北京大學出版社，1988年。

是唐詩繁榮更根本的原因，才是「少年精神」的核心。在詩歌的意義上，大唐帝國的勵精圖治、文治武功，就在培育了這種疏遠功利而重感覺、想像和完美的「少年精神」。有了這種精神，張若虛的〈春江花月夜〉才會一掃宮體詩的委靡，把我們帶到一個寧靜爽朗的月夜，在曠天遠地的宇宙時空中感懷生命與愛情。這種精神也表現為對詩歌自身價值的自信，「言志」就是目標和目的，重要的是以「意在言外」來克服「言不盡意」的語言局限，而不是外借他物為自己增值：雖然那時「文以載道」的口號已經提出，但詩歌不僅在精神上而且在形式上已經形成相當健全的機制，能有效抵制功利主義的影響。這是一個精神上非常自由、放鬆的時代，因此也是詩歌實驗與技藝磋商展開得最充分的時代。他們吟花弄月，遣興飲酒，對答酬唱，甚至朋友相聚，詠物對詩，也玩出了名堂[4]。

　　然而後人卻往往忽略了唐詩的偉大正在於內在氣象與藝術自覺的互動。面對一個偉大的詩歌帝國，人們樂於俯首稱臣，樂於像守財奴那樣一遍遍翻曬和擦拭祖先的遺產。他們常常忘記了，任何一種詩歌話語，其實都在遵循選擇與合併的基本法則，而這種法則，既受個人性格、民族氣質和時代氣象的影響，也受文類因素的制約，因而有可師法的部分和不可師法的部分，因而在藝術中發揚傳統，並不是原地的堅守，而是以它為動力，不斷拓展和創新。唐詩之後的宋、元、明、清各個朝代，不能說沒有傑出詩人和好詩，為何人們普遍對這些朝代的詩都評價不高？為何像陸侃如、馮沅君的《中國詩史》，敘至五代以降，至少在章目上，竟給人國中無詩之感[5]？就在於這幾代詩

4　已經有不少研究者注意到，格律詩的產生與發展與詠物詩有關，而詠物詩又常常與詩人聚會時的遊戲與消遣聯繫在一起，因為主題是指定的，形式與技巧就成了參與者關注的中心，表現模式便逐漸形成與流傳。

5　陸、馮的《中國詩史》分上、中、下三卷（古、中、近代詩史），「下卷　近代詩史」共四篇，分敘「唐五代詞」、「北宋詞」、「南宋詞」、「散曲及其他」，《中國詩史》，濟南市：山東大學出版社，1996年版。

人大多生活在唐詩的陰影下不敢開風氣之先，只會小修小補；不是以發展變化了的生活和語言氣象與已經形成的偉大傳統對話，而只是像孩子堆積木那樣玩得爛熟。唐詩自然是很好的，在意象的凝聚、格律的嚴整以及典故的運用和詩眼的推敲等方面，形成了一套完整的寫作機制，但學會了意象、典故的運用和煉句、煉「眼」，懂得四聲對仗之巧、平仄音韻之妙，就能寫出好詩麼？只思學習仿製，即使一流的東西也難免降格，更不用說世襲的模仿了。唐詩那種含蓄與充滿張力的意象是怎樣變得含混晦澀的？作為聲音模式的格律，又怎樣為那些沒有創造力的學徒開了填字趁韻的口子？而典故的運用本來是豐富內容和增強歷史感的有效手段，不想卻成了掛在詩歌脖子上的沉重書袋。還有詩句詩眼的過度推敲，最終也常常像一個喧賓奪主的演員那樣，讓詩變得有句無詩或成為個別詞語的孤立表演。

　　這自然不是唐詩的錯，也不能說之後的幾代詩人全是唯唯諾諾的順民。還在唐詩的巔峰時期，就有人意識到語言的過度詩化和形式體制化所隱藏著的危險，越軌的跡象就出現了。其中《後山詩話》提出「韓以文為詩，杜以詩為文」[6]，就是一例。杜甫是唐詩的集大成者，律詩的聖手。白居易稱他「盡工盡善」，但杜甫也比別人更早大膽衝破聲律的束縛，並把日常交流中的「粗俗語」帶入了典雅的詩歌王國[7]。而韓愈則更是想叫唐詩改弦更張，讓詩變得自然流利一些[8]。於是便有了被人指責的「唐末五代，俗流以詩名者，多好妄立詩格，

6　《後山詩話》（陳師道撰），見《歷代詩話》，北京市：中華書局，1981年。

7　宋人胡仔：《苕溪漁隱叢話》云：「詩破棄聲律，老杜自有此體，如〈絕句漫興〉、〈黃河〉、〈江畔獨步尋花〉、〈夔州歌〉、〈春水生〉，皆不拘格律。」（《苕溪漁隱叢話》，北京市：人民文學出版社，1962年）而宋人張戒的《歲寒堂詩話》則以「高古」為杜甫詩中的「粗俗語」辯護：「世徒見子美詩粗俗，不知粗俗語在詩句中最難，非粗俗，乃高古之極也。」《歷代詩話續編》，北京市：中華書局，1983年。

8　清人葉燮《原詩》云：「韓愈為唐詩一大變，其力大，其思雄，崛起特為鼻祖。」見《清詩話》，上海市：上海古籍出版社，1978年。

取前人詩句為例，議論蜂出」[9]的現象；而它在宋代發展蔓延，「以文為詩」也成了後人代代都給宋詩貼的標籤。不過，錢鍾書說得好，「瞧不起宋詩的明人說它學唐詩而不像唐詩，這句話並不錯，只是他們不懂這一點不像之處恰恰就是宋詩的創造性和價值所在。」[10]這種價值體現在哪裡？當代學者葛兆光認為：

> 從詩歌觀念的變化的角度看。一方面，傳統的「言志」、「美刺」的詩歌觀念的沿襲及現實中自「安史之亂」以來變亂的刺激，使詩人不能不重新調整詩歌的任務，從元結到白居易，從柳冕到韓愈，一種強烈地要求文學承擔社會義務的思潮，使得詩人不得不思考個人內心之外的世界，使得詩歌不得不肩負社會倫理道德甚至政治方略的宣傳重任。另一方面，愈來愈深入而細膩的哲理思索與人生體驗，伴隨著愈來愈濃重的宗教——如道、禪——影響使人們逐漸形成了一種冷靜、細微而形上的思維習慣，不僅僅理學家，就是一般詩人，也常常善於「自一毫毛處認大千世界」或「自平常歇腳處悟入」，內在的胸襟與氣質，外在的翠竹黃花、觸得著的萬事萬物、觸不著的理念天道，在他們的頭腦中都打得通，由格物而入，由悟道而出，「定亂兩融，心如明鏡，遇物便了，故縱口而筆，肆談而書，無遇而不貞也」（謝逸《溪堂集》卷一），所以他們希望詩歌語言能擔負起更深入而細膩地傳遞與表現的功能，所謂「不著一字，盡得風流」的說法及「言有盡而意無窮」的說法，不僅蘊含了詩人對語言的期望也充滿了詩人對語言的失望，所以他們把更多的注意力放在了語言對「意」的傳遞能力上。[11]

9　胡仔《苕溪漁隱叢話》前集卷五引《蔡寬夫詩話》。
10　錢鍾書：《宋詩選注》〈序〉。
11　葛兆光：〈從宋詩到白話詩〉，北京市：《文學評論》1990年第4期

　　葛兆光從現實與思維的訴求論述了宋詩「以文為詩」傾向所蘊含的歷史合理性及其意義，給人以諸多啟發。當然，以此兩方面的訴求作背景，從詩歌內部觀察步入藝術高峰後中國詩歌面臨的「內容」的物質性與形式的物質性的矛盾，還可以更進一步地探討宋代詩人診斷與藥方之間的齟齬。

　　無論從理論還是從文學史的角度看，詩歌作為一種結合了感性經驗與美學要求的符號實踐，必須適當保持與抽象「真理」、與生活經驗的距離，就像齊白石說的繪畫必須處於似與不似之間一樣。因為無論過分強調它的「反映」功能，追求表現內容的物質性，或過分強調形式的獨立性和符號的象徵性，最終都可能因文化言理中心的影響而失去彈性，走向各自的專制：過分強調「內容」的反映，把語言和形式視為工具，會產生符徵萎縮、符旨獨霸的問題，使詩人的感受力和創造欲望無法順暢運作，因而必須以符徵的物質性衝擊內容的物化現象，讓它們形成對話與互動；而過分強調形式和符號的力量，則會產生符旨萎縮、符徵獨霸的問題，喪失了感受力和創造欲望發揮的基礎，必須以「內容」的物質性來衝擊它，使之重新獲得接納新鮮經驗的能力。由於文學不與社會同步卻不能不受眾多因素的影響，在一個作家或某篇具體作品中獲得兩者平衡容易，一個時代或一種文類獲得這種平衡卻是千載難逢。即使獲得了它走向成功之後，這種平衡也很容易被破壞。唐詩就是這兩方面獲得了平衡的千載難逢的黃金時代：一方面，五言到七言的變化，大大增強了詩歌對經驗與想像的接納能力；另一方面，恰當的格律及其起承轉合結構，又提供了詩的轉換機制。然而，律詩成熟之後，一方面是藝術的生產力得到了大解放，另一方面又面臨自造樊籬自我複製的危機。這種危機在創作上的突出表現，是逐漸演化為形式與符號獨尊的現象。而在詩的接受方面，是不知不覺中形成了一種與真實經驗脫節的「現成的反應」機制，無論什麼樣的題材，都有現成的處理模式；無論如何複雜的情思，都以一定

之規加以接納。杜甫的「以詩為文」和韓愈的「以文為詩」，都是衝破符號獨霸、「現成的反應」的嘗試，避免以「格」害意，讓詩歌符號保持彈性與活力。然而，同樣在「文」中看到了可供詩歌吸取、轉化的因素，杜甫是希望詩歌向更廣大的包容性敞開，破聲律之格和把粗俗語迎進詩歌是為了接納新鮮經驗，從而以現實世界的物質性衝擊詩歌形式的物化。而韓愈看重散文，既在它語言形式上的開放性，更在它傳達深奧義理的透明性。更本質地說，杜甫是站在詩的立場，韓愈則是站在散文的立場；杜甫期待的是詩歌感性和情境的開放性，而韓愈希望詩歌能像散文一樣深入淺出傳達觀念。從現代理論的角度看，杜甫追求的是「內容」的物質性與形式符號物質性的平衡，體現了藝術的自覺；而韓愈則受了理言中心主義的宰制，要求以古文的「道」與「雅」預防詩歌形式上的僵化──這實際上還是在符號系統內的自我循環，不僅不能糾正形式符號的物化，反而加劇了這一進程。事實上，不是別人而是韓愈開了「資書以為詩」和用古字押險韻的壞風氣。這種風氣發展到崇尚理學的宋代，自然是變本加厲，王安石選四家詩時，對李白的詩極不滿意，說詩中盡是歌詠醇酒美人，清楚不過地說明了那個時代的文學趣味，已不是有血有肉的人生；而歐陽修《六一詩話》記述的離開了習慣意象「諸詩僧皆閣筆」的故事[12]，也表明詩歌意象和想像方式受到了多麼嚴重的束縛。不關懷生命感性的詩歌，偏向形式的古典主義，本是題中之義。

　　如果說「少年精神」成就了偉大的唐詩，宋代以後，可以說中國文學步入了他的中年階段。「少年」是活力、理想化的象徵，是新鮮的感性、幻想和無限的可能性，因而天然地屬於詩歌。而中年，是理性精神占上風，穩重、從容、深思熟慮，這本質上是散文的。也許這

12　《六一詩話》云：宋初進士許洞久聞九僧詩名，「因會諸詩僧，分題，出一紙，約曰：『不得犯此一字』。其字乃山、水、風、雲、竹、石、花、草、雪、霜、星、月、禽、鳥之類，於是諸僧皆閣筆。」

就是為什麼宋人劉克莊說「本朝則文人多詩人少」[13]的原因。實際上，宋代以降，詩都不再是文壇的主角，格律詩更在形式符號霸權的統治下，耗盡了各種活力與可能性，就像一件穿舊了的衣裳。需要以內容的物質性衝擊幾百年來形式符號的霸權，面向不斷更新的經驗和語言，重新建構一種更有彈性與活力的詩歌符號體系。

二　新築詩中大舞臺

古典詩歌形式符號的僵化與要求變革的呼聲一直是互相伴隨的，但真正以內容的物質性強有力地衝擊形式符號的僵化，使之鬆動並最終走向解體的，是晚清維新派的詩人。

晚清仍然是一個散文的時代而不是詩的時代，然而卻是一個充滿詩性衝動、有眺望精神而不是沉湎於文化記憶的年代。儘管這種衝動與眺望，在相當程度上是基於本土專制與外部侵略的雙重壓抑，不像生命內部生發的要求那樣自然、健全，而是有點扭曲變形，甚至必須支付出未來的代價。但清末民初的幾十年，畢竟是除舊布新的幾十年，一個給人們帶來「少年精神」的親切回憶的年月[14]，正如南社發起人高旭在〈答胡寄塵書〉所言：「惟三十年來，則千奇萬變為漢唐後未有之局，世風頓異，人才飆發，用夷變夏，推陳出新，故詩選之作，以三十年為斷，亦以見文字之鼓吹，足以轉旋世界，發揚國光，

---

13 劉克莊：〈竹溪詩序〉。

14 有了這樣的情懷，梁啟超才更「哀時客」之名為「少年中國之少年」，作《少年中國說》。這是一篇充滿激情和朝氣的文章，生動有力地論述了作者心目中的少年中國。作者認為，歷史中老大的中國是中國老朽的冤業，而一個少年的中國必將在中國少年的手中誕生，「天戴其蒼，地履其黃；縱有千古，橫有八荒；前途似海，來日方長。美哉我少年中國，與天不老！壯哉我中國少年，與國無疆！」「自今以往，棄我『哀時客』之名，更自名曰『少年中國之少年』。」見梁啟超：《飲冰室合集》第2冊，上海市：中華書局，1936年。

其力之大為未有也。竊嘗謂：詩之奇，莫奇於此三十年；詩之正，莫正於此三十年。」[15]

　　儘管高旭過分誇大了文字「轉旋世界」的力量，但從「人才飆發，用夷變夏，推陳出新」的勃勃生氣而言，的確是「漢唐後未有之局」。鴉片戰爭以來幾次戰爭的失敗，不僅動搖了讀書人一直固守的世界觀、價值觀和文化理想，改變了中國就是世界的狹隘視野和崇尚傳統經典的態度；不僅產生了深刻的危機感，也激起了狂熱的求索激情。這是一種視界寬闊、充滿豪情的求索，雖然不像漢唐文化那樣充滿自信、博大和曠遠，具有文化上的超越性和建設性，但這是中國從傳統社會向現代社會轉型的起點，現代社會的許多基本觀念，像人權、平等、自由、獨立等社會觀念，像進化論的歷史觀，以及科學、民主和重物質的思想，都是在晚清提出的。只有置身於這樣的時代，梁啟超才會有「亞洲大陸有一士，自名任公其姓梁」[16]這樣的視野與豪情。而詩，也充分地分得了這個轉型時代的光芒和活力，找到自己的變革方向。

　　說「分得了這個轉型時代的光芒和活力」，是說晚清詩歌時代的意義大於作為一種成型的和獨立的詩歌美學型態的意義，並不像楚辭、唐詩那樣形成了自己的詩歌規範，出現了大量的典範作品和具有里程碑性質的偉大詩人。然而，從詩歌史的角度，沒有晚清的詩歌變革，就沒有二十世紀漢語詩歌的全面轉型。正是晚清詩歌打破了影響詩壇近千年的古典主義風氣。這是一項從根本上改變中國詩歌長期在言理符號內惡性循環局面，面向新的經驗和語言現實，「新築詩中大

---

15 高旭：〈答胡寄塵書〉，《南社叢選》卷7。
16 梁啟超：《二十世紀太平洋歌》，寫於一八九九年十二月三十一日，當時作者在赴美國的輪船上，這是十九世紀與二十世紀交替的時刻。詩見梁啟超：《飲冰室合集》第16冊，《詩》，頁17。

舞臺」[17]的拆建工程。

　　晚清詩歌最大的特點是以內容和語言的物質性打破了古典詩歌內容與形式的封閉性，是一種物質性的反叛。如前文所述，宋代詩歌也曾反叛過古典詩歌形式符號的僵化，但「以文為詩」的反抗，雖然期待能通過「文」的流利、具體、細密帶入更多的生活內容，同時接納日常現實中流通的語言，但由韓愈提出而在宋代蔓延的「以文為詩」的風氣，與杜甫「以詩為文」的實踐在本質是不相同的。杜甫所持的是以詩歌為本的開放策略，以便接納生動活潑的現實經驗和語言，無意改變詩歌把握世界的方式；而「以文為詩」則是借助另一種文類的話語規則，忽視了詩歌文類的語言方式，目標也不是向新的經驗和語言開放（這裡的「文」是有其復興古文的背景的）。由於只是運用符號方式的變通，採取的又是向後看的姿態，因而只能在典籍和書面語言中自我循環，很難分享日常語言的感性和活力[18]，談不上詩歌內容和符號的更新。而晚清詩歌的革新與宋詩「以文為詩」的革新的最大不同，是晚清詩歌不是在另類旁求上做文章，而是面對經驗和語言變化的現實，把作為詩歌活動基礎的語言變革提上了議事日程。

　　在傳統的中國社會，人們並不怎麼留意語言問題，儘管孔子很早就說過「言之無文，行而不遠」，但那是在修辭學的意義談論語言。實際上，語言並不僅僅是思維與交流的工具，它是本體性的，語言即

---

17 「新築詩中大舞臺」是丘逢甲〈論詩次鐵廬韻〉中的詩句，這首寫於一八九八年的詩，再現了當時的詩歌革新氣氛，其中兩首是：「邇來詩界唱革命，誰果獨尊吾未逢。流盡元黃筆頭血，茫茫詞海戰群龍。」「新築詩中大舞臺，侏儒幾輩劇堪哀！即今開幕推神手，要選人天絕代才。」（廣州培英印書局《嶺雲海日樓詩鈔》）

18 在傳統中國社會，全國官方文牘、儀式和選拔官員使用的正規漢語，主要體現在書面語中，其語言規範主要依據文學和哲學典籍，因此是權力化的語言（「經國之大業，不朽之盛事」）。它不僅與民間日常交流的方言是脫節的，甚至與官員口頭交流的「官話」也不一致；而「白話」作為方言體系中某種有代表性的書面文學語言，根據語言學家的研究，雖起迄唐宋，但在明清之際才得到較大發展，而且也主要在敘事文類中使用。

存在，即如喬姆斯基（Noam Chomsky）說的是某種「心智狀態」（mental state）[19]。語言背後是有東西的，任何言說性的語言本身都反映著一個民族的歷史、文化、遊戲和娛樂、信仰與偏見。因此，薩丕爾（Edward Sapir）提出：「語言是瞭解『社會現實』的嚮導，雖然社會科學家通常並不認為語言有什麼重要意義，但是語言卻強有力制約著我們對社會過程的所有看法。人類並不僅僅是生活在客觀世界中，也不像一般人所理解的那樣僅僅是生活在一個社會活動的世界中，而是在很大程度上受制於已經成為他所屬的那個社會的表達工具的特定的語言。認為我們適應現實主要並不靠使用語言，認為語言僅僅是解決交際和思考方面的特殊問題的一種偶然用到的工具，這實在是一種錯覺。事實是『現實世界』在很大程度上是由有關集團的語言習慣不自覺地建立起來的。從來沒有兩種語言相似到可以認為代表同樣的社會現實。不同社會所生活的世界是不同的世界，而不是相同的世界只是使用不同的標籤而已。」[20]

實際上，沒有什麼東西能比語言這個「嚮導」更能帶領我們瞭解晚清社會的文化危機和要求變革的呼聲。晚清那批變法維新的志士仁人，無論從實踐上或是從理論上都看到了束縛思想的文言與舊意識型態權力架構的關係，都在自覺或不自覺地接納「白話」作為開啟民智的工具[21]。這個大變革的時代也是語言變革呼聲最高的年代，一些語

---

19 Noam Chomsky, *Rules and Representations* (New York: Columbia UP, 1980), p.48.

20 *Selected Writings of Edward Sapir in Language, Culture and Personality*, edited by David Mandelbaunm. Berkeley and Los Angeles: University of California Praess, 1949. （《薩丕爾論文化、語言和個性》）

21 例如詩人黃遵憲在《日本國志‧學術志‧文學》中明確提出過言文分合的問題（「語言與文字離，則通文者少；語言與文字合，則通文者多。」）梁啟超也在〈沈氏音書序〉中提出：在西方，有百分之九十六～九十七的人知道他們的文字怎麼讀，在日本，知道日語漢字讀音的有百分之八十，但「在中國以文明呈於五洲，而百人中識字者，不及二十人」，他認為只有縮小文字與口語的距離才能讓更多的人掌握文字。〈沈氏音書序〉，原載《時務報》1896年第4期，收入梁啟超：《飲冰室合集》第2冊。

言變革的關鍵主張，如創立以口語為基礎的「新文體」、在全國推行「字話一律」、嘗試漢語的拼音化等，都在這個年代提出；廣為流傳的嚴（復）林（紓）的翻譯，梁啟超的政論，以及各種各樣的小說，也都與語言變革相關。而作為這一變革的直接載體，上海申報館一八七六年就出版了「字句皆為尋常說話」的《民報》，一八九七年章伯初、章伯和主編了文藝性的小報《演義白話報》，一八九八年則有裘廷梁創辦的《無錫白話報》出版（第五期起改名為《中國官音白話報》），接踵而來的又有《蘇州白話報》、《杭州白話報》、《紹興白話報》、《寧波白話報》、《中國白話報》、《國民白話報》、《揚子江白話報》、《初學白話報》、《上海新中國白話報》、《安徽俗話報》、《江西新白話報》、《潮州白話報》、《北京白話報》、《伊犁白話報》、《蒙古白話報》相繼問世。至於各種新詞，更是伴隨著派出外交官、留學生和商人的遊記、日記、詩文大量出現。僅以詩人黃遵憲十九世紀九十年代初出版的《日本國志》為例，意大利學者馬西尼（Federico Masini）就提出了如下來自日語的「原語借詞」（original loan，指日本人根據西方語言創造的詞）和「回歸借詞」（return loan，指見於早期的漢語著作，經日語使用後回歸中國的詞）：教育、文化與學術方面有「物理學」、「生物學」、「政治學」、「歷史」、「宗教」、「體操」、「農學」、「藝術」；政治、法律及貿易方面有「憲政」、「投票」、「商法」、「民法」、「司法」、「法庭」、「商務」、「保釋」、「規則」、「刑法」；軍事方面有「兵事」、「預備役」、「常備兵」、「後備兵」、「海軍」、「陸軍」；以及「電信機」、「改進」、「幹事」、「工場」、「廣場」、「聯絡」、「馬鈴薯」、「農場」、「破產」、「汽船」、「消防」、「郵政」、「政黨」、「證券」、「植物學」、「傳播」、「方法」、「進步」、「意見」、「營業」等[22]。

---

22 Federico Masini: *The Formation of Modern Chinese Lexicon and its Evolution toward a National: The Period from 1840 to 1898*, Journal of Chinese Linguistics Monograph Series No.6, 1993, Berkeley, U.S.A.

　　顯然，這些翻譯、語文形式、傳播媒體和新詞，不僅僅是新的意識型態現實，也明確指向了新的社會組織結構和物質現實。這一點，當時的語言變革者是一點不含糊的，裘廷梁一八九八年發表在《蘇報》上的〈論白話為維新之本〉，不僅從八個方面論述了白話文的優越性，而且「一言以蔽之」道出了它的及物性：「文言興而後實學廢，白話行而後實學興；實學不興，是謂無民。」儘管，裘廷梁用文言文寫倡導白話文的論文，不能不說具有反諷性，但從另一角度看問題，卻正說明了文言文的符號形式與近代思想和物質現實的嚴重矛盾，而這些變革者的變革要求有多麼強烈。

　　一半是因為詩歌更敏感，一半是近千年詩歌因為形式和符號的僵化更壓抑，因而它更早就發出了語言變革的呼聲。早在一八六八年（同治七年），黃遵憲就在詩中抨擊了「六經字所無，不敢入詩篇」的資書以詩的陋習，明確提出了「我手寫我口」的主張，他寫道：

> 俗儒好尊古，日日故紙研。六經字所無，不敢入詩篇。古人棄糟粕，風之口流涎。沿襲甘剽盜，妄造叢罪怨。黃土同摶人，今古何愚賢？即今忽已古，斷自何代前？明窗敞流離，高爐蒸香煙。左陳端溪硯，右列薛濤箋。我手寫我口，古豈能拘牽。即今流俗語，我若登簡編，五千年後人，驚為古斕斑。[23]

他不僅把「古人未有之物、未闢之境，耳目所歷，皆筆而書之」[24]，把俗語和民歌帶進了詩歌殿堂，而且「吟到中華以外天」[25]，接納了

23　黃遵憲：〈雜感〉，《人境廬詩草箋注》，（錢仲聯箋注）（上海市：上海古籍出版社，1981年），頁42-43。

24　黃遵憲：《人境廬詩草》〈自序〉。

25　黃遵憲：〈奉命為美國三富蘭西士果總領事留別日本諸君子〉中有「草完明治維新史，吟到中華以外天」的詩句。《人境廬詩草箋注》（錢仲聯箋注），頁340。

許多新事物、新詞語、新意象，諸如共和、議院、市場、商業、博物館、博覽會、學校、醫院、火輪船、警察、報紙等。典型如「縮地補天皆有術，火輪舟外又飛車」這樣的詩句。

　　黃遵憲是個開風氣之先的人物，許多詩人走得比他更遠。譬如讓梁啟超「拍案叫絕」的詩〈奉題星洲寓公風月琴尊圖〉（鄭藻常），幾乎每行都有新名詞：

> 太息神州不陸浮，浪從星海狎盟鷗。
> 共和風月推君王，代表琴尊唱自由。
> 物我平權皆偶國，天人團體一孤舟。
> 此身歸納知何處，出世無機與化游。

這裡的新名詞像黃遵憲詩文中的新詞語那樣，已在日本轉化過一次，人們能夠理解。但也有「玫瑰戰」、「薔薇兵」之類的詞語和典型如「綱倫慘以喀私德，法會盛於巴力門」[26]的詩句，一時成為一種風氣。比如馬君武是個「朝讀布家人傑傳，夕翻達氏種源書」（指布爾特奇的《英雄傳》、達爾文的《物種起源》）的詩人，詩中許多新事物、新名詞都是西文的音譯，什麼「昨別時披壘，今來斗惱河。君為克考舞，妾唱拜倫歌」之類[27]。

　　這樣的詩句給人一頭霧水，連當時不遺餘力提倡「新意境」、「新語句」的梁啟超也很不滿意，說「蓋當時所謂新詩者，頗喜捋撦新名

26　譚嗣同詩〈金陵聽說法・其三〉中的句子。「喀私德」是Caste的音譯，意為印度世襲等級制度；「巴力門」是Parliament的音譯，意為議會。

27　馬君武：〈游拜倫（南德王國）〉中的句子。夏曉虹曾作詮釋如下：「『時披壘』（Spree）今譯『施普雷河』；『斗惱（Donau）河』今譯『多瑙河』；『克考（Krakauer）』今譯『克拉科夫人』，克拉科夫舞是一種起源於克拉科夫的二拍子波蘭集體舞；『拜倫（Byron）』今譯『巴伐利亞』。」夏曉虹：《詩界十記》（杭州市：浙江文藝出版社，1994年），頁72。

詞以自表異。丙申、丁酉間，吾黨數子皆好作此體。提倡之者為夏穗卿（夏曾佑），而復生（譚嗣同）亦慕嗜之。」「此類之詩，當時沾沾自喜：然必非詩之佳者，無俟言也。」[28]這話自然是不錯的，但對於舊形式與符號資源已經耗盡、板結僵化的中國古典詩歌來說，非有「新」、「異」及其自我張揚的個性和驚世駭俗的表現，不足以衝破其封閉體制和程式化閱讀習慣。那些新的語句，雖然很多未曾經過轉化和提煉，確實不是詩的，不合詩歌的美學要求，但它有一個最大的好處，這就是它沒有故紙堆的陳腐氣息，充滿著現實感和流動感，指涉著新的經驗和新的世界，直接連接著現代意識型態現實和物質現實，讓人展望新的天地。這是符合詩歌話語的規律的，簡・穆卡洛夫斯基（Jan Mukarovsky）認為，詩歌是標準語言的叛逆，「對詩歌來說，標準語是一個背景，是詩作出於美學目的藉以表現其對語言構成的有意扭曲、亦即對標準語的規範的有意觸犯的背景。……正是對標準語的規範的有意觸犯，使對語言的詩意運用成為可能，沒有這種可能，也就沒有詩。一種特定語言中標準語的規範越穩定，對它的觸犯的途徑就越是多種多樣，而該語言中詩的天地也就越廣闊。另一方面，人們對這種規範的意識越薄弱，對它的觸犯的可能性就越小，而詩的天地也隨之狹窄。」[29]在這個意義上，晚清詩歌對古典詩歌形式符號的反叛，不僅使我們得以在現代語境之中來理解語言，而且也能讓我們在詩歌話語的本質上看到它更新符號系統的意義。

　　事實上是，正是那些當時人們還不習慣的口語和新詞，成了「新築詩中大舞臺」的磚瓦，也正是它們使中國詩歌疏離主要由自然意象構築的符號世界，開始注目風雲變幻的人間現實世界，——當時最傑

28 梁啟超：《飲冰室合集》第16冊，《詩話》頁40、41。

29 簡・穆卡洛夫斯基：〈標準語言與詩的語言〉，《西方文藝理論名著選編》下冊（北京市：北京大學出版社，1987年），頁415。

出的詩人黃遵憲按照讀書人的慣例把書舍取名為「人境廬」，將詩集
稱之為《人境廬詩草》，該是有象徵性的吧？

三　舊瓶新酒入「人境」

　　晚清詩歌是過渡的、轉型時期的詩歌，就像正在翻耕播種的田
野，上年的收成早進了糧倉，新種則剛剛撒下，或許嫩芽正拱出堅硬
的地殼，但離收成卻還非常遙遠。對於過渡性的事物和人物，歷史學
家大都一筆帶過。這也難怪他們，雖然它是新事物的先兆，但畢竟也
是舊時代的尾聲；新的生命，尚未成型；舊的軀殼，也未能完全蛻
去。因而從理想詩歌的標準看，難免顯得半舊不新，猥雜生硬。在談
到詩界維新時，錢鍾書對黃遵憲[30]的詩就評價不高，在《談藝錄》
中，他提出：

> 近人論詩界維新，必推黃公度。《人境廬詩》奇才大句，自為
> 作手。五古議論縱橫，近隨園、甌北；歌行鋪比翻騰處似舒鐵
> 雲；七絕則龔定庵。取徑實不甚高，語工而格卑；傖氣尚存，
> 每成俗豔。尹師魯論王勝之文曰：「贍而不流」；公度其不免於
> 流者乎。大膽為文處，亦無以過其鄉宋芷灣。差能說西洋制度
> 名物，挶摭聲光電化諸學，以為點綴，而於西人風雅之妙、性

30　黃遵憲（1848-1905），字公度，號人境廬主人。別署東海公、法時尚任齋主人，水
　　蒼雁紅館主人、布袋和尚等。廣東嘉應（今梅縣）人。光緒二年（1876）中舉人，
　　次年出使日本任參贊，後又分別出使美國舊金山、英國、新加坡等。光緒二十年
　　（1894）奉調回國，主持江寧洋務局，參加強學會。一八九六年與人在上海創辦
　　《時務報》，以梁啟超為主筆，風動一時。第二年，任湖南長寶鹽法道，署湖南按
　　察使與湖南巡撫陳寶箴實行新政。光緒二十四年（1898）奉使日本途經上海，時維
　　新變法失敗，黃遵憲被解職歸鄉，直至一九○五年逝世。平生主要著作有詩集《人
　　境廬詩草》、《日本雜事詩》和介紹日本明治維新的通志《日本國志》。

理之微，實少解會。故其詩有新事物，而無新理致。譬如〈番客篇〉，不過胡稚威〈海賈詩〉。〈以蓮菊桃雜供一瓶作歌〉，不過《淮南子》〈俶真訓〉所謂：「槐榆與橘柚，合而為兄弟；有苗與三危，通而為一家」；查初白〈菊瓶插梅〉詩所謂：「高士累朝多合傳，佳人絕代少同時」；公度生於海通之世，不曰「有苗三危通一家」，而曰「黃白黑種同一國」耳。凡新學而稍知存古，與夫舊學而強欲趨時者，皆好公度。蓋若輩之言詩界維新，僅指驅使西故，亦猶參軍蠻語作詩，仍是用佛典梵語之結習而已。[31]

錢鍾書覺得黃遵憲的詩趨的是俗流，觸及的是西方制度名物的表象而不是內質，「老輩惟王靜安（王國維），少作時時流露西學義諦，庶幾水中之鹽味，而非眼裡之金屑。」[32]這是有見地的，從表現的精神本質而言，黃遵憲表現得更多的是政治經濟制度現代化的現象，是社會化的；而王國維則在康德、叔本華、尼采哲學美學的啟發下進入到心靈和文化的現代性景觀，是精神化的。但文化的跨國、跨語種旅行，歸根到柢是一種語言的實踐性運作，而非「使之正確」的認識與復原，它在不同脈絡中產生不同效應也是一種正常現象。正是由於它必遭變形扭曲的命運，無法「原汁原味」地變成另一種脈絡和另一種語言，才獲得了另一種轉變與作為資源被重新生產的可能。值得注意的是，黃遵憲固然「語工而格卑」，存在境界氣象與語言形式的矛盾；王國維也不是盡善盡美，他的詩也存在「文秀質羸」的問題[33]，在內容（或境界）與形式（或風格）的矛盾上，他們殊途同歸了。這就向

---

31 錢鍾書：《談藝錄》（北京市：中華書局，1984年），頁23-24。

32 錢鍾書：《談藝錄》（北京市：中華書局，1984年），頁24。

33 「其《觀堂丙午以前詩》一小冊，甚有詩情作意，惜筆弱詞靡，不免王仲宣『文秀質羸』之譏。古詩不足觀；七律多二字標題，比興以寄天人之玄感，申悲智之勝義，是治西洋哲學人本色語。」同上，頁24。

人們表明，不只是個人才情和修養問題，而是古典詩歌的形式和韻律已經難以接納現代生活中出現的新名詞和新理致，它們之間的緊張關係已經變得無法調和。

　　語與格、文與質的矛盾是轉型時代文學的普遍現象。半明半晦的時刻，光明與黑暗在這裡交匯，新與舊在這裡衝撞，錯綜複雜的矛盾都聚集在這裡，新事物的優長與局限也在這裡孕育。這是問題性研究更關注過渡階段的原因。因此，無論歷史的如椽之筆要一筆帶過多少過渡時代人物的努力與掙扎，無論其作品是怎樣的半舊不新，猥雜生硬，黃遵憲「新派詩」的實踐和理論是不能不單獨提出來討論的：不僅僅由於他是生前死後受推崇的詩人，受到梁啟超、胡適等人的高度評價[34]，更因為他革新詩歌的創作實踐和理論主張，是中國詩歌從傳統到現代轉型的頭一個驛站，不論是梁啟超「詩界革命」口號的提出，還是胡適發動「白話詩」運動，都可以在這裡找到直接的源頭，中國「新詩」的許多特點和局限，也在這裡露出了端倪。

　　「新派詩」體現了黃遵憲及其晚清維新詩人變革中國詩歌主題和

34　梁啟超說：「生平論詩，最傾倒黃公度，恨未能寫其全集。」「近世詩人能鎔鑄新理想以入舊風格者，當推黃公度。」「吾重公度詩，謂其意象，無一襲昔賢，其風格又無一讓昔賢也。」「公度之詩，獨闢境界，協然自立於二十世紀詩界中，群推為大家。」（《飲冰室合集》第16冊，《詩話》，頁3、2、7、20）在為黃遵憲寫的墓志銘中也說：「自其少年稽古學道，以及中年閱歷世事，暨國內外名山水，與其風俗政治形勢土物，至於放廢而後，憂時感事，悲憤伊鬱之情，悉托之於詩，故先生詩，陽開陰闔，千變萬化，不可端倪，于古詩人中，獨具境界。」（〈嘉應黃先生墓志銘〉，《飲冰室合集》第16冊）被梁啟超稱為晚清「詩界革命一鉅子」的丘逢甲在《人境廬詩草》的題跋中認為：「四卷以前為舊世界詩，四卷以後為新世界詩。茫茫詩海，手辟新洲，此詩世界之哥倫布也。變舊詩國為新詩國，慘淡經營，不酬其志不已，是為詩人中嘉富洱；合眾舊詩國為一大新詩國，縱橫捭闔，卒告成功，是為詩人中俾思麥，為哥倫布，偉矣！足以豪矣！而究非作者所自安。」（錢仲聯：《人境廬詩草箋注》，頁1088）胡適除高度讚揚黃遵憲面向民間和以白話寫詩的成績外，還認為黃「以古文家的抑揚變化之法，作古詩的成績最大。」（《五十年來中國之文學》）

趣味的強烈要求。這一名詞初見於黃遵憲〈酬曾重伯編修並示蘭史〉一詩，發表在《新民叢報》第三年第四號上，前在自序云：「重伯序余詩，謂古今以詩名家者，無不變體，而稱余善變，故詩意及之。」詩曰：

> 廢君一月官書力，讀我連篇新派詩。
> 風雅不亡由善作，光豐之後益矜奇。
> 文章巨蟹橫行日，世變群龍見首時。
> 手擷芙蓉策虯駟，出門惘惘更尋誰？

詩不算好，但既道出了詩歌生命與傳統延續的原因正在於變（「風雅不亡由善作」句在《新民叢報》發表時「作」為「變」），也揭示了道光、咸豐以來詩歌與世事的變局。而黃遵憲詩歌實踐和理論的意義就在於他在詩歌求變的內在要求與時代和社會轉型的方向上，找到了自己的道路。在《人境廬詩草》自序中，他說：

> 余年十五六，即學為詩。後以奔走遠方，東西南北，馳驅少暇，幾幾束之高閣。然以篤好深嗜之故，亦每以余事及之，雖一行作吏，未遽廢也。士生古人之後，古人之詩號專門名家者，無慮百數十家，欲棄去古人之糟粕，而不為古人所束縛，誠戛戛乎其難。雖然，僕嘗以為詩之外有事，詩之中有人；今之世異于古，今之人亦何必與古人同。嘗於胸中設一詩境：一曰，復古人比興之體；一曰，以單行之神，運排偶之體；一曰，取離騷樂府之神理而不襲其貌；一曰，用古文家伸縮離合之法入詩。其取材也，自群經三史，逮于周、秦諸子之書，許、鄭諸家之注，凡事名物名切於今者，皆采取而假借之。其述事也，舉今日之官書會典方言俗諺，以及古人未有之物，未

闢之境，耳目所歷，皆筆而書之。其煉格也，自曹、鮑、陶、
謝、李、杜、韓、蘇訖於晚近小家，不名一格，不專一體，要
不失乎為我之詩。誠如是，未必遽躋古人，其亦足以自立矣。
然余固有志焉而未能逮也。《詩》有之曰：「雖不能至，心嚮往
之。」聊書於此，以俟他日。[35]

晚年（1902）在談論梁啟超主編的《新小說》上發表的詩時又說：

報中有韻之文自不可少。然吾以為不必仿白香山之新樂府、尤
西堂之明史樂府，（西堂以前，有李西涯樂府甚偉，然實詩界
中之異境，非小說家之支流也。）當斟酌於彈詞粵謳之間，或
三或九，或七或五，或長短句，或壯如隴上陳安，或麗如河中
莫愁，或穠至如〈焦仲卿妻〉，或古如〈成相篇〉，或俳如俳伎
辭（即「駱駝無角，奮迅兩耳」之辭也），易樂府之名而曰雜
歌謠，棄史籍而采近事，至其題目，如梁園客之得官，京兆尹
之禁報，大宰相之求婚，奄人之納職，候選道之貫物，皆絕好
題目也。此固非僕所能為，公試與能者商之。吾意海內名流，
必有迭起而投稿者矣！[36]

黃遵憲的這些言論，正如他的詩歌，存在新舊交替時代常有的自我矛
盾，但有一點是非常明確的，這就是必須根據詩的規律和時代現實的
雙重要求來變革詩歌，而這種變革，最重要的是要打破傳統詩歌孤芳
自賞、自我循環的小世界，讓詩「詩之外有事，詩之中有人」。所謂

---

35 黃遵憲《人境廬詩草》自序寫於一八九一年。錢仲聯：《人境廬詩草箋注》「發凡」
　云：「其〈自序〉一篇，集中不載，今於《學衡》雜誌中錄出。」
36 《黃公度先生手札》，轉引自黃霖著《中國近代文學批評史》（上海市：上海古籍出
　版社，1993年），頁399。

「詩之外有事，詩之中有人」，就是詩歌要面向現實生活和創作個性：題材可以不論，雅俗可以不分，方法技巧可多方借助，只要是「人境」的詩、「不失乎為我之詩」。

　　黃遵憲的「新派詩」所追求的不是傳統意義上的詩歌美學，而是詩歌功能的現代性。現代性當然可以從不同的層面來談，在社會形態方面是以城市化世俗化為特點的「現代化」，在個體和群體心性結構而言則是個人自由和權利的強調。黃遵憲詩歌最重要的意義，就是把詩歌從山林和廟堂世界，帶到了嘈雜喧鬧的人間現實世界，強調了詩文「適用於今，通行於俗」[37]的重要性，用詩歌接納變動時代的新事物、新理致。《日本雜事詩》「吟到中華以外天」，寫的是異邦的政治、風物和民俗，可說是他《日本國志》的補充[38]，而《人境廬詩草》的作品，則被許多人稱為近代中國社會的「詩史」，接納了近代諸多的歷史事件，用的也是古典詩歌中比較開放的五古和七古的形式。這些詩歌，從思想史的角度而言，也許不是很深刻的，既未接近西方思想文化之「本義」，境界趣味也不夠高遠，不過是「舉今日之官書會典方言俗諺，以及古人未有之物，未闢之境，耳目所歷，皆筆而書之」而已。但從另一方面言之，這又是一種真正面向「今日」的詩，而無論從社會還是詩歌語境方面看，也許沒有什麼比面向「今日」更為重要的了。因為當時的「今日」不再是一個凝然不變的經驗世界，而是急劇變動的世界，用詩接納這個世界，實際上是敞開了一個長期被僵化守舊、自我循環的傳統詩歌所拒斥的另一個世界，而正是這「另一個世界」反過來有力地衝擊了古典詩歌符號形式的物化與抽象性。

---

37 黃遵憲：《日本國志·學術志二·文學》，光緒富文齋初刊本《日本國志》卷33。

38 黃遵憲：〈日本雜事詩自序〉云：「余於丁丑之冬，奉使隨槎。既居東二年，稍與其士大夫游，讀其書，習其事。擬草《日本國志》一書，網羅舊聞，參考新政。輒取其雜事，衍為小注，弗之以詩，即今天所行《雜事詩》是也。」《日本雜事詩廣注》，長沙市：湖南人民出版社，1981年。

　　事實上，黃遵憲標新立異，迎入西洋制度名物和聲光電化，既給詩歌帶來新的視野，又更換詩歌的符號系統，只是一個方面。更深刻的方面是，這些面對現實經驗帶入的新事物、新名詞和新趣味，醒目彰顯了現代詩歌與古典詩歌的矛盾與緊張，從而啟示了新的詩歌革新方案。從根本上說，黃遵憲的詩歌是一種矛盾的詩歌，這種矛盾既有錢鍾書等人指出的新名詞與「性理」的矛盾，古風格與新內容的矛盾，也有舊意象與新生活、口頭語與舊形式的矛盾。這些矛盾不僅影響了黃遵憲的詩歌成就，使他雖然成就了「新派詩」，卻難以寫出堪稱典範的作品，甚至有時還頗帶有反諷色彩，如以五古寫「我手寫我口，古豈能拘牽」之類。然而，正是這些實踐中的矛盾，驅使黃遵憲提出和嘗試了一些根本性的詩學問題：一是語言與文字的矛盾統一問題。他認為中國最大的問題是言語與文字的嚴重脫節，「語言有隨地而異者焉，有隨時而異者焉；而文字不能因時而增益，畫地而施行。言有萬變而文止一種，則語言與文字離矣。⋯⋯語言與文字離，則通文者少，語言與文字合，則通文者多，其勢然也。」[39]以不變應萬變，文字成為權力的化身，必然與流動的現實和普通人的生活脫節，因而語言與文字的分離也就是思想與現實的分離。黃遵憲提出，改變這種局面的出路就是追求言與文的一致，必須本著「適用於今，通行於俗」的精神，不斷創造新詞語和新文體[40]。二是不僅提出了「棄古籍而采近事」的更新題材主張，同時構想了不拘一格的建行建節方

---

39 黃遵憲：《日本國志・學術志二・文學》。

40 「然中國自蟲魚雲鳥屢變其體，而後為隸書為草書，余烏知夫他日者不又變一字體為愈趨於簡、愈趨於便者乎？自《凡將》、《訓纂》逮夫《廣韻》、《集韻》，增益之字，積世愈多，則文字出於後人創造者多矣。余又烏知夫他日者不有孳生之字，為古所未見、今所未聞者乎？周、秦以下，文體屢變，逮夫近世，章疏移檄，告諭批判，明白曉暢，務期達意，其文體絕為古人所無。若小說家言，更有直用方言以筆之於書者，則語言文字幾幾乎復合矣。余又烏知夫他日者不更變一文體為適用於今，通行於俗者乎？」同上。

案，希望詩歌革新能從豐富的說唱和歌謠文學中得到啟發，「斟酌於彈詞粵謳之間，或三或九，或七或五，或長短句」，從而找到新的詩體。這種方案，作者雖說「固非僕之所能為」，實際上是學習民歌（特別是客家山歌）的經驗總結，他明確提出不必仿新樂府，「易樂府之名而曰雜歌謠」，或許不只看到古詩的局限，也感到了民歌的某些局限性，直覺到新事物、新詞語需要更為開放的詩歌形式。三是有作為詩人長期的寫作實踐和對詩歌藝術規律的深入認識，對詩歌傳統的弊端和對詩歌革新的方向比一般人認識得更透澈，也更尊重文化和詩歌創新的規律。在此方面，最明顯的標誌莫過於他一九〇二年在詩界、文界革命口號甚囂塵上之際，堅持文學「無革命而有維新」[41]的觀點，這一觀點不僅與嚴復「文界無革命」的保守思想劃清了界限，也與梁啟超激進的、社會化的文學觀點相區別。他向舊詩挑戰，主張「別創詩界」和提倡「新派詩」，強調詩歌與「今日」現實生活的密切聯繫，希望詩歌有「左右世界之力」[42]，卻始終堅持詩歌的立場，自覺以現實世界的物質性衝擊舊詩的形式主義教條，而不是把社會政治要求凌駕於詩歌之上。因此，他革新詩歌，最著力的是它的「物質」形態，諸如題材、意象、語言和體式，並在實踐中有意強化詩歌的述事功能，寫了不少具有史詩風格的作品。他的文學「無革命而有維新」的觀點，實際上是一種既注意到文學與現實的密切關聯又考慮到它有自己歷史的現實主義的文學變革觀點。

　　這是中國詩歌面向新的生存條件開拓新的想像方式和存在空間的

---

41 光緒二十八年壬寅（1902）六月致嚴復信，見錢仲聯《人境廬詩草箋注》，頁 1245。

42 黃遵憲一九〇二年十一月在致邱煒菱（菽園）的信中說：「少日喜為詩，謬有別創詩界之論。然才力薄弱，終不克自踐其言。譬之西半球新國，弟不過獨立風雪中清教徒之一人耳。若華盛頓、哲非遜、富蘭克令，不能不屬望于諸君子也。詩雖小道，然歐洲詩人出其鼓吹文明之筆，竟有左右世界之力。」見錢仲聯：《人境廬詩草箋注》，頁1249-1250。

努力，如果把近代以來中國詩歌變革潮流作為現代性尋求的過程的話，黃遵憲可以說是直接的起點。現代性最大的特點是現世化和世界化，是強調當前與傳統的差異，強調變化與創新的意識，重述與否定的辯證，是各種各樣的矛盾與衝突。黃遵憲的豐富性正在這裡。至於以現實世界的物質性糾偏形式主義的物化的追求，演變為內容至上的功利主義傾向，並以「革命」精神重塑中國詩歌形象，是後來者的事。

四　從此詩界言「革命」

如果說黃遵憲是晚清詩歌革新運動中最重要的詩人，那麼，這一運動中影響最大的詩歌理論就是梁啟超[43]的「詩界革命」綱領和《飲冰室詩話》。梁啟超是晚清思想文化運動中光芒萬丈的風雲人物，主要是一個社會政治家、思想文化啟蒙家，對詩歌，是比較隔膜的，不過是為了社會變革的需要和感受到詩歌變革的社會意義後，才開始涉獵並參與的[44]。然而，梁啟超的「詩界革命」口號，可以說是晚清文學變革最激動人心的口號之一，他所提出的詩歌革命綱領和目標，也是二十世紀中國詩歌成就與局限的源頭。

---

43 梁啟超（1873-1927），字卓如，號任公，別署飲冰室主人，廣東新會人。青年時期追隨他的老師康有為倡導變法維新：一八九五年三月隨同康有為發動「公車上書」；八月，任變法維新刊物《中外紀聞》主筆；強學會成立，任書記員；一八九六年，任上海《時務報》總撰述；一八九七年任長沙時務學堂總教習，並與譚嗣同辦《湘報》、《湘學新報》。一八九八年「百日維新」後亡命日本，廣覽洋學，「思想為之一變」，開始擺脫康有為的影響，先後主辦了《新民叢報》與《新小說》雜誌，發動和領導了「詩界革命」、「文界革命」、「小說界革命」和戲劇改良運動。晚年的梁啟超主要致力於思想、學術史的研究。著作結集為《飲冰室文集》，最早有一九〇二年的自編版，後又有數十種不同版本，較全的有一九三二年林志鈞編的《飲冰室合集》，上海市：中華書局，1936年1月初版。

44 「丙申、丁酉間，其《人境廬詩》稿本，留余家兩月餘，余讀之數過，然當時不解詩，故緣法淺薄。」「余向不能為詩，自戊戌東徂以來，始強學耳。」見《飲冰室合集》第16冊，《詩話》，頁2、43。

　　「詩界革命」口號，最早見於梁啟超的一八九九年十二月二十七日日記（農曆己亥11月25日），發表於一九〇〇年二月十日《清議報》[45]。而《清議報》是戊戌（1898）變法失敗後梁啟超逃亡日本時在橫濱創辦的，十一月創刊，梁啟超自任主筆。從第一冊起就闢有「詩文隨想錄」欄目，發表了譚嗣同、楊深秀等變法烈士的遺詩，以及康有為、梁啟超、章炳麟、唐才常等維新志士的作品，此後又發表了南方詩人邱煒萱、丘逢甲、潘飛聲、林鶴年、蕭伯瑤、王思翔等人的作品。梁啟超的這篇日記發表時題為〈汗漫錄〉（後又改名為〈夏威夷遊記〉），其中寫道：

> 予雖不能詩，然嘗好論詩。以為詩之境界，被千餘年來鸚鵡名士（予嘗戲名詞章家為鸚鵡名士，自覺過於尖刻）占盡矣。雖有佳章佳句，一讀之，似在某集中曾相見者，是最可恨也。故今日不作詩則已，若作詩，必為詩界之哥侖布、瑪賽郎然後可。猶歐洲之地力已盡，生產過度，不能不求新地於阿米利加及太平洋沿岸也。
>
> 欲為詩界之哥侖布、瑪賽郎，不可不備三長。第一要新意境，第二要新語句，而又須以古人之風格入之，然後成其為詩。不然，如移木星、金星之動物以實美洲，瑰偉則瑰偉矣，其如不類何！若三者具備，則可以為二十世紀支那之詩王矣！……
>
> 時彥中能為詩人之詩，而銳意欲造新國者，莫如黃公度。其集中有〈今別離〉四首，又〈吳太夫人壽詩〉等，皆純以歐洲意

45　由於胡適在《五十年來中國之文學》中引述了梁啟超《飲冰室詩話》關於維新派詩歌的的批評，後人對「詩界革命」的倡導多有誤解：或以為是夏曾佑、譚嗣同諸人之功，或認為黃遵憲「我手寫我口，古豈能拘牽」是「詩界革命」的宣言。陳建華根據多種材料，考定『「詩界革命」是由梁啟超在己亥（1899）11月提出的。」（〈晚清「詩界革命」發生時間及其提倡者考辨〉，《中國古典文學叢考》第1輯，上海市：復旦大學出版社，1985年）

境行之，然新語句尚少，蓋由新語句與古風格常相背馳。公度
重風格者，故勉避之也。夏穗卿、譚復生，皆善選新語句，其
語句則經子生澀語、佛典語、歐洲語雜用，頗錯落可喜，然已
不備詩家之資格。……復生本甚能詩者，然三十以後，鄙其前
所作為舊學。晚年屢有所為，皆作此新體，甚自喜之，然已漸
成七字句之語錄，不甚肖詩矣。……

吾論詩宗旨大略如此。然以上所舉諸家，皆片鱗只甲，未能確
然成一家言，且其所謂歐洲意境語句，多物質上瑣碎粗疏者，
於精神思想上未有之也。雖然，即以學界論之，歐洲之真精神
真思想尚且未輸入中國，況於詩界乎？此固不足怪也。吾雖不
能詩，惟將竭力輸入歐洲之精神思想，以供來者之詩料，可
乎？要之，支那非有詩界革命，則詩運殆將絕。雖然，詩運無
絕之時也。今日者革命之機漸熟，而哥侖布、瑪賽郎之出世必
不遠矣。上所舉者，皆其革命軍月暈礎潤之征也，夫詩又其小
焉者也。[46]

　　梁啟超提出「詩界革命」主張，既由於千餘年來古典詩歌陳陳相
襲，也受到黃遵憲和維新派詩歌運動的啟迪，但在這個綱領性的主張
中，最重要的方面，還是梁啟超「欲造新國」扭轉乾坤的「詩界革
命」抱負，以及新意境、新語句、舊風格「三者具備」詩歌理想。
　　關於「詩界革命」的「革命」，陳建華的新著《「革命」的現代
性——中國革命話語考論》一書曾作深入的探討。該書認為，這一口
號及其互動的詩歌變革運動，與民族主義興起及敘事模式的形成相
關，他說：「在傳統的湯武革命話語的思想背景裡，在當時革命派重
構革命歷史的具體情景中，『詩界革命』的提出和展開，帶有強烈的

---

46 見梁啟超：〈汗漫錄〉，《清議報》第36-38冊。

異質性和挑戰性。這個『新名詞』也得之於日本人的翻譯。梁氏於戊戌變法流產之後流亡日本，不久便發現，『明治維新』與『明治革命』是同義語。他說：『日人今語及慶應明治之交無不指為革命時代，語及尊王討幕廢藩置縣諸舉動無不指為革命事業，語及藤田東湖、吉田松陰、西鄉南洲諸先輩，無不指為革命人物。』他也發現日人將英語 revolution 譯成『革命』，其意義不限於政治方面，也指『群治中一切萬事萬物莫不有』的『淘汰』或『變革』。『詩界革命』一語多半出於梁氏自創，從日人使用『思想革命』、『宗教革命』等語化出。將『革命』與『詩界』相搭配，已包含新的語法結構，在中國傳統『革命』的語境之外另闢新大陸，和改朝換代、暴力以及天命等觀念無關。這個『革命』指一般意義的變革，毋寧說卻含有進化論色彩的歷史命令。如果說在本世紀裡革命意識型態幾乎主宰了中國社會和中國人的日常生活，梁啟超首先引進的這個『革命』觀念構成了現代動力。」[47]

可以進一步探討的是，梁啟超把「革命」引入「詩界」，並不僅僅是讓一個社會政治概念作跨越邊界的旅行，而是基於一個前提性的判斷：社會歷史的變革必然引起包括詩歌在內的革命性變化。他不久之後在《飲冰室詩話》中對「詩界革命」作進一步論述時說：

> 過渡時代，必有革命。然革命者，當革其精神，非革其形式。吾黨近好言詩界革命。雖然，若以堆積滿紙新名詞為革命，是又滿洲政府變法維新之類也。能以舊風格含新意境，斯可以舉革命之實矣。[48]

---

47 陳建華：《「革命」的現代性──中國革命話語考論》（上海市：上海古籍出版社，2000年），頁40-41。

48 原載《新民叢報》第29號，1903年4月11日。收入《飲冰室合集》第16冊，《詩話》，頁41。

在梁啟超看來,「詩界革命」是由傳統向現代轉型這一過渡時代決定的,黃遵憲等人的詩歌革新雖然是「革命軍月暈礎潤之征」,尚不能「舉革命之實」。這種論斷具有某種程度的真理性,因為詩歌確實與社會歷史存在著非常密切和複雜的聯繫,黃遵憲等人的作品也的確表現出過渡性詩歌的矛盾和問題。但問題在於,詩歌與社會歷史相關又與自己的歷史傳統相關,它必須以自己的方式對外部的社會歷史過程作出反應又不為其所決定,這就使它既難以採用社會政治的革命方案,又無法簡單服務於社會革命的目標。而梁啟超,不僅是從社會歷史決定論的立場提出「詩界革命」的,而且革命的方案、目標也是社會性的,他的「新意境」,並不是王國維《人間詞話》中討論的詩歌美學意境,而是「歐洲之真精神真思想」。

就個人思想發展而言,「詩界革命」的理論體現了梁啟超對西方資產階級科學民主思想的認同,而從晚清詩歌革新的歷史過程來看,則體現了從以現實世界的物質性偏正形式的物質性,到試圖以新思想、新理念改造傳統詩歌的努力。實際上,梁啟超論詩,不像黃遵憲那樣重視詩歌的現實經驗和個人感受,關注詩歌的語言和形式。雖然黃遵憲與梁啟超都提倡「新」,但黃遵憲的「新」,是相對於古典詩歌形式主義的不及物性,因而主張「詩之外有事,詩之中有人」,至於具體的時代精神,並不作為評價詩歌的標準;而梁啟超則反覆強調「以舊風格含新意境」,但他的論述重點並不在被稱之為「風格」的語言形式,而在標誌歐洲現代文明的「新意境」。這一點在《飲冰室詩話》中表現得更為明顯,僅以論及黃遵憲方面為例:他表揚〈今別離〉,是由於這首詩寫到了輪船、火車、電報等現代工業化的事物;他盛讚〈以蓮菊桃雜供一瓶作歌〉,是由於「半取佛理,又摻以西人植物學、化學、生理學諸說,實足為詩界開一新壁壘。」[49]他幾乎放棄了中國古代詩論家對意境、形構和技藝的具體關注,不僅重視的全

49　梁啟超:《飲冰室合集》第16冊,《詩話》,頁25。

是社會內容或民族意識，而且談論方式也是武斷的、情感化的[50]。可以說，梁啟超的詩歌主張，是有極強的社會功利色彩的，如同他一九〇二年提出「欲新一國之民，不可不先新一國之小說」[51]一樣，所看重的並不是詩歌、小說本身的價值，而是它們「不可思議」的影響力：其根本目的，無非是通過「歐洲之精神思想」的輸入來改造文學，進而改造中國社會，以至於在高度專注於「精神思想」時，不僅忽略了詩歌回應新思想的藝術規律，也無暇顧及「新意境」與「舊風格」間的齟齬。雖然後來在《飲冰室詩話》中，他也意識到「以堆積新名詞為革命」並不能「舉革命之實」，將新名詞、新意境、舊風格「三長」兼備的標準更改為「以舊風格含新意境」。然而，接納現代思想觀念是晚清中國社會的思想文化問題，雖然詩歌不在這個問題之外，但具體到詩歌，卻是形式的僵化和語言的板結問題，長時間的作繭自縛使它已經無法接納和展望正在變化的生活現實與語言現實。因此，借用當時人們對梁啟超詩歌主張「舊瓶裝新酒」的比喻，可以認為，這既是「酒」的問題，又是「瓶」的問題，更準確地說，是一個酒與瓶的關係問題：梁啟超看到了黃遵憲的詩「新意境尚少，蓋由新語句與古風格，常相背馳」，卻不明白「古風格」正是「新意境尚少」的原因，因而無從體會黃遵憲用舊形式接納「新意境」時的掙扎與犧牲，反以為是堅持舊風格的勝利。他也沒有搔到譚嗣同的癢處：如果說，黃遵憲以「今日」現實經驗和詩人的個性，頑強地與「舊風格」搏鬥，甚至不惜把詩歌的篇幅拉得很長，從而勉強達到了梁啟超「以舊風格含新意境」的標準；那麼，譚嗣同的問題既不在「鄙其前

---

50 典型如對〈出軍歌〉的評論：「讀之狂喜，大有『含笑看吳鉤』之樂。……其精神之雄壯活潑沉渾深遠不必論，即文藻亦二千年所未有也。詩界革命之能事，至斯而極矣。吾為一言以蔽之曰：讀此詩而不起舞者，必非男子。」《飲冰室合集》第16冊，頁24-25。

51 梁啟超：《論小說與群治之關係》，《飲冰室合集》第4冊。

所作為舊學」，也不在愛用「新語句」，其「已不備詩家之資格」，以至於「漸成七字句之語錄，不甚肖詩」，主要是不像黃遵憲那樣重視內心經驗與個性對新思想新精神的轉化，而是把尚未在現實中生根的新理念、新名詞和革命激情直接當成了詩。

這裡顯出了黃遵憲與梁啟超詩歌變革主張的區別，這種區別是「維新」與「革命」的區別，又是面向現實與面向理想的區別，在某種程度上，也是詩人的思維方式與社會變革者的思維方式的區別。在晚清中國社會的劇烈動盪中，從精神或藝術上考慮文學的問題顯然不如在社會、政治方面考慮更具有感召力。因此，雖然梁啟超的詩論對詩歌本身並沒有多少獨特的貢獻，但他的「革命」口號和求「新」精神，強化了人們向西方尋求參照的意識，加速了詩歌追求現代性的進程。

僅以詩歌的翻譯為例，在梁啟超提出以「三長兼具」的「詩界革命」目標之前，外國詩的翻譯不僅很少，而且是自發的、偶然的，也往往是寄生性的。除第一首譯詩〈人生頌〉（A Psalm of Life）[52]是個例外，其他如王韜與張芝軒同治十年（1871）合譯的〈法國國歌〉（Chant Marseilles，即〈馬賽曲〉）和德國的〈祖國歌〉、馬安禮光緒十六年（1890）譯的阿拉伯詩人蒲綏里的〈袞衣頌〉（今譯〈斗篷頌〉）、嚴復光緒二十四年（1898）在〈天演論〉中譯的英國詩人朴伯（Pope，今譯蒲伯）的〈人道篇〉（Essay on Man）等，都不是作為詩歌獨立翻譯的，要麼，是社會科學著作中的引文（如〈法國國歌〉、〈祖國歌〉之於〈普法戰紀〉，〈人道篇〉之於《天演論》）；要麼，是為了宣揚宗教（如〈袞衣頌〉是一首宗教頌詩）。但在「詩界

---

52 〈人生頌〉是美國詩人朗費羅（Henry Longfellow, 1807-1882）的作品，是我國的第一首漢語譯詩，於同治三年（1864）由英國使臣威妥瑪（Thomas Francis Wade, 1818-1895）以漢語譯出，威氏的漢語只是粗通，譯文並不準確，也不合當時的詩歌格式，因而後來又有總理衙門官員董恂（1807-1892）題為《長友詩》的譯本。關於這首譯詩有關情況，錢鍾書曾在〈漢譯第一首英語詩〈人生頌〉及有關二三事〉一文中作過詳細探討，見《七綴集》，上海市：上海古籍出版社，1985年。

革命」提出後，外國詩歌譯介大大增多。在一九〇〇年至一九一〇年間，就有如下國家的詩歌被翻譯過來：美國除朗費羅的詩（Henry Longfellow, 1807-1882）的〈人生頌〉外，還有葉仿村、沙光亮譯的〈愛情光陰詩〉、胡適譯的〈晨光篇〉。英國拜倫（George Gordon Byron, 1788-1824）的〈哀希臘〉分別有梁啟超、馬君武、蘇曼殊、胡適四人的譯文，以及蘇曼殊譯的〈贊大海〉、〈去國行〉等；雪萊（Percy Shelley, 1792-1822）的〈冬日〉（蘇曼殊譯）、〈雲之自質〉（葉中冷譯）；柯伯（William Cowper, 1731-1800）的〈癡漢騎馬歌〉（辜鴻銘譯）；彭斯（Robert Burns, 1759-1796）的〈潁潁赤牆靡〉（蘇曼殊譯）；丁尼生（Alfred Tennyson, 1809-1892）的〈六百男兒行〉（胡適譯）；康培爾（Thomas Campbell）的〈軍人夢〉（胡適譯）等。這些詩作的翻譯介紹，與「詩界革命」倡導「新意境」、「以歐洲意境行之」有著密切的關係，而實際上，像〈法國國歌〉，不僅被梁啟超錄入《飲冰室詩話》，作為「新意境」的範本，而且有好些譯詩，也是在他主辦的《新民叢報》上發表的。至於這些外國詩歌對中國人的精神生活和詩歌寫作的影響，也許魯迅一九〇八年以「令飛」的筆名發表的〈摩羅詩力說〉[53]是一個可以參照的文本，雖然主要材料和觀點出自日本人木村鷹太郎的〈拜倫──文藝界之大魔王〉，但這也是一篇「別求新聲於異邦」的宣言：魯迅提出裴倫（拜倫）、修黎（雪萊）、普式庚（普希金）、來爾孟多夫（萊蒙托夫）、密克威支（密茨凱維支）、裴象飛（裴多菲）為「摩羅詩人」，表揚他們「爭天拒俗」的精神，無非是「立意在反抗，指歸在動作」。

　　值得注意的正是這種詩歌參照體系的改變和「立意在反抗，指歸在動作」的革命性訴求。「詩界革命」之後，人們不再像黃遵憲那樣有耐心從傳統詩歌中剝離出詩歌變革的資源，也很少考慮形式與內容

---

53 令飛（魯迅）:〈摩羅詩力說〉,《河南》月刊，1908年第2號、第3號。

的關係。不僅詩歌的翻譯中只重視內容的民主性，卻很少考慮西方詩歌與中國古典詩歌語言形式的尖銳衝突，成為一種普遍的傾向；形式上大都遵循中國古典詩歌的體制；創作上也是革命精神和反抗內容壓倒一切，所謂「山人獨立觀天演，詩界新編革命軍」[54]，好像詩界全被進化論武裝組織起來，成了一支為社會進步而鬥爭的隊伍一樣。中國詩歌正逐漸游離「行有餘力，則以學文」的古訓，不再堅持靜觀人與自然關係，面向個人記憶和內心世界，面向想像和語言，在不潔的現實之外追求另一種人生意境的傳統，而是試圖去實踐自身之外另一個更為偉大的理想。這是一種詩歌趣味與理想的現代性位移，一種詩歌語言功能的時代性變化，由思維與想像的語言轉向行動的語言，由審美的媒介變成了社會解放的工具。晚清的詩歌從詩歌話語方式的變革出發，通向了社會變革的大目標。

當然，「詩界革命」時期梁啟超的詩歌主張並不是他始終堅持的詩歌觀點，急劇變化的晚清社會，梁啟超的思想文化觀點是「與時俱進」的，「善變」是他的特點。到了晚年，在《中國韻文裡頭所表現的情感》、《情聖杜甫》、《陶淵明》等著作中，提出了更尊重藝術規律的情感與技藝並舉的詩歌觀點[55]。不過，這種觀點及影響，已在學術範疇而不在詩歌革新運動方面了。「詩界革命」蔚成風潮，既由於前行者的倡導，也由於讀者把諸多的革命要求帶進了這種口號的理解與實踐。

—— 本文原刊於《中國詩歌研究》第三輯，
北京市：中華書局，二〇〇五年。

---

54 林輅存贈潘飛聲詩中的句子，見潘飛聲《山泉詩話》卷2。
55 晚年梁啟超評價詩歌的標準不再是「以舊風格含新意境」，而是優美情感與美妙技藝的並重，「自己腔子裡那一團優美的情感養足了，再用美妙的技術把它表現出來，這才不辱沒了藝術的價值。」(〈中國韻文裡頭所表現的情感〉，《飲冰室合集》第13冊，頁72) 這顯然更接近中國詩歌吟詠性情、面向精神和想像自由的傳統。

現代漢詩：

一八九八～一九九八

　　百年光陰對一個人來說是有福了。但對一種新的文類秩序的重建，新的美學趣味的養成，以及作者與讀者共識的形成來說，又無疑是太短暫了。從詩經而至楚辭，從楚辭而至唐詩，再從唐詩到宋詞，人們摸索與掌握一種想像方式，經由形式的中介學會欣賞與解讀某種類別的詩歌，用了多少時間？而「新詩」，從黃遵憲革故鼎新，別創新境，梁啟超號召「詩界革命」，到胡適在自己的實驗室裡試驗「白話詩」，而後命名「新詩」，從此展開「詩形」、「詩質」的探索，卻只有百年左右的時間。

　　這不是要借助時間的量器來為一種尚不定型的文類辯護，而是說象徵體系和文類秩序的重塑要比社會制度的改變更為艱難與緩慢。今天大概誰也不會非議中國社會已經成就由朝到國、由君到民、由家到群的轉變了，但是我們雖然打倒了「舊文學」，樹立起「新文學」，怎樣現代和如何文學卻還是爭論不休的世紀問題。也許，「新詩」是不是詩，要不要存在，這樣的問題已經變得無須爭辯了，但它近百年的上下求索，有何文學史的意義？在中國社會轉型的過程中，它怎樣學習新語言、尋找新世界，是否完成了象徵體系和文類秩序的重建？能否作為一個環節體現中國詩歌傳統的延續？卻值得人們再三思考。

一　「新詩」與「現代漢詩」

　　晚清以來，面對西方世界的衝擊，中國社會和文化出現了「千年

未有」的變局，這種變局不僅改變了傳統的典章制度，也改變了我們
持護文化記憶的語言習慣。而「詩文」與這種變局微妙複雜的對話關
係，莫過於主與僕、被迫承受與主動追求的互動相生：一方面是帝國
主義的堅船利炮逼著你進入現代化的宏大敘事，另一方面是人們對中
國傳統制度的宰制早已圖謀反抗，這是否就是近代以來國人棄舊圖
新，新國新民新思想新文化新文學新小說新詩的主要動因？

　　「新」這個詞在近現代中國的語境中，原也是可以作為具有心理
意義的動詞來看的。雖然十九世紀末「新詩」就成了一個複合的名
詞，但黃遵憲說的「新派詩」，只是內容上的「人境」之詩、「為我之
詩」，而梁啟超心目中的新詩，也只是「新意境」和「新語句」，並未
從文學類型的意義上認同「新詩」這個概念。真正具有文類革新意義
的，恐怕還是胡適有意進行的解放語言和體式「嘗試」，它早期被稱
為「白話詩」，在一九一九年經過〈談新詩〉一文的論證，獲得了廣
泛的認同，從而宣告了現代詩歌文類的確立。

　　〈談新詩〉不僅重新命名了「白話詩」，也成了「詩的創造和批
評的金科玉律」（朱自清語），可以說是一個理論綱領。胡適的開山之
功應當給予高度評價，但〈談新詩〉也從進化論的觀念出發，強化了
新舊對立的意識型態，使新內容（時代精神）和新語言（白話）成了
「新詩」的指標。這種指標對於中國社會的轉型，有著非常重大的意
義，但也誤導詩歌通往了工具化、簡單化的方向：由於詩質的豐富性
被「時代精神」大而化之，詩歌語言的「言外之意」、「弦外之音」被
「白話」的透明性所替代，「自由詩」幾乎成了「新詩」的基本符
碼，詩的美學要求已被降到最低，形式與語言藝術的考慮變得微不足
道了。因此，到了一九二三年，「新詩的中衰之勢，一天天地顯明」
（朱自清語），朱湘後來不客氣地批評胡適的詩「內容粗淺，藝術幼
稚」。朱自清還尖銳指出：「一九一九年來新詩的興旺，一大部分也許
靠著它的『時式』。一般做新詩的也許免不了多少的『趨時』的意

味；正如聞一多先生所譏，『新是作時髦解的』！……我覺得我們做
事，太貪便宜，求速成，實是一病。」[1]這些意見，出於對新文學的
呵護，後人一般不輕易提起，然而也是歷史中真誠的聲音。它實際上
道出了長期存在於「新詩」發展中重視內容而忽視藝術，造成寫作與
閱讀的簡單化傾向的根源。

　　因為急於擺脫舊詩，更由於包括「新詩」在內的新文學對現代中
國社會作出了運輸新思想新精神的承諾，成了通往現代民族國家神話
的重要途徑，一些「時式」的東西逐漸演變為歷史的沉積，五四時期
「新詩」的精神和創作原則被體制化了。但無論從理論和實踐上看，
還是從文學史的立場上看，「新詩」這一名目都過於浮泛，只能是中
國詩歌尋求現代性過程中一個臨時的、權宜性的概念。

　　從理論上看，詩是文學的一種話語類型，一種想像世界的方式，
有自己的基本問題和言說機制，有本身的慣例和修辭規則（如「詩
法」），它受社會歷史的影響卻又以自己的規律對外部的歷史作出反
應，因此，你可以說它永遠是新的，也可以說它永遠是舊的，更確切
地說，是「共時性」與「歷時性」、傳統慣例與個人創新如何平衡、
對話的問題，而不是「舊」與「新」的對立問題。現代人喜「新」厭
「舊」，凸顯了現代人的意識型態和「時間性烏托邦」上的盲點，卻
不能作為衡量詩歌價值的根本尺度。從「新詩」的實踐過程看，它的
前身是「白話詩」，而成為「約定俗成」的概念之後，也只是普泛地
用它稱呼一切用現代漢語寫的非格律化的詩作，在進行批評和研究
時，則往往從思潮（浪漫主義、現實主義、象徵主義與現代主義）、
質地（如現代詩）、形式（如格律詩、半格律詩、「圖像詩」）等方面
去處理它，有的甚至把它懸置起來了[2]。因為普泛性使用「新詩」的

1　朱自清：《新詩》，《朱自清全集》第4卷（南京市：江蘇教育出版社，1990年），頁
　　210。

2　葉珊（楊牧）認為自從紀弦主編《現代詩》，成立「現代派」後，「現代詩」在臺灣

概念太籠統，其理論又太粗糙、簡單，負面的聯想太多，而具體到詩潮、質地、形式又太容易以偏概全，只見樹木不見森林，不能獲得「斷代」意義上的文類認同，就很不利於文類秩序的自覺重建。從文學史的立場看，無論二十世紀的中國詩歌變革如何「新」，怎樣具有異質性，接納了多少西方詩歌的影響，但一方面，除非它不是詩，否則便難以和詩的基本問題脫離干係；另一方面，雖然詞彙與語法發生了變化，但從「白話」出發的語言也還是漢語。因此，它在詩歌史上的位置，只能是不斷延伸的中國詩歌傳統的一個歷史階段。把過去幾千年不同階段的中國詩歌用「舊詩」一詞輕易打發，強調「新詩」的意義與價值，是不科學的，沒有歷史感的。即使胡適相信進化論，在〈談新詩〉一文中，也還是把「新詩革命」稱為「第四次的詩體大解放」，不敢忽略中間兩次「解放」的意義，那麼，只承認這一次解放才是「新」，其他都是「舊」，邏輯上也是不通的。

　　因此，如果把「新詩」的討論具體化，「現代漢語詩歌」或許是一個更為有效的詩歌文類概念。

　　「現代漢語詩歌」（簡稱「現代漢詩」）也認同「新詩」指陳的與中國古典詩歌的不同，但與我們說的詩經、楚辭、唐詩、宋詞、元曲一樣，所強調的是「代際」性的文類秩序、語言策略和象徵體系的差異，而不是詩歌本質上的對立。這種差異當然首先反映在經驗與意識型態方面，現代社會的生產生活方式、交流手段和傳播媒介，在很大程度上改變了人們的觀物立場、價值觀念和想像世界的方式，但這種改變不僅僅是「內容」（題材、主題）與詩歌趣味的的改變，也同時表現為書寫語言及其想像方式的變化。正如中國第一首「白話詩」〈答梅覲莊〉（胡適1916年7月21日作）所羅列的那樣：「古人叫做

已被「確定為新詩的通稱」（葉珊：〈寫在〈回顧〉專號的前面〉，見臺北《現代文學》季刊，第46期〔1972年3月〕「詩專號」）。

『欲』，今人叫做『要』。古人叫做『至』，今人叫做『到』。古人叫做『溺』，今人叫做『尿』。」新文學從倡導「言文一致」的白話文運動下手，找到了革新文學的突破口。儘管「白話文」一詞並不準確，胡適本人也沒有很好區別「白話」的語體和語用的關係，以口語為基礎的「現代漢語」這一概念是後來才確立的。但它無疑昭示人們：包括「新詩」在內的新文學運動，實際上是一場尋求思想和言說方式的現代性運動，——這就是「現代漢詩」一詞的由來，它同時面向美學和語言的現代重構，以現代美學、語言探索的代際特點，體現它與中國詩歌傳統的差異和延續關係。

在二十世紀中國，無論是制度、知識和心性結構，還是語言體系，都不是一項完成的工程，而是一種未竟的事業。「現代」這個詞，簡單說來是對時間的意識，正如鮑曼（Zygmunt Bauman）所描述的那樣：「當時間和空間從生活實踐中分離出來，當它們彼此分離，並且易於從理論上來解釋為個別的、相互獨立的行為類型和策略類型時，現代性就出現了。……在現代性中，時間具有歷史，這是因為它的時間承載能力（carrying capacity）在永恆擴張——即空間（空間是時間單位允許經過、穿過、覆蓋或者佔領的東西）上的延伸，一旦穿過空間的運動速度（它不像明顯的不容變更的空間，既不能延長，也不能縮短）成了人類智慧、想像力和應變能力的體現，時間也就獲得了歷史。」[3]通過工業社會的時間觀念分割歷史並與之對話，標舉對未來的信念及新與異的立場，是現代性的基本表徵。實際上，無論是哈貝馬斯（Jurgen Habermas）把現代性解說為啟蒙思想家的建構方案也好，還是福柯（Michel Foucault）把它理解為一種英雄態度也好，或者利奧塔（Franc Lyotard）將其概括為元敘事為基礎的知識總匯也好，「現代性」都表現出以理性精神不斷反思歷史與構建未來

3　齊格蒙特・鮑曼：《流動的現代性》（上海市：上海三聯書店，2002年），頁13。

的傾向。現代性作為一種世界性「宏大敘事」，其感召力無可置疑，但同樣無可置疑的是，現代性的「時間性烏托邦」既是它與傳統斷裂的理由，也是它本身也面臨分裂的原因。在西方，現代性不是「一個」，而是多個，有西方資產階級的現代性，相信歷史的進步，相信科學技術的福祉，相信人道主義的理想；也有文化和美學的現代性，這就是自波特萊爾（Charles Baudelaire）以來的藝術前衛運動，極力要反抗資產階級的庸俗、嗜利、保守、霸道，以及寫實主義和科學主義的思想方法。而這種分裂的文化伴隨著帝國主義的殖民活動，變成後發達民族國家的子民必須承受的文化命運時，所引起的震盪、錯位和裂變是非常複雜的。

這種複雜性在於，第一，西方現代性許多「知識」上的分裂都聚焦於對布爾喬亞（中產階級）文化體制的態度，而中國社會在二十世紀初才剛剛取消科舉制度，很難在這種張力場中建構。因此，「現代性」一方面當然要征服，但也免不了被改寫、挪用和嫁接。第二，現代性的特點是割斷傳統，疏遠歷史，但「割斷」、「疏離」不僅間接肯定了對象，而且在實踐上也只能通過先重述對象才能擺脫對象。因此，現代之「新」並不能背過臉去從歷史傳統中出走，而是要在兩者的張力中發現新質，在爭戰、磋商、對話中建構。民族國家的現實問題、歷史傳統、文化記憶，與普遍化的現代性方案的衝突，始終是二十世紀中國詩歌發展中廣泛爭論的問題。第三，在爭戰和磋商對話中建構，首先面對的是語言。現代中國詩歌的革命是從語言和形式的革新下手的，作為傳統文學中最堅固的「堡壘」（胡適語），現代性的震撼促使它以「內部暴動」的方式最終宣告了「白話文」的勝利。但也正如胡適當時就意識到的那樣，「國語的文學」並不就是「文學的國語」：一方面，簡單、粗糙的「白話」本身需要發展，形成現代的漢語體系；另一方面，必須通過詩歌和文學的語言實踐去豐富它、純潔它，增加它的活力和表現力。

　　「現代」已經把經驗和語言放進一個不斷分裂的容器中，現代漢語詩歌既是這種分裂的承受者，又命中注定是這種分裂的凝聚者。那麼，詩歌如何在相當混亂和模糊的語言背景中，形成、顯示漢語的開放性和特殊魅力，使詩與語言產生良性的互動，成為凝聚和想像現代中國經驗的形式？無論是順著時間看它的實踐過程，還是從實踐的效果回溯它的歷史，二十世紀中國詩歌都是一種在「現代經驗」、「現代漢語」、「詩歌文類」三者的互動中展開凝聚和建構的文類。

二　百年中國「新」詩夢

　　從現代漢語詩歌的立場與「新詩」進行對話，並不是淡化二十世紀中國詩歌「新」質的探討，而是反對把「新詩」看成是給定的或已經定型的文學類型，匆忙把尚在展開的探索歷史化，排斥再三思考和探索的可能性。「新詩」不是複合性的文類名詞，而是一個動賓結構。二十世紀的中國詩歌的特質，並不拘限於五四時期那種基於新／舊對抗視野所給出的那些指標，也不能只通過舉證「經典」文本的方法作出簡單的概括。這是一個重新創造它的作者與讀者的歷史過程，一串迂迴探尋的腳印、一個在實踐中尋求認同和修改的夢想。

　　尋找現代詩歌之夢的第一個階段，是起自晚清的「詩界革命」，至五四前後的「新詩」運動，可以稱之為古典詩歌體制的破壞階段，或者說是詩歌語言與體式的解放階段。它最大的特點是把詩歌納入了世界現代化的視野，把詩歌變革當作了建構現代民族國家的有機組成部分。先是經由黃遵憲、梁啟超等先行者把詩引入「人境」，呈現了「新意境」、「新詞語」與古典詩歌符號、形式的矛盾緊張關係，後是胡適在與朋友的討論和美國的意象派宣言中得到了啟示，找到了從語言形式下手的革新方案。從「白話詩」到「新詩」的運動徹底動搖了古典詩歌賴於延續的兩個根基，改變了中國詩歌近千年來在封閉的語

言形式裡自我循環的格局，讓詩歌寫作重新面向了長期淡忘的口語資源和陌生的西方語言形式資源。但第一，「白話」作為一種現代的語言體系還不成熟，它本身如何發展和如何用它去寫詩是一個需要漫長的實踐才能明瞭的問題。第二，胡適的革新方案是一個直取要塞的破壞方案，但破壞者往往很難同時成為一個很有成就的建設者，他那種深受宋詩影響的「作詩如作文」的方案，雖然可以推進白話文運動，但由於混淆了詩歌與散文在語言運用上的文類界限，絕對談不上是一個完善的詩歌建設方案。第三，「時代精神」的強力牽引，急切的「求解放」和社會現代轉型的要求，不僅讓許多人忽略了中國詩歌傳統中諸多可以轉化與再生的資源，普遍把目光投向了西方，而且對西方文化精神、形式的理解非常情緒化和簡單化，在相當大的程度上把它們浪漫化了。郭沫若的《女神》及其詩歌主張，就是這種浪漫化和簡單化的代表，其中「自我表現」的精神和「自由詩」的形式，在不斷把五四神話化的現代歷史語境中，幾乎成了判斷「新詩」的兩大指標，很少人願意承認，它們也是造成二十世紀中國詩歌寫作與閱讀的簡單化，妨礙人們認同「新詩」具有語言與形式美的根源。

把晚清至五四時期（大概到1923年左右）的「新詩」看作「破壞時期」，是想強調這一階段的詩歌有很多反思的空間，卻沒有降低它的意義的意思。在一座座宏偉莊嚴的歷史紀念碑前，挑戰延續千年的詩歌趣味和寫作習慣，開闢新的詩歌場地，這是何等艱難的工作！重要的不是已經建造好了什麼，而是目光已經不在固定的一點上停留，有了更多的參照，有了規劃和建造的可能。包括語言形式上的「歐化」和詩歌觀念的浪漫化傾向，固然是五四激進主義思潮的反映，帶來一些負面的影響，但它的貢獻是巨大的，尤其是，它拉近了詩歌與現實生活的聯繫，改變了中國詩歌語言與形式的參照體系，解放了詩歌的感受力和想像力。從此，中國詩歌的觀念、語言、意象與形式技巧，再也不能在自己的封閉體系中加以理解了。

　　破壞時期的功績主要是開放了中國詩歌的語言、形式體系，接納了西方詩歌的精神和藝術資源，但它的注意力主要在語言、形式、自我的解放，而不是詩歌想像世界的藝術規律。比較自覺從本體立場出發把現代詩歌文類的建設提上議事日程，是二十年代開始並延續到四十年代的「詩形」與「詩質」的雙向尋求。這個時期可以稱之現代漢語詩歌的建設時期。

　　「建設時期」與「破壞時期」的對話關係，一方面是承接了前一代詩人反叛古典傳統的「新」詩理想，繼續從西方詩歌中尋求革新和建設的資源；另一方面，他們又與前代詩人有很大的不同。前一代詩人是努力把詩寫得不像詩，準確地說是不像傳統的古典詩，他們急於要擺脫「舊詩」，只要有「時代精神」，語言上使用白話，形式上不講格律就都是「新詩」。而這一代詩人卻不同意詩歌就是這樣簡單直接，他們認為詩不是感情的氾濫而是對情感的駕馭，應有藝術的自覺，有形式和詩意的尊嚴。

　　建設時期的詩歌重新關注詩歌特殊的說話方式，重新面對詩的形式和語言要求。先是有陸志韋探索「有節奏的自由詩」，緊接著是「新月詩派」的詩人在聞一多、徐志摩的感召下「第一次聚集起來誠心誠意的試驗作新詩」（梁實秋語），引導詩歌在建行建節的方面走上軌道。這就是被朱自清在《中國新文學大系》〈詩集・導言〉中命名的「格律詩派」，他們希望在視覺與聽覺兩方面協調考慮詩歌的形式問題，在視覺方面做到詩節的勻稱和詩句的齊整，在聽覺方面注意音節、平仄、押韻的節奏意義。「格律詩派」在它的早期也有一些局限，一是比較強調語言的節奏，卻對詩情內在節奏兼顧不夠，二是在倡導視覺形式與聽覺的協調時，注重的是它們的制衡性，沒有把聲音（節奏）當作一種優先原則來考慮，因此遮蔽了現代漢語詩歌在形式上的彈性和張力，被人譏為「豆腐乾詩」。不過，「格律詩派」的實踐和理論的意義是巨大的，它的典範作品、理論思路和不少概念術語

（如詩的「音樂美」、「繪畫美」、「建築美」、「音節」、「音尺」、「音組」），不僅直接啟示了卞之琳對現代漢語詩歌「說話的調子」的意識，馮至對西方十四行詩的改造與轉化，林庚九言詩的實驗，吳興華對穩定的形式結構的追求，而且對詩歌翻譯中形式與節奏的考慮起了非常積極的作用（像梁宗岱、卞之琳、孫大雨、吳興華的譯詩，就非常講究傳達原作的形式與節奏）。尤其值得重視的，是這種具體到詩歌建行建節的形式探索，深化了對現代漢語節奏的認識：大約經過了十年時間，到了一九三七年，葉公超的〈論新詩〉已經能夠在理論上很明確地分辨現代漢語與文言的不同，根據現代漢語複音詞大量增加的現象，提出從「音組」出發考慮現代漢語詩歌節奏的組織了。節奏是詩歌的靈魂，它生存的基礎就是詞的音節，認清了現代漢語在音節上的特點，形式秩序的建構才可能從盲目走向自覺。

　　與形式秩序的探索同步，但稍後才產生廣泛影響的，是現代「詩質」的尋求。如果說，前者的努力是想從現代漢語中探求一種詩歌語言的組織規律，讓詩擺脫以不講形式為形式所導致的混亂，建立寫作與閱讀共同的橋樑；那麼後者是要弭合工具語言與現代感性的分裂，探索感覺意識的真實，調整詩歌的象徵體系，找到現代詩歌的想像機制，更換「新詩」的血液。這方面的建設，往前可以追溯到魯迅的《野草》和李金髮為代表的象徵派詩。魯迅寫的「新詩」不多，他討厭「白話詩」那種廉價的感情和單調的韻律，在《野草》中，通過對個人經驗的深度內省，作者以隱喻與象徵情境改造了語言，在「白話」的透明性和文言的優美原則之外，展示了獲得現代詩意的可能。不過，魯迅使用的是散文詩形式，像流動的、不定型的金屬，缺少詩歌的凝聚力和穩定感，而留學法國的「詩怪」李金髮，雖然從象徵派詩歌中得到了直接啟發，但母語根基不深，有「文字障」，因而只留下許多新奇的意象，卻無法形成一個整體。

　　真正以現代中國詩人的體溫融化西方象徵主義的色調，將其改造

成中國詩歌的想像方式的，是戴望舒、何其芳、卞之琳、艾青、馮至、穆旦等人的詩歌。戴望舒、何其芳諸人用中國的抒情傳統嫁接了西方的象徵主義詩歌，找到了一條以「返回」的方式抵達詩歌現代性的道路：在象徵主義內外和應的本體論詩學的啟示下，一方面，他們從「寫實」返回到內心感覺和記憶的表現，另一方面重新接通了古典詩歌以象寫意的抒情傳統。而卞之琳、艾青、馮至則在將它們進一步中國化、現實化方面作出了貢獻：卞之琳通過「距離的組織」帶來了詩意的戲劇性和形而上的效果；艾青則以大詩人的胸襟提升了中國現代詩歌的境界，並讓西方的象徵主義滾上了中國土地的泥巴，他把實境轉化為詩境的才能，只有馮至質量整齊《十四行集》可以並提。不同的是，艾青是抒情的，而馮至是「沉思」的，馮至能從一粒砂裡見世界，從最平凡的現象中發現存在的真諦，不僅在取材上，而且在想像理路上，既在美學情調方面，也在結構和技巧方面，體現了中國氣質對外來詩歌的融化改造。還有穆旦為代表的四十年代「中國新詩」詩人群，他們以「新的抒情」同西方非個人化的現代主義詩學對話，通過矛盾分裂的「自我」的探尋和「現實、象徵、玄學的綜合」，展示了詩歌既介入時代又超越時代的可能性。

　　現代「詩質」的探尋過程，是從「主體的詩」到「本體的詩」的美學位移的過程。它強調詩歌文本的獨立性，主張詩歌對「詩想」的依賴、對內在節奏的追求，而不看重外部形式的力量。這是在社會重心由鄉村轉向城市，現代漢語也基本成型的背景下，中國詩歌現代性的一次由外而內、由表及裡的「建設」。在內容上，它把以城市為背景的現代經驗，納入了「新詩」的話語系統，改變了傳統詩歌以自然意象為主的象徵體系；在表現上，意象的暗示性和多義性，詞性的活用，具體與抽象的結合，結構的繁複和情境的陌生化等，成了主要的語言策略和組織情境的手段。它極大地豐富了五四「新詩」的藝術表現力，也修正了五四時期形成的詩歌觀念和閱讀成規。「詩形」與

「詩質」兩個向度的自覺探尋，體現了「現代經驗」、「現代漢語」、「詩歌文類」三者的互動，是現代漢語詩歌形成與發展的一個重要階段，也是湧現了比較多的重要詩人和提出了許多重要詩歌理論問題。在這個時期，由於城市的發展和現代「社會動員」的達成，傳統社會的諸多成規被拋棄，新的行為和文化逐漸被接納，現代漢語體系在逐漸形成，因而現代漢語詩歌的建設有可能被提上議事日程。當然，問題也與此有關，由於社會轉型的巨大壓力，加上抗日戰爭和國內戰爭的爆發，詩歌也必然要接受「產生意義和價值的社會經驗層次」的意識型態的影響，這就使得現代漢語詩歌的本體建設，一方面，承接著五四而來，內容的考慮始終優先於藝術的考慮；另一方面，「詩形」與「詩質」的不是兼顧的，而是分開的，甚至是對立的。無論「格律詩派」專注於形式與音節，還是「現代詩派」強調「詩是詩」和內在的音樂性，對內容與形式的辯證關係都有不同程度的忽略。

因此，建設時期的現代漢語詩歌既在現代「詩質」與現代「詩形」的雙重探求方面積累了諸多彌足珍貴的經驗與問題，也對這兩方面的綜合發出了深情的呼喚。但後來的中國詩歌的發展對這種呼喚的回應是非常複雜的，它沒有出現預期的綜合，而是走向了分化。

從五十年代至八十年代，現代漢語詩歌進入第三個時期，在中國大陸、臺灣、香港「兩岸三地」得到了不同的發展。它具有比較明顯的思潮色彩，可以稱之為分化期或多元探索的時期。這與二戰結束後國家的分裂和冷戰時代的意識型態有關，五十年代初海峽兩岸的政治詩集中反映了同一種思維模式的兩種意識型態的對抗。一方面，詩當然無法脫離時代的語境，它深藏的激情和革命性氣質，不僅使之成為時代意識型態進程的反映者，也成為它主動的塑造者。但另一方面，幾千年延續的中國詩歌精神和前兩個時期留下的理論實踐成果，仍然潛在地起作用。因此，在普遍認同現實，轉向鬥爭主題和頌歌風格的潮流中，何其芳、郭小川仍然在詩學與政治學的衝突中發現了詩歌的

張力，他們把前代詩人表現的文化記憶與現代經驗的衝突，轉化成了個人的「小歷史」與時代「大歷史」的緊張，寫出了一些讓人難忘的作品。而許多臺灣的詩人，則從西方現代主義的疏離性中，找到了一種邊緣的抗衡方式，銜接上了三十年代「現代詩」的探索，並在七十至八十年代大陸「朦朧詩」運動中得到了再度的展開。

　　就基本特徵而言，大陸的詩歌創作以詩與意識型態的糾纏迎拒為特色，臺灣的詩歌處於現代主義與本土主義的張力場中，而香港詩歌最引人注目之點，則是城市的書寫和想像。這種特色也在象徵體系和形式秩序中反映出來：在大陸，詩的意象和語言在相當長的時間裡必須對應「生活」或意識型態才能得到較充分的理解，而意識型態又總是對「生活」擁有闡述的權力，因此語言不僅難以為了自身的目的得到提煉，反而在捕捉表象與表達觀念的矛盾中變得渙散和抽象，讓一些意象與形式失去了彈性與活力。儘管也有人提出在古典詩歌和民歌的基礎上發展新詩的建設方案，並且出現過聲勢浩大的「新民歌」運動，然而它們雖然出於引導「新詩」民族化、大眾化的良好願望，卻帶有明顯的意識型態背景，持的是古典詩歌的價值立場，同時也未能顧及現代漢語的特點，因此不僅沒有產生多少積極的效果，反而壓抑了何其芳、卞之琳等人關於建立「現代格律詩」的真知灼見，導致了語言與形式的僵化。以致後來「朦朧詩」詩人群和「歸來詩人群」不得不花相當大的氣力做語言、意象的涮洗工作，重新建立它們與真切個人經驗之間的聯繫。臺灣的現代主義詩潮尋求對「反共抗俄」意識型態的超越，比較重視形式符號的「能指」（signifier）意義，語言的運用大都以自我為參照，達到了「陌生化」的效果。但在它的早期，由於《現代詩》、《創世紀》詩人群片面強調「橫的移植」和「知性」的運用，在一定程度上忽略了漢語詩歌的觀物立場和語言特點，詩風趨於虛無與晦澀，形式實驗也走了偏鋒。直到有了《文學雜誌》、《藍星》雜誌的新古典主義這支平衡的力量，才開始比較自覺面對離散文

化空間中人的命運，探索空間的阻隔和「時間之傷」中的個人經驗與象徵體系，追求抒情與知性的調和。而香港的詩歌，雖然站在對峙的兩種主流詩歌的邊緣，不受中心話題的限制，隨著城市社會的發展，探索了詩歌表現城市的世界觀和方法論，但由於較多受西方思潮的牽引，比較注意內容和技巧的現代性，卻對漢語詩歌的語言和形式不夠重視。

二十世紀後半葉的中國詩歌具有較強的思潮性，但也有對自身歷史的不斷回望。由於基於共同的文化傳統、詩歌源流、語言背景和現代環境，思潮的更迭和觀念的對立並沒有妨礙對前代的呼應、凝聚和發展。像何其芳、卞之琳關於「現代格律詩」的理論和實踐，就是對早期聞一多、朱湘，中期的吳興華、林庚等人的形式探索的延續與深化，這種探索後來又延伸到周策縱「定型新詩體」的提議中。雖然這方面的探索被視為「形式主義」，被主流詩歌長期遮蔽，呈現出斷斷續續、欲斷還續、欲續又斷的狀態，卻是現代漢語詩歌發展非常值得重視的追求。又如臺灣現代詩的「再出發」和大陸「朦朧詩」以來的實驗，不僅進一步錘鍊了現代詩的技巧，也通過抒情與知性的平衡，把三十年代後期穆旦籠統提出的「新的抒情」的主張具體化了。尤其值得重視的，是強調「文本策略」的現代主義詩歌實驗，不僅讓人們關注語言策略的運用，也引起了中國詩人對自己所使用的漢語特質的思考：不同於「詩形」角度對現代漢語音節特點的發現，現代詩的語言探索注意到了象形文字的觀物傳統和意象化的修辭策略，把漢語「詩法」與文法的對話提上了議事日程。

從八十年代中期開始，隨著大陸的開放和臺灣的「解嚴」，以及國際社會冷戰時代的結束，「兩岸三地」的詩歌衝破了地域的疆界，有了越來越的多交流對話機會，互參互動的局面開始出現。然而，詩歌的分化時期並沒有成為過去，只是造成分化的條件變得不同，分化變得更內在化了：過去的分化是由空間的阻隔和意識型態造成的，現

在的分化則主要由於商業社會的影響，詩歌被擠到了社會的邊緣，面對後現代社會的種種解構力量，面對書寫方式、傳播方式的革命，不知該用何種語言策略、何種形式結構才能把支離破碎的經驗，凝聚為一個有意義的整體。

三　未完成的探索

由於還處在分化與凝聚的矛盾中，百年「新」詩的努力雖然留下了許多閃光的腳印，卻未必建立起了相對穩定的象徵體系和文類秩序。因此，一般的文學史家，在評估百年中國的文學成就時，往往不大同情詩歌，普遍認為它的成就在小說與散文之下。這種看法也沒有什麼不客觀、不公正之處：文學史有文學史的立場與標準，它重視的是凝聚的結晶和普遍的認同，而不是探索與凝聚的過程。

然而現代漢語詩歌不是功成名就的豐碑，而是一種從無到有、從有到好、從不自覺到自覺、從無序到規律的創造、沉澱、凝聚的過程，它在現代中國文學轉型中的不幸與光榮，就像胡適當年感同身受的那樣，既是最難攻克的堡壘，又是最難建設的大廈。詩歌不像現代散文和小說，形式美學的考慮主要在結構和技巧，語言與表現的關係比較直接，因此既可以直接利用傳統白話小說的語言資源，也可以從現實中分享更多的內容。詩歌不可能具有生活百科全書或時代現實的鏡子的光榮，它的主要特點是作為一根敏感的感覺神經，感受世界深沉的脈動，並將之轉化為詩歌的語言秩序與韻律。因此，詩歌與心靈與感覺更近，而與具體的經驗稍遠，更重視語言與形式的美感。這也就是為什麼，沒有語言和感受想像方式的大變革，「新」詩的變革很容易像晚清那樣「舊瓶裝新酒」，而一旦像五四砸碎了舊酒瓶，少了詩的凝聚機制，又變得不像詩了。唯其中國古代詩歌經過無數代詩人的千錘百鍊，形成了內規外矩非常自洽的寫作與閱讀原則，要顛覆它

很不容易，要替代它就更加難上加難。而且，破壞越是徹底，建設的壓力就越大；資源越是豐富，體系越是開放，重建象徵體系與形式秩序、求得普遍認同就更為艱苦卓絕。

現代漢語詩歌是一種在諸多矛盾與問題中生長，在變化、流動中凝聚質素和尋找秩序的詩歌。它面臨的最大考驗，是如何以新的語言形式凝聚矛盾分裂的現代經驗，如何在變動的時代和複雜的現代語境中堅持詩的美學要求，如何面對不穩定的現代漢語，完成現代中國經驗的詩歌「轉譯」，建設自己的象徵體系和文類秩序。它始終繞不開的矛盾是：現代性要求割斷歷史，讓渡過去，行色匆匆奔赴未來；詩卻要求挽留、停駐，讓精神和想像有更多迴旋的餘地。現代時間在不斷地伸延、加速、擴張，詩歌的美學建構卻要求回望自己的歷史，反芻美好的記憶，在經驗與語言的互動中得到美學的凝聚。歷史地看，這種矛盾既是現代漢語詩歌的動力，許多詩人從中獲得了新的靈感，重塑了中國詩歌的抒情形象和意境；但也驅使不少詩人只重視內容與信息的傳達，忽略了詩歌藝術的轉化力量，只考慮具體的語言策略，不自覺探討用現代漢語寫詩的規律。

百年來的現代漢語詩歌，打破了中國詩歌長期以來在封閉系統裡自我循環的格局，獲得了資源上的多重參考，從一個呱呱墜地的嬰兒成長為一個充滿活力的少年，從而已經能夠在三種詩歌話語（現代漢語詩歌、中國古典詩歌、西方近現代詩歌）的交匯點上展望未來。這是一種複雜多元、充滿活力和擁有未來的詩歌，雖然它在文類秩序上還不夠成熟穩定，更像是一個「問題少年」，沒有成年人的老成練達，尚未達成作者與讀者的普遍共識，但也正因為如此，它更有建構與發展的可能性。

如今的現代漢語詩歌，已經從古典詩歌中獨立出來，不再是新不新的問題，而是好不好的問題；也不再是「橫的移植」或「縱的繼承」的問題，而是能否從詩的本體要求和現代漢語特點出發，在已有

實踐基礎上，於分化、無序中找到規律，建構穩定而充滿活力的象徵體系和詩歌文類秩序的問題。現代漢語詩歌的歸宿，不是被世界性現代化的宏大敘事分化瓦解，而是要以現代經驗、現代漢語、詩歌本體要求三者的良性互動，創造自己的象徵體系和文類秩序，體現對中國偉大詩歌傳統的伸延和拓展。

──本文原刊於香港《現代中文文學學報》第六卷第二期，
二〇〇五年。

自由詩與中國新詩

一　中國早期的自由詩理論

　　中國新詩在求解放的歷史行程中，形式上最認同的是自由詩。自由詩既是中國新詩求解放的依據，也是實踐現代性的主導形式。雖然在早期，人們一般把不講格律和使用「白話」寫的詩稱作「新詩」而不叫自由詩，但實質上它們是兩個可以互換的稱謂。這一點已早被反對新文學的「學衡派」人物所道破：「所謂白話詩者，純拾自由詩（Verslibre）及美國近年來形象主義（Imagism）之餘唾。」[1]把白話詩看成上述兩者的「餘唾」，是一種偏見，但說新詩與自由詩、意象派詩有密切關係卻符合實際。

　　事實上，如果說胡適的〈談新詩〉、康白情的〈新詩底我見〉等理論文章，為反抗文言和格律約束的自由詩開闢了通道；〈關不住了〉作為胡適「我的『新詩』成立的紀元」[2]，以流暢的「白話」和自由的形式，解決了自由、個性化的情感與「舊語言」、「舊形式」的矛盾，宣告了中國詩歌的自由詩時代的來臨。那麼，郭沫若則通過《女神》對西方自由詩的情感與形式的全面移植，不僅確立了以「自

1　梅光迪：〈評提倡新文化者〉，《中國新文學大系・文學論爭集》（上海市：良友圖書公司，1935年），頁129。

2　胡適：〈再版自序〉，《嘗試集》，上海市：亞東圖書館，1920年。必須指出的是，〈關不住了〉不是胡適自己創作的作品，而是一首譯詩，它是美國女詩人梯斯黛爾（Sara Teasdale）發表在美國《詩刊》（《Poetry》）1916年第3卷第4期的作品，原題為 "Over the Roofs"（〈在屋脊上〉）。胡適以此為題翻譯後發在《新潮》雜誌1919年4月1日出版的第1卷第4號上。

我」抒情為出發點的詩歌話語交流機制，也將它化約成一個簡單明瞭的創作公式：「詩＝（直覺＋情調＋想像）＋（適當的文字）」。[3]

　　在五四時期的歷史語境中，由於這種交流機制兼有抒情與批判的雙重功能，也由於這種創作公式能夠直接承擔這種功能，體現新詩崇尚自由而反對約束，追求質樸自然而反對典雅雕琢的精神，它便成了新詩求解放的主導形式。到了三十年代初，馮文炳已經可以在北京大學的課堂上體系化地闡述他「新詩應該是自由詩」的理論，同時在新詩與「舊詩」之間劃出一條明確的界線了。他說：

> 我發現了一個界線，如果要做新詩，一定要這個詩是詩的內容，而寫這個詩的文字要用散文的文字。已往的詩文學，無論舊詩也好，詞也好，乃是散文的內容，而其所用的文字是詩的文字。我們只要有了這個詩的內容，我們就可以大膽的寫我們的新詩，不受一切的束縛，「不拘格律，不拘平仄，不拘長短；有什麼題目，做什麼詩；詩該怎樣做就怎樣做。」我們寫的是詩，我們所用的文字是散文的文字，就是所謂自由詩。[4]

馮文炳不同意胡適從傳統詩詞中為「白話詩」尋找依據的做法，認為這是對已往的詩文學認識不夠，「舊詩詞裡的『白話詩』，不過指其詩或詞裡有白話句子而已，實在這些詩詞的白話句子還是『詩的文字』。」只有拋棄這種「詩的文字」，用「散文的文字」來寫，才能擺脫舊詩的境界。這種強調詩的內容與散文的語言的觀點，後來也體現

3　〈郭沫若致宗白華信〉，田壽昌、宗白華、郭沫若：《三葉集》（上海市：亞東圖書館，1920年），頁8。

4　馮文炳：〈談新詩〉（北京市：人民文學出版社，1984年），頁24-26。此書是作者三十、四十年代在北京大學任教時寫的講義，曾以〈談新詩〉為書名，一九四四年由北平新民印書館出版。

在詩人艾青〈詩的散文美〉一文的立論中，可以說大致代表了中國新詩對自由詩的認識。

　　馮文炳關於「新詩應該是自由詩的理論」，產生於二十世紀三十年代現代主義詩歌實驗的語境中，有著複雜的背景[5]，包含著對早期新詩的功利性、明白清楚主義和感情專制主義的反思，以及對中國傳統詩歌資源的重新認同[6]，需要多個層面的討論。但馮文炳對自由詩的理解，是內容方面的，與胡適的「以質救文勝之弊」和郭沫若的感情至上主義並沒有本質上的差別，只不過強調的「內容」不同而已：胡適的強調的「內容」是現實，郭沫若強調的「內容」是自我，而馮文炳強調的「內容」則是感覺和想像。他認為胡適「白話新詩」的問題是「詩的內容不夠」，不像是在寫詩，而是在用詩來推廣白話文；

5　馮文炳的詩歌觀念與胡適不大相同，胡適相信進化論，馮文炳則受周作人「循環論」文學史觀和散文理論的影響（他是周作人的四大弟子之一）。周作人在一九三二年《中國新文學的源流》的演講中認為，整個中國文學史是「言志派」與「載道派」兩種文學現象的風水輪轉：自周朝開始，言志派崛起，到了漢代，載道派取而代之；魏晉南北朝時，言志派死灰復燃，唐朝之後，載道派又起來壓制，而到明末，言志派又贏得了出頭的機會。在周作人看來，二十世紀初的中國新文學運動的源頭可以追溯到明末言志派的復興，而胡適等人所倡導的白話文學，正與明末的「信腕信口皆成律度」相類似。不過，周作人認為，言志派並不都像公安派講求流麗，一概「信腕信口」的，而是流麗與奇崛兩種風格的交替，公安派的流麗後來為竟陵派的奇崛所取代。因此，他相信胡適的「我手寫我口」必然會遭到奇僻生辣風格的反撥。馮文炳的詩論和創作，實際上是對周作人這一文學觀點的實踐。

6　馮文炳的詩歌理論主要建立在對中國文學的認識上，他是同時代罕見的不依賴西方詩歌理論資源的人。他認為「重新考察中國以往的詩文學，是我們今日談白話新詩最吃緊的步驟，因此我們可以有根據，因此我們也無須張惶，在新詩的途徑上只管抓著韻律的問題不放，我以為正是張惶心理的表現。」（〈談新詩〉，頁39）他把傳統的中國詩分為兩派，一是「溫李」難懂的一派，一是「元白」易懂的一派，認為向「溫李」一派學習才是新詩的前途，因為這一派的詩不追求抒情，而是十分重視感覺和幻想。他說：「溫詞向來的為人所不理解，誰知這不被理解的原因，正是他的藝術超乎一般舊詩的表現，即是自由表現，而這個自由表現又最遵守了他們一般詩的規矩，溫詞在這個意義上真令我佩服，溫庭筠的詞不能說是情生文文生情的，他是整個的想像，大凡自由的表現，正是表現著一個完全的東西。」（〈談新詩〉，頁30）

詩的內容應該是不同的感覺和幻想。他說古代詩人用同樣的方法做詩，文字上並沒有變化，只是他們的詩的感覺不同，因而人們讀來也不同。他舉例說：「古今人頭上都是一個月亮，古今人對於月亮的觀感卻並不是一樣的觀感，『永夜月同孤』正是杜甫，『明月松間照』正是王維，『舉杯邀明月，對影成三人』正是李白。這些詩我們讀來都很好，但李商隱的『嫦娥無粉黛』又何嘗不好呢？就說不好那也是沒有辦法的，因為那只是他對於月亮所引起的感覺與以前不同。又好比雨，晚唐人的句子『春雨有五色，灑來花旋成』，這總不是晚唐以前的詩裡所有的，以前人對於雨總是『雨中山果落』、『春帆細雨來』這一類閒逸的詩興，到了晚唐，他卻望著天空的雨想到花的顏色上去了，這也不能不說是很好的想像。……感覺的不同，我只能籠統的說是時代的關係。因為這個不同，在一個時代的大詩人手下就能產生前所未有的佳作。」[7]

　　就詩歌鑑賞而言，馮文炳的這些闡述可謂體貼入微。他把感覺與想像作為詩之為詩的關鍵因素，認為「白話詩」不該像胡適那樣以散文的語言寫散文的內容，不該像郭沫若那樣直寫感情，是非常精闢獨到的。但當他把古典詩歌一律指認為用詩的語言寫散文的內容，認為新詩應該反其道而行之，以散文的語言寫詩的內容的時候，他就走向了真理的反面：不僅理論上是錯誤的，思維方法上也是二元對立式的。這時候，他又與胡適的理論主張殊途同歸了。他說：「我們的白話新詩是要用我們自己的散文句子寫。白話新詩不是圖案要讀者看的，是詩給讀者讀的。新詩能夠使讀者讀之覺得好，然後普遍與個性二事俱全，才是白話新詩的成功。普遍與個性二事俱全，本來是一切文學的條件，白話新詩又何能獨有優待條件。」[8]那麼，什麼是散文

7　馮文炳：〈談新詩〉，頁227-228。

8　馮文炳：〈談新詩〉，頁40。

的句子或散文的文字？他說得非常含糊，像他的許多論述一樣，使用的往往不是說理的方法，而是舉例的方法，他說：「『散的文字』這個範圍其實很寬，三百篇也是散文的文字，北大《歌謠週刊》也是散文的文字，甚至於六朝賦也是散文的文字，我們可以寫一句『屋裡衣香不如花』，只是不能寫『簾卷西風，人比黃花瘦』。文字這件事情，化腐臭為神奇，是在乎豪傑之士。五七言詩，與長短句詞，則皆不是白話新詩的文字，他們一律是舊詩的文字。」[9]在這裡，「能夠使讀者讀之覺得好」也是「一切文學的條件」，不為詩歌所獨有；「白話新詩不是圖案」才是作者的觀點：「不是圖案」是由於它是用散文的文字寫的。但為什麼「屋裡衣香不如花」與「人比黃花瘦」同是比喻的文字，前者是散文的文字，後者卻是「舊詩的文字」？大概是因為後者在「五七言詩，與長短句詞」的版圖中。馮文炳的「散文的文字」的範圍的確很寬，不屬於舊詩形式約束範圍之內的一切文字都是散文的文字。

　　在語言問題上，馮文炳不像胡適那樣把文言和白話弄到生死對立的地步，這是馮文炳比胡適客觀、全面的地方。他提倡用散文的語言寫自由詩，從根本上看也是為了掙脫古典詩歌形式與語言的束縛，認為詩之為詩的前提並不是五言七言的形式和「詩的文字」，也有相當的合理性，因為詩的語言與散文的語言並沒有嚴格的邊界，詩的靈魂也不是固定的形式而是節奏。但若由此認定中國古典詩歌是以詩的語言表現散文的內容，而新詩是以散文的語言表現詩的內容，那就不僅誤解了古典詩歌，也誤解了以自由詩為主導的新詩。

　　那麼，為什麼會有這種誤解？怎樣正確理解自由詩這一現代詩歌形式？

9　馮文炳：〈談新詩〉，頁40。

二　中國新詩對自由詩的接受

中國新詩運動中對自由詩的理解，是以西方的浪漫主義詩歌作背景的。在五四「新詩革命」之前，像朗費羅（Henry Longfellow, 1807-1882）、拜倫（George Gordon Byron, 1788-1824）、雪萊（Percy Shelley, 1792-1822）、丁尼生（Alfred Tennyson, 1809-1892）、普希金（Александр Сергеевич Пушкин, 1799-1837）、裴多菲（Petofi Sandor, 1823-1849）等浪漫主義詩人的作品已經有過不少翻譯或介紹。而被胡適稱之為「我的『新詩』成立的紀元」的譯詩〈關不住了〉，也是一首表現愛情的強烈與自由的浪漫主義作品。更不用說郭沫若的自由詩了，詩人自己就說過直接受益於朗費羅、泰戈爾（Rabindranath Tagore, 1861-1941）、歌德（Johann von Goethe, 1749-1832）和惠特曼（Walt Whitman, 1819-1892）。當然，浪漫主義詩歌不全是自由詩，但近代國人用漢語譯詩，早期用文言與中國古代詩體翻譯外國詩時，往往把它們變成了中國詩；而後來用白話文翻譯外國詩時，又給人外國詩似乎都是自由詩的印象。當然，名副其實的自由詩對中國新詩的影響也是巨大的，甚至可以說是最大的，尤其是惠特曼的自由詩和象徵派、意象派的自由詩。

惠特曼的自由詩對中國新詩影響最大。最早對他的介紹見於田漢的長文〈平民詩人惠特曼百年祭〉，刊於一九一九年七月上海出版的《少年中國》創刊號，其中特別談到「惠特曼的自由詩與中國文藝復興」，認為當時中國時興的新體詩是受了惠特曼的影響，被老舊文人攻擊的命運也與《草葉集》相似。而郭沫若不僅直接從惠特曼的詩中得到過寫詩的靈感，也是最早把惠特曼的詩歌翻譯到中國的，其中他發表於一九一九年十二月三日《時事新報·學燈》上的〈從那滾滾大洋的群眾裡〉，是惠特曼詩歌在中國最早的翻譯。接著又有〈譯惠特曼小詩五首〉（殘紅譯）、〈挽二老卒〉和〈弗吉尼亞森林中迷途〉（謝

六逸譯）、〈淚〉（東萊譯）分別在北京《晨報》副刊、《時事新報・學燈》和上海的《文學週報》上刊載。惠特曼詩歌在中國的影響力，甚至引起了魯迅的注意，──他也不止一次地買過《草葉集》[10]。

　　在對惠特曼詩歌的介紹中，劉延陵〈美國的新詩運動〉一文的觀點最具有代表性。它是系列介紹各國新詩運動的頭一篇文章[11]。文章開頭提出新詩是世界的運動，並非中國所特有，「中國的詩的革新不過是大江的一個支流」，而美國的惠特曼就是這條大江的源頭。因此，文章的第一節專門介紹惠特曼：

　　　　惠特曼不但是美國新詩的始祖，並且可稱為世界的新詩之開創之人；而且不但啟發世界的新詩，就是一切藝術的新的潮流也無不受他的影響。……他何以被人這樣尊重呢？我們何以稱他為新詩的始祖呢？第一，是因為他首先打破新詩之形式上與音韻上的一切格律而以單純的白話作詩，所以他是詩體的解放者，為「新詩」的形式之開創之人。但是「新詩」與「舊詩」的異點並不如常人所思僅僅在形式方面，「新詩」和「舊詩」的區別尤在於精神中之較重要的幾點實在可算是由惠特曼喚起。……論到形式一面他是打破詩之桎梏的人，論到精神一面他是滅熄舊的精神燃起新的精神之人。

---

10 魯迅一九二八年九月二日的日記中有「往商務印書館買W. Whitman詩一本」的記載。同月十七日又有「午後往內山書店買《草之葉》（2）一本，一元五角」的記載。見《魯迅全集》第14卷（北京市：人民文學出版社，1981年），頁725-726。

11 劉延陵：〈美國的新詩運動〉，《詩》第1卷第2號，中華書局，1922年2月20日出版。《詩》是文學研究會專門刊載新詩的刊物，也是最早的一本新詩刊物。除〈美國的新詩運動〉一文外，《詩》雜誌還先後發表過周作人〈法國的俳諧詩〉（第1卷第3號）、劉延陵〈現代的平民詩人買絲翡耳〉（第1卷第3號）、劉延陵〈法國詩之象徵主義與自由詩〉（第1卷第4號）、劉延陵〈現代的戀歌〉（第1卷第5號）、周作人〈石川啄木的短歌〉（第1卷第5號）、周作人〈日本的小詩〉（第2卷第1號）、王統照〈夏芝的詩〉（第2卷第2號）等介紹外國詩歌的文章。

既然當時的詩歌革新者認為新詩（自由詩）是世界的運動，自然不會只注意源頭而無視洶湧的江河，只介紹惠特曼而忽略主要以自由詩形式寫作的法國象徵派和美國意象派詩歌。

　　對美國意象派詩歌，胡適在美國留學時就注意到了。他在一九一六年十二月二十五日的留學日記中貼了從《紐約時報》書評版剪下來的〈意象宣言〉，附言說「此派所主張，與我所主張多相似之處」[12]。同時，很多材料表明，一九二五年之前留學美國的詩人，胡適、陳衡哲、徐志摩、羅家倫、汪敬熙、黃仲蘇、聞一多、許地山、梁實秋、冰心、林徽音、劉廷芳、甘乃光、朱湘、饒孟侃、陸志韋、孫大雨、陳夢家、方令孺等，都接觸過意象派詩歌。而劉延陵的〈美國的新詩運動〉一文，在「一九一三年的小標題」下，也對美國意象派詩作了重點介紹。文中認為，詩人兼批評家孟羅（Harriet Monroe, 1861-1936）創辦的《詩》雜誌，在詩人方面是發現了東方的泰戈爾和西方的林德舍（Lindsay），在詩潮方面是通過所謂幻想主義（即意象主義）助成了美國詩界新潮的一個大浪。總結美國新詩運動，文章得出結論：「新詩有兩個特點：形式方面是用現代語，用日常所用之語，而不限於所謂『詩的語言』（Poetic Diction）且不死守規定的韻律；內容方面是選擇題目有絕對自由，寧可切近人生，而不專限於歌吟花、鳥、山、川、風、雲、月、露。……把形式與內容方面的兩個特點總括言之，一則可說新詩的精神乃是自由的精神，因為形式方面的不死守規定的韻律是尊尚自由，內容方面的取題不加限制也是尊尚自由。」

　　在中國新詩運動中，對法國象徵派與自由詩關係的注意，也是比較早的。周作人的〈小河〉是胡適認為的「新詩中第一首傑作」[13]，它在一九一九年初發表時，有一個小序，說：「有人問我這詩是什麼體，

12　胡適：《留學日記》第4冊（上海市：商務印書館，1948年），頁1073。

13　胡適：〈談新詩〉，《中國新文學大系・建設理論集》，頁295。

連自己也回答不出。法國波特萊爾（Baudelaire）提倡起來的散文詩，略略相像，不過他是用散文格式，現在卻一行一行地分行寫了。」[14]散文詩是與自由詩平行發展、化合了詩歌與散文某些相通因素的文體，許多人認為它是自由詩的變體，中國新詩運動初期在追求詩體大解放時，也是將它當作白話詩（新詩）看的（譬如1918年1月，白話詩第一次在《新青年》集體亮相時，九首中至少有三首是散文詩）。這說明，法國象徵派詩人變革詩體的追求，當時已經被中國詩人注意到了。因此，之後不久，就有波特萊爾（Charlrs Baudelaire, 1821-1867）、馬拉美（Stephane Mallarme, 1842-1898）、魏爾倫（Paul Verlaine, 1844-1896）、蘭波（Arthur Rimbaud, 1854-1891）、果爾蒙（Gemy de Gourmout, 1858-1915）、耶麥（Franlis Jarnmes, 1868-1938）等人的象徵派自由詩被翻譯過來。而在對他們的介紹中，二十年代初《少年中國》上田漢的〈新羅曼主義及其他——復黃日葵兄的一封長信〉（1920年第1卷第12期）、李潢的〈法蘭西詩之格律及其解放〉（1921年第2卷第12期），對象徵派自由詩給法國詩歌格律的衝擊也作了描述。不過，介紹更為全面的，還是劉延陵的〈法國詩之象徵主義與自由詩〉[15]一文。在這篇文章中，他不僅對象徵主義以客觀事物對應內心情調的特點作了詳細的介紹，還提出自由詩是隨象徵主義而來：「自由詩是與象徵主義連帶而生，它倆是分不開的兩件東西：因為詩底精神已經解放，嚴刻的格律不能表現自由的精神，於是生出所謂自由詩了。……自由詩不是不重音節，乃是反對定型的音節，而各人依自家性情、風格、情調、與一時一地的精神而發與之相應的音節。」

　　因為五四時期的「新詩」，是與「舊詩」相對的詩體概念，意味著不受傳統的格律約束，所以在中國當時的詩歌運動中，新詩就意味

14　《新青年》1919年2月 第6卷 第2期。

15　劉延陵：〈法國詩之象徵主義與自由詩〉，《詩》第1卷第4號（1922年7月）。

著自由詩，無論在翻譯還是在介紹文章中，都很少專門標出自由詩這一名目。但從實際情形看，這一現代詩歌形式，不僅與語言、形式上求解放的中國新詩運動一拍即合，而且成了人們追逐的中心，以至於排除了別種形式的探討。然而值得注意的是，雖然各種流派的自由詩在短短幾年中幾乎同時湧入到中國詩壇，時間上也相差不大，但被接納和被理解的程度是不一樣的。惠特曼是一個平民詩人，他的自由詩具有民主、愛國、解放的精神，可以啟發國人「從靈中救肉，也從肉中救靈」[16]，因而受到毫無保留的歡迎，與同樣得到熱愛的拜倫、雪萊、濟慈、歌德、泰戈爾的詩一起，不僅成了中國新詩最重要的參照，而且催生了中國的浪漫派詩歌。而意象派、象徵派的自由詩，儘管也得到介紹，但一般都只看重它們形式上的解放，卻對其內容上的「頹廢」持有異議。即使像劉延陵這樣在《詩》雜誌上較全面介紹各國自由詩，為中國新詩語言與形式的解放尋找依據的人，精神與內容的考慮也優先於美學與技藝的考慮，因此雖然注意到精神與形式兩個層面，但最終都通向了浪漫主義式的一元論闡述[17]。

由於從浪漫主義的立場看待自由詩，因而往往只看到「自由」而對「詩」的因素有所忽略：在早期中國新詩運動中，很少人注意到象徵派和意象派詩歌對浪漫主義詩風的反撥，以及尋求更有力、更符合詩歌本質的表達方式的努力，更不用期待能見到像龐德、艾略特那樣辯證看待自由詩的觀點了。

16　田漢：〈平民詩人惠特曼百年祭〉，《少年中國》創刊號（1919年7月）。

17　如作者認為象徵主義與自由詩「名目雖異而精神則同」：「自由詩之生於自由精神與自我底伸張可以不言而喻。詩之音節與情調相同，而情調因人不同，人又因時不同，所以固定的格律自然是殺伐自我，解放格律自然即所以伸張自我。」（〈法國詩之象徵主義與自由詩〉，《詩》第1卷第4號〔1922年7月〕）

三　自由詩的浪漫化

　　然而，從自由詩的歷史看，儘管它具有精神與形式上的浪漫主義根源，也被各種詩歌寫作所採納，但它作為一種在象徵派、意象派詩歌中得到普及的現代形式，卻不像早期中國新詩人理解的那麼簡單。象徵派和意象派詩歌是自由詩的積極倡導者，但它們的一個重要出發點，就是浪漫主義風氣盛行了一百來年之後，希望詩歌能偏正它的濫情主義傾向，節制空洞浮泛感情的宣洩，尋求更為有力和凝鍊的表達方式。象徵派詩歌是起源於十九世紀中葉的一個西方詩歌流派，有對現代生活感到失望、不安、懷疑和苦悶的精神特徵，同時不滿因果分明的理性主義，喜歡表現事物的神秘性。而在藝術表現上，則有反對外在形式的約束、強調音樂性、重視各種感覺的互通、不主張直抒而主張暗示等幾個方面的特點。所謂「象徵」，就是客觀世界與內心世界形成一種互為暗示的關係，變成「渾沌而深邃的統一體」。因此被稱為「象徵派的憲章」的波特萊爾〈應和〉一詩，這樣表現心與物、人與世界的關係：「自然是一廟堂，那裡活的柱石／不時地傳出模糊隱約的語音……／人穿過象徵的森林從那裡經行／森林望著他，投以熟稔的凝視／／正如悠長的回聲遙遙地合併／歸入一個幽黑而淵深的和協──／廣大有如光明，浩漫有如黑夜──／香味，顏色和聲音都互相呼應」[18]。而意象派詩歌，則是一九一二至一九一七年流行於英美，反抗維多利亞時期的浪漫傳統，在詩歌中尋求堅實、精確、客觀的表達方式的詩歌派別。所謂「意象」，也就是中國古代詩論中「以象寫意」的意思。意象派的六條原則是：

　　　一、運用日常會話的語言，但要使用精確的詞，不是幾乎精確
　　　　　的詞，更不是僅僅是裝飾性的詞。

18 引自《戴望舒譯詩集》（長沙市：湖南人民出版社，1983年），頁122。

二、創造新的節奏——作為新的情緒的表達——不要去模仿老的節奏，老的節奏只是老的情緒的迴響。我們並不堅持認為「自由詩」是寫詩的唯一方法。我們把它作為自由的一種原則來奮鬥。我們相信，一個詩人的獨特性在自由詩中也許會比在傳統的形式中常常得到更好的表達，在詩歌中，一種新的節奏意味著一個新的思想。

三、在題材選擇上允許絕對的自由。把飛機和汽車亂寫一氣並非是好的藝術，把過去寫得栩栩如生也不一定是壞的藝術。……

四、呈現一個意象（因此我們的名字叫「意象主義」）。我們不是一個畫家的流派，但我們相信詩歌應該精確地處理個別，而不是含混地處理一般，不管後者是多麼輝煌和響亮。正因為如此，我們反對那種大而無邊的詩人，在我們看來，他似乎是在躲避他的藝術的真正困難之處。

五、寫出硬朗、清新的詩，決不要模糊的或無邊無際的詩。

六、最後，我們大多數人都認為凝鍊是詩歌的靈魂。[19]

這些，在早期中國新詩運動並不是沒有注意到，譬如胡適一九一六年十二月二十五日留學日記中剪貼的《紐約時報》書評上的〈意象宣言〉，雖然是意象派詩人洛威爾（Amy Lowell, 1874-1025）綜合龐德（Ezra Pound, 1885-1972）和福林特（F. S. Flint, 1885-1960）的主張寫的，意思則大體一致，也是這六條原則。劉延陵的系列介紹文章也曾節譯過波特萊爾的〈應和〉和「幻象派」（即意象派）的「六個信條」，並特意在括號裡提醒人們注意它與胡適〈論新詩〉的關係[20]。然

19　（英）彼德·瓊斯編，裘小龍譯：《意象主義詩人（1915）》〈序〉，《意象派詩選》（桂林市：灕江出版社，1986年），頁158-159。

20　「但是何謂幻象派呢？他們的信條有六；而幻象派的名稱是從第四條生出。這六個

而，法國象徵派要到二十年代中期才能在中國詩歌中找到知音；而對
意象派，無論是胡適還是劉延陵，都只讀到了其「自由」的一面而未
看到其「詩」的一面。胡適是把意象派攬進了自己「白話文」的懷
抱，而劉延陵是以胡適的眼鏡看待意象派，——這在轉述意象派「六
個信條」的第一、第四條時，表現得最明顯不過了：「不用死的、僻
的、古文中的字句」，並不是「六個信條」中的話，而是胡適《文學
改良芻議》中的語言；第四條的轉述「求表現出一個幻象，不作抽象
的話」，除「話」字可能是「詩」字的手民之誤外，意思表面上出入
不大。然而，當他要人們「詳見胡適之先生論新詩」時，問題就暴露
出來了：雖然意象派與胡適都在提倡「不作抽象的詩」，即倡導詩歌
寫作的「具體性」，但對「具體性」的理解是南轅北轍的：意象派提
倡的具體性，是以意象呈現瞬間感覺的具體性，而胡適的「具體
性」，是情境的具體描寫，是《詩經》〈伐檀〉、杜甫〈石壕吏〉那樣
再現生活場景的具體性。也許，劉延陵把意象派譯成了「幻象派」，
本身便是浪漫主義的誤讀。這樣，在對它們進行闡述的時候，全歸結
於感情（或表現自我）和語言的自由就不足為怪了。

　　但象徵派、意象派的自由詩雖然繼承了浪漫主義的氣質，在美學
上卻有非常不同的追求。法國象徵派把浪漫主義看成是一種疾病，決
心要以具有獨立性的象徵秩序治癒它，他們獲得了成功。而意象派則
是現代主義的開端，可以說是象徵主義藝術技巧革新運動的進一步發
展，要糾正浪漫主義的浮泛傾向。時間上與中國新詩運動十分接近，
至少在表達形式上影響過胡適的「八不主義」的意象派，曾受直覺主
義哲學家、印象主義詩人休姆（Thomas Ernest Huime, 1883-1917）的

信條是：一、尋常的說話中的字句，不用死的、僻的、古文中的字句。二、求創造
新的韻律以表新的情感，不死守規定的韻律。三、選擇題目有絕對的自由。四、求
表現出一個幻象，不作抽象的話。（詳見胡適之先生論新詩）五、求作明切了當的
詩，不作模糊不明的詩。六、相信詩的意思應當集中，不同散文裡的意思可作鬆散
的排列。」（劉延陵：〈美國的新詩運動〉，《詩》第1卷第2號）

影響，表現出明顯的與維多利亞時期的浪漫詩風決裂的特點。休姆從柏格森（Henri Bergson, 1859-1941）、帕斯卡爾（Blaise Pascal, 1623-1662）、沃林格（William Worringer）的哲學和美學理論中獲得了啟示，堅信浪漫主義達到了竭盡的時期，二十世紀的文學是一個「新古典主義」的時代。在著名的論文〈論浪漫主義和古典主義〉中，休姆明確表示：「我反對浪漫主義中甚至是最好的作家，我更反對善於接受浪漫主義的態度。我反對那些心軟感傷的人，他們不把一首詩當作一首詩，除非它是為某些事情呻吟、悲哀之作。」他認為浪漫主義乘著與飛翔有關的隱喻進入了「無限」、「神秘」、「情感」的大氣；新古典主義卻能通過「看得見的具體的語言」，證明「美可能存在於渺小而堅實的事物中」。因此，「最重要的目的在於正確的、精細的和明確的描寫。……假如，在精確性上它是忠實的，就是說，整個的類同對於要描繪出你所要表達的感覺或事物的曲線是必要的話，在我看來你已獲得最高的詩，縱使它的題材是微不足道的，它的感情與無限的事物相距甚遠也無妨。」[21]

　　意象派的主要倡導者龐德一九〇八年與休姆在倫敦認識，深受其思想的影響，對休姆印象主義的詩歌也大為讚賞，尊其為意象主義的先驅。可以說，休姆啟迪了龐德的意象主義詩學，而意象主義的理念，又使龐德對日本的俳句和中國古典詩歌一見鍾情（尤其對舉偶和意象並置的表現策略），特別是在一九一三年，他得到美國漢學家芬諾羅莎（Emest Franciseo Fenollsa, 1853-1908）的論文 "The Chinese Written Character as a Medium for Poetry"（《中國文字與詩的創作》）後，如獲至寶，認為：「擺在我們面前的不是一篇語文學的討論，而是有關一切美學的根本問題的研究。芬諾羅莎在探索我們所未知的藝術時，遇到了未知的動因和西方所未認識到的原則，他終於看到近年

---

21 休姆：〈論浪漫主義和古典主義〉，《現代英美資產階級文藝理論文選》（北京市：作家出版社，1962年），頁1-22。

來已在『新的』西方繪畫和詩歌中取得成果的思想方法。他是個先驅者，雖然他自己沒意識到這點，別人也不知道。」[22]

　　芬諾羅莎的論文主要對如下三點作了充分的論述：（一）中國文字最有事物的存真性，因為它是象形文字，最接近自然；（二）中國文字最少理性邏輯的約束，沒有主動被動之分，它以主動為主，「即使所謂部首，都是動作或行動過程的速寫圖」。（三）中國文字不受時態的限定，能直接傳達意念。芬諾羅莎的這種觀點，反映的是一個西方學者對漢語的某種看法，並不代表漢語的真實形態，因此引起一些漢學家的批評。劉若愚在《中國詩學》中指出：「在漢學界以外的西方讀者中，還普遍存在著一種誤解，以為所有的漢字都是象形或會意的。這種誤解在對中國詩具有狂熱的西方人當中，產生出一些奇怪的結果。歐內斯特・芬諾羅莎在他的論文《中國文字與詩的創作》裡強調了這種誤解。他大力推崇漢字，認為其具有圖像性，並能在流於推理正確的枯燥無味的現代英語之外，自由自在自成體系。對這種熱心，我們可以理解⋯⋯但我們不得不承認他的結論往往有誤，這要歸究他沒有注意到漢字語音的重要性。然而，這篇論文卻通過龐德，對許多英美詩人及批評家產生了相當大的影響。這也許可稱為學術交流中一個歪打正著的例子。」[23]

　　如此看來，芬諾羅莎、龐德是「誤讀」了中國文字和中國詩，而胡適是「誤讀」了美國意象派的主張。這兩方的「誤讀」在時間上相距不遠，可以說是比較文學和文學接受研究的著名案例。不過，無論芬諾羅莎、龐德的「誤讀」，還是胡適的「誤讀」，說它是「歪打正著」是缺乏說服力的，因為它們反映的是閱讀與接受的語境問題，即

22　龐德為此文寫的按語，見Ezra Pound, *Instigation,* (New York, 1920)，頁257。芬諾羅莎的論文《中國文字與詩的創作》及龐德的按語在我國已有黃運轉的譯文，可參見《龐德詩選──比薩詩章》（桂林市：灕江出版社，1998年），頁229。

23　J. Y. Liu, *The Art of Chinese Poetry* (Chicago,1962), p.3. 引自劉若愚著，杜國清譯：《中國詩學》，《詩學》第1輯，臺北市：巨人出版社，1976年。

社會與個人的文化訴求、期待對閱讀與接受的影響問題：諸如歷史的機緣，現實的壓力、個人情趣的影響，以及文化旅行的規律，等等，可以展開許多有意思的話題。站在本文的立場，最值得注意之處，則是自由與詩的齟齬：意象派是期冀通過技巧的革新把自由的感情和語言轉換為堅實硬朗的詩，因而龐德「發明了中國詩」（艾略特語）；胡適發動的白話詩運動則面對古典詩歌的壓抑，希望獲得感情與表達的自由，強調了自由、解放而多少忽視了詩。前者，最終通向的是追求藝術獨立性、自洽性和非個人化的現代主義。後者，感情上認同的是浪漫主義，語言上接受的是長於分析、思辨的西方文法，而被象徵派、意象派關注的具象思維和諸多詩歌語言策略反而邊緣化了。其結果，是對自由詩的浪漫化理解，簡單認為它不僅在精神上是自由的，在形式上也是不應有約束的：不受一切的束縛，「不拘格律，不拘平仄，不拘長短；有什麼題目，做什麼詩；詩該怎樣做就怎樣做。」

　　後來的的發展證明，美國意象派運動和中國的新詩都暴露出一些問題，都需要反思。然而中國新詩由於缺少對浪漫主義進行反思這個環節，自由與詩的矛盾一直沒有處理好：在現代漢語取代古代漢語之後，新語言型態中的詩歌形式和語言策略應該是怎樣的？如何在寫作目的過於明確而語言背景又比較混雜的條件下寫詩？如何對待自由與詩的辯證關係？很少人自覺探討。既然人們普遍相信新詩就是自由詩，而自由詩的理解又比較簡單，自然就無法形成自由詩與格律詩共存共榮的局面。

四　作為現代詩體的自由詩

　　「自由詩」是我國新詩運動中借來的西方現代詩體。關於這種詩體，在《現代西方文學批評術語詞典》「自由詩」條目下有這樣的解釋：

有人認為它起源於散文詩或勃朗寧首創的自由素體詩，而另一些人則認為在德萊頓、彌爾頓、阿諾德和亨勒等人的詩歌中已存在著自由詩的傳統。然而，其他的種種因素也可能是導致自由詩產生的原因。韻律是傳統的句法規則的體現，它有極其豐富的表達思想情感的潛力。我們已經慣於閱讀印在紙上的詩歌，因此甚至印刷方式也具有表現韻律的功能，這就是「視韻」產生的原因。但是詩人在寫詩時也可以拋開韻律，轉而使用破格的句法，並致力於表現日常生活的語調。現代的新的批評理論強調，在朗誦詩歌時，個人的方式或者具有地方色彩的特殊方式均可視為一種韻律。只要上述條件得到公認，那麼不需要某位詩人的發明就可以產生自由詩。

惠特曼和意象派詩人在詩歌創作中特別強調句法和節奏，並形成了一股摒棄韻律和重視節奏的創作潮流。他們的目的在於充分發揮節奏的傳情達意功能並對韻律的闡釋和作用加以貶抑。他們棄而不用現成的韻律，這對讀者的已經成為習慣的感受方式無異於釜底抽薪，並迫使他們形成新的閱讀速度、語調和重讀方式，其結果使得讀者能更充分地體會詩歌產生的心理效果和激情。這種詩歌的韻律並沒有同語言材料分離開來；在這種詩歌中，詩節的作用取代了詩行的作用，詩行（句法單位）本身變成了韻律的組成部分，而且詩行的長短變化形成了一定的節奏。[24]

不難看出，「自由詩」是一種貶抑韻律強調節奏的詩歌體式。為了自由，它把律詩的破格現象發展到了拋棄格律的地步：詩行長短不一，也不押韻，只留下了分行的形式和節奏來作為詩歌的標識。這是一種

---

24 羅吉・福勒（Roger Fowler），袁德成譯，朱通伯校：《現代西方文學批評術語詞典》（成都市：四川人民出版社，1987年），頁113-114。

民主的、無視歷史規範的詩歌形式，它甚至動搖了一直沿襲的散文與韻文分類標準。同時，自由詩又是在一個沒有歷史重負的天才詩人手中得到最充分的實踐並產生廣泛影響的。惠特曼作為自由詩之父，最大的特點是把詩歌的夢想與歷史的夢想緊緊地聯繫在一起，他詩歌中的世界不是依據歷史而是需要依據未來才能闡述的世界。一九九〇年獲諾貝爾文學獎的墨西哥詩人帕斯（Octavio Paz, 1914-1998）認為，惠特曼的詩歌在現代世界的獨特性是不可解釋的，「除非把它作為另一種包含它的甚而比它更偉大的獨特性的函數來加以解釋」[25]，而這個「函數」就是沒有歷史重量的美洲。在這個意義上，自由詩本身就是詩歌的一個夢想，一種純粹的創造。

認為自由詩能夠體現精神的自由和形式的解放，是與人的解放要求密切相關的詩歌之夢。毫無疑問，它對視聲音模式為詩歌本質的西方詩歌來說是一種徹底的叛逆，因此一直遭到各種各樣的非議，甚至連艾略特也戲謔過「自由詩」這一詩體概念，說「對想幹好一件事的人來說，沒有一首詩是自由的」，他認為詩人反叛僵化的形式是為新形式的到來作準備，而不是在自由詩的名義下把詩寫成拙劣的散文。只要是寫詩，就無法逃避格律，「某種平易的格律的幽靈應當潛伏在即或是『最自由』的詩的花毯後面，當我們昏昏欲睡的時候，它驅使我們；當我們驚醒之際，它又悄然隱去。換言之，只有當自由在人為的限制下時才是真正意義上的自由。」[26]而前面引用的那則「自由詩」條目，則認為，「作為一個『現代派』色彩十分濃厚的術語，『自由詩』這一名稱如今顯然已經過時」。

然而，自由詩雖然冒犯了傳統詩歌形式，這一概念本身也有些自相矛盾，但作為一種詩體，近代以來已經流行，在實踐和理論上也是

25 帕斯：〈沃爾特·惠特曼〉，布羅茨基等著，黃燦然譯：《見證與愉悅》（天津市：百花文藝出版社，1999年），頁73-78。

26 王恩衷編譯：《艾略特詩學文集》（北京市：國際文化出版公司，1989年），頁186。

成立的。在中國詩歌歷史傳統中，格律嚴謹的近體詩（律詩與絕
句），是到了唐代才樹立起權威的，之前之後和同時代的許多詩歌形
式，並不遵循近體詩的平仄規律和起承轉合的結構原則。而且，即使
在律詩日上中天之際，仍有不受約束的東西破「格」而出[27]。在理論
上，形式研究方面最有建樹的結構主義學派的核心人物之一雅各布遜
（Roman Jakobson）認為，語言的基本運作可分為「選擇」（selection）
與「組合」（combination）兩軸，而「詩的作用是把對等原則從選擇
過程帶入組合過程」，所遵循的主要是對等原則而不是傳統的格律。
他在〈語言學與詩學〉一文中說：

> 特別值得一提的是，任何一首詩不可缺少的內在特徵是什麼
> 呢？要回答這個問題我們就必須回憶一下用於語言行為的兩種
> 排列模式：選擇和組合。如果一段話的主語是「孩子」，說話
> 者會在現有的詞彙中選擇一個多少類似的名詞，如 child（孩
> 子）、kid（兒童）、youngster（小伙子）、cot（小孩），所有這
> 些詞都在某個特定方面相對等；接著，在敘述這個主語時，他
> 可以選擇一個同類謂語——如 sleeps（睡覺）、dozes（打瞌
> 睡）、nods（打盹）、naps（小睡）。最後，把所選擇的詞用一
> 個詞鏈組合起來。選擇是在對等的基礎上、在相似與相異、同
> 義與反義的基礎上產生的；而在組合的過程中語序的建立是以
> 相鄰為基礎的。詩的作用是把對等原則從選擇過程帶入組合過
> 程。對等則成為語序的構成手段。在詩中，一個音節可以和同
> 一語序中的任何一個其他音節相對等，重音和重音、非重音和

---

27 甚至律詩的聖手杜甫也並不完全遵循律詩的平仄要求。宋人胡仔《苕溪漁隱叢話》
云：「詩破棄聲律，老杜自有此體，如〈絕句漫興〉、〈黃河〉、〈江畔獨步尋花〉、
〈夔州歌〉、〈春水生〉，皆不拘格律。」（《苕溪漁隱叢話》，北京市：人民文學出版
社，1962年）

非重音、長音和長音、短音和短音、詞界和詞界、無詞界和無
詞界、句法停頓和句法停頓、無停頓和無停頓都應對等。音節
變成了衡量單位，短音與重音也是如此。[28]

這是有道理的。西方以隱喻為主的詩歌修辭體系和在聲音模式基礎上
建構起來的諸多詩體，都體現了這種對等原則，從而造成了詩歌前呼
後應的閱讀效果。而中國古代詩歌的聲、韻、節奏、語法、語義等，
也非常重視對等；近體詩對對偶的講究，更是對等精神的具體表現
（高友工、梅祖麟〈唐詩的語意、隱喻和典故〉對此有非常出色的研
究）。不過，雅各布遜理論的出發點是詩歌語言運作的音韻學，對詩
歌修辭中語義與歷史因素的考慮不多，這使他過分強調了聲音模式和
誇大了詩歌語言與日常語言在語序方面的不同（在雅各布遜看來，詩
的功能取消了普通語言的邏輯關係而代之為「詩法」關係：在普通語
言中，相鄰的成分是由語法來建立關係的，而在詩歌話語中，這種關
係是由對等原則承擔的），因此雖然承認自由詩是詩，卻沒有討論它
在對等原則中的合法性，只是簡單提出「自由詩是詩語言與日常語言
的折衷，並同時與更為嚴謹的詩歌形式共存」。

　　實際上，對等原則的出發點並不是只有聲音模式，在強調意境的
中國詩歌中更加不是。高友工、梅祖麟的〈唐詩的語意、隱喻和典
故〉運用對等原則研究唐代律詩時發現，由於對等既存在於聲韻中，
也存在於語義中，對等連接的方法既可以是相似的，也可以是相反的
（如對句中的「反對」），而一首詩不僅是一條語鏈，也往往與歷史傳
統構成「互文」關係，因而對等「在語言的各個層次中都有張力的存

---

28 "Linguistics and Poetics," in *Style in Language,* ed. Thomas A. Sebeok (Cambridge: MIT
　　Press, 1960), p.358. 此援用高友工、梅祖麟的譯文，見《唐詩的魅力》（上海市：上海
　　古籍出版社，1990年），頁120-121。

在」[29]。注意到這種張力，再進一步考慮詩人運用對等原則的主體立場，自由詩的可能與限度就浮現出來了：第一，由於詩歌的媒介是語言而不是音樂，聲韻的地位不是獨立的，既受到語言變化的影響（如中國詩歌從四言到五言、七言均可從語言發展中尋找原因），也受著意義的規約，因此不可能有永遠不變的詩歌格律，不可能有絕對的詩歌語言與日常語言的界限。第二，對等的功能和意義並不是要服從一個先定的框架，而是對應心靈與感情的內在節奏的，即是說，詩的思維是情緒思維，不是對等原則決定情感的節拍，而是感情律動借助對等原則發出個人的聲音。詩歌無法迴避的是節奏，而不是格律。第三，由於詩歌的靈魂是節奏，而語言的表現即使沒有嚴格的韻律也仍然可能獲得節奏（比如語句的重複和詩段的對稱等），對等原則的運用可以說是相當寬鬆的。

　　如果我們認同對等原則是詩歌語言運作的基礎，同時又能根據漢語的特點，從聽覺、視覺、語義等方面更全面理解這種原則。那麼，打破傳統詩歌的格律是必然的，自由詩這一概念也是可以成立的。因為傳統的格律是依據古代漢語的特點摸索出來，現在語言形態發展變化了（雖然象形文字的根基沒有變，但詞彙、音節、語法都發生了很大變化），過去對等的東西，現在難以對等了。但是，意識到拋棄傳統格律的必要和自由詩的可能性，卻不意味著詩歌的原則的消解，可以「作詩如作文」，用散文的語言寫詩，用「散文美」代替詩美。我們可以認為自由詩是一種充分利用了對等原則在語言中的各種張力，更自由、更具有民主性的詩歌形式，但僅僅將其看成是對格律詩層層相疊的「極度工整化」的對等原則的反抗，從而拋棄詩的原則是不行的。首先，如果要使自由詩是詩，還得遵循詩歌感覺、情緒思維的特點和基本的文類規則，比如在最簡單的層次上遵循分行的原則，而在

29　高友工、梅祖麟：《唐詩的魅力》（上海市：上海古籍出版社，1990年），頁163。

較為複雜的層面上，講究音節的調和和結構的勻稱。其次，也許應當像龐德那樣視自由詩為「只是一個開始而不是一件精緻的作品」[30]，一種充滿活力卻未臻完美的現代詩體，一種在社會與語言變革時期過渡的詩歌形式。

因此，應當視自由詩為現代漢語詩歌多種形式中的一種，一種承擔了革新傳統、探索未來的功能的橋樑性詩歌形式，卻不宜將其看成是新詩的至尊形式而代替其他形式的探索。必須打破「新詩應該是自由詩」的絕對觀念，防止形式與語言運用的二元對立，正視自由詩的可能和局限，改變格律探索的長期壓抑狀態，形成格律詩和自由詩並存、對話與互動的格局。事實上，自由詩與格律詩的並存，有助於詩歌內部的競爭和參照系的形成，獲得自我反思和自我調節的能力，保持「詩質」與「詩形」探索的平衡：自由詩在弭合工具語言與現代感性的分裂，探索感覺意識的真實和語言的表現策略方面，積累了新的經驗，在諸多方面可以為形式探討的危機提供解困策略；而格律詩對語言節奏、詩行、詩節的統一性和延續性的摸索，則可以防止自由詩迷信「自由」而輕視規律的傾向。

由於急切「求解放」的歷史情結，也由於文言向「白話」轉換過程中現代漢語尚處於不穩定狀態，二十世紀的中國詩歌雖然在二十年代出現過「新月詩派」那樣集體試驗、磋商詩歌格律的局面，但格律詩與自由詩並存、對話與互動的格局並沒有真正形成。而作為主導形式自由詩，在急於替代古典詩歌的語言體系和形式秩序時，又對「自由」與「詩」的辯證關係存在著不少誤解，影響了現代漢語詩歌的美學探討和形式規律的探索。這個問題不能不引起重視。沒有基本形式背景的詩歌是文類模糊、缺少本體精神的詩歌，偶然的、權宜性的詩

---

30 龐德：〈我對惠特曼的感覺〉，李野光選編：《惠特曼研究》（桂林市：灕江出版社，1988年），頁168。

歌，是無法被普遍認同和被傳統分享的詩歌。中國新詩的發展最終還得回到自己的美學議題。

　　——本文原刊於《中國社會科學》二○○四年第四期。

散文詩的歷程

　　以口語和散文的語言為媒介的「新詩」，除認同自由詩這一主導形式外，還接納了外國散文詩（prose poem）這一近代文類。在語言和形式的運用上，散文詩與早期的「新詩」並沒有大的區別，完全追求自然的音節，但採用了分段與標點等西方語文手段[1]。當時，雖然也有散文詩這一名目，但無論發表或編選詩歌作品，人們似乎是把它作為自由詩的某種變體來看的[2]，承認它具有文類的獨立性，是後來的事。

一　什麼是散文詩

（一）什麼是散文詩

　　「散文詩」，又是散文又是詩，這個文體的名稱看上去是一個矛盾的產物。因為在古典文論中，韻文和駢文是對立的，這種對立意味著詩和散文是對立的。因此，艾略特在一篇題為〈散文的邊界〉（The Borderline of Prose）的短文中討論阿丁頓（Richard Aldington）的詩時說：「（如果把他的詩）當作散文讀，就會發現它是令人激動的和厭

1　中國傳統詩歌在排列上歷來是不分行、分段與標點的，因為其形式在作者和讀者中已形成默契。標點、分段是適應文學革命的需要，由劉半農在〈我之文學改良觀〉中提出的。他認為文學既為一種完全獨立之科學，即無論何事，當有一定之標準，不可隨隨便便含混過去。其事有三：（一）分段。（二）句逗與符號。（三）圈點。（見《中國新文學大系‧建設理論集》，頁72-73）在這裡，「圈點」是傳統就有的，前兩點後來為人們普遍接受。

2　《新青年》第4卷第1號（1918年）發表的「白話詩九首」，有分行詩，也有散文詩，朱自清編選的《中國新文學大系‧詩集》（1935年）也收入不少散文詩作品。

倦的，因為其中有韻文的節奏；如果當作韻文讀，就會發現它是惹人
煩悶的，因為其中有散文的節奏。……所以當一個人發現自己在讀散
文詩時，或把它作散文讀或把它作詩讀——兩種努力均告失敗。……
每逢我們把詩當作散文或把散文當作詩的時刻，藝術家就失敗了。」
經過慎重考慮，艾略特的結論是：「其中絕對的區別是詩由詩寫成，
而散文由散文寫成；或者說，其他根本上的區別尚待我們去尋求。」
艾略特有他的道理，然而，第一，文類的觀念是前定的，還是後設
的？有沒有先驗的透明的、萬古不變的文類？文類與文類之間是否存
在灰色地帶或創新的可能性？第二，文類受不受時空與實踐的影響，
每一種文類是否都有變動的彈性？不管怎麼說，散文詩不僅存在，而
且相當流行並進了文學史，中外不少著名作家的散文詩作品，都具有
世界性的文學影響。散文詩這一文學形式是值得研究的。

　　對於散文詩的性質和特點，一九二二年的《文學旬刊》（後更名
《文學週報》）曾有一場討論。YL、西諦、王平陵、滕固等人都發表
了意見。其中最值得注意的是滕固那篇〈論散文詩〉[3]。他的結論
是，散文詩與散文及詩的界限，實在很難區分。他認為像色彩學上原
色青與黃併成一塊成了綠色一樣，散文詩是散文與詩相結合的產物。

　　散文詩的起源和誕生，的確與詩的解放和小品文作家追求詩意有
關[4]。但是，夢想散文詩囊括詩和散文的長處，成為比詩、比散文更
美的一種文學形式，也是錯誤的。任何一種文類形式，總是由若干要
素組成，要素與要素之間，不是毫無聯繫、雜亂無章的，而是有其內
在聯繫，通過一定的結構組織起來的。把兩種不同的藝術結合在一
塊，其中任何一種藝術形式的要素和功能都會有所犧牲。這樣，在散
文詩中，必然要犧牲詩的某些審美要素，同時也犧牲散文的某些審美

3　滕固：〈論散文詩〉，《中國新文學大系‧文學論爭集》，頁305-311。
4　可參閱拙著《散文詩的世界》中「散文詩的起源」一章，武漢市：長江文藝出版
　　社，1987年初版，1992年修訂版。

要素。兩種藝術形式的結合通過犧牲各自的某些審美要素所生成的是一種新的藝術形式。在這種新形式的生存系統中，原來兩種藝術形式的各種要素的質也隨之被改變，其個性特點若不是全部的話，也部分地受到了破壞，變成了一種新質；其作品的審美價值也是一種新的價值，而不會是原來兩種形式的審美價值的相加。當兩種藝術在一定條件下結合在一起的時候，不是一加一等於二，而是一加一等於一。不過這個「一」不是原先任何一個的「一」，而是一個新的獨立的「一」，有自己的結構系統和審美功能。所以散文詩是一種獨立的文學形式，有自己的性質和特點。散文詩是有機化合了詩的表現要素和散文描寫要素的某些方面，使之生存在一個新的結構系統中的一種抒情文學形式。從本性上看，它屬於詩，有詩的情感和想像；但在內容上，它保留了詩所不具備的有詩意的散文性細節。從形式上看，它有散文的外觀，不像詩歌那樣分行和押韻。但又不像散文那樣以真實的材料作為描寫的基礎，用加添的細節，離開題旨的閒筆，讓日常生活顯出生動的情趣。散文詩通過削弱詩的誇飾性，顯示自己的「裸體美」；通過細節描述與主體意緒的象徵兩者平衡發展的追求，完成「小」與「大」、有限與無限，具體與普遍的統一；同時，它有意以自己在情感性內容中自然溢出的節奏來獲得音樂美，使讀者的注意力較少分散到外在形式和聽覺感官上去，更好達到表現「意味」、調動想像和喚醒感情的目的。散文詩創作一般以有深刻審美意義的「小感觸」來推動藝術想像，作家注意捕捉時代和人生背景下思想感情的「遊思」，「像一支伊和靈弦琴（The Harp Aeolian）在松風中感受萬籟的呼吸，同時也從自身靈敏的緊張上散放不可模擬的妙音」[5]。這些特點既決定了它較強的主觀性、心靈性，也決定了它的形態的短小靈活。

5　徐志摩：〈波特萊的散文詩〉，《新月》第2卷第10號（1929年）。

（二）作為現代文類的散文詩

當然，任何一種文學體式的產生，都是先有作品而後才有名稱的。如果站在這個角度看散文詩，郭沫若在五四時期說得不無道理：在古代，「我國雖無『散文詩』之成文，然如屈原的〈卜居〉、〈漁父〉諸文，以及莊子《南華經》中多少文字吾人可以肇錫以『散文詩』之嘉名者在在皆是。」[6]不過，偶爾出現了今人「可以肇錫以『散文詩』之嘉名」的作品，不等於散文詩已形成自己獨立的文體。因此，雖然在十六世紀後，我國公安、竟陵派的作家，法國的散文家蒙田（Michel de Montaigne, 1533-1592）、費奈隆（François Fénelon, 1651-1715），英國的泰勒（Jeremy Tayler）、勃朗（Thomas Browne）等人都寫過一些在今天看來極像散文詩的作品，但嚴格地說，這些以散文創作為出發點的作品，成為可以「追認」的散文詩，其本身有著極大的創作不自覺性和偶然巧合的性質，是有詩意的散文，或只能稱為散文詩的類似作品。

散文詩首先是作為現代人類深沉感應社會人生和自我意識的新形式而存在的，體現著新的感覺想像方式和美學精神，與中國古代社會以儒家哲學作為基礎形成的「文以載道」和「以理節情」的文學傳統很不相同。從源流上看，散文詩與自由詩差不多是同一時期出現的，是反抗形式體制的產物，所謂「萬籟的呼吸」，所謂的「不可模擬的妙音」，也就是「人的情緒決不能被範圍於一個小區域內，正如江河之流，決難被拘於方池之中一樣」[7]，要爭取自由的表現空間和自然的韻律，獲得感受想像的民主性與開放性。它作為一種文學形式出現和獨立之後，一開始就表現出了尊重人的日常生活和複雜感情意願的近代呼聲。散文詩是近代社會的文學產物，隨著近代世界人的自我發

6　郭沫若：〈論詩〉，《文藝論集》，上海市：光華書局，1930年。

7　鄭振鐸：〈文學的分類〉，《文學》1923年第82期。

現和社會的發現，以及科學和近代文明等諸多因素的作用，社會分工越來越細，人的心理和感覺越來越複雜敏感。散文詩正是應和了近、現代社會人們敏感多思、心境變幻莫測，感情意緒微妙複雜和日趨散文化等特徵而發展起來的。作為一種主觀性較強的文學形式，散文詩以反抗妨礙藝術效果的「著意安排」的面目出現，追求詩情的自然流露。它執意衝破詩的種種外在形式的束縛，也無意服從小說、散文那樣表現邏輯；只要能表現心境、感覺和想像，有客觀邏輯的破綻也不要緊，要緊的是「適應靈魂的抒情性動盪、夢幻的波動和意識的驚跳」[8]。

　　散文詩的正式流行和成為一種獨立的文學形式是在十九世紀中葉。第一個正式使用「小散文詩」這個名詞和有意採用這種新形式進行自覺創作的是法國詩人波特萊爾（Charles Baudelaire, 1821-1867）。他的散文詩於一八五七年開始在雜誌上陸續發表，一八六九年結集為《巴黎的憂鬱》出版。創作之初，據波特萊爾自己說是受了法國浪漫主義詩人阿盧瓦修斯・貝特朗（Aloysrus Bertrana, 1807-1841）類似散文詩的集子《夜晚的加斯帕爾》的啟發：「……想起也試寫一些同類之作，以他描繪古時風光的如此珍奇秀麗的形式，來描寫一下現世生活，更確切地說，描寫『一種更抽象的現世生活』。」不過，正如波特萊爾自己所感覺到的那樣：「說真的，我對貝特朗的羨慕，恐怕沒有給我帶來任何快樂。當我剛剛開始做這件事時，我就發現我不僅離那種神秘而光輝的模特兒甚遠，而且我還做出了個別的意想不到的東西。」[9]波特萊爾的散文詩與貝特朗的作品的確差別甚遠，這種差別意味著正式誕生和獨立後的散文詩與過去一切類似散文詩作品的區別：（一）獲得了審美內容和藝術表現的現代性。波特萊爾所謂的「更

8　〈波特萊爾論文藝〉，《外國文藝》1984年第4期。

9　波特萊爾：〈給阿爾塞納・胡賽〉，收於亞丁譯：《巴黎的憂鬱》，南寧市：灕江出版社，1982年。

抽象的現世生活」，對照他的散文詩，既是體現為一種現代的審美心態（如；反抗傳統的君子趣味和道德倫理理想，尊重人的複雜情感，發掘醜中之美，等等），又表現為詩的方式對於散文式內容的藝術「抽象」，擺脫對客體生活的拘泥狀態，為傳達「靈魂的抒情性動盪、夢幻的波動和意識的驚跳」服務。（二）波特萊爾的散文詩創作從一開始就充滿藝術的自覺精神，並提出了基本的文體理論。在內容上，他主張描寫現代生活「無數關係的交織」，既不簡單把散文詩看成生活的客觀反映，也不像浪漫主義那樣將它看成純粹是「性靈」和自我的表現，而是看作自我和世界「應和」的表現，在結構上，他提出去掉情節和事件過程的「椎骨」，不把讀者的欣賞繫在一根有頭有尾的情節線索上，而是完全以消長起伏的情感邏輯和美學有機性要求來結構作品，「所有的篇章都同時是首，也是尾，而且每篇都互為首尾」。在藝術表現上，他認為與其把豐富複雜的情感意緒納入一種人為的模式，還不如讓它像音樂那樣自由馳騁，「可以一口氣筆直沖上天空，也可以迅猛地直下地獄」。可以說，波特萊爾的散文詩作品和理論，為散文詩的發展豎立了第一塊里程碑。

二　草創時期的散文詩

（一）從翻譯介紹到嘗試創造

　　中國現代散文詩是先有翻譯介紹後有創作的，或多或少受國外散文詩創作的影響和啟發，這種情形與自由詩的情況差不多。

　　一九一五年七月第二卷第七號的《中華小說界》刊有俄國作家屠格涅夫四章散文詩的文言譯文，總題為〈杜謹納夫之名著〉，譯者劉半農，這可能是國外散文詩在中國的最初翻譯介紹。「散文詩」作為一種文學形式的名稱在中國的最早出現是在一九一八年。較多地刊登

翻譯的散文詩作品，是一九一八年以來的事，五四前後影響最大的《新青年》雜誌為此起了很大的倡導作用，繼此年發表了〈我行雪中〉之後，在又相繼譯介了泰戈爾、屠格涅夫的散文詩。接著，《時事新報·學燈》、《晨報》副刊、《文學旬刊》、《文學週報》、《小說月報》等報刊，也陸續介紹了屠格涅夫、泰戈爾、波特萊爾、王爾德、赫股斯頓、西曼佗、高爾基等人的散文詩。在譯者中，最努力的是自稱「在詩的體裁上最會翻花樣」的劉半農，以及鄭振鐸和沈穎；此外，經常翻譯散文詩作品的還有郭沫若、仲密（周作人）、雁冰（茅盾）、董秋芳、陳竹影、徐培德、徐志摩等。這種廣泛的翻譯介紹工作，對中國散文詩創作的出現，起了極大的觸媒和推動作用，給熱烈呼喊著用現代口語表達現代人思想感情新文學開拓者們，提供了一個新的文學形式。

　　我們不必迴避散文詩是一種外來的形式。這種藝術形式的出現，是近、現代人類新的意識、想像逐漸積澱為感覺，經過不止一個國家也不止一代人試驗的結果；在它呱呱墜地的背後，有世界性近代審美意識和藝術經驗的精血。文學作為人類世界的共同財富，它首先是人類的一種精神現象，其次也意味著人的經驗感覺與其文化背景之間的一種特殊的吻合關係。五四前後，中國對外國散文詩的翻譯、介紹和其後的移植、嘗試，意味著覺醒的心靈對世界近、現代文化的認同。意味著現代中國人的心理經驗、審美情感與這種新的藝術形式內在要求的接近，意味著我們加入世界文學潮流的努力。當然，這是主體帶著自身文化心理和審美趣味的「認同」和「接近」，也烙印著時代、民族的文化心態、思維方式以至語言特性。質言之，早期新詩人所理解的散文詩，與外國散文詩不盡相同。英法的散文詩與自由詩一樣，與象徵主義的關係非常密切，而中國初期的散文詩只是想在語言的自然和詩行的排列形式上，打破古典形式的約束，至於這一文類的感覺方式和美學精神，只有極少數的幾個作家能夠心領神會。這就是為什

麼，中國散文詩後來的發展，既以東方人的沉思和悟性給散文詩帶來了新的趣味和境界，又走著一條獨特道路的原因。

（二）拓荒者們的成績與局限

　　劉半農和魯迅是中國散文詩創作最早的嘗試者。劉半農發表在一九一八年《新青年》第五卷第二期上的〈曉〉，是中國第一篇成熟的現代散文詩。這篇散文詩通過天亮時火車上明暗色彩的對比描寫，通過沉睡者與醒者的相互映照，抓住了五四前夕敏感的知識分子對於黑暗麻木和時代曙光的朦朧感覺，暗示了當時生活的某種趨向與希望。而魯迅，也早在一九一九年八月十九日就以「神飛」的筆名，在《國民公報》副刊「新文藝」欄上發表過一組題為〈自言自語〉的散文詩作品[10]。魯迅的這組散文詩，有的是黑暗社會先覺者求解放的寓言，有的是個人經驗富有哲理的自省與憬悟，是他後來一些作品的「原型」。在藝術上，劉半農和魯迅都能把白描和象徵結合起來，兼有詩的表現性和散文的描寫性。他們的作品，具有開拓先河的功績。

　　劉半農的創作可以代表當時散文詩的一種傾向。第二種傾向是面向自身在時代生活中感覺到的苦痛，具有濃重的人生空幻感和感傷情調。這種傾向主要以徐玉諾為代表。徐玉諾是「中國新詩人裡第一個高唱『他自己的輓歌』的人」[11]，他是一個熱情的夢想者，但現實的痛苦又像錐子一樣在後背刺他，使他無法不正視現實人生，因此他夢想「將來的花園」卻又握不到黎明的歡樂，對於生活只留下「我肚中

---

10 魯迅這組散文詩的佚文由孫玉石、方錫德發現，於一九八○年刊於《魯迅研究》
　　（北京）創刊號，並收入一九八一年人民文學版的《魯迅全集》第八卷。唐弢認
　　為，這組佚文的發現，解決了魯迅研究中的一個疑難問題，使魯迅本人提到的「神
　　飛」的筆名，得到了落實。（參見唐弢：〈花園劍簇──讀新發現的魯迅十一篇佚
　　文〉）這組佚文的發現，對中國散文詩研究，同樣意義重大。
11 見徐玉諾散文詩集《將來之花園》西諦（鄭振鐸）寫的「卷頭語」。《將來之花園》
　　由商務印書館1922年8月出版。

這麼多苦草」的歎息。第三種傾向表現為一種超然的牧歌情緒，以曲折的方式傳達時代和人生的感懷。這方面的代表是郭沫若和冰心。郭沫若在他〈小品六章〉的小序中寫道：「我在日本時雖然赤貧，但時有牧歌的情緒襲來，慰我孤寂的心地，我這幾篇小品便是隨時隨處把這樣的情緒記錄下來的東西。」[12]不過這種牧歌不是禮讚鄉土社會的田園牧歌，而是基於人性要求的感情呼聲。那時的散文詩，不論題材、風格、傾向有什麼不同，劉半農對現實的暴露和對勞動者的同情也好，徐玉諾「自己的輓歌」也好，冰心的母愛、童心的吟唱與郭沫若在日本時對故國人情的懷戀也好，或者其他如許地山「生本不樂」的感觸，焦菊隱表現的青年男女愛情的憂鬱，都反映出嚮往民主、自由和解放的人道主義精神，以及形式與語言的開放性，——正是在這一點上，與散文詩美學精神的現代性取得了一定程度的協調。

　　嘗試時期的中國散文詩在試驗用一種新文體的方法和技巧去把握情感與現實方面，是取得了成績的。作家們從傳統的理性主義和道德人格主義的審美理想中突圍出來，轉向了對現實人生和情感的表現；同時也衝破了傳統的詩歌格式和矯揉造作的語言，找到了一種更自由、更開放、更接近人類內心傾向的表現形式。不過，即便是同意當時西諦（鄭振鐸）的判斷：「散文詩現在的根基，已經是很穩固了」[13]，我們也還沒有充分的根據說它已走向自覺和成熟。它也還存在明顯的問題：（一）現代審美意識還未能真正支配散文詩作家的藝術感受力和想像力。當時的作品，多數還是小場面、小景物，以及小人物處境的抒寫，或只是流於個人情感的宣洩，未能在自剖的苦痛中尋找光亮的意象，於深層意識的舊與新、死與生、沉與浮的激烈衝撞的審美把握中，創造有著巨大張力的藝術世界。（二）在形式和語言上，

---

12 郭沫若：〈小品六章〉，《晨報副刊》1924年12月23日。
13 西諦（鄭振鐸）：〈論散文詩〉，《文學旬刊》1922年第24期。

散文詩尚未完全獲得自己的獨立品格，一部分人的作品像散文化的詩，儘管不像詩那樣分行，但在想像方式和藝術結構上只是詩的放腳，甚至每一段的末句都是押韻的，造境和意象也沒有脫盡古詩的胎氣。（三）在表現技巧上普遍比較幼稚，使用的手法顯得拘謹單一。

雖然嘗試階段的中國散文詩還存在諸多不足，但其起點是不低的，也形成了一支創作隊伍，除上述作家外，周作人、朱自清、沈尹默、徐雉、滕固、瞿秋白等人都在這塊處女地上留下了耕耘的足跡，他們開拓和勘探了散文詩向前發展的道路，積累了經驗教訓。

三　中國散文詩的五個階段

從散文詩在中國的翻譯、嘗試到魯迅《野草》的誕生，是第一個發展階段。如上所述，嘗試時期的中國散文詩是取得了成績的，也積累了經驗教訓，它們昭示人們：中國現代散文詩從幼稚走向成熟，必須自覺把現代生活的感覺和情感納入自己的藝術視野，以現代人的眼光和心態處理材料；同時必須在形式和語言上掙脫傳統的影響，獲得自己的現代風貌。這是時代的要求，也是散文詩這一藝術形式成長發展的本體要求。這些要求在魯迅一九二四至一九二六年創作的《野草》中得到了完好的實現。《野草》是中國現代散文詩一座光輝的里程碑，魯迅以深刻的思想和天才的創造，賦予了這座里程碑以獨特的高度，正如葉維廉所指出的：「如果我們說，波特萊爾和馬拉美等人的散文詩，通過他們所處的社會空間的批判，最後呈現的是『美』與『理想』，偏向於『純詩』的追求；則魯迅在關懷上無法與波、馬認同，他寫的是中國在外來文化與本土文化爭戰下的一種廢然絕望，最後雖然希望較理想的中國文化再現，但絕對沒有想到『純詩』和『美即宗教』。然而在語言的策略上，他卻完全掌握了象徵主義特有的散文詩典範中散文活動與詩活動互為推展的演現方式。在超然與介入之

間，法國象徵主義的詩人和魯迅，在散文詩這個文類裡找到了最適切、最有效的傳達。」[14]綜合地看，《野草》有如下特點：（一）作者真正以現代意識支配散文詩的感覺和想像方式，創造了一個偉大的藝術世界。這是一個有著獨特的心理深度和美學魅力、象徵著現代中國人內心生活的世界，在「小感觸」中體現著時代和人生真諦的深沉感悟：既有二十世紀初一個「未經革新的古國」覺醒了的戰士如入無人之境的孤獨和悲涼，又有新我在交替時代夾縫中蛻變的矛盾和緊張，同時還有作者切身體驗到的人類生命與生俱來的苦悶和抗爭。（二）《野草》體現了中國現代散文詩形式和語言的成熟。可以說，作者真正把握了散文詩這種新形式所體現的現代美學精神，把握了它所沉澱的心理內容和藝術觀念的現代性，完好實踐了這種文體的藝術處理原則。《野草》主要不是依靠對象的自然美感，而是重視主體的賦予；不是依靠對現實生活的描繪，而是通過象徵和暗示；在內心思想情感世界與現實生活世界的雙向同構關係中，建立起了一個有機、完整的藝術象徵世界。在作品中，現實的描寫有深刻的寓意，夢境的表現又暗示著現實。其語言也在作品的整體結構中獲得了意之內、言之外的內涵和外延，有了遠遠超出語言符號本身的「意味」和表現力。（三）體現了形式的多樣性和藝術手法的豐富性，技巧上相當成熟。總之，《野草》在中國現代散文詩的發展歷史中，有承前啟後的意義：於之前的散文詩，意味著歷史性的綜合和建樹性的開拓；於之後的發展，提供了楷模和頗多的啟示。《野草》豐富的主題和藝術經驗，永久的思想與藝術魅力，體現了散文詩寫作新的可能性，構成了我國散文詩向前發展的多條泉源。

　　繼從幼稚走向成熟的第一個發展階段後，以茅盾、麗尼、何其芳、陸蠡等為代表的散文詩創作，鞏固了魯迅《野草》為散文詩帶來

---

14 葉維廉：《解讀現代・後現代》（臺北市：東大圖書公司，1992年），頁208-209。

的成就和影響。當時，經歷了大革命的失敗後，作者們都處於「曾經
想要寫，但是不能寫，無從寫」[15]的內心苦悶時期，一些作者的作品
難免有一股「迴盪起伏的悵惘的滋味」，但正如阿英在評介茅盾某些
散文和散文詩時所說的那樣：「茅盾的〈叩門〉、〈霧〉一類小品，當
然是還不夠那樣的精湛偉大，但這些小品，正象徵了一個時代的苦
悶。」[16]正象徵了一個時代的苦悶，而這種苦悶又是以滿心想掙扎，
可是無從著力為基本特徵的，——以此為主流的第二個階段的散文詩
創作，為人們展示了當時一大批中國青年知識分子探索道路、尋找光
明的心靈歷程。不過，由於當年五四運動所提出的許多思想文化問題
已為現實問題所沖淡，大多數作者已不像魯迅那樣清醒地正視現實的
「黑屋」與內心世界的緊張關係，同時也正視一個現代文類的深沉美
學要求。因此，他們也不能像魯迅那樣在經驗、文類、語言的磋商對
話中鑄造散文詩的藝術世界。這個階段的散文詩，抒寫得更多的是個
人與黑暗現實的對立和由此產生的孤獨感，比較多「個人的眼淚，與
向著虛空的憤恨」。這樣，在美學面貌上就主要體現為感傷的浪漫主
義，表現上也由魯迅式的象徵轉向主觀的抒情。

　　抗戰開始後至新中國成立前的散文詩創作屬於第三個發展階段。
戰爭的苦難和時局的動盪給散文詩注進了另一種血液，作者們的視點
不約而同地從個人與社會的對抗，轉向了與民族敵人和反動勢力的對
抗。當時的散文詩創作集中體現了這樣一個總主題：「啊，中國，我
們真值得為你戰鬥！」如果按藝術傾向的不同又可分為四類：直接從
現實生活場景中攝取詩情和靈感，通過想像來抒寫的散文詩，收穫是
最為豐盈的，其作者以田一文、陳敬容、劉北汜等為代表。借景抒
情、托物言志類的散文詩，數量不如前類作品多，單獨的結集也少

15　魯迅：《怎麼寫》，《魯迅全集》1981年版第4卷，頁18。
16　阿英：《現代十六家小品》〈茅盾小品序〉，香港：光明書局，1935年。

些，但作者不少是像郭沫若、茅盾、巴金、王統照這樣的名作家，具有較高的思想藝術修養，因而在質量上取得了一定的優勢。唐弢、莫洛等人的散文詩又是一類，他們比較明顯受魯迅《野草》和戰鬥雜文的影響，重視冷峻的抒情和象徵手法的運用，著力於藝術的暗示，具有警辟、含蓄的特色。值得注意的還有郭風的貢獻，他不僅以下層勞動者的身分傾吐了中國農村的不幸，而且挖掘和歌唱了他們堅強而素淡的心靈。此階段散文詩最大的特點是題材的現實感和主題上戰鬥性的加強，作者們在表現民族和人民的情感意識方面作出了很大努力，散文詩開始了從個人走向社會、從主體的表現走向客觀生活的描寫。

跨入五十年代之後，由於時空和意識型態的阻隔，中國散文詩的發展需要話分兩頭，各表一枝。在大陸，由於生活和藝術觀念的時代變化，也由於上一階段散文詩作者隊伍基本上戰鬥在國統區，服從新的政治要求，熟悉新的生活，積累新的思想感情，適應觀念、題材、主題的時代風尚需要一定的時間，因而散文詩沉寂了六、七年。但不久有了柯藍、郭風的突起，他們的散文詩從過去「啊，中國，我們真值得為你戰鬥」的主題轉向了「我的讚美」的頌歌主題。這是一種單純而誇張的時代的主題，它給散文詩帶來了一系列的連鎖反應：在題材上，注意選擇光明、美好的事物和場景；在情緒色調上，顯得明朗、樂觀、昂奮；在表現上，注意感情的直寫和主題的直接表達。後來，隨著新生活暈眩感的消失和作者認識的深化，以及「百花齊放，百家爭鳴」文藝方針的提出，散文詩的主題、題材和表現手法趨向多樣化，艾青、流沙河等人寫出了別具一格的作品。但一九五七年以後，文藝方針越來越意識型態化，藝術創作規律和美學的理解，一直和庸俗社會學、政治學的理解糾纏不清，服務於現實生活的口號又被簡單理解為配合中心工作，於是散文詩又由多樣化複歸為單一的讚美，從抒情想像轉向寫實，從個性化轉向集體化，最後寫不下去只好逐漸消失。六十年代初雖有劉湛秋等作者曾企圖改變這種沉寂局面，

寫出了一些清新婉麗之作，但也不過是曇花一現。在臺灣，則由於三十年代詩人路易士（紀弦）在詩壇重舉現代主義的大旗，散文詩的寫作由追求白話文的流利暢達轉向了向詩歌的濃縮與多義性。在這個時期，除紀弦外，臺灣的商禽、瘂弦、管管、彭邦楨、羊令野、秀陶、桓夫，香港的馬朗（馬博良）、葉維廉等，都作過一些有意思的探索。而在散文詩的理論探討上，五十年代初，香港的林以亮曾在臺灣發表過〈論散文詩〉一文，六十年代初的臺灣則有一場關於散文詩的討論。林以亮認為散文詩有其存在的合理性，但散文詩的寫作必須出自內在的需要，絕不是不會寫詩或寫不好散文的人取巧的形式。他說：

> 文學作品，從內容上說，大體可以分為散文和詩，而介乎這二者之間，卻又並非嚴格屬於其中任何一個，存在著散文詩。在形式上說，它近於散文，在訴諸於讀者的想像和美感的能力上說，它近於詩。就好像白日與黑夜之間，存在著黃昏，黑夜與白日之間，存在著黎明一樣，散文詩也是一種朦朧的、半明半暗的狀態。我們很難提出一個確定的時刻，說在這以前是白天，在這以後是黑夜。這是一種過渡時期，雖然暫時，卻是真實的，而且是大自然必有的現象之一。李商隱有兩句詩說得最好：「天意憐幽草，人間重晚晴。」可是我們不要忘記：白日是我們正常工作的時間，黑夜是我們正常休息的時間，並且占據了我們生命最大的一部分。誰要是把黃昏特別提出來，認為黃昏才是一天中唯一有價值的時辰，其餘都無足輕重，那麼他的看法就失之太偏，正好像一個人對詩和散文加以忽視，卻專門提倡散文詩一樣。[17]

---

17 林以亮：〈論散文詩〉，臺北：《文學雜誌》第1卷第1期（1956年）。

而六十年代初臺灣那場散文詩的討論則沒有什麼結論，討論的最後，是紀弦寫了一篇〈詩與散文〉的文章，認為自古以來都是詩與散文消長起伏的歷史，不過是「韻文時代」經「分工時代」到「散文時代」罷了，「而今天是散文時代。……一切文學以散文寫：以散文寫詩，散文寫散文，詩人與散文作家之分，不再是由於一個使用韻文而另一個使用散文，主要是看文學的本質；唯寫詩的為詩人，唯寫散文的為散文作家。否則，那些『分了行的散文』也可以冒充自由詩了。……至於被稱為『散文詩』的，我認為，形式上把它當做『韻文詩』的對稱則可；本質上把它看做介乎詩與散文之間的一種文學則不可。」[18] 紀弦是三十年代開始寫詩的現代詩人，他的觀點也讓人回憶起三十年代馮文炳提出的自由詩「內容上是詩的，語言上則是散文的」觀點，當然，這種觀點也反映了當時臺灣散文詩更接近詩的傾向。

　　八十年代以來的中國散文詩從整體上看呈現為一個復甦、探索、展開和走向文類獨立的過程：一九八一年開始，分別有「黎明散文詩叢書」（柯藍、郭風主編）和「曙前散文詩叢書」（郭風、劉北汜主編）出版，「黎明散文詩叢書」至一九八七年共出了五輯六十冊；一九八四年，中國散文詩學會在北京成立；一九八五年，被稱為「我國目前最為完備的散文詩選集」《六十年散文詩選》（孫玉石、王光明選編，南昌市：江西人民出版社）出版；一九八七年，第一本散文詩理論專著《散文詩的世界》（王光明著，武漢市：長江文藝出版社）出版。進入九十年代之後，還有了專門刊載散文詩的刊物，如《散文詩世界》（四川）與《散文詩》（湖南）。這時候的散文詩，逐漸突破了五、六十年代那種透明的天真和單純感，由講別人的故事，記別人的話，抒寫人云亦云的思想感情回到了感受和想像的個性化，回到了魯迅實踐過的散文詩傳統。特別是，散文詩一些藝術可能性得到了新的

---

18 紀弦：〈詩與散文〉，《紀弦論現代詩》，臺北市：藍燈出版社，1970年。

探索：如曉樺以西藏為題材的交響樂式的散文詩集《藍色高地》，是一部氣勢恢宏的作品，作者將散文的描繪、詩歌分行詩歌的表現和故事的敘述巧妙融合在一起，構築了一個複合多義而又崇高神秘的「藍色高地」。「藍色高地」永遠召喚著虔誠朝聖者的艱難跋涉，所有人都死在路上，一切都將沉入黑暗，但一切又都等待著新生，因而書中那個執著的朝聖者象徵著人類的的精神追求和自我超越。可喜的是，作者通過散文詩的形式很好地把握了這一具有形而上色彩和神秘意味的主題，體現了某種近乎自然的控制力，獲得了靈魂與語言的應和。又如靈焚（林美茂）散文詩集《情人》中的不少作品，似乎沒有實在的描寫對象，也不源於現實時空中的人生經驗，然而那些超越現實時空和具體經驗的省思與展望，讀來更接近魯迅《野草》那種在焦慮與絕望中省思個體生命的形式與意義的創作精神，也與波特萊爾表現現代經驗的恐怖與渴望的散文詩，有更多的相通之處。它體現了一種不簡單依賴「抒情主人公」的意志與情感，而依靠整體的想像力、結構和語言組織的寫作追求。

四　《野草》傳統的中斷

從散文詩的草創到《野草》的誕生，從表現「一個時代的苦悶」到匯進民族和人民解放鬥爭的激流，以及後來從熱情、單純地讚美生活到對歷史、現實與文類關係的探索，中國散文詩的歷史發展，與二十世紀中國社會的現代性尋求，一直保持著十分直接、緊密的聯繫。這是貫穿中國現、當代散文詩歷史發展的最突出的特點。這種特點既與現代中國異常突出、尖銳的社會政治課題直接溝通，亦與中國作家傳統的社會責任感和文學意識緊緊相連。對於國家、民族和人民命運的自覺關注，對社會意識型態並非被動的順應，使中國散文詩很快越過個人經驗和情感的表現，進入了時代現實生活的描寫；從人生基本

問題的時代探索，轉向了民族感情和社會政治意識的張揚，形成了「戰鬥的傳統」和「讚美的傳統」（前者，以一種直面現實黑暗的態度，抒發人民的愛憎和時代的義憤；後者，以一種肯定「當前」的態度，省略美中之醜，歌頌人民的美德和革命帶來的時代變遷）。這當然是散文詩革命性的進步，有著積極的時代意義，體現了中國散文詩作家對歷史和現實責任的自覺承擔，同時使散文詩能直接從現實鬥爭生活中獲得補益，避免象牙之塔的經營而獲得廣大的讀者。

（一）要「生活」還是要「藝術」

自散文詩這種新文類在十九世紀中葉正式誕生以來，人們還很少看到它能負荷這麼大的社會使命和現實生活責任，很少看到像中國散文詩這樣全面表現生活的傾向，很少看到如此重視主題的社會意義和題材的現實價值的傾向。但是令人深思的是，儘管中國散文詩絲毫也沒有放鬆表現時代和現實鬥爭生活的追求，但它並沒有因此得到「時代」的特殊恩惠，時代各階段整個文藝界和讀者們仍然沒有給它更多的顧盼，它仍然只是占有偏愛者的一隅寂寞地生長，甚至連作者們自己也意識到，散文詩的「時代感不夠強」、「寫得纖巧」、「與現實生活結合得比較鬆散」，成了「生活裡的小擺設」。他們盡力讓歷史和現實生活匯攏於筆端，然而，當筆尖在稿紙上滑動，它們卻逃離他們而去，——這成了困擾著中國散文詩並且似乎要危及它的發展的最突出的問題。這個問題不能不讓人思考：散文詩能否直接為社會現實鬥爭承擔責任？它是能直接干預歷史生活的進程還是只能參與精神和靈魂的塑造？評價散文詩藝術質量的標準是自然的公眾情緒和現實生活情狀，還是散文詩本身的審美要求和豐富性？前文說過，波特萊爾是散文詩的創始人，但在他的散文詩集《巴黎的憂鬱》裡，為什麼一再寫到這個時代的藝術家？為什麼要把他寫成沒有親人、祖國，只是傾心於美，傾心天空飄過美妙的雲的時代的「陌生人」？他為什麼強調藝

術家要出入於人群之中又孤獨於人群之上？在《賣藝老人》裡，他為什麼把文人與時代的關係描寫得那樣緊張，而在《桂冠丟了》又覺得丟掉了詩人的桂冠並不完全是壞事，因為從此也許能夠更自由，更隨心所欲。波特萊爾散文詩所探索的，是否就是藝術在現代的命運和它新的可能性？本雅明（Walter Benjamin, 1892-1940）曾在《波特萊爾與十九世紀的巴黎》中精彩討論過波特萊爾筆下的「文人」形象，他認為，波特萊爾筆下那些生活在城市又自覺疏離城市、出入於人群之中又孤獨於人群之上的「文人」，是那些從邊緣反觀現代生活的人：他們與高度理性的現代社會體制和中產階級的趣味格格不入，以寫作謀生卻不肯「職業化」地讀書作文。他們不是專業化的「知識分子」，而是孤獨自由的「閒人」。寫作不是他們的「工作」，相反，他們「不工作」，因為「在街頭閒暇懶散也是他工作的一部分」。他們在街頭閒逛，東張西望，沒有目的地沉思默想，然而正由於此，他們「有了一個回身的餘地」，自我意識得到了培養，進入到一個靈魂與想像自由展開的天地。波特萊爾這種對詩人和詩歌自由的探索，在法蘭克福學派的學者阿多諾（Theodor Adorno）看來，表現了工具理性社會人性的壓抑與抗衡的關係，具有非常積極的意義。他說：「當編制性的社會愈超越個人，Lyric 的藝術的情況愈游疑不定。波特萊爾是第一個注意這個現象的詩人，他拒絕止於個人的痛楚：他超越個人的痛楚而控訴整個現代世界反 Lyric（反詩）的態度，通過一種近乎英雄式風格的語言，他從控訴中錘擊出真詩的火花，……通過一種自身絕對客觀性的建立，這種詩無視現行社會狹窄、受限歷史性的、意識型態片面的所謂客觀性的傳達方式……而設法保持一種活潑潑、未變形、未沾污的詩。」[19]

---

19 轉引自葉維廉《解讀現代·後現代》一書（臺北市：東大圖書公司，1992年），頁199。

　　波特萊爾的詩和散文詩，曾點燃過三十年代初何其芳的創作靈感[20]，它驅策後者動心於人生的表現和文字的美，「沉默地不休止地揮舞著斧」，希望「在剎那間捉住了永恆」，從而寫出了傑出的散文詩集《畫夢錄》。然而，如果說，我國成熟的散文詩（如20年代魯迅、茅盾等人的作品），倘能將個人的體驗與社會經驗、人生苦悶和時代苦悶作完好的融合，推動散文詩的想像，把自然情感昇華為藝術的情感和結構；那麼，後來的發展，除何其芳、唐弢、郭風、商禽等為數不多的作家外，相當部分的作者成了社會政治意識和現實生活直接的承擔者與反映者。其中一些作品，例如六十年代初一些描寫農村政策調整後農村面貌的作品，八十年代一些表現新時期農村實行責任制後農民心理變化的作品，固然也反映了經過災難和動亂後農村生活面貌的改變和農民的情感要求：他們對於人為災難、生活動盪，對於互相仇視、傾軋的人與人關係的厭倦和反感，以及對於休養生息、發展生產的渴求，有其相當的歷史合理性。但是，在表現這種歷史合理性的同時，好些作品也明顯缺乏美學的獨立性和想像力，只是簡單地迎合主流意識型態的需要抒寫了生活的表象。不少作者所沉醉的其樂融融的和諧、安閒、自食其力、靜謐和與世無爭的鄉村田園世界，不僅是想像的烏托邦，與現代化衝擊下生活在鄉村世界的人們的緊張焦慮相去甚遠，也與老中國鄉土社會的殘存意識，與小生產者們的生產生活方式和習慣心理，存在著某種血緣聯繫。而另一些以現代化的美景闡述鄉村變化的寫作，也只是看到了物質的勝利，而忽略了現代化的複雜性。──這一切，原是魯迅、沈從文從人性要求思考過探索過的東

20　《預言》、《畫夢錄》時期的何其芳明顯受波特萊爾的影響，他不僅在多篇散文中直接提到這位法國詩人，毫不掩飾自己的喜愛之情，而且在一九三七年寫的〈雲〉這首詩中，直接引述過波特萊爾散文詩〈陌生人〉結尾中的句子：「『我愛那雲，那飄忽的雲……』／我自以為是波德萊爾散文詩中／那個憂鬱地偏起脖子／望著天空的遠方人。」

西，但他們介入現實的思想方式和語言策略似乎被許多人所遺忘。

　　這類努力貼近時代現實卻「時代感不強」的藝術現象，反映了散文詩發展中一種日趨簡單化地理解「時代感」和「現實生活」的傾向：用時代表面意義掩飾審美體驗的浮淺，用題材的社會性取代藝術空間的豐富。結果導致了散文詩創作的容易簡單：好像不需要深刻的人生體驗，不需要豐富敏銳的內心感受力和從尋常事物進入深層意蘊的洞察力，也不需要注意它特有的結構和語言要求，就能寫好似的。本來，優秀的散文詩作家和作品，總會注意散文詩的結構和功能，知道這種藝術形式的長處和短處，總會關心人生的一些基本問題，在人與社會、人與自然、人與人等諸多關係的感悟中，也在心弦自身靈敏的緊張上彈奏時代的曲調。然而，在好長一段歷史時期內，好些作者不是自覺地從如上問題出發，探索人在具體時代的真實處境和情感特點，探索語言與世界在散文詩中的特殊狀態；即便是忽略那些極端的情況（如抗戰初期宣傳、鼓動式的散文詩，解放前夕詛咒式的散文詩，大躍進時期口號和豪言壯語式的散文詩，以及文革中禱告歌式的散文詩），人們仍然會看到各時期為數不少人生體驗浮淺和藝術質量低劣的趨時應景之作。

　　造成散文詩「時代感不強」的原因，是因為人們習慣於在生活與藝術之間劃上等號。許多作者沒有明確意識到：藝術裡的生活不就是實在進行著的日常現象，而是從作者「獨特的想像力」，從他的經驗、感覺、智慧、洞察和想像中提煉出來的。因此，沒有「時代感不強」的生活，只有「時代感不強」的作者。生活是日新月異地轉變的，今天的生活情勢，明天就會被超越，如果創作者只是追求當前生活的直接觀照、直接美感，而不願通過艱苦的探索發現和把握其中有恆定意義的東西，作品就難免不成為生活事實的一條簡單的注釋，隨著生活的消亡而消亡，──這絕不是真正的「時代感」和「現實生活」，而是急功近利稍縱即逝的精神錯覺和沉湎於誇張的「現今錯

覺」。真正的「時代感」和對「現實生活」的把握，應該是一種超越
了前人眼光的感知和審美判斷，一種從人的基本問題出發切入了生活
深沉脈動的發現和領悟，一種穿透生活實在的過去、今天和未來三位
一體的觀照。正因為這樣，把自己的思想和趣味毫無隙縫地與發展著
的現實生活協調起來的藝術家，不一定就是握住了「時代感」和「現
實生活」的藝術家，因為藝術家的首先條件是面對藝術的需要和保持
藝術家的誠實，而要維護藝術的需要和保持藝術家的誠實，就不得不
打碎生活的偶像和時尚流風。不這樣，巴爾札克就不會「不得不違犯
自己的階級同情和政治偏見」，把自己心愛的人物「描寫成不配有更
好命運的人」。

　　中國現代散文詩歷史發展中作家努力貼近時代現實卻仍未能達到
人們所期待的時代深度的原因，還得從文學以外的因素中尋找。這個
問題涉及散文詩發展的歷史環境和在其中起根本制約作用的意識型
態，關係十分複雜，本文不擬展開探討。這裡想指出的是，由於近、
現代中國社會處於一種極為錯綜複雜的情況中，不能簡單在思想文化
積累基本完成的基礎上變革社會，政治和組織手段就顯出了特殊的意
義和作用。在其眩目的光輝面前，感時憂國的中國作家往往自覺或不
自覺地努力把個人的情感、想像納入「產生意義和價值的社會經
驗」，放棄了思想上的獨立思考和藝術創造精神，順應和配合時代歷
史運動和現實政治的需要，為了即時的意義而忘卻了自己命中注定的
追求。這樣，便產生了相當數量按流行觀念描繪生活現象，和用一點
淺薄哲理教化大眾的散文詩作品，同時也產生了一批美化鄉土田園世
界的牧歌。如是，體現著現代審美心態、感覺和想像方式的散文詩，
反而逐漸失去了其文化心理的現代性。題材從早期表現現代生活無數
關係的交織，倒向鄉村場景和自然山水、小花小草的描繪；視點從關
注人的內心世界，以及主體意緒、感覺的審美，移向社會經驗和生活
現象的寫生，趣味上從對現代生活衝擊下內心強烈的緊張、困惑、苦

悶的審美把握，回到帶有傳統色彩的政治激情的揮發和對單純、和諧、靜態事物的欣賞。這一切也鮮明地反映在散文詩藝術形式的本體結構中，由魯迅式的藝術象徵世界——某種思想感情的抒發——某種生活（或自然）現象的描繪或某種觀念的演繹；由意象創造——比喻的排疊——場景摹寫或議論。中國現代散文詩從傳統文學的趣味和格調中衝殺出來，在它後來的發展中卻出現了一些返回傳統趣味與格調的現象，這是不可忽視的。

五　缺乏美學與形式的自覺

　　中國現代散文詩歷史發展中另一個突出問題，是缺乏本體美學精神和形式結構要求的自覺，對這種現代文類的理解比較膚淺與表面化。

　　在本文的開頭「什麼是散文詩」一節中說過，散文詩是有機化合了詩的表現要素和散文描寫要素的某些方面，使之生存在一個新的結構系統中的一種抒情文學樣式。它首先是作為現代人類深沉感應社會人生和自我意識的新形式而存在的，既體現著現代人的感覺、想像方式和美學精神，也體現著語言與形式的自由民主要求。五四時期的民主精神和個性解放的時代土壤，以及面對世界現代潮流衝擊，中國知識分子內心的敏感、矛盾和緊張，契合了散文詩的內在要求，因此及時被「拿來」，很快在中國土壤上生根、發育並走向成熟，出現了魯迅《野草》這樣的散文詩典範作品。然而，由於複雜的時代條件，五四思想文化革命和現代性尋求產生過許多迷思，也未能真正建立起一個完整的現代文化體系與舊傳統對抗，傳統的意識、觀念和急功近利的思想還在潛在地起作用。這樣，當後來急迫的社會政治課題壓倒思想文化變革課題的時候，文學藝術就很難更多地追求自己的獨立性和全神貫注於自身的發展。魯迅的《野草》魅力被忽略，「柯藍體」、「郭風體」散文詩在五十年代的風行，深刻表明了時代氛圍和現實政

治需要對散文詩美學精神和形式結構的影響。毫無疑問，柯藍、郭風這兩個著名作家的「散文詩體」，體現了當時的時代要求與作家個人才華的適應，單純、明朗的審美經驗與較為簡單的藝術本體結構的適應。但這兩種基於表現革命理想、豪情、哲理和新時代田園牧歌情趣而誕生的散文詩寫作風格，只是「向外」地發展了散文詩的某些固有特點，散文詩的各種潛在功能和本體藝術要求則未完全藝術地實現和全面展開。散文詩獨特的藝術精神和美學魅力，並不來自生活現象的自然美感，而是來自生活感觸提示下心靈世界極深的內省，是通過審視和開發內心生活的宇宙來為文學世界帶來新的審美空間和美學魅力的。波特萊爾的《巴黎的憂鬱》，處理的是現代經驗的恐怖和渴望。而魯迅的《野草》所探索的也是作者在五四運動落潮後，心靈徬徨於「一個已死，另一個卻無力出生」兩種情境中的矛盾和緊張，不僅表現了意識的世界，還深入到了潛意識的世界。正如夏濟安所指出的那樣，它的好幾篇都是用「我夢見」開頭的。這些夢具有奇特的美和怪誕的恐怖，它們是內心幻覺中真正的夢魘。其實即使那些未寫夢幻的篇章也有一種不聯貫的夢魘的性質，作者把內心經驗轉化成了一種半幻想半現實的情境，充滿著強烈感情的形象以奇形怪狀的線條在黑暗的閃光中或靜止或流動。魯迅之後，這樣獨有魅力的散文詩作品極為少見，即使面對文化大革命這樣充滿神聖的怪誕和荒唐的真實夢魘，中國散文詩也表現得過於蒼白無力。究其原因，很可能就是因為許多作者缺乏魯迅那樣的藝術心態和散文詩觀念的現代性，缺乏那樣極深的內省精神，未能把解剖刀伸向自我這個半明半晦的世界。人們常常為了生活五光十色的表象，忘記了像魯迅那樣捕捉瞬間轉變如雲霧中山水的內心消息，真正表現現代生活在內心引起的矛盾和緊張，人們注意到散文詩必須作為一根感受神經感受生活的足音，卻忘了其不可模擬的妙音正來自心靈琴弦本身的顫抖，因而不能像魯迅那樣通過展開與剖析自己內心生活的深層結構來象徵時代和歷史的生活。

　　魯迅的《野草》是不朽的，在中國散文詩漫長的歷史發展行程中，也許還沒有別的作者的作品可以和它匹敵。作者真正從藝術哲學精神和形式本體結構兩者要求的一致上把握了散文詩的神髓，以散文詩所體現的現代美學意識、感覺和想像方式，從沉澱了無數現代經驗的心靈感觸中提取靈感，創造了一個卓然獨立的藝術世界。遺憾的是，《野草》所奠定的中國現代散文詩傳統和藝術經驗，未能在散文詩後來的發展中得到更自覺的繼承和發揚。如果說，與生活現象和時代政治需要貼得太近，缺乏深刻的內省精神，反映了魯迅之後的散文詩發展還缺少本體哲學藝術精神的自覺的話，那麼，對散文詩形式、技巧、語言特性的隔膜，則表現了許多作者對散文詩形式本體結構要求認識上的膚淺。由於散文詩這一新形式不是在封閉的傳統文學內部逐漸形成和裂變出來的，而是五四新文學的前驅者懷著「打破不韻的則非詩的信條」的傳統偏見，懷著反抗舊文學的激情，將散文詩看成「詩的解放」的產物介紹、移植到中國來的；又由於中國散文詩理論一直沒有很好深入探討這種新形式從何而來、如何才能發展的問題，沒有認真考慮這種新形式與現代意識、現代語言的內在關聯等問題，未能從新的價值感、新的感覺和想像方式、新的語言特性等方面很好把握它；所以人們往往誤會了散文詩民主、自由的特點，把它的藝術精神和審美心態當成了表現上的方便，忽略它形式、結構、技巧、語言的本體要求。這種情況最為突出的現象，就是在表層的意義上欣賞散文詩不受客觀形式、韻律、節奏約束的自由，無節制地展開鋪張描寫，無節制地傾瀉感情和議論，把散文詩當成了宣洩情緒、反映現實或教化大眾的工具。這類情況當然引起了人們的憂慮，於是曾有一個知名散文詩作家站出來闡述散文詩短小的特點。為了強調它「一般不超過三、五百字」的特性，他甚至不惜以否定《野草》是散文詩為代價。在這裡，不論是無節制的氾濫還是有意識地節制自由散漫，都是對散文詩本體要求理解上的簡單化的表現。散文詩作為一種比較主

觀、自由的文學形式，對創作者來說，既是一種現代心理和情感表現要求的滿足，又是一種美學心態、藝術素養和技巧運用的挑戰。散文詩從來不是以無形式要求為形式要求的，它的短小，根本上來源於極深的內省精神，也因為這種心靈宇宙的極深內省，使屬於心靈深處的旋律不容人為地分開，一節一句地肢解，而只能外化到韻律參差的散文式自由句式中去。韻律參差的散文句式當然給散文詩的遣詞造句帶來了方便，但是，關係到自己內心深處的情感結構的語言，絕不是明白、確定或精練、含蓄的實指語言所能滿足的，而是需要相當的內涵和外延，豐富的張力和彈性。因此，散文詩的語言最講究語感的豐富，講究語義和語境相成相生。還有結構，散文詩作為一種心靈的象徵形式，它的結構簡直如熔化的金屬，無法定形，或許只能像蘇東坡說的那樣，「大略如行雲流水，初無定質；但常行於所當行，常止於所不可不止。」然而在那「及其山石曲折、隨物賦形」之中，又多麼需要把握它的「度」，多麼需要智慧、技巧和全神貫注的艱苦藝術搏鬥！不然，就無法「適應靈魂抒情性的動盪、夢幻的波動和意識的驚跳」，就無法創造一個既體現著自我與時代，又超越自我和時代，有著自在生命結構的散文詩藝術世界。

　　二十世紀三十年代以後中國散文詩近半個世紀由內向外，由城市心態到鄉村景象，由象徵到寫實，由複雜到簡單的藝術轉變，其最令人警醒處是，散文詩在二十年代走向獨立和成熟之後，不是不斷地追求這一新形式的現代美感和藝術意義，而是走向了與傳統文學要求和審美趣味的妥協、認同，追求理念和社會道德意識對豐富心靈現象的「淨化」，追求情感與現實的一致性。這一現象與自由詩大致相似，也同樣存在於中國現代小說、散文的歷史發展中。由於本世紀中國的現實處境是「更分明的掙扎和戰鬥」[21]，是「進步的文學家想到社會

21　魯迅：《小品文的危機》，《魯迅全集》第4卷（北京市：人民文學出版社，1981年
　　版），頁576。

改變，社會向前走，對於舊社會的破壞和新社會的建設，都覺得有意義，一方面對於舊制度的崩壞很高興，一方面對於新的建設來謳歌」[22]，不存在來源於浪漫主義的西方現代個人藝術家那種對現代文明的失望態度，不像他們那樣企圖通過營造自己的藝術世界來與外部現實中的庸俗守舊相對抗，而是把內容、信息、政治要求高懸於藝術形式的要求之上，努力想把較廣闊的社會現實和更廣泛的社會經驗意識納進一切藝術的形式結構之中。然而，在相同處中又有自由詩、散文詩命運的獨特處：由於中國現代小說有著白話小說的基礎，現代散文則有著雄厚的傳統技巧，同時它們作為一種不純粹的審美形式，對社會現實和社會經驗畢竟有一定程度的鬆動和讓步的餘地，因而還可求得某些方面的發展。中國的自由詩、散文詩卻沒有這樣的基礎和彈性。散文詩作為一種移植而來的忠於個人心靈的極深的內省形式，「只適於表現具有崇高和神秘意義的行為和情緒，而不適於表現生活中比較平凡的現象，或者需要用明確複雜的言語表現的現象。」[23]要麼，為了生活內容、信息的充分傳達，採用別的形式和媒介；要麼，為了散文詩的藝術哲學精神和本體形式結構，放棄原生形態的內容和信息，面向內心世界的經驗和感覺。散文詩必須在這兩難中作一選擇。這就是《野草》散文詩傳統所以中斷的時代和藝術自身的原因。

——本文原刊於《江漢大學學報》二○○七年第五期。

22　魯迅：《革命時代的文學》，《魯迅全集》第3卷（北京市：人民文學出版社，1981年版，頁420。

23　帕克（Dewitt Henry Parker），張今譯：《美學原理》（北京市：商務印書館，1965年版，頁199。

過渡時期的延續

　　用編年方式檢點各種各樣的文化記憶，為人類保存和反思自己歷史提供了許多方便和可能，也增加了人們對時間的期待與憧憬。然而第一，時間是否就是刷新歷史的油漆，翻開新的紀年、新的年份是否就是全新的事物？第二，即使時間刷新了我們的許多記憶，但它能否馬上改變詩歌的象徵體系和想像方式？

　　也許我們不應該期待在新的世紀、新的年份一覺醒來就成了新人，就讀到全新的、「斷代」的詩歌。因為二十一世紀初的詩歌，無論從何種意義上，都是上個世紀九十年代中國詩歌探索的延續：仍然在城市化、世俗化的語境中走向邊緣化；仍然是一種轉型的、反省的、過渡性的寫作，泥沙俱下、魚龍混雜；仍然具有疏離「重大題材」與公共主題的傾向，以個人意識、感受力的解放和趣味的豐富性見長，而不以思想的廣闊、境界的深遠引人注目。這是一個有好詩人、好作品卻缺少大詩人和偉大作品的年頭。

　　這是一個平凡的年頭，雖然我們生活中也出現了「非典」這樣相當不平凡的事件。但短暫的騷動混亂過後，市場依然繁榮，普通人的生活仍然在延續，詩人也仍然像以往一樣在邊緣處境中掙扎。二十一世紀初的中國詩壇沒有二十世紀初的中國詩壇熱鬧，百年前的詩壇瀰漫著「詩界革命」的火藥味，而詩歌進入二十一世紀，則是運動式詩潮的隱退，沙龍式探討對流派式集團風格的替代，個人寫作對集體寫作的疏離。上個世紀末的「民間寫作」與「知識分子寫作」的爭戰並沒有得到持續，「下半身寫作」的道德反叛也沒有吊起多少人的胃口。詩壇似乎從來沒有像近年這樣風平浪靜。

　　無須諱言，近年的詩壇遠沒有八、九十年代熱鬧，平庸的詩人和作品也大量存在。但平靜能否等同於沉寂？平凡是否就是平庸？也許探索並沒有中斷，可圈可點之作也不見得會比別的年頭更少。偉大的時代照亮詩人的激情與靈感，詩人分享了時代的光芒，因而許多詩也是時代的反光；在平凡的歲月，詩則必須自己發光，以自身的價值求得人們的認同，凝聚自身的光芒照耀時代。因為時代平凡，因為被放逐到邊緣的邊緣，所以這是一個「非詩」的年代，但是上帝與魔鬼都不管詩歌，它不再成為各種勢力爭奪的中心，詩人也就有可能反省和回到自己的位置，追求自己的理想，因此可以說非詩的年代也正是一個從事詩歌的時代。問題是，詩歌是否出自我們內心的需要？我們情懷、境界、眼力、才華，以及訓練和技巧，是否經得起詩歌要求的考驗？

　　進入二十一世紀，一些老詩人的創作已經過了鼎盛時期，他們的產量已經不如青壯年時代。但讀公劉〈不是沒有我不願坐的火車〉、〈天堂心〉等遺作，你肯定會同意這都是生命之詩，體現詩人全人格的詩。而彭燕郊的〈消失〉與〈叫喊〉，則把個人發聲當成了抵抗消失的唯一方式。應該說，這些作品也有很強的時代感，正如邵燕祥的〈美麗城〉、〈網絡〉、〈後祥林嫂時代〉，無論題材還是意象，都有很強的現實感，與他雜文所體現的感時憂國精神一脈相承一樣。然而，人們還是能明顯感受到視角的調整變化。大致說來，在二十世紀八十年代以前，大多數詩中的說話者，往往是直接面向時代的，而九十年代以來，則更注意感受人在時代的命運，以個人記憶、感受與想像同時代對話。這時候的時代，不再單純是一個人人追逐的太陽，而同時也是一個體驗與反思的對象；它也不再是被文件、報紙的觀念所規範的時代了，而是像朱朱〈車燈〉所書寫景物，是具體的、片斷的、分散的，需要「重新丈量」的。「生活」太大，「時代」光暗明滅，不僅所見有限，無法「測知一堵牆的厚度」，而且「不完美的大腦」總被

攪量，因此，他們放棄了「宏大敘事」的野心，寧願作不成一個「時代的詩人」，也要忠實於自己感覺與記憶，「以笨拙面對真實」。

　　表面上看，中國詩人變得不那麼自信，不那麼高瞻遠矚，不那麼具有時代的洞察力和預見性了。然而，從另一個角度看問題，或許也正是九十年代以來中國「時代性」的見證，即開放的、多元的過渡時代的見證。當然，詩歌見證這個多元共生的時代，與「生活」見證這個時代是不一樣的，生活是 GDP 變化，制度調整，風俗變化和時尚遷移；而詩，則要通過語言捕捉與想像這種種變化在人心中留下的烙印。這是否就是近些年來相當多的詩歌重視以感覺、記憶與現實關係，而不像上個世紀初的詩歌更關心現實與未來的關係的原因？我相信，在這本《2002-2003中國詩選》中，最有味道的詩，大都是處理個人感覺、記憶與現實的關係的詩。像朱朱的〈皮箱〉、龐培的〈少女像〉、黃燦然的〈祖母的墓志銘〉和王小妮的許多詩作，讀他們的詩，你也許會認同張曙光〈一個詩人的漫遊〉裡那個被中年危機與生活困惑所夾擊的說話者的判斷：「回憶正逐步取代希望／它安撫著我們的生命」。但是，回憶正逐步取代希望是實，卻不見得能安撫內心。因為這些大多不是懷舊的詩，懷舊的情懷能夠帶領人們「回家」，就像許多傳統中國的古典詩詞，總是把人們帶到遙遠的過去一樣。然而，那些傳統中國的田園世界，那些唐詩宋詞中的美好記憶，似乎都變成了天邊正在消失的晚霞。我們甚至無法像聞一多那樣讀出菊花豐富的顏色和意蘊，無法像戴望舒那樣從記憶中找到村姑的神情了。一個叫著「現代」東西早把我們拽下牛車馬背，裝進了火車、飛機，時間已經在網絡高速公路上飛奔，而空間正在分崩離析，建築物拆了又建，建了又拆，我們的感官每天都在承受爆破、打鑽、攪拌的轟鳴，現代人那裡有心情懷舊，上世紀以來又有多少舊可懷？

　　因為不再輕易地相信未來，而傳統文化又遙遠得不可追回，所以許多詩人只能以個人經驗、記憶去辨認破碎、曖昧的當下生存。你不

妨認真讀讀辰水發表在二〇〇二年《天涯》上的〈在鄉下〉（外六首），看看像刺一樣撳入靈魂的鄉村記憶：

> 在鄉下我常常為了割到更多的草
> 會尾隨著那些茂盛的草來到河邊
> 河的眾多分岔向四下裡流去
> 通常我會知道它們流向哪兒
> 或者是在哪兒因乾枯而死掉
> 在這些河灘上還有那麼多墳墓
> 我至今都沒有弄清楚哪些是屬於我們這個
> 家族的
> 平時我為了盡快地趕回家去
> 就會抄近道穿過這大片的墳墓
> 這時我會比平常走得更快些

我相信這組詩是近年來鄉村題材詩作中最出色的作品之一。不僅僅由於它呈現出記憶中的鄉村世界的「真實」，也由於它不動聲色的表現力。什麼叫著「沉哀」，什麼叫著「悲涼」？可不是直著脖子喊叫出來的。這是一個少年經常經歷的情境，再熟悉不過景象，也完全以鄉下少年的抒情觀點寫成。因為年少，因為熟悉，詩中的說話者「似乎」沒有新鮮的東西要告訴我們，「似乎」既不感到高興也沒有悲哀，即使穿過有許多墳墓的河灘，也不過「這時我會比平常走得更快些」。然而，在閱讀者的感受中，這個由青草、河流、墳墓構成的「鄉下」世界，青草的榮枯與草民的生存，流動的河流與時間的變化，弄不清的墳墓（連碑都沒有）與無聲無息的生死，不是沒有關聯的，而「這時我會比平常走得更快些」，也不通向「為了盡快地趕回家去」的因果邏輯，而是呈現出某種下意識中的害怕。這樣的詩歌世

界不是文人想像中的田園牧歌世界，「鄉下」不是為了對比城市才得到表現的。許多年以來，多少人自以為代表沉默的人民說話，但很少看到這樣搖撼心靈、沒有矯情的詩作。不是因為他們不同情農民，甚至也不全然因為不瞭解鄉村的生活，而是由於戴著別樣的眼鏡，因此被小康生活遺忘的農村社會，似乎是理所當然地在文學中被扭曲和遺忘。是的，鄉村也在變化，現代化的聲浪也席捲、搖撼著沉默的土地，但有多少人能感同身受地理解中國農民在城市化進程中所付出的代價和犧牲？有誰像辰水這樣通過熟悉的情境傳達轉型時代的戲劇性？辰水不止一首詩寫到那些在春夏之交去城裡打工的農民，他寫那些走在去北京路上的民工，衣著如何不合時宜，女人如何默默低著頭跟在男人後面，「只有那些孩子們是快樂的／他們高興地追著火車／他們幸福地敲打著鐵軌／彷彿這列火車是他們的／彷彿他們要坐著火車去北京」；他寫民工們如何被那幫油膩膩的傢伙裝上馬車，他們不知道馬車會把他們拉到哪兒，只有拉車的馬在耳鬢廝磨、相互纏繞，「它們愉快地拉著我們／它們真像一對熱戀中的情人」。這些詩作都聚焦於某個具體情景的組織，用的是「敘述」而盡量避免抒情和議論，似乎接近九十年代末一部分詩人熱衷談論的「敘事性」，又可以印證另一部分詩人對「拒絕隱喻」的倡導，但它的樸素、凝鍊、簡潔和有力，它的戲劇性情境所產生的藝術張力，卻也對詩歌的「敘事」和表達的直接性，提供了新的啟示。

　　中國詩歌抒情視野最重要的調整，是它已經不簡單通過空想未來、承諾未來去批判現實，也不通過「憶苦思甜」來論證「現實」了。它對詩歌寫作最重要的意義，是在認識論的根源上偏正了長期占主流地位的所謂「現實主義詩歌」對主體與世界、語言與現實關係的誤解，從而打開了從個人的感覺、意識接近和想像世界的道路，讓語言與現實能夠在磋商對話、互相吸收中呈現出獨立的個人品格和藝術趣味。關於這一點，黃燦然在〈刪改〉一詩作過非常有趣的探討：朱

伯添曾是忠實於「原文」的新聞翻譯員，但是隨著經驗的累積，知識的增長和瞭解世界的深入，他發現，他要忠實的「真實」實際上已經被「刪改」過了，因此一直恪守的準確度和清晰度發生了動搖，不得不對有些報導作再度刪改。他開始意識到，翻譯的「忠實性」，其實有一個忠實於被鏡頭選擇過的「原文」，還是忠實於知覺、情感的「真實性」問題。對於一個翻譯來說，「當那恐怖的畫面／掠過他的腦際／忠實性無非是鏡頭中／巴格達夜空裡煙花似的炮火／而真實性是白天裡／赤裸裸的廢墟」。

在某種意義上，詩也是一種翻譯，把未被言說、無可言說的東西變成一種可意識、可言說的東西。但在我們這個利益爭奪、市場稱雄、傳媒掌控的後現代社會，人實際上生活在符號世界而不是生活在真實的感性世界中，連文化生產也變成了一種產業，文化產品在複製、借貸、挪用、流通中已經變得面目全非。現代詩人所遇到的問題，也正是〈刪改〉中的譯員所遇到的問題，不是命名的困難，不是忠實不忠實「原文」的問題，而是在你未說話之前，事情往往被「鏡頭」框限過，被人們說過寫過，「真實」已經被遮蔽了，只有經過「刪改」才能讓它重見天日。

如何在層層著色、層層改寫、層層覆蓋、充滿了曖昧性的「現實」中「忠實於真實性」？一部分詩人主張放棄對世界的虛假承諾，面向真實平凡的個人內心經驗。王小妮甚至在詩中宣稱：「到今天還不認識的人／就遠遠地敬著他／三十年中／我的朋友和敵人都足夠了／……我要留出我的今後／以我的方式／專心去愛他們」（〈不認識的人，就不想再認識了〉）。表面上看，這是一首拒絕世界，堅持個人經驗、記憶與處世方式的詩。然而，文本中的說話者，並不是真的要延續舊人舊事的記憶，堅持過去的生活方式，而是在反省和清理自己的記憶和經驗，面對世界與自我的真實。王小妮的詩，就題材而言，似乎都是瑣瑣碎碎的日常小事，平平凡凡人間感情，就表達方式而言，

也不執意追求現代主義的陌生化和技巧的繁複性。然而，她從日常道出了人們生存的真相，從樸素中獲得了表達的直接性。你讀讀《西瓜的悲哀》，相信你不由得要驚歎作者從一件日常小事抵達普遍境況的能力。然而，解讀那種事因人生，人為事累的「無緣無故」的人生，呈現在水火中煎熬的生命狀態，詩人並不簡單導向社會批判的主題，而是進行自我與世界的雙重探索。因此，〈我就在水火之間〉中的「水深火熱」，既是生存的體驗，也是自我的讀解，既有含蓄的諷刺和指責，也有熱愛、同情與自嘲。

讀王小妮這些從個人經驗、感覺省察生命與世界的詩，人們會明顯感到上世紀九十年代以來詩歌承擔世界方式的變化。我曾把這種變化概括詩歌英雄主義的隱退，直接參與生活的抒情方式的調整和語言意識的覺醒。我認為這種變化具有解放感覺、意識和想像力的意義。事實上，如果說王小妮那樣的詩，是對個人經驗的解放，通過個人經驗的矛盾、豐富和複雜性的品味去觸摸世界；那麼，像陳東東、臧棣的詩，則體現了個人意識的敏感、自由和流動，充分展示了意識與現實、意識與經驗、意識與語言的相涉互動。有趣的是，不同於王小妮從日常感受、日常細節去探索意識與情感的轉變，臧棣更擅長以多樣的、不斷繁衍生長和轉變的意識去吸納日常細節，形成充滿妙趣的對話空間。像〈宇宙是扁的〉，處理的是一個荒誕的題材，卻通向日常經驗裡平凡與神奇交織現象的揭示：明明知道是光天化日裡的謊言，是閉著眼睛說瞎話，但為什麼還是被牽引，不僅喜歡，而且在短的時間讓荒謬主宰了一切？又如具有寓言色彩的〈反詩歌〉，反諷一種「反詩歌」的閱讀方法，卻借助羊的現象討論美和想像力是否可以作經驗的還原問題，觸及到詩歌閱讀的諸多偏見。臧棣的這些詩歌，以意識與語言的互動打破了傳統詩歌寫作的情景關係，衝破了生活決定論的經驗主義美學，為現代漢語詩歌的寫作展示了一種新的可能性。這是一種追求意識和語言的開放性和生長性，勝過追求文本經典性的寫作。

　　從具體的個人經驗出發探索意識的轉變與從意識的生長變化去討論經驗，可能是近年詩歌最值得注意的景觀。它標示了上世紀九十年代「個人化寫作」的延續和深化，進一步昭示詩歌必須自己發光的時代，寫作的可能和考驗：「個人化寫作」既是個人言說權的爭取，對歷史「宏大敘述」與時尚的化約性的反抗，經驗、意識和想像力的自我解放，又是對個人言說境界、能力的一種更高的考驗。

　　　　　　　　　　　——本文為《2002-2003中國詩歌年選》前言，

　　　　　　　　　　　　廣州市：花城出版社，二〇〇四年。

近年詩歌的民生關懷

一　面向民生的寫作傾向

　　與七、八十年代關懷、反思歷史的潮流不同，也與九十年代表現個人與時代的緊張關係有別，近年的中國詩歌出現了一種面向下層民生的寫作傾向，主要表現社會轉型時期像草木一樣匍伏在大地上的社會平民的生存境遇。這種傾向的端倪可以追溯到了九十年代在深圳、廣州出現的「打工詩歌」，後來題材進一步擴大，涉及農村、工礦、城市等廣大的基層社會；表現形式也變得多樣，除詩歌外，還有小說、報告文學和散文。由於不局限於詩歌，人們也就把這種寫作稱為「底層寫作」。

　　「底層」問題提出首先是一個社會學的話題。二○○四年上半年，《天涯》雜誌發表了〈底層能否擺脫被表述的命運〉（劉旭）、〈底層問題與知識分子的使命〉（蔡翔、劉旭）等文章，提醒人們去關注很少或基本上不占有組織、經濟、文化資源的人群。作為「一個巨大的社會不平等的存在」，由於在文學創作中早有觸及，很快引起了批評界的重視：首先是《文藝爭鳴》在二○○五年第三期推出了「在生存中寫作」專輯，接著又有《新詩評論》、《上海文學》、《南方文壇》、《山花》等雜誌討論寫作倫理和底層經驗的表述問題。它所討論的文學現象，包括「打工詩歌」、「打工文學」、「草根詩歌」和抒寫當代農村、城市平民命運與境遇的文學作品，而對這類作品的寫作傾向，除有「底層寫作」、「在生存中寫作」、「草根寫作」的說法外，新近也有人稱之為「新批判現實主義」寫作。

　　「底層」從一個社會問題變為一個「寫作」的問題，自然引起人們現實存在與想像、表述關係的辯論：什麼是「底層」？這個「底」有多深？「底層」作為一個被想像與表述中的「他者」，可能在書寫中現出真身嗎？誰在言說底層？是「底層」文化成分發生了變化，是知識分子的良心發現，還是現代化進程中政治文化矛盾的反映？而從歷史的關係看，它是對八十年代「純詩」運動的反撥，是文學社會歷史承擔精神的再度高揚，是被壓抑的「寫什麼」對「怎麼寫」的修正？還是內容至上主義的重新抬頭，或者藝術向大眾文化撤退？

　　這些問題很能啟發人們的思考。但問題的問題是：第一，「底層」也好、「生存」或「草根」也好，基本上是比喻性的，指示某種社會範疇。當文學批評直接挪用或把它嫁接到文學之樹時，如何在價值判斷的社會學傾斜中堅持文學的品格，防止新一輪的內容與藝術的二元對立？第二，由於「底層寫作」的社會學傾向，也由於它本身是「一個模糊的概念」，人們很輕易地重新啟用階級意識型態理論和道德倫理資源，卻無視這種寫作的真實語境和作為詩歌問題的豐富性與複雜性。

　　社會「底層」問題的確普遍存在，但「底層寫作」的說法卻產生了諸多糾纏不清、誤導「寫作」的理論問題。與其按傳統的方法為社會分層，先驗判定「底層」的無言與沉默，爭辯這類寫作是「代言」還是「自言」，是社會承擔還是藝術探索，不如面對其寫作現象，分析它的性質與特點。

二　表現被遮蔽的世界

　　所謂的「底層寫作」實際上是一種現代化、全球化語境中關懷新的民生問題的寫作傾向。關心民生問題，「哀民生之多艱」，是傳統讀書人和現代知識分子的優良傳統，自《詩經》到杜甫，從五四的「問

題小說」到國統區「馬凡陀的山歌」，中國詩歌都以自己的興觀群怨見證了不同時代的人間苦痛。近年出現和引起關注的關懷民生的寫作與這種傳統有關，但又自己的特點。

近年詩人關懷的民生主要不是傳統的天災人禍、兵匪戰患或為政不仁，而是中國現代化轉型中的民生問題。最早體現這種傾向的「打工詩歌」，所觸及的就是城市工商業發展所帶來的「農民問題」：「出門問題／坐火車問題／買票問題／擠車問題／……吃飯問題／幹活問題／幹什麼的問題／到哪裡幹的問題……」（謝湘南：〈農民問題〉）以及這些被迫放棄了傳統生活方式的人們進入城市後「瘦下來的青春／與城市的繁榮成反比」的問題（郁金：〈狗一樣生活〉）。現代社會的轉型不是一場戰爭，它並不讓人直接面對死亡的威脅，不會讓人產生艾青在詩集《北方》和辛笛詩〈風景〉中描繪過的那些感覺。相反，由於這種轉型許諾給人們一個美好的未來，被闡述為發展中的問題，並給人為了巨大回報必須先支付代價和分享艱難的錯覺，它被迅速崛起的寫字樓所遮蔽，被年年上升的 GDP 數字所忽略。各級政府官員的政績中沒有這些東西，緊跟西方話題的知識分子看不到這些存在。他們忙於自己的工作重點：各級官員要開拓商業廣場建立自己的政績紀念碑，領導潮流的知識分子要追趕全球化的步伐，討論小資情調、日常生活的審美化，街心公園和超女現象，或者談論烏托邦、後革命、後冷戰時代的重大理論問題。但是，被主流遮蔽不等於不存在，有興、觀、群、怨豐富功能的詩歌，更敏感、更豐富地感覺和想像了這種存在。在近年詩歌中，有的詩人一眼就在大街上認出了正被城市壓榨的鄉村葡萄：「我一眼就認出那些葡萄／那些甜得就要漲裂的乳房／水晶一樣蕩漾在鄉村枝頭／／在城市的夜幕下剝去薄薄的／羞澀，體內清凜凜的甘泉／轉眼就流出了深紅的血色／／城市最低級的作坊囤積了／鄉村最搶眼的驕傲，猶如／薄胎的瓷器在懸崖邊上擁擠」（謝宜興：〈我一眼就認出那些葡萄〉），也有詩人從下崗女工的屈

辱處境中想起祥林嫂，從離鄉背井南下謀生的情景中想起了流浪歌謠（邵燕祥的〈美麗城〉與〈後祥林嫂時代〉）。他們寫拖家帶口去城市謀生的民工，未諳世事的孩子興高采烈，而他們的父母卻沉默無言、神情木然（辰水：〈春夏之交的民工〉）；寫凌晨時詩人、環衛工人、歌廳小姐的戲劇性巧遇（邰筐：〈凌晨三點的歌謠〉）；他們帶著沉痛與戲謔開列普通勞動者一生的收入與支出，精打細算省吃儉用下來除了骨灰盒和火葬費，剩餘部分只夠買一片深埋自己的荒地（老了：〈一個俗人的帳目明細表〉）他們自己感慨被忽略的命運，只有擾人的鼾聲才能讓別人人意識到存在，「最底層的生活／要到那麼高的地方／才能掙回」（盧衛平：〈玻璃的清潔工〉、〈打鼾的人〉）。

　　這些現象當然都是「發展中的問題」，或者說是現代化進程中不可避免的矛盾衝突。但許多問題是不可避免的還是人為的？為什麼總是讓那些弱小無助的人民去分享艱難、承擔「進步」的代價與犧牲？沈浩波的《河流》是時代的一條象徵之河，城市大街上奔湧的車流不是水而是無法滿足的欲望，它正以洪峰般的汪洋和鐵水般的炎熱，「漫過我們的軀殼奔向未來」。與之相對照的是顯得空寂的鄉村：許多人也以車輛作為現代化的象徵意象，但火車已經提速或者改道，它呼嘯而去，只留下「被廢棄的鐵軌／躺在草木的荒涼裡」（江一郎：〈火車不會再來〉）。為什麼鄉村與農民會有這種被遺棄感？為什麼他們的詩人會產生這樣的宿命感：「這些我命運中的鐵軌／黑暗中的鐵軌／如果我加入進去／我肯定是一段廢棄的鐵軌／一段寂寞的鐵軌」（辰水：〈鐵軌〉）。難道他們的命運真的就像小海寫的〈地下的泥巴〉，只能在市政施工時現身露臉，而工程一旦完成，就必須回到地下，甚至連黏在車輪上的碎泥，也被灑水車沖刷得一乾二淨，「在通車典禮前被趕得遠遠的／直到消失得無影無蹤」。

　　表現現代化進程中的問題與複雜性，當然不是從近年開始。上世紀二十年代以來，魯迅描寫過現代文明給未莊和魯鎮帶來的震盪，沈

從文與肖紅懷著美好的傷感敘寫鄉村田園的沒落，賈平凹、路遙、鄭義也揭示過變動時代鄉村人物的矛盾心態；詩歌中也有胡適、錢玄同、劉半農等表現過對引車賣漿者流的同情，艾青、辛笛與袁水拍抒寫過戰爭中凋殘、破敗的城鄉景象，海子在現代之夜緬懷空虛與寒冷的村莊等。但絕大部分作家和詩人都對現代化寄予單純美好的願望，甚至以為經濟與科技發展、加速城市化進程就可以解決中國的問題，因而一實行農村責任制就唱起了田園牧歌，一發現海子的麥地、糧食和馬匹憂傷動人，就大量複製那些意象卻對詩中的靈魂視而不見。他們忽略了，海子在喧囂的城市緬懷記憶中的鄉村，正是要對抗現代化的物質主義和價值混亂，他在〈面朝大海，春暖花開〉中反覆勸勉自己「從明天起做一個幸福的人」，正由於他在生活的「今天」無法得到幸福，充滿現代人的危機感。而近年表現民生關懷的詩歌的重要特點，就是把海子詩歌中人與現代的緊張關係，從背景的放到了前臺，讓我們看到了現代性尋求的複雜性和矛盾性：強有力的現代季風不僅改變了我們的時空感性、家園意識，也改變著人的命運、靈魂和價值觀念，公寓與寫字樓固然如雨後春筍，但也有被吹得越來越薄的大地與鄉村，「在低處，甚至更低，多少庸常的事物／被我看見，又常常被我淡漠地／遺忘在生活的角落裡」（江一郎：〈在低處，甚至更低⋯⋯〉）。

三　詩歌的邊緣部落

近年關懷民生問題的詩人，有上世紀五十年代寫〈賈桂香〉為弱者鳴冤的老詩人邵燕祥，有王小妮、榮榮等一些在「朦朧詩」與「新生代詩」時期就走上創作道路的中年詩人。但更多的，則是職業無定、身分不明、不知真名還是筆名的作者：辰水、王夫剛、江一郎、雷平陽、黃梵、格式、江非、楊鍵、邰筐、盧衛平等。在他們當中，「楊鍵是一個每月生活費只有三百元的下崗工人，過著異常艱苦節儉

的生活，基本只吃素食」[1]；江非與邰筐則一起做過小生意卻沒有成功，只好長期「在家賦閑」[2]。而「打工詩歌」的作者就不用說了，他們建設了城市卻成了現代城市生活的局外人，被稱為「外來務工人員」或「進城務工人員」。

這些職業無定、身分不明者的寫作，讓一些批評家聯想起了二十世紀五、六十年代的工農兵文學和三十年代以來的無產階級文學，「他們繼承了無產階級文學的合理內容，倡導對底層生活和民眾的關注。」[3]實際上那些作品有著極大的區別：三十年代以來的無產階級文學有明確的階級意識，文本的主題與結構都受著壓迫與解放關係的支配；五、六十年代的工人、農民作者則都是公有制（國營企、事業單位和人民公社）的一員，理論上都是國家與社會的主人。這一文學傾向的絕大多數作者，卻是轉型社會各種矛盾的承擔者：不僅直接面對著後冷戰時代更加複雜與曖昧的政治、經濟與文化語境，也直接承受著社會轉型的種種矛盾與尷尬：一方面，發展、開放和加速現代化的社會讓他們有了受基本教育的機會，也對世界上的事情有更多的瞭解；另一方面，他們又直接承受著企業改制、工人下崗和就業壓力。社會從政治掛帥到市場優先，當然是傳統的權力的削弱，帶來了資源、利益、機會與分配關係的重新洗牌，但市場競爭表面給每一個人帶來了自由與機會，實際上卻仍然是強者的自由和機會，而不是弱者的自由與機會，普通人大多只能被迫承受權力與資本合謀的市場「規律」：無論是城內的下崗工人、被膨脹的城市吸納而來的農民，還是在畢業的同時就面臨失業的學生，都在市場經濟的名義下被放逐到主流社會的邊緣。

1　見李少君：〈草根性與新詩的轉型〉，《二十一世紀詩歌精選・草根詩歌特輯》，武漢市：長江文藝出版社，2005年。

2　江非：〈記事──可能和邰筐及一種新的詩歌取向取向有關〉，《詩刊・下半月刊》2005年2月號。

3　孟繁華：〈中國的「文學第三世界」〉，《文藝爭鳴》2005年第3期。

　　是的，他們是我們這個華麗的時代被迫邊緣化的一群。因為時代華麗，他們樸素的苦難不能「吸引人們的眼球」；因為「代言人」被收買或傳統的分析武器已經失效，他們只能像一條條沉默無聲的魚，在污染日益嚴重的河流裡孤立無援地掙扎，他們只是雷平陽筆下「被黑暗泡黑」的螞蟻和蜘蛛，既沒有「遠方」，也不敢想像有什麼「天堂」，只能在無人問津的角落，自生自滅（〈螞蟻和蜘蛛〉）。而他們中的詩人，當然不會是波德萊爾那樣置身於城市卻自外於城市的資產階級浪子，用以醜為美的「惡之花」挑戰資產階級的庸俗與保守。他們也不可能是五四時期以啟蒙己任的知識分子，懷有哀其不幸、怒其不爭的悲憫，呼籲社會與靈魂的改造。他們不是為當一個志士仁人而寫作，不是為完成某種外在的使命而寫作，甚至不是為美學風格的創新而寫作。他們寫作，是因為對所處的歷史處境和今天的詩歌都有話要說：「詩歌應該從詩歌中解放出來，也就是再也不能針對著一種詩歌傾向去談另一種詩歌，只在小領域內去談論詩歌了；詩歌所最應針對的似乎應該是它的時代和所處歷史境地。另外，詩歌應該從觀念和情緒中解放出來，而不應該老是在主體的一些感情、想法上徘徊，而置促使這些想法、情緒產生的宏大歷史場景不顧，讓詩歌顯得自縮蒼白，心有餘而力不足；在這個傳統的國人與生俱來的農耕生活方式、觀念和文化日漸消亡而工業、商業文明和城市化進程日益奔湧而來的時代，詩歌除了『為鄉村留下最後一首輓歌』之外，也應該全力以赴地去呈現歷史所帶來的新生活。」[4]

　　正因為他們直接面對「工業、商業文明和城市化進程日益奔湧而來的時代」，立足於呈現「新生活」的複雜性，現代化與全球化才顯得不那麼陽光普照，而是光明與黑暗交織的存在；才成為不是幸福的指標，而是一個充滿矛盾和需要反省問題。實際上，當前關懷民生問

4　江非：〈記事——可能和邵筐及一種新的詩歌取向有關〉，《詩刊·下半月刊》2005年2月號。

題的文學之所以與五四時期的人道主義文學、二十～三十年代的左翼文學、五十～六十年代的工農兵文學不同，就是因為人道主義文學表現的是一種居高臨下的同情，左翼文學的出發點是階級動員，而工農兵文學則只有社會分工的身分性，至多是題材與風格的群眾性，支配它們的卻是國家意識型態。現在的民生問題寫作，不是那種有思想感情距離或被某種觀念支配的寫作，而是被現代化、全球化的宏大歷史邊緣化了的個體（及其詩歌）直接面對其時代處境的寫作，思想與人格比較獨立，有普通人承受歷史生活的人生感和命運感。辰水、江非、雷平陽、格式、江一郎、楊鍵都是這樣的詩人，他們以現代為背景，表現鄉村的空寂無助或混亂的作品，給人留下了難忘的印象。

這些作者的絕大多數都生活在被歷史邊緣化了地域和人群之中，沒有體制可以依靠，沒有固定職業和生活保障。他們揭露問題、針砭時弊，是因為自己就天天生活在問題與時弊之中；他們表達自己對時代的感覺與思考，無意以人民的代言人自居，卻道出了生存的另一種境遇。一些學者認為身處底層的人們很難擺脫被表述的命運，因為他們政治上無行政權力、經濟上沒有保障、文化上缺乏自我表達能力，這在理論上或許仍有一定的合理性。但從歷史的複雜性來看，文革上山下鄉運動把知識青年趕到鄉村，也使許多青年知道了書本以外平頭百姓的真實生活。而正在進行的現代社會轉型就更加複雜了，它正面與負面的影響、成就與問題非常複雜地糾纏在一起。城市與鄉村比例與隔離關係的改變，現代化與全球化對資源與勞動力的重組，普及中小學教育、大學擴招與就業的矛盾，也正在改變表述者與被表述者的傳統關係：如今被邊緣化者當然仍是無背景、無權力、無資本的人，他們的作品也很難在國家出版物上發表，但就像進城打工的不一定都是「農民工」，也有畢業後找不到工作或者不願回貧困家鄉就業的青年一樣；就像現在詩歌刊物不只有《詩刊》與《星星》，也有大量同氣相求的民刊一樣；他們也會像楊鍵筆下的拖拉機一樣，灰頭土臉地

突然發出江水決堤般振聾發聵的聲音。

　　不能認為生活在基層的人民還是魯迅小說中木訥、沉默的老中國兒女，不能以為體制內的詩人才是詩人，發表在正式出版物上的作品才是作品。潮水一樣在大街上行進的「寶馬」、「奔馳」當然更為醒目，「富康」與「捷達」也還算體面，但其中也有不合時宜的拖拉機的身影與聲音，它們行進在同一條叫著「現代」的大街上。這不是一幅和諧的畫面，但正是現代化的矛盾弔詭所在：隨著社會政治、經濟和文化秩序的現代化，包括文化階層和文化生產方式在內，都在逐漸發生變化，越來越多不在各級作協會員冊裡掛號，不享受國家工資、福利的作家、詩人正在出現。

四　不是只有社會學意義

　　因為不是為詩而詩，而是「饑者歌其食，勞者歌其作」的自然流露，或者是骨鯁在喉、不吐不快之作，這些作品經驗與表現的關係大多比較直接。

　　不少人喜歡這種「直接」，認為「這些直接切入現實與生活的某一面的詩歌，最主要的特點是具有一定的現實性、時代感、道義力量和批判性，從而在面對時代和現實時能產生某種噴湧的激情。」[5]它們不僅具有承擔社會責任和道德的力量，而且有助於克服長期以來詩歌寫作的不良傾向和邊緣化危機：「一個很長的時間裡，我們的詩人深陷『怎麼寫比寫什麼重要』的誤區，過分的強調了詩歌的技術性的重要，而忽略了詩歌作為一種文學形式的社會責任和社會擔當，忽略了我們究竟該寫什麼的深度思考。這些年來，作為文學的詩歌齊刷刷地朝著『純粹』的方向一路狂奔，遠離人間煙火，遠離了滋養詩歌的

5　李少君：〈新批判現實主義：當代漢語詩歌的新潮流〉，《中西詩歌》2006年第4期。

土地，包括業已成名的詩人，面對現實生活的痛處、生存狀態的無奈，已經視而不見、充耳不聞，缺失了一個詩人最應該具備的衝動和悲憫，很多人對現實麻木不仁，卻無比自得，無比優閒地陶醉在自娛自樂當中。」[6]為了突出這種詩歌介入現實的意義，甚至有人把一九八六年以來的中國詩歌都視為「和現實脫節」的「自殺路上的小文人詩歌」[7]。

　　也有人不滿這類詩歌以內容優先，單面強調現實感、時代感，卻忽略詩歌藝術要求的傾向，認為不能把社會道德與美學倫理混為一談：「詩人的寫作只應該遵循『詩歌倫理』來進行，應該遵循詩歌作為特殊的社會文化現象所具有的藝術倫理要求，遵循詩歌寫作的特殊專業性質，特別是詩歌言說方式的特殊性所要求的的基本法則。沒有這種來自藝術本身要求的詩歌倫理意識，詩人很容易在流行的道德觀念和時髦的公共性說法中迷失自我，最終導致的反而是詩歌對民族、人類精神解放與文化創造這一長遠價值貢獻的喪失；更為危險的是，它會淪落為人人可以『介入』或曰輕薄的卡拉 OK，從而為對詩歌進行別有用心的干預與利用大開方便之門。」[8]他們認為，詩歌見證時代與現實，不是要讓「時代」「縛住詩歌的手腳」，成為「時代的快樂的俘虜」，而是要體現詩歌作為「一種精神活動」的特點，「在詞與物的糾纏中」表達對存在的意識與想像[9]。

　　關於這類詩歌兩種意見相左的批評，一是站在關心現實的立場看到它了的優點，一是站在美學的立場發現了其不足。從各自立場看，應該說，都有相當的合理性，並觸及到了詩歌發展中一些值得重視的

6　梁平：〈詩歌：重新找回對社會責任的擔當〉，《星星》2006年1月號。

7　譚克修：〈自殺路上的小文人詩歌〉，《中西詩歌》2006年第4期。

8　錢文亮：〈倫理與詩歌倫理〉，《新詩評論》2005年第1輯。

9　參見朵漁：〈論詩歌作為一種自我修正之道，或：對常識的堅守總是很難的〉、李霞〈誰又在為詩念咒〉，均見《中西詩歌》2006年第4期。

問題。但問題仍然在於，這些詩歌就其社會現實意義而言，並不比《現代化的陷阱》、《中國農村調查》之類的社會學著作強；而就其美學意義而言，儘管的確有一些作品（尤其是早期的「打工詩歌」）比較粗糙，藝術性不夠強，但至少在近年表現鄉村經驗的詩作中，出現了一批藝術追求相當自覺、具有突破意義的作品。而這些作品的意義，恰恰就表現在想像生活的「直接性」上。

　　這種「直接性」的頭一個特徵，是感同身受的真切性。它是一種直接承受者反覆體驗的感受，而不是旁觀者或「深入生活」的作家「觀察」到的生活表象。胡適和沈尹默的〈人力車夫〉、劉半農的〈相隔一層紙〉和〈一個小農家的暮〉是真實的，甚至戴望舒的〈村姑〉和聞捷的〈天山牧歌〉也是真實的，但更真實的是詩中說話者的思想與趣味，並不是被寫對象的感受。而這些詩講的不是別人故事而是自己的生存感受。這是一種不斷重複和累積的感受，雖然沉重堅實卻也司空見慣、習以為常，因此說出時也不會有旁觀者的驚奇與感慨。這樣真切的「直接性」，至少在辰水等人的詩中有鮮明的表現，他為數不少表現當代農村境況的詩作，表面上只是簡潔勾勒家鄉農村習以為常的一些戲劇性場景，卻能讓人感受到被現代化搖撼的鄉村變動的掙扎和不變的命運。而格式在一九八五年以親人和故鄉為題材的作品，所抒寫的某些情境與細節，也讓人印象深刻：比如姐弟告別時下樓者「依次下沉」的情境，以及相濡以沫者在「坑」裡「正一正身子風便柔和起來」的感覺，在具體的文本語境中，既真切又意味深長。我們這個被權力、資訊、廣告、欲望不斷塗抹的時代，「真實」已經變得非常可疑，詩人能為我們留住更多的真切，也是彌足珍貴了。

　　但這種「直接性」給人們帶來的不只是經驗上真切感，還體現了某種主觀性的約束、表現上的克制等非常有意義的追求。這就是前面提到江非關於「詩歌應該從觀念和情緒中解放出來」的意識，它在另一個詩人格式的〈是山，而不是高山〉一文中，得到了更為明晰的表

述：「倡導客觀呈現，讓存在自身出來說話」[10]。實際上，「底層寫作」詩歌之所以值得注意，不僅因為它寫了底層的民生，還因為它探索了不同於過去寫「底層」的抒情觀點和表現策略：這就是反對經驗以外的意識型態干擾，反對詩人的主觀修飾，比較真切地呈現他們的生存感受和意識。

正因為此，關懷民生問題的詩歌不是一種只有社會學意義、沒有藝術意義的詩歌，而是有現實與藝術的雙重關懷的詩歌。

　　　　　　——本文原刊於《河南社會科學》二〇〇六年第六期，
　　　　　　　　《新華文摘》二〇〇七年第六期轉載。

---

10 格式：〈是山，而不是高山〉，《詩刊・下半月刊》2005年6月號。

「新詩」的三個問題

一　「新詩」的時代性

　　「新詩」是一個名詞還是動賓詞？是一種革新詩歌運動還是一種
詩歌類型？在學術上存在著不同看法，需要返回歷史語境認真分辨。
無須分辨的是，從初期的「新派詩」、「新體詩」、「白話詩」、「嘗試
詩」，到一九一九年十月胡適寫出〈談新詩〉一文，「新詩」一詞開始
號令天下，主要是時代的因素。不僅因為它被中國社會的現代轉型所
催生，而且它自身也以感時憂國的姿態主動介入時代，參與了時代意
識型態和一代詩風的塑造。這就是為什麼，艾青的《中國新詩六十
年》開宗明義：「中國新詩是時代的產物。中國新詩是為了適應中國
現代社會變革而產生的，是從內容到形式都起了偉大變化的文學樣
式。」[1]

　　「新詩」時代性的直接體現，是題材、主題與表現形式的時代
感。許多文學史著作敘述二十世紀中國詩歌，談論「新詩」運動的起
點，不談胡適一九一六年寫的〈答梅覲莊──白話詩〉與發表在《新
青年》第二卷第六號（1917年2月1日發行）上的《白話詩八首》，而
把刊於《新青年》第四卷第一號「詩」欄目下的九首白話詩，當作最
早的「新詩」；不把最早「嘗試」和出版個人白話詩集《嘗試集》
（1920年3月）的胡適看作「新詩」運動的旗手，而將郭沫若視為
「五四新詩」旗幟並將他的《女神》（1921年8月），當作「『五四』以

1　艾青：〈中國新詩六十年〉，《文藝研究》1980年第5期。

來第一部具有獨立特色、影響極為深遠的新詩集」[2]，就是因為郭沫若和他的《女神》「不獨藝術上他的作品與舊詩詞相去甚遠，最要緊的是他的精神完全是時代的精神——二十世紀底時代的精神。」[3]

　　實際上，「新詩」的「新」意，就是鮮明的時代性。新詩人的基本出發點，就是希望介入現代社會生活，在社會變革中發揮更大的作用。在傳統中國社會，詩人的基本出發點是「詩言志」，立足於個人情懷的寄託，雖然也承載興觀群怨的社會功能，不少作品也有相當的社會性和人民性，但它的社會性與人民性是以「達則兼濟天下，窮則獨善其身」的人生立場為前提的，因此，在屈原《離騷》中，是以個人的剛正不阿與懷才不遇，見證封建貴族政治的黑暗；杜甫的「三吏三別」與〈茅屋為秋風所破歌〉等「窮年憂黎元」的典範之作，表現的也是古代讀書人有距離的悲憫。而立足於時代轉型和社會變革的新詩人，從嘗試用「白話」寫詩開始，就懷抱著「國語的文學」的夢想，希望通過改造語言去運輸新思想，更好啟蒙民眾，進行社會動員。

　　與這種創作立場相一致的，是主題、意象和表現手法發生了重大調整。《新青年》第四卷第一號「詩」欄目下的白話詩，最引人注目之處，是直接面對社會問題，敞開「個人」懷抱接納社會萬象，表現上則由主體「自言自語」走向寫實、對話和情境描寫。沈尹默與胡適的同題詩〈人力車夫〉和劉半農的〈相隔一層紙〉都有這些特點。像沈尹默的〈人力車夫〉，雖然開篇還是「日光淡淡，白雲悠悠」，延續著傳統中國詩人對自然意象的熱愛，但它已經是一個背景，隨之而來的是人來人往、車水馬龍的街道，將不平等的社會現實展現在我們面前：

2　王瑤：《中國新文學史稿》上冊，重印版（上海市：上海文藝出版社，1982年），頁79。

3　聞一多：〈《女神》之時代精神〉，《創造週報》第1卷第9期（1923年）。

人力車上人，個個穿棉衣，個個袖手坐，還覺風吹來，身上冷不過。

車夫單衣已破，他卻汗珠兒顆顆往下墜。

不是抒發個人的進退寵辱和人格趣味，而是要成為時代的神經和時代的歌者，個人激情匯入社會歷史的激流，是現代中國詩歌區別於中國古典詩歌最鮮明的特徵。郭沫若代表了「五四」時代青春中國的憧憬，展現的是〈天狗〉、〈鳳凰涅槃〉那樣破壞舊世界的激情和浴火重生的渴望。艾青與田間代表了內憂外患時代全民族的危機感：「不知明天的車輪／要滾上怎樣的路程……」，一方面，用語言雕刻了苦難中國的形象：「饑饉的大地／朝向陰暗的天／伸出乞援的／顫抖著的兩臂」（艾青：〈雪落在中國的土地上〉）；另一方面，自覺自願地把感覺和想像的語言變成了社會動員的語言：「假使我們不去打仗／敵人用刺刀／殺死了我們／還要用手指著我們骨頭說：／『看，／這是奴隸！』」（田間：〈假使我們不去打仗〉）。這些詩歌從「五四」前後表現社會的不平等開始，一直到當代「朦朧詩」把詩作為爭取人的權力的抗辯手段，可以說形成了一種直面社會問題的批判抒情傳統。

而與這種傳統相對應的，是那些時代色彩極強的憧憬之詩和讚美之詩。早期是對工業化的熱情擁抱，比如把工廠的濃煙比喻為時代的牡丹，把摩天塔上的大鐘想像為「都會的滿月」，把胳膊夾著網球拍子口裡哼著英文歌曲的少年，視為現代青年的象徵。後來是經由「歌謠化」改造，讓詩成為除舊布新的翻身道情，並最終與意識型態聯姻，在當代追求「『詩學』和『政治學』的統一。詩人和戰士的統一」[4]，並且催生了「政治抒情詩」這樣的時代性詩歌類型。而進入

4　賀敬之在《戰士的心永遠跳動──《郭小川詩選》英文本序》中提出：「詩，必須屬於人民，屬於社會主義事業。按照詩的規律來寫和按照人民利益來寫相一致。詩人『自我』跟階級、跟人民的『大我』相結合。『詩學』和『政治學』的統一。詩人和戰士的統一。」（《郭小川詩選續集》，石家莊市：河北人民出版社，1980年）

到改革開放的新時期，則有人把「淘汰」當作了唯物主義和辯證法：
「任何東西都會陳舊的——／知識、生命、經驗、榮譽……」（〈現代
化和我們自己〉）。

　　二十世紀是一個風雲激盪的大時代，時代的光芒照耀著一代又一
代「學習新語言，尋找新世界」現代中國詩人，感召他們用新的價
值、新的視野和境界、新的形式與技巧表現新的生活。詩人歌唱時代
生活，有與時俱進的追隨，有社會責任的自覺擔當，介入方式是多種
多樣的。應該看到現代中國詩人介入時代的多元性和豐富性，理解被
西方列強的堅船利炮逼著加入現代化行程、被侵略者的刀槍逼著站起
來救亡圖存的民族國家的詩人，在現代性的理解上，在想像風格、語
言策略和美學風貌等方面，不同於發達資本主義社會的詩人。其中一
些詩人激情擁抱、追隨「德先生」與「賽先生」，將手中的筆當刀槍
使用，也是現代性尋求的一種表現形態。畢竟，現代中國詩人既要面
對「落後就要挨打」的嚴峻現實，須要借鑑西方的制度設計與各種觀
念，又要面對「亡國滅種」被殖民的危機，抵抗外來霸權和文化侵
略。這種歷史處境決定了現代中國詩人既無法像傳統士大夫那樣居廟
堂之高處江湖之遠，也不能像西方詩人那樣從個人立場出發，表現自
我或「為藝術而藝術」。

　　當然，批判的武器不能替代武器的批判，介入時代的立場不等於
有效的介入。它有一個前提，就是必須遵循詩歌想像世界的藝術規
律。詩無論在辭源中還是理論原典中，都是從心從言的[5]，其功能並
不是改造世界，而是聽從心靈的召喚，通過語言作用於感覺、思維和
價值感的改變。因此，人們接受那些直接的、情緒化介入時代生活的
詩歌，欣賞他們對傳統的批判，對愛情與自由的讚美，對潮流和時尚

5　漢字辭源學相關「詩」字的研究成果認為，「詩」中的「寺」與「志」古音相同，
　「寺」是「志」的假借。「言」字加入而成「詩」。這與《詩大序》「詩者，志之所之
　也，在心為志，發言為詩」，構成了對應闡述關係。

的追逐，卻更認同具有內在介入性的寫作，對時尚、表象具有分辨力、洞察力並且具有卓越的命名與表現能力的作品。譬如聞一多醜中墾美的努力，魯迅對一種言說方式的發明、卞之琳「距離的組織」、艾青對自然意象的社會化改造、馮至以小見大的「沉思」、穆旦「新的抒情」，張棗對生存危機的語言形式轉換等。

　　所謂具有「內在介入性」，一方面當然是能夠超越時代的表象，能夠把握時代深沉的脈動，另一方面，也意味著能夠「內在於」詩歌創造的規律。聞一多就是這方面的典範。「五四」時代許多留學回國的詩人，面對現實的亂象，都非常悲哀失望，即使在日本寫過體現「五四」精神的〈天狗〉〈鳳凰涅槃〉等著名詩篇的郭沫若，當他回到魂牽夢繞的祖國，也是覺得夢的破滅，「滿目都是骷髏／滿街都是靈柩」，因而反覆念叨：「我從夢中驚醒了／Disilllusion 的悲哀喲！」（〈上海印象〉）然而，同樣面對夢與現實的巨大反差，同樣有強烈的幻滅感，聞一多的〈發現〉面對「這不是我的中華，不對，不對！」卻能追尋和想像更深沉的東西。

> 我追問青天，逼迫八面的風，
> 我問，（拳頭擂著大地的赤胸）
> 總問不出消息，我哭著叫你，
> 嘔出一顆心來，——在我心裡！

〈上海印象〉與〈發現〉的不同，正在於時代性的表面與「內在」。從情感與表現方式而言，〈上海印象〉似乎更具有「五四」時代的特點，因為它更激越更有批判性，形式上是自由詩，語言是將漢語與英語混合使用，可以說非常時髦。但這些都是表面的，淺層感覺與情緒化的，所以情感雖然激烈卻通向感傷消沉。〈發現〉的不同正在於不是浮光掠影的「印象」，而是基於深厚人文背景的「發現」：雖然現實

充滿「不是」，但不代表「我的中華」的虛位：那是歷史記憶與現實之間的脫節，文化中國與現實中國的錯位，──因為通過脫節與錯位發現「我的中華」就在自己心裡，感傷的情緒就得到了心智的反觀和想像的疏導。

　　〈發現〉的意義不只是心智的運用，同時也是詩歌藝術馴服感情的體現。全詩立足於一個抒情瞬間，聚焦是與不是、在場與虛位的對立，有力體現了主體與現實之間緊張關係，詩情的運動跌宕起伏，而節奏的控制，更是可圈可點。聞一多曾是一個國家主義者，創作上可以歸入五四浪漫主義譜系，卻與當時的浪漫主義詩歌大異其趣，徹底游離了早期「新詩」的濫情主義與感傷主義[6]，特別是詩集《死水》，不僅體現了現代中國詩人對時代的獨特發現，也以飽滿的藝術張力昭彰了現代漢語詩歌的可能性和美學魅力。聞一多最可貴的品質是，他知道槍炮與筆墨的兩用，做一個民主鬥士與做一個詩人的區別。作為鬥士為了社會民主他在廣場上振臂直呼，坦然面對反動派的槍口；而在做一個詩人和學者時，他知道必須遵循寫詩與做學問的規律，用優秀的作品和學術上的真知灼見，體現現代知識者的自覺：社會良知與藝術（或學術）良知的統一。因此，寫詩時，他甘願「戴著鐐銬跳舞」；做學問則用心專一，成了「何妨一下樓主人」。作為詩人，聞一多不僅提出和踐行了詩歌「三美」（音樂美、繪畫美、建築美）的詩學主張，還通過嚴格的音節試驗，尋找建行建節的規律，為用形式與技巧駕馭感情，避免「新詩」的散文化，提供了彌足珍貴的啟示。事實上是，像《死水》這樣堪稱「新詩」界碑的詩篇，其意義遠不止抒

6　已故詩人陳敬容一九四○年代在一篇反省寫作問題的文章提出：「中國新詩雖還只有短短一二十年的歷史，無形中卻已經有了兩個傳統：就是說，兩個極端，一個盡唱的是『夢呀、玫瑰呀、眼淚呀』，一個盡吼的是『憤怒呀、熱血呀、光明呀』，結果呢，前者走出了人生，後者走出了藝術，把它應有的將人生和藝術綜合交錯起來的神聖任務，反倒擱置一旁。」（〈真誠的聲音──略論鄭敏、穆旦、杜運燮〉，《詩創造》第12期〔1948年6月〕）

寫了一個時代被壓抑的激情,而是為一個時代的激情和壓抑,找到了具有辯證法意義的結構與韻律:這是謹嚴的形式與要求釋放的激情矛盾生成的結構與旋律,對象與主體都找到了理想的對應關係。

包括詩人在內,一個現代知識者的良知與自覺,就是在知道自己屬於時代與社會的同時,知道自己在做什麼,並且能夠勝任自己承擔的那份工作。詩人之所以是詩人,不是去搶宣傳幹事的飯碗,也不一定要像公共知識分子那樣以公眾代言者自居,而是能夠用本民族的語言感覺和想像世界,用語言之光照亮時代現實中晦暗不明和難以言說的部分,為之找到恰當的言說形式和韻律。任何一種即使再強大的力量都無法單獨改變現代社會,現代社會的進步需要各種力量形成一種合力,需要山泉溪流般點點滴滴的積聚匯合,需要高度的專業意識和各司其職。這就是為什麼在上個世紀初,北京大學校長蔡元培倡導做學問不問有用沒用,做好了自然有用的原因;這也就是為什麼,上世紀七十年代,法國思想家羅蘭·巴爾特在法蘭西學院發表就職演說,提出知識分子「真正的戰鬥卻在別的地方」[7]的原因。改變世界的同時也需要改變語言,而現代漢語詩歌還很年輕,尚未成熟定型,如何面對傳統與西方的雙重壓力開拓一條新路,成就現代漢語詩歌的光榮與夢想,讓漢語在現代化進程中,永遠保持活力和美學的可能性,本身就是一個必須回答的時代課題。

一百多年來,如前所述,我國詩壇湧現過不少傑出的時代詩人,

---

7 羅蘭·巴爾特一九七七年在〈法蘭西學院文學符號學講座就職講演〉中提出:「有些人期待我們知識分子會尋找機會致力於反抗權勢,但是我們真正的戰鬥卻在別的地方,這將是反抗各種權勢的戰鬥,而且它不會是一種輕而易舉的鬥爭。因為如果說權勢在社會空間內是多重性的,那麼在歷史時間中它反過來就是永存的。⋯⋯權勢是一種超社會有機體的寄生物,它和人類的整個歷史,而不是只和政治的和歷史學的歷史聯繫在一起。在人類長存的歷史中,權勢於其中寄寓的東西就是語言,或者再準確地說,是語言必不可少的部分:語言結構(la langue)。」(李幼蒸譯:《符號學原理》〔北京市:生活·讀書·新知三聯書店,1988年〕,頁4)

積累了不少藝術經驗，也包括新時期詩歌對日常生活的關注和口語風格的實驗，九十年代詩歌對矛盾、悖謬感覺的組織和戲謔、反諷等時代美感的探索，以及新世紀詩歌通過地域性反思現代性等，都為詩歌寫作的時代性做出了貢獻。不過，對時代的理解過於表面，承擔時代的方式過於簡單，仍然是當前面臨的主要問題。有人總想借助詩歌力量進行社會動員，結果把解放感覺與想像的語言變成了行動的語言；也有人總想借助外力獲得更多的社會認同，把需要寧靜反觀的詩歌寫作運動化、時尚化，將詩人的文化身分道德化或政治化，結果贏得了一時熱鬧卻失去了藝術上的千秋。那些驚天動地的口號不過是一陣颳過的大風，任何外貼的新標籤也只能吸引眼球而不會給作品加分。而對詩歌作為語言藝術的理解不夠到位，也同樣領受到一份需要正視的教訓：對「朦朧詩」具有美學反叛意義的「口語詩」，後來在一部分學徒手中變成了「口水詩」，就是一例。

現代中國詩人對時代的擔當，不只是道德使命感的問題，也是詩歌能力的問題。或許我們並不缺少擔當時代的熱情和勇氣，需要強調的是對自己工作性質的真正理解，對現代漢語特點的真正掌握，對詩歌想像規律和技藝要求的真正自明。詩歌就是詩歌，詩人就是詩人，詩歌對時代的介入，不只是詩人對自己時代的道德投入，同時是思想和言說能力的考驗，而詩歌美學的堅持，也是時代的文化擔當。

　　　　　　——本節原刊於《中國文藝評論》二〇一九年第五期。

二　不懂：一個歷史的網結

文學風尚的時代更迭，總是極力割斷與歷史的聯繫，標舉歷史之新。但「新」，無異於一次脫胎換骨，徹底改變原來的價值觀念、想像方式和思維習慣？而且，不僅是寫作習慣，還有閱讀習慣，作家對

讀者的假設，都需要全面調整。這時候的許多問題都會集中在一種現象上：「不懂」。「不懂」是一個文學轉型的網結。「五四」時期如此，新中國文學開始時也是如此。六十多年前卞之琳發表的詩〈天安門四重奏〉（《新觀察》1951年1月10日，第2卷第1期），如今已很少被讀者和研究者提及，也遺落於三卷本的《卞之琳文集》（合肥市：安徽教育出版社，2002年）之外，卻是歷史網結的一個典範性文本。

　　〈天安門四重奏〉是中國詩人響應新的國家創造「新的人民的文藝」的號召認真創作的詩篇。當時，為了配合新國家的誕生，一種新的文學政策和創作原則已經先期登場。這就是周揚在一九四九年七月初召開的全國第一次「文代會」上的報告〈新的人民的文藝〉。在這篇當代作家人人必念的聖經中，周揚充分論證了解放區文藝的典範意義，認為這種文藝「充滿了強烈無比的生命力」，顯示了「偉大的開始」，他宣稱其標誌著以魯迅為首的五四新文學「先驅者們的理想開始實現了」。他斷言，解放區文藝「以自己的全部經驗證明了這個方向的完全正確，深信除此之外再沒有第二個方向了，如果有，那就是錯誤的方向」。那麼，它的具體特徵是什麼呢？周揚在報告中把其概括為「新的主題、新的人物、新的語言、形式」。所謂「新的主題」，就是「民族的、階級的鬥爭與勞動生產成為了作品中壓倒一切的主題，工農兵群眾在作品中如在社會中一樣取得了真正主人公的地位。知識分子一般地是作為整個人民解放事業中各方面的工作幹部、作為與體力勞動者相結合的腦力勞動者被描寫著」。所謂「新的人物」，就是「在中國共產黨領導之下，奮鬥了二十多年……在政治上已有了高度的覺悟性、組織性」的工農兵群眾。所謂「新的語言、形式」，「重要特色之一是它的語言做到了相當大眾化的程度。……另一個重要特點之一，就是和自己民族的、特別是民間的文藝傳統保持了密切的血肉關係。」

　　周揚的這個報告，在根本的意義上是一次對五四以來新文藝的重

新審查和重新定位，是中國文學歷史又一次具有革命意義的重新出
發。這一點，當時沉浸在國家新生和人民解放的喜慶氣氛中的許多藝
術家們，顯然還沒有充分的思想準備，雖然不少作家和詩人也意識到
一種新的開始，像胡風還寫過〈時間開始了〉的長詩，綠原還用「從
一九四九年算起」命名自己的詩集，但他們往往囿於現代城市文明所
提供的思想資源和知識背景，或多或少地「誤讀」了新的「時間」。
因為這種重新開始的時間是工農聯盟的時間而不再是城市知識分子所
想像的時間，它已在「文代會」中獲得了新的內容與形式：「在人民
民主專政的新社會中，人民已成為自己命運的主人，他們的行動不再
是自發的、散漫的、盲目的，而是有意識的、有組織的、按照一定目
標進行的；這就是說，他們的行動是被政策所指導的，人民通過根據
他們的利益所制定的各種政策來主宰著自己的命運。這就是新的人民
時代不同於過去一切舊時代的根本規律。因此，離開了政策觀點，便
不可能懂得新時代的人民生活的根本規律。」（周揚：〈新的人民的文
藝〉,《中華全國文學藝術工作者代表大會紀念文集》，頁91）

　　果然不出所料，在新的歷史時間中，許多從事新文學的「舊作
家」對按政策構想、有明確意識、按一定目標設計的新生活都相當隔
膜。那些按「過去一切舊時代」的生活方式和價值觀念生活與寫作的
人們，已經不再能夠理解與想像新時代的生活，因為現在的生活必須
從政策出發去理解，「離開了政策觀點，便不可能懂得新時代的人民
生活的根本規律」。他們還不習慣通過政策去感受生活，他們受制於
過去的生活習慣、思想方式、語言與形式。因此，許多詩人、作家似
乎都得了「失語症」。就詩壇而言，從郭沫若、馮至、何其芳、卞之
琳、艾青、臧克家、田間、胡風、綠原，到四十年代末整個的《詩創
造》、《中國新詩》詩人群，無不如此。這種現象也曾被編當時《詩選
（1953.9-1955.12）》的編者所注意，並提出了尖銳的批評：「有些曾
經發揮過創造性的才能的詩人，這幾年來脫離政治，熱情衰退，已經

趕不上飛躍前進的生活。對資產階級民主革命一向心心相印，對社會主義革命則還有點格格不入，不熟不懂。」（袁水拍：〈序言〉，《詩選（1953.9-1955.12）》，中國作家協會編，北京市：人民文學出版社，1956年）

這裡說「有些曾經發揮過創造性的才能的詩人」對新生活「不熟不懂」是實情，但說他們「對資產階級民主革命一向心心相印，對社會主義革命則還有點格格不入」卻不是事實：無論對新生活，還是對詩歌本身，他們都不缺乏熱情；所以「失語」，對他們的大多數人來說也不是不再寫詩，而是沒有寫出能滿足新時代要求又能體現自己藝術水準的作品。許多昨日的詩歌星辰變得暗淡無光，郭沫若給人的印象是年輕寫《女神》時很成熟，寫了幾十年後反而讓人感到很幼稚；何其芳的〈回答〉一詩好像還算對得起自己的名字，但這首詩竟然磨了三年時間才面世。卞之琳的〈天安門四重奏〉更是熱情響應新的文藝政策和創作原則的見證：這個以「距離的組織」見長的現代主義詩人，原先最擅長的寫作是感覺與知性的推衍，然而現在卻主動放棄自己嫻熟的方式，轉向趨時應景的寫作。

〈天安門四重奏〉是卞之琳當時為配合抗美援朝而創作的作品。從主題上看，它是一首歌唱新時代的「翻身道情」，不僅把十月一日看作是「五四」以來幾代人前赴後繼的產物，而且將其定義為一個民族五千年文明史的重新出發；而從形式與技巧上看，則是改變文人詩風、努力借鑑古風和謠曲，寫一般人讀得懂的作品。關於這首詩的寫作動機，作者後來在《關於「天安門四重奏」的檢討》（《文藝報》1951年4月10日，第3卷第12期）曾說「主觀上覺得又是響應號召又是自發，又當政治任務又當藝術工作，又是言志又是載道，用形式就內容也沒有困難。」創作時，詩人可謂用心良苦，但發表後，讀者並不買帳。這首詩發表不到一個月，《文藝報》就加「編者按」發表了一組〈天安門四重奏〉的批評文章，集中批評這首詩「讀不懂」。李賜

《不要把詩寫成難懂的謎語》比較有代表性。其中一些意見也是很中肯的，譬如提出這首詩為了節奏和排列的整齊，隨意省略、倒置，致使個別詩句讓人難以理解：像第一節末兩行「白骨堆成了一個人去望海，血汗流成了送帝王看瓊花」，一方面不瞭解秦始皇東游觀海和隋煬帝揚州看瓊花的典故的讀者很難讀懂，另一方面字詞的省略也過於隨意（如「白骨堆成了」後面不該省略「長城」一詞）。但有些指責就值得人們思量了：如他批評「彎腰折背就為了站起來，排山倒海中笑逐顏開」：

> 「彎腰折背」是指什麼說的呢？彎腰折背地拚命幹革命工作嗎？但是用這詞彙來形容革命者和戰鬥的人民，恐怕是不夠恰當的。說彎腰折背是說明中國革命未成功前，受壓迫人民的苦況，但是，受苦受害是為了站起來，似乎有些說不通。是象徵中國革命經過不少曲折的道路嗎？也並不明確。而「排山倒海」究竟說的是什麼呢？如果是說人民以排山倒海的力量打倒了反動派，所以才笑逐顏開，但這句話也省去了一些字（像這樣的句子，是可以寫成兩句的），讀起來意義就不很明確了。

又如對「天安門為自己也為別人」的批評：

> 這「為別人」的「別人」是指誰呢？當然不能是前三行中用敵我對照的方法寫出的敵人（想要戰爭的美帝國主義者們）而是中國人民的朋友，是全世界愛好和平的人民。那麼為什麼要用這樣意義不明的字來代表和平陣營中的戰友呢？同章第二節第四行亦即全詩的最末一行「中國和全世界聯一道長虹」，現在全世界分成兩個絕對不同的陣營，以美帝為首的侵略陣營，和以蘇聯為首的和平陣營，這是誰都知道的。我們中國和「全世

界聯成一道長虹」，是同全世界的什麼人、什麼國家聯成一道
長虹呢？當然是同世界上愛好和平的人民與國家聯成一道長
虹。省去了「人民」之類的字眼，意義便含混了。

站在時勢性、政策性角度，政治上的正確性無可置疑，但不可能真正
理解詩歌，包括不能真正觸及這首詩在藝術上的問題。

　　客觀地看，〈天安門四重奏〉的確不是一首好詩。它的問題首先
是不自量力地去處理一個沒有什麼個人心得的龐大歷史主題，其次是
放棄自己熟悉的想像風格和語言節奏，模仿文藝政策倡導的主題與形
式。但今天看來，這一切都不重要，重要的是：卞之琳本希望找到一
條能被新時代接受的寫作道路，不想既估計錯了自己，也估計錯了讀
者。讀了對這首詩的批評，他終於開了眼界，覺悟到以往習慣寫法與
讀法都已過時，他在〈關於「天安門四重奏」的檢討〉中真誠地檢討
說：「我當初以為《新觀察》的讀眾大多數也就是舊《觀察》的讀
眾，只是刊物從本質上變了，讀眾也從本質上改造了。我以為這些知
識分子對這種寫法大致還看得慣，那麼只要詩中的思想性還夠，多多
少少會起一點好作用。現在我知道我的估計錯了。《新觀察》的讀眾
面擴大了，我應該──而沒有──擴大我對讀眾負責的精神。這是第
一點。其次，我以為一般讀眾，在刊物上碰到不大懂的作品，還會放
過不看的。我的估計又錯了。現在讀眾拿到一本刊物，就要篇篇認真
的讀起來，讀得徹底，什麼疑難也不肯放過的，我應該──而沒
有──加深我對讀眾負責的精神。總之，我瞭解世界是變了，可是還
沒有明確的，具體的體會到變的深度，深到什麼樣子。」

　　刊物還是原來的刊物，作者還是原來的作者，不想從《觀察》到
《新觀察》一字之「新」，卻是隔開了兩個時代，兩種寫法與讀法。
各方聚集在「不懂」上，糾纏、拉扯，彼此「不懂」，互為「不懂」，
交叉「不懂」。

　　中國當代文學史，甚至整個的中國新文學史，該如何正視這樣的「不懂」、區分和辨析這樣的「不懂」？

　　　　　　——本文寫於二〇〇八年五月，未曾在刊物公開發表。

附　天安門四重奏（卞之琳）

一

　　　萬里長城向東向西兩邊排，
　　　四千里運河叫南通北達：
　　　白骨堆成了一個人去望海，
　　　血汗流成了送帝王看瓊花！

　　　前一腳滑開了，後一腳扎牢，
　　　右手凍裂了，左手向前伸：
　　　雪山，太行山，看歷史彎腰，
　　　草地上，冰天下，中國在翻身！

二

　　　月洞橋兩邊垂楊柳，
　　　橋底下翹來月牙船，
　　　船裡打魚人皺眉頭，
　　　水田裡姑娘眉不展。

　　　紅粉女飄零，車站擠，

紅粉牆上頭炸彈飛，
工人帶農民掃飛機，
籬笆開，牆倒，門鎖碎！

三

「萬里長征走完了第一步」，
天安門匯合了幾萬萬條路，
四萬萬七千萬顆心集中，
五千年歷史一氣都打通。
五月四日在這裡發出芽，
十月一日在這裡開成花。
彎腰折背就為了站起來，
排山倒海中笑逐顏開。
本來是人民築成的封建頂，
人民拿回來標上紅星，
華表升起來向飛機招手，
石橋拱起來看汽車像水流；
昨天在背後都為了今天，
今天開出了明天的起點。
天安門開啟了東方的光芒，
天安門大開，全世界輝煌！

四

說修橋鋪路，一招呼，
千山萬水來，喚同志；

挖北海，動幾挑泥土，
對沙漠發出了通知！

鍋爐裡開花，石榴紅，
麥浪亮晃晃，電鍍金，
燕子飛，個個人輕鬆，
魚跳上船頭，喜上心！

五

誰想要建設，誰想來破壞，
誰想要和平，誰想要戰爭，
誰想要幸福，誰想要災害？
天安門為自己也為別人！

天安門把藍天當作藍圖樣，
天安門飄紅旗標誌行動！
鬥爭和創造翻起來一個浪，
中國和全世界聯一道長虹。

十一月二十七日

——原刊於《新觀察》一九五一年第二卷第一期。

三　我們時代的「經驗之詩」

十幾年前，在〈在非詩的時代展開詩歌〉（《中國社會科學》2002
年第2期）這篇論述上世紀九十年代中國詩歌的論文中，我曾經通過

詩人與時代的緊張關係、寫作的中斷與失效、公共影響力的降低等現象，討論社會轉型時期中國詩歌「向歷史和文化邊緣滑落的陰影與壓力」，論述過「非詩的時代」與「展開詩歌」的辯證關係。進入二十一世紀之後，中國詩人面對後工業社會的諸多景象，已經習非成是，由焦慮不適到習慣成自然，緊張關係或許有所緩解；但詩歌（甚至整個文學）的邊緣化處境並沒有得到多少改善。只不過，現在推動詩歌邊緣化的力量主要不是傳統的威權，而是市場那隻「看不見的手」所掌控的消費邏輯，以及網絡時代的「眼球」效應。

　　一方面，隨著中國經濟實力的提升，體制內的投入在不斷增加，體制外的接濟也不缺少，詩歌的外部條件已經顯著改善。無論是詩歌刊物與詩集的出版，還是舉辦這樣那樣的詩歌活動和評獎，早已是數不勝數。加上雨後春筍般的詩歌網站、詩人博客和讀者微信群的迅疾傳播，中國詩歌的「繁榮」可謂盛況空前。但另一方面，詩歌的尊嚴、榮譽也在商業社會的語境中被廣泛消費與挪用，開始在市場溫熱的懷抱中變泛、變軟、變低、變輕：不僅是見諸新樓盤與旅遊景點的消費廣告，也有附庸風雅或借詩謀利。有錢的，出詩集和開研討會都不困難；沒錢的，也可以通過博客、微信或「詩歌事件」在詩歌圈子混個熟臉。而在讀者一面，由於早期新詩把詩歌寫作看得過於容易與簡單（朱自清的觀點）留下的歷史後遺症，細讀的習慣本來就沒有養成，在如今詩歌泛化的時代，對「詩歌事件」與詩人奇聞逸事的興趣常常超過了對優秀詩歌文本的期待和品讀詩味的興趣。

　　不是說沒有好詩人和優秀的詩歌文本，我們這個有幾千年偉大傳統的詩歌國度，永遠不會缺少詩才和傑作。而是說，商業化時代「非詩」的力量，不是扼住夜鶯的歌喉，而是讓夜鶯與八哥、鸚鵡、畫眉同台歌唱。當然，我們不必完全消極地對待商業社會的「過度消費」和「抹平」後果，也可以看到其不無積極的普及詩歌的意義。更重要的是，「非詩的時代」與其說給詩歌寫作與閱讀製造了困難與混亂，

放逐了詩歌，離散了詩歌，降低了詩歌，不如說它考驗了詩歌，成就
了詩歌，讓詩歌獲得了反省與自我調整的歷史契機。泥沙俱下，魚目
混珠的另一面也是大浪淘沙、火煉真金。正是在這種意義上，「非詩
的時代」也正是檢驗詩格和人格的時代，讓詩歌贏得新的生長、新的
可能性的時代。

　　雖然取得公眾社會普遍認同的詩人詩作或許不如上世紀八、九十
年代，但新世紀湧現的優秀詩人、詩作，並不遜色於以往的時代。假
如我們把想像、探索社會和人生經驗的詩歸為「經驗之詩」（大部分
的言志抒情之詩都屬於這個類別），把實驗語言與思維關係的展延之
詩稱為「衍生之詩」（如從卞之琳到臧棣演繹智力與語言互動相生關
係的「虛境」詩作），可以說，這兩類詩歌寫作都在新世紀取得了非
常有意義的進展。

　　僅就一般讀者和評論界比較熟悉和容易理解的「經驗之詩」而
言，那些關懷災難（如地震）和民生（如轉型時代普通人的困窘和
「新勞動者」的命運）的詩作，因為凝聚了公眾社會的感受和情緒而
倍受矚目，詩歌的道德感與擔當精神也被人們重新提起。但遠不止於
此，不少表現和對應我們時代的混雜經驗，顯示了詩歌消化「雜碎」
式後現代經驗的能力的作品，不僅體現了詩歌對於時代道義上的承
擔，也體現了詩歌藝術的可能與活力。這方面，歐陽江河近年發表的
長詩〈鳳凰〉具有代表性。它衍生於一件工業垃圾製造的同名裝置藝
術品，用語言與想像「給從未起飛的飛翔／搭一片天外天／在天地之
間，搭一個工作的腳手架」。這首詩既讓人們穿行於神話與現實、歷
史與當下之間，也讓人們沉吟於天空與大地、神話與垃圾等悖論與糾
結之間，鳳凰意象最終成了人類處境與心境的象喻：

　　鳳凰把自己吊起來
　　去留懸而未決，像一個天問

以〈鳳凰〉為代表的寫作給當代詩歌重要的啟示是，在我們這個日新月異的世界，人類的經驗已經發生諸多的變化，詩歌必須接納正在發生的陌生經驗；同時必須不斷探索表現各種經驗的藝術手段，尋找對應混雜經驗與情感的語言結構。

這種經驗與藝術的雙重自覺，在新世紀地域詩歌的寫作中，得到了最為生動和有說服力的體現。

地域詩歌的寫作，在現代漢語詩歌中並不少見。因為這是詩人最熟悉、最稱心的經驗空間。它往往是詩人出生和成長的地方，山川河流，風俗人情，都留下永恆的記憶，成為寫作與閱讀最主要的背景。但以往大多數的地域詩歌，要不是闖入者對異地風情的獵奇，要不就是遊子寄託鄉愁的溫床，它永遠是田園牧歌式的，懷舊的、優美而傷感的，呈現的不過是對故土的主觀感情，而不是獨特的地域經驗本身的詩意，獨特的地域經驗和它的靈魂、氣質反而被固定的抒情觀點遮蔽了。而新世紀的地域詩歌之所以可貴，就在於改變了地域寫作的主觀視野，努力呈現地域特徵與精神氣象的一致性，一方面使地域經驗「肉身」與「靈魂」互相依存，另一方面，避免了抒情觀點與呈現方式的簡單與狹隘。

在表現地哉經驗較有成就的詩人中，浙江的潘維、江蘇的朱朱、雲南的雷平陽的作品都值得注意。朱朱詩中的「清河縣」和南京小巷，潘維筆下的「鼎甲橋鄉」、「太湖」與「蘇小小墓」，都通過許多歷史細節地域意象把我們帶回到文化記憶中的江南，就像〈無邊風月〉中的詩句：「無邊風月，像一塊墓碑／像桂花所培育的影子／用繡花鞋在世間繡出難言的火焰」。詩人不僅寫出了舊時代江南的唯美與頹廢，也捕捉到江南事物獨有的情調與氛圍。我曾在二〇〇六年的「中國詩歌年選」中專門選過潘維幾首關於雨的詩，希望人們關注江詩人精緻的想像力，以及在自然與現實之間建立的獨特關聯。其中〈春雨〉最後兩節寫道：

　　除了美，還有哪一件事物

　　可以澆灌我們的微妙之心；

　　無論柳風桂雨或枯枝敗葉，

　　孤獨都會引領我們穿過狹窄的甬道

　　進入現實的外科病房。

　　玻璃或藍寶石的後裔：春雨

　　我想說，你為環境做的手術

　　那麼乾淨、簡潔，超然於革命和貧窮

　　——從西湖裡撈出的小肉蟲

　　粉紅，可愛，像春捲

在這裡，無論把春雨比喻為「玻璃或藍寶石的後裔」，還是從它聯想到西湖的「小肉蟲」或「春捲」，都體現出江南氣質和想像風格，而自然之美不僅是有病現實的參照也是療救者的想像，則呈現了詩歌想像介入現實問題方式與可能。

　　而雲南詩人雷平陽，則在〈親人〉一詩中幽默地宣稱：「我只愛我寄宿的雲南，因為其他省／我都不愛；我只愛雲南的昭通市／因為其他市我都不愛；我只愛昭通市的土城鄉／因為其他鄉我都不愛……／我的愛狹隘、偏執，像針尖上的蜂蜜」。所謂「像針尖上的蜂蜜」、「逐漸縮小」的感情，實際上是所有的感情經驗的凝聚，甜蜜而又銳利。而在表現這種感情經驗的詩篇中，如果說潘維通過江南雨水寫出了江南獨有的情調；那麼，雷平陽通過雲南的河流寫出了邊地山河與人民的莊嚴與神聖，譬如他的〈河流〉，給人一種罕見的力量和神聖感，「有些沉默不可以騷擾，不可以抵押上／眾多弱勢者的悲歡；有些河流／像一支孕婦的隊伍，它們懷著胎兒」。又比如他去年發表的長詩〈渡口〉，自然的蒼茫與人生的倉促交織在一起，讓人沉思，令

人蕭然。

　　這些「肉身」與「靈魂」互相依存、互相彰顯的地域詩歌，為表達真實豐富的「中國經驗」找到了源泉，也找到了出口。無論是歐陽江河探索詩歌表現矛盾複雜的混雜經驗所取得的成果，還是潘維、雷平陽、朱朱等一批邊緣詩人用新的抒情觀點和語言策略書寫地域經驗所取得的突破，都為拓展我們時代的「經驗之詩」提供了新的空間和新的可能，這些成果和藝術突破也向我們表明，「非詩的時代」也是一個默默耕耘，追求自己的詩歌理想的時代。

　　　　　　　──本文原刊於《光明日報》二〇一五年八月十七日。

「朦朧詩」與當代詩歌答問

〔記者劉敬文〕本篇訪談錄的順利出爐首先感謝知名學者王光明教授的仗義，新聞報導時間週期短，不少學者都不願意在如此緊促的時間裡去完成一個嚴肅的訪談，在另一位學者李少君的引薦下，王教授不僅接受了採訪要求，而認真回答了我的提問後，非常坦誠指出我的部分提問不妥之處，另外還把談朦朧詩的專論附上，其嚴謹的學術態度和尖銳的批評家本色顯露無遺。

王光明教授大學時代曾是一個狂熱的「詩歌青年」，他曾說，「朦朧詩」的出場既調動了他讀詩的興趣，也徹底地打碎了他的詩人之夢，繼而，「詩人之夢」破碎的王光明轉戰詩歌評論和研究，一九九三年，謝冕先生主編的「二十世紀中國文學叢書」中，王光明教授出版以「朦朧詩」為主要論述對象的專著《艱難的指向——「新詩潮」與二十世紀中國現代詩》，引起詩歌評論界的不小反響。近年來，首都師範大學中國詩歌研究中心對新詩的研究聲名在外，王光明教授正是其中一位重要的研究者。

關於朦朧詩

問：　　有評論家說，上世紀八十年代的朦朧詩潮讓個人的聲音重新回到詩歌裡，你是否認為朦朧詩成為九十年新詩的一個小傳統？

王光明：「朦朧詩」是時代語境的產物，離開了詩歌與當代意識型態和權力機制的迎拒關係，很難得到充分的理解，既然「讓個

人的聲音重新回到詩歌」，就不是另外的「小傳統」。當然，《今天》辦「同仁刊物」的「傳統」，後來成了「民間詩歌」與主流詩歌保持距離的象徵儀式：八十年代的〈他們〉、〈非非〉至現在大量詩歌「民刊」，都視《今天》為先驅。但這種「**傳統**」，就同人刊物而言，是一種現代傳統的延續，也烙著現當代「革命鬥爭」形式的印記，——那「未經註冊」的刊物，未經批准舉行的朗誦會和美展等活動，以及在北京西單「民主牆」和大學校園張貼作品等，實際上延續了當代詩歌運動（如大躍進、小靳莊民歌，「四五」天安門詩歌）、政治運動的「群眾形式」（如「反右」、「文革」的大字報、紅衛兵小報等），還可以更遠追溯到抗戰和延安的街頭文化活動。

問： 我去年在香港碰到北島，他對我說，他現在對自己早期的詩歌保持著警惕，對於朦朧詩，不能一味懷舊，反思反而更重要，作為北島詩歌最早一批研究者，你對北島的態度怎樣看？你說過，「朦朧詩」與建國前後的政治抒情詩有著一種以抗衡方式結成的「親眷」關係，這是否就是北島警惕的原因？

王光明： 北島是清醒的，「朦朧詩」作為表達了一代人經驗與情感的詩歌現象，既作為「異類」於當時寫作潮流，打破了當代的詩歌成規，開拓了詩歌空間，也受到當代思維定勢和時代情緒的牽制（「牽制」與「牽引」不同，反作用也體現為一種牽制關係）。我曾說「郭路生的詩有不少意識型態的東西，反映了當代政治抒情詩一些思維定勢的影響，特別在意象的擇取和時空展望方面。」這種現象也適用北島的〈回答〉，但是強烈的「時代共鳴」讓人們放寬了詩歌的美學要求。

問： 第三代詩人陳東東對我說過，他在大學的時候，正值朦朧詩最熱的時期，但他當時就感覺顧城、北島這些「詩歌明星」

寫得不好，促使他寫詩的反而是西方現代詩歌，顧城、北島、舒婷這些朦朧詩的代表人物的早期詩歌有許多粗糙之處，在詩藝方面有欠缺，這是否對後輩詩人產生不良的影響，因為如果他們是一個傳統的話，他們的許多經典作品到後來都需要重新審視。

王光明：問題不是這麼簡單。這一方面當然與「時過境遷」有關，另一方面也與具體作者或讀者的個人美學趣味有關。思潮會從格局上影響詩人的價值、趣味藝術成就，但具體到作品，情況會變得很複雜，因為它是一篇具體作品的感官經驗與藝術「抽象」的平衡問題。「朦朧詩」和「第三代」都有好作品，也都有平庸之作，具體到詩人也是如此。不能只看「粗糙」與「欠缺」，忘記開拓與貢獻吧。至於經典，後人都要重讀、重審、重排秩序的，這方面艾略特的《傳統與個人才能》說得很清楚了。我的意思是，不能以「朦朧詩」的標準作為「經典」的尺度，也不能以「第三代詩」為尺度，要運用詩的基本尺度。

問　：耿占春先生曾經在一篇文章裡說過，「我們的思想只是人類史上的所有思想、古典的現代的思想的一個大劇場。我們吸收一切並不覺得矛盾。」「以知識取代真知。以知識冒充思想」，朦朧詩或者說八十年代的所有文學思潮都有這樣的缺陷：我們並不知道自己真正的問題所在。這對後來的詩歌發展產生怎樣的影響？這是否也導致朦朧詩沒有形成自己統一的美學主張的原因之一。

王光明：占春先生的文章是很有個人心得的，我在八十年代初就力薦《詩探索》發表他的論文，那時他還是個大學生。你引用他所說的話，我沒有讀過，或者讀了未特別留意。他的這些話有一定的語境吧。當然，即使不考慮文章的語境，放在「八

十年代」的語境中也是很有道理的，中國幾十年的自我囚禁、與世隔絕，一旦「解放」，當然是中外古今雜陳，只覺得新鮮而不及分辨歸類的，同時也很容易把常識作為「真知」、「思想」的。但從荒謬到常識，是創造必經的歷史過程。

問：　　現在很多人都說八十年代是中國新詩的黃金時代，你怎樣看？那種對詩歌的狂熱是正常文學狀態嗎？

王光明：激動人心的時代是否就是「黃金時代」？「黃金」是看成色而不以情感來判斷吧？如果你讀過張承志《老橋》的後記，你就會理解這種「狂熱」了，他說：「文學，多神聖和激動人心的字眼兒！我不相信你能找到任何一個領域、職業或者專業能像文學這樣，既能盡力創造，又能訴說內心；既能有益於人，又使自己日趨美好；既能最大限度地擺脫干擾、束縛和限制，並滿足自己的事業心、責任感，又能最大限度地以個人之力摧枯拉朽、讚美頌新了。或者正是我們承受著的一切，包括特定的時代、環境、歷史傳統和社會現實，造成了我們今天這種簡直可稱作畸形（褒義！）繁榮的文學局面。」儘管是「褒義」，但既然「畸形」，就不算正常吧！

關於當代詩歌

問：　　進入九十年代，詩人的理想主義變為虛無主義，林賢治先生說，九十年代詩人放棄了對現實社會的關懷，所以他們也必將被社會拋棄，你認同這個觀點嗎？

王光明：什麼？我不懂你在說什麼。「朦朧詩」出來的時候，也有人說它缺乏理想，「虛無主義」、「迷惘的一代」，「垮掉的一代」，怎麼這些詞現在分配給九十年代詩歌了？我也不懂「現實社會的關懷」從何談起，誰能給我一個清晰明瞭的

「現實社會」？即使給了，它是誰給的？怎麼給的？如果「現實社會」是一部分人給的，無須探索的，那詩人肯定要模仿魯迅的話：「我不願意」。如果詩歌只是為了「現實社會的關懷」，詩歌和社會也將模仿魯迅的話：「我不願意」。為什麼把現實社會看得那麼單調？為什麼要把詩歌的社會功能看得那麼狹隘？

問：　　第三代詩人較之朦朧詩一代更為注重語言實驗和文體實驗，詩歌寫作也更為個人化，但讀者卻很少能夠記住他們的代表作，這是為什麼？是由於時代的變遷使得詩歌變得邊緣化嗎？這是一個詩歌本身的問題還是一個社會問題？

王光明：誰是「讀者」？即使你作過問卷調查，你向那些「讀者」發放？是否像如今名目繁多的評獎、「××佳詩人評選」一樣設計問題和發放問卷？那樣一定是你想要什麼結果，就會得到什麼結果。為什麼不能以詩歌的方式處理詩歌的問題，非得從「社會」視野看待詩歌？我們大家真的知道「社會」嗎？知道社會實際上只是一種無中心有主流的結構嗎？而主流是與時尚相聯繫的，詩歌要滿足時尚嗎？

問：　　九十年代關於「知識分子立場」和「民間立場」的論爭在今天看來有怎樣的意義？

王光明：這個問題我曾在二○○○年發表的那篇〈相通與互補的詩歌寫作——我看「民間寫作」與「知識分子寫作」〉的文章中談過了，沒有新的見解。

問：　　當代詩人的流派眾多，很多詩人也有理論建構的雄心，但為什麼沒有產生真正文學史意義上詩歌流派？

王光明：這個問題問得不合適。「理論建構」與「文學史」屬於不同範疇。但從文學史而言，據我所知或自己所處理的當代詩歌流派如「今天派」等，都是「真正文學史意義上詩歌流派」。

問：　　詩歌是語言的最高形式，從這個意義上而言，中國古典詩歌
　　　　是否已經成為當代詩人的「成語」？

王光明：有一種運用比喻的才華。但我不知道你問的是「語言的最高
　　　　形式」，還是當代詩人對古典詩歌的態度。

最後兩個問題

問：　　搞了這麼多年的詩歌評論，你最大的感觸是什麼？

王光明：做一個詩歌讀者真是幸福啊！能欣賞如此尖端的美和創造美
　　　　的才華與智慧。當然也有很多的問題，足夠讓你的感受和思
　　　　想的能力受到考驗。

問：　　詩歌現在對你意味著什麼？

王光明：像不像馮至寫的那一首〈蛇〉？

附　「朦朧詩」的來源及特點

　　「朦朧詩」這一名稱源於章明發表於《詩刊》一九八〇年八月號
的文章〈令人氣悶的「朦朧」〉，他認為當時一批具有現代主義風格的
老詩人和年輕詩人的作品「讀不懂」、「令人氣悶」。這一名稱後來被
用來指稱異質於「傳統」的青年詩人的作品。

　　由於「朦朧」是一個形容詞，那篇文章使用時既帶有貶義的色
彩，也無法指稱詩的流派或代際特點，「朦朧詩」這一提法也存在爭
議：有人從民間刊物《今天》的名稱出發，將其命名為「今天派」詩
歌，而超越這派詩歌的「新生代」詩潮出現之後，又有人用「新詩
潮」包容《今天》以來的詩歌探索。不過，「朦朧詩」這一名稱，經
過八十年代初的激烈論爭和《朦朧詩選》的大量發行，已經成為一個
先入為主的概念。

　　產生「朦朧詩」的背景，可以追溯到六十年代初期北京學生一些
自然形成的文學小組或小沙龍，但真正哺育這種詩歌的卻不是文學的
熱情而是「文革」的災難，是承受這場災難過程中難以排解的內心鬱
結。因為內心鬱結，他們想到了詩歌，想到了閱讀與寫作。

　　郭路生（筆名「食指」）是「朦朧詩」的前驅詩人，他當時寫詩
有不少意識型態的東西，反映了當代政治抒情詩一些思維定勢的影
響，特別在意象的擇取和時空展望方面。但郭路生的詩最重要的特點
是不再服從簡單的信仰和意識型態原則，能夠面向內心的痛苦與掙
扎。他在「文革」中寫的詩不僅具有歷史生活場景的存真性，也把特
定情境、細節和個體的想像力重新帶入到詩歌的話語空間，許多詩充
滿失落、迷惘、悲哀、惆悵、感傷與期望、未來、幻想等劇烈衝突的
痛苦的語言，從而奏響了悲愴的心弦，在無法調和的對立中呈現出一
種悲劇性，表達了一代人從盲目、狂熱走向失望與掙扎的內心世界。
正因為此，他的這些詩歌不脛而走，很快在全國各地知青中秘密流
傳，甚至被譜曲傳唱。

　　郭路生的詩歌的獨特性在於，這是幾十年來中國第一次出現的在
現代社會中不依靠傳播媒介而依靠人心傳播的詩歌。同時，這也是當
代詩歌第一次把情感定位轉向自己，轉向內心的失落狀態，轉向真實
經驗。一代人通過郭路生的詩歌，認同了原先變得不敢認同的情感。
這些詩告訴人們，詩原來也可以這麼寫，——通向真實的門被打開
了，詩歌成了許多充滿迷惘和幻滅感的青年探索內心的矛盾與掙扎、
叩問世界和想像未來最親近的形式。

　　從七十年代初開始，許多人都在寫這樣的詩。其中不少名篇，如
食指（郭路生）的〈相信未來〉、〈這是四點零八分的北京〉，北島的
〈回答〉、〈宣告〉，芒克的〈天空〉，舒婷的〈致橡樹〉、〈呵，母親〉
等，後來都在民間刊物《今天》上首先發表；該刊也因為在思想上主
張「確立每個人生存的意義，並進一步加深人們對自由精神的理

解」，藝術上倡導「用一種橫的眼光來環視周圍的地平線」，成了「朦朧詩」的旗幟。

「朦朧詩」的詩人是從特殊年代特殊境遇的經驗出發找到自己的詩歌道路的，離開了集體經驗轉變的歷史母題，離開了一代人自我意識的形成過程，離開了當代詩歌美學突破的社會蘊含，很難從根本上把握這一詩歌思潮的歷史意義。與前代詩人不同，五十～六十年代走上詩歌道路的詩人，所面對的，是偉大成功的社會政治革命帶來的激情和喜悅，新生活的新奇感和渴望投入火熱鬥爭的衝動，他們更重視藝術的社會和時代價值。而「文革」中自發走上詩歌道路的這一代青年，則在少年──青年時期經歷了一場漫長的心理危機：那時生活表面的金粉漸漸剝落，露出了人間的真相和生存的殘酷，因而他們更重視面向自己的內心世界，更重視對世界的質詢與拷問。

作為重演過去和創造未來的藝術建構，也作為對抗權威和暴戾現實的藝術抗議方式，北島提出的「詩人應該通過作品建立一個自己的世界，這是一個真誠而獨特的世界，正直的世界，正義和人性的世界」的詩歌主張，可以基本概括「朦朧詩」的思想與藝術傾向。而這一詩潮引起的批評界對「三個崛起」激烈爭論，突出反映了當時思想觀念、文藝體制和美學見解上的分歧。

──本文原刊於《晶報》二○○七年三月十七日。

五、六十年代的中國詩歌

一　在詩學與政治學之間

　　五、六十年代，現代漢語詩歌在中國大陸、臺灣、香港「兩岸三地」得到了不同的發展。它具有比較明顯的思潮色彩，可以稱之為分化期或多元探索的時期。這與近代以來民族國家被迫承受的現代性創傷有關，更與二戰結束後國家分裂和冷戰時代的意識型態有關，五十年代初海峽兩岸的政治詩集中反映了同一種思維模式的兩種意識型態的對抗。一方面，詩文不可能脫離時代的語境，它深藏的激情和革命性氣質，不僅使之成為時代意識型態進程的反映者，也成為它主動的塑造者。但另一方面，幾千年延續的中國詩歌精神和五四以來詩歌變革的理論實踐成果，仍然潛在地起作用。

　　這個時期最值得注意的現象，是詩學與政治學的緊張。它出自同一主題，卻在中國內地與臺灣表現出不同的「對話」策略：大陸的詩歌順應新時代的觀念，追求個人與時代、詩與政治的統一，經由政治抒情詩和新民歌的體制化過程，最終引來了「朦朧詩」的反撥；而臺灣的主流詩歌，嚮往現代主義的抗衡性和超越性，也出現了體制化的傾向，在七十年代受到「鄉土文學」思潮的激烈抗爭。當然，就政治意識型態對文學的規範作用而言，大陸的詩歌創作表現得更為典型。

　　這與第一次文代會制定的大陸文藝政策有關，也與四十年代解放區詩歌實踐的「方向化」有關。因為第一次文代會已經斷言，解放區「以自己的全部經驗證明了這個方向的完全正確，深信除此之外再沒

有第二個方向了，如果有，那就是錯誤的方向」。[1]這種斷言在根本的
意義上，是對五四以來新文藝的重新審查和重新定位，是中國文學歷
史又一次具有革命意義的出發。這一點，當時沉浸在國家新生和人民
解放的喜慶氣氛中的許多藝術家們，顯然還沒有充分的思想準備，雖
然他們也意識到一種新的「時間開始了」，但他們往往囿於現代城市
文明所提供的思想資源和知識背景，或多或少地「誤讀」了新的歷史
「時間」。比如五四現實主義傳統堅定的捍衛者胡風，曾是最早預言
新的歷史階段到來的詩人之一，當一九四九年九月二十一日，中國人
民政治協商會議第一次全體會議剛剛閉幕時，他就創作了題為〈時間
開始了〉的長詩，以熾熱的情懷歌唱：

　　時間開始了！
　　祖國新生了！
　　人民站立起來了！

這首詩對革命歷史鬥爭的想像是五四式的：人的尊嚴是它的主題，認
同的是但丁、拜倫、涅克拉索夫、魯迅的立場，而使用的詩歌形式則
是自由詩。
　　〈時間開始了〉具有史詩的品格。它歌唱了一個時代的開始，通
過包括自己母親和朋友在內的、中國百姓和知識分子的渴盼與求索，
表現了一個民族求新生的艱難歷程。然而，胡風的這組長詩在新的時
間節拍中顯然是不合時宜的，不僅發表以來長期得不到應有的評價，
而作者也開始走向了悲劇性的時間[2]。因為這種重新開始的時間是工

1　周揚：〈新的人民的文藝〉，《中華全國文學藝術工作者代表大會紀念文集》，頁91。
2　〈時間開始了〉發表一、二首後即招致批評，被指責為表現「自然主義」、「小資產
　階級思想」的作品，以至於後面寫的幾首已無法在北京的報刊上發表。幾年之後，
　清算「胡風反革命集團」開始，胡風長期失去了人身自由。

農聯盟的時間，而不再是城市知識分子所想像的時間，它已在「文代會」中獲得了新的內容與形式：「在人民民主專政的新社會中，人民已成為自己命運的主人，他們的行動不再是自發的、散漫的、盲目的，而是有意識的、有組織的、按照一定目標進行的；這就是說，他們的行動是被政策所指導的，人民通過根據他們的利益所制定的各種政策來主宰著自己的命運。這就是新的人民時代不同於過去一切舊時代的根本規律。因此，離開了政策觀點，便不可能懂得新時代的人民生活的根本規律。」[3]

這段論證非常值得注意。在新的歷史時間中，人民生活已是按政策構想、有明確意識、按一定目標設計的生活。換句話說，按「過去一切舊時代」的生活方式和價值觀念已經不再能夠理解與想像新時代的生活，離開了政策，就「不懂得」生活規律，又何談寫作？顯然，總是把現代中國文藝看成與市民社會、與世界現代文藝相關聯的胡風，已無法理解和寫作這種文藝，他的文藝觀點和生活經驗已經變「舊」。胡風「不懂」一個新的民族國家的政策改變了人們習慣的生活方式和寫作方式，許多受五四新文化洗禮、薰陶成長起來的作家與詩人也「不懂」。因此，儘管詩人綠原感到「新的時間」應該「從一九四九年算起」（這是他一首詩的標題，後來又將它作了一本詩集的名字），但他卻感到了寫作危機的來臨：「幾年來，忙於學習一些另外的生疏的業務，我沒有經常地考慮寫詩。顯然，更由於本身生活上和思想上的限制，在偶爾的寫作過程中，一觸及幾年來那個天翻地覆的雄大內容，自己便感到分外無力。」[4]

許多詩人都受過去的生活和思想、語言與形式的限制。不僅是「七月詩派」的胡風、綠原，從郭沫若、馮至、何其芳、卞之琳、艾青、臧克家、田間，到四十年代末整個的《詩創造》、《中國新詩》詩

3　周揚：〈新的人民的文藝〉，《中華全國文學藝術工作者代表大會紀念文集》，頁91。
4　綠原：《從一九四九年算起》〈序〉，上海市：新文藝出版社，1952年。

人群，在進入新的時代之後似乎都得了詩歌的「失語症」。這種現象也被編選《詩選（1953.9-1955.12）》的編者所注意，並提出了尖銳的批評：「有些曾經發揮過創造性的才能的詩人，這幾年來脫離政治，熱情衰退，已經趕不上飛躍前進的生活。對資產階級民主革命一向心心相印，對社會主義革命則還有點格格不入，不熟不懂。」[5] 這裡說「有些曾經發揮過創造性的才能的詩人」對新生活「不熟不懂」是實情，但說他們「對資產階級民主革命一向心心相印，對社會主義革命則還有點格格不入」卻不是事實：無論對新生活，還是對詩歌本身，他們都不缺乏熱情；所謂「失語」，對他們的大多數人來說也不是不再寫詩，而是沒有寫出能滿足新時代要求或能體現自己藝術水準的作品。像卞之琳那樣在三十年代重視「距離的組織」的現代主義詩人，不惜放棄自己嫻熟的方式，學習古風和謠曲寫〈天安門四重奏〉，是何等的不容易，然而卻反招來許多批評[6]。他用心良苦，本希望通過「又是響應號召又是自發，又當政治任務又當藝術工作，又是言志又是載道，用形式就內容」，找一條能被新時代接受的寫作道路，不想既估計錯了自己，也估計錯了讀者。他真誠地檢討說：「我當初以為《新觀察》的讀眾大多數也就是舊《觀察》的讀眾，只是刊物從本質上變了，讀眾也從本質上改造了。我以為這些知識分子對這種寫法大致還看得慣，那麼只要詩中的思想性還夠，多多少少會起一點好作用。現在我知道我的估計錯了。《新觀察》的讀眾面擴大了，我應該——而沒有——擴大我對讀眾負責的精神。這是第一點。其次，我以為一般讀眾，在刊物上碰到不大懂的作品，還會放過不看的。我的

5　袁水拍：〈序言〉，《詩選（1953.9-1955.12）》（中國作家協會編），北京市：人民文學出版社1956年。

6　卞之琳的〈天安門四重奏〉發表於1951年1月10日出版的《新觀察》第2卷第1期。對它的批評文章〈不要把詩變成難懂的謎語〉、〈我們首先要求看得懂〉見1951年2月10日出版的《文藝報》第3卷第8期。

估計又錯了。現在讀眾拿到一本刊物，就要篇篇認真的讀起來，讀得徹底，什麼疑難也不肯放過的，我應該——而沒有——加深我對讀眾負責的精神。總之，我瞭解世界是變了，可是還沒有明確的，具體的體會到變的深度，深到什麼樣子。」[7]

　　刊物還是原來的刊物，作者還是原來的作者，不想刊名的一字之「新」，卻是恍若隔世，鬧得個老詩人卞之琳一錯再錯。卞之琳的這份檢討提示人們，他們所面對的變化，不僅是「思想性」的，也是形式和語言的，不是個人主觀努力能解決問題的，而是必須由新的讀者來決定，除非脫胎換骨，徹底放棄過去的思想趣味和表達方式。

　　因此，三十年代曾以〈預言〉這樣出色抒情詩聞名的詩人何其芳，也非常矛盾、苦惱，當有讀者質問他為什麼沉默，不為年輕的共和國歌唱時，他用了兩年多時間，終於寫出了一首〈回答〉：

> 從什麼地方吹來的奇異的風，
> 吹得我的船帆不停地顫動：
> 我的心就是這樣被鼓動著，
> 它感到甜蜜，又有一些驚恐。
> 輕一點吹呵，讓我在我的河流裡
> 勇敢的航行。借著你的幫助，
> 不要猛烈得把我的桅杆吹斷，
> 吹得我在波濤中迷失了道路。

這首詩的開頭很容易讓人想到〈預言〉一詩的開頭：「這一個心跳的日子終於來臨！」但是，同樣是面對「心跳的日子」，面對一個並不清晰的東西，為什麼〈預言〉充滿著凝神的祈禱和美妙的想像，而

7　卞之琳：〈關於〈天安門四重奏〉的檢討〉，《文藝報》第3卷第12期（1951年4月10日）。

〈回答〉則是一種「感到甜蜜，又有一些驚恐」的矛盾而又複雜的情緒？擔心船桅被吹斷和「在波濤中迷失了道路」，並鬼使神差般表現出某些〈預言〉時代的情調？在寫作〈回答〉之前，何其芳已經好久沒有寫詩了[8]，一經讀者提醒，重新面對他愛的詩歌和愛他詩歌的讀者，是不是那些強行壓抑下去的東西又被重新憶起？致使詩人「感到甜蜜，又有一些驚恐」？一個受現代文明哺育的知識分子，一個曾經熱愛過晚唐詩歌，熱愛過雪萊（Percy Bysshe Shelley, 1792-1822）、羅塞諦（Christina Rossetti, 1830-1894）、丁尼生（Alfred Tennysen, 1809-1892）、波特萊爾的詩人，說拋棄舊我就真的棄之身後了？何其芳曾坦誠地寫過他矛盾的內心世界：「我是如此快活地愛好我自己／而又如此痛苦地想突破我自己／提高我自己！」（〈夜歌（二）〉）即使後來在政治上變得很激進的時候，面對詩歌也仍然保存著一份良知，堅持認為民歌有一定的局限性。而〈回答〉的意義，正在於何其芳面對詩歌時能情不自禁地流露出非常矛盾的內心世界：他對「奇異的風」充滿著喜悅的迎迓，希望借助它的鼓動，重新升起自己詩歌的風帆；另一方面，他又希望擁有「我的河流」、「我的桅杆」、我的感情色彩和個人風格，因此又有些擔心這奇異的風會把「桅杆吹斷」，迷失了個人的色彩。

　　何其芳在〈回答〉中表現出來的情感，它的矛盾（個人和時代、自我和大眾、主流意識型態要求和藝術個性），對於當代任何一個真誠的詩人來說，都有普遍的意義。它異常深刻地表現了與現代「新詩」傳統脫節後，詩人在當代社會的矛盾和內心困擾。在這種矛盾和困擾中，許多昨日的詩歌星辰變得暗淡甚至完全隱沒，反倒是一些沒受過多少正規教育的人寫出了具有新時代氣息的作品，就好像提倡白

8　自一九四六年寫作〈新中國的夢想〉到一九五二年開始寫〈回答〉，間隔了六年時間。其間只在一九四九年十月初寫過〈我們最偉大的節日〉。

話詩的時候，有舊學根柢的人，變得不會寫詩，倒是舊學根基不深的
人，在白話詩壇取得了更大的成績。只不過，當年的那些有成就的詩
人，大多是留洋回國的學生；而現在活躍在詩壇的，多數是在解放區
受過磨練的戰士，或來自生產第一線識字不多的工人農民。

　　應該說，後者也有自己的優勢，他們沒有那樣高的現代西洋文明
的教養，但也就沒有那些文明負面因素的影響。五十年代早期的詩人
沒有現代詩人的「姿式」，他們的作品不如現代詩豐富複雜、纏綿和
感傷，整體上比較明朗、熱情，一些詩有生活本身的氣息和稚樸的想
像力，語言也較口語化。但這種情況並不意味著對五四以來「新詩」
發展中的問題有了自覺的反思，而是意味著詩歌與政治關係的一次重
大調整。以往基於城市文明背景的詩歌觀點和語言策略是不適用了，
不僅抒情觀點不行，表現形式與技巧也不行。卞之琳所說的「讀眾
面」的擴大，既是閱讀人口的擴大，也是工農兵讀者權力的擴大，而
這種權力是意識型態賦予的。它給當代詩歌帶來的影響，主要在三個
方面：

　　一、抒情主體的國家定位。當代詩歌與當代中國生活的進程保持
著十分密切的聯繫，它的榮辱與共、興衰同赴的景觀成了藝術史的特
例。詩歌幾乎成了國家話語的承擔者，詩人的定位並不是個體和詩歌
要求的定位，而是面向國家主流意識型態的定位。詩成了「新國家」
神話的「服務」者和「反映」者。詩人當然是對自己的國家、民族持
有感情、負有責任和義務的，但像持護語言活力和感受力這樣的責
任，往往是不那麼直接，不那麼急功近利。即使五四時期的詩歌，國
家的情感、意識的表達也更多是從「人」出發的感時憂國意識，詩人
也不需要直接為國家權力話語負責。但當代詩歌大致是一種放棄個人
的投入，詩人必須在新國家的種種要求上定位，認定社會生活是「唯
一源泉」，詩是社會生活的藝術反映，作用是社會主義機器的齒輪和
螺絲釘，使命是為政治服務，為工農兵服務。同時，現代詩人儘管有

自己的政治傾向，但他們大部分並不依附現實統治或某個政治集團，他們還有一定的獨立意識。但隨著意識型態的進程和社會組織的嚴密化，已不存在經濟自立、智力自治、職業自由的文人，他們大多數是職業革命工作者兼作家、詩人，不過是一個「文藝工作者」。這樣，社會結構操作者的職業意識對他們的文學活動就有了強大的規定性：首先是黨員和黨的工作者，其次才是作家或詩人。這樣，就必須在體制健全，方針絕對正確的情況下，詩人的意識才能和人民、真理完全一致。但事實上遠不是如此。

二、個人話語空間的緊縮。抒情主體的國家定位事實上意味著取消個人定位。當代詩歌的意識型態化和「工農兵」化的雙重演進，根本指向便是取消個人意識。中國詩歌從舊詩到「新詩」的轉變，最大的成就，是個人話語空間的爭取，在詩中站立起了一個新的抒情主體的形象。這個形象集中地體現了以城市為背景的知識分子對於現代生活的感受和展望。剛剛從「載道」傳統和僵化形式中解放出來的「新詩」，不僅形式上顯得自由、流動，而且具有面向真實自我和現實社會的特點，因而題材和內容相當廣泛：郭沫若不僅寫〈女神〉，也寫〈星空〉和〈瓶〉；聞一多有〈死水〉、〈一句話〉這樣社會題材的詩，也有〈也許〉、〈口供〉、〈奇跡〉這樣寫個人內心世界的詩，以及有戴望舒、卞之琳、馮至等或復現個人記憶或玄思的精美的抒情詩。也許有些詩篇個人情感的超越性不夠，然而這究竟是詩歌功能變革的可貴起點。但是由於民族危機和意識型態的影響，「新詩」個人話語空間的追求在後來的發展中並未演變為一種普遍追求。相反，知識分子的個人意識，逐漸演變為一種階級意識。外部生活的關注，代替了個人感受的抒寫，不管歷史和人民的概念有多少真實、具體的內容，卻不加思索地將它們作為自己追逐的目標。每當個人與外在時空發生對立、矛盾時，一律通過對個人的譴責和自我批判來解決。於是，「知識分子走與工農相結合的道路」有意義的提倡，逐漸演變為放棄自己

的先進特點，完全接受工農價值觀念的「工農化」道路，人們慣性般地保持著對「個人」、「自我」的警惕，否定自己成了一種「進步」的標誌。

　　三、詩歌情境的抽象化。抒情主體的國家意識型態定位和個人話語空間的緊縮，帶來當代詩歌的諸多弊端：諸如題材的狹窄，內容的膚淺，形式、技巧的簡單，風格的單一，流派的空無，等等，但最大的弊端還是詩歌失去了具體的個人感受和具體情境、失去了創造力和藝術想像，詩變得非常空洞和抽象。當代詩歌最大的特點是大詩多，大題材、大主題、大結構、大時空，從〈我們最偉大的節日〉、〈時間開始了〉、〈和平的最強音〉，到〈致青年公民〉、〈放聲歌唱〉、〈十年頌歌〉、〈紅旗頌〉等等，都是大得不得了的題目、大得不得了的篇幅。這裡也有好詩，一些詩也不是完全沒有一點個人感受與具體情境，但隨著意識型態化的要求越來越高，「人民」化的標準越來越嚴格，以小見大，以具體表現普遍的寫作策略也就逐漸隱退，演化為一種從大到大的表現景觀：動不動就是天上──人間，首都──邊疆，中國──世界等空間大飛渡，動不動就是晨夕、春秋、今昔的時間大跨越；動不動就是人生──革命──戰鬥的大轉換。為了對應這種抽象的大時空大情境，就得放棄詩歌說話者立足的具體時空和具體意境，就得改變一些語言符號的指涉功能，使它們具有特殊的象徵性。在當代詩歌語境中，許多符碼都失去了它的自然與本真，語言的能指特徵迅速萎縮，一些意象都有了固定的所指。就像古代詩歌的一些變得板結、失去血色的意象符號，一出現就會引起某種固定反應一樣，當代詩歌中如「紅日」、「紅旗」、「朝霞」、「夕陽」、「黑夜」、「青松」、「烏雲」、「東風」、「西風」等不計其數的物態詞彙，都沒有了它原有的屬性，很難在本真的意義上使用。

二　在內容與形式之間

　　五、六十年代的詩歌，既表現為社會歷史意識型態化約詩歌的過程，內容與道德訴求「決定」、分化詩歌形式與技巧的過程，也表現為詩歌以自己的歷史和文類規則反抗這種化約的過程，或者說，以形式和藝術訴求的美學倫理頑強延續詩歌本體要求的過程。本時期詩歌形式的探討，既可視為一種藝術良知的堅持，也可視為一種「對話」的策略。

　　早在一九五○年，《文藝報》的編者就提出，「詩歌的創作與運動，目前是存在著很多問題的」，為了討論新時代詩歌的「內容、形式、詩人的學習和修養」，專門組織了一次筆談，先後發表了蕭三、田間、馮至、賈芝、鄒荻帆、林庚、王亞平、彭燕郊、力揚、沙鷗、何其芳等人的文章。可能是出於政治上的謹慎，詩人們對詩歌的內容，詩人的學習和修養談得並不多，倒是更多人關心詩歌的一些「內部」問題，如建行問題（林庚）、詩質和語言問題（彭燕郊）、自由體與歌謠體的關係問題（馮至）、自由與格律的問題（何其芳）。

　　詩歌形式秩序的討論，是二十年代「新詩」格律問題探討的延續，而在這場討論中提出建設性意見的詩人如林庚、何其芳、卞之琳等，也大多受過「新月詩派」的影響。

　　林庚在三十年代初開始寫詩時用的是自由詩體，但不久意識到自由詩形式有偏激的一面。他認為自由詩是「警句」，有韻律的詩才接近「天然」，因此自覺放棄了自由詩，開始致力於現代漢語詩歌形式的探索。最初是把完型的三字音組帶入詩行，後來又傾心於「五字組」的實驗，並從一行二組、奇偶配組的建行方法中總結出了一種「半逗律」的理論。他認為「五字組」反映了語言發展的特點，符合詩人創作的實際[9]；「半逗律」的理論則於一九四八年在〈再論新詩的

9　林庚曾說：「一九三五年我最初從事於新詩形式的探索，當時我下手的方法，是把

形式〉[10]一文中正式提出，後來又作了明確的解釋：「中國詩歌形式從來就都遵守著一條規律，那就是讓每個詩行的半中腰都具有一個近於『逗』的作用，我們姑且稱這個為『半逗律』，這樣自然就把每一個詩行分為近於均勻的兩半；不論詩行長短如何，這上下兩半相差總不出一字，或者完全相等。」[11]不過，林庚認為，這兩條主張並不完整，「要建立新的詩行，不但要遵循民族形式中的基本規律，還得要在這基本規律之上創造出典型的詩行來，而這典型詩行的傳統形式就是『幾言』，『楚詞』是缺少『幾言』這一形式的，它因此也就缺少典型詩行；這就是中國詩歌民族形式的第二條規律。」[12]這樣，「五字組」、「半逗律」加「典型詩行」，就大致代表了林庚關於詩歌形式的系統觀念，主要著力現代漢語詩歌的詩行建設。根據這種觀念，它構想了「五四體」的九言詩的形式[13]，從二十世紀五十年代初開始，一直堅持用這種體式寫作。

然而，林庚對這種詩體的實踐並不像他期待的那樣理想，至少是作品的成就不高。像〈解放後的山村〉最後一節，林庚曾作為詩例在〈九言詩的「五四體」〉一文中提出過：

> 說什麼難事就是不怕
> 可有一樣啦得有計劃

許多作家的自由詩收集起來，作了一個統計；在這統計裡發現了一件事實，就是凡是念得上口的詩行，其中多含有五個字為基礎的節奏單位。……此後這十年來，我便以掌握五字節奏單位嘗試著各種的詩行，如三五、四五、五五、六五、七五等。」（林庚：〈九言詩的「五四體」〉，原載《光明日報》1950年7月12日，引自林庚的《問路集》，頁218）

10 載於上海《文學雜誌》1948年8月，第3卷第3期。

11 林庚：〈關於新詩形式的問題和建議〉，原載《新建設》1957年第5期，引自林庚的《問路集》，頁245。

12 林庚：〈關於新詩形式的問題和建議〉，引自《問路集》，頁248。

13 「九言詩的『五四體』是指一種九言詩行，而在一行之中它的節奏是分上『五』下『四』的。」（林庚：〈九言詩的「五四體」〉，引自林庚的《問路集》，頁215）

　　活都幹完了學習文化

　　電線賽一幅新風景畫

詩在形式上沒有問題，完全符合「五字組」、「半逗律」加「典型詩行」的形式觀念。然而卻像是村民會上談心得體會，沒有什麼詩意可言。其原因表面上看是不重視意象（整節詩只有一個意象），但根本問題還是出在九言詩行的結構上。因為規定每行九言，且必須上五下四，就難免像第二行那樣拉進無關緊要的語氣詞去湊數。當然「啦」，這裡的語氣詞雖無意義，卻也可以說是對說話口吻的模仿，而林庚改變原來一行二組、每組五字，奇偶配組的建行方法，試驗上五下四的九言詩，正是為了限制知識分子的「白話」腔以接近民族形式的「口語」[14]。

　　看來問題出在對現代漢語音組的認識上，「五字組」和「四字組」是否就是現代漢語中最常見的音組？或許它們可以作為一個最小的音段，卻大多不能作為一個最小的音組，因為它還可進行拆分。而如果還可再分為兩個以上的音組，林庚說的「四字組」比「五字組」簡短，將「五字組」與「白話」（受歐化影響的知識分子的語言）等

---

14 林庚把原來每行兩個五五音組換成五與四兩個音組，是根據詩行的節奏主要由下半段控制的認識，要讓口語的節奏主宰詩行。他曾說：「五字節奏單位是從自由詩裡統計出來的，它所代表的是知識分子所熟悉的白話，在一九三五年正是自由詩盛行的時期，可是那個時期的自由詩，誰都知道，是很少用口語的，所以五字節奏單位所代表的自然是白話而不完全是口語。……如果用更接近口語的節奏做詩行的主要單位，豈不要比用白話的節奏更接近於民族形式嗎？而代替那白話中五字單位的，豈不正該是四字單位嗎？我最後嘗試著把五五體詩行的下半個五換成了四，我這樣決定，因為這樣還保留著五字單位一部分長處，而更重要的是因為口語與白話是息息相通的，口語在發展上是不是也應該吸取白話中的新成分以豐富它的生長，似乎答案也還是肯定的。因此詩行下半段既以四字單位掌握住了全行的節奏，就同時有讓上半段是五字單位的必要；這樣就構成了五四體。五與四各代表著白話與口語的一般性，這便都統一在口語的發展上。」（林庚：〈九言詩的「五四體」〉，引自林庚的《問路集》，頁219-221）

同，而把「四字組」與「口語」（「直承中國本土文法」的民族語言）等同，便不能成立。其次，把「五五體」詩行變換為「五四體」，出發點是讓詩的建行「統一在口語的發展上」，把「詩語」與「口語」的語言功能給顛倒了。詩歌要順應語言發展的趨勢，要不斷從日常口語中獲得活力，這是沒有問題的。然而第一，語言的發展既不完全以口語的發展為目標，也不符合現代漢語發展的實際。「口語」無法從一個民族的語言文字體系中獨立出來作為一種語言體系，現代漢語的發展趨勢是「語」與「文」的融合而不是「口語化」，「口語化」只是語言革命初期反抗文言的激進策略，在後來的發展過程中，既接受了西方語法的影響，也重新啟用了文言中仍有活力的詞彙，不僅不是「口語化」的，而且即使用「普通話」交流，日常漢語與書面漢語也還存在著差別。第二，詩當然要利用和提取口語，但從來不是遷就口語，而是以它的「藝術」馴服口語，讓口語「雅化」。即使在激進的五四時期，胡適也仍然在這個問題上保持著清醒與誠實，只把用「白話」寫的文學（「國語的文學」）作為工具革新的階段，心中的理想卻是「文學的國語」。第三，現代漢語與古代漢語的不同，主要表現在兩個方面，一是多音詞的大量增加，二是語法變得嚴密。然而，不能簡單根據詩從四言、五言、七言的演變，反推出語言越往後發展，詩的音節和詩行必然會不斷延長的結論。的確，由於從字到詞的變化，平仄建行的規律行不通了，必須尋找音組的建行規律，但由於漢語符號和聲音體系是單字單音的，音組的數量受到限制，不會二音三音四音五音六音地無限延長下去，而是會被合理地分割。像「中華人民共和國」，如果必要就可以讀成「中華‖人民‖共和國」，又如「特別行政區」，可以讀作「特別‖行政區」。因此，周煦良充分肯定林庚用三字組打破了古典詩歌的寫作與閱讀成規，是有道理的。在現代漢語中，二字組最多，三字組次之，四、五字組往往能被二、三字組分解。而語法，它對語言的影響主要是句子而不是語詞或語詞的節奏；即使有

一定的影響，詩歌修辭遵循的也主要是詩法而不是語法[15]。

　　由於林庚在考慮「典型詩行」的節奏時過分專注於「民族性」，又把「民族性」的主要特點放在不太規範、不怎麼代表現代漢語特徵的口語上，他「五四體」九言詩的探索失敗了。然而，這種失敗的探索不應僅僅歸結於語言認識論上的局限，更關鍵的因素存在於語言觀念之外。這種語言之外的因素主要是意識型態，可以參考二十世紀三十年代以來倡導「民族形式」和「大眾化」的語境進行解讀；林庚從自由詩到「五字組」、再到「五四體」九言詩的實驗，正是「新詩」面對這種語境在形式探索方面的回應。不過，對這種意識型態不應籠統作狹隘的政治化的理解，儘管在它的發展進程中的確有越來越政治化的傾向。但在早期，它扎根於現代中國詩人面對傳統文化被放逐的內心焦慮；而在後來，形式的探討又成了他們面對陌生的時代表達詩歌良知和自我保護的方式。正因為如此，一方面，林庚的探索不能不受到影響，無論是創作的發展，還是理論思考，都充滿著扭曲、矛盾和分裂；但另一方面，林庚又與那些簡單歸順時代要求的詩人不同，他希望從漢語發展過程找到「民族形式」的內在規律，面對語言的變化創造新的形式，因而仍然給現代漢語詩歌的形式建設留下了非常寶貴的啟示。這種啟示在實踐方面，是用完型三字音組打破了平仄律；

---

15 在二十世紀中國詩歌發展過程中，始終存在著對「散文化」的強烈不滿，而對此問題的探討又往往歸結為語言的「西化」（或「歐化」），這不能說是沒有道理的。但詩歌理論界很少進一步探究西方語言體系對漢語詩歌的影響主要是在哪一個層面，又是通過何種途徑產生比較直接的影響的，因此只能依靠「民族化」的立場作情緒化和簡單化的抗爭。實際上，西方語言體系對現代漢語的影響，主要不在文字而在語法，途徑主要是學校教育和翻譯文體。在「現代化」的宏大敘事場域內，這種影響是不可避免的，是一種必須承受的命運，同時也不無正面的意義（語法的周密也影響到我們思維的細緻和嚴密，也能作用於詩歌感覺與表達的細膩、豐富、曲折和複雜，就像何其芳、馮至、穆旦、吳興華所做到的那樣）。但另一方面，由於漢語從字到詞的「進化」有自己的規律，詩歌思維所遵循的修辭規則也主要是詩法而不是文法，漢語詩歌又是可以擺脫西方文法的消極影響的。

在理論方面，則是通過對漢語詩歌形式發展的思考，打破了根深柢固的「內容決定形式」的偏見，敞開了詩歌形式建設的一條重要規律：詩歌形式不是「內容」決定的，而是由語言決定的[16]。

　　林庚的探索是不完善的，但他對新的語言現實與詩歌形式關係的思考，是二十世紀五十年代詩歌形式探討的重要基礎。這個時期詩歌形式秩序的探索，從《文藝報》一九五〇年第一卷第十二期發表一組總題為〈新詩歌的一些問題〉的筆談開始，到五十年代末「新民歌」運動辯論「新詩歌的發展問題」，時間上前後延續了約十年時間。但「新民歌」運動中的辯論既不限形式於問題，又受到諸多政治意識型態前提的限定，不僅沒有多大的建設性，反而給詩歌造成了理論與實踐上的混亂；比較具有建設性的是前期，其最重要的成果就是提出和展開了「現代格律詩」的話題。

　　「現代格律詩」這個現代詩歌類型學的概念，最早見之於何其芳一九五三年十一月一日在北京圖書館作的〈關於寫詩和讀詩〉之講演。他說：

> 最近一兩年我才有了一個比較確定的想法，……那就是雖然自由詩可以算作中國新詩之一體，我們仍很有必要建立中國現代的格律詩；但這種格律詩不能採用五七言體（我認為有些同志想用五七言體來建立現代的格律詩，那是一種可悲的誤解，事實上已證明走不通），而必須適合現代口語的特點；現代的口語的基本單位是詞而不是字，而且兩個字以上的詞最多，因此我們的格律詩不應該是每行字數整齊，而應該是每行的頓數一樣，而且每行的收尾應該基本上是兩個字的詞；中國古代的詩

---

16 林庚對這一問題最集中的論述在〈再談九言詩〉一文（該文最初發表於《光明日報》1951年1月25日，後收入《問路集》）。

都是押韻的，中國的語言同韻母的字很多，押韻並不太困難，因此我們的格律詩應該是押韻的，而不必搬運歐洲的每行音組整齊但不押韻的無韻詩體。[17]

這裡，何其芳提出的概念主要有三點：（一）新詩不能光有自由詩，也要建立現代格律詩；（二）現代格律詩必須建立在現代口語的基礎上，從「頓」數出發而不是字數出發，同時基本上由二字詞收尾；（三）現代格律詩應該是押韻的。這三條，後來又以專文〈關於現代格律詩〉進行了深入的闡發，引起了廣泛的注意。何其芳的現代格律詩的理論，吸收綜合了二十年代中期以來有關形式探討的成果，既有聞一多為代表的「格律詩派」關於音節、字尺、音組觀念的吸納轉化，又受到林庚有關語言決定形式和建行理論的啟發（實際上在〈關於現代格律詩〉和之前寫的〈話說新詩〉等文章中，何其芳對聞一多、林庚的觀點有多處的引述與討論）。他對詩歌理論的貢獻，主要在兩個方面，一是比較早提出了「五四以來的新詩本身也已經是一個傳統」的觀點，既自覺從這一前提出發展開反思和建構（即使在「新民歌」運動的巨大壓力面前，也堅持自己提出的民歌有局限性的觀點），又有比較清醒和辯證的認識[18]。另一點，是通過論述古代詩歌的與現代漢語詩歌在「頓」與收尾音組兩個方面的不同，開放了現代格律詩的建構思路。

---

17 何其芳：〈關於寫詩和讀詩〉，引自《何其芳文集》第5卷，頁467，北京市：人民文學出版社，1983年。

18 「五四以來的新詩本身也已經是一個傳統」的觀點，見於何其芳〈話說新詩〉（1950）一文。他在該文中提出：「有些人只知道舊詩是一個應該重視的傳統，卻忘記了五四以來的新詩本身也已經是一個傳統。他們只知道和舊詩太脫節不對，卻沒有想到簡單抹殺了五四以來的新詩也不對。……五四以來的新詩還是一個很短很短的傳統，而且又是一個摸索多於成功的傳統。然而因為這個傳統距離我們很近，或者說就一直連接著我們自己，我們就更必須細心地領取它的經驗教訓。」（引自《何其芳文集》第4卷〔北京市：人民文學出版社，1983年〕，頁253-254）

　　何其芳所說的「頓」與聞一多說的「字尺」、孫大雨與葉公超等人說的「音組」、林庚說的「字組」，意思大致相近，指的是詞在音節上的單位，但又與該詞作為意思的單位相關。與葉公超、林庚的見解相同，何其芳也認為漢語從單音單字到詞的發展，必然要突破五七言詩的節奏和建行方式[19]；不同之處是，他認為聞一多、林庚對詩行字數整齊的要求是不合理的，「用口語來寫詩歌，要顧到頓數的整齊，就很難同時顧到字數的整齊」；同時，他也像林庚一樣重視詩行行尾的處理，只不過林庚以「半逗律」將一行詩分成了前後兩半，而何其芳則以口語的「頓」一以貫之，他提出：「為了更進一步適應現代口語的規律，還應該把每行收尾一定是以一個字為一頓這種特點也加以改變，變為也可以用兩個字為一頓。」[20]這裡必須指出，何其芳認為五七言詩和民歌都是「最後以一個字為一頓，讀時聲音延長」，不太切近實際。比如，他將五七言詩分別讀為三頓和四頓（如七言詩：「潯陽──江頭──夜送──客／楓葉──荻花──秋瑟──瑟／主人──下馬──客在──船／舉酒──欲飲──無管──弦」），又參照五七言詩的頓式給民歌分頓（如，「哥哥你──走西──口／小妹妹──實難──留／手拉著──那哥哥的──手／送你到──大門──口」），既未顧及古典詩歌以平仄律建行的特點，也未注意到文字與語言、文本與口傳文學的區別，不太容易得到學術上的認同。學術界大多數人認為，五七言詩在行尾的處理上，體現了中國詩由二言

---

19 「五七言詩的句法是建築在古代的文學語言即文言的基礎上，文言中一個字的詞最多，所以五七言詩的句子可以用字數的整齊來構成頓數的整齊，並且固定地上面是兩個字為一頓，最後以一個字為一頓，讀時聲音延長，這樣來造成鮮明的節奏感覺和一種類似歌詠的調子。而且文言便於用很少幾個字來表現比較複雜的意思。現在的口語卻是兩個以上的詞最多。要用兩個字、三個字以至四個字的詞來寫五七言詩，並且每句收尾又要以一字為一頓，那必然會寫起來很彆扭，而且一行詩所能表現的內容也極其有限了。」（何其芳：〈關於現代格律詩〉，原載《中國青年》1954年第10期。引自《何其芳文集》第5卷〔北京市：人民文學出版社，1983年〕，頁10）

20 何其芳：〈關於現代格律詩〉，引自《何其芳文集》第5卷，頁13。

到三言的發展，如果給詩行分頓，應該讀「夜送客」、「秋瑟瑟」為一「頓」。而民歌，則須從口傳文學角度作更靈活的研究。不過，何其芳認為詩行用二字音組作「頓」能體現現代口語的特點，又能顯示「現代格律詩」與古代詩歌「句法」的區別，卻是對的。此外，他參考語言學家的研究成果，提出漢語的重讀並不是詞彙中固有的，而是可以根據意思靈活處置[21]，因而得出格律詩的聲律可以不往輕重音的方向追尋，也是有見地的。

何其芳對現代漢語詩歌的貢獻，是進一步強調了詩歌形式必須從「口語」出發的語言意識，明確提出了以「頓」的均齊和有規律押韻為原則的現代格律詩的觀念，並排除了字數的整齊與考慮輕重音兩種實踐起來比較困難的方案，使新的格律形式具有了普遍的實踐意義。但他提倡以雙音詞收尾，把三字音組都分成兩「頓」，認為這是五七言詩的迴響，又呈現出對現代「口語」理解上的狹隘性，忽略了三十年代林庚實踐的「五字組」中完型三字詞組對現代詩歌形式建構的意義。這實際上是只看到現代漢語名詞的音節，而忽略了「句法」的音節。

不過，何其芳的不足在卞之琳的許多文章中得到了含蓄的補充和修正。現代漢語詩歌的形式秩序，不是某個天才靈機一動的產物，而是集體智慧的推動，是在諸多實踐基礎上的反思和修正，是從雲遮霧障中走向清明的過程。如果說，何其芳站在「格律詩派」詩人的肩膀上，提出了「現代格律詩」的類型概念和建構原則；那麼，卞之琳就是認同與完善這種方案的第一個重要詩人。他對現代格律詩的兩點貢獻特別值得留意。

21　「至於我們的格律詩為什麼不宜於講究輕重音，這是因為我們語言裡的輕重音和一般歐洲語言裡的輕重音不同，無法作很有規律的安排的緣故。根據研究中國語言的專家們的意見，一般地說，我們的重音並不像一般歐洲的語言那樣固定在詞彙上，而主要是在一句話裡意思上著重的地方，這樣就不可能在每一頓裡安排很有規律的輕重音的間雜，也很難在每一行裡安排數目相等的重音了。」（何其芳：〈關於現代格律詩〉，引自《何其芳文集》第5卷，頁18）

　　一、進一步開放了現代格律詩的空間。卞之琳認同何其芳以
「頓」組織詩歌節奏的原則，但不認為只有改變「一個字為一頓」的
收尾才能適應「現代口語的規律」，也不強調押韻，使格律詩有了更
大的彈性。他曾從漢語的言說規律和詩歌的「頓法」兩個方面闡述了
現代詩歌格律變化和翻新的可能性：（一）對現代漢語「頓」的理解
比較豐富，並顧及了語法，「我們用漢語說話，最多場合是說出二、
三個單音字作一『頓』，少至可以到一個字（一字『頓』也可以歸附
到上邊或下邊二字『頓』當中的一個而合成一個三字『頓』），多至可
以到四個字（四字『頓』就必然有一個『的』、『了』、『嗎』之類的收
尾『虛字』，不然就自然會分成二二或一三或三一兩個『頓』）。這是
漢語的基本內在規律，客觀規律。」[22]（二）認為收尾用二字「頓」，
只決定了詩的「調子」是吟唱性的，但「吟唱式的調子」或「說話式
的調子」不是現代格律詩與古代格律詩的區分標準。他說：「我和何
其芳同志在分類提法上有些不同：我不著重分現代格律詩和非現代格
律詩，我不著重吟唱式（或者如何其芳同志所說的『類似歌詠』式）
調子和說話式調子。只要擺脫了以字數作單位的束縛，突出了以頓數
作單位的意識，兩種調子都可以適應現代口語的特點，都可以做到符
合新的格律要求。」[23]

　　二、從「頓法」上區分了「吟調」與「誦調」，為格律詩的節奏
提供了新的認識角度和分析方法。他提出：

　　　　一首詩以兩字頓收尾占統治地位或者占優勢地位的，調子就傾
　　　　向於說話式（相當於舊說「誦調」），說下去；一首詩以三字頓
　　　　收尾占統治地位或者占優勢地位的，調子就傾向於歌唱式（相

22 卞之琳：《雕蟲紀歷》〈自序〉，北京市：人民文學出版社，1979年。
23 卞之琳：〈談談詩歌的格律問題〉，《文學評論》1959年第2期。

當於舊說的「吟調」),「溜下去」或者「哼下去」。但是兩者同樣可以有音樂性,語言內在的音樂性。[24]

這兩種調式是卞之琳參考傳統五七言詩的「三字尾」和四六言詩的「二字尾」提出來的,可說是對格律詩理論的豐富和發展。它的意義不僅表現在為何其芳二字頓收尾的主張提供了詩歌史的支持,而且為詩歌節奏的風格和美學研究提供了新的思路:既指明了不同字數的「頓」具有不同的節奏特點(「在新體白話詩裡,一行如全用兩個以上的三字『頓』,節奏就急促;一行如全用二字『頓』,節奏就徐緩;一行如用三、二字『頓』相間,節奏就從容」[25]),又討論了每行詩的頓數(他認為超過五頓就冗長)、行與行不同字數的頓需要「參差交錯」(「需要不同字數『頓』的參差交錯,而除非為了有意要達到特殊效果的場合,不能行行都用一樣安排的不同字數『頓』」[26])等問題。卞之琳的這些討論,實際上也使三十年代周煦良從林庚詩歌中概括出來的「(一)增強三字音組的完整與(二)避免二二音組的銜接」的經驗,上升到了理論認識的高度。

談論五十年代的格律詩探索,往往是何其芳、卞之琳並提。實際上是何其芳命名了「現代格律詩」,提出了以「頓」為核心的建構與分析原則,卞之琳則突破、發展了這一原則,使之趨於具體、嚴密和完整,有了實踐與理論的可操作性。這一方面固然是卞之琳自謙「小處敏感,大處茫然」的反映,但也正表現了「小處敏感」的好處。因為大處敏感的人雖能開風氣之先,但往往顧及不到「小處」的粗疏,而文學(尤其是詩)卻沒有大小,或者說最容易因小失大。因此,卞之琳自認自己的工作是雕蟲小技(他最重要的詩集就取名為

---

24 卞之琳:〈哼唱型節奏(吟調)和說話型節奏(誦調)〉,《中國青年》1954年第10期。
25 卞之琳:《雕蟲紀歷》〈自序〉。
26 卞之琳:《雕蟲紀歷》〈自序〉。

《雕蟲紀歷》），反而因「小」得「大」，成了詩歌形式探索中最不可忽略的部分。

經由何其芳、卞之琳等人的再三探討，「現代格律詩」在理論上已經比較明晰了，但並沒有取得像二十年代「格律詩派」那樣有影響的創作成果。五十至六十年代的詩歌最重視的是思想內容，而是否遵從「民族形式」和「大眾化」的方向又是牽涉「中國作風」與「中國氣派」的大問題。因此，「現代格律詩」的探討最終淹沒於大躍進民歌的汪洋大海之中。

三　新生活的讚歌與聞捷、蔡其矯諸詩人的創作

五、六十年代的詩歌與政治、內容與形式關係的調整，既強化了詩歌文本的意識型態，也改變了現代詩歌的寫作傳統，而其中最大的改變，是對政黨、國家和人民的頌讚取代了現代以抒情批判為主的想像方式。當然，詩歌風格的時代性改變主要不能依靠老詩人而必須依靠新人來承擔，前幾代詩人大多背負著歷史的包袱和想像成規，陷於詩學與政治學、內容與形式的矛盾中，一時難以脫胎換骨，只有年青、單純的心才能映照新時代的光明。

因此，五十年代詩歌被稱為「頌歌的時代」，許多在解放區受過教育和被新生活吸引的青年知識分子成了新中國詩壇的主力。不過，在五十年代早期，詩歌中國家意識型態的表達並不像後來那樣直接，詩歌情境的抽象化也不像後來的發展那樣嚴重。這一方面是因為他們的感情雖然單純卻不失真誠，另一方面是有濃郁的生活氣息和稚樸的想像力。

這是一批以昂揚向上的熱情和生活色彩取勝的詩，也促使了以題材的不同進行分類的批評風氣的形成。這類詩的題材非常廣泛，根據中國作家協會編的《詩選（1953.9-1955.12）》的體例與序言，至少可

劃分為歌唱祖國、工業建設、農村生活、軍隊生活、少數民族和國際
等幾大方面。工業建設題材的詩最多，當時較有影響的詩人有李季
（1922-1980）、邵燕祥（1933-2020）等，代表詩作有詩集《玉門詩
抄》（李季）、《到遠方去》（邵燕祥）、《給同志們》（邵燕祥）和魏鋼
燄的長詩〈六公里〉等。這些詩作大多為情為事所累，生活豪情的直
抒和勞動過程的描述擠走了感覺與想像，缺乏感覺和語言的魅力，但
邵燕祥的一些詩卻能把國家的青春、同代人的青春和個人的青春融鑄
為一，想像「到遠方去」告別與重逢的詩意，在具體情境中抒寫青春
的憧憬，不僅充滿「但是沒有的都將會有／美好的希望都還會落空」
的信念，而且傳達了一代人「要把中國架上汽車」的歷史豪情：

> 我們滿懷著熱情，
> 大聲地告訴負重的道路：
> ──我們要讓中國用自己的汽車走路，
> 我們要把中國架上汽車，
> 開足馬力，掌穩方向盤，
> 一日千里、一日千里地飛奔……
> ──〈中國的道路呼喚著汽車〉

就在邵燕祥用青春的憧憬融化工業建設的喧騰之際，另一位詩人聞捷
在少數民族地區發現了勞動與愛情的牧歌。聞捷（1923-1971）當時
是新華社駐新疆的記者，瞭解哈薩克、維吾爾等民族的風情民俗。他
的《吐魯番情歌》等組詩一九五五年在《人民文學》刊出後，受到讀
者普遍的歡迎。這些詩作也寫青年人的勞動與建設，但只把它們作為
一個隱含的背景，而在每一個具體情境中，正面展開的卻是迷人的少
數民族生活風情和青年男女微妙的情感世界。譬如〈蘋果樹下〉寫愛
情成熟：「秋天是一個成熟的季節／姑娘整夜整夜地睡不著／是不是

掛念那樹好蘋果？／那些事小伙子應該明白／她說：有句話你怎麼不
說？」既含蓄又有情趣。而〈夜鶯飛去了〉寫參加石油城建設的青年
對故鄉與姑娘的想念，也非常迷人：「夜鶯飛向天空／回頭張望另一
隻夜鶯／年輕人爬上油塔／從彩霞中瞭望心上的人／／夜鶯懷念吐魯
番／這裡的葡萄甜、泉水清／年輕人熱愛故鄉／故鄉的姑娘美麗又多
情」。而〈舞會結束以後〉寫熱情的求愛與心靈別有所寄的戲劇性，
更是情趣盎然：雖然鼓聲動聽、琴聲悠揚，但姑娘的心已經另有所
寄：「去年的今天我就做了比較／我的幸福也在那天決定了／阿西爾
已把我的心帶走／帶到烏魯木齊發電廠去了」。聞捷的這些詩，題材
與主題雖然沒有超出當時的意識型態框架，像〈種瓜姑娘〉把姑娘不
嫁的理由解釋為姑娘嫌小伙子「衣襟上少著一枚獎章」，未免簡單
化，但詩人非常注意捕捉即使在變動的時代也仍然延續的日常生活，
用陌生而又真切的生活細節的和戲劇性場景再現了青春與生命的詩
意。這些詩，作者於一九五六年結集為《天山牧歌》出版，可謂名副
其實，它是遠離中心的生活風情，是時代高亢進行曲中悠揚的和聲。

　　當時社會政治文化的中心正處在思想鬥爭和社會改造的激流中，
生活在大城市的詩人往往自覺或不自覺地承擔起社會動員的使命，因
而「空洞的叫喊和人云亦云的抽象議論」極為常見[27]，反而是像聞捷
這樣一批在邊陲之地生活與工作的詩人，在陌生的生活和神奇的自然
中得到了靈感，留下了更多清新動人的詩作。在這批詩人中，以公劉
（1927-2002）、白樺（1930-2019）等隨軍進入西南邊疆的詩人最有
代表性。

　　公劉四十年代在南昌大學讀書時就寫過一些詩與散文詩，但讓他
開始成名卻是作為軍人進入西南後收在《邊地短歌》、《神聖的崗
位》、《黎明的城》等詩集中的作品，其中有一些非常清新的抒情詩，

27 參見中國作家協會編：《詩選1953.9-1955.12》〈序言〉，北京市：人民文學出版社，
　1956年2月出版。

顯示了他對邊地自然與生活細節的驚人敏感和準確的想像力。如〈和平〉一詩通過邊疆三月美好夜晚的描寫，表現哨兵對和平的深刻理解，對主題的處理別具匠心。又如〈山間小路〉對「真正的山尖」的想像，「一條小路在山間蜿蜒／每天我沿著它爬上山巔／這座山是邊防陣地的制高點／而我的刺刀是真正的山尖」，可謂神來之筆。公劉的「邊地短歌」，就像〈西盟的早晨〉那朵飛入哨所窗子的雲，帶著深谷底層的寒氣和難以捉摸的旭日光彩，充分體現了年輕公劉的才情與風格。後來，公劉調到北京參與電影劇本《阿詩瑪》的創作，詩風從「葉笛」向「嗩吶」轉變，更為豐富，語言更為凝鍊，如這首〈上海夜歌（一）〉：

　　　上海關。鐘樓。時針和分針
　　　像一把巨剪，
　　　一圈又一圈，
　　　鉸碎了白天。

　　　夜色從二十四層上掛下來，
　　　如同一幅垂簾；
　　　上海立刻打開她的百寶箱，
　　　到處珠光閃閃。

　　　燈的峽谷，燈的河流，燈的山，
　　　六百萬人民寫下壯麗的詩篇：
　　　縱橫的街道是詩行，
　　　燈是標點。

如此富有想像力而又凝鍊的詩作，還有〈運楊柳的駱駝〉、〈風在荒原

上遊蕩……〉等，作者後來將它們結集為《在北方》出版。

　　與如上唱新生活讚歌的詩人主題與風格相近且在當時較有影響的，還有李瑛、未央、張永枚、嚴陣、顧工、孫靜軒、傅仇的詩和郭風等人的散文詩。其中李瑛（1926-2019）的詩比較重視詩歌細節的魅力，重視感覺與技巧的運用，有不少詩句給人留下難忘的印象。但整體上看，五、六十年代新生活的讚歌大多缺乏主題與風格的獨創性，迷人之處是一些光彩的詩句和片斷，而不是完整的詩篇。這與意識型態的倡導和當時單純的信仰有關，因而即使較優秀的詩作也是以生活氣息、自然色調和才氣取勝，整體上卻缺少藝術個性與歷史感。

　　當然也不是沒有思想上較為自由、藝術上有自己的追求、內容上也較有歷史感的詩人。蔡其矯（1918-2007）的創作當時並不怎麼被人重視，卻是一個相當有成就的詩人。他是很少幾個在當代保持了寫作（不是發表）的延續性且不斷有所突破的詩人。在五十年代，他以〈船家女兒〉、〈南曲〉、〈鼓浪嶼〉、〈海峽長堤〉、〈紅豆〉、〈霧中漢水〉、〈川江號子〉等具有南國風情和歷史內涵的著名詩篇躋身於當代重要詩人的行列，在六十年代，他寫下了堪稱傑作的〈波浪〉和〈雙虹〉等一批非常精美的短詩，讓文學史家看到，在頌歌與戰歌之外，還存在著另一種詩歌精神和美學追求。

　　蔡其矯的獨特意義是啟示了主流與邊緣的對話關係，啟示了一個詩人在嚴峻的時代保持獨立人格的可能和需要付出的代價。最能體現他精神品格的詩篇自然是那首寫於一九六二年，卻到一九七九年才得以發表的〈波浪〉。在這首詩中，面對「風暴」的肆虐，「波浪」展示了不畏強權、無比剛烈的一面：

　　　　我英勇的、自由的心啊
　　　　誰敢在你上面建立它的統治？

但這首回應階級鬥爭「時代強音」的詩篇，卻不局限於展現單一的精神品格，而是有「波浪」這一藝術形象本身的豐富性和完整性：它在「風暴」面前是剛烈的，本性則是「大自然有形的呼吸」，因此如此溫柔又如此迷人：

> 你撫愛船隻，照耀白帆，
> 飛濺的浪花是你露出的雪白的牙齒
> 微笑著，伴隨船上的水手，
> 走遍海角天涯。
>
> ……當你鏡子般發著柔光
> 讓天空的彩霞舞衣飄動，
> 那時你的呼吸比玫瑰還要溫柔迷人。

迷人的不僅是剛柔兼備的性格與形象，超出具體歷史時代的內涵，還有它動人的節奏。這是與詩情的發展及「波浪」的剛、柔、起、伏絲絲入扣的節奏：從「波浪啊！」充滿柔情的感歎開始，到「波──浪──啊！」高聲讚頌中結束，大致呈現出由「抑」到「揚」、由「細語」到「呼喊」的變化。

　　〈波浪〉體現了詩人的良知和勇氣，傳達了那個時代不能說和不敢說的聲音。但另一方面的意義更加重要：它沒有那個時代單調與浮躁。在這裡，歷史的迷失和意識型態的衝突被轉化了，變成了美與不美的問題，合乎自然律與違背天理人心的問題。詩人拒絕那種破壞性觀念與激情的牽制，把與「風暴」的抗爭轉化為一種對複合品格的讚頌。詩人堅持用審美的方式處理筆下的各種題材和主題，而不是發洩感情或提供道德教訓。

四　政治抒情詩、民歌與郭小川的創作

在五十年代中期後的大陸詩壇，影響最大的是政治抒情詩和新民歌。

（一）政治抒情詩

政治抒情詩誕生於五十年代。從主題與風格上看，賀敬之一九五六年發表的〈放聲歌唱〉已具備這種詩體的面貌，不過這時候還沒有「政治抒情詩」這個名字。到了一九五九年，政治抒情詩才成為「詩歌中的一個嶄新的形式」，並且有了理論上的闡述。在一本為歌頌新中國成立十週年而編的詩集序言中，政治抒情詩在文體觀念上已經非常明確：

> 熱情澎湃的政治抒情詩，可以說是我們的詩歌中一個嶄新的形式。政治抒情詩，最鮮明、最充分地抒發了人民之情。雖然它還是個人抒情，可是在政治抒情詩中，詩人是一個公民，他和共和國的精神，全民的精神是一致的。熱情澎湃的政治抒情詩是廣闊的，是祖國河山的回聲，是世界的回聲，是億萬人民合唱的交響樂。熱情澎湃的政治抒情詩是時代的先進的聲音，時代先進的感情和思想。它是鼓舞人心的詩篇。它以雄壯的響亮的歌聲，召喚人們前進，來為社會主義事業進行創造性的勞動。熱情澎湃的政治抒情詩是我們社會主義時代的喉舌。熱情澎湃的政治抒情詩是最有力量的政治鼓動詩。[28]

洪子誠的《中國當代文學史》認為「政治抒情詩寫作的影響來自

---

28 徐遲：〈祖國頌序〉，見《祖國頌》，詩刊社編，北京市：中國青年出版社，1959年。

兩個方面。一是中國新詩中有著浪漫派風格的詩風；……另一是從西方十九世紀浪漫派詩人，尤其是蘇聯的革命詩人的詩歌遺產。」[29]這一見解道出了「浪漫」與「革命」的關聯。但從形式上看，可以把政治抒情詩看作是現代自由詩在當代意識型態場域中的變形。也許可以說，自由詩形式的出現本身就具有政治性，一方面，它反映著資產階級自由解放的觀念，另一方面，由於它「自由」的氣質，又潛藏「不斷革命」的動力。正因為此，它既是五四時期詩歌變革的參照、動力、手段和目標，又是從「文學革命」到「革命文學」的重要通道。歷史地看，政治抒情詩是另一種意識型態對《女神》式融合抒情與批判表現方式的改造，它的前輩是三十年代前後的「普羅詩歌」[30]。政治抒情詩與自由詩最大的區別在這個名詞的定語部分，這種區別不在形式而在內容，定語「政治」從根本上規定了這種「抒情詩」的說話者必須拒斥自由詩在感受和趣味上的個人主義傾向，作為時代社會的代言人說話。

---

29 洪子誠：《中國當代文學史》（北京市：北京大學出版社，1999年），頁74。

30 對於無產階級如何「繼承」和改造自由詩，主動實踐「文學革命」到「革命文學」轉變的詩人穆木天在三十年代就形成了一套理論主張。他在〈詩歌之形態與樣式〉一文中，充分論證過在普羅階級的社會裡以批判的觀點改造自由詩、歌詞、大眾合唱詩的可能性。他提出：「新興的普羅詩人承繼自由詩的形態。他們那些詩人不以自由詩的形式一般為同。把形式同內容分開是不可能的。內容同形式是有一致性的，所謂自由詩者，是反映著新興的布爾喬亞階級之必要，是革命的布爾喬亞詩人（如惠特曼）對於舊社會毫不客氣的抗爭。這一點，他們這些詩人注意到了。他們的精神可以說是和惠特曼的精神相接近。他們在作品中承繼了自由詩的形態。但是，只是說普羅詩歌採用了布爾喬亞的自由詩的形態，是不正確的。所謂承繼自由詩形態云者，就是說布爾喬亞詩歌破壞了詩的形態上的封建桎梏。他們完成了歷史的偉業，新的普羅階級更為之作進一步的發展，而自由詩之形態自身則未予普羅詩以任何的規定。他們知道決定詩歌的形式而使其發展的，是詩歌的內容，是詩人的世界觀，過去的一切詩歌作品，而特別是布爾喬亞的自由詩的各作品的形式，他們則批判地攝取過來。然而，這樣的沒向封建的詩歌形態作劇烈的鬥爭就把自由詩形態承繼過來，並不是說他們沒有向封建形態作鬥爭，反而是表明他們把勝利的鬥爭更進展了一步。」（洪球編：《現代詩歌論文選》〔上海市：仿古書店，1936年〕，頁8-9）

　　除內容必須表現政治外，它還具有頌歌的文體風格。這也是那本詩集的序言所說的：「在我們古代，也有頌歌，劉勰說得好：『頌者，容也，所以美盛德而述形容也。』可是，他說『容告神明謂之頌』，又說『頌主告神』。古代的頌歌是唱給神聽的，頌的是天子之德，赫赫武威。這種登山刻石的頌歌，和我們今天的頌歌，歌唱人民，歌唱社會主義建設，歌唱友誼與和平的政治抒情詩是不可同日而語的。屈原的《橘頌》，確乎『情采芬芳』，卻只是一種優美的品德，一種人格的頌歌。時代不同了，我們今天的詩人所歌頌的事物，所歌頌的內容不同了。」[31]

　　既作為「回聲」和「喉舌」，又必須歌頌，這對詩的精神和個性自由來說不能不是壓抑的。政治抒情詩是政治生活高度集中的時代的產物，在冷戰時代，不僅在中國大陸風行，也在臺灣的五十年代和七十年代詩歌中得到倡導。在中國大陸，政治抒情詩是五十至七十年代的主流詩歌，有廣泛的作者與讀者。其中最有代表性的詩人是賀敬之與郭小川。

　　賀敬之（1924-）早年曾是胡風主辦的《七月》雜誌的作者（筆名「文漠」），在延安時期因執筆歌劇《白毛女》成名並寫過傳唱廣遠的歌詞〈南泥灣〉。他的政治抒情詩代表作是〈放聲歌唱〉、〈十年頌歌〉、〈雷鋒之歌〉、〈西去列車的窗口〉、〈中國的十月〉等，大都是幾百行以上篇幅的樓梯式長詩。這些詩作站在意識型態的制高點上縱論時代風雲，談論階級鬥爭、路線鬥爭和社會主義建設，是當代意識型態的激情闡述，曾在當代詩壇產生過非常大的影響。其中一些重視藝術情境的片段，也寫得令人難忘，如〈西去列車的窗口〉抒寫懷抱理想的支邊青年對新生活的眺望與渴求，詩篇將藝術情境置放於大西北的夏夜，列車在月上中天的西北高原上行進，境界清朗高遠，回顧與

---

31 徐遲：〈祖國頌序〉。

展望也比較自然。但賀敬之也有一部分作品，過於重視主流意識型態，輕視個體的審美體驗，其意義與價值隨著時代生活的變化而顯出局限性。一九七九年，山東文藝出版社編選賀敬之選集的時候，他回顧自己的寫作經歷，不無負疚：「但是另一方面，我還必須說：我對社會主義事業的理解是太膚淺、太幼稚了，對我們生活中的矛盾的認識是過於簡單，過於天真了。這使得我在作品中不能準確而大膽地表現矛盾鬥爭，因而就不能更深刻、更有力地反映和歌頌我們的偉大時代。例如〈十年頌歌〉這首長詩，今天看來不僅顯得無力，而且其中批判性的文字還是錯誤的。」[32]

　　賀敬之是一個有才情的詩人。他的一些懷舊、感物之作，如〈回延安〉、〈三門峽〉、〈桂林山水歌〉等，富有真情實感，有獨特的感覺與想像力，也講究形式與節奏。

　　當時與賀敬之齊名的郭小川（1919-1976）於二十世紀三十年代後期開始寫詩，主要詩集有《平原老人》、《投入火熱的鬥爭》、〈致青年公民〉、《雪與山谷》、《月下集》、《甘蔗林——青紗帳》；後來有《郭小川詩選》、《郭小川詩選續集》以及《談詩》和《郭小川全集》出版。賀敬之認為「郭小川提供的足以表明其根本特徵的那些具有本質意義的東西，就是：詩，必須屬於人民，屬於社會主義事業。按照詩的規律來寫和按照人民利益來寫相一致。詩人的『自我』跟階級、跟人民的『大我』相結合。「詩學』和『政治學』的統一。詩人和戰士的統一。」[33]然而，實際的情形遠非那麼簡單。

　　郭小川詩歌與賀敬之詩歌雖然有不少相同之點，但前者與後者一個重要的區別是詩中始終充滿著矛盾的聲音。郭小川為「自我」與「大我」、「詩學」與「政治學」的統一付出過艱苦的努力，最終留給

---

32 《賀敬之詩選》〈自序〉，濟南市：山東人民出版社，1979年。
33 賀敬之：〈戰士的心永遠跳動（代序）——〈郭小川詩選〉英文本序〉，《郭小川詩選續集》，石家莊市；河北人民出版社，1980年。

人們的卻依然是「矛盾重重的詩篇」。他一九五五年開始發表的「致
青年公民」組詩（包括〈投入火熱的鬥爭〉、〈向困難進軍〉、〈閃耀
吧，青春的火光〉等），激情充沛，具有很強的政治鼓動性，曾受到
當時青年讀者的熱愛，但郭小川自己卻認為這不是詩，不過是「政治
性的句子」和「動員標語」，「浮光掠影」、「粗製濫造」，甚至擔心它
們損害了文學的榮譽。他說：

> 當我因走上文藝工作崗位而重新寫作的時候，筆下已非常生
> 疏。那時候，社會主義革命和社會主義建設的偉大號召已經響
> 徹雲霄，我情不自禁地以一個宣傳鼓動員的姿態，寫下一行行
> 政治性的句子，簡直就像抗日戰爭時期在鄉村的土牆書寫動員
> 標語一樣。……這期間，我寫的詩大部分實在不成樣子，〈致
> 青年公民〉這一組還算是稍許強一點的。然而這也是多麼浮光
> 掠影的東西呵！想到這裡，我往往非常不安。我能夠總是讓這
> 淡而無味的東西去敗壞讀者的胃口嗎？這些粗製濫造的產品，
> 會不會損害我們社會主義文學的榮譽呢？[34]

郭小川同時認為：「文學畢竟是文學，這裡需要很多很多新穎而獨特
的東西，它的源泉是人民群眾的生活的海洋，但它應當是從海洋中提
煉出來的不同凡響的、光燦燦的晶體。」為此，他開始了個人與歷
史、自然關係的藝術考察，探討個人面對大海、星空和特定歷史生活
時的內心世界和情感波瀾。這些詩的代表作，主要有抒情詩〈致大
海〉、〈望星空〉，敘事詩〈白雪的讚歌〉、〈深深的山谷〉、〈一個和八
個〉等。

---

34 郭小川：《月下集》〈權當序言〉（1959年3月），《談詩》，上海市：上海文藝出版社，
　1984年。

　　〈致大海〉通過抒情主體的人生道路，描寫了自我與歷史潮流的
不合拍，借助自然的力量和啟迪，戰勝個人的渺小與軟弱，匯進歷史
潮流的過程。〈望星空〉則面對「無窮無盡，浩浩蕩蕩」的宇宙時
空，站出了歷史指定的位置和意識型態視野，進入了人與宇宙對話的
情境，敞開了面對「無限」與「永恆」，有限、短暫的生命個體該怎
樣認知，如何獲得意義的思考。而〈白雪的讚歌〉、〈深深的山谷〉、
〈一個和八個〉等詩篇所表現的都是革命戰爭年代個人與歷史的關
係，通過短暫的個人感情與歷史洪流的游離現象，表現了個人與時代
關係的複雜性。郭小川的這些作品，反映了在矛盾分裂的現代性尋求
歷史語境中當代詩人的心路歷程。有單純與盲目的歸順，有本能般的
猶豫與反抗。它既是一個掙扎的過程，也是一個認同的過程；既是社
會歷史意識型態化約詩歌的歷史過程，也是有自己的歷史傳統和文類
規則的詩歌反抗這種化約的過程。郭小川的詩歌不是單一的，當代的
不少詩人，艾青、何其芳、蔡其矯、聞捷、邵燕祥、公劉、李瑛等，
他們的詩作，只要細心閱讀，都會諦聽到其中矛盾、嘈雜的聲音，看
到他們詩歌文本的裂縫中漏出一些未被時代觀念簡化的東西。

（二）新民歌

　　五十至七十年代新民歌一度盛行的原因比較複雜，既涉及晚清以
來詩歌語言形式上的試驗與辯論，也涉及現代性尋求中的民族文化心
理和當代意識型態。但要注意的是，新民歌不是一般意義上的民間歌
謠，當代新民歌運動（主要是大躍進和小靳莊民歌運動）的形成也不
源於詩歌創作的內部要求。作為一種農業社會的歌唱形式，它在城市
化、工業化的社會本難以為繼，只能作為一種歷史遺產回憶它，保存
它，研究它，不大可能作為現代的詩歌形式。它在當代中國的兩次迴
光返照，完全是由於意識型態的推動。

　　在比較純粹的意義上，民歌是不依賴文字流傳而只是在人們「口

裡活著」的一種民間表意形式，很少書面文化的歷史、使命和象徵權力，主流文化一般也不對它作價值規範上的強求，因而也往往沒有社會規範和意識型態過程的壓力。民歌作為一種即興表達的「歌」，要的是滿足。與文人詩歌相比，其基本的特點是因物起興、直覺顯示，不執意追求創新，而追求大眾的感受。因此，在修辭方法與展開格式上，文人作詩是立意求新，詩法講奇，格式以繁代簡，而民歌對經驗的處理則追求普遍的效果，樸素、自然、口語化，展開的方法也主要是重複（包括重疊、複沓、連環等）。譬如，「空山不見人，但聞人語聲」（王維）或「千山鳥飛絕，萬徑人蹤滅。孤舟蓑笠翁，獨釣寒江雪」（柳宗元），是文人的詩；而「江南可採蓮，蓮葉何田田」（〈江南〉）、「青青河畔草，綿綿思遠道」（〈飲馬長城窟〉）或「朝見黃牛，暮見黃牛；三朝三暮，黃牛如故」（〈三峽謠〉），則一看可知是民歌的。

　　本來，文人詩歌和民歌各有各的美，但新民歌中不具備這樣的質素。雖然有人聲稱「在它們面前，連詩三百篇也要顯得遜色了」[35]，郭沫若和周揚還像孔子編定詩經那樣，也從全國各地選本中挑出三百首新民歌編了本《紅旗歌謠》。然而在後人看來，它不過是一份當代意識型態收編改造民間文學的歷史檔案，反映的是特定時代的盲目性和當代意識型態的矛盾性。以其中最具影響力的作品〈我來了〉為例：「天上沒有玉皇，地上沒有龍王，我就是玉皇！我就是龍王！喝令三山五嶽開道，我來了！」它只有頭兩行的意象具有中國民歌的特點並具有因物起興、直覺顯示的典型特徵，而後面四行，「我就是玉皇！我就是龍王！」雖然依照了民歌重複性修辭策略，但語言、感受、趣味已是五四式知識分子的話語形態了（譬如郭沫若〈天狗〉中的語言和趣味），還有「三山五嶽」之類的成語，以及用三個字單獨建行，都不合民歌所遵循的法則。從內容上看，它表現的是「人定勝

35　〈紅旗歌謠〉，「編者的話」，郭沫若、周揚編：《紅旗》雜誌社，1959年。

天」的時代精神，從語言與形式上說，這是一首把民歌與自由詩混合起來的詩例。事實上，對文本的這種分析與這首「民歌」的寫作情形相吻合。何其芳〈關於詩歌形式問題的爭論〉有這樣的記述：「西安一位同志告訴我，這首群眾詩歌產生的經過是這樣：『天上沒有玉皇，地上沒有龍王』，這兩句原來出於關中。流傳到安康，就增加了第三四句：『我就是玉皇！我就是龍王』。有人把它投到報紙編輯部，報紙的編輯覺得意思未完，就提起筆來加了最後兩句。」[36]

　　新民歌最大的問題是失去了民歌質樸自然的本性，失去了本真的情感，已不是人民大眾自我滿足的一種表意形式。而是當代造神的頌歌形式（由於民歌不追求個性化的東西，形式技巧也較單純，似乎也較容易被利用）。就基本情況而言，在五十至七十年代，主流詩歌在語言與形式探索上並未取得什麼有意義的進展。最具這個時代特點的政治抒情詩和新民歌，並不是什麼新的創造。它們是意識型態對現代自由詩形式和傳統民歌形式的利用。

　　——本文節選自《二十世紀中國文學史》（嚴家炎主編）下冊「第二十二章　五六十年代的詩歌、散文與劇作」，高等教育出版社，2010年初版。

---

36 何其芳：〈關於詩歌形式問題的爭論〉，《何其芳文集》第6卷（北京市：人民文學出版社，1984年），頁26。

散文的「詩意」與楊朔、余光中的探索

　　相對於詩歌處理詩學與政治學、內容與形式、歸順與抗衡關係時的矛盾與掙扎，五六十年代的散文似乎沒有引發出那麼多思潮性的話題，文本世界也不像詩歌、小說那麼複雜，但在文體精神、表達方式和藝術風格等方面的變化也很值得關注。

　　散文是一種天高地闊的文章類型。在古代，韻文以外的寫作都可以稱為散文。文學在文化領域中獨立門戶，將社會科學、自然科學和實用文體排除在外，又在自己的領地中作詩、小說與散文的區分，是近、現代的事。然而，即使有這種細分，散文在文學世界中也仍然是包容性最大和最自由的文類：詩歌和小說有自己想像世界的歷史「成規」，或者說有形式美學的一些要求。譬如詩歌強調感覺與語言的魅力，由此衍生出對意象和節奏的要求；小說的基礎是故事，因此敘述成為探討的核心。而散文在擺脫實用文體的牽連後，則不僅沒有形式規範的約束，而且逐漸疏離了經國功能和載道傳統，強調個人自由思想著的人格與趣味的表現。因此，好的散文都仰仗性情與趣味對細節的調理，而現代散文，之所以能造就魯迅、周作人這樣的大家，以及郁達夫、朱自清、冰心、林語堂、徐志摩等風格各異的名家，按照郁達夫的觀點，可以歸結為五四新文化運動對「個人」的解放。

　　五、六十年代的中國散文仍然繼承了現代中國散文的諸多遺產。在大陸，偏居一隅的周作人在苦雨齋寫出了近四十萬字的《知堂回憶

錄》[1]，以沖淡的筆調勾沉記憶中的人事，有許多彌足珍貴的文學史
實和歷史細節。與他二、三十年代的諸多名篇相比，雖少了「言志」
的欲望，卻豐富了他散文的「澀味與簡單味」。而其他許多現代散文
名家，雖然成就不能跟過去相提並論，但憑藉他們的修養和根柢，也
在新的時代寫出了一些上乘之作，被公認為當代名篇。如老舍的《養
花》，豐子愷的《廬山真面》、《上天都》，姚雪垠的《惠泉吃茶記》，
沈從文的《新湘行記》，冰心的《櫻花贊》，巴金的《從鎌倉帶回的照
片》，李健吾的《雨中登泰山》等。這些作品，既帶著對新生活的熱
愛和人性的關切，又多少保留了現代散文家的心情與趣味，較好顯示
了散文寫作所需要的文化底蘊和語言功力。在臺灣，由於林語堂、梁
實秋等人的赴臺，講究理趣與情趣的小品傳統得到了更好的承續。梁
實秋（1903-1987）的《雅舍小品續集》、《實秋雜文》等直接延續了三
十年代小品風格。而另一些有影響的散文家，如琦君、張秀亞、王鼎
鈞、思果等，雖然在臺灣成名，但之前都是在大陸受的高等教育，他
們的散文，創造性體現了對現代散文傳統的繼承。例如琦君（1917-
2006）的名篇《看戲》、《一對金手鐲》等，明顯體現了個人心情對冰
心、張愛玲散文的融會轉化。

　　當然，現代散文文脈是豐富的，也在歷史語境中有所調整與變
化。如果說，上述作家與作品較多體現了二、三十年代「言志」散文
傳統的個人承接；那麼，三、四十年代承擔社會動員功能的「通
訊」、「特寫」式散文，則在大陸得到了直接的延續。自中國作家協會
於一九五六年編選《散文特寫選（1953.9-1955.12）》開始，後來不少

1　《知堂回憶錄》於一九六○年在曹聚仁的鼓動下開始動筆，一九六二年十一月完
　成，一九六四年八至九月在天津《新晚報》副刊揭載若干篇，被終止刊發後，曹聚
　仁將其移至新加坡《南洋商報》，從頭到尾重新連載，後由香港三育圖書公司出版。
　該書在大陸更名為《周作人回憶錄》於一九八二年一月由湖南人民出版社出版，版
　權頁注明「內部發行」。

散文選集都將兩者並稱[2]，可見記述風氣之盛。「特寫」又稱之為報告文學，是一種帶有文學性的真實記敘形式。在三十年代，夏衍的〈包身工〉和茅盾主編的「中國的一日」等，曾運用這一形式揭露社會底層的黑暗和進行抗戰動員。但五、六十年代的「特寫」承擔的卻主要是歌頌新生活和宣傳好人好事的功能[3]，至多是以「第二種忠誠」去「干預生活」的功能。因此，五、六十年代散文與特寫並提，既意味著文學社會功能的進一步強化，也意味著意識型態對文學的規範。不言而喻，散文表現的重心轉向社會性事件，正反映了散文中個人性情和趣味的削弱。

散文走出個人的心情與趣味，成為「一種能夠迅速反映生活直接配合鬥爭的文學樣式」，難免引起人們對二、三十年代散文的懷念[4]。因此那些稍微超脫、藝術上講究些的散文便受到人們更多的歡迎。楊朔、劉白羽、秦牧的散文在五、六十年代產生廣泛影響，從散文文類的角度而言，就在於他們在一定程度上注意擺脫了特寫、報告式的寫實傾向，並有自己的藝術風格。

楊朔、劉白羽、秦牧三人的散文當然也在「光明的讚歌」時代主調之內。但楊朔重視從材料中提煉詩意並較講究結構與語言的經營，

2　《散文特寫選（1953.9-1955.12）》由中國作家協會編選，人民文學出版社出版。後來出版的《建國十年文學創作選‧散文特寫》（北京市：中國青年出版社，1959年）等許多重要散文選集沿用了散文與特寫並選的體例。直至編選三十年的散文選本，仍稱之為《散文特寫選1949-1979》（北京市：人民文學出版社，1980年）。

3　嚴文井在為《建國十年文學創作選‧散文特寫》一書所寫的序言（題為〈篝火〉）中說：「這本散文特寫選集一共選進了五十六個作者七十七篇作品。這些作品，題材和風格都很不一樣，可是我覺得其中有一些重要的東西卻是共同的，大體上都可以叫做光明的讚歌。」（《建國十年文學創作選‧散文特寫》，北京市：中國青年出版社，1959年）

4　在題為〈篝火〉的這篇序言中，嚴文井提到「有的人也許是看慣了過去的那些短小的散文，抱怨今天的散文缺少精緻」。（《建國十年文學創作選‧散文特寫》，北京市：中國青年出版社，1959年）

劉白羽能以時代激情與信仰擁抱對象，而秦牧，則通過文化記憶和各種知識來「論證」現實的主題，以談天說地的方式體現散文寫作的自由。楊朔、劉白羽、秦牧三人的散文，後來被稱為五、六十年代散文寫作的三種模式，也許稱之為三種寫作風格更為恰當。歷史地看，劉白羽的散文滿足於時代激情與信仰的表達，是一種被特定時代的光芒照亮也容易隨時代成為歷史的寫作，因為即使像〈日出〉、〈長江三日〉這樣描寫奇偉自然景象的作品，單一的視野和感情也限制了題材的展望，時過境遷後便難以得到意識與情感的共鳴。秦牧的主題和色調也沒有特別過人之處，但他不以時代代言人的姿態寫作，能夠「寓理論於閒話趣談之中」，因此有平易近人的談話風和親切感，像〈社稷壇抒情〉、〈土地〉等那些表現人與大地關係的作品，雖然主題比較簡單，但被「閒筆」和暢想所接納的不少典故與細節，仍然給人留下深刻的印象，它能讓人們回溯歷史，對平凡的事物產生神聖的感情。

劉白羽散文的意義與局限都來自強烈的時代使命感，秦牧的散文則呈現了隨筆這一文體在特定時代語境中掙扎與變形。在五、六十年代的散文中，最有想法和實驗品格的是楊朔（1913-1968）散文對詩意的追求。在出版散文集《海市》的時候，楊朔說「好的散文就是一首詩」，兩年後，他在〈《東風第一枝》小跋〉中比較全面表達過自己把散文「當詩一樣寫」的探索：

> 我在寫每篇文章時，總是拿著當詩一樣寫。我向來愛詩，特別是那些久經歲月磨練的古典詩章。這些詩差不多每篇都有自己新鮮的意境、思想、情感，耐人尋味，而結構的嚴密，選詞用字的精煉，也不容忽視。我就想，寫小說散文不能也這樣麼？於是就往這方面學，常常在尋求詩的意境。
>
> 不要從狹義方面來理解詩意兩個字。杏花春雨，固然有詩，鐵馬金戈的英雄氣概，更富有鼓舞人心的詩力。你在鬥爭中，勞

動中，生活中，時常會有些東西觸動你的心，使你激昂，使你
歡樂，使你憂愁，使你深思，這不是詩又是什麼？凡是遇到這
樣動情的事，我就要反覆思索，到後來往往形成我文章裡的思
想意境。動筆寫時，我也不以為自己是寫散文，就可以放肆筆
墨，總要像寫詩那樣，再三剪裁材料，安排布局，推敲字句，
然後寫成文章。[5]

楊朔散文對詩意的追求，實際上體現在兩個方面：一是立意與手段向
詩尋求借鑑；二是在「詩意」上尋求革新，走出古典詩的境界。他
的名篇〈香山紅葉〉、〈海市〉、〈荔枝蜜〉、〈茶花賦〉、〈雪浪花〉等都
是這種追求的突出代表。在這些散文中，楊朔專注於日常生活和新社
會人民群眾心靈的詩意，而在技巧上又十分重視意象的凝聚和象徵手
段的運用，因此體現了藝術對生活的想像與提煉。但楊朔的散文，雖
然通過詩提升了生活，卻也留下了許多值得探討的問題。第一，楊朔
的確在擴大詩意的理解上作了自覺的努力，但他在表現鬥爭、勞動和
生活的詩意的時候，對時代的詩意並無多少個人的發現。因而大多只
是通過轉移意義的方式，把自然意象的詩意嫁接到了新時代的人民身
上。由於自然意象在傳統中國詩歌中更多用來言志遣興，而楊朔則主
要賦予它們歌頌與載道的「詩力」，因此意義的轉移有時便顯得生
硬，不大自然。第二，詩意的生硬還因為作者為詩而文，既削弱了散
文的自由和細節的魅力，也造成了結構的模式化。散文可以不可以獲
得詩意，這本來不是一個問題，詩意既是一切文學的最高境界，也是
許多散文名篇的共同品格。但散文中的詩意，是「神」與「意」對整
體的統攝與滲透，是氛圍的詩意而不是個別意象的經營。但楊朔散
文，卻幾乎都是某個「詩意」的說明：飽經滄桑的老嚮導是香山一片

5　楊朔：〈《東風第一枝》小跋〉，《東風第一枝》，北京市：作家出版社，1962年。

最美的紅葉，海市不是虛幻的風景而是新社會，渺小而高尚蜜蜂與浪花是勞動人民的寫照，而生活在新社會的兒童就像童子面茶花，畫一幅茶花最能寄託遊子對祖國的思念，等等。為了完成這種象徵詩意的表達，即自然的詩意向新生活的詩意的轉移，散文的結構基本上都採取了先抑後揚加新舊對比（憶苦思甜）的結構。

楊朔散文重視主題意象化和意義轉換，使他所表達的主題非常鮮明而又形象，但內容的展開全部聚攏某個單純的象徵意義（而且崇高嚴肅的意義），無疑對主體情思的表達和散文自由是一種拘限：就主體而言，不少地方顯得矯情；對散文的內容而言，在相當程度上被小說化了，失去了散文細節的真實感和敘述的情趣。大致上看，楊朔的散文既是對當時以通訊、特寫為代表寫實傾向的提升，又是「詩意」與這種傾向的妥協。

楊朔以「詩意」革新散文的實踐，也可以納入散文現代性尋求的框架進行討論。在五、六十年代，隨著戰爭的結束和現代化進程的加快，散文的現代性訴求也在臺灣作家中提出。海峽兩岸的散文革新都以二、三十年代的散文為對象，但大陸散文的革新主要是以集體主義取消五四散文中的個人主義；而臺灣的散文革新，則以現代主義文學思潮作背景，強調的是個人和藝術對現實的抗衡性和獨立性。

事實上，正是立足於「把散文變成一種藝術」，余光中（1928-2017）六十年代初喊出「剪掉散文的辮子」的口號才顯得底氣十足。他歷數消化不良、夾纏難懂的「學者的散文」的毛病，諷刺「花花公子的散文」的矯情與俗豔，揶揄「浣衣婦的散文」的平庸乏味，就是為了能讓現代散文成為「現代詩和現代小說的一個么妹」[6]。因此，

---

6 參見余光中〈剪掉散文的辮子〉，臺北《文星》第68期，1963年5月。在這篇文章中，余光中對現代散文的「彈性、密度和質料」作了如下說明：「所謂『彈性』，是指這種散文對於各種文體各種語氣能夠兼容並包融和無間的高度適應能力。」「所謂『密度』，是指這種散文在一定的篇幅中（或一定的字數內）滿足讀者對於美感

他特別重視散文的張力，說：「在《逍遙遊》、〈鬼雨〉一類的作品裡，我倒當真想在中國文字的風火爐中，煉出一顆丹來。在這一類作品裡，我嘗試把中國文字壓縮、拉長、磨利，把它拆開又拼攏，折來又疊去，為了試驗它的速度、密度和彈性。我的理想是要讓中國文字，在變化各殊的句法中，交響成一個大樂隊，而作家的筆應該一揮百應，如交響樂的指揮杖。[7]」

余光中以「繆斯的左右手」自許，右手寫詩，左手寫散文。他在散文領域中的「革命」，從文學思想而言，是現代主義在散文領域中迴響，以藝術的自足性反抗散文的實用性；從針對性而言，則表現了對散文「次文類」地位和「小品」（及「小擺設」）氣象的不滿，希望提升散文的格局和美學意義。可以說，余光中當時的散文觀念表現出明顯的「純文學」傾向，他的革新，也主要是向現代詩和現代小說尋求借鑑。像他的〈鬼雨〉，寫愛女夭折的悲痛，事件和人物也許是真實的，但結構上像是以第一人稱寫的現代小說，而內容則是說話者的主觀感覺，即使給朋友寫信敘述天氣，也完全是內心感覺的投射：

> 我卻困在寒冷的雨季之中。有雪的一切煩惱，但沒有雪的爽白和美麗。濕天潮地，雨氣蒸浮，充盈空間的每一個角落。木麻黃和柚加利樹的頭髮全濕透了，天一黑，交疊的樹影裡搾得出秋的膽汁。伸出腳掌，你將踩不到一寸乾土。伸出手掌，涼蠕蠕的淚就滴入你的掌心。太陽和太陰皆已篡位。每一天都是日蝕。每一夜都是月蝕。雨雲垂翼在這座本就無歡的都市上空，一若要孵出一隻凶年。長此以往，我的肺裡將可聞蚋群的悲吟，蟑螂亦將順我的脊椎而上。

要求的分量；分量愈重，當然密度愈大。」「所謂『質料』，……它是指構成全篇散文的個別的字或詞底品質。」

7　余光中：《逍遙遊》〈後記〉。

這樣的段落，就其感覺、想像之美和文字的節奏、張力而言，可以說是非常出色的。其最突出的特點，是能讓心情與語言產生互動，從而把一切景語都變成了特定心情的象徵。而行文中意象的密度、轉換的奇巧和語言的講究，甚至要超過一般的詩歌語言。從把散文作為藝術的創造而言，余光中的散文，特別是他六十年代的散文，最容易使人想起何其芳在三十年代寫的《畫夢錄》，然而何其芳立足於「畫夢」，而余光中卻有更大的野心，他的寫作比何其芳更豐富、更開闊，也更自覺試驗語言的各種可能性。

　　余光中沒有像楊朔那樣直接表白要把散文「當詩一樣寫」，但他的散文，無論意境，還是意象和文字的經營，猶有過之。楊朔散文受到體制化的文藝思想的束縛，對詩意的理解也主要來自古典詩歌的閱讀，因此詩意的生成總朝著一個固定的方向，結構也大多遵循起承轉合的模式，缺少自己的個性和文本的開放性。相比較而言，余光中的散文不僅有鮮明的個性，有詩人的本色，借鑑的資源也不局限於中國古典詩歌，而是有現代詩的寫作背景與翻譯背景。因此，余光中的散文的詩意更活潑、更超脫，也更有個性和現代感。

　　楊朔、余光中散文對詩意的追求，可以視為五四「美文」、特別是三十年代詩意散文傳統的承接和豐富。毫無疑問，詩意的追求提高了散文的美學意蘊和表現力，但楊朔、余光中的散文在獲得詩的價值的同時似乎也失去了一些親切與自然的成分。楊朔散文許多明喻、暗喻以及「是叫浪花咬的」之類的詩歌修辭，曾被後人指責為矯情與雕琢過重，實際上余光中早期的散文也存在這方面的問題，譬如前引〈鬼雨〉中寫雨的那段文字，雖然是感覺和想像的盛宴，卻有文勝於質的瑕疵，既沒有「回信」的自然，也不大合乎心境，敘述者對感覺與想像的沉迷反而削弱了情感的力量。因此，將這篇悼亡散文與朱自清的〈給亡婦〉相比，可謂有得有失。而這得失正可以帶出把散文「當詩一樣寫」的創作問題：為何詩的雕琢往往是令人愉快的，而散

文的雕琢卻變得矯情？各文類是否有不同的藝術功能？散文的詩意出自整體的氣氛，還是從結構到文字的苦心經營？

　　也許詩與文的長期並存自有不同意義和價值：詩有崇高與真淳的旨趣，散文則講究內外一致的情調與趣味；詩要求純粹，散文則期待本色與細節。後來余光中注意到散文現象的豐富性，不再強調其「藝術」的絕對性，即使在談「詩質的散文」的時候，也能注意分辨它與詩在表現功能和語言策略上的區別，顯示了對這一文類本質與形式更全面的認識。這種認識使他的散文寫作路子朝向了寬廣、自然的方向。一九七四年他又一次寫雨，仍然是詩意蔥蘢，但〈聽聽那冷雨〉已經沒有十多年前〈鬼雨〉那種雕琢痕跡了。

　　——本文節選自《二十世紀中國文學史》（嚴家炎主編）下冊「第二十二章　五六十年代的詩歌、散文與劇作」，北京市：高等教育出版社，2010年初版。

兩地呼應的現代主義詩潮

　　國民黨政權遷臺後的文藝政策，也是從政治功利出發的。不過，既由於臺灣當局在政治、經濟和軍事上都依賴美國，打的又是孫中山「三民主義」的旗號，在意識型態方面充滿矛盾與縫隙；也由於臺灣文學既受大陸新文學的影響，也受日本現代文學的影響，不少遷臺作家和詩人已經習慣了大陸三、四十年代的寫作和文學生產方式，因此「在朝」的政治文學不僅無法獨霸天下，反而把因抗戰而中斷的現代詩運動，推到了歷史的前臺。

　　早在一九五一年，大陸遷臺詩人鐘鼎文（筆名番草），在其供職的《自立晚報》商得一個版面，邀請紀弦在一九五一年十一月五日編輯出版了《新詩》週刊，其發刊辭（紀弦執筆）明確提出：「我們相信只有在為文學而文學為藝術而藝術的努力之下，才能夠無遺憾地完成我們的作品，使其成為真正的為人生的文學，為人生的藝術。所以我們重視技巧，決不粗製濫造。我們的詩不是標語口號，也不是山歌民謠，更不是販賣西洋舊貨來充新的偽新詩。或用白話寫成的本質上的舊詩詞。……我們必須探討的，乃是新詩之所以為新詩的道理。」

　　在臺灣，《新詩》週刊是新詩的傳承者，也是「現代詩」的播種者，它不但是大陸赴臺詩人展現詩歌才華的舞臺，也是臺灣「光復」後本土詩人重返詩壇的出發地。[1]但影響臺灣文學發展的現代主義詩

1　參見舒蘭：《中國新詩史話》（三）「五十年代詩社詩刊」（臺北市：渤海堂文化事業公司，1998年）；向明：〈五十年代現代詩的回顧與省思〉，《藍星》第15號，九歌版，1988年。

歌運動的形成，應該是三大同仁詩刊《現代詩》、《藍星》、《創世紀》的先後創刊，以及「現代派」集團的成立。

　　《現代詩》季刊創刊於一九五三年二月一日，由紀弦獨資創辦並任社長兼發行人，一九五九年三月出版第二十三期後一度停刊，一九六〇年復刊，至一九六四年二月一日出版第四十五期後宣告停辦。《藍星》詩社的體系比較複雜，除最早創辦的《藍星週刊》外，還有覃子豪一九五七年主編的《藍星宜蘭版》和余光中、羅門、張健輪流主編的《藍星詩頁》等。最早的《藍星週刊》創刊於一九五四年六月十七日，為《公論報》副刊，每週四出刊，由覃子豪、余光中主編，至一九五八年八月停刊共出版二一一期。而張默、洛夫創辦的《創世紀》是「現代詩壇的長命貓」，創刊於一九五四年十月，原定為雙月刊，但第五期後維持的是季刊形象。它曾於一九五九年重組擴版，一九六九年一月停刊，但一九七二年九月復刊後定期出刊至今。

　　除如上三個詩刊詩社外，較有影響的詩刊（社）還有《青潮》（1951年創刊）、《海鷗》（1956年創刊）等。這些詩刊詩社的先後出現，形成了詩歌寫作的探索風氣，而「現代派」的成立，則把「現代詩」的運動推向了第一個高潮。

　　一九五六年一月十五日下午，以紀弦（1913-2013）為發起人，紀弦、葉泥、鄭愁予、羅行、楊允達、林冷、小英、林亨達等九人組成籌備會，在臺北市民眾團體活動中心召開了第一屆現代詩人年會，宣告成立「現代派」，以「領導新詩的再革命，推行新詩的現代化」，並於同年二月一日出版的《現代詩》第十三期封面上赫然打出了六個「現代派的信條」：

　　　第一條：我們是有所揚棄並發揚光大地包容了自波特萊爾以降
　　　　　　　一切新興詩派之精神與要素的現代派之一群。
　　　第二條：我們認為新詩乃是橫的移植，而非縱的繼承。這是一

　　　　　　個總的看法，一個基本的出發點，無論是理論的建立
　　　　　　或創作的實踐。
　　第三條：詩的新大陸之探險，詩的處女地之開拓。新的內容之
　　　　　　表現，新的形式之創造，新的工具之發見，新的手法
　　　　　　之發明。
　　第四條：知性之強調。
　　第五條：追求詩的純粹性。
　　第六條：愛國。反共。擁護自由與民主。²

以紀弦為代表的「現代派」，最初有八十三人加盟，後來又增加至一
〇二人，聚集了當時除「藍星」、「創世紀」骨幹以外的大部分臺灣現
代詩人。而他們提出的「現代派的信條」，就其提倡詩質的現代性，
主張藝術手法的創新，強調反浪漫主義的知性，以及追求詩的純粹性
而言，與三十年代《現代》雜誌有諸多相同之處。不同之處是，第
一、二條對「新詩」是「橫的移植」的大膽斷言和第六條的意識型態
口號，不僅表現出其詩歌信仰充滿矛盾，也引起詩壇內部持續不斷的
論爭。不過，這種矛盾正反映了冷戰時代詩歌語境的特點：與二十至
三十年代現代詩向「舊詩」爭生存空間不同，冷戰時代的臺灣現代詩
不僅仍要面對歷史積習和文化成規，還要面對臺灣戒嚴社會的種種禁
忌，諸如日據時代的文學和大陸「左翼作家」的作品全在被禁之列，

2　《現代派的信條》印於《現代詩》一九五六年二月第十三期封面。該期還刊登了紀
　　弦〈現代派信條釋義〉一文對六個信條進行闡述。此外，該期還刊發題為〈戰鬥的
　　第四年　新詩的再革命〉的社論，其中提出：「把『語體的舊詩詞』遣還『舊詩』
　　之原籍；把『可哼的小調』發回『歌』的故鄉、『音樂』的本土；把那些莫名其妙
　　瞎胡鬧的『偽自由詩』充軍到『散文』之沙漠地帶去。而我們的理論之要點，歸納
　　起來，則有下列之三綱：第一，新詩必須是以散文之新工具創造了的自由詩；第
　　二，新詩的表現手法必須新；第三，現代的詩素、詩精神之追求，換言之，詩的新
　　大陸之發見，詩的新天地之開闢。」

新文學的傳統變得殘缺不全；諸如詩人既對新文學的現代性探尋懷著不滅的記憶，又無法認同當代的意識型態現實，既對「反共抗俄」的「戰鬥文學」非常不滿又不得不與之周旋，等等。

可以把一九五○年代的臺灣現代詩運動，看成是一種邊緣處境中的邊緣求索，一種在政治、經濟、文化的邊緣命運中尋找「新詩」發展可能性的努力。當時的臺灣現代詩，不僅希望通過「詩的純粹性」，疏離政治功利主義對文藝的負面影響，而且在經濟來源和寫作方式上，也有相當明顯的邊緣傾向：一、大多數的詩刊都靠詩人自己出資或集資來維持[3]；二、努力區別「歌」與「詩」的關係，反對詩的格律化，大多數詩人採取了自由詩、散文詩的形式；[4]三、不求普遍接受，以個人創新抵制世俗化與通俗化。

正是把邊緣的求索作為一種思想立場，也作為一種想像策略，臺灣的現代詩在某種程度上避免了冷戰時代權力意識型態對詩歌的簡單化約，接上了一九三○、一九四○年代的現代詩的詩脈。從思想立場

3　五十至七十年代臺灣的詩刊大多是同人刊物，既無行政撥款也不由出版商出資。經濟上的獨立承擔帶來某方面的自由，但也承擔著許多壓力，因此推遲出版、脫期的情況經常發生。

4　直到一九九四年，紀弦仍然堅持認為：「現代詩的詩觀，乃係置重點於『質』的決定。故說：現代詩是內容主義的詩，而非形式主義的詩。現代詩捨棄『韻文』之舊工具，使用『散文』之新工具；現代詩捨棄『格律詩』之舊形式，採取『自由詩』之新形式——此其所以現代詩之為現代詩一大特色所在。使用舊工具則產生舊形式，使用新工具則產生新形式，這叫做『工具決定形式』。而凡是一個真正的現代主義者，基於此一認識，無不把『詩』（Poem）與『歌』（Song）分清得一乾二淨的：『詩』是『文學』，『歌』是『音樂』。因此，我們不說『詩歌』。而一個『歌詞作者』，並非『詩人』之同義語。傳統詩的作者，往往知其然而不知其所以然；但是現代詩的作者，必須知其然亦知其所以然。這叫做『批評的努力』，最是具有決定性的。人們常說，中國新詩復興運動的火種，是由紀弦從上海帶到臺灣來的。又說，紀弦是臺灣現代詩的點火人。這句話，我從不否認。然則，什麼是我對詩壇最大的貢獻呢？曰：文字工具之革新，散文主義之勝利。」（〈自序〉，《紀弦精品》，北京市：人民文學出版社，1995年）

而言，邊緣取向是對三十年代「第三種人」的回應；從詩歌觀念而言，紀弦的主張是戴望舒、施蟄存、馮文炳當年的詩歌主張的延伸，即強調詩的內質而反對形式秩序的規定性，強調情緒本身的節奏而反對外在的音樂性，強調用散文的語言寫作而反對語言的詩化，等等。

　　如果把一九五六年「現代派」的成立，看作是臺灣「現代詩」運動的第一個高潮的話，那麼，一九五九年四月《創世紀》詩刊（社）的重組擴版，則把臺灣現代詩運動推向了第二個階段。重組擴版後的《創世紀》有兩個鮮明特點：一是放棄了創刊之初「建立新民族詩型」的主張，轉而提倡詩的「世界性」、「超現實性」和「純粹性」，奉行一種「超乎象外，得其圜中」的「廣義的超現實主義」原則；二是吸收了不少「現代詩」和「藍星」社的詩人成為自己的社員或作者，使自己成了一九五〇年代末之後臺灣現代詩運動的中堅力量。

　　重組擴版後的《創世紀》詩刊（社），除原來的張默、洛夫、瘂弦、季紅等詩人外，原屬《現代詩》、《藍星》社的葉泥、楊牧（葉珊）、商禽、碧果、白萩、辛郁、鄭愁予、葉維廉等都是加盟的新成員，未加盟的余光中等詩人也在《創世紀》上發表作品。擴版後的《創世紀》雜誌，「寫詩就像擲標槍比賽」（楊牧在《深淵》〈後記〉中的比喻），在一九六〇年前後發表了後來被視為現代詩經典的不少名篇。

　　以《創世紀》為中堅所形成的第二個階段的臺灣現代詩，與第一個階段相通之點是，都重視思想立場的邊緣取向和藝術的抗衡意義，同時在主題、題材、形式和語言上都表現出非常前衛的姿態：反對傳統的秩序和規範，注重自我世界的探索以及個人象徵手段的運用，強調意象、形式、語言的創新。不同之點是，從現代主義的「橫的移植」走向了吸納轉化，特別是六十年代中期以後，面對離散的社會文化空間裡人的特殊命運，不少詩人致力於探索空間隔離和「時間之傷」狀態中人的命運，追求抒情與知性的融合，表現和想像了冷戰時代獨特的內心經驗。葉維廉曾從洛夫一首早期詩作《煙囪》出發，深

入解讀過地理與文化空間的「孤絕」之困和「時間之傷」對詩人洛夫的影響:「在他『孤』與『絕』的生活中,他希望為那游離無著的生活繫舟,但他『找不到一座島』;他找不到一座島而宣告說『我就是島』。所謂現實,不能從字面去瞭解。他肉身當然生存在一個島上;但那個島,在他被戰爭從母體大陸切斷之際,不是他靈魂的歸屬。對他來說,精神的家才是現實。詩人,在無法把握住那外在的世界時,只能肯定內在的歸岸:『我就是島』。讓人的精神克服那無法量度的距離,用創造去重塑生命的意義,這一直是他中、後期創造成熟的詩的使命。」[5]

臺灣的現代詩運動,從精神意義而言,是詩人們在與母體隔絕的孤島上建造了一座「詩歌之島」,他們以詩去反抗冷戰時代夢魘、「重塑生命的意義」。而從文化意義而言,誠如臺灣詩人向明〈五十年代現代詩的回顧與省思〉所言,具有六方面的影響:(一)促進中國新詩從沉寂轉向興起,從保守邁向開放;(二)促進臺灣整個文化藝術生產的現代化;(三)不但推動了大陸遷臺詩人的重新出發,培植了新一代的詩壇傳人,也刺激了臺灣本土詩人漸次以中文為寫作工具;(四)接受外來技巧,向個人極端的內在生命作探求;(五)蔚為風尚的現代主義迷惑了許多人,在精神上作鬱悶難解狀,在文字上把晦澀難懂當成現代精神;(六)現代詩寫作知性的強調使很多盲目追求現代感的人,一味壓抑抒情本能,把詩寫得冷漠如冰,缺少人氣,詩人的孤絕感更加嚴重。[6]

在談論一九五〇至一九六〇年代的現代詩運動時,必須同時提及的,是臺灣與香港兩地詩人的呼應與互動。馬博良為臺灣《創世紀》「八十年代香港現代詩特輯」寫的〈緒言〉中說,香港是一個荒謬與

5　葉維廉:〈洛夫論〉,收入蕭蕭編:《詩魔的蛻變——洛夫詩作評論集》,臺北市:詩之華出版社,1991年。

6　向明:〈五十年代現代詩的回顧與省思〉,《藍星》第15號,九歌版,1988年。

奇異的社會，像一扇窗口，「反映著東西文化混雜以及各種制度的影響」，經過三十年的演變、發展，所產生的好幾種新風貌中，最新潮、最寂寞的就是現代詩，「……在表面上，香港的現代詩似乎並不出色，它一般並沒有臺灣的深湛博大，它甚至沒有大陸的抱負，具有戰鬥性。香港的現代詩，沒有組合，沒有宗旨，而且，可以說，幾乎沒有篇幅。但是混和著複雜情緒而毅然堅持下去的這一群香港現代詩作者，在多種文化和政治影響的壓逼，以及唯物世界的摧殘之下，始終屹立不變。」[7]

　　馬博良所謂的三十年「毅然堅持」、「始終屹立不變」，指的是香港現代詩的起點幾乎與臺灣的現代詩運動同期。實際上，即使把不專門提倡現代主義的《人人文學》（創辦於1952年）、《詩朵》（創辦於1955）排除在外，僅就全力提倡現代主義的雜誌《文藝新潮》而言，其擁抱現代主義的熱情與執著，較之臺灣的《現代詩》，毫不遜色。《文藝新潮》由新潮社創辦，一九五六年二月十八日出版創刊號，封面與封二刊登的是現代派畫家畢加索二戰後的畫作《牧神的半身像》、《美女和牧神》，而署名「新潮社」的發刊詞則把「採摘禁果」作為主題，明確提出：「讓我們採一切美好的禁果！扯下一切遮眼屏障！剝落一切粉飾的色彩！讓我們建立新的樂園！把偉大的火種傳到人間！」[8]

　　值得注意的是，《文藝新潮》的創辦人馬博良（1933-），就是一九四〇年代早慧的上海現代詩人馬朗，十五歲就主編過《文潮》月刊。或許，雖然紀弦與馬朗成名於不同的年代，但都在現代主義一條詩脈上，因此他們不僅對現代詩情有獨鍾，而且能夠你呼我應地推動

7　馬博良：《八十年代香港現代詩特輯》〈緒言〉，臺北《創世紀》1984年「創刊三十週年紀念特大號」。
8　新潮社：〈人類靈魂的工程師，到我們的旗下來！〉（發刊詞），《文藝新潮》第1卷第1期，1956年2月18日。

現代詩潮的發展：紀弦常把自己的詩作、譯作放在《文藝新潮》發表，而《現代詩》上也不時出現馬朗的詩作與譯作；一九五七年八月，香港的《文藝新潮》（第12期）第二次推出《臺灣現代派新銳詩人作品輯》，而臺灣的《現代詩》（第19期）則刊發了《香港現代派詩人作品輯》。此外，《文藝新潮》自創刊之際，就把西方現代主義思潮和作家作品的介紹作為一個特色，率先譯介了存在主義作家薩特和加繆的作品，超現實主義詩人布列東、亨利·米修等人的詩，引起臺灣現代詩壇的震動。臺灣《創世紀》重組擴版，倡導超現實主義，或許就受到《文藝新潮》所介紹的超現實主義詩派的啟發；而瘂弦一九五九年發表在《創世紀》（12期）上的名篇〈深淵〉，則明顯受到《文藝新潮》一九五六年第二期發表的墨西哥詩人帕斯（Octavio Paz）〈一九四八在廢墟中的頌贊〉的影響。[9]

　　一九五〇至一九六〇年代的現代詩運動中，臺灣與香港兩地詩人的呼應與互動，其文學史意義，是延續了中國詩歌三十、四十年代的現代主義探索，表達了冷戰時代中國詩人獨特的內心經驗，豐富了現代漢語詩歌的語言策略和表現手段，同時展現了另一種處理詩與政治、內容與形式關係的方式。而對臺灣、香港兩地詩壇而言，經過這場現代詩運動，不僅分別造就了一批有影響有成就的詩人，而且形成了新的詩歌場域和特色：臺灣的詩歌處於現代主義與本土經驗的張力場中，香港詩歌則把現代城市生活的經驗、感覺和想像，帶入了現代漢語詩歌的話語系統。

　　一九五〇至一九六〇年代臺灣、香港的現代主義詩潮，湧現出許多有成就、有影響的詩人，臺灣詩壇主要有紀弦、覃子豪、余光中、鄭愁予、洛夫、瘂弦等，香港詩壇主要有馬朗、崑南、葉維廉等。

─────────────

9　參見葉維廉：《經驗的染織》（1976），《從現象到表現》，臺北市：東大圖書公司，1994年；也斯：〈臺灣與香港現代詩的關係〉，《香港文化空間與文學》，香港：青文書屋，1996年。

　　《現代詩》的旗手紀弦（1913-2013），原名路逾，一九三三年蘇州美專畢業後曾一度赴日考察，一九三四年五月以「路易士」的筆名在《現代》第五卷第一期上發表過題為〈給音樂家〉的詩作，一九三六年又與戴望舒、徐遲等合辦過《新詩》月刊。一九四八年赴臺後執教於臺北成功中學直至一九七四年退休。主要詩集有《摘星的少年》（1953）、《飲者詩抄》（1963）、《紀弦詩選》（1978），《晚景》（1985）、《半島之歌》（1993），一九六七至一九七四年先後出版的《檳榔樹》甲、乙、丙、丁、戊五集則是他一九四至一九七三年間作品的匯集：主要詩論集有《紀弦詩論》（1954）、《新詩論集》（1956）、《紀弦論現代詩》（1970）。

　　紀弦十六歲開始寫詩，一生為現代詩的發展盡心竭力，或許如他早期所寫的「摘星的少年」。《摘星的少年》是浪漫的，雖然那個想摘天空星星的少年「代表了全人類的飛躍的意志」，卻遭到大地和青空的嘲笑。但詩人肯定這種飛躍的願望，讓千年後的博物館陳列他的肖像。紀弦為推進現代詩運動承擔過許多具體而銳利的困難，《現代詩》是紀弦個人獨資創辦的，他為堅持出刊付出了相當大的努力，一九五八年三月出版的第二十一期〈編輯後記〉對延期出刊原因的解釋可見一斑：「本期遲出，其原因至極簡單：我們沒有錢買紙和印刷費，這就是我們所遭遇的真正困難。……至於這一期終於能夠出版，是因為我賣了一只有紀念性的指環，一大包貴重的書，和當了幾件冬天的衣服；另外，還有一位朋友，慨捐數百元。」而他的〈四十歲的狂徒〉一詩，則有這樣的歌吟：

　　　剛下了課，拍掉一身的粉筆灰，
　　　就趕到印刷所去，拿起校對的紅筆來，
　　　捲筒機一般地快速，捲筒機一般地忙碌，
　　　一面抽著劣等紙煙，喝著廉價的酒，
　　　欣欣然。

僅僅憑了一塊餅的發動力，

從黎明到午夜，不斷地工作著，

毫無倦容，亦無怨尤，

曾是你們看見了的。

而在風裡，雨裡，常常是

淋得周身濕透，凍得雙手發紫，

這騎著腳踏車，風馳電掣，

出沒於「現實」之千軍萬馬，

所向無敵的生活上的勇士，

也是你們鼓掌叫過好的。

　　紀弦有「摘星的的少年」式的理想主義和浪漫情懷，雖然倡導現代主義，自己的詩卻比較主觀率真，具有「以詩言志，詩中都有生活裡可以依循的本事」的特點[10]。但他在倡導現代主義和論爭過程中，也向現代派詩「學習」到了不少東西。他一九五○年代後期的詩，題材上由自我的關注轉向工業文明的省思和想像，風格上也收斂了浪漫個人主義的孤傲狂狷，顯示出節制情感與詼諧幽默的品格。

　　在臺灣現代詩運動中，較之紀弦和《現代詩》的先鋒與激進，《藍星》與它的發起人余光中（1928-2017）可以說具有「新古典主義」傾向。不過，這種「志在役古，不在復古」（余光中語）的新古典主義，在激進的現代詩潮中是一種非常重要的平衡的力量。一九五○年代的《現代詩》與《藍星》，紀弦與余光中，在思想立場和現代性尋求的大處是相通的，但在文學觀念上又不盡相同。由於大處相

---

10 蕭蕭：〈五十年代新詩論爭論爭述評〉，《臺灣現代詩史論》，臺北市：文訊雜誌社，1996年。

通，他們能夠共同拒絕國民黨文工機器把文學作為宣傳教化的工具，共同反擊「舊詩」的衛道士對「新詩」的攻擊，執著尋求新詩的現代性；因為具體文學觀念和詩歌理想方面存在差異，他們內部又有論爭。這樣便形成了目標大體一致內部又有差異與論爭的對話格局，使現代詩的生存環境獲得了參照和反思的可能。

　余光中一九四八年就讀於廈門大學外文系，一九四九年轉讀臺灣大學外文系，第一本詩集《舟子的悲歌》出版於一九五二年，顯示出浪漫主義的底色。一九五〇年代接受現代主義詩風滋養後，創作和理論上「新古典主義」立場開始呈現。余光中在臺灣現代詩壇產生影響和引起爭論的作品是組詩〈天狼星〉（1961），但六十年代後期出版的〈敲打樂〉（1969）、〈在冷戰的年代〉（1969）等詩集，更能見證冷戰時代的內心經驗和民族的具體處境。在〈敲打樂〉中，詩的說話者被中國問題「逼我發狂」，一方面與自我爭辯，與啣著雪茄的「中國通」爭辯；另一方面也與中國的歷史、現實爭辯：「中國中國你令我昏迷／何時／才停止無盡的爭吵，我們／關於我的怯懦，你的貞操？」而《在冷戰的時代》是對身心分裂的時代「冷」與「熱」的想像：記憶是熱的，「萬里長城萬里長，長城外面是故鄉」，一個民族在同一個旋律裡咀嚼流亡、抗戰，「熱戰」中有一代人的熱情、熱血、熱淚，甚至熱戀；然而在冷戰時代的現實處境中，卻只有清冷的公寓和被幾個世界分割的發酸發冷的心，「先人的墓在大陸／妻的墓在島上，么么和婷婷／都走了，只剩下他一個人／三代分三個，不，四個世界」。他的〈當我死時〉、〈鄉愁〉等詩生動抒寫了生活與文化漂泊者的沉痛；而〈雙人床〉（1966年作），則通過最私人化的經驗，探索了不安全的時代對個人生活的深刻影響：作者把愛情與政治、創造與毀滅、個人與世界熔冶於一個高度集中的意象，深刻表現了有形無形的戰爭對於個人意識（甚至潛意識）的滲透，從而見證了當代人內心深處最深的夢魘。後來，在以〈白玉苦瓜〉為代表的詩作中，又把鄉

愁與歷史文化的緬懷結合起來，呈現歷史與現實的衝突。這是他一九
六九年訪問香港時寫〈忘川〉，詩中的說話者隔著深圳河遙望故國，
既聞到古遠的芬芳，又為現實而羞憤萬千：

> 所謂祖國
> 僅僅是一種古遠的芬芳
> 蹂躪依舊蹂躪
> 患了梅毒依舊是母親
> 有一種泥土依舊是開滿
> 毋忘我毋忘我的那種呼喊
> 有一種溫婉要跪下去親吻
> 用肘、用膝，用額際全部的羞憤

　　洛夫（1928-2018）是當代臺灣詩壇的另一位重要詩人，於一九
四八年隨軍赴臺。他外語學校畢業後在金門擔任新聞聯絡官時寫的長
詩《石室之死亡》（1959年陸續發表，後於1965年結集為單行本），是
臺灣現代詩運動中重要的超現實主義文本。貫串全詩的黑色意象奇特
而晦澀，變形且扭曲，充滿著死亡的氣息、駭人的靜止與生命的爆裂
感。作品表現出某種虛無主義的色彩，但基本主題卻是囚禁與自由的
爭辯、肉身與靈魂的爭辯、生與死的爭辯。這首詩把冷戰時代的時空
阻隔和精神放逐，展望為現代人殘酷的命運，思想上接近西方的存在
主義，而表現手法「以擴展心象與智境」為主，具有超現實主義的品
格。六十年代後期開始，洛夫比較注意探討人在離散生活與文化空間
中的歷史生存狀況，尋求現代主義與具體歷史經驗和中國傳統詩歌資
源的會通融合，寫出了不少融合知性與抒情的好詩。他的〈長恨歌〉
（1972）「從水聲裡──提煉出一縷黑髮的哀慟」，淡化白居易詩對情
的描寫而想像背後的權力關係，把愛情的「玫瑰」想像成一種歷史的

「絕症」。而另一首〈邊界望鄉〉（1979）則以古代思鄉詩為「潛文本」，追求形似與神似、視象與心象、感性與理性之間的張力，讓鏡中的山水與心中的鄉愁疊合，生成一個撞傷人的沉重的實體：

> 望遠鏡中擴大了數十倍的鄉愁
> 亂如風中的散髮
> 當距離調整到令人心跳的程度
> 一座遠山迎面飛來
> 把我撞成了
> 嚴重的內傷

而在香港，現代詩運動則啟發年輕一代疏離了鄉愁的感傷主義抒寫，嘗試以城市經驗為背景，融合「疏遠感」和「流亡者的心境」，探索想像城市的新的知覺結構和表現策略。馬博良、崑南、葉維廉就是這批通過現代主義「破舊立新」的代表性詩人。其中崑南的詩最值得注意，他的詩，通過城市「真實」與「不真實」的弔詭，想像了人與現代城市的緊張關係。

崑南（1935-），原名岑崑南，一九五五年與王無邪、葉維廉合辦詩歌雜誌《詩朵》，後來在《文藝新潮》等發表詩作，是一九五〇年代最有成就的城市詩人之一。葉維廉認為崑南的詩「希望通過五官官能的感覺可以宣稱人之非物非商品」[11]，實際上是說崑南通過感覺的真實，否定物質化城市的不真實。崑南的長詩《布爾喬亞之歌》寫的是香港白領階層單調的寫字樓生活。通過物質化的意象與沉鬱心象的對應，呈現了城市感覺上的「不真實」：「窗外，一塊烏雲，一個沉悶

---

11 葉維廉：〈自覺之旅：由裸靈到死〉，收入陳炳良編：《香港文學探賞》（香港：三聯書店，1991年），頁176。

的形狀／這時正如矗立著的建築物／毫無目的、簡單的：我癱瘓在床
上……」，這個開頭容易讓人聯想到艾略特比喻，現代世界就像躺在
手術臺上的病人。但在這裡，詩人感知的是沉悶、疲憊、物質化的硬
度：

> 桌上那灰色的打字機是一副呆鈍的模樣
> 拼出生活不變的母音：A、E、I、O、U

在這裡，經由感覺，城市的物質現實進入了內心世界，出現了另一個
「真實的」空間，這是一個被發現和被創造的空間，在一切地點之
外，又可能在一切地點之內；帶有物質化的力量，挑逗人的各種官能
感覺，卻沉悶、灰暗，讓人麻木不仁，──崑南把它命名為「夜」
（黑暗）。

　　自崑南開始，香港的現代主義詩歌把城市內心化、感覺化了，城
市現實和被「發現」的「世界」之間締結了一種新的關係：通過感覺
的變形、視角的轉換，使熟悉的城市風景陌生化，呈現其物質現實加
給人的巨大壓力。它揭示出人在物質化城市壓力下「自我」變形的過
程。這種變形最深刻地體現了人與城市互動與互塑的關係：感覺中的
城市是「不真實」的，這種「不真實」，也使人變得「不真實」。理想
的追尋猶如「賣夢」，而「錯誤把盲目養熟」（〈賣夢的人〉），它的悖
論形成本身的反諷。崑南的《旗向》從標題到本文都是反諷性的：

> 之故

> **起來（不願做奴隸的人們）**
> 噫　花天兮花天兮

TO WHOM IT MAY CONCERN

This is to certify that

閣下誠咕片者　股票者

畢生擲毫於忘寢之文字

與氣候寒喧（公曆年月日星期）

「詰旦 Luckie 參與賽事」

電話器之近安與咖啡或茶

成閣下之材料——飛黃騰達之材料

敬啟者　閣下夢夢中國否

　　　汝之肌革黃乎　眼睛黑乎

詩的主體以典型的現代城市意象拼湊而成：咕片、股票、客套的問候、賽馬、電話、咖啡，以及飛黃騰達的心理；而語言則混雜了英語、古文和白話，句子則是多種實用文體語句的雜燴。然而，在相同如上的三節詩的構造中，不僅每節都有「噫　花天兮花天兮」癔式句子對莊嚴歌詞「起來（不願做奴隸的人們）」的戲謔，而且一切的正面意義都消解在平面、破碎的都市「正文」中。自然，詩人發現了「不真實」的城市中「真實」的荒謬，而其中最荒謬不過的是人已經在城市中消失，在名片、廣告、流風和風流中變得妾身不明。因此，這首以戲擬信札形式開始的詩，每節不能不以「敬啟者　閣下夢夢中國否／汝之肌革黃乎　眼睛黑乎」的提醒收尾，並最終將戲謔與反諷發展為沉痛、悲涼的呼告：「起來（不願做奴隸的人們）」。雖然〈國歌〉歌詞內涵已別有所指，但它暗示了人為物役的普泛性，傳達了自我的反抗與掙扎。

　　——本文為《二十世紀中國文學史》（嚴家炎主編）下冊，第二十二
　　　　七章第二節，北京市：高等教育出版社，2010年初版。

八十年代的中國詩歌

　　七十年代後期以來的思想文化環境變化，使中國詩歌有可能逐漸從國家化的狀態中解放出來，回到個人有話要說的前提、回到詩歌作為一種想像方式的藝術探索。七十年代後期開始的「八十年代詩歌」，是現代漢語詩歌發展的一個重要時期，它最引人注目的特徵，是經由被政治激流湮沒的幾代詩人的「歸來」和「朦朧詩」詩人群的「崛起」，修復與重建了人與詩的尊嚴，並在新的語境中展開了多元的藝術探索。

一　「歸來」的詩人與穆旦、昌耀等人的詩

　　當代詩歌批評界把七十年代末以來幾代重新歌唱的詩人稱為「歸來」的詩人，可能緣於艾青一九八〇年五月出版的詩集《歸來的歌》。這本詩集的出版不僅意味著「我們找你找了二十年，我們等你等了二十年」[1]的詩人艾青的「歸來」，也象徵著與艾青同時和比艾青更早「消失」的諸多現代詩人的「歸來」。他們主要包括兩部分詩人：一、因思想和藝術趣味不能適應「新的人民的文藝」而先後放棄詩歌寫作的詩人：如四十年代《詩創造》、《中國新詩》的詩人辛笛、陳敬容、杜運燮、杭約赫、鄭敏、唐祈、唐湜、袁可嘉、穆旦等。二、因政治與思想運動受迫害而喪失寫作權力的詩人：如受「胡風事

1　《歸來的詩》「出版說明」引用這話後，說明「這是著名詩人艾青一九七八年四月
　　重新發表了第一首詩後，讀者在寫給他信中所表示的關切。」

件」影響失去了寫作權力和人生自由的四十年代「七月詩派」詩人綠
原、牛漢、彭燕郊、曾卓、魯藜等，以及五十年代「反右」運動中因
作品和言論被打成「右派」的詩人艾青、公劉、邵燕祥、白樺、流沙
河、昌耀、趙愷、林希、梁南等。

　　從一九七八年四月三十日上海《文匯報》發表艾青的詩〈紅
旗〉，到四十年代的兩個詩歌流派的重要詩人在一九八一年出版的
《九葉集》與《白色花》[2]中群體亮相，這些詩人已經成為八十年代
中國詩歌一支非常重要的力量。他們的「歸來」，不僅意味著在詩壇
消失的幾代詩人重見天日，而且象徵著中國詩歌的死而復生。事實
上，邵燕祥在一九七八年初從社會歷史的角度悲欣交集地歌唱〈中國
又有了詩歌〉，鄭敏於次年像尋回自己的愛人一樣歡呼「詩呵，我又
找到了你」（〈有你在我身邊〉），分別從詩歌環境與內心認同這兩個方
面反映了一個新的詩歌時代的來臨。

　　「歸來」的詩人的主要特點，是從「詩人必須說真話」[3]出發，
重新續接了五四以來抒情與批判傳統。因為說真話，詩便回到了有話
要說的前提，回到了真情實感，回到了個人的想像風格；因為說真
話，詩便能作為敏感的觸鬚伸入一個個「禁區」，「唱人民的愛憎，革
命的恩仇」；也因為說真話，詩才疏離了「假、大、空」的意識型

2　這兩本詩歌選集可視為四十年代兩個重要詩歌流派的重新集結，既收入其四十年代
　　的代表作，也收入一些詩人遲至一九八〇年的新作。《九葉集》於一九八一年七月
　　由江蘇人民出版社出版，收入的作者有辛笛、陳敬容、杜運燮、杭約赫、鄭敏、唐
　　祈、唐湜、袁可嘉、穆旦等九人。《白色花》由綠原、牛漢編選，於一九八一年八
　　月由人民文學出版社出版，收入的作者有阿壟、魯藜、孫鈿、彭燕郊、方然、冀
　　汸、鍾瑄、鄭思、曾卓、杜谷、綠原、胡征、蘆甸、徐放、牛漢、魯煤、化鐵、朱
　　健、朱谷懷、羅洛等二十人。

3　「詩人必須說真話」是艾青當時一篇文章的題目，作為「代序」收入《歸來的
　　歌》。公劉也把自己一九七八年十二月在上海一個詩歌座談會上的發言以〈詩與誠
　　實〉為題整理發表並作為自己一本詩論集的書名。「說真話」是當時詩歌界一個非
　　常響亮的口號。

態，重新走進了讀者的心靈，引起人們的共鳴。七十年代末與八十年代初，是中國詩歌與人民關係的一個蜜月時代，那時對詩歌的關注，遠遠超出了對詩本身的關注，因為那是對生活的前途和國家的命運、邪惡與正義的關注。無數的詩歌朗誦會，許多以隱喻突入思想禁區的詩句，一個個熟悉而又陌生的詩人的出現，讓人們口耳相傳，心潮起伏。當那個特定的歷史轉折時期過去之後，人們當然有充分的理由要求詩歌重視感情的獨特性和藝術創新問題，或許不能理解為什麼白樺〈陽光，誰也不能壟斷〉一詩會引起那麼強烈的共鳴；不能理解趙愷的〈我愛〉會如此深情地歌唱並不美好的流汗與擁擠：

> 我首先愛上了公共汽車月票，
> 珍重地把它藏進貼胸衣袋裡。
> 雖然它意味著流汗，
> 雖然它意味著擁擠，
> 雖然它意味著一條能裝進罐頭的沙丁魚。

然而，正如作者所說，「流汗與擁擠本身，就是一種失而復得的莊嚴權利」。這種權利實際上就是正常的生活與人的自由。

雖然趙愷和當時的許多「歸來」的詩人，更多在歷史的進步而不是從人的權利的意義想像這個時代（在這首詩中，趙愷說「縱使我是一條魚，也是一條前進的魚」）[4]，但說真話卻不僅使詩告別了意識型態詩歌的抽象性，而且引發了詩是否可以表現「自我」的辯論[5]，並

4　「歸來」的詩人當時想像歷史的思想感情非常複雜，有的詩人甚至熱衷於表達「九死不悔」的堅貞，典型如梁南〈我不怨恨〉：「馬蹄踏倒鮮花，鮮花，仍舊抱住馬蹄狂吻」。

5　關於「自我」的討論始於一九七九年前後「說真話」的倡導，在「朦朧詩」的爭論中達到高潮。「自我」原是一個心理學的概念，與「說真話」一樣嚴格說來不是一個詩學概念，但在當時的語境中，關於它的激烈辯論體現了詩歌回歸真情實感，回

經由辯論肯定了詩歌創作中個人感受、想像方式與藝術趣味的意義。
這種肯定不僅使「歸來」的詩人在政治上得以平反昭雪，而且讓不同
風格、不同流派、基於不同藝術資源的詩歌有了生存的合法性。

　　人與詩「歸來」意味著社會體制與文藝觀念對歷史存在的重新接
納，而這群詩人也確曾帶給人們三十、四十、五十年代主題、詩風和
詩藝的親切回憶。特別在早期，艾青的〈光的讚歌〉讓我們聯想起他
三、四十年代與太陽和光明有關的一系列詩篇，而邵燕祥〈中國的汽
車呼喚著高速公路〉則是他五十年代〈中國的道路呼喚著汽車〉的續
篇。然而，儘管他們中相當多的詩人堅持過去的「現實主義創作道
路」，自覺承擔解放思想、變革社會和沉思歷史的時代使命，但最讓
讀者難忘的詩篇，給中國詩歌史所留下的無以替代的特質，卻是凝聚
著幾十年被放逐的命運與血淚的變形意象與韻律，就像曾卓〈懸岩邊
的樹〉：「它的彎曲的身體／留下了風的形狀」。

　　它們是是倖存者的證詞，是歷史的活化石。

　　在「歸來」的詩人中，首先應該提到的是艾青（1910-1996）。這
不僅因為他的歷史聲望，而是由於他「歸來」後「說真話」的創作主
張和風格變化的代表性。艾青是二十世紀最有胸襟與氣度的中國詩
人，作為一個出生於鄉村又受過城市之光照耀，接受過法國象徵主義
詩歌與繪畫影響的詩人，他用生命與激情擁抱交織著苦難與希望的大
地，在三十年代中後期寫出過〈太陽〉、〈雪落在中國的土地上〉、〈火
把〉等境界高遠的詩篇。相比較那些表現著時代的大憂鬱與大希望的
詩篇，經歷了被打成「右派」放逐到北大荒和新疆農墾區勞動二十年
後重新「歸來」的艾青，感情與才華似乎有些枯竭，似乎失去了會通
「實境」和抽象把握時代主題的能力，而且也不像過去的詩，悲憤中

歸個人感受和藝術風格的要求。比較早的討論可參見公劉一九七八年十二月演講、
一九七九年三月整理的〈詩與誠實〉，以及王光明整理的〈探索新詩發展問題的意
見綜述〉（《詩探索》1980年第1期）。

仍體現出內在的溫潤。長期的自覺與不自覺的「思想改造」和被放逐的命運，實際上有形與無形地剝奪了他整體感受與想像時代的權力和能力。「歸來」後的艾青，最讓人難忘的詩篇，是那些表現人生的滄桑和無常命運的詩篇，像〈魚化石〉和〈盆景〉，通過生命的中斷與扭曲狀態，見證了一代人的遭遇。而他〈失去的歲月〉對無可追回的歲月的感懷，也讓人感慨萬千：

> 丟失了的不像是紙片，可以揀起來，
> 倒更像是一碗水潑到地面
> 被曬乾了，看不到一點影子；

作為一個有崇高聲望的詩人，艾青「歸來」後詩歌創作的意義，不僅體現在詩作的成就方面，也在他被「曬乾」的方面。而對這「曬乾」過程的反思，也不應只局限於五十年代以來的政治運動。

比艾青「離去」得更早，卻在「歸來」後煥發了新的創作活力並實現自身超越的詩人，牛漢（1923-2013）和鄭敏（1920-2022）可視為代表。他們固然在「離去」之前就走上了寫詩的道路，並都出版過詩集，但主要成就還是在「歸來」之後。他們能「重獲創作青春」，與他們尚屬壯年有一定關係，可能也與他們的詩歌觀念較少受四十年代以來體制化的主流文藝思想的影響有關。

牛漢有蒙古族的血統，生於山西定襄，曾就讀於西北大學外文系。中學時代開始寫詩，在一九五五年因「胡風反革命集團」案遭逮捕前出版過《彩色的生活》等詩集。「歸來」後出版的詩集主要有《溫泉》、《蚯蚓與羽毛》、《海上蝴蝶》等，《牛漢詩選》（人民文學出版社，1998年）是他各個時期主要作品的匯編。在「七月詩派」詩人中，牛漢是在人格和詩歌觀念上最接近胡風的詩與生命合一的詩人，詩就是他生活與人格的現實。因此，牛漢說：「我的詩和我這個人，

可以說是同體共生的。沒有我，沒有我特殊的人生經歷，就沒有我的詩，也可以換一個說法，如果沒有我的詩，我的生命將會氣息奄奄，如果沒有我痛苦而豐富的人生，我的詩必定平淡無奇。」[6]他「歸來」後發表的許多寫於「五七幹校」的詩，大多以自然意象為題材，卻有著鮮明的人格投影。如在暴風雨中誕生與飛翔的「鷹」，被雷電劈去一半仍然側身挺立的「樹」，都體現著剛硬的血性。其中有首〈華南虎〉，常被人們視為代表作，然而也有人將它與里爾克的〈豹〉相比較，認為該詩展開的方式有些笨拙，主觀視野和直接的感情妨礙它達到更為豐富的藝術效果[7]。

　　牛漢「歸來」後詩歌的主要魅力一方面來自那種滲透在意象與節奏中的人格的力量，另一方面則來自他從不固步自封、努力自我超越的精神。牛漢雖然十分看重經驗與人格對於詩歌的意義，但在「歸來」的詩與「朦朧詩」共存與競爭的詩歌環境中，也意識到詩還有比經驗與人格等「已知」和「確定」的存在更豐富的東西。作為一個把詩視為生命的詩人，他顯然也想抵達這種經驗與理性無法進入的更為美好、曠遠而神秘的世界。為此，八十年代後期開始，他把詩的觸鬚伸向夢境和純淨、浩大的「遠方」世界，寫出了〈夢遊〉、〈三危山下一片夢境〉、〈空曠在遠方〉等境界寬闊和富有想像力的作品。這些詩作，大多幾易其稿，反覆修改，雖然藝術上仍不算完美，但境界與趣味有了大的開拓。它們不只是痛苦經驗與記憶的凝聚，也展現了「遠方」的壯麗與神秘。像〈空曠在遠方〉一詩，就盡量避免個人的主觀視野，讓詩人的感受、展望和惠特曼詩歌中的品質互相疊合，展示一種「空曠而偉大的結合」，從而讓流入大海的河與沒有邊際的海變成

6　牛漢：〈談談我這個人，以及我的詩〉（代自序），《牛漢詩選》，北京市：人民文學出版社，1998年。

7　參見榮光啟：〈抒情的牢籠──牛漢詩歌創作內在的問題及求索〉，《詩探索》2003年3-4期。

了「生命的延伸」，而無邊的天空也成了「羽翼開拓的天空」。特別是，詩人準確把握了微妙複雜的感情的性質，寫出了「空曠是個惱人的誘惑」這樣有豐富的美學與心理意義的詩句。

　　鄭敏曾於一九四九年出版過《詩集1942-1947》，「歸來」後出版的詩集主要有《尋覓集》、《心象》、《早晨，我在雨中采花》，而《鄭敏詩集》（北京市：人民文學出版社，2000年）是她「重返詩的國土」後詩作的匯編。鄭敏與許多「歸來」詩人的一個不同之處，是她一九四九年去美國留學，一九五五年回國後一直從事外國文學的研究教學工作。一方面，她也同樣承受著當代文藝環境的禁錮與壓抑，卻不像其他詩人那樣直接經驗了連人生權利也被剝奪的苦難；另一方面，她仍然保持著與世界文學的聯繫。因此，儘管詩歌的生命「冬眠」了三十年，並且「靈魂的磨練」遠遠超過半個世紀，她卻不像其他詩人那樣帶著沉重的創傷性記憶和被體制化的文藝觀念改造的痕跡。人們常用「國家不幸詩家幸」的警句論述用血淚灌溉的「歸來」詩人的作品，卻忽略了擄入血肉的痛苦也會造成魯迅在散文詩〈墓碣文〉中揭示的遮蔽性。個人深刻的創傷性記憶，既是文學的財富，也會變成某種情感與道德的負擔。鄭敏詩歌的一個特色，正在於她的感覺與詩思較少直接具體的痛苦記憶的拘限，而是有對存在與生命之謎的展望。這當然也與個人氣質有關，她是一個「在『寂寞』的咬嚙裡／尋得『生命』最嚴肅的意義」的詩人，她四十年代寫的〈寂寞〉與〈金黃的稻束〉等名篇，那種在靜默中展開想像與「沉思」的品格，仍然在「歸來」後的寫作中得到了延續，它與半個多世紀「靈魂的磨練」匯合在一起，讓那年輕時敏感的心捕捉到的棕櫚樹一樣的「寂寞」成長為「秋天的果實」，——那不是有著戴望舒〈我的記憶〉的影子的本質與絕對的「寂寞」，而是長著翅膀、充滿變異與活力的「寂寞」——

假如你翻開那寂寞的巨石
你窺見永遠存在的不存在
像赤紅的熔岩
在帶著白雪帽子的額頭下
翻騰，旋轉，思考著的激流
　　　　　　　──〈成熟的寂寞〉

與其他「歸來」的詩人相比，鄭敏詩歌的特色主要有兩個方面，一是
她非常注意把歷史與現實的表象轉換為一種「心象」的表達，典型如
組詩〈心象〉、〈詩人之死〉；二是非常重視詩歌主題、形式和語言的
「活力」，為此進行過組詩和「圖像」的實驗。組詩是她「歸來」後
使用得比較多的一種形式，主要是為了對應人與歷史複雜交響的主
題，但鄭敏似乎對作為「組詩」的結構性要求考慮不足，包括受評論
界好評的〈詩人之死〉，並沒有處理好具有自身獨立完整性的「十四
行詩」與「組詩」的關係。而她以「圖像詩」形式寫〈試驗的詩〉，
則在強調漢語空間效果的同時忽略了韻律方面的特質。鄭敏寫得最好
的，還是那些具有自身完整性的詩，包括那些雖然放入「組詩」卻具
有獨立性的〈成熟的寂寞〉、〈戴項鍊的女人〉、〈渴望〉等。

　　同是「九葉」中的一葉，也在一九四九年赴美國學習卻比鄭敏早
三年回國的詩人穆旦（1917-1977），卻不是自願「冬眠」而是一個被
剝奪正常的寫作和生活權利的詩人。雖然回國後由於複雜的原因把主
要精力放在文學翻譯中，以本名「查良錚」和筆名「梁真」發表文學
理論譯作和譯詩[8]，但他最縈繞於懷的一定是能夠繼續寫詩。否則，

8　穆旦一九五三～一九五八年分別翻譯出版了季摩菲耶夫的《文學概論》（1953）、
　　《怎樣分析文學作品》（1953）、《文學發展過程》（1954）、《文學原理》（1955），以
　　及《別林斯基論文學》（1958）等文學理論著作；普希金的《波爾塔瓦》（1954）、
　　《青銅騎士》（1954）、《高加索的俘虜》（1954）、《歐根·奧涅金》（1954）、《普希
　　金抒情詩集》（1954）、《加甫利頌》（1955）、《普希金抒情詩二集》（1957），以及

一九五七年上半年短短幾個月的「百花齊放」，他不可能一下就寫出
七首詩，更不會有那首「只算唱了一半」的〈葬歌〉：在這首典型體
現當代知識分子的內心掙扎的詩篇裡，詩中的說話者多麼願意面對
「現實」與「希望」，埋葬自己的「回憶」和「驕矜」，卻又心存恐懼
與懷疑，「我怎能把一切拋下？／要是把『我』也失掉了，／哪兒去
找溫暖的家？」然而，「哦，埋葬，埋葬，埋葬」，時代不待穆旦唱出
另一半的葬歌，卻「埋葬」了他的自由與生命：一九五八年「反右」
運動中，穆旦被定罪為「歷史反革命」，這一「錯誤的決定」直至一
九八〇年才得到「改正」。

　　穆旦在一九七六年一月騎自行車時摔傷骨折，因怕連累家庭延誤
了治療，於次年二月接受手術前突發心臟病死亡。他是帶著「歷史反
革命」這頂莫須有的「帽子」離開這個世界的，「歸來」詩人中他是
一個只有作品而沒有身影的歸來者。但是，無論作為一種精神現象，
還是從詩歌的藝術水準看，穆旦一九七六年寫作，一九八〇年後才陸
續與讀者見面的詩，當是「歸來」詩歌家族中最真誠、最值得重視的
部分。從一九四九到一九七五年的二十六年間，連同英文詩在內，穆
旦只寫過十二首詩。可在一九七六年，他的詩有二十七首。在將與這
個世界訣別的最後一年，詩神何以如此熱烈地擁抱著這個帶「罪」帶
傷的人？而這個帶「罪」帶傷之身，何以如此熱切拉著詩神的手不
放？是詩神要撫慰這個傷痕累累的聖徒，還是聖徒只有在詩神身邊才
能訴說心事、安頓靈魂？

　　「歸來」家族中穆旦詩歌無可替代的意義，是以真切的當代經
驗和人生感受見證了「自我」的分裂和靈魂的掙扎。這是一切都被剝
奪殆盡，通往自由、健康、友誼的大門都被關閉，彷彿置身於荒原的
歌吟：

　《拜倫抒情詩選》（1955）、《布萊克詩選》（1957，與袁可嘉合譯）、《濟慈詩選》
　（1958）、雪萊的《雲雀》與《雪萊抒情詩選》（1958）等作品。

留下貧窮的我，面對嚴厲的歲月，

獨自回顧那已喪失的財富和自己。

　　　　　　　　　　　　——〈友誼〉

穆旦詩中的說話者，在生命的黃昏不斷地辨認自己，探討「自我」的形成與變化，冥想「永久的秩序」與生命的性質。他不僅回顧生前，而且想像身後，不僅意識到人生的的奔波、勞作、冒險「不過完成了普通的生活」（〈冥想〉），而且發現了「以苦汁為營養」的「智慧之樹」對生命的嘲弄（〈智慧之歌〉）。穆旦這些詩與其他「歸來」的詩一個非常不同的地方，是幾乎未受當代體制化的文藝觀念和時代風氣的影響，它們不是「事後」已經凝結的「記憶的鹽」（邵燕祥：〈記憶〉），也不是「反思」年代「既然歷史在這兒深思／我怎能不沉思這段歷史」（公劉：〈沉思〉）的普遍訴求，而是被「嚴厲的歲月」逼到絕境的孤獨的個人，「獨自回顧那已喪失的財富和自己」時通過詩發出的最真誠的聲音。它們是靈魂的「自白」，是以「自我」經驗見證時代的範例。其中，最值得留意的是〈春〉、〈夏〉、〈秋〉、〈冬〉幾首隱喻人生過程的詩，彷彿「流過的白雲與河水談心」，是「遠行前柔情的告別」。

穆旦的這些詩，以秋冬的意象為主，有「荒原」的色調與氣息，但迎著歷史的悲情和生命的秋涼升起的，是一面「生的勝利」的旗幟。穆旦與許多同時代詩人不同之處還在於，他不僅在青年時代自覺拒絕了浪漫主義的「牧歌的情緒」，也在晚年的絕境中拒絕了感傷主義和虛無主義。穆旦晚年的詩憂鬱而沉靜，情感的表達非常節制，詩句的節奏從容而有規律，充分體現了人與詩的莊嚴。

如果說穆旦晚年的詩回到孤獨的個人，復活了詩歌「喪失的財富和自己」；那麼，昌耀（1936-2000）的獨特意義，則打通了生命與「地氣」的聯結，從而擺脫了當代詩歌體制的言說理路和想像陳規，找到了自己的詩歌主題與言說方式。

　　昌耀那批五十年代走上詩歌道路的詩人，由於生活經歷和意識型態的影響，大多都有某種歷史主義的情結。他們往往以歷史、時代的主人自許，以人民的兒子和代言人為榮，把改造社會、改變和創造歷史與作為自己詩歌的主題。二十餘年被放逐於「歷史」與人民之外的生活，雖然改變了他們新歷史主人的自豪感和頌歌風格，卻沒有改變他們對於歷史的信念，「文革」的結束成了「歷史公正」的鐵證。他們並沒有深究，當代「歷史」與「人民」的觀念是如何被闡述的，綿延的歷史與有限的生命是怎樣對話的。因此，他們只把短暫的「光明」當作歷史的必然，而把更長時間的苦痛當成了偶然、曲折與失誤，當「浩劫」一旦結束，便是「春天來了」的歡呼，或者，以昨天的傷痕為歷史的坎坷與曲折作證。

　　昌耀於一九五〇年十四歲時入伍，一九五三年朝鮮戰爭結束時負傷致殘，一九五五年響應國家「開發大西北」的號召赴青海工作，一九五七年因〈林中試笛〉等詩作打成「右派」，一九七九年「歸來」後重新發表作品。客觀而言，昌耀「歸來」之初的作品，在主題和風格上，並沒有多大獨異之處，像〈秋之聲（二章）〉，明顯有郭小川〈團泊窪的秋天〉的影響的痕跡；而有「自敘傳」性質的五百行長詩〈大山的囚徒〉，雖然講述的是「不是囚犯的囚犯」的故事，接觸到「天地曾有負於我們多情兒女」的現象，但這具有新的可能性的題材，還是被九死不悔地尋找光明的抒情套路所簡化，不少詞彙也仍然是意識型態化的，缺少質感與個性。它讓人油然而生的感慨是，許多富有才華與個性的詩人，不僅成了當代歷史的「囚徒」，也在不知不覺中成了當代詩歌言說模式的「囚徒」。

　　不過，「大山的囚徒」沒有等到「祖國贈給戰士的冠冕」，昌耀卻很快擺脫了歷史主義的想像套路和僵硬的言說方式，以新的主題和語言重新解讀了「荒原」與生命的關係。他在一九八〇年寫的〈慈航〉同樣具有自敘傳的面貌，被置放於一個愛情故事的結構中，但它是一

部生命與愛的史詩，對「荒原」與生命的關係作了富有震撼力的解讀。〈慈航〉最值得重視之處，是它衝破了「歸來」的詩結了意識型態硬繭的歷史觀，從生命史而不是社會史的立場重新認識了生與死、苦與樂的性質，揭示了「不朽的荒原」中生命存在的奧秘：

> ……在善惡的角力中
> 愛的繁衍與生殖
> 比死亡的戕殘更古老、
> 　　　更勇武百倍！

在這裡，「荒原」不再是歷史的筆誤，不再是某個時代某個國家某代人獨特承受的處境，而是生命中「昨天的影子」，不朽的「暗夜中浮動的旋梯」。但是，「愛的繁衍與生殖」是一支地久天長的謠曲，它解釋了「泥土絕密的啞語」：全詩通過落難中的「我」偶遇土伯特父女，然後成婚、生育的情節，感人至深地揭示了「該出生的一定會出生、該復活的一定要復活」的哲理。

　　〈慈航〉的意義是從生命的內部重新想像了存在的性質，在滿目「荒原」和「上帝死了」時代，展現了犧牲與享有、苦行與歡樂的辯證，從而超越了當代歷史主義的想像「苦難」的模式，也與西方現代主義的「智性」想像大異其趣。它的另一重意義是，通過與「地氣」的連接，讓詩歌語言有了生命的質感和地域的魅力。在〈慈航〉中，抽象的意識型態詞彙已經被拋棄，個人氣質與西部高原的意象、風俗渾然交融；而到了〈雪。土伯特女人和她的男人及三個孩子之歌〉，又融入了當地民謠的節奏：

> 是那麼忘情的，夢一般的
> 讚美詩呵──

　　　　　　咕得爾咕，拉風匣，

　　　　　　鍋裡煮了個羊肋巴，

　　　　　　房上站了個尕沒牙……

像這樣具有民歌的風情、節奏，又有現代雕塑感的詩，不僅在「歸來」的詩，而且在當代詩歌中，也是獨一無二的。昌耀的詩，對現代漢語詩歌如何面對生存經驗，如何承接民間的血脈與「地氣」，也提供了珍貴的啟示。

二　「朦朧詩」與北島、多多等人的詩

　　如果說「歸來」的詩歌體現了現代詩歌傳統的復興。那麼，與之並行的「朦朧詩」則是一股影響巨大的革新當代主流詩歌的詩潮。

　　「朦朧詩」這一名稱源於一篇批評「讀不懂」的詩的文章[9]，批評的對象包括具有現代主義風格的老詩人和年輕詩人的作品。這一名稱後來被用來指稱異質於「傳統」的青年詩人的作品[10]。

　　由於「朦朧」是一個形容詞，那篇文章使用時既帶有貶義的色彩，也無法指稱詩的流派或代際特點，「朦朧詩」這一提法也存在爭議：有人從民間刊物《今天》的名稱出發，將其命名為「今天派」詩歌，而超越這派詩歌的「新生代」詩潮出現之後，又有人用「新詩

9　這篇文章題為〈令人氣悶的「朦朧」〉，作者「章明」，發表於《詩刊》1980年8月號。

10　一九八一年十二月編輯，一九八二年印行的《朦朧詩選》（閻月君等四人選編）「情況簡介」言：「一九七九年下半年以來，我國詩壇上出現了一種與傳統詩在題材、內容、表現手法上都形成對照的新的詩歌現象，一般統稱之為『朦朧詩』。」本書經擴充後於一九八五年十一月由春風文藝出版社正式出版發行，七個月內（至1986年6月）印行八萬五千冊。正式出版的《朦朧詩選》擴充了三倍以上的篇幅並增添了謝冕作的序言〈歷史將證明價值〉，刪除了「出版前言」和「情況簡介」。

潮」[11]包容《今天》以來的詩歌探索。不過,「朦朧詩」這一名稱,經過八十年代初的激烈論爭和《朦朧詩選》的大量發行,已經成為一個先入為主的概念。

　　產生「朦朧詩」的背景,可以追溯到六十年代初期北京學生一些自然形成的文學小組或小沙龍,他們中不少人是名門後嗣,承繼了父輩對文學的熱愛,無形中保存著現代文學的火種[12],但真正哺育這種詩歌的卻不是文學的熱情而是「文革」的災難,是承受這場災難過程中難以排解的內心鬱結。因為內心鬱結,他們想到了詩歌,想到了閱讀與寫作。

　　食指(原名郭路生,1948-)是「朦朧詩」的前驅詩人,小說家阿城曾說「六十年代末我喜歡他的詩。那時候,郭路生的詩被廣為傳抄」,詩人多多認為郭路生是「老四屆」中學生中的「第一位詩人」,「就早期郭路生抒情詩的純淨程度上來看,至今尚無他人能與之相比」;《北京青年現代詩十六家》「編選說明」認為,比較對照稍後一些詩人的作品,「可看出他對其他詩人的啟發和影響」。食指的詩有不少意識型態的東西,反映了當代政治抒情詩一些思維定勢的影響,特別在意象的擇取和時空展望方面。但食指的詩最重要的特點是不再服從簡單的信仰和意識型態原則,能夠面向內心的痛苦與掙扎。他「文革」寫的詩不僅具有歷史生活場景的存真性,也把特定情境、細節和

---

11 一九八五年作為「內部交流」印行的《新詩潮詩集》(老木編選)總體上是以「詩潮」的原則編選的,「上集」除極個別詩人外,所收入的是《今天》作者的作品,「下集」收入風格大致相近的「今天派」外圍詩人的作品。為了「歷史感的體現」,「集後附錄了二十首中國新詩中具有現代傾向的詩歌,包括了從二十年代到七十年代大陸和臺灣的詩人,以讓我們更加清楚地明瞭新詩潮的源泉和它今後的勃勃生機。」(〈後記〉)

12 例如以「振興中華民族文化」為己任的「太陽縱隊」的成員,比如郭沫若的兒子郭士英、現代詩人戴望舒的女兒戴詠絮、鴛鴦蝴蝶派作家張恨水的女兒張明明、畫家張仃之子張郎郎、抗日名將蔣光鼐之女蔣定粵等。(見張郎郎〈「太陽縱隊」的傳說〉,《今天》1990年第2期)

個體的想像力重新帶入到詩歌的話語空間。像那首當時被知青廣泛傳抄的〈這是四點零八分的北京〉，寫北京知識青年上山下鄉告別城市的一個瞬間，雖不能說是生離死別的題材，但離散的痛苦是巨大的，因此，當「……四點零八分的北京／一聲尖厲的汽笛長鳴」——

> 我的心驟然一陣疼痛，一定是
> 媽媽綴扣子的針線穿透了心胸
> 這時，我的心變成了一只風箏
> 風箏的線繩就在媽媽的手中

在這裡，由於個人生活細節的進入，一座意識型態的城市在四點零八分的尖厲的汽笛中陸沉了，上升起來的是亙古不變的親情（這是曾被孟郊凝固在唐詩〈遊子吟〉——「慈母手中線，遊子身上衣。臨行密密縫，意恐遲遲歸。……」——中的至情，被食指用感應的方式織入到自己的詩歌文本中，讓人們重新認識了那種戀城情感的性質）：這是哺育自己的城市，就像哺育自己的母親。因此，「四點零八分的北京」的告別顯得十分悲愴。

食指六十年代後期所有的詩都充滿失落、迷惘、悲哀、惆悵、感傷與期望、未來、幻想等劇烈衝突的痛苦的語言，從而奏響了悲愴的心弦，在無法調和的對立中呈現出一種悲劇性，表達了一代人從盲目、狂熱走向失望與掙扎的內心世界。正因為此，他的這些詩歌不脛而走，很快在全國各地知青中秘密流傳，甚至被譜曲傳唱。

食指的詩歌的獨特性在於，這是幾十年來中國第一次出現的在現代社會中不依靠傳播媒介而依靠人心傳播的詩歌。同時，這也是當代詩歌第一次把情感定位轉向自己，轉向內心的失落狀態，轉向真實經驗。一代人通過郭路生的詩歌，認同了原先變得不敢認同的情感。這些詩告訴人們，詩原來也可以這麼寫，——通向真實的門被打開了，

詩歌成了許多充滿迷惘和幻滅感的青年探索內心的矛盾與掙扎、叩問世界和想像未來最親近的形式。

　　從七十年代初開始，許多人都在寫這樣的詩。其中不少名篇，如食指的〈相信未來〉，北島的〈回答〉、〈宣告〉，芒克的〈天空〉，舒婷的〈致橡樹〉、〈呵，母親〉等，後來都在民間刊物《今天》[13]上首先發表；該刊也因為在思想上主張「確立每個人生存的意義，並進一步加深人們對自由精神的理解」，藝術上倡導「用一種橫的眼光來環視周圍的地平線」[14]，成了「朦朧詩」的旗幟。

　　「朦朧詩」的詩人是從特殊年代特殊境遇的經驗出發找到自己的詩歌道路，離開了集體經驗轉變的歷史母題，離開了一代人自我意識的形成過程，離開了當代詩歌美學突破的社會蘊含，很難從根本上把握這一詩歌思潮的歷史意義。五十至六十年代走上詩歌道路的詩人，所面對的，是偉大成功的社會政治革命帶來的激情和喜悅，新生活的新奇感和渴望投入火熱鬥爭的衝動，他們更重視藝術的社會和時代價值。與前代詩人不同，「文革」中自發走上詩歌道路的這一代青年，則在少年——青年時期經歷了一場漫長的心理危機：那時生活表面的金粉漸漸剝落，露出了人間的真相和生存的殘酷，因而他們更重視面向自己的內心世界，更重視對世界的質詢與拷問。「朦朧詩」成了他們「重演過去」和「創造未來」的某種方式。

13　《今天》於一九七八年十二月二十三日在北京創刊，油印出版，為綜合性文學刊物。至一九八〇年八月，共出版九期（每期1000冊，其中創刊號重印1500冊），另有「《今天》叢書」共四種（每種100冊），一九八〇年九月被有關部門強制停刊。一九八〇年十月「『今天文學研究會』籌備會」出版《今天文學研究資料（之一）》。一九八〇年十一月二日，「今天文學研究會」正式成立並編印《今天文學研究會內部交流資料之二》，「之二」發表〈今天文學研究會章程〉，稱：「今天文學研究會是由青年作家、詩人組成的文學團體。本會致力於文學創作與研究。」一九八〇年十二月《今天文學研究會內部交流資料之三》出版後，被有關部門通知「終止一切活動」。一九九〇年，《今天》仍作為同仁刊物在海外復刊，但流派色彩已不明顯。

14　《今天》編輯部：〈致讀者〉，《今天》1978年12月23日創刊號。

　　作為重演過去和創造未來的藝術建構，也作為對抗權威和暴戾現實的藝術抗議方式，北島提出的「詩人應該通過作品建立一個自己的世界，這是一個真誠而獨特的世界，正直的世界，正義和人性的世界」[15]的詩歌主張，可以基本概括「朦朧詩」的思想與藝術傾向。

　　一方面，這個詩歌世界是真誠、正直、正義、人性的世界，一個讓詩回到人的基本問題的世界，它與五四時期提出的建立「人的文學」有更多的相通之處。不過，五四時期青年們面對的是傳統的黑暗、現實的黑暗，他們經驗和感受的主要是個人的壓抑、心靈的壓抑，他們的詩體現出來的主要是個性解放，是鮮明的揭露和抨擊黑暗的色彩。這一代青年卻把諸多荒謬的、「倒掛」的經驗帶進了詩歌世界，不僅僅燃燒著反抗和詛咒的激情，也寫出了現實的荒謬性，具有與現代主義文學相通的美感面貌和藝術面貌。「朦朧詩」中的不少作品甚至讓人聯想到卡夫卡（Franz Kafka, 1883-1924）的《變形記》和貝克特（Samuel Beckett, 1906-1989）的荒誕派戲劇。然而，他們畢竟又與西方現代主義相區別：西方現代主義表現出來的荒謬感，既把客體世界看成是荒謬的，同時也認定了主體世界的荒謬性。而「朦朧詩」，在主體問題上恰恰是肯定的，他們最終不是把人們引向艾略特〈荒原〉，或是貝克特和尤奈斯庫（Eugène Ionesco, 1912-1994）的荒誕世界中去，而是企圖參與重建人的尊嚴和理想，探索走出困境的道路。因此，即使描寫現實的荒誕和心靈的扭曲，也仍有人文主義式的意義尋求和內心激情。

　　另一方面，這又是一個「自己的」和「獨特的」藝術世界：不僅把被歷史模糊了的個人意義和個人價值重新突現出來，重新確認生命的個人形式及其意義，同時也把詩歌作為一個有著自己的價值體系、想像方法和建構特點的世界來看待。江河在一九八〇年就提出：「藝

---

15 北島語，見《上海文學》1981年第5期「百家詩會」。

術家按照自己的意志和渴望塑造。他所建立的東西，自成一個世界，
與現實世界發生抗衡，又遙相呼應。」[16]而北島所說「自己的世界」，
既包括人性與正義，也包括藝術可能性的開拓[17]。這些主張可視為早
期「朦朧詩」由詩人人格的完成過渡到完成詩歌的追求。到一九八五
年，以楊煉的〈諾日朗〉、北島的〈白日夢〉、江河的〈太陽和它的反
光〉和多多的一些詩為標誌，這個自足性的詩歌世界已顯示出基本輪
廓：首先，它基於個人的經驗感覺，又超越個人進入「非個人化」的
圖景，詩的創作不是詩人的塑造而是詩的完成，個人消失在詩中；其
次，它接受現實和歷史的給予，但它放棄承諾，只表現普遍歷史與現
實的認知。上述兩點都在「語言現實」中尋求落實：面對語言與現實
之間的分裂，不是企求反映現實和歷史，而是逼近與敞亮存在；詩人
不是「改變世界」，而是改變言說方式和語言中權力結構；不是在個
人或民族的經驗內流連，而是探索語言所支配的整個感覺領域，把一
代人的經驗感受，建構為超越個人時空和歷史時空的詩歌話語空間。

　　「朦朧詩」是在七、八十年代「思想解放運動」中浮出歷史地表
的，它的兩個鮮明特點是：一、許多著名的作品先在民間（同人）刊
物上發表，後來才被正式出版物接納[18]；二、對這種詩歌的認同過程
一直伴隨著激烈的爭論，其中最有名的爭論就是對「三個崛起」[19]的

---

16 參見〈請聽聽我們的聲音——青年詩人筆談〉，《詩探索》1980年第1期。

17 前引北島在「百家詩會」表達的詩歌主張中，他還提出：「詩歌面臨著形式的危
　機，許多陳舊的表現手段已經遠遠不夠用了，隱喻、象徵、通感、改變視角和透視關
　係、打破時空秩序等手法為我們提供了新的前景。我試圖把電影蒙太奇的手法引入
　自己的詩中，造成意象的撞擊和迅速轉換，激發人們的想像力來填補大幅度跳躍留
　下的空白。另外，我還十分注重詩歌的容納量、潛意識和瞬間感受的捕捉。」

18 例如：舒婷的〈致橡樹〉、〈呵母親〉等詩最早發表於民間刊物《今天》（北京）和
　《蘭花圃》（福州馬尾），北島的詩主要發表於《今天》，顧城的組詩〈無名的小
　花〉最先發表刊物是《蒲公英》（北京西城區），它們後來才被「國家正式出版物」
　轉載。

19 「三個崛起」分別為謝冕的〈在新的崛起面前〉（《光明日報》1980年5月1日）、孫

批評。這兩個特點，突出反映了當時思想觀念、文藝體制和美學見解上的分歧。

　　在以《今天》的作者為骨幹的「朦朧詩」詩人群中，北島（原名趙振開，1949- ）是一位重要的詩人。他是《今天》的創辦者之一，一九七〇年開始寫詩，主要作品有詩集《北島詩選》（1986）、《在天涯》（1993）、《午夜歌手》（1995）、《北島詩歌》（2003），小說集《歸來的陌生人》等。

　　北島的詩具有濃厚的抗衡色彩和英雄主義風格。他的成名作《回答》中充滿激憤和反諷的詩句「卑鄙是卑鄙者的通行證／高尚是高尚者的墓志銘」，以及結尾時「我──不──相──信」的宣告，既體現著受矇騙的一代青年的懷疑與覺醒，又表現了這個詩人孤獨的英雄主義氣質。他的詩總體上有孤獨的「自我」與環境的尖銳對立的特點，以黑夜與冬天的意象、情境為主，詩中孤絕沉重的說話者或是在走向冬天，或是在黑夜沉思，或是面臨著最後的時刻（〈走向冬天〉、〈宣告〉、〈結局或開始〉等）。它們是一代人生存經驗與精神歷程的「履歷」，──在〈履歷〉一詩中，北島驚心動魄地表現了一代人「尋找太陽」的「倒掛」過程：「當天地翻轉過來／我被倒掛在／一棵墩布似的老樹上／眺望」。

　　毫無疑問，北島的詩有浪漫主義色彩，但它接受了孤絕沉重的「自我」的變構，從而既避免了盲目的樂觀主義，也繞開了沉溺回憶的感傷主義。北島詩歌最重要的意義，是把個人英雄主義轉變成了一種具有現代主義想像風格的詩歌英雄主義，創造了象徵經驗世界又與這個世界抗衡的詩歌世界。第一，他把被「倒掛」的歷史和個人經驗

紹振的〈新的美學原則在崛起〉（《詩刊》1981年3月號）、徐敬亞的〈崛起的詩群〉（《當代文藝思潮》1983年第1期）。論爭相關情況可參閱王光明《艱難的指向──「新詩潮」與二十世紀中國現代詩》「第七章　為什麼爭論」，長春市：時代文藝出版社，1993年6月版。

帶進了詩歌世界，通過智性的把握，想像了特定歷史與個人生活的許多矛盾與悖論，卻又不讓存在的荒誕性掩蓋人的尊嚴（如〈回答〉、〈履歷〉、〈同謀〉、〈期待〉、〈界限〉、〈青年詩人的肖像〉、〈呼救信號〉等）；第二，重視象徵情境與意象的經營，重視藝術技巧對經驗的轉化，努力讓個人的情感意識上升為人類對存在的意識，並找到簡潔有力的形式結構。像他的〈船票〉，許多的生存感受，限定與展開，現實與嚮往，今天與未來，此岸與彼岸，都濃縮在一個沉鬱的感歎中：「他沒有船票」。具體的海邊意象構成了這首詩的具體情境：遠航大海的船與被限定的在岸邊的人；像退潮中上升的島嶼一樣孤獨的心，與大海生動豐富的景觀；從不中斷的歲月，與人的宿命；沙灘上令人暈眩的陽光，與無法越過的距離，等等，觸動你許多的記憶和想像，並在瞬間領悟生存境遇的性質。長詩〈白日夢〉，則通過新的幻滅，想像了「晝與夜」之間的裂縫，揭示了個人、民族、人類進退維谷的處境。

　　北島詩歌對中國讀者的影響力主要是《白日夢》之前的寫作。《白日夢》之後，北島大多在國外生活和發表作品。面對陌生的讀者與語言環境，他的寫作對經驗與抗衡性有更進一步的超越，不少作品「始於河流而止於源泉」，更具有美學的豐富性和藝術的完整性。不過，由於作品不在國內發表，加上市場環境下讀者對詩歌的疏離，作為詩歌英雄的北島，已經是八十年代的「故事」。

　　舒婷（原名龔佩瑜，1952-）也是在《今天》創刊時就開始發表詩作的詩人，她出生和生活在福建，是經由老詩人蔡其矯介紹與北京的青年詩人相識，並在《今天》發表詩作與小說的（蔡其矯本人也以「喬加」的筆名在《今天》創刊號上了3首詩）。她是「朦朧詩」詩人中最早正式出版詩集的詩人之一，先後出版過《雙桅船》（1982）、《舒婷、顧城抒情詩選》（二人合集，1982）、《會唱歌的鳶尾花》（1987）、《始祖鳥》（1992）、《舒婷的詩》（1994）等。

舒婷曾在八十年代初受到一般讀者廣泛的歡迎，主要是由於她是以理想與現實的衝突，而不是像當時許多詩歌那樣以批判（反思）歷史、現實的方式處理時代的主題，同時在抒情方式上更接近中國詩歌沉鬱、憂傷、節制的抒情傳統（譬如當代的蔡其矯，現代的何其芳、古代的李清照）。她的早期的詩，常以夢的破碎表現動盪歲月中成長的一代「那種渴望有所貢獻，對真理隱隱約約的追求，對人生模模糊糊的關切」，與「不被社會接受，不被人們理解」的矛盾與苦悶[20]，表現個人面對歷史與現實的痛苦與無奈：

> 我的痛苦變為憂傷
> 想也想不夠，說也說不出
> 　　　　——〈雨別〉

舒婷早期詩中欲說還休、欲休還說的抒情主人公形象，給讀者留下了深刻的記憶。她是一個真誠與敏感的詩人，雖然她也寫一些表現普遍訴求的詩，如〈致橡樹〉、〈祖國呵，我親愛的祖國〉、〈風暴過去以後〉、〈土地情詩〉等，願意「我是你的十億分之一／是你九百六十萬平方的總和」（〈祖國呵，我親愛的祖國〉）。但舒婷詩中最獨特的東西，還是個人對微妙複雜的感情的把握。像〈致橡樹〉這樣的名篇，所表達的思想觀念並不具有多大的獨創性，但對愛情的想像與展望則令人難忘：「根，緊握在地下／葉，相觸在雲裡／每一陣風過／我們都互相致意／但沒有人／聽懂我們的言語」。而〈呵，母親〉一詩，則通過「夢」的挽留，以許多具體的日常生活意象，把「戴著荊冠」的弱者對逝去的母親的懷念表現得感人至深。

舒婷與北島不同。北島是沉思的，是用菸頭燙傷黑夜的詩歌英

---

20 舒婷：〈生活、書籍和詩〉，《福建文藝》1980年2月號。

雄，而舒婷是一個委婉、曲折、憂傷的歌手。舒婷最好的詩，是表現普通的個人（女兒、朋友、戀人、女人）在歷史、現實、感情的海洋裡浮沉、掙扎的詩。像〈呵，母親〉、〈惠安女子〉、〈神女峰〉等。〈神女峰〉面對「美麗的夢留下美麗的憂傷」，發出了「心，真能變成石頭嗎」的發問，表達了「與其在懸崖上展覽千年不如在愛人肩頭痛哭一晚」的認同普通人的日常生活的思想感情。而〈惠安女子〉則以傳奇般的惠安女子為題材，融現實與歷史、苦難命運與人的高貴為一爐，哀而不傷抒寫了女性的命運：

> 天生不愛傾訴苦難
> 並非苦難已經永遠絕跡
> 當洞簫和琵琶在晚照中
> 喚醒普遍的憂傷
> 你把頭巾的一角輕輕咬在嘴裡
>
> 這樣優美地站在海天之間
> 令人忽略了：你的裸足
> 所踩過的鹹灘和礁石
> 於是，在封面和插圖中
> 你成為風景，成為傳奇

舒婷在「朦朧詩」詩人中獨特的意義，是在「用詩來表現我對『人』的一種關切」的總主題下，充分展現了個人情感和內心感覺對於詩歌的意義。她是一個本色的詩人而不是「姿式」詩人，認同的是詩歌對個人內心需要的一面，而不是社會功利的一面。

　　如果說舒婷是一個用詩來關切生活的詩人，詩的創作隨著個人感情生活的潮汐有漲有落（她在八十年代中期曾因做「一個普通女人」

而中斷寫詩，九十年代以後則主要從事散文寫作）。那麼，同樣以抒情見長的顧城（1956-1993）則是一個把詩當作生活的詩人。顧城小學尚未畢業就遇上「文革」，少年時就隨父「下放」到山東農村，是一個在幻想中長大的孩子，對大自然的熱愛和幻想世界的沉溺[21]，使他成了一個「童話詩人」。舒婷曾在〈童話詩人——給 G.C.〉中這樣描繪過他：「你相信了你編寫的童話／自己就成了童話中幽藍的花／你的眼睛省略過／病樹、頹牆／鏽崩的鐵柵／只憑一個簡單的信號／集合起星星、紫雲英和蟈蟈的隊伍／向沒有被污染的遠方／出發」。

　　《顧城詩全編》（1995）收集了顧城八歲（1964）的詩作，但他最早發表詩作並產生影響是一九七九年初。當時他在北京西城區文化館出版的《蒲公英》上，發表了一組題為〈無名的小花〉的作品，引起了詩人公劉的注意：他為顧城及其一些青年詩人某些詩作中的思想感情和表達思想感情的方式「不勝駭異」，覺得一方面「必須努力去理解他們」，另一方面應當引導，「避免他們走上危險的小路」[22]。公劉的「駭異」與擔憂，反映了有著不同生活與藝術背景的兩代詩人思想和藝術觀念的衝突，曾引起一些爭論。就顧城的詩而言，則如作者發表這組詩的小序所言：「它真實地記錄了文化大革命中一個隨父『下放』少年的畸形心理」。所謂的「畸形心理」，實際上就是以一個敏感少年的震驚體驗，面對和想像一個不能理解的世界。就像〈煙囪〉這首詩所寫的那樣：

　　　　煙囪猶如平地聳立起來的巨人，
　　　　望著布滿燈火的大地，

---

21 顧城說「最早使我感到詩是什麼？是雨滴。」「我是在一片鹼灘上長大的孩子。」
　　（顧城：〈學詩筆記〉，《青年詩人談詩》，北京大學五四文學社，1985年）
22 參見公劉：〈新的課題——從顧城同志的幾首詩談起〉，《星星》1979年復刊號。

　　不斷地吸著菸捲，

　　思考著一種誰也不知道的事情。

　　顧城詩的迷人之處是，它們不是從成年的歷史理性的視野給混亂的世界一個清明解釋，而是像安徒生〈皇帝的新衣〉那樣，以少年的澄明想像「誰也不知道的事情」。這裡，童真的想像新鮮而率真，被想像的世界卻十分嚴酷，因而迷人又具有反諷性。像〈星月的來由〉：「樹枝去撕裂天空／卻只戳了幾個微小的窟窿／它透出了天外的光亮／人們把它叫作月亮和星星」。又如〈村野之夜〉：「我們小小的茅屋／成了月亮的鄰居／去喝一杯桂花茶吧／順便問問戶口問題」。

　　這樣的亂世童話生動體現了一個耽於幻想的少年對動亂年代的感受：「我在幻想著／幻想在破滅著／幻想總把破滅寬恕／破滅卻從不把幻想放過」（〈我的幻想〉）。「文革」結束後，顧城在〈一代人〉中把這種幻想與破滅的循環，解釋為「黑夜給了我黑色的眼睛／我卻用它尋找光明」。因為詩中處理了「黑夜」與「光明」的關係，這兩行詩得到正面和善意的闡述，被視為這一代詩風的標幟。但是，習慣了「黑夜」的「眼睛」所尋找的「光明」是否是常人眼中的光明？「黑夜」是否也如顧城自己所言會使人產生「畸形心理」？八十年代後的顧城為延續自己的幻想和詩歌個性作過許多努力，最終卻於一九九三年在新西蘭的激流島殺死妻子後自殺。

　　八十年代前後的「朦朧詩」以《今天》雜誌的詩人為代表，但從美學風格而言應該是當時不同於「現實主義」傾向的青年詩歌實驗潮流的含混的總稱。因此，無論是早期編選的《朦朧詩選》、《新詩潮詩集》，還是遲至二〇〇四年出版的《朦朧詩新編》，也都既選入《今天》雜誌的作者食指、北島、芒克、舒婷、顧城、江河、楊煉，也選入《今天》以外的多多、王小妮、梁小斌等有影響的詩人的作品。

　　在《今天》以外的「朦朧詩」詩人中，多多（原名栗世征，

1951- ）曾公開申明自己不是一個朦朧詩人，他與《今天》的關係也十分微妙（沒有在早期的《今天》發表過作品，卻又是首屆〔1988〕今天詩歌獎的獲得者）。但這種現象也正說明「朦朧詩」不是某個流派或社團，而是一股詩歌美學變革的潮流。

多多很可能是這股潮流中最重視把時代經驗轉換為詩歌內容的詩人。既由於傳播的原因（未在《今天》或《詩刊》這樣有廣泛影響的民間或官方刊物發表作品），也因為當時讀者的趣味普遍傾向於社會歷史的「傷痕」與「反思」主題，多多並不像北島、舒婷、顧城等人的詩那樣一出現就受到廣泛的好評或批判，他遲至八十年代中期以後才受到應有的關注。但多多的經驗和抗衡的激情仍然來自這個時代的「教誨」（正如他以「頹廢的紀念」作附題的〈教誨〉所歌唱的那樣，面對「成了他們一生的義務」的悲慘，「他們只好不倦地遊戲下去／和逃走的東西搏鬥，並和／無從記憶的東西生活在一起」），他與北島等人詩歌的區別，甚至不是抗衡性上的差別，而是抗衡方式的差別。多多的詩，也有今天派詩歌的犀利，但今天派的犀利主要體現在主體的英雄主義與感傷主義方面，具有說話者（「我」）面對世界與讀者的抒情性與直接性，其「朦朧」之點，不在說話者的形象，而在用象徵與隱喻「替代」了不能表達的感情和不可說破的事物。而多多則致力於用想像的情境和堅實的意象，表現具體的感受和意識。像他早期的《當人民從乾酪上站起》，通過遠離城市的鄉村情境寫被歌聲所遮蔽的瘋狂與血腥，不僅體現出詩人捕捉情境與細節的才華，而且體現出對題材與語言關係的特殊敏感，因而能夠寫出「八月像一張殘忍的弓」具有豐富意味的詩句來。又如〈無題〉在一望無際的黑暗和死寂中，詩人竟神奇地點亮一盞馬燈：

馬燈在風中搖曳
是熟睡的夜和醒著的眼睛

多多的詩無疑具有意識型態的反抗性，但多多的詩既是政治性的，又
是非政治性的，更準確地說，他用詩歌規訓了政治，以藝術征服了題
材。多多與「朦朧詩」的差異，是獨異的個人風格與「一代人」風格
的差異，他不是代表「一代人」回憶與反省歷史的創傷性記憶，「回
答」時代的問題，而是以非常個人化的方式想像歷史生活在心靈中濺
起的風暴，創造一個比歷史更真實的詩歌空間。就像〈一個故事中有
他全部的過去〉所寫的那樣：

> 當他敞開遍身朝向大海的窗戶
>
> 向一萬把鋼刀碰響的聲音投去
>
> 一個故事中有他全部的過去
>
> 當所有的舌頭都向這個聲音伸去
>
> 並且銜回了碰響這個聲音的一萬把鋼刀
>
> 所有的日子都擠進一個日子
>
> 因此，每一年都多了一天

這是三百六十五天之外的「一天」，這「一天」又是三百六十五天的
「抽象」，比三百六十五天還多。值得注意的是，表現感覺與意識中
「多出」的東西，充滿著「朝向」與「擠進」、「投去」與「銜回」的
交織迴旋。這正是多多詩歌比許多詩人要「多」的一個原因：他的許
多詩，不是主體單調的投射（或移情），而是充滿著主體與對象互看
的豐富性與戲劇性。

　　多多出版的詩集有《行禮：詩三十八首》、《里程：多多詩選一九
七三～一九八八》,《阿姆斯特丹的河流》、《多多詩選》等，除〈回憶
與思考〉、〈蜜周〉、〈教誨〉、〈鱷魚市場〉等「青春淪落」的詩富有個
人特色外，其不同年代寫下的關於北方的土地的詩也非常出色。後者
包括〈北方閒置的田野有一張犁讓我疼痛〉、〈北方的海〉、〈北方的聲

音〉、〈北方的夜〉、〈北方的土地〉、〈北方的記憶〉等。在現代以來，
艾青三十年代後期抒寫北方土地的苦痛與災難的詩給人們留下過深刻
的印象，那是有很強歷史與現實感又富有想像力的詩；而多多筆下的
北方，則是生命的、感覺的，堆滿了不規則的石頭，既「聚集著北方
閒置已久的威嚴」（〈北方閒置的田野有一張犁讓我疼痛〉），又有「被
狼吃掉最後一個孩子後的寂靜」（〈北方的海〉），這是超現實的北方，
有著被掠奪的荒涼，但又充滿寂靜與騷動的衝突——

> 沒有腳也沒有腳步聲的大地
> 也隆隆走動起來了
> ——〈北方的聲音〉

三　「新生代詩」的「第二次背叛」

「新生代詩」是與「朦朧詩」相連接，接受過「朦朧詩」的影
響，又基於新的個人經驗和美學趣味，有新的藝術要求的詩歌運動。
它出現在「朦朧詩」處於生存的焦慮（「三個崛起」受到嚴峻的批
評）、影響的焦慮（在西方現代主義詩歌中認出個人經驗的遠親之後
重臨新的藝術選擇）、自我的焦慮（如何面對新的個人經驗和完成自
我超越）三重情況交織下，「重聚自身的光芒」尋求自我超越的語境
中，既繼承了「朦朧詩」的許多原則，但又帶著新的心理機制和藝術
選擇。這種詩歌現象的源頭可以追溯到一九八二年，當時成都編印過
的一本不同於「朦朧詩」風格的詩集，一方面，他們似乎承認是「朦
朧詩」的次生林，但又認為「幾首詩能煽動熱情的時代已經一去不
返」[23]。同時，這時候已經有人敏感意識到「朦朧詩」日益走向體制

---

23 這本詩集就叫做《次生林》，編者在扉頁「摘自四川臥龍自然保護區一位林業技術員
　的來信」說：「『次生林』，其粗略解釋為：原始森林在經過自然或人為的干擾和破壞

化所產生的不良影響。尖銳嘲諷了詩歌領域中的拙劣複製現象，倡導
疏離傳統現實主義詩歌和「朦朧詩」的另一種「第三代」詩歌，「用
地道的中國口語寫作，樸素、有力，有一點孩子的口氣；強調自發的
形象和幽默，但不過分強調自動作用，賦予日常生活以奇妙的、不可
思議的色彩。」[24]這種傾向在一九八四年漸成一股有影響的詩潮，並
有一批年輕詩人開始在民間詩刊《他們》和《非非》上集結。後來，
又在先鋒性藝術實驗運動最為活躍的一九八五年，與小說界馬原的敘
事實驗、莫言的鄉土傳奇重構、殘雪的夢魘復現，以及劉索拉、徐星
的迷惘小說遙相呼應，形成了一股頗有聲勢的詩歌運動，向「朦朧
詩」「不客氣地亮出了手術刀」，公開提出了「北島、舒婷的時代已經
Pass」的口號。這種詩歌思潮也得到了一些老詩人的支持，如牛漢主
持的《中國》自一九八六年初開始持續推出了這批詩人的作品，並在
該年撰文〈詩的新生代——讀稿隨想〉予以介紹，認為「今天這一代
新詩人，不是十個八個、幾十個（像『五四』白話詩時期和『四五』
運動之後那一段時期），而是成百上千的奔湧進坑坑窪窪的詩歌領
域，即使頭腦遲鈍的人也會承認這是我國新詩有史以來的新勢態。這
個新生代的詩潮，……撼動了我幾十年來不知不覺形成了框架的一些
詩的觀念，使它們在搖晃中錯了位（這個比喻並不恰當），且很難復
歸原位。」[25]而一九八六年十月由《深圳青年報》和《詩歌報》聯合
舉辦的「現代詩群體大展」，是「新生代」陣容與觀念的大檢閱，儘
管真正出色的作品不是太多，但此次饒有意味的「詩歌事件」，的確
以獨特的行動和語言策略，表現了他們不可遏制的情感衝動；用獨特

之後，在原來的林地上重新生長起來的次代森林，它包括天然更新和人工更新兩大
類，在林齡不同的地方，這些森林有的已被開伐利用，有的還待於開伐。……真正
有生命力的、能代表未來的仍然是富有朝氣的『次生林』。」這本詩集中的不少作
者（如歐陽江河、柏樺、翟永明等），後來都成了「新生代詩」極有影響的詩人。

24 王小龍：〈遠帆〉，收入北京大學五四文學社編：《青年詩人談詩》，1985年。
25 牛漢：〈詩的新生代——讀稿隨想〉，《中國》1986年第3期。

的題材傾向、意象特點和結構方式，傳達出一種迥異於「朦朧詩」的個人經驗與自我意識。

　　說「新生代詩」撼動了幾十年形成的一些詩歌觀念的框架，不如使用其代表詩人之一韓東一篇文章所稱的「第二次背叛」更為恰當，假如同意「朦朧詩」是對以政治抒情詩為主流的當代詩歌美學的第一次背叛的話。「新生代詩」作為詩潮存在的理由是跟「朦朧詩」不一樣。它有非常複雜的原因，但作為一種文學現象，外部原因和內部因素的相互作用，仍然是我們觀察的兩個有效視點。新生代詩不是橫空出世的存在，它的形成根源於這一代青年的生存經驗和內心要求的巨大改變。「朦朧詩」是在民族的空前災難和憂患中產生的，它是紅衛兵一代心靈歷程和生存經驗的藝術折光，是曾輕信過的某種永恆價值秩序瓦解崩塌過程中留下的詩歌化石，是一代人情緒意識的「紀念碑」與「墓志銘」。其詩歌中的話語主體，是一種集體的經驗主體，即為時代的外在暴力所規定的、帶有社會公共性和普遍性的東西。而「新生代詩」則面對新的歷史與文化語境：歷史的噩夢過去之後，詩已很難在意識型態的對抗或競爭中定位，「四個現代化」政治經濟目標的設定，開放格局的逐漸形成，每天都在擦去與書寫新的經驗，改變著作者與讀者的自我經驗結構。與黑暗、恐怖的尖銳對立，被新的渴望和追求所替代，不再是連續不斷的政治運動所造成的惶恐，而是更複雜、更具體、也更糾纏不清的日常生活。生活已經造成了人們的欲望和期待的改變，人們的內心面臨的是一系列新的衝突：物質商品與精神追求，嚴肅與通俗，消費與囤積，現代價值意識與傳統規範，高雅藝術趣味與文化快餐，生存的數量與質量，統一與多元，等等。八十年代的人們不能不在這種新的生活和「文化」衝擊面前作出反應。另一方面，國門打開了，中國與西方的關係已不再是一種簡單的政治對峙，它越來越多包含著特殊歷史條件下的民族經濟戰略與資本主義經濟、文化霸權的利害迎拒關係，中國人開始把自己提到全球的

位置去考慮人與自然、人與社會、人與人的關係。

　　當「世界闖入了我的身體」（翟永明詩句），視野變了，意識變了，詩歌當然也會發生變化。這種變化最明顯的表現，是「人」的意識的遷移。相對於「朦朧詩」對「一代人」的昭示，「新生代詩」體現了對「集體共同性存在」的又一次背叛，「回到個人」是《他們》最響亮的口號，並且認為：「生命的形式或方式就是一切藝術（包括詩歌）的依據。生命的具體性、自足性、一次性、現實性和不可替代性必須得到理解。」[26]正是由於「回到個人」的強烈訴求，帶來了「經驗」到「體驗」的轉變。「新生代詩」多半沒有上一代人痛苦不堪的「歷史」記憶，他們如入無人之境，只覺得生命的孤獨無援，既感到世界的荒誕，也感到自我的虛無，「每一種事物都可以在另一種事物中找到虛構／一支香菸最終將被另一個火從頭上點燃／我們在對話，於是我們成為對話」（楊黎：〈對話〉）。猶如「朦朧詩」那一代所提供的，「新生代詩」所提供的也是他們自己的精神自傳。大致地說，「朦朧詩」中的話語主體，是一種經驗主體，即被他們時代的外在暴力所規定的、帶有極大的社會性和普遍性的東西；而新生代的話語主體，帶有更多體驗的性質，他們在解凍年代冷熱失調的環境中釋放出了更多個體生命的感受，因而重視通過語言對生命體驗的追尋，展開對暴力的反抗和自我的語言構造。經驗與體驗的不同，正在於被動與主動的區別，而回到個人，無疑是體驗的前提。「新生代詩」重視辨認與想像個人體驗到的當下生存狀態：他們懸擱歷史的文化銘刻，「有關大雁塔／我們又能知道些什麼／我們爬上去／看看四周的風景／然後再下來」（韓東〈有關大雁塔〉）；他們主張以「我」為楔子介入世界，像「腰間掛著詩篇的豪豬」（李亞偉〈硬漢們〉）橫衝直闖，矛盾而虛妄地宣稱要「像市民一樣生活，像上帝一樣思考」（這

---

26 韓東：〈《他們》，人和事〉，《今天》1992年第1期。

群詩人流行的一句口號）。一些人把詩寫得滿不在乎，隨隨便便，恣意雜陳，把許多我們過去認為不便入詩的東西用大白話移植到詩裡去，並用驚世駭俗的方式吸引讀者的注意。不過，光注意他們雜陳的庸人瑣事細節，喜笑怒罵的情緒是不夠的，在那些平庸、荒誕的生活細節的展列裡，在那嘲諷與自嘲的口吻裡，在那表面冷漠、灰冷的句子裡，有現代生存的「冷風景」。

「新生代詩」與「朦朧詩」最明顯的不同是主體的典雅、莊嚴、崇高、英雄色彩的放逐。「朦朧詩」在一個非人的世界裡發現了人，人的價值和人的尊嚴；「新生代」詩人則剝落了普通人的詩意和神聖感，人在詩中成了一個不斷分裂、無法確定意義和價值的存在。「黑夜給了我黑色的眼睛，我卻用它尋找光明」（顧城：〈一代人〉），「我站在這裡／代替另一個被殺害的人」（北島：〈結局或開始〉）──「朦朧詩」尋找的是人性的復歸，是以真實的人代替抽象的「人民」。而「新生代」詩則宣稱：「人無法把握一種流向／只沉默地將長髮／梳成河流的形狀」，他們也感到自我的矛盾與分裂。有的用語言敞開貧乏，以調侃、自嘲、惡作劇的方式向現存秩序表示個體生命的抗議，有的走出優雅，指向蠻性的遺傳，讓人回望人類原始的本真。當然也還有另外一部分（也許更值得注意的一部分），把抗議推向背景，把歷史還給歷史，把未來留給未來，只以平凡人的身分，表現對生命的熱愛與同情。這類詩面對現代人孤立無援的生存境遇時也許更宿命，更絕望，因此也就更看重生命的當前狀態，認同平凡人平凡生命本真的部分，肯定真實、自由、具體的人性，不讓整個悖謬、荒誕、矛盾的背景摧垮人的精神。

從主體自我的確定，到主體自我的消解，既是經驗到體驗的過渡，也是對「朦朧詩」所建立的人的「寓言」，以及以意象、象徵為主導特徵的「寓言化」文本的解構過程。「新生代」詩人主張「拒絕隱喻」，摒棄對應深度精神的象徵手段，喜歡用平面、瑣碎的散文風

格和生活流中的「語感」，表現日常生活的平庸，體現生活的「原色」。如于堅的《作品第52號》：

> 很多年，屁股上拴串鑰匙，褲袋裡裝枚圖章
> 很多年　記著市內的公共廁所，把鐘撥到七點
> 很多年　在街口吃一次一角二的冬菜面
> 很多年　一個人靠著欄杆，認得不少上海貨
> 很多年　在廣場遇著某某說聲「來玩」……

無論是結構或者語言，都呈現為「生活」化的、平淡的、表面上無主體介入的冷淡鋪排風格，以便表現一種重複、單調的現代都市邊緣人的生活。

如果說，在思想立場上，「新生代詩」是以自由、分裂的個人主義與「朦朧詩」的詩歌英雄主義相對抗；那麼，在詩學追求和藝術風格上，則是企圖通過對「朦朧詩」深度模式的拆除，體現詩歌的感受力和文本的開放性，希望詩歌具有原創的、自由的活力，同時獲得更自然的語言效果。他們在寫作上的主要追求有三個方面：（一）主張用口語化、生活化的語言代替人工「陌生化」的知性語言，不強求暗示性、內涵、張力、彈性、音樂性等語言效果，否定詩歌語言與日常語言的界限；（二）追求結構的自然、靈活，反對「朦朧詩」式的「高層建築」；（三）拒絕象徵、隱喻等複雜技巧，反抗詩歌的抒情暴力，看重語言自身的繁殖力量，或以「純粹」、任性的語言攜帶冗煩、糾纏不清、意義矛盾的細節，造成文本的戲劇性或戲謔效果。

「新生代詩」的這一切實驗都是在「回到詩歌」的名義下進行的。其中最引人注目也最為他們津津樂道的，是對詩歌語言的看重。「他們」詩派明確提出了「詩到語言為止」的主張，「非非主義」強調「詩從語言開始」，「海上詩群」認為「語言發出的呼吸比生命發出

的呼吸更親切、更安詳」。由此，繁衍出一系列諸如「語感」、「語暈」理論，以至於過了十幾年，于堅在為《一九九八中國新詩年鑒》寫序時，還認為「新生代詩」對語言的關注，「其意義只有胡適們當年的白話詩運動可以相提並論」，他說，「第三代詩的歷史功績在於，它重新收復了『漢語』一詞一度被普通話所取締的遼闊領域，它與從語言解放出發的五四白話詩運動是一致的，是對胡適們開先河的白話詩運動的承接和深化。……它是白話文運動之後的第二次漢語解放運動，是對普通話寫作的整體反叛。」[27]的確，許多「新生代」詩人看到了以往詩歌語言沉重的文化負擔，對被意識型態滲透的「普通話」表示不滿，一方面，注意從較少文化惰性的口語、俗語、日常用語中尋求語言的活力；另一方面，竭力反抗「朦朧詩」以往的修辭習慣和編碼方式，體現話語組織的自由和個性。不過，「新生代」詩的語言實驗不同於五四的白話詩運動，後者具有「啟蒙」民眾的歷史抱負，因此強調及物性的寫作（即胡適倡導的「具體性」），強調對西方語法的借鑑（「須講求文法」），總體上趨於散文的嚴謹；而「新生代」詩，重視的是所謂「零度寫作」，重視語言的「能指」作用和不及物性，相當多的詩人看重感覺和語言本身的繁殖力，迷戀於言說的解放和歡悅感。

　　作為現代漢語詩歌在新的歷史條件下的又一次展開的現代性尋求，「新生代」詩是「朦朧詩」的裂變，把自由個人主義和語言實驗推向到了某種臨界點。它有力地推進了集體經驗向個人體驗的的轉變，極大地解放了詩歌的感受力，催生了包括女性主義詩歌在內的嶄新詩歌現象；同時，高度的語言意識也促進詩歌寫作更深地進入了它的各種可能性的探索，也更深地發現了語言與現實、語言與主體的親和與分裂的辯證，從而讓人們深入思考語言、文本中歷史、社會、個

---

27 于堅：〈穿越漢語的詩歌之光（代序）〉，《一九九八中國新詩年鑒》，廣州市：花城出版社，1999年版。

人意識的蹤跡，思考詩歌踐行語言的方式和策略。可以說，「朦朧詩」提出的詩歌的「自足性」的要求在「新生代詩」中已經得到語言上的落實，雖然其中也存在著不少新的問題。

作為一種「背叛」性的詩歌運動，「新生代詩」既是一種美學與語言實驗，也帶有行為主義色彩，因而多少給人一種流派多於詩人，宣言超過作品的印象[28]。當時的詩歌成就或許與聲勢不成正比，但除了較引人注目韓東、翟永明等人外，潮流以外的海子、駱一禾顯示了獨特的才華與風格，並因英年早逝在九十年代初成為詩界熱議的話題。其他如于堅、柏樺、歐陽江河、西川、陳東東等，也在後來（特別是九十年代）成了有實力的詩人。

韓東（1961-　）是民刊《他們》雜誌的創辦者[29]，他開一種風氣的詩〈有關大雁塔〉、〈你見過大海〉等也發表在一九八五年三月創刊的《他們》。這是兩首與「朦朧詩」有「互文」關係的詩，實際上是跟「朦朧詩」某些追求文化象徵的作品的對話（或解構）。「有關大雁塔／我們又能知道些什麼／我們爬上去／看看四周的風景／然後再下來」，無論是情感還是語言，都與之前楊煉的詩〈大雁塔〉大異其趣。楊煉的〈大雁塔〉是「遙遠的童話」，是無數歷史的痛苦與悲劇的見證，是一個裝有無數故事的「思想者」（「沉默／岩石堅硬的的心／孤獨地思考／黑洞洞的嘴唇張開著／朝太陽發出無聲的叫喊／……

28 據「中國詩壇一九八六」現代詩群體大展」的主辦者之一《深圳青年報》報導：「一九八六——在這個被稱為『無法拒絕的年代』，全國二千多家詩社和千百倍於此數字的所謂詩人，以成千上萬的詩集、詩報、詩刊與傳統實行著斷裂，將八十年代中期的新詩推向了瀰漫的新空間，也將藝術探索與公眾準則的反差推向了一個新的潮頭。至一九八六年七月，全國已出的非正式打印詩集達九〇五種，不定期的打印詩刊七十種，非正式鉛印詩刊和詩報二十二種。」（《深圳青年報》1986年9月30日）

29 雖然前幾期的《他們》的主編都署名付立，但付立只是一個主編空缺的頂替者，創辦與命名人都是韓東。「我的朋友付立為印刷、籌款諸事奔走，竭盡全力。他本人不寫作，但我認為他的名字必須在《他們》出現。……正好『主編』一欄空缺。」（韓東：〈《他們》，人和事〉，《今天》1992年第1期）

給孩子們／講講故事」）；而在韓東的〈有關大雁塔〉中，「大雁塔」完全不是一個超重的文化符號，不是人們文化朝聖的對象，而是「那些不得意的人們」、「那些發福的人們」消愁解悶的「風景」：他們「統統爬上去／做一做英雄／然後下來／走進下面的大街／轉眼不見了」。另一首〈你見過大海〉也是如此，所處理的是平凡的日常生活與文化想像的關係，而那循環回復的節奏和口語化的語言，又強化了主題和表達的效果：「你見過大海／你想像過／大海／然後見到它／就是這樣／你見過了大海／　並想像過它／可你不是／一個水手」。

　　人經歷過、想像過許多事物，但並不意味著就可以成為歷史與想像中的存在，不可以想像成為英雄，就認為自己真的是一個英雄而忽略日常生活真實平凡的一面，這就是韓東詩歌的基本主題。韓東詩歌的意義，主要在緩解了當時歷史與道德對於詩歌的巨大壓力，讓人們關注平凡生命和具體的人性，並探索一種與之對應的語言和更為直接表達技巧。在對韓東詩歌的評論和文學史著作中，人們一般比較關注他〈有關大雁塔〉、〈你見過大海〉等詩潮中的對話性作品，實際上，韓東還有一些沒有明確的解構意圖、直接面對生命與日常的詩也很值得關注，像〈明月降臨〉、〈溫柔的部分〉、〈黃昏的羽毛〉、〈從白色的石頭間穿過〉等。〈明月降臨〉寫窗外的月亮對「我」的注視，表達永恆與有限的關係，優美中隱含著侵入骨髓的傷感。尤其是結尾，語言乾淨有力，節奏與意思的配合非常出色：

　　　　你靜靜地注視我

　　　　又彷彿雪花

　　　　開頭把我灼傷

　　　　接著把我覆蓋

　　　　以至最後把我埋葬

九十年代以後，韓東把主要精力放在小說寫作方面，但仍有一些詩作發表，其中〈機場的黑暗〉等詩，復合著對逝去的人與事，以及生命中美好東西的緬懷，對現實與自我的自嘲：「完美的肉體升空、遠去／而卑微的靈魂匍匐在地面上」，令人難忘。

在「新生代詩」背向歷史和象徵主義的潮流中，如果說，韓東、于堅、李亞偉（代表作有〈中文系〉等）、楊黎（代表作有〈冷風景〉）等人開拓了詩歌寫作面向日常生活和口語的空間，那麼，陸憶敏、翟永明、伊蕾、唐亞平等一批女性詩人則共同推動了一股女性詩歌的寫作激流。

女性詩歌激流的形成實際上是七十年代末以來中國文學人的主題發展、深入的結果：首先是人與非人的問題，接著是集體的人還是個人的問題，然後又是男人與女人這樣性別身分認同的問題。當然，這種創作現象也是個人的主體確認與意識建構，與歐美女性主義思潮相遇的結果。陸憶敏的《美國婦女雜誌》是較早發表的中國女性詩歌文本，也是刊登在一九八五年三月出版的《他們》創刊號上，寫的就是通過《美國婦女雜誌》這個窗口，一種新的意識誕生的過程：「你認識那群人／誰曾經是我／我站在你跟前／已洗手不幹」。而翟永明影響廣大的〈女人〉組詩，則受到普拉斯（Silvia Plath）作品的啟發，她甚至曾將普拉斯的詩句「你傷害我的身體，就像上帝傷害自己」作為這組詩的題記[30]。

八十年代的中國女性詩歌與過去女詩人作品的一個最大的不同，是它不再是一種風格的標誌，而是基於自覺的性別立場，挑戰男性權力的壓迫，反抗「被書寫」的命運，尋找自己的主體性。她們的詩，從女性獨特的經驗出發，顛覆傳統的美學成規，帶出了包括「身體寫

---

30 大部分讀者是從一九八六年九月號的《詩刊》上讀到翟永明的組詩〈女人〉（六首）的。但據楊黎對翟永明的訪談，〈女人〉組詩寫於一九八三年，當時曾在一個朋友的筆記本上讀到過普拉斯的詩，並把其上述詩句作為題記。

作」在內的不少文學話題。除上述詩作外，翟永明的組詩〈靜安莊〉、〈死亡圖案〉，伊蕾的組詩〈獨身女人的臥室〉，唐亞平的組詩〈黑色沙漠〉，王小妮〈應該做一個製作者〉等，都是當時較有影響的作品。

　　翟永明（1955-）是她們之中較有成績和有代表性的詩人，也一直圍繞著女性經驗展開自己的詩歌想像。特別在早期，通過身體的發育、變化回應與闡述外部世界，是她最基本的想像策略。在《翟永明詩集》中，以〈女人〉組詩開篇的頭兩行詩就是：「穿黑裙的女人贪夜而來／她秘密的一瞥使我精疲力竭」，而在下一首長詩〈靜安莊〉的「第九月」中，則寫道：

　　　　是我把有毒的聲音送入這個地帶嗎？
　　　　我十九，一無所知，本質上僅僅是女人
　　　　但從我身上能聽見直率的嚎叫
　　　　誰能料到我會發育成一種疾病？

激越的情感攜帶著反諷的快意。所謂「一無所知」就是拒絕承認男權文化的規範，而「疾病」，則包含著對男性理念的反嘲。翟永明敏感抓住這種「疾病」，投射自己的女性經驗和詩歌想像，用語言打開了女性的感覺、欲望和壓抑，創造了一個充滿「悲哀和快意」、「心滿意足的創痛」的「黑夜」世界。這是一個具有潮濕靈魂和神秘色彩的語言世界，充滿獨特個人感覺和幻覺的意象，帶著神話和寓言的斑駁光影，在黑暗中閃光與舞蹈，「與天上的陰影重合／使你驚訝不已」。

　　翟永明用詩歌語言打開的「黑夜」世界，體現了女性意識的自覺。在題為〈黑夜的意識〉這篇無異於女性主義詩歌寫作的宣言中，翟永明認為「女性的真正力量就在於既對抗自身命運的暴戾，又服從

內心召喚的真實，並在充滿矛盾的二者之間建立起黑夜的意識。」[31]
這種女性詩歌意識和想像方式，得到不少女詩人的認同，一時間黑色
意象在許多女性詩作中得到反覆的模仿與複製，如「黑色衣裙」、「黑
色風景」、「黑色沼澤」、「黑色漩渦」、「黑色洞穴」、「黑色霜雪」、「黑
色眼淚」等。不過，對翟永明自己而言，女性意識的強調和對普拉斯
式自白風格的熱愛是特殊心境的產物。自八十年代後期開始，她的詩
風有較大的轉變：雖然女性的視角並沒有消失，但她對女性寫作的情
緒風暴和語言暴力有清醒的反省，更為關心的不再是性別的宿命，而
是個人與歷史、現實、語言的關係。同時，她以戲劇性的場景和平靜
的敘述節奏超越了普拉斯式的自白風格，讓個人經驗與語言互相吸
收，「──就如推動冰塊／在酒杯四壁　赤腳跳躍／就如鐃鈸撞擊它
自己的兩面／傷害　玻璃般痛苦──／詞、花容和走投無路的愛」
（〈十四首素歌〉）。

　　翟永明因開拓了女性詩歌寫作空間而成為八十年代的重要詩人，
但藝術成就而言，她一九九〇年代寫的〈壁虎與我〉、〈咖啡館之
歌〉、〈盲人按摩師的幾種方式〉等更為人稱道。

四　臺灣詩歌的「本土」回應

　　與大陸如火如荼的現代詩實驗不同，臺灣詩壇進入七十年代前
後，隨著《中國現代詩論選》、《中國現代文學大系・詩》、《Modern
Chinese Poetry》（《中國現代詩選》）等選本的出版[32]，現代詩已經被
正典化了，活躍的是一股重估與抗衡的詩潮。

31　翟永明：〈黑夜的意識〉，《磁場與魔方──新潮詩論卷》，北京市：北京師範大學出
　　版社，1993年。
32　洛夫、張默、瘂弦主編：《中國現代詩論選》，高雄市：大業書店，1969年；洛夫
　　編：《中國現代文學大系・詩》，臺北市：巨人出版社，1972年；葉維廉編譯：
　　《Modern Chinese Poetry》，1970年在美國出版。

　　實際上，臺灣現代詩運動自五十年代以來，在內部，存在著先鋒主義與新古典主義的論爭，在外部，也始終有不同甚至對抗的聲音。如一九六二年七月創刊的《葡萄園》詩刊，在《創刊詞》中明確提出「拋棄虛無、晦澀和怪誕」主張，就是要抗衡現代詩的艱澀。而另一個幾乎全由臺灣本省詩人組成的「笠」詩社（社刊《笠》創刊於1964年6月），取名便有以鄉土的「斗笠」對抗貴族的「皇冠」的意思；雖然他們並不自外於現代主義詩潮，但他們既呼應西方的現代詩，也回溯二十～三十年代臺灣現代詩的另一個源頭，體現了獨特的觀照立場，──這就是臺灣本土先用日文後來用漢語寫作的「跨越語言的一代」的立場。這種立場在該詩社編選的五十～六十年代臺灣現代詩選本《華麗島詩集》中得到了明顯的反映，他們不僅「持著孕有環境的獨特性和問題的複雜性的那些語言的使命」，而且明確提出臺灣現代詩的「兩個根球」：一個「根球」是中國大陸二十～三十年代的「現代派」，「另一個源流就是臺灣過去在日本殖民地時代，通過曾受日本文壇影響下的矢野峰人、西川滿等所實踐了的近代新詩精神。……繼承那些近代新詩精神的少數詩人們──吳濤瀛、林亨泰、錦連等，跨越了兩種語言，與紀弦他們從大陸背負過來的『現代』派根球融合，而形成了獨特的詩型使其發展。」[33]

　　「笠」詩社的成員在日據殖民時代出生，有外族統治時的痛苦經驗，因此，在臺灣光復後，他們關懷本土文化，卻不與當時的「文化中國」教育和偏向西方的現代詩潮形成衝突。但隨著現代主義從探索演變為某種體制化的標準，隨著臺灣的現實問題日益突出，也隨著「戰後的一代」的成長（代際的變化也意味著經驗的不同，他們不像前代詩人經驗過戰亂和離鄉背井之痛），臺灣詩人的關懷也就從本土文化的層面擴展到本土現實的層面了。他們公開挑戰現代詩的「世界

33　〈中國現代詩的歷史和詩人們──《華麗島詩集》後記〉（笠詩社），見《從深淵出發》，臺北市：普天出版社，1972年。

性」、「超越性」和「純粹性」，強烈要求詩歌關心現實、回歸傳統。

　　這種新的詩潮在當時被稱為詩的「新世代」。它以一九七一年元旦創立「龍族詩社」為開端，以一九七五年五月創刊《草根》詩刊的〈草根宣言〉為基調，最終由《陽光小集》作為該派詩人的集結地[34]。其間，堅持這種主張的主要詩刊，還有一九七一年七月創刊的《主流》，一九七二年九月創刊的《大地》，一九七七年五月創刊的《詩潮》等；而在詩社之外，一九七二年關傑明對現代詩的詰難，一九七三年唐文標對現代詩的激烈抨擊，以及七十年代末影響廣泛的「鄉土文學論爭」，也對現代詩的重估與檢討運動起到了推波助瀾的作用。

　　《龍族》詩刊以「龍」的圖騰象徵中國精神，立足於「我們敲我們自己的鑼打我們自己的鼓／舞我們自己的龍」[35]，在一本《龍族詩選》中，編者在序言中提出：

　　　　大致說來，龍族諸君都是屬於戰後的一代，對於戰爭可以說是
　　　　缺乏體認，生活空間也僅限於土生土長的臺灣，自然就沒有受
　　　　到苦難與鄉愁的濡染；因此，作品所顯示出來的，已沒有上一

34　《龍族》詩刊於一九七一年三月創刊，一九七六年五月出版第十六期後停刊；由蕭蕭、辛牧、施善繼等人發起，主要同仁有林佛兒、林煥彰、喬林、陳芳明、高上秦、蘇紹連、景翔等。《草根》詩刊於一九七五年五月創刊，出至四十二期停刊；由邱豐松、羅青先後任主編，主要同仁有李男、詹澈、張香華等。《陽光小集》於一九七九年十二月創刊，同仁來自《詩脈》、《綠地》、《暴風雨》、《北極星》四個詩刊，詩人包括向陽、張弓、陳皇、李昌憲、莊錫釗、陌上塵、林野、沙穗，以發表詩作為主；一九八一年三月第五期改版為「詩雜誌」後，納入了《草根》、《創世紀》、《藍星》、《主流》、《大地》等詩刊的作者，承續「龍族」以降「新世代」的精神主張，企望體現新一代詩人的美學風貌；該刊於一九八四年六月出版第十三期（該期為「政治詩專輯」）後停刊。

35　見《龍族》一九七一年三月創刊號「創刊宣言」。原為詩歌形式的分行排列，全「文」是：「我們敲我們自己的鑼打我們自己的鼓／舞我們自己的龍／／（怎麼啦）／／我們還是敲打我們自己的／舞我們自己的／／這就是龍族」。

代那樣激進而極端了。……第一、龍族同仁能夠肯定地把握此時此地的中國。……第二，……有意無意之間走民族風格的路線，……能夠誠誠懇懇地運用中國文字表達自己的思想，……第三，……對這個開放的新興的詩社來說，詩固然是要批判這個社會，但是，也要敞開胸懷讓這個社會來批判我們的詩。[36]

顯然，現實中國、民族風格、詩與社會的互動，這三者是《龍族》的主要追求。這種追求反映了「新世代」對現代詩的「歸屬性」的關懷：「就時間言，期待著它與傳統的適當結合；就空間言，則寄望於它和現實的真切呼應。」[37]為此，「龍族」詩社向海內外詩人、學者多方邀稿，訪問，廣泛徵集對現代詩的批評，推出了《龍族評論專號》，對五十～七十年代的現代詩創作展開了全面的檢討，產生了廣泛的影響[38]。

影響所及，是現代詩的邊緣化，像余光中、洛夫、楊牧這樣的一些「前代」詩人寫出了一些重寫古典題材或衍化古詩意象的作品；而「新世代」則明確了他們新的詩歌立場和創作主張。後者在《草根》詩刊的創刊宣言中得到了完型的表達：它把之前六十年代的「新詩」分為「革命時期」和「過渡時期」兩個階段，加以總結和反省，然後提出自己作為「鍛接的一代」的詩歌主張：

---

36 陳芳明：〈新的一代新的精神──《龍族詩選》序〉，《龍族詩選》，臺北市：林白出版社，1973年。

37 高上秦：〈探索與回顧〉（序），《龍族評論專號》，臺北市：林白出版社，1973年。

38 向陽的這段話可供參考：「《龍族評論專號》出版後，不僅帶給詩壇二十年來空前的震盪，同時也引起了各界的矚目，……評論專號所象徵的，已不止是新世代詩人對現代詩發展過程的檢討與反省，它同時也成為七十年代新詩浪潮的第一個浪頭，新世代文學反歸傳統、回饋本土、關切現實的第一面旗幟。其意義至為重大。」（〈七十年代現代詩風潮試論〉，臺北市：《文訊》第12期（1984年6月）

〔在精神和態度方面〕

一、處在這樣一個國家分裂的時代，我們對民族的前途命運不能不表示關注且深切真實的反映。

二、詩是多方面的，人生也是。我們不認為詩非批評人生不可，但認定詩必須真切的反映人生，進而真切的反映民族。……

三、我們體察到詩之大眾化與專業化是一而二、二而一的。其中的分野，要視題材的處理與藝術手法的傾向而定。我們願見二者各有各的表現，互相平衡而不偏於一方。

四、對過去，我們尊敬而不迷戀；對未來，我們謹慎而有信心。我們擁抱傳統，但不排斥西方。過分的擁抱與排斥，都是變態。我們的態度是瞭解第一，然後吸收、消化、創造。創造是我們最終的目的。同時，我們也知道要有專一狂熱的精神，創造方能有成，我們願意把這份精神獻給我們現在所能擁有的土地：臺灣。

〔在創作和理論方面〕

一、詩想是詩的語言和形式的先決條件，我們不迷信語言，也不忽視形式。因為只有思想變，整個詩才會變，語言、意象、音樂、形式也都隨著變。

二、我們不必要求詩一定要講文法，但新鑄的語句，應當避免謎語式的割離和矯柔式的造作。……我們不避用對仗，及一切適用於詩中的中文特性，只要運用的自然有力，且有藝術上的需要。至於用典，我們也不排斥，只要典能化入詩中，與原詩配合無間，從而增強其效果者，我們樂於接收。

三、無論從事任何一種詩創作，我們都不放棄詩的音樂性。……

四、自由詩、格律詩、分段詩，以及其間所屬的小詩，圖像
　　詩、戰鬥詩、民歌詩⋯⋯等等我們一律不排斥：或繼承或
　　研究，或改過，或闡揚，我們要不斷的在新詩的形式上研
　　究探討、實驗、創造。在某些情況之下，⋯⋯我們認為詩
　　歌可以合一，以發展新民歌的可能性。[39]

這些主張，在精神上，表現了臺灣「新世代」詩人對現實、大眾和傳
統的關切；在創作理論上，則隱含著對以往「新詩」的某種否定：不
僅否定了紀弦五十年代提出的詩與歌分立的觀點，也把胡適當年「八
不主義」所反對的東西重新請出來了，他們認為「詩歌可以合一」，
「新民歌」在現代也仍有發展的可能性。

　　這一宣言實際上反襯了「新世代」比較一致的從本土出發關懷傳
統、現實、大眾的「精神和態度」。然而，正如林燿德在一篇文章中
所提出的那樣，它們包含著諸多需要思考的前提：「一、怎樣『重建
民族詩風』？二、如何『關懷現實生活』？三、什麼是『本土意
識』？四、詩人用哪一種方法切入『大眾』的層面，用哪一種手段中
介、『反映』其『心聲』？」[40]既由於「新世代」代際經驗方面的原因
（都是在戰後的臺灣出生和成長，「中國意識」的形成既缺少更廣大
的時空感性，又囿於國民黨意識型態控制的學校教育），也因為當時
接二連三地發生了震盪臺灣的重大事件，刺激了民族情緒的高漲和面
對現實的精神[41]，而那些前提卻沒有得到深究。相反，與唐文標激烈

---

39 草根社：〈草根宣言〉，臺北市：《草根》月刊，第1卷第1期（1975年5月）。

40 林燿德：〈不安海域——八十年代前葉臺灣現代詩風潮試論〉，臺北《文訊》1986年
　　8月號。

41 主要有：（1）一九七〇年十一月開始的釣魚台事件；（2）一九七一年十一月二十五
　　日臺灣「退出」聯合國；（3）一九七二的二月二十一日美國總統尼克松訪問北京；
　　（4）一九七二年九月日本宣布與臺灣斷絕外交關係。

反對詩的超越性，渴求介入生存與行動的庸俗社會學主張相近[42]。「新世代」詩人心目中的「龍」、「土地」、「草根」等「本土」文化符號被政治化和本質化了。在思想上，強調的是歷史傳統和現實境遇中不無褊狹的「本土」中國，卻不大能正視近代以來與世界糾纏迎拒中交雜混成的現代中國意識，在激情批判現代詩的同時，遮蔽了六十～七十年代工業化過程中城鄉衝突的內心經驗。一九七七年創刊的《詩潮》闢出「工人之詩」、「稻穗之歌」、「號角的召喚」專欄，引來許多人對「工農兵文學」的聯想（余光中還寫了〈狼來了〉一文進行質詢[43]）；《陽光小集》也先後推出關切現實的「詩與政治」和座談政治詩的專欄，並把第十三期編為「政治詩專輯」。

　　因為強調現實、傳統、本土、大眾中的實際政治意義，渴望想像的語言轉化為行動的力量，他們把批評的重心指向了前代現代詩的「世界性」、「超現實性」、「獨創性」和「純粹性」。然而，林燿德認為：「七十年代初期所爆發的寫實主義浪潮，原本如同日據時期與光復時期的寫實主義詩群一般含有濃厚的民族（七十年代的『中國』）

---

42 唐文標七十年代初對現代詩的批評被稱為「唐文標事件」。唐文標批評現代詩的文章主要是：〈什麼時候什麼地方什麼人——論傳統詩與現代詩〉（《龍族評論專號》，臺北市：林白出版社，1973年8月出版）、〈詩的沒落——臺灣新詩的歷史批判〉（臺北《文季》1973年第1期）、〈僵斃的現代詩〉（臺北《中外文學》1973年第2卷第3期）。這些文章不僅激烈批評現代詩，也根本就否定詩歌存在之必要，在〈僵斃的現代詩〉一文中，他寫道：「說深一點，它（指詩——引者）從未進入過任何事物裡生存與行動，它在藝術中離人類最遠，也未曾與社會及民眾保持過血肉關係，宜乎到了現代，民眾一腳就把它『蹬』出去了。」

43 《詩潮》主編高準後來在《為〈詩潮〉答辯流言》中也曾說過：「（該刊）要求顯現比較雄健的風格，並且對於有關工人與農民的詩篇各闢專欄，對鄉土民歌風格的作品及對國家民族作整體歌頌的作品，也都各予以專屬而相應的篇幅。……自去年七、八月以來，臺灣即有一種流言，說有人提倡『工農兵文學』，是『狼來了』。並且有人對我說，那指的就是《詩潮》。……本年一月三十一日《中華日報副刊》刊出彭品光先生的〈文學不容劃分階級——我們反對所謂工農兵文學的觀點〉一文更可代表對《詩潮》的流言。」（高準：《文學與社會改造》〔臺北市：德華出版社，1978年〕，頁255-257）

和左傾（同情被壓迫階級）的色彩，……但在文學上卻因為欠缺實踐上的藝術性建樹，而使得他們在意識型態方面的表達意義遠遠大過八十年代詩潮參與者所提供的文學思省。」[44]

進入八十年代之後，以現實、傳統、本土、大眾精神為依歸的詩潮已成強弩之末。一方面，「本土」的訴求愈顯狹隘化的危機；另一方面，它也被後現代主義的多元離散詩潮所超越。八十年代以來的臺灣的「後現代」詩壇，夏宇（1956-）、林燿德（1962-1996）、陳克華（1961-）、陳黎（1954-）、羅青（1948-）等都是很活躍的詩人。

——本文收入嚴家炎主編：《二十世紀中國文學史》下冊，第29章，
北京市：高等教育出版社，2010年。

---

44 林燿德：《八〇年代現代詩的世紀交替現象》注4，見《臺灣現代詩史論：臺灣現代詩史實錄研討會》，〔臺北市：文訊雜誌社，1996年〕，頁431。

九十年代的中國詩歌

一　重新做一個詩人

　　二十世紀九十年代的中國詩歌始終處在向歷史和文化邊緣滑落的陰影與壓力中，而其中最醒目的標幟是詩人的死亡。如果說，馮至、艾青、冰心、卞之琳等這些二十世紀中國詩歌巨星在九十年代殞落，是由於不可抗拒的自然法則，人們尚能在無法接受中接受的話，那麼，自一九八九年海子、駱一禾猝死以來，顧城、徐遲、昌耀等人的相繼自殺，卻在讀者的心裡留下了揮之不去的陰影。

　　自然，這些詩人的自殺不無直接具體的個人原因，但在文化的立場言之，卻不能不是詩歌、詩人與時代的緊張關係的反映。海子在他一九八九年三月寫的最後一首詩〈春天，十個海子〉中，有一個想像的情境：春天，十個海子全部復活，在光明的景色中，他們跳著、舞著，嘲笑「這一個」野蠻而悲傷的海子，任他被劈開的疼痛在大地瀰漫。「這一個」海子不是那復活的十個海子，他甚至也不再屬於那個無視黑夜和黎明，不懂「你所說的曙光是什麼意思」的鄉村，──這是一個無法回返又無法抵達的海子：

　　　　在春天，野蠻而悲傷的海子
　　　　就剩下這一個，最後一個
　　　　這是一個黑夜的孩子，沉浸冬天，傾心死亡
　　　　不能自拔，熱愛著空虛而寒冷的村莊

作為中國農業社會最後一位出色的抒情詩人，海子的確是「最後一個」，在抗衡或是緬懷的互動上，海子重新賦予了田園和麥地詩的光芒。然而海子比誰都更清醒地意識到自己是一個「黑夜的孩子」，而這黑夜也就是他所熱愛的詩人荷爾德林（Friedrich Holderlin）所面對的以繁富包裹根本貧乏的現代之夜。一般人嚮往肥滿生活的溫熱，而詩人卻感到「沉浸冬天」的寒冷。

需要從現代之夜與詩人的冷熱關係來理解這些詩人的自殺。回想那個以「黑夜給了我黑色的眼睛／我卻用它尋找光明」概括「一代人」的顧城，當年是何等執著於理想，但是十年之後卻「傾心死亡」，他即使飄洋過海到了新西蘭的激流島，也無法在現實中找到他的童話世界。實際上，海子與顧城是同一類詩人，他們要在想像中回家，但身後的大門已經砰然關閉，於是縱身躍入了深淵。

徐遲與昌耀是從高樓躍入深淵的，最直接的原因是他們無法再忍受銳利的病魔，但很多人都知道徐遲從網絡中看見了現代世界的夢魘；而昌耀，則在九十年代初就感到一種炙人的「烘烤」：「烘烤啊。大地幽冥無光，詩人在遠去的夜／或已熄滅。而烘烤將會繼續。」（〈烘烤〉）這首詩以「烘烤啊，烘烤啊」的慘叫開始，以「烘烤啊」微弱呻吟結束的詩，讓人感到詩人在經歷肉體死亡之前已先行體驗過精神的死亡。

昌耀九十年代的詩，是現代時間之傷和精神之痛最鮮明的寫照。他反覆寫「痛」與「怵惕」，「痛」不僅是赤子與時代訂立的某種契約，也是必然要支付的代金。在昌耀看來，幸福如果只是對環境的感覺，痛苦卻是導致心死的真實出血：在這個花朵受難而眾人無動於衷的時代，人們已不復分辨夢與非夢，生與死也沒有區別，只是「在一個平面演示一台共時的戲劇」（〈意義空白〉），人生活在這個時代：

明智的妥協與光榮的撤退都無濟於事。

人，意味著千篇一律。

　　　而我今夜依然還是一隻逃亡的鳥。

　　　　　　——〈人：千篇一律〉

　　然而縱是一隻逃亡的鳥，卻沒有自由的天空，他們也不復有「時間」，——在〈時間客店〉裡，人類的現代時間已變得相當破碎淩亂，且無法修復。

　　浪漫的騎士失去了他的時代，敏銳與激情反而變成了一把自我傷殘的刀子。昌耀把風中飛揚起的廢紙、塑料袋與過去詩歌中的信天翁、海燕和雄鷹等意象並置在一起，通過波德萊爾式的想像力，將之轉換成了魯迅《野草》式的夢魘世界。實際上，昌耀九十年代的詩歌主題就是現代夢魘，充滿現代經驗的恐怖與渴望，充滿奇特的意象和怪誕的美。它們被強烈的感情所推動，但游離了通常的詩歌表達形式，而只傳達個人內心參差的韻律。它們似乎要向人們宣示，當代詩歌直線運行的抒情模式，已經容納不了詩人矛盾複雜的內心世界。

　　詩人之死是象喻性的，象喻著所承受的時間之傷和精神之痛，它醒目地放大了海德格爾（Martin Heidegger）通過荷爾德林的詩歌所提出的問題：在這貧乏的時代，詩人何為？冷戰時代的結束和中國進一步的市場化，使許多東西一夜之間從悲劇變成了喜劇，詩歌成了失去英雄時代的堂·吉訶德，社會也充塞著「寫詩的人比讀詩的還多」、「詩歌成了小圈子裡的東西」的議論！詩人們既面臨著堅持寫詩還是放棄詩歌的問題，也同時面臨著自身必要的反思和調整問題。詩人于堅在詩學隨筆〈詩人何為〉中說：

　　　我們已經置身於我們一向盼望的市場經濟的時代。

　　　無論是天堂還是地獄，我們無從逃避。

　　　就像任何一個時代那樣，新的時代又在它的十字路口提出這樣的問題：詩人何為？

這個問題一點都不詩意，一個嚴肅的關於存在的問題：是寫下
去還是擱筆，是勒著褲帶寫還是用電腦寫。寫什麼，倒還是其
次的。怎樣寫？這是終極的也是當下的。

要麼自殺。

要麼不食周粟，餓死首陽。

要麼選擇並承擔責任。烏托邦正在死去，「田園將蕪」。

這是一個由個人，而不是由集體；由行動而不是由意識型態承
擔責任的時代。[1]

在這戲劇性變化、充滿不確定性的九十年代，詩的「時代感」變
淡了，詩歌主題也分散了。人們看不見郭沫若、艾青、田間、郭小
川、賀敬之、北島這樣有明顯時代標幟的詩人，看不見聞一多、北島
那樣的詩歌鬥士，甚至不再像過去那樣能看見一波一波湧動的詩歌思
潮。詩歌已經失去共同的興奮點，也失去了普遍認同的想像與闡述當
代生活的抒情觀點，詩歌變成了王小妮所形容的只有一個人看見的彩
虹[2]，而且，許多人們習慣或陌生的寫作方式，都不再讓人好奇和感
動。不僅僅是當代政治抒情詩，也包括八十年代後期的「純詩」和九
十年代初的「農耕式」抒情詩。詩人歐陽江河在那篇被廣為關注的
〈89'後國內詩歌寫作：本土氣質、中年特徵與知識分子身分〉一文
中，認為進入九十年代後，「在我們已經寫出和正在寫出的作品之間
產生了一種深刻的中斷，詩歌寫作的某個階段已大致結束了。許多作
品失效了。就像手中的望遠鏡被顛倒過來，以往的寫作一下子變得格
外遙遠，幾乎成了隔世之作，任何試圖重新確立它們的閱讀和闡釋努
力都有可能被引導到一個不復存在的某時某地，成為對閱讀和寫作的

1　于堅：〈詩人何為〉，《詩歌報》1993年5月號。

2　王小妮：〈重新做一個詩人〉，《作家》1996年6月號。

雙重消除。」[3]這裡所指的「某個階段」的寫作，包括了抗衡意識型態的寫作、源於土地親緣關係的懷鄉式寫作，以及城市平民口語詩的寫作和純詩寫作等，幾乎囊括了八十年代後期詩歌的主要寫作傾向。

　　然而，值得注意的，並不「可能性已經被耗盡了」，而是被轉化了。當慣性行進的宏偉歷史方陣被市場叫賣迅速瓦解，人們面對的，已經不是我們所熟悉的東西，不僅是陌生的「現實」，而且是我們曾經盼望現在卻壓抑著我們的東西。在威權社會已向後威權社會轉型，傳統的權力架構已經分解與隱身的時代，權勢被轉化了，它不再是一個單純的東西，不再是某種典型的政治現象，而變成了複合的東西，變成了超社會有機體的寄生物。直至八十年代，二十世紀中國詩歌的主題可以說一直是比較單純和明確的，讀者的閱讀期待也比較集中，但到九十年代，它變得複雜多了，現實已不只是外部侵略和本土暴政中的焦慮與絕望，而是無處不在無所不在的壓迫的力量；詩歌在財經掛帥的市場社會，也已被放逐到邊緣的邊緣，許多人對它視而不見，聽而不聞，即使誰還有賀敬之、郭小川式的政治激情或天安門詩歌式的悲憤，也不再有應者雲集的風光了。這不只是詩的語境變了，也是詩人和讀者對詩的意識發生了變化，對語言與存在關係的認識發生了變化：詩是一種行動的語言，一種改造社會的工具，還是個人與存在的一種對話，一種思維與想像的言說？詩人是文化英雄、社會鬥士，甚或先知和預言家，還是一個像羅蘭・巴爾特（Roland Barthes）說的既非信仰的騎士又非超人，只能在寄寓權勢的語言中遊戲的凡夫俗子[4]？寫詩是根據「社會訂貨」的需要，還是要表達內心的感動與領

3　歐陽江河：〈89'後國內詩歌寫作：本土氣質、中年特徵與知識分子身分〉，《中國詩選》（成都市：成都科技大學出版社，1994年），頁378-399。

4　羅蘭・巴爾特認為權勢就寄存在語言之中，「但對我們這些既非信仰的騎士又非超人的凡夫俗子來說，唯一可能的選擇仍然是（如果我可以這樣說的話）用語言來弄虛作假和對語言弄虛作假。這種有益的弄虛作假，這種躲躲閃閃，這種輝煌的欺騙使我們得以在權勢之外來理解語言，在語言永久革命的光輝燦爛之中來理解語言。

悟，出於交流和分享的願望？等等。這都是進入九十年代後詩人們所
思考的問題。這些問題不是非此即彼，水火不容的，但的確存在以
「社會」、「現實」、「讀者」的名義來規範詩歌，還是以詩歌來包容社
會與現實，以「詩的方式」來展開語言實踐和文化想像的問題。換句
話說，在社會轉型與詩歌探索的交匯點上，中國詩歌的確存在作詩姿
態、想像方式、抒情觀點和閱讀期待的自我調整問題。正因為此，在
八十年代就引人矚目的詩人王小妮在九十年代不僅在詩中而且在文章
中反復提出要「重新做一個詩人」，反對詩歌成為一種社會職業而作
為一種內心需要[5]，而詩評家唐曉渡面對詩歌閱讀期待的時空錯位，
也反思了那種「奇妙地混合著對『革命』的模模糊糊的記憶、懷舊的
需要和文化──審美主體的幻覺」的閱讀心理定勢，倡導「重新做一
個讀者」。

　　所謂「重新做一個詩人」和「重新做一個讀者」，或許意味著不
只是詩和詩人分得了時代的光芒，而是要讓詩的光芒照亮時代；不只
是像過去那樣做一個自己時代的詩歌作者與讀者，而是成為一個能接
受一切好詩真詩的作者與讀者；不只是要承二十世紀的「新詩」傳
統，而且要承接中國和世界多樣豐富的詩歌傳統。九十年代的詩歌是
一種轉型的、反省的，無主流、無典範詩歌，它最大的意義不是產生
了多少具有社會一致公論、眾望所歸的詩人和詩作，而是在被迫承受

我把這種弄虛做假（trichevie）稱作文學。」見《符號學原理──結構主義文學理
論文選》（北京市：生活·讀書·新知三聯書店，1988年），頁6。

5　王小妮以〈重新做一個詩人〉為題分別寫過一首詩和一篇隨筆，在詩中她寫道：
　「有人說這裡面／住著一個不工作的人。／我的工作是望著牆壁／直到它透明。／
　我看見世界／在玻璃之間自燃紅色的火比蝴蝶受到撲打還要靈活。／海從來不為別
　人工作／它只是呼吸和想。」（《天涯》1997年第3期）在隨筆中則寫道：「應當有另
　外的人，只為自己的心情去做一個詩人，他要另外去勞動才能不饑餓，他要打一盆
　水才能洗掉灰塵。他是最平凡的人。他可以寫字，也可以不寫。他只是在那些被鎖
　定了的生活之中，感覺空隙，在空隙中發現光芒，時限極短，光活泛起來，生動起
　來。他在那會兒遭遇到另外一個飛掠而過的世界。」（《作家》1996年6月號）

的邊緣處境中開始了詩歌與世界關係的重新檢討。這種檢討，直接面對的雖然是八十年代的詩歌問題，但更深刻的意義卻在動搖了新詩運動中詩歌觀念的狹隘性。在九十年代，詩歌的社會功能正在發生變化，時代代言人的角色定位和運動性、思潮性現象（這是集體性寫作的表徵）淡化了，寫詩不再是直接參與社會生活的方式，詩的閱讀也同樣不再是公共生活中盛事，而是成了個人探討人與世界關係的獨特語言形式；詩收攏了（也可以說擴大）自己的野心，從驅動時代的變革轉向了個人意識和想像方式的關注。

二　「個人」方式與語言策略

　　表面上看，九十年代的詩歌仍然延續了八十年代詩歌「官刊」與「民刊」並存，各種詩歌觀念劇烈衝撞的局面。但九十年代的詩歌「民刊」數量雖然遠遠超過八十年代，卻不像過去那樣具有流派的意義並產生廣泛的影響，包括復刊的《今天》、《他們》、《非非》，以及九十年代初較有影響的《現代漢詩》、《傾向》與《南方雜誌》等，雖然也提出了自己的詩歌主張，但這些同人性質的雜誌更像是與「官方」趣味不同的優秀詩人詩作的集散地，而不像八十年代的《今天》、《他們》、《非非》形成了特色鮮明的流派。同時，從詩歌論爭角度而言，雖然九十年代的一些影響較大的爭論，諸如「遠離讀者」（或者「詩歌正離我們遠去」還是「我們正離詩歌遠去」）的爭論、「知識分子」與「民間」詩歌的爭論，也不再表現為「主流」與「邊緣」的對立，而是表現為詩歌內部的對立，──更準確地說，表現的是詩人對身分、地位和歷史意義的焦慮。

　　運動性、思潮性流派性詩歌現象淡化，反映的是「集團詩歌」向「個人詩歌」的轉化。事實上，儘管在評價上存在不同甚至對立的意見，但批評界普遍認為九十年代的中國詩歌呈現出一種「個人化」的

傾向。在語言的版圖內，如果「個人化」指的是徹底的自我關注同時
又必須以尊重他人的自我關注為前提，是否成為可能？這是一個無法
在理論上徹底探討的問題。換句話說，九十年代中國詩歌的「個人
化」是語境性的，非常駁雜，既有歷史的相對性又有時代的具體性，
既是當代詩歌運動某種合情合理的結果，又是一種矛盾重重的探索。
一方面，它是整個二十世紀中國現代性主題的一部分，另一方面，又
處在冷戰結束後全球化、市場化的社會文化語境中，直接面對後工業
社會和「後現代」文化思潮。這樣，「個人化」就不能不在經驗與趣
味，知識背景和想像方式上顯出非常複雜的狀況。從語境上看，與個
人主義時代直接相對的是集體主義（集體主義時代的聯結紐帶是政治
和共同信仰，主要活動形式是運動與集會；而個人主義時代的聯繫紐
帶是經濟利益，關心的問題主要是資源和利益分配，交往空間主要在
市場），詩歌寫作的「個人化」不過是拒絕普遍性定義的寫作實踐，
是相對於國家化、集體化、思潮化的更重視個體感受力和想像力的話
語實踐：九十年代詩歌寫作的「個人化」傾向，在文化與詩歌的意義
上，是個人感受與歷史權力的自由對話，最突出的特徵既不是社會歷
史化的批判與抒情，也不是意識型態的抗衡性，而是感覺、想像、趣
味與語言的解放。

　　九十年代詩歌「個人化」轉向最特殊的表現形態，是出現了灰娃
（1927-　）、苗強（1964-2004）「自我談療」式的寫作，他們那些面
向個人記憶與內心世界的詩，是詩歌有效轉移內心焦慮的個案。而更
普遍的狀況，則是詩歌與世界關係的個人重建。

　　它表現在一些資深老詩人的寫作中，是社會主題的人生化。像鄭
敏的組詩〈詩人之死〉、〈生命之賜〉和許多短詩，以及綠原、牛漢、
蘇金傘、邵燕祥、李瑛這樣執著關懷社會的詩人，都從過去由社會與
時代出發關懷人生，變得更多從人生的角度影鏡社會。像邵燕祥以幾
十年相濡以沫的夫妻感情為對象的組詩〈五十弦〉，面對的就是銘刻

在生命深處卻撫之茫然的個人記憶，既讓個人記憶彰顯具體人性的美，又讓具體的人性彰顯歷史和社會的悲劇。有趣的是，九十年代以來，邵燕祥似乎有意給自己的寫作進行了某種「分工」，以雜文形式進行社會公共空間的理性批評，而讓詩歌面向更複雜、更個人性的內心記憶和情感世界。

「個人化」表現在一批創造力旺盛的年輕詩人的作品中，則不再是道德化「代言人」式的抗議和申訴，而是梳理和認識個人面對「現實」時矛盾複雜的感覺，探索詩歌運用語言破解權力與暴力的可能性。如果細分，又可以分為如下四種：一是以西川、王家新、歐陽江河等詩人為代表的接納歷史和個人生活的矛盾與悖論，表現時代的戲劇性和個人深省的寫作；二是以于堅、王小妮和香港的梁秉鈞為代表，用個人生活「常談」與社會歷史「中心」對話的寫作；三是以柏樺、呂德安、陳東東、張曙光為代表的回憶與漫遊式的「幻美」寫作；四是以北島、多多為代表的以詩歌想像建構「詞語的帝國」的寫作。除此而外，在九十年代繼續發展的女性主義詩歌和極富道德反叛色彩的「下半身」詩歌寫作，也是「個人化」詩歌寫作傾向一種表現形態。

這些詩歌與八十年代詩歌最大的區別是不再有歷史主義的獨斷性和啟蒙主義的濟世情懷，也不以「反映現實」作為詩歌追求的目標，而是看重面對複雜生活時的個人感受和想像性體驗。這一點，只要比較一下柏樺與北島兩首題材相近的詩，就能見之一斑。柏樺的〈現實〉寫於一九九〇年十二月，處理的是一個龐大、駁雜而且十分抽象的題材，全詩如下：

　　這是溫和，不是溫和的修辭學
　　這是厭煩，厭煩本身

啊，前途、閱讀、轉身
一切都是慢的

長夜裡，收割並非出自必要
長夜裡，速度應該省掉

而冬天也可能正是夏天
而魯迅也可能正是林語堂

這裡的「現實」幾乎不指涉現實的具體形態而只表達對現實的感覺，它是經由「溫和」、「厭煩」、「慢」、「長」與兩個重複的「也可能」等非常感覺化的心理詞語支撐的，這些詞彙或矛盾（溫和與厭煩）、或感覺上互通（認識、變化上「慢」轉換為時間上的「長」）、或時空存在與性質的可置換性（「而冬天也可能正是夏天／而魯迅也可能正是林語堂」），詞性不同但彼此交感互通，表達著個人面對「現實」的失望與無奈。

　　這樣的詩與早期北島正文只有一個字的詩〈生活〉相比，主題上的差別或許並不太大。但「〈生活〉：『網』」，是意指的、意象的、象徵的、判斷的，企望一個字奠定一種境況，因而是重的、激烈的。而〈現實〉則是感覺的、包容矛盾和隱藏結論的。它努力平衡「現實」負荷與詩歌帶韻的飛翔，讓旋轉飛翔映顯「現實」的斑駁，因而是輕的、溫和的（當然也可以認為是綿裡藏針的，或反諷的）。這種不同是否正代表了八十年代詩歌與九十年代詩歌的性格？詩歌是否正經歷一次由「重」（沉重、重大）變「輕」（輕鬆、輕盈，抑或也攜帶了些輕浮）的變化？

　　「個人化」給九十年代詩歌帶來的變化，不僅是「由一到多」的分解所產生的豐富性，也推動了不少詩人探索詩歌文本的包容性，以

求詩歌在形式與技巧方面保持接納複雜現實經驗和矛盾的個人感受的開放性。其中最值得注意的，是反諷與敘事性的運用。

1　反諷

　　是傳達與文字表面意義迥然不同意蘊的語言策略，「是通過間接和並置的手法來表現思想情感的藝術，它的成功依賴於有意識的輕描淡寫，矛盾語，雙關語以及其他運用機智來表現不協調的方法。」[6]九十年代中國詩歌中的反諷的意義，在於平衡了過去較為單純的反抗激情與複雜意識的矛盾，經由語言技巧對感情的節制和疏導，強化了思維與語言的活力。

　　作為一種可以分出許多層次的表現手段，反諷出現在不同年齡、不同風格詩人的作品中。當然，從現代的語言策略的角度看，反諷之所以與傳統的賦、比、興不同，與寓意、象徵、隱喻也有所區別，還在於它不只是通過意義轉移的方式重新凝聚意義，獲得「新」的意義；而是要解除單一意義的禁錮，播散意義，釋放意義的多元複雜性。在臺灣，由於五、六十年代就受現代主義洗禮，不少詩人對這種手段已掌握得相當圓熟，像夏宇的不少詩作、陳斐雯的〈帶你們離家出走〉、陳黎的〈一首因睏在輸入時按錯鍵的情詩〉、羅青的〈論杜甫如何受羅青的影響〉等作品，都堪稱反諷佳作。而在大陸，于堅的詩有結構的反諷性，歐陽江河的〈計劃經濟時代的愛情〉更是反諷技巧的典範運用：它題目本身就是反諷性的，「計劃……的愛情」，兩個詞都有否定、取消對方的力量。而在正文中，作者抓住「計劃經濟」的核心分配原則展開想像：女秘書如何拔下充電器的插頭以便讓能源合理分配，如何處心積慮為水流量減壓，保證一根管子的水能從一百根

6　羅吉・福勒主編，袁德成譯、朱通伯校：《現代西方文學批評術語詞典》（*A Dictionary of Modern Critical Terms,* Edited by Roger Fowler），成都市：四川人民出版社，1987年。

管子裡流出。由於寫的是「愛情」，故大多數意象是情色意象，然而這種情色是「計劃」的、「經濟」的，因而是有色無情的：「計劃」取消了「愛情」，而被取消的「愛情」反過來顯出了「計劃」的荒誕，這首詩的反諷是雙重的。不過，于堅是用排山倒海的生活細節構造反諷情境，而歐陽江河的反諷情境是想像的、虛擬的，材料也往往不是經驗的細節，而是帶隱喻的意象。由於這種反諷還接納了隱喻和象徵成分，更具反諷的繁複性，也更能滿足理論批評家的口味。只是，如果說于堅的詩失之提煉，歐陽江河的詩是否太倚重智力、太注意詞義字義本身了？

2　敘事性

　　這是像「個人化」一樣，是一個在解讀九十年代中國詩歌中用得非常含糊、混亂的概念。在程光煒那篇被廣泛關注與論辯的《歲月的遺照》導言〈不知所終的旅行〉中，「敘事性」是針對八十年代浪漫主義和布爾喬亞的抒情詩風而提出來的，「不只是一種技巧的轉變，而實際上是文化態度、眼光、心情、知識的轉變。」[7]而在姜濤一篇專門探討當代詩歌的敘述問題的論文中，「敘述」又相當於詩歌的「論述系統」（discursive system），「敘事性」則是對八十年代迷信的「不及物」傾向的糾偏，是「對外部世界──『物』的再度指涉」[8]。這些意見不無道理，但從文本的實際情形看，「敘事性」還是一種具體包容矛盾複雜的現代意識、感覺、趣味的詩歌美學實踐，一種從手段上自覺限制大而無當主題和空泛感情，讓詩獲得開放與「統一」的平衡，具有情境（意境）的穩定感的藝術努力。翟永明、臧棣、孫文波、張曙光等都是被批評界認為在探索詩歌的「敘事性」方面作出了

7　程光煒：〈不知所終的旅行〉，《歲月的遺照》，北京市：社會科學文獻出版社，1998年。

8　姜濤：〈敘述中的當代詩歌〉，《詩探索》1998年第2期。

貢獻的九十年代詩人，有時人們也把西川、王家新、于堅、韓東包括在內。

就絕大多數具有「敘事性」的詩歌文本而言，它的出發點並不是向小說請教，向小說借貸故事或敘述故事的時間，而是借助事件、場景、細節展開詩歌的感覺與想像。它所接納的因素主要有兩個，一是事件或場景，二是感覺化的細節。在這些詩裡，大多並無可「敘」之「事」（無論故事或事件），也無意「敘」事，無非是利用人們熟悉的時空經驗和細節作跳板而已，就像傳統詩論中起興的物事，或舞池裡的燈光和音樂，既誘導你的靈感又限制你的氾濫，使寫作在自由與約束、開放與凝聚的矛盾中保持張力。因此「敘事性」是凝聚矛盾複雜的現代個人經驗，探索感覺思維的自由與約束，實現詩歌情境的具體性與豐富性的一種有效藝術手段。歷史地看，它也是二十世紀中國詩歌對其世紀初提出的一種詩歌理想的致敬。這就是「新詩」開創者胡適所希望的：「詩要用具體的做法，不可用抽象的說法。凡是好詩，都是具體的；越是偏向具體的，越有詩味。」[9]

三　較有創作實績的詩人

要在以「個人化」寫作為基本特徵，十分駁雜且魚龍混雜的九十年代詩歌中準確判斷「較有創作實績的詩人」，在目前還非常困難，這不僅由於缺少時間的距離，也因為九十年代的詩歌寫作與傳播既面臨著社會轉型時期傳統權力的壓力，也受到經濟因素、傳媒等複雜因素的影響。前十年的情況是害怕詩歌的聲音，不許某些詩刊、某些作品的出版，許多人也沒有途徑與實力出版詩集；九十年代的情況主要

9　胡適：〈談新詩〉，《中國新文學大系・建設理論集》（上海市：良友圖書公司，1935年），頁308。

是，詩人逐漸可以發聲和寫作，也有可能在「官方」或「民間」發表
與出版了，詩歌趣味和詩歌觀點更加豐富，但熱愛詩歌的讀者卻一天
天減少，因為人們要在「經濟規律」中求生存，城市街區、電視、網
絡和演唱會也提供了比以往廣大、方便、輕鬆得多的文化消費空間。
詩歌必須在意識型態、市場經濟和大眾傳播媒介的多重擠壓中發出聲
音，必須在爭自由的同時承受「自由」的塗抹與改寫。

　　九十年代肯定是二十世紀中國出版詩集最多的十年，但優秀詩集
的出版情況卻非常複雜，相比較而言，人民文學出版社出版的「藍星
詩庫」（主要收入優秀中青年詩人的詩集），改革出版社一九九七年三
月推出的「堅守現在詩系」（門馬主編，收入六位詩人的詩集）、湖南
文藝出版社一九九七年八月出版的「二十世紀末中國詩人自選集」
（共四本，作者分別為西川、陳東東、王家新、歐陽江河）、文化藝
術出版社一九九八年三月出版的「九十年代中國詩歌」叢書（洪子誠
主編，收入六位詩人的詩集），北岳文藝出版社二○○○年五月出版
的「黑皮詩叢」（潞潞、李杜主編，收入五位詩人的詩集），以及二
○○二年八月由河北教育出版社出版的「年代詩叢」（韓東主編，收
入十位詩人的詩集）[10]，受到較為廣泛的關注。而之所以得到較多關
注的原因，一是叢書或系列的形式，具有一定的規模與「體積」，二
是詩人詩作比較優秀。至於單人詩集，既不容易被出版商接納，即使
幸而出版也難以產生影響[11]。

---

10 按主編韓東關於的《兩點說明》，「第一輯為『八十年代卷』，入選者大致是活躍或
　　寫作於八十年代的詩人。」但各詩集所收的九十年代發表與寫作的詩作超過了八十
　　年代，有的作者還收入一些二十一世紀初寫作的作品。此外，韓東自己的詩集《爸
　　爸在天上看我》也同時「搭車」出版，因此，第一輯實際上出版了十一冊。

11 翟永明在二○○二年曾談到她已出版的五本詩集。其中四本是列入叢書出版的：「第
　　一本詩集《女人》薄得要死，……在於它技術上的薄，裝幀、排版、印刷、紙張，
　　無一不是粗製簡陋的，從字體和排版上，還不及當年我在研究所與打字員小張蘸著
　　油墨印出來的打印集《女人》。」「第二本更可怕，封面俗不可耐」；第三本被出版

　　由於詩作本身的優秀，九十年代較有實績的詩人，除港、臺而外，大多被上述書系或叢書所接納。下面介紹的「較有創作實績的詩人」，兼顧到詩作本身的美學品質與九十年代詩歌的基本特點，以基本實現了主題與風格轉變的年輕詩人為主。

　　就表現轉型社會詩歌與時代的緊張關係而言，昌耀與海子的詩首先值得關注。他們最好的作品都完成於八十年代，但昌耀在詩壇的地位在八十年代已經奠定，而海子詩歌的發表與影響，主要在九十年代。

　　海子（1964-1989），原名查海生，生於安徽省懷寧縣高河查灣，一九八三年北京大學法律系畢業後在中國政法大學任教。一九八二年開始詩歌寫作，生前部分詩作被收入《探索詩集》（1986）、《中國當代實驗詩選》（1987）。去世之後出版的主要作品有《土地》、《海子、駱一禾作品集》、《海子的詩》、《海子詩全編》等。海子是一個獨立於八、九十年代中國詩歌潮流之外的詩人。與其說無法歸類是所有天才詩人的特點，不如說海子沉浸在自己的世界中，心懷記憶與夢想，擁抱著過去與未來，高傲地孤獨於時代現實之上。他的早期詩作〈亞洲銅〉，將世世代代安身立命的土地比喻為「亞洲銅」，歌唱它青草一樣生生不息的主人，把屈原遺落在沙灘上的白鞋子想像為「兩隻白鴿子」，鮮明地表現出詩人對於土地與歷史的深情。這種深情甚至使海子看得到「麥浪和月光／洗著快鐮刀」的景象，聽得見「陽光打在地上」的聲音。海子的詩通過麥地和麥地上流動的太陽、月亮的光芒，刷新了我們對於土地的感受與理解，擺脫了處理這一題材的傳統風格：不是去表現田園趣味和牧歌情調，而是抒寫美好的記憶與現實存在的緊張與衝突，——海子詩的說話者，不僅對土地懷著愧疚（「詩

商改了書名；第四本封面平庸且「其大容積率的作品量好像要為每個人蓋棺定論」。真正讓自己喜歡的是第三本《翟永明詩集》，然而「是本包銷詩集，……沒有進入正式的銷售渠道。」（翟永明：〈自序〉，《終於使我周轉不靈》，石家莊市：河北教育出版社，2002年）

人，你無力償還／麥地和光芒的情義」──〈詢問〉），而且站在被告
席上：

> 麥地
> 別人看見你
> 覺得你溫暖，美麗
>
> 我則站在你痛苦質問的中心
> 　　　被你灼傷
> 我站在太陽　痛苦的芒上

在這首題為〈答覆〉的詩中，詩中的說話者似乎在祈求又好像在申
辯：「當我痛苦地站在你的面前／你不能說我一無所有／你不能說我
兩手空空」，它表現了現代人對熟悉的美好事物好像擁有又好像已經
失落的感覺。

　　海子實際上是不斷展望明天又不斷回顧過去的詩人，兩者互為動
力也互為因果。他最具代表性的詩作（如短詩〈亞洲銅〉、〈麥地〉、
〈祖國〉、〈五月的麥地〉、〈黎明〉、〈月光〉，長詩〈土地〉等）都有
這個特點，而〈面朝大海，春暖花開〉則把這種互動和因果關係體現
得更為典型：詩中說話者反覆勸勉自己「從明天起，做一個幸福的
人」，「從明天起，關心糧食和蔬菜」，一方面表現了詩中說話者對自
己「今天」狀況的不滿，也體現出他所展望的明天也就是人類的昨
天：餵馬、劈柴、寫信，關心「塵世」的日常生活，關心人與自然、
人與人之間的和諧溫馨等。但是海子的感情與想像走進了「明天」的
世界，生命卻留在「今天」的門檻之內，他於一九八九年三月二十六
日臥軌自殺於北京山海關。「這個渴望飛翔的人注定要死於大地，但
是誰能肯定海子的死不是另一種飛翔，從而擺脫漫長的黑夜、根深蒂

固的靈魂之苦，呼應黎明中彌賽亞洪亮的召喚？」[12]──海子的朋友、詩人西川這樣解釋海子對塵世的告別。

　　詩歌是因為熱愛世界而產生的，而愛得太純潔往往會出現癡情與堅貞，海子生命的琴弦是這樣崩斷的。而在新的時代語境中自覺重建詩與世界關係的，當推西川、王家新、歐陽江河等一批詩人。

　　西川（1963-）於一九八五年開始發表詩作，九十年代出版過詩集《中國的玫瑰》、《隱秘的匯合》、《大意如此》、《西川的詩》和詩學隨筆《讓蒙面人說話》等。西川早期的寫作追求一種不同於「他們」和「非非」等口語風格的「新古典主義寫作」趣味：「一方面是希望對於當時業已氾濫成災的平民詩歌進行校正，另一方面也是希望表明自己對於服務於意識型態的正統文學和以反抗的姿態依附於意識型態的朦朧詩的態度。……在感情表達方面有所節制，在修辭方面達到一種透明、純粹和高貴的質地，在面對生活時採取一種既投入又遠離的獨立姿態。」[13]一九九〇年前後中國社會的戲劇性變化和海子、駱一禾等朋友的夭亡，改變了他對「古典主義」的沉迷。他在一篇被不少人引述的詩集序言中提到：「八十年代末、九十年代初中國社會以及我個人生活的變故才使我意識到我從前的寫作可能有不道德的成分：當歷史強行進入我的視野，我不得不就近觀看，我的象徵主義的、古典主義的文化立場面臨著修正。無論從道德理想，還是從生活方式，還是從個人身分來說，我都陷入一種前所未有的尷尬狀態。」[14]這種尷尬曾是五四文學的一支從文學革命走向革命文學的原因，也是阿多諾（Theodor Adorno）認為「在奧辛維茲（Auschwitz）集中營大屠殺

---

12 西川：〈懷念〉，周俊、張維編：《海子、駱一禾作品集》，南京市：南京出版社，1991年。

13 西川：〈答鮑夏蘭‧魯索四問〉，《讓蒙面人說話》，上海市：東方出版中心，1997年。

14 西川：《大意如此》〈自序〉，長沙市：湖南文藝出版社，1997年。

之後，詩不再成為可能」[15]的原因。面對比想像走得更遠的人類苦難，文化將如何說話，寫作如何在人類生活中產生意義？詩歌如何回應社會的道德和倫理要求，同時又不改變美學語言的性質？如何讓作為思維與想像的語言不受權力與暴力牽引演變為另一種暴力？西川認為應該探索重視歷史與現實，以及異質事物互破或互相進入寫作方式，希望找到一種「能夠承擔反諷的表現形式」，或「將詩歌的敘事性、歌唱性、戲劇性熔於一爐」，使之具有合唱性的效果。

　　踐行這種意識的長詩〈致敬〉、〈厄運〉、〈芳名〉、〈近景和遠景〉，改變了西川八十年代詩歌對純淨、神秘意象的熱愛和偏重感覺的抒情方式，具有豐富的包容性和戲劇性（這種追求甚至有時脹破了詩歌分行分節的格局，只好依靠語言的優雅、流暢和結構的完整性對應感覺的悖論與破碎），即使那些表面帶有即興性質的短詩，也不再導向感歎與讚美，而是進入經驗意識的複雜性。像〈午夜的鋼琴曲〉，處理一個音樂的題材，雖從「幸好我能感覺，幸好我能傾聽／一支午夜的鋼琴曲復活一種精神」的感歎開始，但展開的卻不是音樂旋律中想像的飛翔，而是百感交集的低迴與自省：

　　　　一個人在陰影中朝我走近
　　　　一個沒有身子的人不可能被阻擋
　　　　但他有本領擦亮燈盞和器具
　　　　令我羞愧地看到我雙手污黑
　　　　……

---

15 見張峰譯：《否定辯證法》，重慶市：重慶出版社，1993年。後來阿多諾在〈許諾〉
　　（Com-mitment, 1962）一文中又說：「我不想淡化我過去的立論——『在奧斯維辛
　　後寫抒情詩乃野蠻之舉』……然而艾森柏格的反駁也確為真切：『文學必須抵制這
　　個宣判』……實際上現在只有在藝術中，苦難尚能找到它的聲音與慰藉……藝術作
　　品無言地承擔政治所無法負荷的責任。」（*The Essential Frankfurt School Reader*）

但一支午夜的鋼琴曲如我

抓不住的幸福，為什麼如此之久

我抓住什麼，什麼就變質？

在這裡，詩意的題材激活的不是詩意的想像，而是「看到我雙手污黑」自慚形穢的感覺，鋼琴曲這個「沒有身子的人不可能被阻擋」的自由的精靈，映照是有肉身重負的詩中說話者對個人存在的反觀與展望：「窗外的大風息止了，必有一隻鷹／飛近積雪的山峰，必有一隻孔雀／受到夢幻的鼓動，在星光下開屏／而我像一株向日葵站在午夜的中央／自問誰將取走我笨重的生命」。〈午夜的鋼琴曲〉是一首喚醒自我意識，讓對象與自我互相辯認的詩。

王家新（1957-）在九十年代具有廣泛影響的〈瓦雷金諾敘事曲〉與〈帕斯捷爾納克〉，表現的也是自我意識的辯認與重建，它甚至表達得比西川更為直接與有力。在〈瓦雷金諾敘事曲〉中，詩人向詩歌發問：「詩人！為什麼這淒厲的聲音／就不能加入你詩歌的樂章？」最終又導向自省：「當語言無法分擔事物的沉重／當我們永遠也說不清／那一聲淒厲的哀鳴／是來自屋外的雪野，還是／來自我們的內心……」而在〈帕斯捷爾納克〉中，則在與抒寫對象交流中得到啟示：為了獲得而放棄，為了生而勇敢地死，「這是幸福，是從心底升起的最高律令」。王家新在九十年代一再接觸流亡主題，一再與帕斯捷爾納克（Boris leonido vich Pasternak）、納博科夫（Vladimir Nabokov）、布羅茨基（Joseph Brodsky）等放逐詩人的亡靈對話，一再用風雪、原野、狼群、黑暗和死亡意象叩問、探索內心世界的矛盾與掙扎，探討的是詩人與詩歌如何驅逐內心的黑暗和自覺承擔歷史與命運的方式。

如果說西川以戲劇性涵容了時代與個人經驗的矛盾，王家新通過放逐詩人探討了詩歌對歷史與個人命運的承擔，歐陽江河（1956-）則

在用詩歌處理公共主題方面作了新的開拓。歐陽江河顯然十分看重自己的這種努力，曾特別提醒讀者注意：「進入九十年代後，我的詩歌寫作越來越具有異質混成的扭結性質：我在詩歌文本中所樹立起來的視野和語境、所處理的經驗和事實大致上是公共的，但在思想起源和寫作技法上則是個人化的；我以詩的方式在言說，但言說所指涉的又很可能是『非詩』的。」[16]這是一種以詩來馴化公共主題的嘗試，〈計劃經濟時代的愛情〉、〈傍晚穿過廣場〉、〈關於市場經濟的虛構筆記〉等詩可視為代表性作品，其最大的特點是通過詩歌的想像與修辭，為許多不相容事物建立思維上的關聯，產生一種既是意識型態性的又是非意識型態性的藝術效應。歐陽江河九十年代的詩以理趣和複雜的技巧取勝，他同時是一位有影響的詩歌批評家，其一九九三年寫作與發表的詩學論文《89'後國內詩歌寫作：本土氣質、中年特徵和知識分子身分》在人們談論九十年代詩歌時，常被提及與討論；而詩論集《站在虛構這邊》，則容易讓人相信他的批評才華不會在作為詩人的才華之下。

　　西川、王家新、歐陽江河等是九十年代初歷史轉型中在詩歌內部自覺反思、探尋新的想像活力和語言策略，重建詩歌與世界關係的詩人，他們的出發點，是「將詩歌寫作限制為具體的、個人的、本土的」，但這個出發點後來被簡化為「知識分子寫作」，在九十年代末形成了「知識分子寫作」與「民間寫作」的激烈論爭。

　　「知識分子寫作」與「民間寫作」的論爭在文字表面意義、寫作身分等詩歌以外的問題上糾纏過多，並未深入詩歌內部問題的探討。實際上，從以「個人」方式重建詩歌與世界的關係這一九十年代詩歌基本特徵而言，他們是相通的。不同之處主要在於，面對「強行進入」的歷史，「知識分子寫作」的關心重點是個人寫作如何接納與包

---

16 歐陽江河：〈誰去誰留·自序〉，《誰去誰留》，長沙市：湖南文藝出版社，1997年。

容歷史的矛盾與悖論的問題，而「民間寫作」更看重詩歌對個人經驗與日常生活的接納。正因為如此，可以把游離於爭論之外的王小妮和香港詩人梁秉鈞，與于堅歸入同一類別，而將與西川、歐陽江河一起提倡過「知識分子寫作」的陳東東放在另一類探索中進行敘述。

王小妮（1955-）是八十年代已出名的詩人，她的〈印象二首〉、〈碾盤〉表現人走出長長甬道後瞬間的暈眩感，以及北方農人石頭一樣的沉默與堅忍，曾給人們留下深刻的印象，顯示出捕捉瞬間的才華。但她九十年代的詩歌成就顯然更加重要。

在九十年代中期寫出最好的作品之前，王小妮可能有一個女性主義的過渡。九十年代初寫的〈應該做一個製作者〉，表現了女性只能通過書寫才能顯示存在的觀點（「我寫世界／世界才低著頭出來／我寫你／你才摘下眼鏡看我」），但女性主義始終沒能影響王小妮用單純的性別視野看待世界，她也始終沒有認同普拉斯（Silvia Plath）式的自白風格，它的意義只是幫助王小妮在價值失重的時代更深地進入了心靈和語言的世界，這就是她在〈重新做一個詩人〉裡所說的「……望著牆壁／直到它透明／……在光亮穿透的地方／預知了四周／最微小的風吹草動」。〈回家〉、〈最軟的季節〉、〈颱風〉等詩處理的是最個人也最銳利的創傷經驗，但面對「最軟的季節」和最硬的決定，作者節制了感情颱風的氾濫，將其轉化成了意象與想像情境。這無疑是把「牆壁」望到「透明」的結果。所謂把「牆壁」望到「透明」，不僅僅是獲得最個人化的想像方式，有效地把素材轉化為詩的意象和結構，也意味著意念與語言的到位。組詩〈和爸爸說話〉就是這樣的作品，讀這首詩會讓人想起杜甫的〈江南逢李龜年〉，那種對情感的節制，以表面上的輕描淡寫表現最難忍受的時刻的能力。然而杜甫那首詩是把中國古典詩歌的凝練與含蓄推到了極致，而王小妮的這首詩的魅力則體現了現代漢語詩歌某種細密從容的可能。它寫生死永訣，既充分分享了對象的質素，又容納了極深的主體領悟，因此能寧靜淒美

地想像死亡，並最終讓對死亡的領悟充溢內心：

　　我的心裡漲滿著

　　再沒有人能把空白放在我這兒。

　　再沒人能鋪開一張空床單。

　　從今天開始

　　我已不怕天下所有的好事情。

　　最不可怕的

　　正是那些壞事情。

王小妮是「只為自己的心情去做一個詩人」的人，她的詩的主要特點是認同個人生命的真實狀態，面向真實平凡的內心經驗，她向人們揭示：那些被「大社會」、「大歷史」所忽略的普通人的生存狀態，那些被「崇高」所排斥的瑣碎人生，那些被現代主義美學所遮蔽的「簡單明白的感情」，那些日常生活中的喜怒哀樂，是與人類最休戚相關的東西。

　　于堅（1954-）是二十世紀五十年代出生的詩人中最有社會轉型的現場感的詩人之一，也是「第三代」詩的代表人物之一，在八十年代中期以來一直致力於不同於「朦朧詩」的新的詩歌美學實驗，以調侃、遊戲、甚至堆砌的手法表現當代生存的平面化、生命的分裂感和心靈的破碎狀態。不過，于堅八十年代詩歌貢獻的那些都市閒人的形象固然令人難忘，但他九十年代寫出的長詩〈0檔案〉，無論對他自己，還是對九十年代中國詩壇而言，都可以認為是一篇重要作品。〈0檔案〉以戲仿和反諷的手法，深入呈現了歷史話語和公共書寫中的個人狀況：「0檔案」，在檔案中，人變成了「0」，是空白，不存在，被歷史歸類和社會書寫，濾去了一切屬於具體生命形態的東西，不過是政治或道德符號。讀這首詩會想起福柯（Michel Foucault）的《瘋癲

與文明》，福柯通過古典時期癲狂史的描述，展示了西方資本主義文明體制以禁錮、壓制和拒斥癲狂與非理性來確立理性時代的觀念與秩序的過程。而〈0檔案〉，則揭示了語言的書寫暴力：不是人書寫語言，而是語言在書寫人，檔案是最典型的權力運作，意味著體制權力架構對人的編排、監控、壓制和扭曲。正如有評論者所說的那樣，「在檔案所代表的世界裡，不經過監視、審核、控制的個人生命與經驗是病態的、危險的、具有顛覆性的，它必須被否定，被『刪去』。」[17]〈0檔案〉這首詩是對當代個人成長史的反觀，它的意義遠不止深入觸及到社會與個人關係的離齟，而且也意味著「第三代」詩歌對語言與存在的關係有了新的反思與展望，——通過書寫檔案之外無數游離的、平庸瑣碎的個人日常生活細節的狂歡，我們既看到了現實與語言的分裂，也看到了渺小、平庸、瑣碎的個人生活細節的文化意義和用它構建詩歌空間的可能性。

比于堅的更早，香港詩人梁秉鈞（1949-2013，筆名也斯）七十年代以來一直在探尋一種以具體、平凡、瑣碎的個人生活與社會宏大主題進行對話的可能性。他似乎要努力挽住人生境遇中偶然的、個別的、瞬間的東西，挽住具體情境中「隨物宛轉」和「與心徘徊」的發現與感動，見證社會的多元性和人類生活的血肉感。與諸多詩人以人性的具體性與豐富性見證社會權力道德的化約性不同，梁秉鈞突出人類生活物質性的一面，九十年代不僅寫了《食物地域志》，而且乾脆把一本詩集題名為《東西》。有論者認為梁秉鈞「讓自己牽涉進香港的物質主義中，令它充溢而多重預製的形態表覽無遺。在梁的詩中，物質的實際存在和中心性成了常談（Commonplace）與共處（Commonplace）的共同表達：『常談』之義包括陳腔濫調、平庸、乏善足陳而率真存在的物件；『共處』之義則指一個人與人相遇，物

17　奚密：〈詩與戲劇的互動〉，《詩探索》1998年第3期。

與物交談，一個互動性和相向性被積極地重新創作的場地。」[18]按照德里達（Jacques Derrida）早期著作的觀點，「常談」就是共處之所，地位與「中心」相同，是價值「形成和處在」的地方。但為什麼個人的、物質的「常談」總是受「中心」（政治的、道德的、精神的）價值壓抑？梁秉鈞的詩，以心情、視點、方法的個人性和物質性回應現代歷史的宏大敘述，探索了一種新的世界觀和方法論：這就是在多元的現代世界中坦然承認生活與自我的不完整性（或者說矛盾性、分裂性和破碎性），統一把握和還原的不可能性，因而立足每一個具體境遇的交流性、過程性及與物質相涉的機緣，將後現代語境中統一把握世界的不可能性，轉變為個人文化想像和自我建構的可實踐性：以無數的個人立場和具體情境的對話，留下觀察、反思的印記。

由於經驗與情感的關係，同時代的閱讀與歷史書寫往往偏愛「年代感」強的詩人。但不管哪一個時代，都會有一些不以「年代感」而以獨特的詩歌品質取勝的詩人。由於個人氣質或執著於詩歌理想的原因，他們不是以「斷裂」的方式回應時代的轉變，而是循著個人的實踐，漸進式改觀自己的寫作；他們不想直接承擔時代而只想承擔藝術，理所當然地不能成為主流閱讀的重點，但詩歌與時間將肯定他們的意義。

柏樺、呂德安、陳東東等就是這個類別的詩人。他們不是那類承擔歷史的詩人，也不單是為自己的心情而寫作的人，而是一個渴望借助詩歌的翅膀實現飛翔之夢的詩人。他們都具有某種唯美主義氣質，對詩歌這種無用之用的「事物」有一種心靈上接近。因此，無論是個人生活方式或作品的發表方式，都游離在體制之外。但他們辭職、辦同人刊物，並不是為了抗衡的具體的時代，表明某種立場和「另類」

---

18 周蕾：〈香港及香港作家梁秉鈞〉，《寫在家國以外》（香港：牛津大學出版社，1995年），頁139-140。

的姿態，而是為了逃逸體制對自由與趣味的限制。在詩學觀念上，他們放棄了感時憂國詩人對歷史與社會作出道德承諾，不是通過詩歌去反抗社會，伸張正義，而是解除思維、感覺和語言的禁錮。這種詩歌觀念，見證於具體的文本，在柏樺的〈流逝〉、〈往事〉、〈現實〉、〈幸福〉等作品中，是把「把傷害變成了對極樂與憂鬱的雙重體驗」；而體現在呂德安的重寫的〈洪水〉、〈河床中的男人〉、〈鯨魚〉等詩，「就像一件夢幻的衣裳／可以披在身上重遊故園」，讓人重溫「故園」的受難與尊嚴。而陳東東，更是「把真相愉快地偽裝成幻相」，出色呈現詩歌想像和語言的自由及可能性。

　　陳東東（1961-　）的寫作在起步時就與指涉現實或自我的流行詩風大異其趣。如〈遠離〉（1984），雖然主題是自我訴求（表達「遠離」固定實體的願望），處理卻完全是美學化的（具有單一、固定的「橙子樹林」是被月光、藍鳥、濤聲、河流、夏天、風「拒絕」的）。以這首詩為代表的一批早期詩作共同體現了詩人對詩歌想像和語言的關懷，這就是他另一首題為〈點燈〉（1985）的詩所表達的：「把燈點到石頭裡去，讓他們看看／海的姿態，讓他們看看／古代的魚／也應該讓他們看看亮光／一盞高舉在山上的燈」。後來，陳東東在出版詩集《明淨的部分》時，又把這種關懷表述為「對時光、記憶、光榮和死亡的棄絕」：「我願意把我最初的棄絕稱為逃逸。它是一種要讓靈魂出竅、讓思想高飛、讓漢語脫胎為詩歌音樂的夢幻主義，一種忘我抒寫的煉金術。」[19]他非常重視詩歌的想像和語言特點，認為：「詩人的立場在散文世界的反面而不是對立面，詩歌並不去抵抗甚至出擊真實／現實的黑暗，詩歌是魔術。詩歌把真實納入詩歌（而不是詩歌介入到現實之中），然後以『把真相愉快地偽裝成幻相』的方式，進行著它那詩歌的創造。這種在語言的公共約定之反面進行的

---

19 陳東東：〈明淨的部分・自序〉，《明淨的部分》，長沙市：湖南文藝出版社，1997年。

創造必定是個人化的，帶有明顯的自我愉悅和隨心所欲，帶有對『有漏皆苦』的世態人事的了然和藐視，——它所關心的，是詩人能否以詩歌語言的無意義或反意義，把我們命定的時間迷宮翻建成一座魔幻通天塔，去上接不同於意義和現實世界的永恆與無限……」[20]

陳東東的詩歌寫作對當代中國詩歌的挑戰是，它改變了詩歌語言運用的道德承諾，通過解放感覺和想像的這一途徑，實踐了破除現實語言中的權力結構的可能性，並讓「時代感」、「真實性」和「歷史感」等習以為常的闡述原則失去了效應。他的絕大部分詩歌，體現的不是主題的重大和思想的鋒利，而是「想像的力量」：

　　因為那想像的力量在生長
　　像幾隻灰背鴉飛回了舊地：像所謂永恆
　　從枯枝催促一棵新樹
　　一棵新樹對風的召喚：像土星的
　　三顆月亮壯麗，重圓
　　　　　　　——〈煉丹者巷22號・19〉

他以想像的力量衝擊了當代詩歌感覺和情趣的單調，見證了現代漢語的優雅和靈動。典型的陳東東作品，總是那樣亦真亦幻，並有一種優雅的旋律引領我們出發與回歸。讀他的詩我們會從驚奇走向品味，放棄意義的追尋而體認語言與感覺互動相生的魅力。這是他長詩〈煉丹者巷22號・2〉的前半節：

　　航空公司的噴氣式飛機劃過晴天
　　那漫長的弧線是一條律令

---

20 陳東東：〈把真相愉快地偽裝成幻相〉，《今天》2001年，總第54期。

　　它延伸到筆尖，到我的紙上

　　到我為世界保持安靜和孤獨的

　　夜晚。──我坐在我的半圓桌前

　　我頭上的星空因我而分裂

　　　　那狂喜的弧線將貫穿一顆心

　　　　如一把匕首在其中剜轉

　　　　它是極樂的，並表現為痛楚

　　　　表現為持續的全部苦行和背棄性

　　　　仰望，──我坐在我的半圓桌前

　　　　航空公司的噴氣式飛機掠過樂園

──本文節選自嚴家炎主編：《二十世紀中國文學史》下冊「第三十
　　三章　九十年代的詩歌和散文」，北京市：高等教育出版社，
　　　　　　　　　　　　　　　　　　　　　　　　2010年。

聞一多的意義

　　在「新詩」史上，第一代詩人的功績是破壞，是以徹底的決心把傳統的詩歌帝國夷為一片廢墟，至於這片廢墟上該怎樣建設，這個任務是由新月詩派開始的第二代以後的詩人一代一代承擔起來的。而在第二代詩人中，聞一多的理論與實踐，有著特殊的歷史與現實的意義。一、從二十世紀中國詩歌史的意義而言，他把二十世紀初的現代漢語詩歌運動，從破壞引向到建設的道路，不僅從本體立場出發進行詩歌思潮的深入反思，而且提出了很有詩學意義的形式秩序的建設方案，從而向人們昭示了詩歌革命的基本問題：從語言形式下手打倒舊詩，是胡適們取得成功的根本；建設「新詩」，還須從形式和語言著眼。二、從今天或現實的意義而言，在二十世紀中國詩歌經歷了許多曲折，又被商業主義和後現代主義思潮左右「解構」，詩歌的美學意義和形式探索備受懷疑的語境中，重新回到聞一多提出問題，彰顯詩歌想像世界的方式和形式探索的意義，有利於中國詩歌克服長期以來只重視內容與技巧，不重視規律的傾向。

　　聞一多在精神氣質上可以歸入浪漫主義的譜系，但他與五四時期浪漫主義詩人一個最大的不同，是懂得詩歌不只是感情的宣洩而是對感情的駕馭，重視形式對感情的節制，強調詩歌這一想像世界的方式和把握經驗與日常語言的特點。他認為白話不白話是次要的問題，「新詩」首先必須是「詩」才是根本的。早在一九二二年，他就在〈《冬夜》評論〉中提出：

　　　胡適之先生自序再版《嘗試集》，因為他的詩中詞曲的音節進

而為純粹的「自由詩」的音節，很自鳴得意。其實這是很可笑的事。舊詞曲的音節並不全是詞曲自身的音節，音節之可能性寓於一種方言中，有一種方言，自有一種「天賦的」（inherent）音節。聲與音的本體是文字裡內含的質素；這個質素發之於詩歌的藝術，則為節奏，平仄，韻，雙聲，疊韻等表象。尋常的言語差不多沒有表現這種潛伏的可能性底力量，厚載情感的語言才有這種力量。詩是被熱烈的情感蒸發了的水氣之凝結，所以能將這種潛伏的美十足的充分的表現出來。所謂「自然音節」最多不過是散文的音節。散文的音節當然沒有詩的音節那樣完美。⋯⋯

《冬夜》自序裡講道：「我只願隨隨便便的活活潑潑的借當代的言語去表現自我，在人類中間的我，為愛而活著的我。至於表現的⋯⋯是詩不是詩，這都和我的本意無關，我以為如要顧念到這些問題，就可根本上無意做詩，且亦無所謂詩了。」俞君把做詩看作這樣容易，這樣隨便，難怪他做不出好詩來。⋯⋯詩本來是個抬高的東西，俞君反拚命地把他往下拉，拉到打鐵的抬轎的一般程度。我並不看輕打鐵抬轎的底人格，但我確乎相信他們不是作好詩懂好詩的人。不獨他們，便是科學家哲學家也同他們一樣。詩是詩人作的，猶之乎鐵是打鐵的打的，轎是抬轎的抬的。[1]

聞一多認為俞平伯的失敗，主要是詩歌觀念上有問題，詩歌是崇高的、審美的，不能把它往下拉，讓其降格，「不作詩則已，要作詩決不能還死死地貼在平凡瑣俗的境域裡！」梁實秋在〈談聞一多〉的文

1　聞一多：〈《冬夜》評論〉，原載《冬夜草兒評論》，「清華文學社叢書第一種」，1922年。此引自《聞一多全集》第2卷（武漢市：湖北人民出版社，1994年），頁62-94。

章中說：「這一篇文字雖然是一多的少作，可能不代表他的全部的較成熟的思想，但是他早年的文學思想趨勢在這裡顯露無遺。他不佩服胡適之先生的詩及其見解，對於俞平伯及其他一批人所鼓吹的『平民風格』尤其不以為然。他注重的是詩的藝術、詩的想像、詩的情感，而不是詩與平民大眾的關係。……他不能忍耐《冬夜》的瑣碎凡庸。他說：『不幸的詩神啊！他們爭道替你解放，「把從前一切束縛你的自由的枷鎖鐐銬打破」，誰知在打破枷鎖鐐銬時他們竟連你的靈魂也一齊打破了呢！』」[2]

聞一多這種重視詩歌藝術要求的思想，後來在他留學美國後寫的評郭沫若詩歌的〈《女神》之時代精神〉、〈《女神》之地方色彩〉兩篇文章中得到了進一步的深化。一方面，他激賞《女神》通過自由的想像帶入了諸多的現代詩歌意象，表現了動的掙扎和反抗的精神，打破了古典詩歌內容上的陳舊和形式上的僵化[3]；另一方面，他又不滿其混亂與浮泛，認為這種感情並不植根於生命和傳統的深處，因而讓人「不知道他到底是個什麼主張。但我只覺得他喊著創造，破壞，反抗，奮鬥的聲音」。他認為《女神》的精神與形式都十分歐化，只是抽象地表現了愛國感情，對中國文化本質上是隔膜的，這樣的「新詩」只是「新」的詩，並不是中國的新詩，他提出「我總以為新詩徑直是新的，不但新於中國固有的詩，而且新於西方固有的詩，換言之，他不要作純粹的本地詩，但還要保存本地的色彩，他不要做純粹的外洋詩，但又盡量的吸收外洋詩的長處；他要做中西藝術結婚後產生的寧馨兒。我以為詩同一切的藝術應是時代的經線，同地方緯線所編織的一匹錦，因為藝術不管它是生活的批評也好，是生命的表現也好，總是從生命產生出來的，而生命又不過時間與空間兩個東西底勢

2　梁實秋：〈談聞一多〉，《梁實秋散文》第1集（北京市：中國廣播電視出版社，1990年），頁367。

3　聞一多：〈《女神》之時代精神〉，《創造週報》1923年第4號。

力所遺下的腳印罷了。」[4]

　　聞一多的這三篇詩評，檢討了早期「新詩」的成就與局限，希望「新詩」融會中西藝術的優長，在時代與本土經緯的交叉點上尋求自己的發展。

　　正是從這種認識出發，聞一多開始了現代漢語詩歌理論的探討和身體力行的寫作實踐。他的〈詩的格律〉可以說是「格律詩派」的理論綱領，不僅影響了新月詩派在詩歌形式美學方面的追求，在詩歌理論史中也具有重要意義。這篇文章首先清算了早期「新詩」中的兩種迷思：膜拜「自然」的寫實主義和表現「自我」的浪漫主義。五四時期許多詩人崇尚「寫實主義」，主張詩歌表現「自然的音節」。然而，自然能否等同於藝術的美？聞一多認為，自然並不盡是美的，「自然界的格律不圓滿的時候多，所以必須藝術來補充它。這樣講來，絕對的寫實主義便是藝術的破產。……偶然在言語裡發現一點類似詩的節奏，便說言語就是詩，便要打破詩的音節，要它變得和言語一樣──這真是詩的自殺政策了。」至於主張不要形式的浪漫主義，聞一多認為，「他們壓根兒就沒有注意到文藝的本身，他們的目的只在披露他們自己的原形。顧影自憐的青年們一個個都以為自身的人格是再美沒有的，只要把這個赤裸裸的和盤托出，便是藝術的大成功了。你沒有聽見他們天天唱道『自我的表現』嗎？他們確乎只認識了文藝的原料，沒有認識那將原料變成文藝所必須的工具。他們用了文字作表現的工具，不過是偶然的事，他們最稱心的工作是把所謂『自我』披露出來，是讓世界知道『我』也是一個多才多藝、善病工愁的少年；並且在文藝的鏡子裡照見自己那倜儻的風姿，還帶著幾滴多情的眼淚，啊！啊！那是多麼有趣的事！多麼浪漫！」[5]

　　不能用新的建設替代破壞了的事物，就很容易走老路，這也是胡

4　聞一多：〈《女神》之地方色彩〉，《創造週報》1923年第5號。

5　聞一多：〈詩的格律〉，《晨報‧詩鐫》1926年第7期。

適那一代不少詩人在用「白話詩」打倒舊詩後不再寫詩或回頭作舊詩的原因。聞一多這篇文章的意義，既觸到了「新詩」的病根，又提出了建設「新詩」格律的具體主張。他認為，「新詩」的格律可以從視覺與聽覺兩方面的協調上去考慮：視覺方面的格律有節的勻稱和句的整齊，聽覺方面的有格式、音尺、平仄和韻腳。總之，「新詩」的格律「不獨包括音樂的美（音節），繪畫的美（詞藻），並且還有建築的美（節的勻稱的句的均齊）」。聞一多認為，「新詩」尋求格律的原則不是像舊詩那樣以固定的格式裁剪內容，而是「相體裁衣」，節制情感的氾濫：（一）「新詩」的格式不是只有一個，它是層出不窮的；（二）「新詩」的格式是根據內容的精神製造成的；（三）「新詩」的格式可以由我們自己的意匠來隨時構造。

　　聞一多提出的格律詩方案，當然有待於創作實踐的檢驗，在具體方法和步驟上，也有可以商討的問題（這方面我們後面還要討論）。但作者的出發點，本不是要提供固定的「新詩」形式，而是期待回到詩歌的基本問題，共同追求理想的詩歌。這一點，可以用他幾年後發表的〈奇蹟〉一詩來象喻：

> 我要的本不是火齊的紅，或半夜裡
> 桃花潭水的黑，也不是琵琶的幽怨，
> 薔薇的香，我不曾真心愛過文豹的矜嚴，
> 我要的婉孌也不是任何白鴿所有的。
> 我要的本不是這些，而是這些的結晶，
> 比這一切更神奇得萬倍的一個奇蹟。[6]

6　〈奇蹟〉是最能體現聞一多的感情特點和想像風格的傑出詩篇之一，充滿對心靈記
　　憶中美好事物的親切緬懷，在意象的中國化和色彩的豐富性方面類似他另一首詩
　　〈憶菊〉，但更深沉，結構上更考究。梁實秋認為寫的是愛情，「實際是一多在這個
　　時候在情感上吹起了一點漣漪，情形並不太嚴重，因為在情感剛剛生出一個蓓蕾的

從「新詩」的發展道路看，格律的倡導是一種把新的現代經驗形式化的追求，體現了從個人意識的覺醒到詩歌本體意識覺醒的重大轉變，給「新詩」帶來了詩情的內斂和藝術獨立的價值。在此方面，聞一多的詩集《死水》自然是最好的例證。像著名的愛國主義詩篇〈發現〉，它的效果就不僅僅是憂憤情感的強烈和集中，更有把情感凝聚在針尖上，從一個「發現」通向另一個「發現」，從現實的發現到心靈的發現的曲折與別緻。又如〈也許〉，是聞一多為早夭的愛女寫的一首葬歌：

> 也許你真是哭得太累，
> 也許，也許你要睡一睡，
> 那麼叫夜鶯不要咳嗽，
> 蛙不要號，蝙蝠不要飛，
>
> 不許陽光撥你的眼簾，
> 不許清風刷上你的眉，
> 無論誰都不能驚醒你，
> 撐一傘松陰庇護你睡，
>
> 也許你聽這蚯蚓翻泥，
> 聽這小草的根鬚吸水，
> 也許你聽這般的音樂
> 比那咒罵的人聲更美；

時候就把它掐死了，但是在內心裡當然是有一番折騰，寫出詩來仍然是那樣的迴腸盪氣。」（〈談聞一多〉，《梁實秋散文》第1集〔北京市：中國廣播電視出版社，1990年〕，頁419）這或許是可信的。但聞一多從來就重視詩的超越性，主張個人經驗的終點是藝術的起點，因而完全可以理解為是一首追求文化理想的詩，剖白的是藝術追求者的心跡。

> 那麼你先把眼皮閉緊，
> 我就讓你睡，我讓你睡，
> 我把黃土輕輕蓋著你，
> 我叫紙錢兒緩緩的飛。

人生的悲苦也許莫過於坐看兒女夭折，但巨大的悲慟卻用一種催眠曲的形式表現出來，那樣深，卻又那樣「淡」，就像清澄無底的深潭。它表現的是一種不信、不忍、不能接受的現實，如果按照浪漫主義的抒情邏輯，不知會有多少鼻涕眼淚。但在這裡，無法面對的陌生的死，變成了死者生時熟悉的睡。不是以死當睡，不是以其生若浮、其死若休的虛無主義抹平生死的界限，而是抓住神情恍惚時的幻覺，節制、疏導、超越有強烈感情的題材，避免浪漫主義感情淹沒美學的傾向，避免流行的濫情主義和感傷主義。

這是一種把詩歌題材轉化為詩歌藝術的努力，它給中國詩歌和中國詩人帶來的積極影響，不只是風格和趣味的轉變，而是「使詩的內容及形式雙方表現出美的力量，成為一種完美的藝術」[7]，從而把中國「新詩」的水平大大推進了一步。

詩要成為一種完美的藝術，就就不能沒有形式的考慮。詩歌講究形式和韻律，不是妨礙詩意的表達，而是詩意的解放和規律化。因為形式與韻律是一種結構手段，它幫助作者控制情感與意義的運行速度和旋律的有規則變化，同時也使讀者有規律地不斷期待和尋覓。正是在這個意義上，聞一多認為：「越有魄力的作家，越是要戴著鐐銬跳舞才跳得痛快，跳得好。只有不會跳舞的才怪鐐銬礙事，只有不會做詩的才感覺得格律的縛束。對於不會作詩的，格律是表現的障礙物；對於一個作家，格律便成了表現的利器。」[8]

7　于賡虞：〈志摩的詩〉，《晨報學園》1931年12月9日。

8　聞一多：〈詩的格律〉。

　　聞一多提倡「新詩」的格律，主要是從視覺與聽覺兩個方面考慮的，並將其落實到了建行與建節的具體探討。他在〈詩的格律〉提出的「三美」，「繪畫的美」是由詞藻喚起的，並不訴諸直接的視覺效果，只能是文字和意境的個人追求（如聞一多〈憶菊〉那樣具有豐富色彩的詩）；而對「音樂的美」，之前饒孟侃在〈論新詩的音節〉一文作過探討，因此聞一多主要考慮的是句與節的「建築」，即「節的勻稱和句的均齊」。他主張「新詩」詩節與詩句能夠整齊，並從字數與音節的關係提出了詩歌建行的主張。他認為，詩行與詩行間音節的調和要兼顧字數的整齊和音尺的整齊，但字數的整齊不等於音尺的整齊，只有音尺相等字數才會齊整。因此，音尺是詩行整齊的關鍵。聞一多舉如下四行詩為例：

　　　　說到這兒，門外忽然燈響，
　　　　老人的臉上也改了模樣；
　　　　孩子們驚望著他的臉色，
　　　　他也驚望著炭火的紅光。

他認為這就是用「二字尺」和「三字尺」構成「音尺」的詩例。「孩子們‖驚望著‖他的‖臉色」與「他也‖驚望著‖炭火的‖紅光」兩行詩，「每行都可以分成四個音尺，每行有兩個『三字尺』（三個字構成的音尺之簡稱，以後仿此）和兩個『二字尺』，音尺排列的次序是不規則的，但是每行必須還他兩個『三字尺』兩個『二字尺』的總數。這樣寫來，音節一定鏗鏘，同時字數也就整齊了。」

　　聞一多認為他的〈死水〉「這首詩是我第一次在音節上最滿意的試驗」。它每行就是用三個「二字尺」和一個「三字尺」構成的。這首詩一共五節，每節四行，每行四「音尺」九字，「音尺」數目相同，字句絕對齊整，最符合「三美」的要求，因而一直被認為是格律

化新詩的典範。當然，〈死水〉之所以成為典範性的作品並不全是由
於格律的嚴謹，而是內容與形式的高度統一，更準確地說是禁錮封閉
的形式與要求解放的情感之間矛盾生成的一個藝術奇蹟。「這是一溝
絕望的死水」，「死水」是事物的一種狀態，它是凝止、死寂、毫無生
氣；而「絕望」是一種心情，一種內心狀態，是活的、動的、甚至是
接近燃點的感情。兩者是「水火不容」的。這樣的題材在浪漫主義詩
人手裡，必然是水被白熱的火蒸發成水氣，變成激越的控訴或轉化為
感傷，然而〈死水〉卻由於深刻的辯證法和形式技巧的控制，發展出
一個物極必反的主題。凝止與死寂便渴望流動與鮮活（也可以說流動
與活力必然要「激活」死水），哪怕是開出「惡之花」也好（事實上
這裡充滿了波德萊爾《惡之花》式的想像），有一種「病」的熱鬧也
好，也總比麻木冷漠不識清風的死水世界強些。〈死水〉這種以美寫
醜的展開方式，流露出某種「惡意」的快感，無論在精神上還是在形
式上都體現了藝術的「遊戲」品格[9]。正由於此，詩歌通過充分發展
畸形、病態的美，有聲有色地抵達了讓醜惡早點「惡貫滿盈」，把絕
望轉化為希望的主題。

　　〈死水〉的成就是多種因素的綜合作用，有形式與技巧的原因，
也有情致與意境方面的獨特性，它們正好匯合到一個平衡的相交點，
致使嚴謹得毫無鬆動餘地的格式正好成了「死水」這一凝固不變的世
界的象徵，而有不同「字尺」調劑的相同「音尺」（都是短「音尺」）
又恰能對應強烈感情的起伏跌宕，從而把主體與世界的矛盾緊張關係
形式化了。不過，聞一多雖然強調「音尺」與字數兩方面的整齊，但
雙重的整齊也就意味著雙重的鐐銬，兼顧起來並不容易。就〈死水〉
而言，「不如多扔些破銅爛鐵／爽性潑你的剩菜殘羹」，是讀成「不如

9　聞一多〈詩的格律〉一文是從遊戲與規矩的關係出發來探討詩歌的格律的。遊戲的
　　趣味是高度放鬆又高度專注的統一。

‖多扔些‖破銅‖爛鐵，‖爽性‖潑你的‖剩菜‖殘羹」好呢，還是讀著「不如‖多扔些‖破銅爛鐵，‖爽性‖潑你的‖剩菜殘羹」好？如果把「破銅爛鐵」與「剩菜殘羹」看成是兩個對應的詞組，是否也可以成立？又如「飄滿了珍珠似的白沫」，按照每行四「音尺」的預設，或許應當讀成「飄滿了‖珍珠‖似的‖白沫」，但「似的」一詞能否單獨成一「音尺」？是否讀作「飄滿了‖珍珠似的‖白沫」更順當些？但這樣一來，雙重兼顧的原則就得有所變通了。實際上，字數的整齊是為了順從「建築的美」，而「建築的美」是視覺上的。〈死水〉的形式能夠回應所寫的對象，文本的外在形式也成了象徵，但這種形式是否適用於一切題材，尤其非情境性的題材？在視覺與聽覺這兩方面，什麼是最基本的？

　　聞一多是把聽覺作為優先原則來考慮的，但他對「建築的美」過於迷戀，在兩者無法兼顧的時候，往往寧願犧牲「音尺」合理性來保全字數的齊整，因而被人譏為「豆腐乾」詩。這當然是一種片面看法。歷史地看，格律理論的提出和認真實驗，標示了「新詩」的一個發展階段，開了「新詩」形式探討的先河。即使是不無片面性的「豆腐乾」格式，也有正面的意義，不僅啟發了人們對詩節和詩行的勻稱問題的考慮，而且啟發了一些詩人利用漢字的非黏連性特點，強化空間形式的象徵性[10]。更不用說他所提出的「音尺」和「字尺」類型了，它成了討論「新詩」的節奏和建行問題誰也繞不開的話題。後來在形式探討上較有成就的人，如朱湘、葉公超、林庚、吳興華、何其芳、卞之琳等，都從聞一多的理論與實踐中得到過啟發。可惜的是，

---

10 在五十年代以來的臺灣和香港，八十年代以來的中國大陸，均有這種象形詩的實驗，臺灣詩歌評論家甚至把「圖像詩」作為一種與「分行詩」、「分段詩」並列的詩體進行討論（參見《從徐志摩到余光中》〔臺北市：爾雅出版社，1978年〕，頁53-70）。象形詩的背景比較複雜，也受「意象派」運動以來歐美現代主義詩歌的影響，但本土的源頭無疑可以追溯到聞一多詩歌建築學的理論。

二十世紀五十年代中期以來，聞一多詩歌理論與實踐的意義並未在後來者中發揚光大。

——本文原刊於《江南大學學報》二〇〇四年第六期。

吳興華：規律與約束中的張力

表面上看，二十世紀三十年代以後，現代漢語詩歌的主流是對
「詩質」的現代性和現實感的尋求，沒有再出現「新月詩派」那樣集
體試驗、磋商詩歌格律的局面。實際上，格律探討仍然在少數詩人中
延續。

在這少數的詩人當中，非常值得提及的是長期被人們遺忘的吳興
華[1]。他一九三七年就在戴望舒主編的《新詩》（第2卷第3-4期）上發
表過長詩〈森林的沉默〉，那年才十六歲。進入四十年代後，他也分
別在《燕京文學》、《新語》、《文藝時代》發表過一些詩作。而更多的
詩，則由他的好友林以亮於一九四八年帶到了香港，經林之手在五十
年代以「梁文星」的筆名分別發表在香港的《人人文學》和臺北的
《文學雜誌》。

1　一本很有規模的《中國文學大辭典》甚至忽略了吳興華曾是一個詩人：「吳興華
　　（1921-1966）。現當代翻譯家。浙江杭州人，一九三三年由天津南開中學轉入北京
　　崇德中學。一九三七年考入燕京大學西語系。一九四一年畢業後，留校執教。珍珠
　　港事件後，離開燕京大學，以翻譯為生。……與此同時，選擇寫了不少書評和介紹
　　西方近現代作家的文章。……抗戰結束後，從輔仁大學附設《思泉》編纂處返回母
　　校西語系供職。一九五二年院系調整後，歷任北京大學西語系副教授、英語教研室
　　主任、副系主任。一九五七年後從事教學。」（馬良春主編：《中國文學大辭典》
　　〔天津市：天津人民出版社，1991年〕，頁2920-2921）這則辭條除忽略了吳興華是
　　一個詩人而外，還有一些史實上的出入：據吳興華夫人謝蔚英回憶，吳「（1957
　　年）被扣上右派分子的帽子，從此打入『地獄』，不僅撤去職務，還剝奪了教育、
　　寫作的權力。……（文化大革命中）在勞改時因體力不支，又被紅衛兵灌下污水後
　　又踢又打，當場暈迷，又耽誤了送醫院的時間，終於在一九六六年八月三日晨含冤
　　離開了人世。」（謝蔚英：〈憶興華〉，北京市：《中國現代文學研究叢刊》1986年第
　　2期，頁279-280）

　　由於吳興華的詩歌是一種趣味很高又極講究形式的個人探索，游離於當時的現代主義和「現實主義」兩種詩歌主流之外，更由於他多數成熟的詩在境外發表，用的又是筆名（連作者自己和親人也不為所知），在當時的歷史語境中，香港和臺灣的詩歌讀者不知道「梁文星」是誰，不會把他當成本地的詩人予以尊敬；而在大陸，人們見不到他的詩作，他的詩歌成就與探索意義自然也就被人們忽略[2]。長期以來，主要的詩歌選本都沒有吳興華的作品，偌大個漢語詩壇，他似乎只有一個知音，那就是林以亮。然而林以亮，在五十年代初為「新詩」呼喊一陣之後，或許有一種如入無人之境的寂寞，逐漸由一個犀利的批評家，變成了一個隱士式的古典詩歌的鑑賞家。

　　但吳興華的詩歌是值得重視的。早在一九四五年，《新語》的編者在發表吳興華一組詩作時，就曾提出：「在中國詩壇上，我們都認為，他（指吳興華）是一個繼往開來的人；從他的作品裡，讀者會看出，他和舊詩，和西洋詩深諦的因緣；但他的詩是一種新的綜合，不論在意境上，在文字上，新詩在新舊氣氛裡摸索了三十餘年，現在一道天才的火花，結晶體形成了。」[3]

　　《新語》的編者認為吳興華詩的意義是「繼往開來」，體現了三十多年來詩歌革新運動的「新的綜合」，可謂獨具慧眼。不過，吳興

2　這種因國家和意識型態分裂所造成的文化「掩埋」現象是非常可怕的。就吳興華而言，雖然他的詩歌在二十世紀八十年代中期被人重新提起，一九八六年第二期的《中國現代文學研究叢刊》在「現代文學研究在國外」欄裡發表了美國學者愛·岡恩（Edwarb M. Gunn）〈被冷落的繆斯——一九三七～一九四五年上海北京的文學〉一書中有關吳興華詩歌的文字（譯者：張泉，題為〈吳興華——抗戰時期的北京詩人〉），同時在「舊文錄載」欄裡發表了〈吳興華詩與譯詩選刊〉，以及〈吳興華的詩與譯詩〉（卞之琳）、〈憶興華〉（謝蔚英）兩篇文章；此外該刊一九九三年第一期還發表了〈燕京校園詩人吳興華〉（余凌）的研究文章，但這些人都沒有提及吳興華以「梁文星」筆名在香港和臺灣發表的詩文，更沒有將這些詩文列入談論範疇，因而無法全面、準確地討論吳興華的詩歌創作。

3　〈介紹吳興華的詩〉，《新語》1945年第5期。

華的「新的綜合」，不僅是宏觀上會通「舊詩」與「西洋詩」，更是三十年來「新詩」兩個向度探索的綜合，即對以「新月」詩派為代表的形式秩序試驗和「現代詩派」的現代「詩質」探求的綜合。愛・岡恩（Edwarb M. Gunn）曾在〈被冷落的繆斯──一九三七～一九四五年上海北京的文學〉特別提到吳興華〈北轅適楚，或給一個青年詩人的勸告〉這首諷諭詩，認為這首詩「無論對於他本人還是對於中國現代詩來說都是不平常的」[4]，然而，這首詩借助《戰國策》「南轅北轍」的寓言，究竟要說的是什麼？是愛・岡恩所說的「返回到古典主義」，還是別有追求？這首詩的前三節是這樣寫的：

　　年青的朋友，你既然選擇了寫詩
　　作你一生的事業，為什麼要模仿
　　那一班不懂中文的學者或白癡？
　　難道你認為他們是良好的影響？

　　就算有好些人覺得只有卞之琳
　　能寫像樣的詩歌，何其芳也不錯；
　　這樣的描頭畫角幾世才能脫身，
　　偉大的跟班還不如小首領好作。

　　如果你立意想達到詩藝的絕頂，
　　請聽我在下面講述古代的寓言；
　　時間是最好的裁判，它往往提醒
　　我們一切事都不妨回溯至從前：

4　愛・岡恩：〈吳興華──抗戰時期的北京詩人〉（張泉譯），北京市：《中國現代文學研究叢刊》1986年第2期。

顯然，詩人回溯從前的立意是反對模仿：一是，必須根基於自己的語言傳統，不要模仿「不懂中文的白癡」；二是，雖然卞之琳、何其芳寫出了不錯的詩篇，後來者也不能「描頭畫角」，而應根據規律自己去探索和創造。

可以說，吳興華詩歌最重要的特點就是自覺探索詩歌寫作的規律，尤其是現代漢語詩歌形式的規律。他的詩有「新月詩派」那樣「節的匀稱和句的均齊」，卻沒有這派詩的生硬和拘謹。林以亮認為這是「蛻化」和「提煉」中國傳統詩的絕句和五古的結果。他舉吳興華的〈絕句〉為例，「語言表現到此時皆窮竭無靈／未必在眾心當中她明白我心／回顧茫茫的一生清宵忽落淚／焉知別人對我無同樣的深情」，說：「絕句的形式是緊湊，只允許作者在其中表現一個特殊的心境，而這種形式的押韻與絕句相同，每行有十二字，很清楚地分為五拍，所以更近七絕。從中國詩的發展來看，一個明顯的傾向就是由短而長，由簡而繁，由四言而五言，七言，詞和曲，這和中國語言的變化和發展是分不開的，而這種新的絕句並沒有違反這重要的原則。」又舉吳興華的〈覽古〉、〈擬古〉為例，認為古代詩人「想寫一些境界極高，近於梁宗岱所說的『宇宙詩』時，也就不由自主地採取了五古這個形式」，阮籍、陶潛、李白等偉大詩人都採用它作為最高的表現工具，而吳興華的貢獻之一，正在於成功地「從『五古』中提煉出來一種新的形式。……把五古的高瞻遠矚，籠罩一切的氣勢移植到新詩中來」[5]。

林以亮注意到，吳興華從中國古典詩歌傳統中所得到的啟示不僅是形式和韻律，還有境界和氣勢，這是很有見地的。但值得注意的是，在吳興華的詩歌中，絕句共有十三首，並不是最出色的試驗，即使其中最好的（如：「仍然等待著東風吹送下暮潮／陌生的門前幾次

5　余懷（林以亮）：〈論新詩的形式〉，香港：《人人文學》1953年總第15期。

停駐過蘭橈／江南一夜的春雨，烏桕千萬樹／你家是對著秦淮第幾座長橋」[6]），雖然在節奏、音韻上很講究，也有含蓄的意境，但究竟無法和千錘百鍊的古典絕句相比，只是在語言、形式的層面上體現了「由短而長、由簡而繁」的演變，詩情詩意的濃度卻削弱了。而九首仿五古形式的詩，都是些思古懷遠，表現人生哲理之作，雖然詩格較高，寫得比較自由舒展，卻不能超脫古人的情懷境界和思維方式，以現代的「具體性」抵達普遍的「宇宙性」，從而體現個人風格和現代語言的活力。如比較有代表性的〈覽古〉，詩中的說話者登高望遠，思接古今，由自然而人世，傷今懷古，確有陳子昂〈登幽州臺歌〉的境界，而詩句的整齊（每行9字）和節拍的均衡（每句4個音組），也為現代漢語詩歌所少見。然而，這裡的意象和語言不僅古典味太濃，而且像「匹練」、「心精」、「垂涕」、「無殊」、「雛嬰」、「扶策」等意象與詞語，也顯得生硬或陳腐。因此，無論「絕句」或「仿古」詩，均不如他純粹運用現代漢語寫作的詩精彩，更能體現現代思維、語言和形式的魅力。像〈峴山〉，取材於《晉書》〈羊祜傳〉的本事（作者有注：「羊祜晉南城人，字叔子，武帝時，累官尚書左僕射，都督荊州諸軍事，鎮襄陽；後陳伐吳之計，舉杜預自代。在鎮時常輕裘緩帶，身不披甲；與陸抗對境，務修德，吳人懷之。及卒，民為立碑峴山；望其碑者皆流涕；時稱為墮淚碑。」），也是一首登高感懷之作：

> 夢中我彷彿獨一人攀登上峴山，
> 看返照如一座洪爐噴吐著火焰，
> 　頭上是高闊的秋穹，腳下是細草；
> 柔和的，四周景物從暝色中脫出，

　　　呈在我眼底，在小徑盡處我佇足，
　　　　聽萬壑松聲訴說著陵谷的衰老。

　　　眼淚聚集在我眼中，當我跪下來
　　　撫摩著一方白石碑，生遍了蒼苔，
　　　　想起那輕裘緩帶的古人的風度；
　　　當軍國大事籌劃畢，被一種虛空
　　　而不可抑止的熱望驅上這高峰，
　　　　在同樣的秋天，或許，同樣的夕暮。

　　這是一首面對宇宙和歷史省思個體生命意義的詩。頭上是高闊的秋穹，如火的夕照；腳下是細草，是聚攏而來的暝色；耳邊是萬壑的松聲，境界是多麼曠遠幽深。這種境界不僅是空間的和自然的，「生遍了蒼苔」的石碑也暗示出它是時間的和歷史的，因此接通了一種最囓心的感覺：「虛空」。他將這種「虛空」推及羊祜面對自然和宇宙的悲慨：天地長存，人生苦短，「想揪住一根草，一片木頭，為片時／得到憑依，想不跟隨歲月而急馳／給自己一點重量，想使自己固定／但山川縈帶，秋色在高曠處播開／為大家蘊蓄著無限喜悅和悲哀／一個失敗後隱伏著另一個僥倖……」。

　　這樣的想像自然是很精彩的，但並沒有超越魏晉以降許多古詩（特別是古風）的境界與趣味。真正有別於古詩境界之處則是詩人不僅注意到有字的石碑，更注意到無名的「細草」，通過鄒湛的對答把視線投向了浮沉在歷史之河中的芸芸眾生：「怨抑的應該是我們，向不為人知／似密葉只用來托出孤花的芳姿／或起，或仆倒，聽不到撫掌和惋惜／與這山，這水，這崖角似血的丹楓／一齊消隱在未來廣闊的黑暗中……」。而最終，則導向了個人的自省：

　　一樣把自己交出給運命的急湍，

　　我們只奮鬥想自拯，那裡有空閒

　　　把同情伸展到那些渺小的人物？

　　只歎息然後降入勞苦的世界中，

　　依依回首看落日給嵯峨的高峰

　　　以它塗絳色的手指最後的一觸。

〈峴山〉取材於古典，處理的是自然與人生的關係，也是古典詩歌常見的主題。但它不同於古典詩歌，甚至也與詩人自己的仿古詩有很大區別。它或許不像古詩和仿古詩那樣，調和了舒朗與謹嚴的矛盾，但也沒有它的拘束與生硬，不僅詩思要曲折、具體、細緻得多，而且像羊祜與鄒湛對話的情境和氛圍，後者是望塵莫及的。

　　兩相比較，大概由於絕句和五古建立在古漢語基礎上，體現的是古漢語的單字單音在語法、聲律組織上的靈活性，因而在嚴格的格律與獨立孤行的文字、鬆散的語法之間充滿張力。而在現代漢語中，雙音詞彙已大量增加，語法也趨於嚴密，再把這種語言納入舊形式，無異於削足適履。吳興華詩歌的意義，主要不是他如何改造了絕句和五古，而是深刻意識到詩歌不能不講究形式，而這種形式，又非得根據自己的語言特點建構不可，因而作了包括絕句、五古、十四行詩在內的多種形式的實驗。

　　這種形式的自覺實驗，體現了對「白話詩」以來「新詩」發展的深刻反省。在一篇題為〈現在的新詩〉[7]的文章中，吳興華認為，現在許多雜誌被印著「新詩」的作品，不但不供給我們「新」意，而且不是「詩」。好一點的是有一點意思，卻不能發展成型，壞的則與月份牌畫、通俗小說毫無二致。他說：「現今新詩的危機並不是讀它的人太

7　載於《文學雜誌》（臺北）第1卷第4期（1956年12月20日），署名「梁文星」。

少（像許多人所想的一樣），而是寫它的人太多。在大家誰也不知道
『新詩』到底是什麼之前，你來一首，我也作一篇四行、十行、百
行，以至千行，不過是亂人耳目。」他認為這是忽略了詩是極高的修
養的藝術，片面強調「新詩的大眾化」的後果[8]，違背了詩歌寫作與閱
讀必要的知識準備、思維過程和對文類規律的瞭解。因此，他主張：
一、自覺擔負起繼往開來的文化使命，虔誠、慎重地善待詩歌。「我
們現在寫詩，不是個人娛樂的事，而是將來整個一個傳統的奠基石。
我們的筆不留神出越了一點軌道，將來整個中國詩的方向或許會因之
而有所改變。」二、認同形式的規範和約束，把模糊的意念發展成
型，促進詩人與讀者共同中介的形成。「形式是詩人與讀者之間一架
公有的橋樑」，有了這道橋樑，寫作與閱讀才會變得有規律可循。他
認為，「非得有了規律，我們才能欣賞作者克服了規律的能力，非得
有了拘束，我們才能瞭解在拘束之內可能的各種巧妙表演。」他甚至
認為，舊詩沒有「新詩」那種作者與讀者的緊張關係，就是因為有形
式規律的約束，「對形式上的困難和利弊瞭如指掌」，因而，「寫詩的人
不用時時想著別人懂不懂的問題。讀詩的人，在另一方面，很容易地
設想自己是寫詩的，而從詩中得到最大量的愉快。」三、提倡表現的
間接性和 intellect（知性）的成分。詩人「必須幫助他的讀者，使他運
用腦力之後，能得到他詩裡沒有明寫的情感或經驗」；一首詩讓人讀
了之後，必須使人想到：「這位作者是個受過教育的人，他肯思想」。

　　吳興華是一個修養很高的詩人與翻譯家，無論詩歌作品和創作觀
點，都反映出他對中國古典詩歌和西方現代詩歌的深刻理解（這一

8　吳興華非常反對「新詩的大眾化」，他說：「新詩努力求大眾『化』，在我看來是一
　　種非常可笑而毫無理由的舉動。大眾應該來遷就詩，當然假設詩是好的值得讀的，
　　大眾應當『新詩化』；而詩不應該磨損自己本身的價值去遷就大眾，變成大眾化。
　　在這眼看就要把詩忘卻的世界中，詩人的責任就是教育大眾，讓他們睜開眼睛來看
　　『真』、『美』和『善』，而不是跟著他們喊口號，今天熱鬧一天，不管明天怎樣。」
　　（〈現在的新詩〉，臺北《文學雜誌》第1卷第4期，1956年12月）

點，在他以詩歌表現的直接性達到藝術的間接性的主張中，已體現得非常明顯，前者是意象派所致力的目標，後者，是中國古典詩歌的特點）。甚至可以說，他是一個艾略特式的中國詩人。他在二十世紀中國詩歌發展中的特殊意義，是重申了中國詩歌的尊嚴和含蓄、典雅的品格，並把「格律詩派」對於形式秩序的追求，從主要向西方尋求參考，引導到符合現代漢語特點的建設方向。他的詩，除絕句和十四行外，並沒有固定的格式，但每一首詩的建行、建節、押韻，都有自己的規律。其特點是，通過詩行節奏與詩節結構的共同作用，使情感的節奏與語言的節奏產生互動，讓詩情、詩思得到有規律的發展。如〈記憶〉[9]：

　　生命迅速地流去，把歡樂拋向背後，
　　我們戰慄的手指又不敢多翻一篇；
　　在將來黑的霧裡，誰知道能不能夠
　　　　再有這樣一天？

這是開頭。全詩二十五節都這樣每節四行，逢二、四行押韻（各節的韻不求統一，可以轉韻）；前三行五個音節；最後一行下沉兩字，三個音節。前三行每行音組較多，且每組的音數較多（2-4個音不等），因而比較繁複急促，具有「抑」的效果；後一行除下沉兩字造成閱讀上的停頓外，音組較少，且每音組以雙音音組為主（也雜以個別的單音音組和三音音組），比較舒展清朗，具有「揚」的效果。偶行的押韻則有明顯的呼應關係。不難看出，這首詩在詩行的組建和詩節的構成上是極講究的，有相對的獨立性和完整性，又充滿著開放性。吳興華用這種富有規律又充滿張力的詩節，捕捉生命中埋在「黑的霧裡」

9　載於臺北《文學雜誌》第7卷第3期（1959年11月20日），署名「梁文星」。

的記憶，辨認它的意義和價值，看來作得相當成功。在這首詩裡，對節奏和韻進行有規律的控制，不是一種壓抑的力量，而是具有解放的功能，詩人借著它們螺旋式突進了記憶的本質；而讀者，也可以循著其規律，不斷地有所尋覓，有所期待。這依靠形式規律從容展開思維與語言魅力的特點，是自由詩難以具備的。因為自由詩沒有形式和韻律規律的支持，只能主要依靠句法和修辭的力量，把注意力集中在詩情的發展上。這一點，對照一下戴望舒同一題材的名篇《我的記憶》就很清楚了，雖然《我的記憶》也很強烈、細緻地表現了現代人的孤獨感，充分體現了現代詩感覺的魅力，但句式和語言技巧的簡單與單一，也是有目共睹的事實（這首詩主要由「它在……」、「它是……」的排比句式組成）。由此看來，重視詩的形式規律，不僅有利於克服散文式句子的鬆散與單調，也有利於自然口語的提煉，使之變得雅馴。

顯然，像〈峴山〉和〈記憶〉這樣的詩，更具有形式和個人風格的獨創性。這是一種有共同的規律，而格式又非常具體的形式實驗：沒有劃定的詩體，卻必須遵循以音組建行的原則，並在每一首詩中保持韻律、詩節的統一性和連續性。吳興華的詩，是「白話詩」運動以來最豐富也最有成就的詩歌形式實驗，儘管他並沒有提供一種或幾種能夠普及的詩體，但現代漢語詩歌的發展與成熟，是最終形成若干種詩體？還是建行建節上形成共識與規則，而在體式上保持更多的張力？這當然需要更多實踐才能回答。重要的是，吳興華的詩讓人們重新意識到形式對於詩歌的重要性，同時昭示出，形式對於詩歌，不只是馴化與約束，它也有解放的功能。而現代漢語詩歌的形式，必須建立在從單音的「字」的思維向多音的「詞」的思維轉變的基礎之上，必須面對「語」與「文」（口語與書面語）互相吸納轉化的語言現實。

——本文節選自論文〈形式探索的延續——「格律詩派以後的詩歌形式試驗」〉，《中國現代文學研究叢刊》2004年第1期。

穆旦：新的抒情

一　抒情傳統的再認

　　二十世紀三十年代一些現代詩人對詩歌本質的強調和對抒情傳統的疏離，曾被穆旦準確地理解為主觀抒情成分的隱退和對智力的倚重，在一九四〇年寫的〈《慰勞信集》——從《魚目集》說起〉[1]這篇書評中，他寫道：

> 　　在二十世紀的英美詩壇上，自從艾略特（T. S. Eliot）所帶來的，一陣十七十八世紀的風掠過以後，彷彿以機智（wit）來寫詩的風氣就特別流行起來。腦神經的運用代替了血液的激盪，拜倫和雪萊的詩今日不但沒有人摹仿著寫，而且沒有人再以他們的詩作鑑賞的標準了。這一個變動並非偶然，它是有著英美的社會背景做基地的。我們知道，在英美資本主義社會發展的現階段中，詩人們是不得不抱怨他們所處在的土壤的貧瘠的，因為不平衡的社會發展，物質享受的瘋狂的激進，已經逼使得那些中產階級掉進一個沒有精神理想的深淵裡了。在這種情形下，詩人們沒有什麼可以加速自己血液的激盪，自然不得不以鋒利的機智，在一片「荒原」上苦苦地墾殖。
> 　　把同樣的種子移植到中國來，第一個值得提起的，自然是《魚

1　穆旦：〈《慰勞信集》——從《魚目集》說起〉，香港：《大公報》1940年4月28日第8版。

目集》的作者卞之琳先生。《魚目集》第一輯和第五輯裡的有
些詩，無疑地，是新詩短短路程上立了一塊碑石。自五四以來
的抒情成分，到《魚目集》作者的手下才真正地消失了，因為
我們所生活著的土地本不是草長花開的原野，而是：

　　　灰色的天。灰色的海。灰色的路。

　　穆旦明確指出了卞之琳的《魚目集》與重視知性的英美現代派詩
的關係：它們都是從牧歌式的抒情走向「荒原」上的墾殖，而在詩歌
的特點上則呈現為抒情成分的消失。在這裡，需要首先分辨的，是徐
遲在一九三七年也曾提出「抒情的放逐」[2]這一主張。這一點，穆旦
在文章中也觸及到了：

　　　從《魚目集》中多數的詩行看來，我們可以說，假如「抒情」
　　就等於「牧歌情緒」加「自然風景」，那麼詩人卞之琳是早在
　　徐遲先生提出口號以前就把抒情放逐了。這是值得注意的：
　　《魚目集》中沒有抒情的詩行是寫作在一九三一年和一九三五
　　年之間，在日人臨境國內無辦法的年代裡。如果放逐抒情在當
　　時是最忠實的生活的表現，那麼現在，隨了生活的豐富，我們
　　就該有更多的東西。……為了使詩和這個時代成為一個熱情的
　　大和諧，我們需要「新的抒情」！……強烈的律動，洪大的節
　　奏，歡快的調子，——新生的中國是如此，「新的抒情」也該
　　如此。

徐遲提出「抒情的放逐」與穆旦提出「新的抒情」都是基於民族抗戰
的共同語境。表面上看，徐遲援引艾略特關於詩歌的客觀性，即詩歌

2　徐遲：〈抒情的放逐〉，《頂點》第1期（1937年7月）。

不是表現感情而是逃避感情的觀點，也是要在新的時代條件下推動詩歌的發展；而穆旦面對卞之琳消失了抒情成分的詩，主張「新的抒情」，是從現代主義後撤。實際的情形卻正好相反：徐遲所指的「抒情」是三十年代戴望舒、何其芳式的面向個人記憶和幻想的抒情詩，認為它們不過是披著「風雅」外套的「閒適者的玩意兒」，中國的詩只有「放逐感情」，接納大時代的現實生活才有出路，──這其實是一種走出感情和想像的世界，反映現實和面向大眾寫作的詩歌觀點，與艾略特的詩觀完全是南轅北轍，倒是更接近五四平民化的寫實主義文學主張。而穆旦提出「新的抒情」，卻不否定「抒情」本身的意義，只是反對「牧歌情緒」加「自然風景」的舊式抒情；他並不認為「放逐感情」就是詩的本質，他把英美的現代詩和受英美現代詩影響的卞之琳的知性寫作，都看成是「荒原」上的墾殖，一方面認為它們「在當時是最忠實的生活表現」，另一方面，也希望詩與時代有「熱情的大和諧」，──這裡顯然包含著反思和超越現代主義的渴望。

　　同樣是面對民族抗戰的現實中國語境，同樣面對三十年代的現代主義創作面貌，卻有不同的評價，提出的方案也不同。這個不同既體現了對現代主義的不同認識，也表現了不同的詩歌立場。雖然同是尋求詩歌的現代性，但徐遲所持的現代性，是與社會現代化潮流相一致的「現代性」，而不是感覺和想像方式的現代感。因此他三十年代的現代詩，儘管描寫了摩天樓和握著網球拍子的城市青年，但並不能深入現代人矛盾複雜的內心世界，甚至直到八十年代，他也仍然搞不清文學的現代性與社會現代化的區別，提出什麼「文學也要現代化」。從根本上看，徐遲不過是一個始終跟隨著時代不斷改變自己的詩人，而不是有自己的現代詩學主張並一以貫之的詩人，這樣的詩人，在「新詩」史上，絕非個別。而穆旦，雖然也從詩與時代的關係考慮問題，卻無意用現在的時代語境否定過去的時代語境，尤其不願以時代的要求否定詩歌的特點。他理解與同情英美的現代詩和三十年代卞之

琳們有著冷靜與灰色調子的詩，他並不認為這些詩不好，只是指出，這樣的詩不應該體制化，「隨了生活的豐富，我們就該有更多的東西」。

　　穆旦提出「新的抒情」，包含著對非個人化的現代主義詩歌的深刻反思，觸及到兩個非常重要的詩學觀念問題，這就是詩的情感與境界的問題。首先是，詩可以不可以完全置之於感情之外？這在王國維看來根本是不可能的，因為情感態度是文學的「二原質」之一，他說：「文學中有二原質焉：曰景、曰情。前者以描寫自然及人生之事實為主，後者則吾人對此種事實之精神的態度也。故前者客觀的，後者主觀的也；前者知識的，後者感情的也。自一方面言之，則必吾人之胸中洞然無物，而後其觀物也深，而其體物也切；即客觀的知識，實與主觀的情感為反比例。自他方面言之，則激烈之情感亦得為直觀之對象、文學之材料；而觀物與其描寫之也，亦有無限之快樂伴之。要之，文學者，不外知識與感情交代之結果而已。苟無銳敏之知識與深邃之感情者，不足與於言文學之事。」[3]一般的文學尚且不能沒有感情，就不用說詩是否可以逃避感情了。當然，詩歌無可避免的情感介入，卻不意味著必須直接表現感情。在感情的表達上，王國維認為是有「有我之境」與「無我之境」的不同的。他說：「有有我之境，有無我之境。……有我之境，以我觀物，故物皆著我之色彩；無我之境，以物觀物，故不知何者為我，何者為物。古人為詞，寫有我之境者為多，然未始不能寫無我之境，此在豪傑之士能自樹立耳。」[4]

　　按照王國維的理論，卞之琳三十年代的現代詩，實在不是取消感情，而是類似「無我之境」追求。這一點，對現代主義詩歌有深切瞭

3　王國維：《文學小言》，引自《中國歷代文論選》第4冊（上海市：上海古籍出版社，1980年），頁379。

4　王國維：《人間詞話》，引自《〈人間詞話〉及評論彙編》（北京市：書目文獻出版社，1983年），頁1。

解的穆旦是看到了的，因此非常肯定它超越「牧歌情緒」加「自然風景」的舊式抒情的意義。然而，他為什麼又提出這種客觀性的詩歌需要加入新的抒情成分？文中直接的理由是中國現實語境的改變（「然而這是過去的事情了。七七抗戰以後的中國則大不同從前。」），更實質性的方面則是不滿現代主義詩歌對「知性」過分倚重：因為現代主義是一種「荒原」上的墾殖，內心充滿著虛無，「沒有……血液的激盪，自然不得不以鋒利的機智」，這既與眼前的現實中國語境脫節，也與中國詩的抒情傳統相背。穆旦希望中國的現代詩不要停留在「腦神經的運用」上，而是追求一種「滲進了情感的『機智』」。

　　穆旦不希望詩歌只是智力的運用而主張情感對智力的滲透，實際上也是意識到情感與境界有關。現代主義實際上是一種文學的英雄主義，最大的特點是想通過藝術的獨立性和智力的運作，寄託個人內心的孤獨與混亂，與平庸的現實世界相抗衡，這使它過於重視內心感覺而不大在乎真實的世界，過於專注文本的秩序卻有意無意忽略了文本與社會、文本與讀者的交往和溝通。所以非人格化的現代主義最終「讓位給了現代社會已經喪失了人性的機械世界」[5]。三十年代的中國現代詩遠沒有西方現代主義詩歌那樣走到文本體制化的地步，但像何其芳那樣「思想空靈得並不歸於實地」，沉醉在人生各種姿態的欣賞裡（「對於人生我動心的不過是它的表現。」），沉醉在語言的顏色、姿勢、節奏和結構的抗拒與偏離的效果裡（「我傾聽著一些飄忽的心靈的語言。我捕捉著一些剎那間閃出金光的意象。我最大的快樂或辛酸在一個嶄新的文字建築的完成或失敗。」）[6]，是否走進了藝術

5　這是伊格爾頓（Terry Eagleton）的觀點，他還說：「非人格」（impersonality）的現代主義美學，「同樣隱藏著一種政治觀點：中產階級自由主義已經完結，必須以某種更加強硬、更加富有男子漢氣概的紀律取而代之——這是後來龐德在法西斯主義那裡找到的紀律。」見《文學原理引論》（北京市：文化藝術出版社，1987年），頁52。
6　何其芳：〈夢中道路〉，《何其芳文集》第2卷〔北京市：人民文學出版社，1982年〕，頁62-63。

的象牙塔？藝術的好壞有感覺和智力運用的技術問題，但藝術的偉大與否卻與情懷、胸襟相關，不是單靠智力能實現的。卞之琳後來認為：當時自己是「小處敏感，大處茫然，面對歷史事件、時代風雲，我總不知要如何表達自己的悲喜反應。這時期寫詩，總像是身在幽谷，雖然是心在峰巔。」[7]——這種現象，是否正說明了現代主義藝術體制確有某種排他性？卞之琳三十年代中期的詩，就藝術而言，很少人的創作能與之相提並論，但它們大多是精緻的盆景而不是有壯闊氣象的山河。

二　中國詩歌的新質

穆旦的詩，實際上「綜合」了五四以來「新詩」中的許多質素，包括浪漫主義從情感出發的英雄氣質和擴張性，現代主義富於知性的冷凝和內斂，東方式的直覺和西方式的分析等等，都被織進了他充滿矛盾分裂又有藝術的統一性的詩歌世界。用強烈的抒情而不是通過「距離的組織」來表現非常豐富的矛盾衝突的感情經驗，是穆旦創造的詩歌奇蹟。因此，最早的一篇的評論文章說穆旦詩歌是一個謎：「穆旦詩歌真正的謎卻是：他一方面最善於表達中國知識分子的受折磨而又折磨人的心情，另一方他的最好的品質卻全然是非中國的。在別的中國詩人是模糊而像羽毛樣輕的地方，他確實，而且幾乎是拍著桌子說話。在普遍的單薄之中，他的組織和聯想的豐富有點近乎冒犯別人了。」[8]而同時期的詩人唐湜也強調了這一點：「讀他的文字會有許多不順眼的滯重的感覺，那些特別的章句排列和文字組合也使人得不到快感，沒有讀詩應得的那種喜悅與輕柔的感覺。可是這種由於對

7　卞之琳：《雕蟲紀歷》〈自序〉，北京市：人民文學出版社，1979年。

8　王佐良：〈一個中國詩人〉，見《穆旦詩集（1939-1945）》「附錄」。

中國文字的感覺力，特別是色彩感的陌生而有的滯重，竟也能產生一種原始的健樸的力與堅韌的勃起的生氣，會給你的思想、感覺一種發火的磨擦，使你感到一些燃燒的力量與體質的重量，有時竟也會由此轉而得到一種『猝然，一種剃刀似的鋒利』。」[9]

這些「受折磨而又折磨人的心情」，「剃刀似的鋒利」而非溫柔敦厚的嚙心效果，以及豐富而非純淨的美感，正是穆旦給現代漢語詩歌帶來的新的「詩質」。它與其說是非中國的，毋寧說是非古典中國的：非「牧歌的情緒」加「自然風景」的，非單線因果和起承轉合的，非和諧統一的；而是攙入血肉的矛盾分裂的感覺、意識與潛意識裡的恐怖與渴望、尋求超越的追求與掙扎。許多人都從穆旦的詩中讀出了「豐富的痛苦」，但真正的謎底卻在意識到現代生存的矛盾分裂又想「伸入新的組合」：

　　　藍天下，為永遠的謎迷惑著的
　　　是我們二十歲的緊閉的肉體，
　　　一如那泥土做成的鳥的歌，
　　　你們被點燃，卻無處歸依。
　　　呵，光，影，聲，色，都已經赤裸，
　　　痛苦著，等待伸入新的組合。

這是作者〈春〉這首詩的第二節。第一節寫的是「春」的蘇醒，精神的和欲望的蘇醒，因而讓人明顯感受到「春」的象徵性，是對「春天」讀解又是對「青春」的想像與體認。值得注意的是，這裡也寫到「二十歲」，「藍天下，為永遠的謎迷惑著的」的二十歲，猶如「泥土做成的鳥的歌」一樣的二十歲，然而卻一點也沒有前面提及的徐遲

9　唐湜：〈穆旦論〉，《中國新詩》1948年第3、4期。

〈二十歲人〉那樣單純和快樂。相反，當「緊閉的肉體」被打開，當
生命的熱情被點燃，卻如同被拋到一片荒原，無處藏匿，無處歸依。
應該說，像徐遲詩歌那樣單純快樂的現代青年畢竟少而又少，戴望
舒、何其芳們詩中的抒情主人公也是無處歸依的，甚至聞一多詩的抒
情主人公也是無處歸依的。無處歸依幾乎是進入現代以來中國詩人共
同的感覺：自從我們被迫加入世界「現代化」的行程以來，不僅認同
了西方現代的政治經濟體制，也放逐了本土文化的原質根性，知識分
子游離在一個崩離破裂的文化空間裡求索、叩問：傳統文化的凝聚力
沒有了，但能安頓心靈的新文化在哪裡？在舊的已被放逐到邊緣，新
的又還不能在人們心靈裡生根的情況下，實際上新舊都無法徹底認
同。人們生活在兩種文化的夾縫中，生活在文化虛位與文化錯位的時
間、空間中，生活在文化失真與文化融合的持久的矛盾與分裂中。時
間之傷和精神之痛是共同的，破碎感是共同的，猶如秋夜的凝露，你
清晨起來發現每棵草尖上都有一滴，好像是淚珠。於是我們在《我》
中讀到了一個如此殘缺破碎的自己，——這首詩寫「我」卻沒有出現
一個我字，是對漢語傳統語法靈活性的致敬，還是為了強調個我的普
遍性，讓每一個正在閱讀的「我」置身其中？全詩如下：

　　　從子宮割裂，失去了溫暖，
　　　是殘缺的部分渴望著救援，
　　　永遠是自己，鎖在荒野裡，

　　　從靜止的夢離開了群體，
　　　痛感到時流，沒有什麼抓住，
　　　不斷的回憶帶不回自己，

　　　遇見部分時在一起哭喊，

　　是初戀的狂喜，想衝出樊籬，

　　伸出雙手來抱住了自己，

　　幻化的形象，是更深的絕望，

　　永遠是自己，鎖在荒野裡，

　　仇恨著母親給分出了夢境。

這裡是分裂、殘缺，孤獨、隔絕，無法融入歷史，不能與整體取得和
諧，無法在回憶中找回自己，也不能在幻象得到慰藉，內尋與外求都
通向「更深的絕望」，因而「永遠是自己，鎖在荒野裡」，──在結尾
之前，詩的說話者又再次強調了這種感受，而且，絕望轉化成了仇
恨，「仇恨著母親給分出了夢境」。

　　穆旦與他的前輩現代詩人不同，他不同於聞一多，後者憑著浪漫
主義氣質和古典主義的藝術趣味，在一片破碎中還能想像一個金光四
射的奇蹟（參見〈奇蹟〉），他也不同於戴望舒與何其芳，返回記憶與
夢境，訴說著美麗的憂傷。我們很難從傳統詩歌甚至以往的「新詩」
中發現這樣的詩歌主題，而在分行詩歌之外，似乎也只有魯迅的《野
草》和個別小說才深入到如此深邃的自我世界。不過，穆旦仍然與魯
迅不同，後者雖然也深入到個體生命真正的夢魘，但《野草》中的夢
魘更多表現為人與環境的緊張，並且直接寄託在夢的情境中，而穆旦
詩中的夢魘，既有環境的因素，也有生命中非言語能夠照明的「本
我」因素。穆旦把這種因素寄託在「野獸」或類似的意象中（如〈野
獸〉、〈曠野〉、〈童年〉、〈詩八首〉），是「泥土做成的鳥的歌」
（〈春〉），「春草一樣地呼吸」（〈詩八首〉）；相對於理性秩序，它是
「紊亂」，相對於文明，它是本能、原始的自然力；它為現代時間和
現代文明所囚禁、所傷害，創痛激烈地掙扎，並「仇恨著母親給分出
了夢境」。穆旦在現代漢語詩歌現代性尋求進程中的無可替代的意

義，他「新的抒情」真正新的地方，正在於他脫掉了幻想、回憶和夢境的衣裳，潛入到了「自我」的深海，接觸到現代生活中「自我」與「本我」、文明與自然的矛盾與緊張，從而像拉奧孔雕像那樣赤裸出了現代生命的痛苦與掙扎。於是，他詩歌中的城市也就不僅僅具有道德上的不潔感，而是對生命的排斥，它是一種「燦爛整齊的空洞」，生命無法居留：

> ……然而我們已跳進這城市的迴旋的舞，
> 它高速度的昏眩，街中心的鬱熱。
> 無數車輛都慫恿我們動，無盡的噪音，
> 請我們參加，手拉著手的巨廈教我們鞠躬：
> 呵，鋼筋鐵骨的神，我們不過是寄生在你玻璃裡的害蟲。
>
> 把我們這樣切，那樣切，等一會就磨成同一顏色的細粉，
> 死去了不同意的個體，和泥土裡的生命；
> 陽光水分和智慧已不再能夠滋養，使我們生長的
> 是寫字間或服裝上的努力，是一步挨一步的名義和頭銜，
> 想著一條大街的思想，或者它燦爛整齊的空洞。
>
> ──〈城市的舞〉

而現代時間的旋轉、鋼鐵的切割和輾磨，所帶給每一個生命的，就是自我完整性的終結，就是自己的永遠不能完成，就是不斷的變形、扭曲、分裂，「直到我們追悔，屈服，使它僵化／它的光消殞」（〈詩二章〉）。這就是為什麼，即使在面對愛情的時候，穆旦也絲毫沒有浪漫主義詩歌的「牧歌的情緒」的原因。相反，從另一雙超越的眼睛，看見的是「一場火災」，「燃燒著的不過是成熟的年代」，生命在「自然的蛻變程序裡」永遠是隔絕、偶然、變動和危險：

水流山石間沉澱下你我，
而我們成長，在死底子宮裡。
在無數的可能裡一個變形的生命
永遠不能完成他自己。

我和你談話，相信你，愛你，
這時候就聽見我底主暗笑，
不斷地他添來另外的你我
使我們豐富而且危險。

而這種「危險」的本質就在於兩顆情願的心都必須面對矛盾分裂的自
我，面對變動的世界和時間：

相同和相同溶為怠倦，
在差別間又凝固著陌生，
是一條多麼危險的窄路裡，
我製造自己在那上面旅行。

他存在，聽從我底指使，
他保護，而把我留在孤獨裡，
他底痛苦是不斷的尋求
你底秩序，求得了又必須背離。

穆旦的這首〈詩八首〉，當是「新詩」中最傑出的愛情詩之一，它最大
的特點是從生命與存在的角度去想像愛情，而對生命的認知，又深入
到了非統一性、穩定性和充滿矛盾的「自我」世界，從而更新了「新
詩」抒情形象的單一與線形發展的特點，更新了詩歌的主題和內容，

並由此出發實踐了許多新的整合矛盾經驗的語言策略和修辭手段。

　　經由穆旦深入到矛盾複雜的「自我」世界對現代生存的反觀，現代「詩質」得到了非常豐富的表現，也呈現出了詩歌掘入現代經驗、情緒和意識的諸多可能性。穆旦曾在〈出發〉一詩中把現代生存比喻為「在犬牙的通道中讓我們反覆／行進，……而我們皈依的／你給我們豐富，和豐富底痛苦」，這種「豐富底痛苦」不僅在中國詩歌中得到了充分的表現，也在一定程度上改變了二十世紀中國詩歌的抒情和想像方式，把現代主義的疏離現實的傾向，轉化成了矛盾經驗與情感個人化呈現，從而更有力地介入和觀照了現代生存。穆旦綜合了諸多優秀質素的「新的抒情」，彌補了詩歌與現實的裂痕，體現了苦難年代中國詩歌的新質，可以用〈五月〉中幾行詩來比喻：

> 勃朗寧，毛瑟，三號手提式，
> 或是爆進人肉去的左輪，
> 它們能給我絕望後的快樂，
> 對著漆黑的槍口，你就會看見
> 從歷史的扭轉的彈道裡，
> 我是得到了第二次誕生。

三　「荒原」的獨特見證

　　不過，中國詩歌在歷史的苦難中得到了新的誕生，詩人卻似乎命中注定要在歷史中受難。穆旦以「豐富的痛苦」為底色的「新的抒情」並沒有在新的時代得到延續，這不是新的時代沒有痛苦[10]，而是

---

10 相反，穆旦剛從美國留學回國就覺得寂寞、氣悶和憂鬱，認為「這是一個沉悶的時期」。在一九五四年六月十九日給陳蘊珍的信中，他還寫到「氣悶」的原因：「我這

人們被告知「新時代」只要單純不需要豐富、只有歡樂不存在痛苦。雖然穆旦為了「向大海相聚」，也「一再地選擇死亡和蛻變」，把主要精力放在文學翻譯中，以本名「查良錚」和筆名「梁真」發表文學理論譯作和譯詩[11]，但他最縈繞於懷的一定是能夠繼續寫詩。要不，一九五七年上半年短短幾個月的「百花齊放」，他不可能一下就寫出七首詩，更不會有那首「只算唱了一半」的〈葬歌〉：在這首典型體現當代知識分子的內心掙扎的詩篇裡，詩中的說話者多麼願意面對「現實」與「希望」，「以歡樂為祭」埋葬自己的「回憶」和「驕矜」。但是，面對「洪水淹沒了孤獨的島嶼」的新生活，他又對屬於「個人」領域的許多美好的東西有所眷戀，因而不能不心存恐懼與懷疑：

　　「希望」是不是騙我？
　　我怎能把一切拋下？
　　要是把「我」也失掉了，
　　哪兒去找溫暖的家？

　　然而，「哦，埋葬，埋葬，埋葬！」，不待穆旦唱出另一半的葬歌，時代卻「埋葬」了他的自由與生命：一九五八年「反右」運動

幾天氣悶是由於同學亂提意見，開會又要檢討個人主義，一禮拜要開三、四個下午的會。每到學期之末，反倒是特別難受的時候。過的很沒意思，心在想：人生如此，快快結束算了。」(《穆旦詩文集》第2卷，北京市：人民文學出版社，2006年，頁132)

11 穆旦一九五三～一九五八年分別翻譯出版了季摩菲耶夫的《文學概論》(1953)、《怎樣分析文學作品》(1953)、《文學發展過程》(1954)、《文學原理》(1955)，以及《別林斯基論文學》(1958) 等文學理論著作；普希金的《波爾塔瓦》(1954)、《青銅騎士》(1954)、《高加索的俘虜》(1954)、《歐根·奧涅金》(1954)、《普希金抒情詩集》(1954)、《加甫利頌》(1955)、《普希金抒情詩二集》(1957)，以及《拜倫抒情詩選》(1955)、《布萊克詩選》(1957，與袁可嘉合譯)、《濟慈詩選》(1958)、雪萊的《雲雀》與《雪萊抒情詩選》(1958) 等作品。

中，穆旦被定罪為「歷史反革命」，這一「錯誤的決定」直至一九八
○年才得到「改正」。

　　穆旦在一九七六年一月騎自行車時摔傷骨折，因怕連累家庭延誤
了治療，於次年二月接受手術前突發心臟病死亡。他是帶著「歷史反
革命」這頂莫須有的「帽子」離開這個世界的，「歸來」詩人中他是
一個只有作品而沒有身影的歸來者。但是，無論作為一種精神現象，
還是從詩歌的藝術水準看，穆旦於一九七六年寫作、一九八○年後才
陸續與讀者見面的詩，當是「歸來」詩歌家族中最真誠、最值得重視
的部分。從一九四九到一九七五的二十六年間，連同英文詩在內，穆
旦只寫過十二首詩。可在一九七六年，他的詩有二十七首。在行將與
這個世界訣別的最後一年，詩神何以如此熱烈地擁抱著這個帶「罪」
帶傷的人？而這個帶「罪」帶傷之身，何以如此熱切拉著詩神的手不
放？是詩神要撫慰這個傷痕累累的聖徒，還是聖徒只有在詩神身邊才
能訴說心事、安頓靈魂？

　　穆旦晚年詩歌在「歸來」詩人家族中無可替代的意義，是以真切
的當代經驗和人生感受見證了「自我」的分裂和靈魂的掙扎：這是一
切都被剝奪殆盡，通往自由、健康、友誼的大門都被關閉，彷彿置身
于人生荒原的歌吟──

　　　　留下貧窮的我，面對嚴厲的歲月，
　　　　獨自回顧那已喪失的財富和自己。
　　　　　　　　　　──〈友誼〉

面對嚴峻的歲月，穆旦詩中的說話者在生命的黃昏不斷地辯認自己，
探討「自我」的形成與變化，冥想「永久的秩序」與生命的關係。他
回顧生前，想像身後，不僅意識到人生的的奔波、勞作、冒險「不過
完成了普通的生活」，而且發現存在與生命的獨特關係。其中一九七

六年三月寫作的〈智慧之歌〉最讓人震撼，它是人生的反省，也是時代的見證：當人「走到了幻想底盡頭」，曾經蓬勃發綠的樹木落葉飄零，所有枯黃都堆積於心，我們的詩人發現：

　　　　只有痛苦還在，它是日常生活
　　　　每天在懲罰自己過去的傲慢，
　　　　那絢爛的天空都受到譴責，
　　　　還有什麼色彩留在這片荒原？

　　　　但唯有一棵智慧之樹不凋，
　　　　我知道它以我的苦汁為營養，
　　　　它的碧綠是對我無情的嘲弄，
　　　　我咒詛它每一片葉的滋長。

在這裡，穆旦又一次提到了他二十幾年前提及和想像過的「荒原」，提到了沒有「血液的激盪」的機智（「智慧」）。但是，在「那絢爛的天空都受到譴責，還有什麼色彩留在這片荒原？」的時代，與痛苦相伴的日常生活所懲罰的正是不能被規訓的激情與「傲慢」。於是，茫茫荒原上「唯有一棵智慧之樹不凋」，「智慧」——這被苦汁培育、嘲弄生命的本真和熱情的株植——成了荒原一個獨特的見證。

　　自從艾略特的《荒原》出版以來，有許多詩人想像現代「荒原」的景象，但沒有人像穆旦那樣以「智慧之樹」對生命的嘲弄具體見證這種「荒原」對人類的扭曲。人們都以理性、智力、智慧、聰明為榮，只有穆旦卓然不群地發現了它們對生命、血性、激情和藝術的傷害，懷著無奈和咒詛的感情，把它想像為現代荒原上的惡之花。

　　穆旦晚年的詩憂鬱而沉靜，情感的表達非常節制，詩句的節奏從容而有規律。它與其他「歸來」詩歌一個非常不同的地方，是幾乎讓

人感覺不到當代體制化文藝觀念和時代風氣的影響。這是被「嚴厲的歲月」逼到絕境的孤獨的個人，「獨自回顧那已喪失的財富和自己」時通過詩發出的最真誠的聲音。它們幾乎摒棄了現代主義詩歌的表面原則和技巧，純粹以靈魂的「自白」和「自我」抒情的方式見證著個體生命對時代的承受。尤其是〈春〉、〈夏〉、〈秋〉、〈冬〉等幾首隱喻人生過程的詩，彷彿「流過的白雲與河水談心」，是「遠行前柔情的告別」，雖然以秋冬的意象為主，有「荒原」的色調與氣息，但迎著歷史的悲情和生命的秋涼升起的，仍然是一面有著「血液的激盪」的「生的勝利」的旗幟。

一如穆旦在青年時代自覺拒絕了浪漫主義的「牧歌的情緒」，他晚年也在絕境中拒絕了感傷主義和冷嘲熱諷。他一生都在用激情與熱血融化現代主義的冷凝，實踐著「新的抒情」——感情與知性平衡的詩歌理想。

——本原文刊於《廣東社會科學》二〇〇九年第一期。

蔡其矯與當代中國詩歌

一　寂寞的詩人

　　今年一月三日淩晨二時，詩人蔡其矯因腦瘤在北京逝世。

　　我是當天傍晚從北京大學教授洪子誠先生的電話中得到這一消息的。晚上，我打破自己的習慣，在網絡上搜索關於蔡其矯逝世的消息，不見任何報導。我再向中國作家協會一位副主席打聽中國作家協會對蔡老喪事的安排，不想他還是從我的口中才知道此事。

　　我頓時木然。蔡其矯的逝世不該這樣無聲無息！之於當代體制，他是一九三八年的「老革命」；之於中國詩壇，他是當代屈指可數的真正有成就的詩人。

　　一個多麼熱愛生活的詩人！青春永駐的詩人！走遍了中國的千山萬水，獻出過那麼多才情洋溢的詩篇。他天真可愛得像一個兒童，二〇〇四年二月十四日情人節，已經八十六歲的蔡其矯，穿著紅衣服站在福州的大街上，向每一對身邊走過的情人分發詩集和玫瑰。

　　假如五十年後人們再看當代中國詩壇，蔡其矯將比他同時代的詩人得到更多的讚美。

　　然而終生寂寞，被主流社會冷落。不獨死後，更在生前。他從未獲得過什麼「官方」的榮譽，也不被「詩壇」重視。

　　何止是「官方」與「詩壇」的冷落，還有世俗社會的誤解。或者是出自惻隱之心，近年也有人出來為蔡其矯寫文章、作傳記，為他遭遇的冷漠鳴冤叫屈。但那都是些什麼文字呀，似乎離開隱私與女人，蔡其矯的詩就沒有別的話可說了。人們為不是階級鬥爭戰士的蔡其矯

辯護，但把他作為一個浪漫騎士，一個道德反叛者就夠了？二〇〇五年五月福建晉江召開「蔡其矯詩歌研討會」，贈送的那本詩人傳記《少女萬歲：詩人蔡其矯》，真是令人驚詫莫名。且不說封面俗豔，書名不通，〈紅豆〉中的那半行詩如何能夠與具有「波浪」品格的詩人建立起等同關係？又怎麼能夠用一鱗半爪、道聽途說的傳聞，索解蔡其矯表現感覺與想像的詩篇？

　　因為有自己的思想趣味和藝術信念，不想受制於權力體制當一個工具，蔡其矯為主流社會所不容；又因為個性率真、特立獨行，在另一個時代被市場包裝成了期待賣個好價錢的商品。我們的詩人能不寂寞？

　　他一定習慣了這種寂寞，理解了這種寂寞，要不在他年近七十時遠行西藏，不會把那塊最高的土地與生命的滄桑感聯繫在一起：

> 以豪華的寂寞，粗獷的寂寞
> 向蒼穹論證大地的悲傷
> 靈魂孤獨進入愴喪
> 有如命運那樣不可抵抗

更不會產生這樣滋味獨特的感覺——

> 把意緒投寄無言的寂靜
> 心靈進行另一次徹底裸露
> 身處大地的邊緣
> 感到渾沌在擴大，飛升，飄逸

寂寞是一種境遇，但也是一條通往自由的道路。假如他不寂寞，蔡其矯就不是今天的蔡其矯了，他和他的詩之於當代中國詩壇，就不會顯

得那麼重要，值得作為一種獨特的「現象」[1]去研究了。半個多世紀以來，多少風光一時、轟動一時詩人和詩作，享受分外的殊榮，被黨報黨刊推薦，被國家電臺朗誦，如今卻成了歷史的陳跡。而蔡其矯的許多詩篇卻被越來越多的人傳遞，從心靈走向心靈。

　　真的應該認真對待蔡其矯和他的詩了，不是為了悼念，而是為了他給我們留下的詩篇和做一個詩人的啟示，為了我們習慣熱鬧而不能承受寂寞的心靈。是的，寂寞意味著忽略，視而不見，聽而不聞；但寂寞也是一種境界，一筆自由的贖金。詩歌不是熱鬧的事業，從來不是。蔡其矯的意義，就在於他坦然接受了做一個詩人必須承受的寂寞，像一個朝聖的信徒，「以身長丈量信仰的一生」，「在沒有慰藉的地方尋找慰藉」（〈拉薩〉）。

二　從體制中出走

　　蔡其矯的寂寞只有放在當代詩歌的格局中才能顯出莊嚴的意義。他是少有的主動從當代中國詩歌體制中出走的詩人。這是他寂寞的根源，也是成就他獨特詩風的原因。

　　當代中國的詩歌狀況，以四十年代延安文藝為模式，在五十年代作了思想與藝術、內容與形式關係的重大調整，徹底改變了新詩自誕生以來以抒情批判為主的想像方式。其最大的特點，就是把詩歌變成了國家意識型態的代言者，變成社會動員的工具。作為新的國家神話的「服務」和「反映」者，第一，它認定國家、階級的政治利益高於

1　學者劉登翰先生新近提出了「蔡其矯現象」的命題：「我認為，在中國新詩史上，蔡其矯是獨特的。這個獨特不僅是個人行為的特立獨行，還有他思想與藝術風格的獨特魅力，以及他常常看似與時潮並不合拍，但最後卻為歷史所肯認的別一種『另類』的聲音。正是這些獨特性，造就了蔡其矯的詩歌生命和藝術成就，成為迥異於被消融在中國當代詩歌慣性之中的，值得我們深思的『蔡其矯現象』。」（〈中國詩壇上的「蔡其矯現象」〉，《香港文學》2007年2月號）

詩歌，詩歌是社會機器的齒輪和螺絲釘，必須為政治服務，為工農兵服務。第二，詩人不能僅為藝術而存在，而是體現著如下的「根本特徵」和「本質意義」：「詩人的『自我』跟階級、跟人民的『大我』相結合。『詩學』和『政治學』的統一。詩人和戰士的統一。」[2]

客觀說來，蔡其矯本來也是這個體制的一員，無意與這種體制相衝突。他是華僑，懷抱一腔的愛國熱情，二十歲就奔赴延安，成了「魯藝」的學員，畢業後又被派往華北聯合大學當教員。新政權成立後，他是丁玲主持的中央文學講習所的教員，真誠地歌唱過斯大林和毛澤東，寫過不少讚美新生活的詩篇，甚至把一九五六年出版的第一本詩集取名為《回聲集》，以示他相信「詩歌是時代的回聲」這一「真理」。

我不認為詩歌體現時代精神有什麼不對，我甚至認為蔡其矯的許多詩就是「時代的回聲」，從〈霧中漢水〉、〈川江號子〉到〈祈求〉、〈玉華洞〉，都有自己對時代最敏銳的發現。這是蔡其矯詩歌的光榮。問題不在「時代」，也不在「回聲」，而在有兩種時代，兩種「回聲」。一種是被權力規範的給定的時代，一種是需要詩人發現、分辨的時代；一種是接受主流意識型態的定義，只承擔修辭功能的「回聲」，一種是有自己的主體性，能體現個人感受、認識和想像的「回聲」。對這兩個時代、兩種「回聲」的不同取捨，實際上決定了大部分當代中國詩人的命運：新政權成立後，許多詩人在眾多的規訓與懲罰面前沉默了；少數詩人在矛盾中掙扎，不斷進行自我改造與自我反省；當然也有不少詩人成了那個時代的號筒。

蔡其矯並沒有自外於時代之外，卻不能放在這三種現象中進行闡述。他是很少幾個在當代保持了寫作（不是發表）的延續性且不斷有

2　賀敬之：〈戰士的心永遠跳動（代序）——《郭小川詩選》英文本序〉，《郭小川詩選續集》，石家莊市：河北人民出版社，1980年。

所突破的詩人，而且基本上沒有付出人格與詩風扭曲的代價。在五十年代，他以〈船家女兒〉、〈南曲〉、〈鼓浪嶼〉、〈海峽長堤〉、〈紅豆〉、〈霧中漢水〉、〈川江號子〉等具有南方風情和歷史內涵的著名詩篇，躋身於當代重要詩人的行列。在六十年代，他寫下了堪稱傑作的〈波浪〉和〈雙虹〉等一批非常精美的短詩，讓文學史家看到，在頌歌與戰歌之外，還殘存著另一種詩歌精神和美學追求。到了七十年代，雖然詩歌環境更為惡劣，真正的詩都被排斥於體制之外，蔡其矯卻深入到最底層的民眾和最偏僻的山水中去，不僅作為行吟詩人的形象變得清晰，而且取得了重大的藝術突破，無論在回應時代（如〈時間的腳步〉、〈玉華洞〉、〈祈求〉、〈珍珠〉），還是想像生活（如〈女聲二重唱〉、〈也許〉、〈風中玫瑰〉），都留下了經得起時間考驗的作品。而進入八十年代以來，雖然蔡其矯已過花甲之年，但他仍然忘情於未曾謀面的偏山僻水，七次獨自遠行考察，用詩歌挽留人文和自然的神奇，其中〈秋浦歌〉、〈在西藏〉等詩，同時體現著自然的人格化和人格的自然化，當是人與自然瞬間融會出現的奇蹟。

　　蔡其矯與大多數當代詩人一個重要的不同，是他既沒有沉默也沒有歸順，雖不無矛盾迷惘，卻始終聽從良知的召喚而不被外部的力量所征服。其中的奧秘，就是撤出政治、文化的中心地帶，在時代的邊緣追尋，獨自守護自己的詩神。

　　我不知道五十年代中期蔡其矯在文學講習所作教員時，幾次去東南沿海海軍基地的考察，是否影響了他日後對詩歌道路的選擇，但我相信他得到了非常重要的暗示：詩意與靈感並不在政治生活的中心地帶，而在與詩人氣質能夠應和的邊緣地帶。本來，在正常的生活中，環境也不是絕對的因素，所謂「結廬在人境，而無車馬喧。問君何能爾，心遠地自偏」（陶淵明），喧鬧的人境也不一定就會影響性情與趣味的開展。但當時社會政治文化中心正處在思想鬥爭和社會改造的激流中，生活在大城市的詩人往往自覺或不自覺地承擔起社會動員的使

命，因而「空洞的叫喊和人云亦云的抽象議論」極為常見[3]，反而遠離中心能保持一種比較客觀而從容的心情，捕捉到生活與自然的詩意。事實上，五十年代初期大多數較有成就的詩人（例如聞捷與公劉），當時之所以能夠寫出風格獨特且今天還有魅力的詩篇，就是由於邊緣生活的饋贈。而蔡其矯，五十年代初寫的也是人云亦云的政治詩，走出北京來到東南沿海之後，才以「海的子民」抒情形象引人矚目。

　　無論在意識型態上，或是在空間關係上，蔡其矯疏離中心，與當代文學體制保持一種獨特的「對話」關係，雖然不無偶然的因素（譬如解放初因為得罪領導而離開了權力運作機構，在文學講習所當教員有考察和「體驗生活」的機會，因為這些機會而避開了「反右」火力，後來又由於文學講習所停辦而離開北京等），但服從良知的召喚和發出內心的聲音，卻體現了他對詩歌自由精神難能可貴的堅持。有些現象現在已經算不得奇特，但在當時的確令人難以置信：時任「長江規劃辦公室政治部宣傳部長」之際，蔡其矯竟然寫了〈霧中漢水〉、〈川江號子〉這樣與時代強音不和諧的詩篇。而被撤銷政治職務後，則更堅定地放逐了自己，主動選擇回自己家鄉做一個專業作家。他不斷地放棄已有的政治資本、幹部待遇。不斷地從中心撤退，離開中心城市，甚至連福州這樣的中等城市也很少長住。他資格老，有政治資本，可以看「內參」，卻從不與權勢人物交往，相反，卻和許多愛詩的青年稱兄道弟，甚至以「喬加」的筆名把詩作發在被視為異類的《今天》創刊號上。

　　當代政治的力量太強大了，不僅是一種觀念，也是嚴密的社會體制和組織形式。它把所有的文藝家都納入了「幹部」編制，直接跟你的生活、寫作條件掛鉤；同時又輔之管理嚴格的出版、傳播機構加以

3　參見中國作家協會編：《詩選（1953.9-1955.12）〈序言〉》，北京市：人民文學出版社，
　　1956年。

約束，可謂嚴絲密縫。在這種情形下，人群被「絕大多數」與「一小撮」的簡單比例所劃分（有百分之九十五與百分之五的明確數字，但劃分的原則卻按臨時的「路線鬥爭」需要而定），社會成員只有順應與抗衡兩種選擇。但順從必須放棄自我，抗衡則馬上打入「一小撮」之列，蔡其矯能在如此嚴峻的時代能夠既不瓦全也不玉碎，不同時期都能留下一批令人難忘的詩作，真是難能可貴。

我們的時代立場堅定、鬥志高昂，我們的人民急公好義，愛憎分明，我們的歷史公平地冷落那些只有時代光暈沒有靈魂的詩篇，並把那些含冤蒙塵的名字擦得光彩照人。這一切都是合情合理。但是我們讚美那些悲壯的抗爭，是否也能理解與欣賞表面上沒有悲劇情節，卻更需要思想、勇氣、韌性的選擇與堅持？我並不認為蔡其矯的人格有多麼完美，但他為了詩歌而能夠出走與放棄的精神，卻非一般的詩人能夠做到。這是超越時代的政治偏見、偏執與褊狹，把自由與美——這詩歌的靈魂——當作上帝來守護的精神，勇於背對時代的誤解，回歸詩人這一樸素稱謂的精神。蔡其矯堅信「藝術與政治應該是平等的，不可能誰管誰。文學藝術不能完全服從政治。我走自己的路，服從文藝的規律，而不是主流意識型態的規律。」[4]話雖說得不那麼「學術」，卻很能體現他對藝術的虔誠。

我們的時代不缺乏虔誠，甚至不缺乏「第二種忠誠」，缺乏的是對文藝社會功能的理解、對「文藝的規律」的深刻領會，以及作為一個文藝家服務社會方式的深入認識。他們不滿政治對文藝的強行干預，認為只有反抗政治才能使文藝得到解放，卻不知道這種尋求對決的方式，卻正是被政治方式同化的表現，遠離了文藝的規律。羅蘭・巴爾特清醒地看到，我們「單純的」現代人總是把政治權力看得過於強大與狹隘，總是希望知識分子尋找機會致力於政治權勢的反抗，卻

---

4 見伍明春：〈詩與生命交相輝映——蔡其矯訪談錄〉，《新詩評論》2006年第1期。

不知道「我們真正的戰鬥在別的地方」[5]：以想像的自由和藝術的豐富性，破解政治權力的武斷和功利性。這本質上不是以反抗單個時代的實際政治為使命的鬥爭，而是「反抗各種權勢的戰鬥」，同時也是一種不促使行動，而是喚醒感覺、意識、價值感的鬥爭。而為了這種更為宏觀也更為複雜的鬥爭，就不能不與國家、階級、集團的利益保持一定的距離，就不能不放棄所依存體制的有前提條件的利益，準備承擔一個邊緣知識者的快樂與寂寞。

這就是蔡其矯從體制內出走（或者與體制保持某種距離）的意義，他啟示了主流與邊緣的對話關係，以及一個文藝家保持獨立的可能和需要付出的代價。

三　唯美的詩篇

蔡其矯付出了代價，但他贖回了詩人所需要的自由。他向中國當代詩歌展示的最意味深長的「現象」就是：在一種禁錮的體制中出走，實際上是回家，回到靈魂的故土，回到詩歌的家園，回到言志抒情的詩歌傳統。

從一九四〇年開始寫詩到現在，蔡其矯經歷了戰爭、政治、經濟為主導特徵的不同的時代，他都不是代表時代的詩人，而是一個至情至性的詩人。最能體現他精神品格的詩篇自然是那首寫於一九六二年，卻到一九七九年才有機會發表的〈波浪〉。

關於這首詩的意圖和寫作過程，蔡其矯曾在自己一本選集的〈自序〉有過如下說明：「『千萬不要忘記階級鬥爭』的號召，又使文藝團團轉。人們並沒有變得聰明起來。不免要思考人民的命運。中國有句

5　參見羅蘭・巴爾特：〈法蘭西學院文學符號學講座就職講演〉，羅蘭・巴爾特著，李幼蒸譯：《符號學原理——結構主義文學理論文選》，北京市：生活・讀書・新知三聯書店，1988年。

古話：『水可以載舟，也可以覆舟。』我還讀過一個外國故事：羅馬一個皇帝，到海邊迎接凱旋的艦隊，侍衛把椅子放在沙灘，這時正值漲潮，皇帝喊：『波浪，我命令你停止！』潮水當然不聽，甚至潑到龍袍上，皇帝只好倉皇退走。後來西方文學，習慣把波浪當作爭自由人民的象徵。……初稿寫成三段，讀起來不行。二稿改成每段六行，猶不解氣。最後是想起大躍進時我編的《福建民歌》，見到漳州藝人邵江海同志唱的一首〈只萊歌〉，……從中找到了波浪的旋律。」[6]

　　在這首詩中，面對「風暴」的肆虐，「波浪」展示了不畏強權、無比剛烈的一面：

　　　　我英勇的、自由的心啊
　　　　誰敢在你上面建立它的統治？

但這首回應階級鬥爭「時代強音」的詩篇，卻不局限於展現單一的精神品格，而是有「波浪」這一藝術形象的本身的豐富性和完整性：它在「風暴」面前是剛烈的，本性則是「大自然有形的呼吸」，因此如此溫柔又如此迷人：

　　　　你撫愛船隻，照耀白帆，
　　　　飛濺的浪花是你露出的雪白的牙齒
　　　　微笑著，伴隨船上的水手，
　　　　走遍海角天涯。

　　　　……當你鏡子般發著柔光
　　　　讓天空的彩霞舞衣飄動，
　　　　那時你的呼吸比玫瑰還要溫柔迷人。

6　蔡其矯：《生活的歌》，北京市：人民文學出版社，1982年。

　　迷人的不僅是剛柔兼備的性格與形象，超出具體歷史時代的內涵，還有它動人的節奏。這是與詩情的發展及「波浪」的剛、柔、起、伏絲絲入扣的節奏：從「波浪啊！」充滿柔情的感歎開始，到「波──浪──啊！」高聲讚頌中結束，大致呈現出由「抑」到「揚」、由「細語」到「呼喊」的變化。

　　〈波浪〉體現了詩人的良知和勇氣，傳達了那個時代不能說和不敢說的聲音。但另一方面的意義更加重要：它沒有那個時代單調與浮躁。在這裡，歷史的迷失和意識型態的衝突被轉化了，變成了美與不美的問題，合自然律與違背天理人心的問題。同時，他拒絕那種破壞性觀念與激情的牽制，就像〈波浪〉把與「風暴」的抗爭轉化為一種對複合品格的讚頌一樣，蔡其矯堅持用審美的方式處理筆下的各種題材和主題，而不是發洩感情或提供道德教訓。這就是為什麼蔡其矯即使針對時代政治發言，也能讓自己的詩超越時代的原因：他用審美馴化了政治，以美與不美的區別，替代真與假、善與惡、是與非的道德對立。因此，〈霧中漢水〉的價值遠在表現了被忽略的「真實」之上，〈祈求〉的意義也不拘限於正話反說，呈現文革時期的社會「一切都不正常」，而在它們體現了藝術兼容的可能性：它可以同時是政治性的又是非政治性的，體現社會良知又超越道德考慮的。

　　這實際上是一種唯美主義的「政治」，有美感至上傾向。「唯美主義」在當代中國是一個不中聽的概念，因為作為一種文藝思潮，它與波德萊爾、馬拉美、福樓拜、王爾德等主張「為藝術而藝術」的詩人、作家聯繫在一起，與西方十九世紀末疏離主流社會準則的「頹廢思想」聯繫在一起。然而「唯美主義」實際上是一種感受能力，一種人生態度和藝術哲學，有著更為深遠的傳統，在中國至少可以追溯到莊子的散文和唐代的格律詩。它以超脫為前提，對人生和藝術取一種個人主義的專注而沉迷的態度，主要不是要尋求社會歷史的意義，而是要表達個人的熱愛與感動，以及獲得表達本身的快樂。

　　蔡其矯很少把自己與西方的唯美主義詩人聯繫在一起，他認為自己所受的影響主要是惠特曼、聶魯達和中國古典詩歌。實際情況可能比詩人面對公共世界說的要複雜一些[7]，但即使他對西方的唯美主義詩人有所保留，也只能說明他不是西方文學薰陶出來的唯美主義詩人，而是基於本民族的文化傳統和個人氣質。實際上，他泉州故鄉的先賢、提倡「童心說」的明代思想家李贄就是一個唯美主義者。而啟發他開始寫詩的詩人何其芳，早年也是一個「思想空靈得並不歸落於實地」的唯美主義詩人。或許正是因為蔡其矯的唯美主義為自己的傳統和心靈所養育，所以在美感至上、藝術獨立的前提下，他摒棄了西方唯美主義的否定性，而對世界的美持一種肯定的、平等的、品味的態度。這是一種聽從內心律令，從心而不從眾，超越了雅與俗、出世與入世、承擔與享受等諸多邊界的唯美主義：「時時感到生命和成長，以自己的力量按照內心的規範建立起生活。……享受生活情趣的能力，與創作所必須的記憶力，二者相輔相成。享受生活情趣如同榨盡甘蔗的每一滴甜汁，記憶則不但保持已經享受過的甜美，同時又將它煉成更精純的形式。」[8]

　　只有美與不美、有趣不有趣、喜歡不喜歡、快樂不快樂之分，沒有重要不重要、正確不正確之分；而凡是美的、有趣的和喜歡的「記憶」，都要讓它「不但保持已經享受過的甜美，同時又將它煉成更精純的形式」。這樣，主題、題材的等級被取消了：在〈紅豆〉中，他對太陽、月亮、星辰、少女、愛情、青春一樣傾心，一齊向他們高呼萬歲。他寫社會、人生題材，也寫自然和生態題材；既面對公共世界說話，也不斷回味私人生活。他是情詩的聖手，像歌德一樣終生燃燒

7　蔡其矯翻譯、抄寫過不少外國詩歌，據筆者向他借閱過的一本看，上面至少有多首波德萊爾、凡爾哈侖的作品。

8　蔡其矯：〈我的詩觀〉，《蔡其矯詩歌回廊・詩的雙軌》（福州市：海峽文藝出版社，2002年），頁3。

著愛情的火焰，其中〈風中玫瑰〉那樣的詩篇，堪稱唯美主義詩歌的傑作，也只有唯美主義詩人能把情色題材表現得那樣純粹。他更是當代（甚至是20世紀）中國地域詩歌的開拓者，用詩歌想像重構了故鄉福建的自然、風情和近代以來的歷史、人文譜系：以至於蔡其矯詩歌的讀者，一談起福建，就會想起他筆下「睡眠中的美人」般的鼓浪嶼，想起那在竹葉間悲鳴、在流水上顫慄的南曲，想起那獨坐黃昏垂著濕的眼簾輕聲歎息的閩南少女和慌亂中如紙鳶斜飛的客家妹子，以及柳永、嚴羽、李贄、林語堂等在他的詩中復活的奇才怪傑。

　　同樣，對美的沉迷也使他包容了藝術創造的各種智慧。沒有舊與新、傳統與現代、中國與西方，現實主義與現代主義的對立，「個人一段人生經驗或一時感觸，加上全人類的文化成果，等於詩。」[9]而蔡其矯也成了當代少有的趣味豐富、胃口健全、閱讀廣博、實驗多樣的詩人。他翻譯過惠特曼、聶魯達、埃利蒂斯、帕斯等外國詩人的作品，也嘗試過用現代漢語翻譯中國古代詩人的詩作和詩話；他主要用自由詩的形式寫作，但也喜歡民歌的自然鮮活和古典詩歌的精練與雋永，試驗過現代「絕句」、「律詩」和「詞」的形式與結構。這種藝術上的兼收並蓄和廣泛試驗的心得，體現在他的作品中，是不僅重視感覺和想像對素材的轉化，也注意形式、節奏的經營。雖然蔡其矯像大多數當代詩人一樣主要用自由詩的形式寫作，但他的自由詩，從早年的〈鄉土〉與〈肉搏〉，到八十年代的出版的〈祈求〉與〈醉石〉，明顯呈現出一條用感覺征服題材、以意境和節奏化解粗糙的藝術軌跡。他對自由與約束的辯證關係的體會，對詩歌節奏、句法、章法和結構的試驗與經營，為正確理解自由詩「自由」的涵義，提供了彌足珍貴的啟示。

　　五十年前，有人曾以「唯美主義」否定蔡其矯的詩，但時間卻昭

9　蔡其矯：〈自序〉，《生活的歌》，北京市：人民文學出版社，1982年。

示了蔡其矯的美學信仰和執著堅持的意義：詩歌精神和技藝的堅持，不僅是語言和想像的自我實現，也是人類反抗權勢、追求自由、持護完整的感性經驗與文化記憶的一種有效方式和歷史策略。

　　　　　　　　——本文原刊於《新詩評論》二〇〇七年第一期。

回應冷戰時代的禁錮

　　二十世紀五十～六十年代的臺灣現代詩不同於三十～四十年代的中國現代詩，雖然在現代性的尋求上，它是三十～四十年代現代詩（甚至是晚清以來中國詩歌現代性追求）的延續。但總體地看，雖然三十～四十年代的中國現代詩也明顯受到西方現代詩潮的影響，卻有「新詩」發展自身的邏輯，經驗與詩的關係也比較密切。如三十年代的現代詩，一方面，是以現代「詩質」去偏正浪漫主義的情感氾濫和「格律詩派」的形式主義傾向；另一方面，是現代城市社會的快速發展帶來了知識分子精神和價值感的矛盾與緊張，因而有戴望舒、何其芳對記憶與夢境的追尋，有卞之琳對荒涼古城小人物的戲劇性場景的捕捉。又如四十年代的「新的抒情」，是針對「抒情的放逐」而來：一方面，二戰「爆進人肉」的現實使詩人更深切地感受到自我「豐富的痛苦」，因而既有穆旦對新詩「自我」形象的更新，也有吳興華等人在新的抒情形式方面的探求。而臺灣現代詩最明顯的特點，是對詩歌文本的高度重視和語言形式實驗的充分展開：詩人們在與母體隔絕的孤島上致力於「詩歌之島」的建造。

一　抗衡的詩歌

　　臺灣現代詩與中國「新詩」發展脈絡的「對話」關係，不僅僅由於紀弦發動現代詩運動時公開提出過「橫的移植，而非縱的繼承」的口號，也在於地理與文化的雙重隔絕，以及冷戰時代意識型態的影響。葉維廉曾說過，他五十年代初在香港時尚未中斷與新文學的血緣

關係，抄過許多現代詩人的作品，反而是中期到臺灣後，「變亂的時代終於把我從三、四十年代的臍帶切斷，我游離於大傳統以外的空間，深沉的憂時憂國的愁結、鬱結，使我在古代與現代的邊緣上徘徊。」[1] 瘂弦也曾說：「五十年代的言論沒有今天開放，想表示一點特別的意見，很難直截了當地說出來；超現實主義的朦朧，象徵式的高度意象的語言，正好適合我們，把一些社會的意見和抗議隱藏在象徵的枝葉後面。」[2] 因此，他們對西方現代主義的認同，也不像三十～四十年代的詩人那樣基於生活經驗的改變，而是基於抗衡與超越現實禁錮的內心要求。

也許這就是為什麼，起源於一戰而在二十世紀二十年代歐洲風行一時的超現實主義，會在五十年代末以後的臺灣蔚成風潮[3]的原因，因為「超現實」，無論就字面的意義還是在其本身的所指而言，都有以內在的真實「超越」現實表象之意[4]。而對於相當多的臺灣現代詩人而言，所謂的「超現實」，就是要超越禁錮的生存現實，尋求生命、精神的自由和解放。如果現實中不能，他們就訴之於詩歌，「寫詩即是對付這殘酷命運的一種報復手段」[5]。

1　葉維廉：〈我和三四十年代的血緣關係〉（1977年作），《葉維廉詩選》附錄一，北京市：中國友誼出版公司，1993年。

2　瘂弦：〈現代詩三十年的回顧〉，臺北《中外文學》1981年6月號。

3　在二十世紀五十至六十年代臺灣超現實主義風潮中，紀弦在一九五六年二月的〈「現代派」宣言〉中最早提到「超現實派」，從此陸續有超現實主義詩作的譯介，並在次年有商禽等人的超現實詩歌文本實驗。實踐和研究超現實主義創作原則的主要是《創世紀》詩人群，包括洛夫、商禽、瘂弦、碧果、馬朗（馬博良）等。一般認為，這種風潮在一九六四至一九六五年達到高潮（以洛夫發表論文〈詩人之鏡〉和出版詩集《石室之死亡》為主要標誌），同時也因洛夫離開臺灣赴越南而退潮。

4　洛夫在表達其超現實主義立場的論文〈詩人之鏡〉中，認為超現實主義「不是浮面的或相沿成習」地認知世界，「不是以肉眼去辨識，而是以心眼去透視，以擴展心象的範圍和智境。」（《創世紀》第21期，1964年2月）

5　洛夫：〈詩人之鏡〉，臺北《創世紀》第21期（1964年2月）。

　　葉維廉曾從洛夫一首早期詩作〈煙囪〉出發，深入解讀過地理與
文化空間的「孤絕」之困和「時間之傷」對洛夫的影響：

> 在他「孤」與「絕」的生活中，他希望為那游離無著的生活繫
> 舟，但他「找不到一座島」；他找不到一座島而宣告說「我就
> 是島」。所謂現實，不能從字面去瞭解。他肉身當然生存在一
> 個島上；但那個島，在他被戰爭從母體大陸切斷之際，不是他
> 靈魂的歸屬。對他來說，精神的家才是現實。詩人，在無法把
> 握住那外在的世界時，只能肯定內在的歸岸：「我就是島」。讓
> 人的精神克服那無法量度的距離，用創造去重塑生命的意義，
> 這一直是他中、後期創造成熟的詩的使命。[6]

這種「孤」與「絕」非常豐富複雜而又十分具體銳利，它是詩人真正
的夢魘。而詩，也就成了詩人反抗這種夢魘、「重塑生命的意義」的
「報復手段」。它典型地體現在被視為臺灣現代詩的代表作、洛夫歷
時五年創作的長詩〈石室之死亡〉中。這是一個由六十四首十行短詩
組成的巨製，一九五九年七月開始陸續發表於《創世紀》、《藍星詩
選》、《現代文學》、《筆匯》、《文星》等刊物，後於一九六五年一月結
集由創世紀詩社出版單行本。它的第一首是：

> 只偶然昂首向鄰居的甬道，我便怔住
> 在清晨，那人以裸體去背叛死
> 任一條黑色支流咆哮橫過他的脈管
> 我便怔住，我以目光掃過那座石壁
> 上面即鑿成兩道血槽

6　葉維廉：〈洛夫論〉，收入蕭蕭編：《詩魔的蛻變──洛夫詩作評論集》，臺北市：詩
　　之華出版社，1991年。

　　我的面容展開如一株樹，樹在火光中成長

　　一切靜止，唯眸子在眼瞼後面移動

　　移向許多人都怕談及的方向

　　而我確是那株被鋸斷的苦梨

　　在年輪上，你仍可聽清楚風聲、蟬聲

不少關於洛夫的評論都提到這首詩的寫作，最初是在地堡中進行的（當時洛夫剛從外語學校畢業，被派到金門擔任新聞聯絡官），正是一九五九年金門炮戰激烈的日子，戰爭的野蠻和死亡的幽靈，不僅使作品表現出某種虛無主義的色彩，也影響到意象的選擇和想像風格，貫串全詩的黑色意象奇特而晦澀、變形且扭曲，充滿著死亡的氣息、駭人的靜止或生命的爆裂感。這種感覺是有道理的，但全詩的核心意象「石室」雖然有墳墓的意思，有對死亡的恐懼和嚮往（如第十二首就有這樣的詩句：「我把頭顱擠在一堆長長的姓氏中／墓石如此謙遜，以冷冷的手握我／且在它的室內開鑿另一扇窗，我乃讀到／橄欖枝上的愉悅，滿園的潔白／死亡的聲音如此溫婉，猶之孔雀的前額」），然而最基本的所指還是禁錮：禁錮中囚禁與自由的爭辯、肉身與靈魂的爭辯、生與死的爭辯。因此，在第一首詩中，雖然是死亡，但「裸體」的實存卻背叛了死亡的抹殺（更何況還有「一條黑色支流咆哮橫過他的脈管」）；雖然是面對禁錮（埋葬）生命的石壁，但目光卻在上面開鑿出「兩道血槽」。因此，詩中的兩個「怔住」，既是面對死亡時的震驚，也是對生命發現[7]。這樣，當回過頭來返觀自我生命的時候，儘管還是以不能移動的樹來象喻個體生命的禁錮，但這棵火光中成長的樹卻長出了能轉動的眸子，它把目光投向了「許多人都怕

7　如同張漢良：〈論洛夫後期風格的演變〉所說：「生兮死所伏，死兮生所伏。」（見《詩魔的蛻變——洛夫詩作評論集》）

談及的方向」，並且意識到，即使被攔腰鋸斷，「在年輪上，你仍可聽清楚風聲、蟬聲」。

　　最值得注意的是，詩的抒情觀點和表現方式。第一，不同於當代許多寫戰爭與死亡，隔絕與孤獨的作品，詩人用生命存在的展望超越了意識型態的觀照立場，通過個人內心經驗的融化，把冷戰時代的時空阻隔和精神放逐，展望為現代人殘酷的命運，同時把詩當作抗衡這種命運的一種手段[8]。第二，這種抗衡當然也是意識型態性的，從當代文化批判理論的角度看問題，可以說具有政治性。但是，這種「政治」並不是促使行動、改革社會的政治，不是倫理和道德承諾，而是（拿洛夫的話說）「對人類靈魂與命運的一種探討，或者詮釋」，或者說，是一種通過解放語言和感覺方式來肯定人性的「宏觀政治」：「相信詩的創造過程就是生命由內向外的爆裂、迸發」，以變形的形象、感覺和語言的扭曲、重造的時空，回應冷戰時代現實與文化的禁錮。

　　這是「革命的意圖」與「語言的自覺」的結合，薩特（Jean-Paul Sartre）或加繆（Albert Camus）式的哲學觀與馬拉美（Stéphane Mallarné）的文學語言觀的結合，並希望通過後者實現前者。因此，較早的臺灣現代詩，在主題、題材、形式和語言上都表現出非常前衛的姿態：注重自我世界的探索以及個人象徵手段的運用，強調意象、形式、語言的創新而反對傳統的秩序和規範。它們成功地扭轉了許多詩歌讀者的欣賞趣味，豐富了「新詩」的想像力、表現力和語言的彈

8　洛夫是一個有極強的使命感的詩人，他曾說：「在現代詩的探索過程中，風格上我曾有過數次的演變。也許由於詩的蛻化就是生命的蛻化吧，幾乎我的每一個詩集即代表一種迥然不同的心境和生命情態，但在精神上，我仍像在〈石室之死亡〉時期一樣，維持著一貫的執拗：即肯認寫詩此一作為是對人類靈魂與命運的一種探討，或者詮釋，且相信詩的創造過程就是生命由內向外的爆裂、迸發。……在如此沉重而嚴肅的『使命感』負荷之下，我一直處於劍拔弩張，形同鬥雞的緊張狀態中，既未敢輕言『寫詩不過是一種遊戲』，也未曾故作瀟灑地說：『沒有詩，照樣活得好好的。』」（〈我的詩觀與詩法──《魔歌》自序〉，《魔歌》，臺北市：中外文學月刊社，1974年）

性，顯示了現代詩歌通過強調藝術的獨立性與意識型態抗衡的特點。
這方面具有代表性的作品，除洛夫〈石室之死亡〉外，還有余光中的
〈天狼星〉、〈史前魚〉，瘂弦的〈深淵〉，葉維廉的〈賦格〉等。

　　不過，雖然〈石室之死亡〉、〈天狼星〉這樣一批作品在臺灣現代
詩的造山運動中被典範化了，但也不是沒有可議之處。其中最大的問
題是，西方現代主義的產生與發展有其自己背景與理路，當代臺灣詩
人雖然也面對現代人的普遍困境，卻也有具體歷史時空中獨特的生存
與文化難題。具體些說，西方的現代主義是因抗衡工業文明而起，針
對的是布爾喬亞（中產階級）的藝術體制，主要方式是以「本文策
略」（textual strategy）質疑布爾喬亞藝術意義生成過程中的主體性崇
拜；而臺灣現代詩人則還要「探討」、「詮釋」冷戰年代離散的生活和
文化空間中的命運，尋找自己的文化歸屬和精神家園。這樣，全面認
同西方現代主義的哲學認識論和「陌生化」的藝術表現方法，雖然能
獲得某種超越性，但另一方面，也使他們時時面臨著把具體的歷史經
驗普遍化與本質化，把藝術創新體制化的危險。事實上，早期那些直
接套用西方現代哲學認識論和模擬歐美現代主義「反抒情」表現策略
的詩作，雖然領風氣之先，讓人耳目為之一新，可能是中國詩歌現代
性尋求不可或缺的歷程，但作為詩歌思潮的意義顯然超過了藝術成就
本身的意義。它們對冷戰時代離散的生活和文化空間經驗的想像，由
於戴著存在主義的眼鏡和執著於一些現代主義的藝術原則，也付出了
代價。其中最明顯的，莫過於挪用的整體觀念與嘔心的具體經驗和精
神訴求的衝突，這種衝突又表現為抒情與知性的衝突。像〈石室之死
亡〉，有艾略特〈荒原〉那樣的野心和規模，卻給人小處精彩，整體
渙散的感覺，原因就在於此。這種問題也同樣反映在余光中的〈天狼
星〉等有影響的早期臺灣現代詩中，它們可能更符合現代主義的若干
指標，卻不一定能體現作者和當代臺灣詩歌的最高水平。

二　「戰爭」風景

在臺灣的現代詩中，更深刻探尋和詮釋了冷戰時代生存風景的作品，還是那些真實面對具體的個人內心經驗，表現隔離之痛和時間之傷的作品。典型如余光中的詩集《敲打樂》與《在冷戰的年代》（均出版於1969年）、洛夫的《魔歌》（1974年出版）與《時間之傷》（1981年出版）。這倒不完全由於臺灣詩壇已經「生完了現代詩的痲疹」，與傳統和解了，而是不再單純為西方現代主義哲學和詩歌表達方式所吸引，戴著別人的眼鏡看待自己的生活。相反，許多詩人開始懂得了用自己經驗與西方現代詩磋商對話，見證自己最深的內心經驗和民族的具體處境。於是，我們讀到了被中國問題「逼我發狂」的余光中《敲打樂》，一方面與自我爭辯，與銜著雪茄的「中國通」爭辯；另一方面也與中國的歷史、現實爭辯：「中國中國你令我昏迷／何時／才停止無盡的爭吵，我們／關於我的怯懦，你的貞操？」讀到了他身心被分割、意識在兩個時代出入的〈在冷戰的時代〉：記憶是熱的，「萬里長城萬里長，長城外面是故鄉」，一個民族在同一個旋律裡咀嚼流亡、抗戰，「熱戰」中有一代人的熱情、熱血、熱淚，甚至熱戀；然而在冷戰的時代，卻只有清冷的公寓和被幾個世界分割的發酸發冷的心，「先人的墓在大陸／妻的墓在島上，么么和婷婷／都走了，只剩下他一個人／三代分三個，不，四個世界」。

更值得注意的是通過最私人化的經驗，探索了不安全的時代對個人生活深刻影響的〈雙人床〉（1966年作），它把愛情與政治、創造與毀滅、個人與世界熔冶於一個高度集中的意象，深刻表現了有形無形的戰爭對於個人意識（甚至潛意識）的滲透，從而見證了當代人內心深處最深的夢魘：

讓戰爭在雙人床外進行

　　躺在你長長的斜坡上

　　聽流彈，像一把呼嘯的螢火

　　在你的，我的頭頂竄過

　　穿過我的鬍鬚和你的頭髮

　　讓政變和革命在四周吶喊

　　至少愛情在我們的一邊

　　至少破曉前我們很安全

　　當一切都不再可靠

　　靠在你彈性的斜坡上

　　今夜，即使會山崩或地震

　　最多跌進你低低的盆地

　　讓旗和銅號在高原上舉起

　　至少有六尺的韻律是我們

　　至少日出前你完全是我的

　　仍滑膩，仍柔軟，仍可以燙熟

　　一種純粹而精細的瘋狂

　　讓夜和死亡在黑的邊境

　　發動永恆第一千次圍城

　　惟我們循螺紋急降，天國在下

　　捲入你四肢美麗的漩渦

〈雙人床〉是冷戰時代臺灣現代詩中最優秀的作品之一，在構思與技巧方面達到了相當高的境界。它表現了冷戰時代人的宿命，戰爭在這裡並不限於具體的時空事件，而是象徵著死亡的威脅，象徵著包括「政變和革命」在內的摧殘、毀滅生命的現象。人在這裡已經無法把握自己的命運，沒有空間可以據守，沒有時間供你展望，死亡像白天的光一樣無孔不入，個人退守到破曉前的一個角落，只有一張雙人

床，只有性愛這「純粹而精緻的瘋狂」能代表生命本能的抗爭。因為無法把握「日出」之後，所以努力想抓住現時；因為「一切都不再可靠」，所以「靠在你彈性的斜坡上」，以確證生命的存在。在這裡，詩的反諷結構顯示出了巨大的藝術張力：面對大世界的不安全，面對存在的危機和死亡的威脅，詩中的說話者（抒情主人公）拚命想抓住存在的證據，在理性上拚命說服自己「至少有六尺的韻律是我們／至少日出前你完全是我的」，千方百計把對死亡的焦慮趕開，甚至不惜以性高潮時暫時的忘我去交換永恆的歸宿。然而，在讀者的閱讀中，詩中的說話者越是努力把自己的注意力從外面的世界引開，越是強調性愛的純粹、精緻和瘋狂，就越讓人感到潛意識中的恐懼與焦慮，就像我們強迫自己忘掉某件難忍的事一樣，表面上是要轉移話題，以便迴避內心的煎熬，實際上卻是，此時的忘卻正是不能忘卻，理性上的同意迴避的東西正死死地糾纏著我們。生命的不安全感和死亡的焦慮已滲入到潛意識中，變成了即使在性愛中也無法忘卻的存在。

　　因此，本詩結尾「讓夜和死亡在黑的邊境／發動永恆第一千次圍城／惟我們循螺紋急降，天國在下／捲入你四肢美麗的漩渦」這幾行詩，既不是宣揚「頹廢意識與色情主義」，也很難說有「深邃的哲學影射」[9]，它實際上是無奈生命最後的退守，是以下沉的方式表達上升的意志，具有強烈的反諷性。

　　〈雙人床〉另一個值得注意之點，是成功嘗試了通過私人生活想像社會問題的可能性，利用性話語進行文化批判和美學創造的可能性。它圍繞一次性事展開言說，用了大量的情色意象，通過「戰爭」

9　〈雙人床〉發表以來，存在著兩種有代表性的評介，一種以陳鼓應的《評余光中的頹廢意識與色情主義》（臺北《中華雜誌》第172期〔1977年11月〕）為代表，認為「像余光中的詩，不僅污染了我們民族的語言，更嚴重的是污染了青年的心靈。」另一種以顏元叔的《余光中的現代中國意識》（臺北市：《純文學》第41期〔1970年5月〕）為代表，認為〈雙人床〉「最有文字的機智，最形而上！……結束數行，更有深邃的哲學影射。」

這個可通約的意象打通不安全的世界與個人意識的關係，敞開了現代
人類生活的夢魘，也開發了另一種美學潛質。這首詩發表後引起了不
少爭論，許多批評家囿於字面的「色情」卻忽略了其深刻的反諷，實
際上真正應該深思的問題卻是：談論性話題意味著什麼，詩人又是如
何展開這一話題的？福柯（Michel Foucault）在《性史》（*The History
of Sexuality*）中回答性話題為什麼被廣泛談論這個問題時，曾追溯
「不合法」的性如何被遷謫進妓院和精神病院的過程，他認為：一方
面，只有當性被壓抑時，才會有性欲自由的要求，性欲才代表解放的
參數。就是說，一旦性被打入冷宮，那麼僅由於談到它，就具有越軌
色彩，具有反叛與顛覆的意味。另一方面，關注性的話題並不意味著
一種由壓抑到自由的社會改變，而是反映著權力、意識在通過性的關
注而運作。由此看來，〈雙人床〉的現代意識，還不止於它通過性話
語與戰爭、死亡抗衡，也顛覆了詩歌想像的道德和美學成規。事實
上，在〈雙人床〉的世界中，浪漫主義詩歌的性愛神話也變成了一種
反諷，不再能隔開世界的侵擾，即使在性高潮的「純粹而精細的瘋
狂」的時刻，抒情主人公也仍然想著「夜和死亡在黑的邊境／發動永
恆第一千次圍城」。

　　無獨有偶，另一個詩人洛夫也通過性話語想像世界與兩性之間的
戰爭。這就是他的〈長恨歌〉（1972年作），一首白居易〈長恨歌〉的
現代重構之作。白居易的〈長恨歌〉寫的是唐明皇與楊貴妃的愛情悲
劇，洛夫借用了其故事框架卻用現代意識和現代詩的技巧，「提煉出
一縷黑髮的哀慟」，——這是該詩開頭的句子。整節是：

　　唐玄宗
　　從
　　水聲裡
　　提煉出一縷黑髮的哀慟

這個開頭曾得到葉維廉的激賞，認為它既體現了洛夫前期詩歌喜愛險峻句法的長處，又反映他後期詩作對情境具體性的追求，「它的顫弦更具威力，而不減以前的濃縮」[10]。它不僅經由唐玄宗把人們帶進了白居易的〈長恨歌〉，建立起與歷史文本的「互文性」，而且使「提煉」有了多重指涉的效果，唐玄宗從自己的愛情提煉了「長恨」，而洛夫則從白居易的故事和細節裡提煉了權力與欲望的「絕症」。

　　葉維廉是從技巧的角度談論洛夫的提煉的，而從以現代意識處理傳統題材而言，洛夫對「水」和「黑髮」這兩個意象的「提煉」更值得重視。的確，「從／水聲裡／提煉出一縷黑髮的哀慟」，既體現為唐明皇的感受也體現為詩人的意識。「水」與修飾哀慟的「黑髮」是兩個呈現因果關係的意象：「水」，除呼應白居易詩的「溫泉水滑洗凝脂」外，還具有女人（楊貴妃）和時間（歷史）的象喻性；而「黑髮」，既意指唐明皇的情欲對象，更有取其色彩的象徵涵義，隱喻著灰燼與死亡之黑，──它是詩中另一個反覆出現的意象「火」（戰火、欲火）的餘燼。事實上，洛夫的〈長恨歌〉與余光中的〈雙人床〉，在以情色話語（包括以「戰爭」意象溝通社會戰爭與性戰爭）來想像社會歷史與個人命運的方式是相同的，不同之處在運思理路方面。〈雙人床〉遵循的是情境生成、追求結構反諷的路子；而〈長恨歌〉則主要通過高度提煉的意象展開推衍：「她」是水，「一粒／華清池中／等待雙手捧起的／泡沫／……象牙床上伸展的肢體／是山／也是水／一道河熟睡在另一道河中／地層下的激流／湧向／江山萬里／及至一支白色歌謠／破土而出」；而「他」是火，「他高舉著那隻燒焦了的手／大聲叫喊：／我做愛／因為／我要做愛／因為／我是皇帝／因為／我們慣於血肉相見」。性愛戰爭和社會戰爭都是權力馳騁的疆土，都是欲望的運作，因此詩人將它們疊合在一起：

---

10 葉維廉：〈洛夫論〉，《詩魔的蛻變──洛夫詩作評論集》（蕭蕭編）。

　　他是皇帝

　　而戰爭

　　是一灘

　　不論怎麼擦也擦不掉的

　　黏液

　　在錦被中

　　殺伐，在遠方

　　遠方，烽火蛇升，天空瘂於

　　一渦叫人心驚的髮式

　　鼙鼓，以火紅的舌頭

　　舐著大地

「她」最終成了「一堆昂貴的肥料／營養著／另一株玫瑰／或／歷史中／另一種絕症」。

　　唐明皇與楊貴妃的故事究竟是愛情的「玫瑰」還是歷史的「絕症」？據說白居易寫〈長恨歌〉時本意也想「懲尤物，窒亂階，垂於將來」（陳鴻：〈長恨歌傳〉），不料卻因對男女主人公的同情而產生了「意圖謬誤」，寫成了一曲淒婉的愛情輓歌，使多少有情人在「天長地久有時盡，此恨綿綿無絕期」的詩句前低徊不已！洛夫卻更看重這個故事背後權力與欲望的「絕症」，淡化了白居易詩對情的描寫（因為愛情是互為對象的），而突出了性的權力關係（做愛也是「批閱奏折」和「蓋章」）。即使唐明皇後來在回憶中產生了真情，也仍然「讀不懂那條河為什麼流經掌心時是嚶泣，而非咆哮」。因此，當唐明皇退位後瘋狂地搜尋那把黑髮時——

　　而她遞過去

　　一縷煙

> 是水，必然升為雲
>
> 是泥土，必然踩成焦渴的蘚苔
>
> 隱在樹葉中的臉
>
> 比夕陽更絕望

這是生命對歷史的絕望：楊貴妃不過是戰爭與權力的祭品（如果站在女性主義文學批評的立場，則是男性話語體制一個「合法」的犧牲品）。

以性話語來想像冷戰時代的個人命運，並不是臺灣現代詩的主流，但通過最私秘的個人生活，這類詩更深刻地想像了有形無形的戰爭狀態中現代人的命運與焦慮，同時又體現了現代詩處理題材時自覺融合抒情與知性的追求。

三　抒情與知性的融合

〈雙人床〉與〈長恨歌〉的題材都跟愛情有關，但最終通向的主題都是非愛情的，這既與詩人把現代人的命運感滲進了題材有關，也與現代詩的意圖和表現方式有關。

臺灣現代詩向西方現代詩尋求借鑑，主要是要借助「本文策略」去「探討」、「詮釋」冷戰年代離散的生活和文化空間中人的命運，尋找自己的文化歸屬和精神家園，尋找現代漢語詩歌自己的發展道路。它所致力的方向，主要體現在如下四個方面：（一）強調現代詩不同於古典詩歌的藝術功能。在「詩質」上要淡化詩歌的抒情性而強化其思維的特色；在「詩形」上則反對人工的音樂性而強調情緒本身的節奏。這是三十年代以來中國現代詩一貫的追求，到紀弦的「現代派信條」則明確提出了「知性之強調」口號。其直接的訴求是要糾正浪漫主義的情緒氾濫和「現實主義」的政治感傷。（二）強調詩歌想像對

具體經驗的超越性。現代詩反對把詩作為情感的發射器，也不主張表現直接經驗或以經驗作為衡量的尺度，而是追求想像對經驗進行重構，追求智力對題材的穿透，使詩歌文本具有「陌生化」的效果與震撼力。（三）重視技巧的意義和控制作用。現代詩不像浪漫派的詩把情感作為詩的主宰，而強調智慧與技巧對情感的駕馭；有意弱化「天才」、「個性」、「氣質」的決定作用，強化技巧和表現的意義；重視的是詩而非詩人。他們普遍認同艾略特的這一觀點：「詩人沒有什麼個性可以表現，只有一個特殊的工具，只是工具，不是個性，使種種印象和經驗在這個工具裡用種種特別的意想不到的方式來互相結合。對於詩人具有重要意義的印象和經驗，在他的詩裡可能並不占有地位，而在他的詩裡是很重要的印象和經驗，對於詩人本身，對於個性，卻可能沒有什麼作用。」[11]（四）突出了現代漢語不同於古代漢語的思維特色。無論自覺或不自覺，不少詩人開始意識到，古代漢語的單字單音和語法上的高度靈活，形成了中國古典詩歌高度形式化（建立在平仄、打仗、押韻，以及字數、行數的均齊的基礎上）和長於抒情的傳統。而以「白話」為基礎的現代漢語，由於雙音以上詞彙的大量增加，語法也在西方文法的影響下趨向嚴密，更具有語義的連續性、思維過程的抽象性和意識上的時間性等方面的特色，因而也能響應了現代詩潮強調「知性」的傾向。[12]

---

11 艾略特：〈傳統與個人都能〉，引自《艾略特詩學文集》（北京市：國際文化出版公司，1989年），頁6。

12 這是一個存在著對立意見，需要進一步討論的觀點。葉維廉在《比較詩學》（臺北市：東大圖書公司，1983年）等著作中認為：東西方語言背後存在著十分不同的觀物立場和表現策略，以印歐語為代表的西方語言從本質上說是知性的、分析演繹性的，它為數理邏輯和哲學思辨的發展提供了動力，但在感性與審美領域，卻具有殺傷性，以龐德為代表的西方現代詩人對中國語法和詩歌表述策略的學習模仿，正說明了西方語言的局限和西方詩人的自我反思。而正當西方詩人對漢語的表現大加推崇之際，中國詩人卻不分青紅皂白地擁抱西方文明，不僅迷信「德先生」和「賽先生」，也迷上了西方長於分析、敘述、演繹的語法，結果陷於巨大的創傷性迷亂

　　以這些努力整合冷戰時代的內心經驗，為臺灣現代詩帶來的，是比任何時代的「新詩」都更少傷感的抒情和空洞的口號。覃子豪曾說，「現代的詩，既非芳醇，亦非烈酒，而是苦汁。既無頹廢、浪漫的傷感；復無慷慨悲歌的熱情。冷靜、明徹是現代中國詩最大的特色。唯有冷靜、明徹才能發掘生活中的真實及隱藏於事物之中的奧秘。這並不是說現代的新詩缺乏情感，因其情感的熱力達於極度，而且經歷了生活的考驗、與智慧的琢磨，復趨冷凝，成為力的表現。」[13]不過，這種「冷凝」的風格，並沒有走「非個人化」、「反抒情」的極端。他們不像一些西方現代主義詩人那樣，認為除了文本之外別無世界，除了詩歌和語言之外一切都不存在。相反，他們始終重視人生和中國現代詩歌前途的探索，重視文本與世界的象徵關係，重視與「新詩」的發展歷程對話。

　　因此，就像紀弦理論提倡「知性」，排斥抒情，創作上卻仍然給感情留足了空間，覃子豪主張「抒情」卻不拒絕知性的滲透一樣，臺灣的現代詩走的是一條抒情與知性融合的路子。這與其說當時臺灣尚未進入高度的工業社會，詩人們對人的異化和心理扭曲感受不深，無法全面領受西方老師的教誨，毋寧認為是臺灣詩人有自己的精神關懷，以及中國詩歌深厚的抒情傳統在起作用。實際上，臺灣的現代詩

中。他強調，文化的持護和培植全仗語言策略的運用，在現代中國異質爭戰的文化場域中，為了抗衡外來意識型態，應當重新占有那些被迫邊緣化、被迫「遺忘」的一些中國詩中的可以為西方詩歌解困的語言策略與手段。這是葉維廉比較詩學研究的重要觀點，也是重要的理論貢獻，二十世紀九十年代大陸詩人、學者鄭敏在〈世紀末的回顧：漢語語言的變革與中國新詩創作〉（北京市：《文學評論》1993年第3期）等論文中也表達了相近的看法。但值得進一步討論的問題是，現代漢語詩歌是從歷史化、本質化的漢語中尋求其美學形態和表現策略，還是從開放的、發展變化的現實中探尋其詩歌的可能性？如果承認現代漢語本身也是漢語的一種形態，已在古今並包、中西合璧中自成現代體系並保持著開放性，那麼，它與中國古典詩歌和西方現代詩歌，在諸多方面就可以相安而不必相斥。

13 覃子豪：〈現代中國新詩的特質〉，臺北市：《文學雜誌》第7卷第2期（1959年10月）。

運動，並沒有發展成為西方現代派的一個支流，而更像是穆旦三十年代提出的「新的抒情」的豐富與深化：既是「詩質」內涵、密度的豐富與深化，也是語言策略和表現手段的豐富與深化。

　　其詩質的深化主要表現在不再像古典詩歌那樣立足於單純意念的延續，也不像浪漫主義詩歌那樣聽從情感的引導，而是更注意品讀和辨析生存感受、經驗的性質，更注意內心世界的複雜性及其與外部世界的關係，更重視知覺意識對情緒的滲透，更強調「詩想」對具體經驗的超越性，從而自覺放棄單純因果關係的追尋，表現一個更有思想和藝術張力的世界。這就是為什麼余光中和洛夫能以性話語想像個人在歷史中的命運的原因，這也是為什麼同樣以鳳凰自焚表現自我新生的題材，郭沫若〈鳳凰涅槃〉中的自我充滿著嘉年華式的狂歡、批判與憧憬，而余光中的〈火浴〉則表現為一個充滿矛盾的比較與選擇的過程：

> 一種不滅的嚮往，向不明的元素
> 向不同的空間，至熱，或者至冷
> 不知該上升，或是該下降
> 該上升如鳳凰，在火難中上升
> 或是浮於流動的透明，一瞥天鵝
> 一片純白的形象，映著自我
> 長頸與豐軀，全由弧線構成
> 有一種嚮往，要水，也要火
> 一種欲望，要洗濯，也需要焚燒
> 淨化的過程，兩者，都需要
> 沉澱的需要沉澱，飄揚的，飄揚
> 赴水為禽，撲火為鳥，火鳥與水禽
> 則我應選擇，選擇哪一種過程？

一方面，這裡的「自我」不是一個完成的自我，而是正在形成，充滿矛盾與困惑的自我；另一方面，表現這種「自我」的過程，既是一個抒情的過程，也是一種思維的過程，有不少分析、省思和比較的成分。當然，就詩的情境生成而言，直接呈現這些成分難以抵達它的理想境界，使用這個詩例只是想說明，抒情詩中對知性接納是如何豐富了詩歌的主題和節制了情感的氾濫。

　　抒情與知性融合在很大程度上修改了古典詩歌的抒情框架和藝術功能。在創作理路上，它所追求的不是遵守傳統的規範而是尋求個人的獨創，不是表達共同的心聲而是強調自己的發現，不是重視題材的重要性而是重視征服題材的智慧與技巧。在詩歌效果上，也不僅僅是情緒上的感動和形象上的感染力，而是心智活動的進一步展開。因此，大多數詩人不採取古典詩歌舉偶式的、以記憶的碎片暗示整體的抒情手段，而認同意象化、隱喻和象徵的表現策略；浪漫主義的誇張、鋪陳等修辭方法，亦被視為幼稚、鬆散和矯情，而講究用準確、堅實的意象說話，追求結構本身的張力。這樣，表現冷戰時代地理和文化隔離中一群現代中國人的命運，向明的〈野地上〉把無家可歸的悲哀和生命的展望都凝聚在「墓碑」和「樹」這兩個意象上：

　　　三月的晚上，雨淋著
　　　墓碑們哭泣著
　　　啊！為什麼不像一株樹
　　　老待在這裡久不生根

在這裡，題目「野地上」本已暗示生命的空間不在故土。「野地」這個空間意象，「三月」、「晚上」這兩個時間意象，以及「雨」這一自然意象，構成了一個非常淒清的情境。由於三月在中國的文化傳統中，也是祭奠亡魂的時間，「墓碑」的出現就變得非常自然。墓碑是

死亡的象徵，是野地的流浪者對未來的展望，它與同一情境中的
「樹」形成對比，是通過「死」與「活」關係，隱喻「無根」與「有
根」的處境，讓人不由得聯想到宋末畫家鄭思肖筆下無土、無根的墨
蘭，產生樹猶如此，人何以堪的沉痛感。這是一種更講究意識的滲透
和技巧自覺的詩歌，因此意象更為飽滿，理路也更細密。它不只表現
了冷戰時代的生活經歷，更以震驚性的體驗強化了對這個時代的內心
意識。

又如洛夫的〈邊界望鄉〉：

望遠鏡中擴大了數十倍的鄉愁
亂如風中的散髮
當距離調整到令人心跳的程度
一座遠山迎面飛來
把我撞成了
嚴重的內傷

這首寫鄉愁的詩，讓人聯想到唐代宋之問的〈渡漢江〉：「嶺外音書
斷，經冬復歷春。近鄉情更怯，不敢問來人。」〈渡漢江〉有古典詩
歌特有的凝鍊和集中，讓時間作襯托，並捕捉到了最具有表現力的生
活細節，是情與境諧的佳作。而〈邊界望鄉〉所追求的則是形似與神
似、視象與心象、感性與理性之間的張力，突出了主觀感覺對客觀情
境的超越，以及現代技巧的自覺運用（如望遠鏡「擴大了」鄉愁是將
物象與心象並置，鄉愁與亂髮疊加是以亂髮喻鄉愁，遠山將人撞傷是
通過超現實的想像呈現內在的真實）等。因此，望遠鏡不是讓人抵達
了現實中不能抵達的故土，而是「擴大」了鄉愁；鏡中久違的故鄉山
水，彷彿是一個沉重的實體，不是要喚醒回憶，而是強化了幾十年有
家不能歸的傷痛（「把我撞成了／嚴重的內傷」）。

　　臺灣五十～七十年代的現代詩運動對於當代中國詩歌的獨特貢
獻，既體現在表現冷戰時代中國人獨特內心經驗方面，也體現在極大
豐富了現代漢語詩歌的語言策略和表現技巧方面，其知性與抒情相融
的追求向度，尤其值得注意。

　　　　　　　　——本文原刊於《東吳學術》二〇一九年第六期。

第六屆美國紐曼華語文學獎提名人選北島的推薦辭[*]

　　北島可能不是使用漢語寫作的當代詩人中寫得最好的，但一定是最重要的。其一，他寫出了不少直到今天仍然讓人念念不忘的作品。第二，由他於一九七八年創辦，直到今天仍在發行的文學雜誌《今天》，為改變中國詩歌的生態，起到了非常重要的作用。第三，他的寫作比較豐富，詩歌之外，以《波動》為代表的小說和不少通過記憶重建歷史的散文，給讀者留下了難忘的印象。

　　北島（原名趙振開，1949-　）主要作品有詩集《陌生的海灘》（1978）、《北島詩選》（1986）、《在天涯》（1993）、《午夜歌手》（1995）、《零度以上的風景線》（1996）、《開鎖》（1999）、《北島詩歌》（2003）、《在天涯·詩選1989-2008》（2015），小說集《歸來的陌生人》（1987），散文集《藍房子》（1999）、〈城門開〉（2010）等。

　　北島的寫作始於社會生活與文學生態面臨絕境的歷史時刻。他的早期寫作既體現著對這些危機警覺，也受到它們的牽引。因為社會混亂，他渴望寫作能夠體現人類的良知與正義：「詩人應該通過作品建立一個自己的世界，這是一個真誠而獨特的世界，正直的世界，正義和人性的世界。」因為文學觀念陳舊，形式簡陋，技藝平庸，他明確

---

[*]　第六屆美國「紐曼華語文學獎」（The Newman Prize for Chinese Literature）由七名學者組成評獎委員會，每位評委可提名一位候選詩人（作家），被提名的詩人（作家）分別為西西、北島、西川、王小妮、蕭開愚、鄭小瓊、余秀華，西西（香港）在終評中勝出。前五屆獲獎者分別是莫言、韓少功、楊牧（臺灣）、朱天文（臺灣）、王安憶。

提出「詩歌面臨著形式的危機，許多陳舊的表現手段已經遠不夠用了」，主張接納現代的形式技巧[1]。他的寫作自覺面對了生活與詩歌的雙重危機，表現出濃厚的抗衡色彩和英雄主義風格。

他的成名作〈回答〉中充滿激憤和反諷的詩句「卑鄙是卑鄙者的通行證／高尚是高尚者的墓志銘」，以及結尾時「我 —— 不 —— 相——信」的宣告，既體現著受矇騙一代中國青年的懷疑與覺醒，又表現了詩人孤獨的英雄主義氣質，已經成為中國一個時代精神症候的標識和廣為人知的詩歌名句。北島的早期詩作總體上有孤獨的「自我」與環境的尖銳對立的特點，以黑夜與冬天的意象、情境為主，詩中孤絕沉重的說話者或是在走向冬天，或是在黑夜沉思，或是面臨著最後的時刻（〈走向冬天〉、〈宣告〉、〈結局或開始〉等）。它們是一代人生存經驗與精神歷程的「履歷」，——在〈履歷〉一詩中，北島驚心動魄地表現了一代人「尋找太陽」的「倒掛」過程：「當天地翻轉過來／我被倒掛在／一棵墩布似的老樹上／眺望」。

毫無疑問，北島的詩有詩歌英雄主義色彩，但它接受了孤絕沉重的「自我」的變構，從而既避免了盲目的樂觀主義，也繞開了沉溺回憶的感傷主義。北島詩歌最重要的意義，是把個人英雄主義轉變成了一種具有現代主義想像風格的詩歌英雄主義，創造了象徵經驗世界又與這個世界抗衡的詩意空間。第一，他把被「倒掛」的歷史和個人經驗帶進了詩歌文本，通過智性的把握，想像了特定歷史與個人生活的許多矛盾與悖論，卻又不讓存在的荒誕性掩蓋人的尊嚴（如〈回答〉、〈履歷〉、〈同謀〉、〈期待〉、〈界限〉、〈青年詩人的肖像〉、〈呼救信號〉等）；第二，重視象徵情境與意象的經營，重視藝術技巧對經驗的轉化，努力讓個人的情感意識上升為人類對存在的意識，並找到簡潔有力的形式結構。像他的〈船票〉，許多的生存感受，限定與展

1　「百家詩會」，《上海文學》1981年5月號。

開，現實與嚮往，今天與未來，此岸與彼岸，都濃縮在一個沉鬱的感歎中：「他沒有船票」。海邊意象構成了這首詩的具體情境：遠航大海的船與被限定的在岸邊的人；像退潮中上升的島嶼一樣孤獨的心，與大海生動豐富的景觀；從不中斷的歲月，與人的宿命；沙灘上令人暈眩的陽光，與無法越過的距離，等等，觸動讀者的記憶和想像，並在瞬間領悟生存境遇的性質。長詩〈白日夢〉，則通過新的幻滅，想像了「晝與夜」之間的裂縫，揭示了個人、民族、人類進退維谷的處境。

　　北島詩歌對中國讀者的影響力主要是長詩〈白日夢〉（1985）之前的早期作品。〈白日夢〉之後，特別一九九〇年代以來，北島的詩風因生活境遇的改變與自我探索的深入出現了較大的變化，「那危險的母愛／被鏡子奪去／他側身於犀牛與政治之間／像裂縫隔開時代」（〈一幅肖像〉），開始了從以詩歌抗衡現實的前期寫作，走向了用詞語抵抗遺忘的後期寫作。後期寫作也可以稱為放逐時期的寫作。這種寫作在漢語寫作系譜中可以追溯到屈原、王維、李白、杜甫、韓愈、蘇東坡等，但他們只是身心被放逐，卻還在一個共同文化圈內。而北島被放逐在原有的語言與文化環境之外，像呼吸空氣一樣的母語成了「唯一的行李」[2]。因為空間與時間的阻隔，因為文化與語言的疏離，詩人只好在記憶中追尋，在空虛中創造，在語言中棲居。北島放逐時期寫作的最大特點是將個人生活的流亡轉化為語言的流亡，在散文與詩歌中建構不同的語言風景。在散文中，是讓文字重建記憶，譬如〈城門開〉「重建我的北京」；而在詩歌中，是「對著鏡子說話或把影子掛在衣架上」[3]，幾乎全神貫注地深入語言的內部，「在舞蹈中／尋找它的根」（〈閱讀〉）。這個時期北島的詩歌，詩境既不尋求與自我對應，也不尋求象徵現實，而是努力進入語言與文化內部的「深淵」

2　北島：〈中文是我唯一的行李〉，《書城》2003年第2期。

3　北島語，轉引自顧彬：〈預言家的終結：二十世紀中國思想和中國詩〉，《今天》1993年第2期。

與「黑暗」。其中不少詩作，已經不能按照傳統的情景關係來理解，精彩的詩句似乎也多於精彩的詩篇。然而，一方面，這是主動面向危機也呈現了危機的寫作，如同〈鄉音〉所寫：「我對著鏡子說中文／祖國是一種鄉音／我在電話線的另一端／我聽見了我的恐懼」；另一方面，作為鏡像，詩意的破碎與漂移，敞開的是另一種景觀，如同〈寫作〉所謂：「詞已磨損，廢墟／有著帝國的完整」。對北島這個時期的寫作成就，存在著不同看法，但無論如何，它們是放逐寫作的一種範本，對如何處理詞與物、語言與語境等方面的關係，提供了啟示。

　　基於上述北島詩歌成就與啟示的理解，本人認為北島符合紐曼華語文學獎「頒給那些能夠最好地捕捉人類境況、在散體文章或者詩歌方面有傑出貢獻的作家」的要求，提請各位評委考慮。

二〇一八年五月二十二日

梁秉鈞和他的詩

一　他為文學事業勞作過度

　　二○一三年一月六日，香港詩人梁秉鈞逝世。

　　這是我已經意識到遲早要來到卻害怕到來的消息，因為幾年前就聽說他得了不易療治的疾病。儘管世界上許多事情不乏意外，但我不相信奇蹟會降臨在這個詩人兼學者的頭上：雖然香港教授待遇不薄，但在香港的大學任教也是比較辛苦的，而梁秉鈞不僅是一個優秀、盡責的學者，大學院牆以外，還是一個很有影響的詩人、小說家和文化批評家。僅他簽名送我的著述就有：詩集《雷聲與蟬鳴》（大拇指出版社，1978年）、《梁秉鈞卷》（詩文合集，香港三聯書店，1989年）、《梁秉鈞詩選》（香港作家出版社，1995年）、《游離的詩》（香港牛津大學，1995年）、《東西》（香港牛津出版社，2000年）；文化評論集《書與城市》（香江出版社，1985年）、《香港文化空間與文學》（青文書店，1996年）、《在柏林走路》（香港三聯書店，2003年）等。一個深得學生敬愛的教授，一個為文學鞠躬盡瘁的詩人批評家，他已經勞作過度。

　　我最初與梁秉鈞見面，是一九九六年在香港嶺南大學客座研究的時候。那時香港的主權尚未歸還，一月，我剛到香港不久，天地圖書的顏純鈞先生請我吃飯，介紹我認識幾個活躍在香港文壇的作家和詩人，其中一位就是用原名發表詩歌、而用「也斯」筆名發表小說和批評的梁秉鈞。當時，我已經注意到梁秉鈞的詩歌和他關於香港現代詩的一些批評文章，他也讀過我在香港、臺灣報刊發表的文章，交談很是愉快。後來，他又邀請我到他當時任教的香港大學英文系續聊，討

論香港現代主義詩潮的特點和問題，還帶我到馮平山圖書館翻閱舊刊和複印資料等。

　　因為有在香港客座研究時的友誼，一九九七年我在福建武夷山主辦「現代漢詩國際學術研討會」，自然邀請梁先生出席。那是中國現當代詩歌研究的一次盛會，除國內新詩研究的知名學者外，出席會議的還有顧彬、柯雷、佐佐木久春、岩佐昌暲、金龍雲等。梁秉鈞帶著特意為會議準備的論文《現代漢詩的現代精神》出席了研討會，從香港的詩歌經驗出發，他非常認同現代漢詩的理論主張，當時的會議綜述曾有這樣的報導：「梁秉鈞（香港大學英文與比較文學系）則覺得『現代漢詩』是一個值得認同的理想。他認為該命名（比「新詩」）更能面對二十世紀許多地區複雜的語言和文化境遇中的詩歌寫作，便於整合與闡述不同地區、制度下的詩歌現象。他以香港現代詩的形成為例，在論文《現代漢詩的現代精神》中提出：『香港現代詩的形成並不是一個孤立的過程，是對「五四」新詩現代化進程的延續，對西方從浪漫主義到現代主義詩作的參考。值得探討的是其中對「五四」傳統的選擇和承傳，對西方現代詩創造性的轉化，以及這些中西文化及詩藝的輾轉磋商。』他認為香港許多詩人的詩作都介乎於『認同與疏離』的矛盾當中，儘管詩的形式和文字是對中西詩藝的傳承，『卻不能輕易地認同兩方面的推論而尋得一個安頓的位置』，在這種情形下，『現代漢詩』的理念具有闡述的包容性。」[1]後來，梁秉鈞主持香港嶺南大學現代中文文學研究中心時，聯絡香港藝術發展局和嶺南大學聯辦「全球脈絡中的中文文學國際學術研討會」（出席的學者有馬悅然、奚密、滕井省三、朴宰雨等），還特別安排了半天的「現代漢詩」專題研討。不久，又與陳炳良、陳智德共同主編出版了《現代漢詩論集》（香港：嶺南大學人文學科研究中心出版，2005年）。「現代

1　〈二十世紀中國詩歌的反思——「現代漢詩國際學術研討會」述要〉，《文藝爭鳴》
　　1998年第2期。

漢詩」提出後得到國內外的認同，其中也有梁秉鈞的一份貢獻。

　　如今梁秉鈞雖然離我們遠去，但他的詩和他為文學事業作出的貢獻常青！

二　他的詩——與城市對話

　　梁秉鈞（1948-2013）是香港近二十年來最有影響力的城市詩人之一，目前已有多篇論文對他的詩作過專門的討論，有的論者把他列入後現代詩學範疇[2]，有的論者讚賞他利用城市的物質性創造了另類的文化空間[3]。這些觀點都很有洞見。不過，總體地看，我傾向於把梁秉鈞的詩歌理解為文化轉型時期對話性的寫作。「對話性」是俄國文藝學家巴赫金的一個重要理念，意指一種「在各種價值相等、意義平等的意識之間互相作用的特殊形式」[4]。它本質上是以多元共存、共生的雜多話語破解統一的「獨白話語」霸權，以「小說」（small narrative）取代「大說」（grand narrative）。它的核心概念是「語言雜多」，「前提是語言語義中意識型態中心的解體」，「文化語言與情感意向從單一和統一的語言霸權中獲得了根本的解放」[5]，在這種局面中，各種的話語能夠深刻意識到自我的價值和他者的價值，從而把中心話語霸權所遮蓋的文化衝突與緊張關係予以還原，在平等對話、溝通中，展望和創造新的文化空間。

　　「語言雜多」既是共時性的，也是歷時性的，它使人站在一切其

2　見洛楓：〈空間‧歷史‧語言的重組——試論梁秉鈞的後現代詩學〉，香港：《詩雙月刊》第3卷第2期，1991年。羅貴祥：〈後現代主義與梁秉鈞的《游詩》〉，香港：《文藝》季刊第18期，1986年。

3　參見周蕾：〈香港及香港作家梁秉鈞〉，《寫在家國以外》，頁119-148。

4　巴赫金：〈論陀思妥也夫斯基一書的改寫〉。轉引自董小英：《再登巴比倫塔——巴赫金與對話理論》（北京市：生活‧讀書‧新知三聯書店，1994年），頁7。

5　Bakhtin, *Discourse in the Novel*, in The Dialogic Imagination, p.367.

他話語的交匯點上。這正是香港這個中西文化混雜的現代城市的特點。梁秉鈞畢業於香港浸會學院外文系，後又赴美國加州大學攻讀比較文學，獲博士學位，所受的教育與外國文化與語言有深刻的關聯。他也有多篇散文談到香港的生活和文化，最留意彰顯的，就是它們的複雜性：「也回顧五四的文學，也曾從城市外望，看中國大陸和臺灣的文學，看歐美的文學，從置身城內遠望開始，後來也去到許多不同的城市，又從那裡回顧。……最先覺得城市中懷古及西化不外是兩種幻象，後來亦用其他例子補充說明，城市的文化除了是東方和西方，還有村鎮和都市，傳統和現代等種種矛盾混雜的多元文化。」[6]

　　這種混雜的多元文化背景和認識教給他的，是「不致太片面去看事情」。因此，他最早的詩集《雷聲與蟬鳴》（香港：大拇指出版社，1978年），雖然基本上可以列入現代主義詩歌的「論述系統」（discursive system）。比如在「香港」輯中，通過城市的劇變和記憶的消失，書寫城市的不真實和自我異化。〈影城〉一詩以遊覽電影拍攝基地的過程為框架，目擊那些竹架支撐的「空虛的底裡」、「膠質的生命」、沒有船家和游魚的小橋流水，心有靈犀地把「影城」當作了「城影」，開始懷疑：「這是真的／抑或只是一些虛假的裝飾？」而〈中午在鰂魚涌〉一詩的說話者（實際上也是本輯大部分詩的說話者），則如本雅明筆下的城市「閒逛者」，在人海中孤獨地觀看、回望，體驗城市對我們的擠壓：

　　　　有時我走到山邊看石
　　　　學習像石一般堅硬
　　　　生活是連綿的敲鑿
　　　　太多阻擋，太多粉碎

6　也斯（梁秉鈞）：〈書與城市〉（代序），《書與城市》，頁2、3。

　　而我總是一塊不稱職的石

　　有時想軟化

　　有時奢想飛翔

但梁秉鈞的詩，顯然與一九五○年代崑南等人的現代城市詩不同，其中最大的不同是不像前輩詩人那樣執著於表現現代世界的悲劇感，以及詩歌對於生活的疏離。他寫許多熟悉的城市景物不斷在眼睛和記憶中消失，感慨「我們歌唱的白日將一天天熄去」（〈北角汽車渡海碼頭〉），但即使在機器「快要只印數字和資料了」的時候，〈新蒲崗的雨天〉的主旋律也仍然是對被擠兌到「室內」的文化邊緣人的致敬：「希望拆出一首詩／一朵花／一聲招呼」。於是，我們讀到〈盆栽〉，一首最具有現代城市生活的象喻性的詩，一個最能表現環境強制性扭曲生命的題材（龔自珍的〈病梅館記〉就是這麼寫的），然而梁秉鈞卻在現代主義看來「不真實」的事物上看到了真實：

　　盆栽是真實的

　　虎巴蘭溫暖的葉子下

　　翻出紅花，萎頓了

　　又生長，冬葉

　　幾塊枯萎，幾塊鮮綠

　　焦褐的捲縮

　　像焚成灰燼的紙箔

　　青蔥的打開自己，讓你看見

　　巴掌上人字的長紋

　　這裡承認「盆栽是真實的」，並不是看不見人工生存形式的局限，而是基於生命的信任與珍惜，因此，詩接下來寫道「望向外面逐

漸明亮的綠山／我也曾懷疑盆中／短暫如蜉蝣的生命／當遠山的竹林
有煥發的光／盆栽仍有陰暗，我也曾厭倦／耐心等候，那局限的／泥
土，瑣碎的腐葉，但仍有／清晨的風吹，黃菊生長／舒開鮮明的臉龐
／沉重的紫蘇葉／也終會翻向／白雲」。由此，詩的說話者感悟到，
人工的環境也有正面的意義和安排的可能性：

> 關切的人垂首細看
> 安排的手，接觸的溫情
> 那在陰暗裡轉出明亮的心
> 灌溉在小小的盆栽上
> 當微風吹來
> 它也顫慄
> 語言噙在葉尖
> 感應在空氣裡

〈盆栽〉作於一九七七年，是梁秉鈞早期創作的一首重要詩篇，顯示
了作者反思日漸體制化的現代主義美學，「學習不帶成見地觀察」城
市的兩個重要進展：一是情感上從被迫承受，到辯證理解的轉變，二
是從主觀感受出發尋找「客觀對應物」，到面對具體情境展開心與物
對談的轉變。前者，敞開了現代城市的複雜性、多元性，使人能以理
解、反思的姿態接納和回應城市現實，重新體認非自然生活的真實
性；後者，從物我關係的相涉性出發，既把世界當作一個「發現」的
生成過程，從而防止邏各斯中心的專制性，以開放的自我和形式與變
化的、複雜的現實展開對話，「不斷調整新的角度，不讓新的觀看又
再變成陳言」[7]。這實際上是以世界的物質性破解形式物化的策略。

7　梁秉鈞：〈附錄：形象香港〉，《梁秉鈞詩選》（香港：作家出版社，1995年），頁304。

拉康（Jacques Lacan）認為，人類以「誤識」（meconnaissance）為基礎建立了人類的「象徵」（Symbolic）文明，但也從此喪失了「真實」（Real）世界[8]，只有意識到知覺世界的人為性，在具體的經驗中才能重返真實，——這正應合了梁秉鈞「發現的詩學」的觀點，他說：「所遇和所感的關係表現在詩裡通常有兩種模式：一種我們可以稱之為象徵的詩學，詩人所感已經整理為一獨立自存的內心世界，對外在世界的所遇因而覺得不重要，有什麼也只是割截扭拗作為投射內心世界的象徵符號；一種我們可稱之為發現的詩學，即詩人並不強調把內心意識籠罩在萬物上，而是走入萬物，觀看感受所遇到的一切，發現它們的道理。我自己比較接近後面一種態度。」[9]

這種反對以心役物，重視「走入」、「觀看」和「發現」的詩學，在周蕾看來是以物件的方式捕捉世界的發明，周蕾認為，這種寫詩的方式對應了香港社會的「物質現實」，「以一種深切承擔的方式投身於這個文化中。……讓自己牽涉進香港的物質主義中，令它充溢而多重預製的形態表覽無遺。在梁的詩中，物質的實際存在和中心性成了常談（commonplace）與共處（commonplace）的共同表達：『常談』之義包括陳腔濫調、平庸、乏善足陳而率真存在的物件；『共處』之義則指一個人與人相遇，物與物交談，一個互動性和相向性被積極地重新創作的場地。」[10]這種詮釋富有洞見。但周蕾的前提是要重新體認香港的物質現實，而作為詩人的梁秉鈞顯然更重視這座異質城市文化上的混雜性，認為「城市由許多事物構成、受眾多因素影響。它不僅是一個符號、一個影像。它是複雜喧鬧橫生枝節的文本。」[11]同時，城市的物質現實，就像梁秉鈞在《現代與抒情》中提及的彩虹已不是

8　參見Juliet Flower Mac Camell, Figuring Lacan: "Criticism and the Cultural Unconscious" (Lincoln: U of Nebraska P., 1986) pp.121-154.

9　梁秉鈞：〈後記〉，《遊詩》（詩畫集），香港：中華文化促進中心，1985年。

10　周蕾：〈香港及香港作家梁秉鈞〉，《寫在家國以外》，頁139-140。

11　梁秉鈞：〈附錄：形象香港〉，《梁秉鈞詩選》，頁304。

彩虹，而是一個地鐵站的名字那樣，符號往往被人為地轉移了它的所指，變得曖昧和游移不定。在這種情況下，「積極地重新創作的場地」就不能不是一個臨時性、過渡性的對話場地；自我與城市都在變化和生成之中，無法不以移動的觀點、變化的心情回應城市的變化，以「不在場」的文字書寫城市的不可書寫性。梁秉鈞在題為〈地圖〉的詩裡寫道：「我們老在讀地圖／想從裡面讀出一個世界來／我撫摸山脈和河流的顏色／手沿著邊界的虛線遊走／直到我踏足一片土地／抬起頭來，才發覺迷路了／兩點間的實際距離／往往比想像中更近也更遠。」邊界的確定並不能防止人們迷路，「實際」往往在想像之外。這既由於「地圖其實也在不斷改變／隨了虛線的移動，海岸的填充」；也因了我們的情感、意識和想像總是要跨越邊界——正如作者在另一首〈重畫地圖〉所寫——「我們在心裡不斷重畫已有的地圖／移換不同的中心與邊緣／拆去舊界／自由遷徙來往／建立本來沒有的關連。」那麼，

> 我們看得見時日累積的風俗
> 聽得見語言微妙的變化嗎？
> 我們怎樣才學會去尊重
> 一片廣闊的大地上那些細微的不同？

梁秉鈞詩歌寫作的回答，就是以移動變化的視角和心情去對答不斷變化的事物，從不同的時間和空間，用不同的參照和媒介來解讀城市與自我。他意識到「歷史」、「現實」的變動性和自我、語言的限制，因而也意識到不斷書寫的必要與可能。這樣，在他的心目中，香港這座城市不是一個凝然的雕像，不是一次書寫可以完成的文本，而是總處於「增添在刪減之間」，需要不斷移動立場、角度和防止表面化，才能進行歷史的建構。

　　於是他寫香港，更多的時候是置身其中，讓觀看和想法沿著城市的一角表達成形（如早期的「香港」組詩，八十年代的「蓮葉」組詩，以及近期的「家事」組詩）；但也不時離開自己原來的環境和生活方式，拉開空間和時間的距離，置身在陌生的文化中回看與比較（如八十年代的《遊詩》，香港：中華文化促進中心，1985年；《游離的詩》，香港：牛津大學出版社，1995年）。他集學者、作家、批評家為一身，用多種文類寫作（既寫詩、小說、散文，也發表學術論文和文化批評作品），即使寫詩也涉及多種形式和語言試驗（既寫自由詩，也寫格律詩和散文詩；主要用「普通話」，卻也不迴避偶爾引入廣東方言）；他明確意識到自己是一個現代人，但絕不排斥古典詩歌的思想和技術資源，因此包括頌詩這樣的形式，他也有辯證的肯定；而電影、攝影等現代媒介給他的啟迪，反而使他重新體認了古典山水詩反對知性干擾、多重視點和意象自呈的表現策略。這樣，他的「發現的詩學」，在詩歌本體的意義上，又成了開放的詩學：這種詩學包含著與現實和人類文化的廣泛聯繫，意識到在自己之前存在無窮無盡的話語，累積了諸多的經驗也形成了諸多的成見，因此，必須重新從凝神觀看和聆聽開始，站在許多話語的交匯點上與各種話語磋商對話。

　　因為追求的是人與物、話語與話語互為開放的對話的意趣，梁秉鈞的詩也就避開了感時憂國詩人「大敘述」的欲望與焦慮，能夠留住了一份自由、從容和優雅，面對天天照面的日常生活，能夠挽住具體情境中「隨物宛轉」和「與心徘徊」的發現也感動：譬如對拆建中街道的目擊，路經碼頭、車站的留駐，與自然事物神遊，或者讀書、看畫、聽音樂的思緒，以及訪舊尋蹤的感懷和個人經歷的回憶，甚至還有即興寫在明信片上的感慨與幽默，等等。它們往往是偶然的、個別的、瞬間的，既不是「重要事物」，也不是微言大義的象徵。然而，正是這些片斷的、甚至破碎的生動真實的瞬間，成了現代城市生活的見證：梁秉鈞的詩，是可以當作近三十年香港歷史與文化的備忘錄來

讀的。因為是對話式的備忘錄，所以具有物事和心情在具體情景中的真實性，並發展出對當代城市生活和文化的新領悟（這樣便與歷史成見構成了另一重潛在的對話關係）。而對話在詩歌內部自身的展開，則是在中國與西方、傳統與現代的互參互見、反覆磋商中不斷發現其「剩餘價值」。

　　總體上看，以現代人心情、視點、方法的動態性和靈活性，回應現代城市生活和文化的複雜性與變動性，梁秉鈞的詩，似乎為現代城市的詩歌書寫，探索了一種新的世界觀和方法論：這就是在多元的世界中坦然承認生活與自我的不完整性（或者說矛盾性、分裂性和破碎性），統一把握和還原的不可能性，因而立足每一個具體境遇的交流性和過程的生成性所形成的活力，探索詩歌保存歷史細節和個人記憶的可能。自然，詩歌無法還原事物，詩人不過在影像旁邊寫字，「我給你文字破碎不自稱寫實／不是高樓圍繞的中心，只是一池／粼粼的水聚散著游動的符號」（〈老殖民地建築〉）。然而，詩歌最讓人注目的，不正是水一樣波動的心情和符號對細節的指涉性嗎？羅蘭‧巴爾特（Roland Barthes）是一個主張把主體對能指的依賴，轉變為對其相對於能指和現實的自由的檢驗的結構主義符號學家，他的寫作最著迷的就是細節以及優雅情趣對細節的組織，在《薩得、富立葉、羅約拉》一書的序言中，他寫道：「當我的一生由於某位友好而公正的傳記家的努力而被歸結為一些細節，一些偏好，一些波動變化，或者說，歸結為『傳記素』（biographemes），它們的特徵和變化將超越任何個人命運的局限，並像伊壁鳩魯的原子一樣觸及某個未來的、注定遭到同樣分解作用的軀體的話，我會非常高興的。」[12]而作為一種文化轉型時期以「小說」代替「大說」的詩歌，梁秉鈞與城市展開的詩歌「對話」，不僅挽住了許多「超越任何個人命運的局限」的細節和

---

12 羅蘭‧巴爾特：《符號學原理——結構主義文學理論文選》（北京市：生活‧讀書‧新知三聯書店，1988年），頁206。

情緒波動的曲線，也開放了更為開闊的想像空間。

　　這種對話式的寫作，給城市詩歌寫作最有益的啟示是，將後現代語境中統一把握多元城市的不可能性，轉變為個人文化想像和自我建構的可實踐性。經由對城市本質的人為性、「虛構」性的認識（梁秉鈞有本小說就叫作《記憶的城市，虛構的城市》），在城市文本和文學文本之間找到相通點，從而也發現了個人文化承擔和文化參與的可能。這就是，以無數的個人立場和具體情境的對話，在城市和自我成長變化中留下觀察、反思的印記，從而讓城市、自我與詩歌的歷史，成為一點一滴的「在偏側的時代探索標準、在混亂裡凝聚素質」的文化實踐活動的不斷延伸。

　　　　　　　──本文原刊於《詩探索》二〇一三年第二輯。

張棗與現代漢語詩歌

　　現代中國詩歌是變革自己寫作傳統的詩歌，許多人稱之為「新詩」，按照朱自清在《中國新文學大系・詩集》〈選詩雜記〉的說法，頭一個十年中國新詩人「努力的痕跡」，是「怎樣從舊鐐銬裡解放出來，怎樣學習新語言，怎樣尋找新世界。」[1]這種學習新語言、尋找新世界的歷史起點，實際上成了現代漢語詩歌後來努力的方向。

　　面對陌生的語言和世界尋求現代漢語詩歌的可能性，方向雖然標示，道路卻常常迷失。如同馮至所寫的我們天天走的那條熟路，似乎一切都已熟悉，「到死時撫摸自己的髮膚／生了疑問：這是誰的身體？」（《十四行集》二六）中國現代語境太複雜了，在張棗所謂「這個提前或是推遲了的時代」（〈早春二月〉），我們都面臨這樣那樣的兩難，時代與個人、歷史與美學、民族與世界，等等，或者一時無法做出選擇，或者沒有能力做出選擇，或者來不及做出選擇，「提前或是推遲」坐上現代高速列車的人們，面對光怪陸離的風景，不知如何在記憶與時尚之間找到平衡，他們用「白話」寫「新詩」，卻誤以為「時髦」與「時式」就是「新」[2]，結果是大多數成了描頭畫角的「跟班」，只有少數詩人有本體意識的自覺和語言的自覺。

1　朱自清編選《中國新文學大系・詩集》（上海市：良友圖書印刷公司，1935年），頁17。

2　聞一多在〈《女神》之地方色彩〉中提出：「現在一般新詩人──新是作時髦解的新──似乎有一種歐化的狂癖，他們的創造新詩的鵠的，原來就是要把新詩作成完全的西文詩。」（《創造週報》1923年6月10日第5號）朱自清則在《新詩》（1927年）中認為：「一九一九年來新詩的興旺，一大部分也許靠著它的『時式』。」（《朱自清全集》第4卷〔南京市：江蘇教育出版社，1990年〕，頁215）

張棗是這少數人中的一個。

一　朝向語言風景

在我看來，張棗是可以和聞一多、徐志摩、戴望舒、艾青、馮至、卞之琳、吳興華、穆旦等相提並論的當代詩人，體現著現代中國詩人最優秀的品質，並且有著自己的特色。百年中國詩歌的現代轉型，雖然改變了傳統的語言與形式，但核心功能實際上並沒有多大的改變，只不過從言士大夫文人雅士之志，變成了自我解放和社會解放的工具。儘管有良知、有才華的中國詩人，能夠在個人與時代、歷史與現實的緊張關係中，找到自己的詩歌主題和意象，但絕大多數人還是把自己手中的語言作為一種工具來使用，無論是自由主義者如胡適把「白話」作為運輸新思想的工具，還是社會主義者如賀敬之、郭小川將詩歌作為鬥爭的武器，或者朦朧詩人視詩歌為爭取人的權力的抗辯手段，詩歌都不是為了自身的完成，而是服從於更高的需要。

這當然是可以理解的，夏志清那篇通過現代小說提出的「感時憂國精神」裡的「道德負擔」對中國作家的影響[3]，同樣適合現代中國詩人。你看看〈雪落在中國的土地上〉，這是艾青最出色的詩篇之一，詩人把一個民族在外族入侵中承受的苦難，想像為雪中從北到南的逃亡，在主旋律「雪落在中國的土地上／寒冷在封鎖著中國呀⋯⋯」的反覆彈奏中，用風雪、馬車、道路、黑夜、河流、大地、天空等意象推衍戰爭中民族苦難的想像，其虛實的處理、具體與抽象結合，以及節奏的控制，不可謂不出色。然而狗尾續貂，本該在主旋律第四次彈奏的餘音繚繞中結束的詩篇，接著又來了這麼一節：

3　夏志清：〈現代中國作家的感時憂國精神〉，《中國現代小說史》（香港：友聯出版社，1979年），頁461-462。

> 中國，
>
> 我的在沒有燈光的晚上
>
> 所寫的無力的詩句
>
> 能給你些許的溫暖麼？

就詩篇的自洽性而言，這無異於有機體上的贅肉。但它對於作者，卻是不由自主的，下意識的。然而，一邊援引法國詩人阿波里內爾的詩句，驕傲宣稱「當年我有一支蘆笛，拿法國大元帥的節杖我也不換」；一邊卻懷著寫作負疚感，擔心詩歌語言不能起到改變現實的作用的，卻遠不止艾青一人。說是現代詩人，從廟堂和山林中走向了多元的現代社會，卻仍然在「達」與「窮」、「進」與「退」的立場上面對詩歌，在工具性的意義上使用語言。寫詩不是對應自我，就是承擔現實，這樣又怎能擺脫個人感傷和社會感傷的套式？不信任詩歌本身的獨立、自洽與自呈性，不相信語言的「糾正」力量，詩歌必然處於依附的狀態，不是倚重主體的道德人格，就是倚重客體的權勢。如今「新詩」已屆百年，然而無論作者還是讀者，一般都還不能接受詩人只對語言「負有直接義務」的觀念，不知道「真正的戰鬥卻在別的地方」[4]。

張棗與一般詩人的不同，正在於他知道自己在語言的領域工作，

4　艾略特認為「詩人做為詩人對本民族只負有間接義務，而對語言則負有直接義務，……詩人使得人們更加清楚地知覺到他們已經感受到的東西，因而使得他們知道了某種關於他們自己的知識。」（〈詩的社會功能〉，《艾略特詩學文集》，北京市：國際文化出版公司，1989年，頁243）羅蘭・巴爾特則從符號學的立場提出：「有些人期待我們知識分子會尋找機會致力於反抗權勢，但是我們真正的戰鬥卻在別的地方，這將是反抗各種權勢的戰鬥，而且它不會是一種輕而易舉的鬥爭。因為如果說權勢在社會空間內是多重性的，那麼在歷史時間中它反過來就是永存的，──權勢於其中寄寓的東西就是語言。」（〈法蘭西學院文學符號學講座就職演說〉，《符號學原理》〔北京市：生活・讀書・新知三聯書店，1988年〕，頁4）

知道如何用語言去寫詩。他那篇重要詩學論文《朝向語言風景的危險旅行》，明確標明了詩歌寫作的向度。「朝向語言風景」，詩歌是一種「語言風景」，但語言並不是風景，只有通過詩人對語言的運用即通過寫作，才能實現語言到「語言風景」的轉換。而要完成這一轉換，首先必須理解語言的性質，獲得正確的語言立場。這樣才能自覺面對現代語境中經驗與語言的矛盾分裂，在互相吸收與矛盾相生的意義上，讓詩歌寫作獲得有質感、體溫的「實在性」。張棗的詩學有其二十世紀「語言轉向」的人文背景，同時體現著他對象徵主義運動以來「純詩」寫作的偏愛，但張棗與西方現代主義者在語言觀上有一個重要的不同：這就是面對語言的宰制不抱絕對、宿命的態度，單向認為語言就是牢籠，認為語言就是存在，除了語言別無他物。雖然張棗也同意詞不是物，但認為與「全部語義環境」緊密相關。因此，處理「詞」與「物」的關係，不能簡單從「就是」通向「不是」，而是應該通過寫作本身的追問尋求超越：「一個對立是不可能被克服的，因而對它的意識和追思往往比自以為是的克服更有意義。如果說白話漢語是一個合理的開放系統，如果承認正是它的內在變革的邏輯生成了中國詩歌的現代性同時又生成了它的危機，那麼它的繼續發展，就理應容納和攜帶對這一對立之危機的深刻覺悟，和對危機本身所孕育的機遇所作的開放性的追問。」[5]

張棗對詞與物、符號與世界關係的關聯性、實踐性理解，一方面讓語言擺脫了工具論，由於承認語言不是世界，詞不是物，語言不是現實，語言也就無須對應現實，無論「反映論」，還是「表現論」，都被懸置起來了；但另一方面，強調語言運用的「全部語義環境」，又體現了符號與世界、詞與物相向開放、互相吸收、互相包容和互相承

5　張棗：《朝向語言風景的危險旅行——中國當代詩歌的元詩結構和寫者姿態》，《上海文學》2001年第1期。

擔的性質，因此寫作的問題變成了既不是反抗現實也不是逃避世界，而是感覺意識的運用和如何在世界中勝出的問題。

　　不錯，張棗對語言的這種理解驅使了對語言本體的沉浸，「使得詩歌變成了『元詩歌』（metapoetry）」：「詩是關於詩本身的，詩的過程可以讀作是顯露寫作者姿態，他的寫作焦慮和他的方法論反思與辯解的過程。因而元詩常常首先追問如何能發明一種言說，並用它來打破縈繞人類的宇宙沉寂。」[6]這段話影響不少研究者把張棗的大部分詩作，全部貼上「元詩」的標籤，實際上，「元詩歌」的根本意義在於「追問如何發明一種言說」，其主要詩學價值是通過這個概念確立詩的本體性，同時提出了發明詩歌「言說」的方法論，這就是「將生活與現實的困難與危機轉化為寫作本身的難言與險境」，——這是《朝向語言風景的危險旅行》反覆強調的觀點，也是更早發表的英文論文《一九一七以來持續發展的中國現代主義詩歌》衡量中國現代詩藝術成就的基本尺度。根據這種尺度，他對現代中國詩歌的分期和重要詩人的評價，與流行文學史很不相同；他認可的第一代詩人的代表，既不是胡適，也不是郭沫若，而是魯迅，因為散文詩《野草》把矛盾對立的內心經驗轉化成了虛構，即把生存的危機轉化成了語言的危機。

　　而張棗自己的詩歌寫作，更是這種詩學最為生動的見證。他上世紀九十年代的力作《卡夫卡致菲利絲》、《跟茨維塔伊娃的對話》、《大地之歌》等自不待言，即使早期一些精緻盆景般的抒情小品，也體現了不依賴「抒情主人公」的情緒牽引，不依賴經驗與情境的具體性，具有讓詩境與詩語魅力自呈的特點。譬如他的成名作〈鏡中〉，它的靈感或許與情愛經驗有關，但詩的旨趣卻不是讓你產生經驗的共鳴，而是自洽自足的詩歌文本本身的美學張力。任何不能自呈其美需要解

6　張棗：《朝向語言風景的危險旅行——中國當代詩歌的元詩結構和寫者姿態》。

釋的詩其實都不是好詩，〈鏡中〉之所以值得我們玩味是因為它有自身的完整性。你看這首詩的意象：梅花、河流、梯子、馬、皇帝、鏡子、南山，它們在漢語語境中都是「舊意象」，但張棗利用「舊意象」的互文性，在新的語境、結構中變成了翻轉主題的因素，而它們本身也在翻轉中獲得了現代意味。在本詩中，起句於隱形說話主體的「只要想起一生中後悔的事／梅花便落了下來」，經由帶著甜蜜「悔意」的「危險的事」（「危險的事固然美麗」是否也可以是「美好的事固然危險」？），收束於「讓她坐到鏡中常坐的地方／望著窗外，只要想起一生中後悔的事／梅花便落滿了南山」，這種巧換對象的「回歸」結構，怎樣促成了「後悔」的重新定義？——這帶著涼意與清香的梅花式「後悔」，是後悔還是欣悅，還是後悔與心悅的交織？

二　在不同語言的交匯點創出異彩

　　〈鏡中〉具有文本的自足性，無須依賴主體與時代而自己發光，可以視為現代漢語詩歌的典範作品之一。現代漢語詩歌是立足於現代經驗，以開放的胸懷面向古今中外詩歌資源，通過現代漢語轉換生成的、具有現代象徵體系與文類秩序的代際性詩歌。在現代漢語詩歌中，涵容與體現著幾千年華夏文明、與詩歌構成互相闡述關係的漢語，是其智慧和風度的承接與體現。現代漢語不同於古代漢語，即使五四時代嘗試新詩寫作的「白話」，也不是明清小說裡的白話，而是尋求「語」與「文」互相趨近的語言現代化實踐。現代漢語與古代漢語既有共通的一面，也有變化的因素，共通的一面是作為象形文字的符號根基沒有變，語音與詞彙也變化不大，不同之處是外來詞語和新造詞彙大量增加，音節增多（從單音節到雙音節甚至多音節），以及語法上接受了西方影響趨於嚴密。

　　語言是「心智狀態」（Mental state）的體現，現代漢語是必須克

服諸多矛盾訴求才能抵達自我完善的語言系統：強調漢語性可能失掉其現代感，而傾側現代性則可能弱化它的漢語性，這是舊體詩寫作雖然人口眾多卻不能代表現代寫作的原因，也是「新民歌」、「歐化」兩極寫作難以得到認同的原因。更有效的現代漢語詩歌寫作，必須在兩者的矛盾中發現其互相激活、互相糾正的力量，通過個人才華彰顯漢語的精神氣質和現代風度。

事實上，現代漢語詩歌與古代詩歌一個重要不同，是它擺脫了中國經驗與漢語的封閉性，可以說，自「白話詩」運動以來，最優秀的現代中國詩人都不是一個簡單用漢語言說、閱讀與寫作的人，而是同時會用母語以外的語言感受別國文明的人。現代漢語詩歌無論從經驗而言，還是從語言文字而言，都體現著某種互為開放的生成性。世界裡面有中國，中國性裡面有世界。現代「漢語性」是被「世界性」發現、照亮和不斷生成的。更有甚者，成就高的現代中國詩人，往往同時也是一個外國詩歌的譯者：新詩革命的前驅胡適毫不臉紅地把一首題為〈關不住了〉的譯詩收進了自己的《嘗試集》，還在序言中宣稱它為「我的『新詩』成立的紀元」[7]。施蟄存也曾明確指出過戴望舒的譯詩與創作的關係：「望舒譯詩的過程，正是他創作詩的過程。譯道生、魏爾倫詩的時候，正是寫〈雨巷〉的時候；譯果爾蒙、耶麥的時候，正是他放棄韻律，轉向自由詩體的時候。」[8]

猶如傑出的前輩詩人馮至、卞之琳、穆旦、吳興華均為外文系出身，且都翻譯出版過西方詩，張棗也具備這樣的能力，不僅生前在《今天》發表過不少譯詩，死後還有《張棗譯詩》出版。作為翻譯家的張棗，翻譯的成就如何，意見並不相同，張棗生前的朋友鍾鳴評價很高，認為其中對奧地利詩人特拉克爾詩篇的翻譯是「迄今能見到的

7　胡適：《嘗試集》〈再版自序〉。
8　《戴望舒譯詩集》〈序〉，長沙市：湖南人民出版社，1983年。

最好的」，而翻譯史蒂文斯的詩「更是靈氣十足，質量很高」[9]。但也有人認為張棗的譯詩對原作不大忠實，常常借體寄生，把譯者的思想趣味強加於對象，只能說是「張棗的特拉克爾」或「張棗的史蒂文斯」。年輕學者王東東顯然也注意到這種現象，最近發表了一篇討論張棗翻譯的論文《中西現代詩歌關係新論——以張棗對史蒂文斯的譯寫為中心》，他認真比照張棗與別的譯者對同一首詩的翻譯，也發現了張棗譯詩與原作的差異：「張棗的翻譯更像一首出色的漢語詩歌，……或者說對史蒂文斯在漢語中的再造」，由於這個原因，文章認為張棗的翻譯不是平常意義的詩歌翻譯，作者用「譯寫」一詞命名張棗譯詩傳達與創造的交融，並認為「譯寫」體現了詩歌翻譯「更崇高的真理」[10]。

　　「譯寫」是不是一定比翻譯更好？可能既是一個仁者見仁、智者見智的問題，也是詩歌的特殊問題。弗羅斯特說「詩是翻譯中失掉的東西」，大概由於詩有太多微妙的東西，只可意會不可言傳。一方面詩人翻譯家更能心領神會，另一方面傳達無法傳達的東西就得依靠重新發明。重新發明的「譯寫」不是原汁原味的，但按照米勒文化旅行的理論，卻是「剩餘價值」的再生產。美國詩人龐德一九一五年出版的漢詩英譯《神州集》，對原詩的誤讀在在皆是，受到許多漢學家的批評，但艾略特卻帶著驚羨稱讚龐德「發明了中國詩」。後來許多美國的詩歌選本，可以不選龐德自己的創作，但他的英譯漢詩是少不了的。

　　詩歌翻譯中的「發明」是不同語言相遇的結果，如同兩條河流相匯激起的浪花，在相反相成、相剋相生中產生了特殊的「邊際效應」。這種「邊際效應」成為詩歌翻譯的一道風景倒在其次，更重要的還在激發了詩人自己寫作的「發明性」。這一點讓能翻譯的詩人普

9　鍾鳴：〈詩人的著魔與識〉，《西部》2012年第13期。

10　王東東：〈中西現代詩歌關係新論——以張棗對史蒂文斯的譯寫為中心〉，《揚子江評論》2018年第1期。

遍受益，譬如里爾克詩的翻譯之於馮至、吳興華，艾略特、瓦雷里詩的翻譯之於卞之琳，凡爾哈侖詩的翻譯之於艾青，奧登詩之於穆旦。翻譯幫助了詩人翻譯家返觀自身，「發現」自己，獲得新的靈感。

　　在現代漢語詩歌的發展歷程中，西方詩歌的影響如影相隨。但是對於西方，真正能用西方語言閱讀理解的人，還是少之又少。絕大多數人依靠翻譯這根拐杖。翻譯的水準本來就良莠不齊，加上詩歌中許多元素是無法轉換的，因此人們所讀到的、模仿的譯作，很難說是真正的外國詩歌。西方詩歌在「轉運」以及不入流詩人的拙劣模仿中，正面意義不斷遞減而消極成分上升，也就成了中國詩歌發展的一種「負資產」，──不少人把中國現代詩歌的「歐化」、「散文化」，全部歸咎為西方詩歌的影響。

　　這當然是一種誤會。兩種語言、兩種詩歌的相交，不僅具有「發明性」，還有攬鏡自照，認識自我的意義。只有真正瞭解世界，才能更好地發現中國。在五四青年開口閉口西方的「德先生」、「賽先生」之際，精通六種西方語言，周遊歐洲各國十幾年的辜鴻銘，卻白天在北京大學講堂上大張撻伐西方文化，晚上在家中用英文翻譯「四書」，向西方人炫耀隱藏在「高級古典漢語」中的精神與智慧。中國人的文化自信是建立在對世界認識的基礎上的，中國詩人也是通過世界詩歌，不斷發現自己的詩歌傳統和漢語特質的。卞之琳「化古化歐」，人們津津樂道，焉知「化古化歐」的前提就是古歐均識，能夠互照互勘，在融會轉化中創出異彩。應該昭彰外國詩歌的作為參照、作為鏡子幫助中國詩人反觀漢詩的意義，因為對西方詩歌有更多更直接的瞭解，張棗才對傳統詩歌的意象、題材、氣氛、法度有一種特殊的迷戀。有心的讀者都看到：第一，張棗詩歌中最讓人難忘的意象都是中國味十足的意象，如「鶴」、「梅花」、「南山」、「鏡子」、「桃花園」、「燈籠」等；第二，張棗對傳統中國故事，典故、主題的興趣遠超一般的中國詩人，在〈鏡中〉、〈何人斯〉、〈杜鵑鳥〉、〈楚王夢

雨〉、〈刺客之歌〉、〈桃花園〉、〈梁山泊與祝英台〉、〈吳剛的怨訴〉等
詩篇中，傳統中國的文化記憶如同〈桃花園〉中的詩句——

　　　他們仍在往返，伴隨鳥語花香

　　　他們不在眼前，卻在某個左邊或右邊，

　　　像另一個我的雙手，總是左右著

　　　這徒勞又徒勞，辛酸的一雙手。

　　遠不止張棗被「另一個我的雙手」所左右。你讀讀聞一多一九三
〇年代寫的〈奇蹟〉，特別是注意被遮蔽的詩人吳興華上世紀三、四
十年代寫的〈褒姒的一笑〉、〈西珈〉、〈峴山〉、〈覽古〉、〈絕句〉等詩
篇，便不難發現，真正懂外語、瞭解西方詩歌的中國詩人，如何重新
校正了自己的詩歌立場，如何發現了古典詩歌可資利用與轉化的因
素。遠不止運用現代感覺意識讓傳統意象、意境獲得新生，還有對漢
語精神與形式技巧的再領悟。

三　自覺面對寫作的危機

　　當然，朝向語言的風景，攬鏡自照，通過「他者」辨認自己，有
助於我們建立文化自信，在現代條件下開拓道路，銜接我們自己的傳
統，讓現代漢語詩歌具有張棗所稱的「漢語性」。但認同傳統和獲得
文化自信，卻不一定能讓傳統贏得未來。辜鴻銘是通過「他者」重認
了傳統的，然而他以傳統的方式去承接傳統，將四書五經與男人的辮
子、女人的小腳放在一起全盤肯定，結果不僅未能昭彰傳統，反而增
加了五四青年的反感。只追時尚而不能與傳統建立關聯的寫作，不是
有根的寫作而是時代的飄萍；而只認同傳統不能讓傳統與現實建立關
聯的寫作，也不過是傳統的迴響而不是走向未來的腳印。艾略特在

〈傳統與個人才能〉中指出,「它不是繼承得到的,如果要得到它,
你必須用很大的勞力」:第一,領悟過去與現在的共存關係,獲得
「對於永久和暫時合起來的意識」;第二,以真正的創新推動「新與
舊的適應」,實現傳統秩序的調整[11]。

　　張棗與其他傑出現代中國詩人的歷史貢獻,從根本上說,是在傳
統與現代之間建立真正的對話關係。而這種對話關係的建立,既來自
他們中西文化的雙重視野,也由於他們對「新詩」發展危機感的意
識。在這篇文章的前面我們提到,由於「這個提前或是推遲了的時
代」,「新詩」在學習新語言、尋找新世界的過程中,是充滿著盲目性
的。這種盲目性是導致寫作危機的根源,正如吳興華曾經指出的那
樣:現在許多雜誌被印著「新詩」的作品,不但不供給我們「新」
意,而且不是「詩」。好一點的是有一點意思,卻不能發展成型,壞
的則與月份牌畫、通俗小說毫無二致。他說:「現今新詩的危機並不
是讀它的人太少(像許多人所想的一樣),而是寫它的人太多。在大
家誰也不知道『新詩』到底是什麼之前,你來一首,我也作一篇四
行,十行,百行,以至千行,不過是亂人耳目。」[12]

　　張棗的獨特之處在於,他是「現在的新詩」之外的詩人,自覺游
離於流行新詩之外。他知道「『新詩』到底是什麼」,知道它是「語言
風景」,而且必須體現「漢語性」;他意識到自覺的寫作必須在混雜、
破碎、矛盾的語境中,自覺面對主體身分的危機、文化錯位的危機和
語言的危機。他始終在尋找正確的立場、途徑與方法,提出了「將生
活與現實的困難與危機轉化為寫作本身的難言與險境」的解困方案。
這個方案是不是通用的現代方案?或許不是,只對某種風格的寫作有

---

11 艾略特:〈傳統與個人才能〉,《艾略特詩學文集》(香港:國際文化出版公司,1989
　年),頁2。

12 吳興華:〈現在的新詩〉,臺北《文學雜誌》第1卷第4期(1956年12月20日),署名
　「梁文星」。

效。但無論如何，詩人對語言的沉浸、對寫作危機的警覺，絕對是現代漢語詩歌寫作最寶貴的精神品格。我們有太多只看到風景而不知道危險的寫作者，不做準備，毫無訓練，匆忙奔跑，結果不但不能創造詩歌風景，反而無意中成了風景的踩踏者。沒有危機感的人只能留在現代漢語光滑的表面，只有把「朝向語言風景的旅行」當作一種歷險的詩人，才能像張棗那樣不斷用現代人的情感與智慧，讓那些古老的意象、詞彙重新燃燒，讓那些外來的技藝、形式被漢語之胃完全消化，以詩歌之「甜」體現漢語的氣質與風度。

在五四以來讓「白話」轉化為「詩語」的實踐中，張棗肯定是最投入、最用心、語言與形式試驗最自覺、詩歌文本最精粹的屈指可數的詩人之一。因為自覺和用心，所以豐富深厚，經得起讀者反覆玩味。雖然張棗生前只出版一冊詩集，死後匯總的詩作也只有三百頁左右，但少而精，也成為現代漢詩寫作的一種啟示。

　　　　　　——本文原刊於《南方文壇》二〇一八年第四期。

一個地方的中國詩

　　「一個地方」當然是無法與「中國」相提並論的。無論這「一個地方」有多大，多麼重要，都無法體現當代中國詩歌的豐富性和多元性，也無法代表當代中國詩歌的高度和影響力。然而中國又的確是由許多地方組成，地方才是中國的血肉和情趣，因為地方才顯得真實、生動而且豐富。事實上是，泛論上世紀以來主潮消失後的中國詩歌，總難免有一種茫然感，但當你把許多特色鮮明的地方性寫作接納進來，例如雷平陽的雲南之詩，潘維、朱朱、胡弦等人的江南之詩，包括吉狄馬加、沈葦等人的西域和少數民族之詩，便不難發現新世紀中國詩歌取得的進展。

　　以「地方性」體現「中國性」，是新世紀中國詩歌的一個重要特色，而「閩東詩群」之所以值得談論，就是由於這個地方不僅湧現了一個又一個的詩人，蔚為景觀，也在於他們的寫作，對現代漢語詩歌的當代發展，提供了啟示。

一　共同與相通的「定力」

　　最早聽到人談論「閩東詩群」，是二○○七年《詩刊》舉辦的「春天送你一首詩」活動。「我們這地方，詩寫得好能當官」是地方幹部席間的一句笑談，卻也道出了當地權力機構對「文人」才華的一種尊重。這和我聽到的某經濟發達地區另一個笑談大異其趣：它也是一個寫詩的「傳說」，不想後來見到那個傳說的主人，求證到的卻不是「段子」而是事實。因而這個事實是：一個寫詩的官員被同僚告到

上級領導那兒，「某某同志工作不務正業，經常寫詩。」誰知這個上
級領導並不糊塗，「哦，寫詩嘛？總比你喜歡麻將好吧？」

　　現為寧德市轄區的不少「閩東詩人」的確另有一種「官員」身
分，是否真的與當地的行政作風有關，不像西方的柏拉圖非要把詩人
趕出理想國，而是更認同自己的歷史（「三言二拍」的作者馮夢龍文
章寫得好，當該地壽寧縣令也是很稱職的）？誰也說不清楚。但這地
方有很好的詩歌氣場，卻是不爭的事實。你看二〇一九年召開「閩東
詩歌研討會」，列入研討的詩人就有二十四位，這在一個地區，可不
是小數目。更何況，在我的閱讀記憶中，上世紀文革結束前後霞浦縣
文化館就辦了非常像樣的文學小報，像樣得可以和福州馬尾區文化館
的《蘭花圃》（舒婷的詩就是先在這裡集中發表引起討論的）、北京西
城區文化館的《蒲公英》（顧城因在這裡發表一組〈無名的小花〉引
來公劉的關切和「兩代人」之爭）相提並論。這種說不清是官辦還是
民辦的文學園地，實際上是一九八〇年代中國許多詩人的搖籃，它培
養了不少詩歌青年的信心與熱愛。

　　當然文化館的小報只是一個起點，「閩東詩群」真正的沃土是詩
歌感召下自發形成和堅持的詩社詩刊。上世紀八十年代前期有哈雷和
宋瑜主持的「三角帆」詩社、湯養宗主持的「麥笛」詩社，中期有謝
宜興、劉偉雄創辦的「醜石」詩社，之後前赴後繼的，則有游刃主持
的網上詩社「網易」、王祥康主持的「綠雪芽」詩社，以及還非主持
的「三角井」詩社等。

　　詩歌社團與民刊的風起雲湧是改革開放時代以來中國詩歌的一道
風景，而「閩東詩群」近四十年中的不離不棄，肯定是一個小小的樣
本。他們通過詩歌社團交流作品，磋商詩藝，互相促進，使一個又一
個少為人知的地方詩人，成了省內和全國有影響的詩人：湯養宗、葉
玉琳、謝宜興、劉偉雄、游刃、伊路、林典鉤，等等。

　　這裡最值得一提的是一九八五年五月誕生「醜石」詩社，它是閩

東地區持續性最好，影響最大的詩社，不僅在成熟時期先後吸納、團
結了湯養宗、葉玉琳、謝宜興、劉偉雄、伊路、宋瑜、柔剛、安琪、
康城等優秀詩人，王宇、伍明春這樣有影響的學者，還湧現了邱景華
那樣詩歌批評家，因而被《詩選刊》評為中國五大優秀民刊之一。
「醜石是未經雕琢的璞玉／《醜石》是未名詩人的摯友」（《醜石》
1985年創刊號扉頁），劉偉雄說「醜石」這個名字「寓意了對成為
『美玉』的期待」。它促進了不少詩人的成長，讓不少璞玉閃耀光
亮，但沒有人知道它自己度過的艱辛。劉偉雄在一篇回憶文章中深情
地談到他的詩歌兄弟謝宜興對於詩歌的癡迷和「呆氣」：那時謝宜興
到霞浦縣三沙與女朋友約會，卻和劉偉雄陷於寫詩、辦「醜石」的話
題不能自拔，「徹夜在三沙港外的長堤上看著港內的燈火一盞一盞地
熄滅」。結果是，催生了一個詩社和詩刊，卻埋葬自己的愛情。

　　「醜石」與眾多匆匆而來又匆匆而去的詩社詩刊的一個重要不
同，是它不是詩潮詩派的產物，而是持續發展的心靈的產物。基於內
心對於詩歌不由分說的熱愛，基於對用語言想像世界全神貫注的投
入。這就是他們所奉行的「好詩主義」。他們所謂「好詩主義」，就是
把詩看成是一種面向內心經驗的言說，而不是吸引眼球的「姿式」；
是經得起品味的詩歌文本，而不是宣言與行為的驚世駭俗。相對而
言，「醜石」的中堅都是有鄉村背景的農家子弟，謝宜興早期自印詩
集《苦水河》，劉偉雄上世紀九十年代獲獎的〈情牽故土〉，面對的都
是讓人百感交集的鄉村經驗，他們都是些踏踏實實的人，寫的也是接
地氣的詩。只不過，時間上，他們生活的鄉村不是費孝通先生〈鄉土
中國〉中周而復始、長老統治的鄉村，而是現代轉型中的鄉村；在空
間上，也不是內地而是南中國靠山面海的鄉村。因此，無論寫詩，或
者組織詩社和編輯詩刊，都給人踏實而又開闊的信賴感。他們的詩會
在後面深入討論，這裡繼續說「醜石」詩社和同名的社刊，也真有一
種靠山面海的氣度。首先，它是有定力的。譬如《醜石》，是「漢語

詩歌藝術殿堂的建設中一塊雖不顯眼但卻有用的石頭」，始終強調它的民間性與探索性，重視藝術的包容性和建設性，先後推出了韓歆、安琪、劉偉雄、謝宜興、湯養宗、探花、三米深、石灣、冰兒等多位詩人的作品專版，編輯刊出了中間代、紀念蔡其矯、汶川大地震詩歌作品等多個專號。第二，它是開放的，因而是能夠不斷成長和蛻變的。譬如劉偉雄在〈醜石二十年〉回顧所提到的，當上世紀九十年代末「醜石」遇到發展瓶頸時，因為之前有安琪、康城等閩南詩人的加盟，有不同觀念的交鋒，經過「黑白電視機」與「彩色電視機」的爭論（這是安琪的命名），兩地詩人都分別得到了啟發和調整，「醜石」也進入到了新的發展階段。

實際上，這種既有內心定力又面向發展的開放態度，也是整個「閩東詩群」的特點，也體現在與《醜石》關係比較鬆散的詩人身上，比如湯養宗這個獨立特行、個性鮮明的詩人。其重要症象是，既立足於地方經驗又不受地方性的拘限，能夠實現「地方性」的超越。這是受他們福建前輩詩人蔡其矯的影響（或啟發）嗎？可能。至少這兩代福建詩人心有靈犀，趣味相投：湯養宗剛出道時就得到蔡其矯的賞識，為他的《水上「吉普賽」》作過序。更重要的是，蔡其矯生前一直是「醜石」的顧問。

蔡其矯在當代中國的詩歌意義，已經逆著時間的流逝不斷得到彰顯，卻有一個非常重要的實踐被八十年代以來的現代主義時尚所遮蔽，這是非常可惜的。這個被遮蔽的重要實踐，現在看來就是以地方性抵達中國性的實踐，集中體現在他編選《祈求》、《雙虹》時有意編選出版的詩集《福建集》（福州市：福建人民出版社，1981年6月）中。在這部詩集中，他懷著智利偉大詩人聶魯達抒寫南美洲般的抱負，以福建人文地理、風俗、歷史事件和人物為題材，給我們帶來了八閩大地的風俗畫卷，那掩映在榕樹、荔枝林和紅磚樓中的亞熱帶風光，那洞簫和南音裡的悲喜與憂傷。詩人深深體會到：

> 每首詩都要有一個空間，或叫地域，或叫場所，或叫立腳點。
> 沒有空間的詩是不存在的。
> 每個作者，也都有他最稱心的空間：這可能是他生長的地方，
> 童年在這裡消磨，一草一木，雲影波光，都留下深深的記憶；
> 也可能是他成熟的地方，在這裡他經歷了挫折和苦難，懂得人
> 生和社會的艱難……以故鄉為題材，更容易顯出各自不同的感
> 受。（蔡其矯：《福建集》〈序〉）

顯然，蔡其矯從故鄉經驗出發的寫作，在「閩東詩群」中產生了普遍
的迴響，雖然他們更重視地方性的超越。

二　各不相同的詩風

　　但是同樣重視滋養他們成長的地方經驗，卻不妨礙他們展現各不
相同的個性和藝術風格。「閩東詩群」之所以是「詩群」而不是流
派，就是由於他們詩學觀念和藝術風格各不相同，而正是因為這種不
同，成就了他們的豐富性和成長發展的可能性。像邊緣詩人游刃，也
是「朦朧詩」的「次生林」，是首屆「柔剛詩歌獎」的得主，當年福
建有人將他與呂德安並提；而《三角帆》創辦者哈雷，福建詩歌坊間
現在還流傳他不少妙趣橫生的「金句」；還有筆名伊路的女詩人，不
知道處長科長哪個官大，卻寫出了不少意味深長的作品，我曾在《詩
刊》發過一篇題為〈永遠意猶未盡〉的短文向大家推薦。
　　如果從詩人與地方的關係而言，首先應該提及的肯定是葉玉琳。
這不僅因為詩歌改變了她的命運，更因為她的詩，生動體現了「閩
東」與詩歌的互動相生。葉玉琳最早的詩集題為《大地的女兒》，一
個動人卻也非常恰如其分的名字。只是，這裡的「大地」，首先是她
的故鄉，她熟悉的白水洋，她生活和工作過的楊家溪，正如她在〈故

鄉〉中歌唱的那樣：雖然賜予她「第一筆財富」的，不過是一個四面
通風、「又低又潮的家」，但這是出發與回歸的地方。一方面，哺育和
鼓舞詩人的成長：「沿著樹幹一天天攀升／那怯懦而又沉默的兒時夥
伴／他們映襯了我──／身邊的少女早已擺脫了病痛／學會高聲歌
吟」；另一方面，這又是她療傷和吸取力量的所在：「一大片廣闊的原
野和暖洋洋的風／金黃的草木在日光中緩緩移動」，還有戴草帽結伴
到山中割麥、拾禾的姐妹，教會了她領悟「美源自勞作和卑微」，讓
她「沒有理由驕奢和懶隋」。她深情向人們告白：

> 我是如此幸運，又是如此悲傷──
> 故鄉啊，我流浪的耳朵
> 一隻用來傾聽，一隻用來挽留

因為傾聽到叮嚀和召喚，所以也懂得挽留進入到我們生命血脈中那些
美好的東西。葉玉琳寫「大地」的詩，與過往及同時代相同題材的作
品有兩個方面的不同，一是她的「大地」不是內地面對黃土背朝天的
大地，而是東南沿海靠山面海的「大地」，海洋也是她的「故鄉」，
「大地」的組成部分；二是她從來不按主體與客體、人與自然的對立
關係去處理有關「大地」的題材，無論動態靜態，都沒有「無我之
境」。在她的詩中，村莊和海洋都是安頓身心的家園。即使在私密的
個人領域，生命的律動也是如同大海的潮汐。因此，在〈故鄉的海
岸〉中，「有時我們靜止下來／固定在扇貝密不透風的笑裡／仰頭看
滿天的星光像絲緞層層」，相愛的人成了海風召回的船隻，承接「被
擁抱的快樂」；而在〈海邊書〉這首以詩論詩的「元詩」中，更是表
明了以大海為韻律，「騎著平平仄仄的海浪往前沖」的自然明朗的詩
觀。葉玉琳的詩，早年因寫個人與土地的關係而聞名，實際上她的
「海邊書」更值得品味，它們與許多「望星空」、「致大海」的頌歌大

異其趣，不是感歎那些表面的美，而是咀嚼和守護它們內在的東西。就如那首〈一只切開的蘋果〉所歌唱的：「人到中年，不再輕言幸福／也不再相信有哪一種愛撫／能對應內心的波濤／我驚訝於時光的另一面／正從嶄新的表皮／剝離出來與我初逢／我感受到了另一種誘惑……」雖然這項工作如此艱辛，然而由於熱愛和理解──

> ……我不能辜負你
> 我要把更小的芳香和甜吸吮出來
> 用思想激活它們
> 用黑夜守住它們

在個人與「大地」的關係上，葉玉琳的詩，追求的是人與自然融洽無間的一面。她筆下的大地是溫暖的、女性的，教導著兒女們生活與成長，讓詩歌獲得自然的意象和節奏。

「大地」的詩性之維也得到了劉偉雄的高度認同，在代表作之一〈鄉村〉中，他說只要在故鄉走走，就知道什麼是詩歌了：「在故鄉你隨便一走／就走進了古代　生物之間／美麗和繁茂的根系／存在於我們視野忽略的現實」。但這裡的詩意顯然不是人與自然互動相生的詩意，而是一種「存在」的詩意：「忽略的現實」在我們的視野之外，就像《詩經》中「那些叫小薇的草就長在腳邊／那些叫荻的花開出純銀的聲響」；就像比歷史、創意產業和科技革命要永恆不朽的青草，──在二○一九年一首題為〈河邊的共享單車〉的詩中，詩人面對飛馳的車輛與生長的青草感歎：

> 飛馳的速度居然跑不過成長的草
> 逃亡路上　草遮蓋了他們的秘密

有趣的是這首詩的聯想與比喻:「在河邊　似乎又回到童年／看一群的罪犯被押往刑場／只是　我眼前被押走的／是一串串的共享單車／他們耷拉著骨架　被吊上了／一輛又一輛巨大的卡車」。無辜的共享單車竟然成了「罪犯」,它們的飛馳也像是一種「逃亡」。單車能夠在時空中「飛馳」,然而不能像青草那樣在時空中勝出。這個聯想與比喻之所以值得注意,一是它幾乎是下意識(或本能)式地「接通」了詩中說話者混合著困惑與恐懼的童年經驗,並在當下轉化成了報應式的反諷。同時,雖然是下意識的、童年的,因而表面看來是「幼稚的」,不能「與時俱進」的,實際上卻開啟了一個現代人類必須面對主題:在所謂「變化是不變的主題」的時代,有沒有不變的事物和價值得我們守護?

劉偉雄相信變化中有不變的東西,他喜歡循環生長的自然事物,花開花謝,日出日落,喜歡故鄉的親人和他鄉的風景,喜歡無法磨滅的個人記憶,對一些細節特別敏感,諸如夢一樣長滿絨毛的新芽,那緊抱礁石、擠在一起的海藻,包括沒有船隻的海灘上望海少年斜著肩頭的姿勢……,等等。因為他相信變化中有不變的東西,有恆定的價值,所以他的詩在守護美好的個人記憶時,複合著去蔽的主題。例如一首題為〈太陽閣〉的詩,寫的是一座看著充實卻沒有登上過的亭子,然而,後來一幢高樓把「我們」隔開了,「我」再無法看見熟悉的、傳遞著太陽的、「一目瞭然」的風景,而且——

　　　另一種高樓從高樓後面又冒出來
　　　重重疊疊的巍峨逼近了眼簾
　　　現在　它似乎是另一個世界的祭壇

包括〈河邊的共享單車〉、〈太陽閣〉這樣現場感很強的詩,劉偉雄的寫作實際上探索著現代轉型中的中國詩人無法迴避的兩個問題:面對

現代加速的時間和難以預知的變動，詩人何為？我們該如何寫作？是做加速器中的齒輪和螺絲釘，還是珍惜我們有過的歷史，挽留美好和有價值的東西？是像一個摩托車廣告那樣，「沒有征服不了的大地」，還是主動接受時間和空間的考驗？我們寫作的「新詩」，當然是現代的產物，它的命名是以古典相對。然而，無論它過去和未來是什麼，它都要講時間中的效果，都要跨越時間的溝壑向人們說話，如海德格爾通過荷爾德林詩發現的：延伸個人的蹤跡與記憶，開啟和建立一個意義的世界。因此，詩歌不是時間的勝者而是時間中語言的信物和紀念碑。然而，也像劉偉雄所寫的那樣，只有回到故鄉或者在記憶中，我們才能「行走在《詩經》的世界裡」，而在現實生活中，青草可能是人工培植而非自然生長的青草。而且，就像「太陽閣」一樣，它們被接踵而來的一座又一座「高樓」隔離了，遮蔽了，成了現代世界的「祭壇」。因此，現代詩的寫作註定無法像大多數古典詩歌那樣，讚美的、抒情的、田園的、牧歌式的，而是一定會接納知性的、複調的、自嘲的、反諷的等等元素，因為在現代「太陽閣」被隔開了、遮蔽了，需要通過敞開和去蔽才能讚美。

　　這就來到了另一個從個人感覺和記憶出發關懷歷史與現實的詩人謝宜興面前。就書寫閩東本地的地方經驗的普遍性而言，謝宜興或許不如前面提到過的閩東詩人，但從自覺堅持個人立場和經驗，以詩的方式關心生命和關心世界而言，謝宜興的寫作非常值得留意。像許多複調性現代詩人一樣，謝宜興的作品涉及的題材和主題非常廣泛，但特點鮮明的是，即使在處理宏大題材的作品，他也以深切的個人經驗為前提，顯示出個人立場的真誠和親切感。譬如他的祖國，就是「一個人的祖國」（這是他一首詩的標題），因為與血緣和親情聯繫在一起，「一個人的祖國」也就成了「每一個人的祖國」。而且，他竟然能讓「祖國＝母親」這個陳舊的比喻在現實中煥然一新和有幽默感：「……長安街的落日／掛在西單上空，像一個毛絨絨的線團／長安街

是一條筆直的毛衣棒針／毛線繞了一環二環三環四環五環／⋯⋯最是溫暖母親的心啊，我才到／北京就拿出了絨線球想為我織件毛衣禦寒」（〈長安街的落日像絨線球〉）。

真切的個人經驗和立場之所以重要，就是詩歌作為語言信物用於言志，用於讚美和敞開，卻不用於遮掩裝飾，不可以言不由衷。而謝宜興即使在歌唱祖國時也堅持親情的方向，既包含對人同此心的理解，也包含著他從生命和人性角度想像世界的詩歌立場。值得注意的是，《醜石》兩根大柱都重視變化中不變的事物，奮力支撐時間中永恆的存在。但同樣看重永恆的價值，劉偉雄的重點在「物」，而謝宜興的目光更多聚焦於「人」：從上世紀八十年代寫光棍人生（〈三十歲的豆豆〉）貧家換親（〈銀花〉），到近年發表〈寧德故事〉，謝宜興的詩歌是不是一個地方時代巨變的見證？他當然也為赤溪「開口」、下黨「紅了」、三都澳「亮起來」歡心鼓舞，獻上過頌歌。但他更是一個像他父老鄉親一樣相信「信仰超越滄桑」，相信生命的價值重於泰山。因此，在改造過的嵩口古鎮，他的目光省略了新顏，卻看到一個少婦在翻曬她的舊嫁裳（〈嵩口時光〉）；而面對八十年前反圍剿時鵝卵石堆砌的無名塚和如今新建的紀念碑，他覺得「那些寂寂無名的枯骨與眼前堆砌的卵石／更接近世情與人心的真實」（〈松毛嶺〉）；更不用說〈過汶川〉了，面對勝利的旗幟和感恩的標語，詩人居然「固執地相信是我們欠下孽債／天怒時卻讓汶川無辜代過以命相抵」，因而感歎「可我們多麼善於遺忘和粉飾／善於把不幸和苦難唱成頌辭」。

詩人沒有資格把人間的不幸和苦難唱成頌辭，雖然人在空間裡行走，在時間中衰老，不可能永恆，但一個人究竟是另一個人的「祖國」：「⋯⋯燃在心尖的燈火／一個人的存在依憑，思念和寄託」，這就是為什麼謝宜興寫親人的詩，特別是〈鏡框裡的父親〉寫得如此感人的原因：「一天一天，你讓自己愈瘦愈薄／最後瘦薄成一張紙，嵌入鏡框裡去／像一個真實的影子，有著虛無的微光」。他不忍「真實

的影子」裡有「虛無的微光」，因此也不以為社會的轉型要以城市與鄉村的對立、英雄的功業要以普通人的犧牲為代價。〈我一看就認出那些葡萄〉肯定是轉型時代讓人難忘的詩篇，無論是在鄉村與城市兩種經驗的融合上，還是人的良知與詩的自覺渾然如一的追求上，都值得人們加以留意。它通過鄉村的葡萄變為「乾紅」進入城市的流通環節，想像心比天高命比紙薄的鄉村姐妹在轉型時代的遭際：

　　城市最低級的作坊囤積了
　　鄉村最搶眼的驕傲　有如
　　薄胎的瓷器在懸崖邊上擁擠

雖然如同魯迅的〈故鄉〉，城市鋼鐵與水泥澆鑄的皮膚對閏土父子的命運沒有感覺，甚至閏土也不會知覺他童年夥伴的憂傷。這是轉型中的鄉村社會的痛，是從鄉村走出去的兒女們的內心鬱結。這或許就是謝宜興所言的「向內的疼痛」和滲透在詩風中揮之不去的憂傷。全球化時代的時空壓縮，薄如紙張的生命更加難以把握命運，面臨更多猝不及防的時刻。詩人如何承擔為天地立心，為生民立命的文化使命？如何能夠為善良無辜的蒼生安享天年、善始善終盡力？如何避免水土流失，讓人類的質素和美好在壓縮的時空得到凝聚？

三　湯養宗的自我超越

　　詩歌要在變化中凝聚不變的美與價值，但詩歌寫作本身卻不能以不變應萬變。這既是因為現代經驗本身的流動性和開放性，也由於現代漢語詩歌本身還處於生成發展的過程。因此，謝宜興〈蛇蛻或重生〉所想像的「向內生長的擠壓和疼痛」，成為許多中國詩人「命定的儀程」。而閩東詩歌的「江山」，另一個值得稱道之處：一方面是

「代有才人」，各個時期都有好的詩人和作品脫穎而出；另一方面就是，成名的詩人能夠自我突破，體現成長的活力。

在這方面，已經成為「閩東詩歌」一張名片的湯養宗，就是一個突出的代表：幾十年來，他完成了從表現經驗到拓展意識的「成長」，不僅自己從一個地方詩人成長為中國詩人，而且以「地方性」體現「中國性」的詩歌寫作，展開了實踐，提供了啟示。

湯養宗最初成名的作品，是寫於上世紀八十年代的詩集《水上「吉普賽」》）。詩集的名字具有改革開放時代的時尚，但實在不是要讓別人去聯想歐洲人的風情，而是想表明海上生活也是一種漂泊與流浪。「他們白天捕魚勞作，入夜便一家大小擠在窄小的船艙同席共眠。」而在年輕人的新婚之夜，也全然沒有陸地人家的正常顧忌：「你們被魚罐頭般塞在這艙內／可生命的渴念可以擠掉嗎／撒漁網哼漁歌可以擠掉嗎／傳宗接代可以擠掉嗎」──

> 看啊！多麼神秘而生動呀
> 這艘船輕輕、輕輕地搖晃起來了
> 在這多眼睛的星空下
> 是海突然起風了嗎

這是另一片「土地」的子民，另一種生命的圖騰與禁忌，湯養宗將他們帶入到漢語詩歌的版圖。這片「土地」和上面生存的人們，與當時昌耀西部高原唱的「暗夜中浮動的旋梯」上穿行的歌謠，與莫言講的山東高密高粱地裡的人性傳奇，具有同樣的主題。只不過，昌耀對「泥土絕密的啞語」有自己的心領神會；莫言津津樂道爺爺奶奶故事也是大有深意。而湯養宗，拿前輩詩人蔡其矯的話說是：「以漁家子弟的率真深情，以新鮮的意象，描繪出一幅幅在生存背景上的心靈圖像。……一幅幅素描般的畫面，一個個紛紜繁複的意象和色彩繚亂的

幻視、幻聽、幻覺，展開成一部漁人大觀和漁村大全的書。」（〈海洋詩人湯養宗（代序）〉，《水上「吉普賽」》，福州市：海峽文藝出版社，1993年）為此，蔡其矯還從這部詩集出發，倡導發展出一種「自然的海和社會的海」互為表裡的「海洋詩」。

《水上「吉普賽」》的確有許多可圈可點之點，特殊的漁民生活、風情風俗，與自由灑脫、孤傲狂狷的抒情個性融為一體，使它成了無可替代的一部詩集。不過，這部潛隱與「土地」、「鄉村」、「麥子」對話的動機，也的確不無對話意義的詩集，或許沒有突破「土地詩」的牧歌主題和田園風格，只不過將這種主題和風格移向了抗衡「現代之夜」的方向。可以說，當代的「土地詩」和「海洋詩」大多還是題材上的，也沒有超出古典詩歌的想像風格和語言意識，沒有超出傳統抒情詩「自然」與「生命」的視野，藝術上也大多停留在「情境詩」的範疇。

當然不是以為「生命自然觀」（或「自然生命觀」）和「情境詩」不好，它們可以永遠見證人類與自然的血肉聯繫和詩歌的想像力。同時，必須看到，湯養宗寫這類詩也可以（而且已經）越寫越好。譬如《在吳洋村看林間落日》，把落日想像為「一隻金黃的老虎又回到了林中」，寫自然之王的如何霸氣和不由分說，不允許更改它的秩序，「安放人類的立場」。但是，從根本上說，對土地與海洋的想像能超過土地與海洋本身嗎？就像「911」、「汶川地震」和現在世界流行的「新冠病毒」，早已走在想像的前頭並且比想像走得更遠。因此，儘管〈三人頌〉如此簡潔，如此迷人：「那日真好，只有三人／大海，明月，湯養宗」，但只是將自然人化，不過是經驗的、感覺的和意象的情境詩，儘管能喚起了我們對一些古典詩詞的親切回憶，讓人們賞識詩人遺世獨立的情趣，但張若虛的〈春江花月夜〉、蘇東坡的〈水調歌頭·赤壁懷古〉等前人作品可能寫得更好，因為他們接納了時間之維，觸及存在意識和個人反省。

　　在中國詩歌現代轉型的歷史行程中，包括「新詩」運動主將胡適在內的不少前驅者，雖然提出了從語言形式下手的正確主張，卻對語言即意識即思維狀態缺乏根本的洞察，因而導致了文言與白話、新與舊的對立，導致了外穿西裝革履，裡頭卻「滿是一套寬袍大袖的舊衣裳」（朱自清《新詩》語）。實際上，用說與寫趨近的語言形式寫作，就是思維意識的深化和現代化：現代轉型落實在詩歌想像方式上，要求轉化古典詩歌崇尚優美的牧歌式寫作，探索一種更有力度、容量和思維重量的寫作：不只是感官的、道德的、情感的和想像的，而同時是知性的、拓展的、體現意識的活力和穿透力的。湯養宗的「成長性」正在這裡，不是停留於新鮮的感覺經驗，滿足於經驗、意象與情境的轉化，而是能夠更新我們對熟悉或陌生經驗的感覺和意識，讓詩歌真正成為語言的信物。這一點在〈光陰謠〉中體現非常明顯：

　　　　一直在做一件事，用竹籃打水
　　　　並做得心安理得與煞有其事
　　　　我對人說，看，這就是我在人間最隱忍的工作
　　　　使空空如也的空得到了一個人千絲萬縷的牽扯
　　　　深陷於此中，我反覆享用著自己的從容不迫。還認下
　　　　活著就是漏洞百出。
　　　　在世上，我已順從於越來越空的手感
　　　　還擁有這百折不饒的平衡術：從打水
　　　　到欣然領命地打上空氣。從無中生有的有
　　　　到裝得滿滿的無。從打死也不信，到現在，不棄不放

　　〈光陰謠〉可以稱為「元詩」，但又超越了「元詩」，成了一種行為的寓言。本詩借用了坊間俗語「竹籃打水一場空」，比喻詩歌這種無法物化、不見效果的語言勞作；用複合著自嘲、反諷和自得的語

態，講述生命「漏洞百出」，越漏越空；「人間最隱忍的工作」收穫到的不過「空空如也」。但這表面上的「印證」，最終完成的卻是對人云亦云俗語「真理」的顛覆：竹籃打不上水，但它收穫的真的是「空」嗎？無法量衡的勞作真的徒勞無益嗎？「空空如也的空得到一個人千絲萬縷的牽扯」，「無中生有」，──滿滿的無是否裝著盈盈的有呢？

　　愛爾蘭詩人希尼（Seamus Heaney, 1939-2013）曾在他那篇著名論文《舌頭的管轄》中，借助《聖經》中耶穌在訴訟現場的行為，將詩歌比喻為在沙地寫字，不能幫助原告與被告解決任何問題，卻能讓圍觀的人捫心自問，「把我們的注意力重新集中到我們自己身上」，從而證明了詩歌的意義。湯養宗處理的問題是相同的，結論也大同小異，但他借助我們日常生活中的「老生常談」和傳統文化的辯證思想，讓它們建立起新的關聯，結果讓比喻成為了象徵，象徵又成了寓言：〈光陰謠〉說的是詩歌寫作，也是時光之流裡一種人生。

　　這不只是言志抒情的個人寫作，甚至不是擔當興觀群怨功能的寫作，而是把注意力集中到我們自己身上，重新面對習非成是、似非而是的問題，拓展思維和意識空間的寫作，在向人們宣告世間存在之於時間之流的必死性和再生的可能性，向人們宣告感覺、思維和想像力大於形而上學的意義。這就是循著〈光陰謠〉裡辯證思維的方向，我們看到的一個詩人大擺的語言「宴席」（湯養宗把列入「標準詩叢」的個人選集命名為《一個人大擺宴席》）。而其中最讓人難忘的詩篇，就是對熟視無睹的日常事物的意識和想像。它們日常得如日出日落（參見〈即便混世無為，躬身於這見證是多麼有幸〉），如風花雪月（參見關於雪的長詩〈一場對稱的雪〉），如山水沙石（參見〈太姥山〉），如父母雙親（參見〈寄往天堂的十一封家書〉〈父親與爸爸絕不是同一個詞〉），讀了這些詩我們才意識到我們對世間存在懂得太少，太多自以為是。例如我們大多數人就沒有意識到形成雪的條件具有「圍牆」的隔離性質，因此我們沒有敬畏之心：

　　（說雪是氣溫降到零度以下時，由空氣層中的
　　水蒸氣凝結而成）這很重要，這使問題有了圍牆
　　零度以下，事物剛剛夠得上凜冽
　　不是所有的雨水都能按照自己的意願變成雪
　　就像我，下一行詩句中常常找不到門
　　這是誰的意旨呢？剛好從零度起隔離另一些夢想
　　像是誰的國度，不是誰都可以進入，在我們心中
　　劃出一條嚴肅的線，並且必須感到冷

沒有意識到的存在等於不存在。意識的自覺也使湯養宗後來以故鄉民風民俗和傳統故事為題材的寫作，有了超越當年「海洋詩」的意義，因為它不再限於題材的獨特性，意象新鮮和情境迷人，而是用自己的意識照亮了「本事」，建立起了人與物、物與心的關聯，傳統的事物就像傳家寶放在聚光燈下一樣。〈時日書〉、〈斷字碑〉、〈穿牆術〉、〈大年〉、〈家鄉的山上有仙〉、〈鬼吹燈〉等，都是這樣的作品。其中〈歲末，讀閒書，閑錄一段某典獄官訓示〉更加值得重視，除了把象徵上升為卡夫卡式的寓言外，情景與視點也非常講究：詩人戲仿了一個傳統情境，主觀的抒情也完全轉換成了情境中有職業特點的人物的語言。

　　這首詩啟示我們，無論地方詩歌的「中國性」，還是現代詩歌裡的中國性，不僅期待意識對題材的超越，也期待從現代漢語氣質和情致出發，尋找其生長的秩序和規律。

　　　　　　　　——本文原刊於《詩刊》二〇二〇年第十一期。

「建設」時代的新詩理論批評

　　現代詩歌發展與古典詩歌一個重要的不同，是現代詩歌更有創作與理論批評「雙輪驅動」的特點。這不僅因為現代「新」詩必須說服別人同時說服自己，也因為從無到有的探索，意識上必須自明與自覺：新詩應該如何學習新語言，尋找新世界，創造新美學。

　　當然，不同的歷史階段，新詩的理論批評也有不同的特點與功能。「革命」時期的詩歌理論批評，是要與千百年形成的傳統作戰，證明自己也是詩，以便開放中國詩歌的語言、形式體系，接納更加豐富的精神和藝術資源；而「建設」時期的詩歌理論批評，則要在「革命」的地基上實現漢語的「新」詩理想，尋找中國詩歌新的質地，在新的時代和語言背景下，完成中國詩歌的現代轉型，實現意象、形式、想像方式的歷史重構。

　　一方面是，新詩已經站穩腳跟，另一方面，已成風氣的新詩已經暴露出許多問題。因此，「建設」時期的詩歌理論批評，策略上由一致對外轉向了自我審度；在形態上，也主要不是辯論而是立論。關注詩歌特殊的說話方式，關注詩的形式和語言，這些詩歌本體的問題重新被提上了議事日程。先是有陸志韋探索「有節奏的自由詩」，緊接著是「新月詩派」的詩人在聞一多、徐志摩的感召下「第一次聚集起來誠心誠意的試驗作新詩」（梁實秋語），引導詩歌在建行建節的方面走上軌道。他們希望在視覺與聽覺兩方面協調考慮詩歌的形式問題，在視覺方面做到詩節的勻稱和詩句的齊整，在聽覺方面注意音節、平仄、押韻的節奏意義。這些理論批評啟迪了新詩的建設思路，形成了很有價值的理論成果和概念術語（如詩的「音樂美」、「繪畫美」、「建

築美」、「音節」、「音尺」、「音組」），不僅直接啟示了現代漢語詩歌「說話的調子」的意識，對西方十四行詩的改造與轉化，對詩行詩節的實驗，對穩定的形式結構的追求，而且對詩歌翻譯中形式與節奏的考慮起了非常積極的作用（像梁宗岱、卞之琳、孫大雨、吳興華的譯詩，就非常講究傳達原作的形式與節奏）。

詩歌的本體問題既是形式的問題，也是內容的問題，或者說是想像方式的問題。「建設」時期的理論批評在這方面的貢獻，是努力弭合工具語言與現代感性的分裂，探索感覺意識的真實，希望調整詩歌的象徵體系，找到現代詩歌的想像機制，更換「新詩」的血液。這方面的「建設」，從創作上可以追溯從魯迅的《野草》和李金髮的象徵派詩，到戴望舒、何其芳、卞之琳、艾青、馮至、穆旦等人的探索，理論批評則包括主體與客體、寫實與象徵、事實與感覺、境界與趣味等方面討論，以及現代主義的詩歌實驗。這些探索和討論，引導了新詩從「主體的詩」到「本體的詩」的美學位移，提升了中國詩歌的藝術品格。

「建設」時代的詩歌理論批評，是中國新詩研究史中最輝煌的篇章。在這個時期，既形成了詩人兼批評家的傳統，湧現了聞一多、朱自清、朱湘、穆木天、梁宗岱、朱光潛、廢名、林庚、沈從文、李廣田、艾青、胡風、唐湜、袁可嘉等重要批評家，也出現了具有規劃研究版圖意義的大家（如朱自清）和體系化的詩歌理論（如朱光潛的《詩論》），以及艾青、胡風、唐湜、袁可嘉這樣流派特色明顯的批評家。

同時，在這些重點之外，還有三個不可忽略的特點：一、提上議事日程的「選本」；二、詩歌理論的翻譯介紹；三、「奇文共欣賞　疑義相與析」風氣的形成。

一　提上議事日程的「選本」

　　文學選本是擇優汰劣將作品經典化不可缺少的工作，實際上也是一種批評和研究方式。自孔子選定《詩經》以來，一直受到世人的重視。新詩到了一九三〇年代，為了自我證明，也為了重新出發，清點新詩運動以來詩歌成就的工作被提上了議事日程。這並不是說一九二〇年代新詩沒有選本，而是說一九三〇年代的詩歌選本更有歷史感，也更豐富，更有詩歌史的意義。

　　在這些選本中，影響最大的自然是朱自清為《中國新文學大系》編選的詩集，它的意義是為新詩運動頭一個十年的成就作了歷史總結，已經為文學史家所充分重視。這裡還要補充的是，峻峰下面是群山，有詩歌史意義的詩歌選本不止朱自清一家。比如詩歌流派選本的代表《新月詩選》（陳夢家編，上海市：新月書店，1931年），早於《中國新文學大系・詩集》出版；又如歷史意識明確的《現代詩選》（趙景深編，上海市：北新書局，1934年），哈羅德・艾克敦（Sir Harold Acton, 1904-1994）與陳世驤合編和翻譯的英文選本《Modern Chinese Poetry》（《中國現代詩選》）等。

　　《新月詩選》已經經受漫長的時間考驗，這個選本早已成為研究新月詩派和中國新詩流派的重要資料，自不待言。而《現代詩選》企圖標示從胡適到戴望舒十幾年新詩成就的意圖卻值得多說幾句，特別是編者的序言。編者把十幾年的新詩發展分為五期並作了概括性的描述。這五期分別是：「草創時期」、「無韻詩時期」、「小詩時期」、「西洋律體詩時期」、「象徵派時期」。把《現代詩選》與《中國新文學大系・詩集》進行比較，可以發現不同選家的眼光和趣味，也可以看到新詩歷史建構的不同角度與策略。

　　而《中國現代詩選》，則是中國新詩第一個英譯選本，既反映了當時「北方系」（沈從文語）詩人創作的鼎盛局面，也反映了西方人

的選擇角度與藝術趣味。因為哈羅德‧艾克敦是在北京大學任教時間最長（1932-1938）的外籍詩人教授，與朱光潛、梁宗岱、梁實秋、袁家驊同在西語系任教，同時與「北方系」年輕詩人陳世驤、何其芳、李廣田、林庚等過從甚密。更重要的，哈羅德‧艾克敦是在英國享有聲譽的現代主義詩人，在一九三二年來北京大學任教之前，已經在英國出版《水族館》、《一頭印地安的驢》、《五個聖徒和一個附屬品》、《混亂無序》等詩集。英美現代主義詩人的「新古典」趣味，既體現在他講授現代英語詩歌的課堂上，也體現在他編選和翻譯《中國現代詩選》上。例如在這本詩選中，林庚的詩竟達十九首之多，此外還加上林庚的一篇詩論。給予林庚這種特殊的待遇，是因為林庚的詩曾被負有盛名的美國芝加哥《詩刊》翻譯刊載，雖然它們在許多熱心「白話詩」的中國讀者中被視為「混亂而隱晦」，但哈羅德‧艾克敦認為它們「具有獨創性和中國特色」。他詩選「導言」中寫道：

　　　它們具有獨創性和中國特色。用 T.S‧艾略特的話來說，這種隱晦往往出現於初次閱讀之時，「是由於那些解釋性的、連續性的成分所組成的鏈條被隱去了，而不是出於前後不連貫或對密碼（cryptogram）的迷戀」。儘管是用自由體和白話文寫成的，但它們秉有中國古代詩人的許多典型的個人癖好：林庚先生非常欣賞王維（西元699-759年）和蘇東坡（1036-1101）……
　　　林庚先生如同唐代詩人，把自己框定於一個狹小的範圍：冬日早晨、破曉時分、晨霧、夏雨、春天的鄉村、春天的心等等。如同白居易，他自承，他的詩的靈感多數來自某個瞬間的感覺和轉瞬即逝的事件：冬日早晨號角的吹響，蜻蜓展翅、在二十世紀上海的嘈雜聲中女人唱著一首追溯長城之建造的歌謠……
　　　……林庚稟賦的是豐沃的靈感，而不是豐沃的想像。他的靈感來自一種強大的資源，那種資源比《新青年》雜誌詩人群所利

用的資源還要強大，後者太匆促地在歐洲和上海「孵卵」。儘
管他的題材範圍狹小，他的直覺方式承自祖先，但所上的那條
小船的漆色是光鮮的。[1]

從「導言」對林庚的激賞，我們不難看出哈羅德・艾克敦所秉持現代
與傳統互動的詩歌觀念，這種觀念是艾略特式的：創新與傳統並不矛
盾，它們不是對立而是一種對話關係，通過個人才能，它們可以互相
激活和彼此發現。順便要多說一句的是，哈羅德・艾克敦在向西方介
紹中國新詩與向中國介紹英語詩歌時，對這種詩學觀念推崇備至，身
體力行，在中國新詩從象徵主義向現代主義轉變進程中，起了相當的
作用。

二　詩歌理論的翻譯介紹

自五四「新」詩運動以來，中國的詩歌已經打破在封閉系統中自
我循環的格局，與外國詩歌保持著千絲萬縷的聯繫。因此，朱自清在
《中國新文學大系・詩集》〈導言〉中提出「最大的影響是外國的影
響」[2]，後來卞之琳在〈翻譯對於中國現代詩的功過〉中，更是通過具
體追溯外國詩歌的漢語翻譯，得出結論：「西方詩，通過模仿與翻譯
嘗試，在『五四』時期促成了白話詩的產生。在此之後，譯詩，以其
選題的傾向性和傳導的成功率，在一定程度上更多介入了新詩創作發
展中的幾重轉折。」[3]創作如此，理論批評更是接受西方的理性邏輯
和分析方法，改變了傳統詩話那種點到為止的批注式、語錄式風格。

1　哈羅德・艾克敦（Sir Harold Acton）：〈中國現代詩選導言〉（北塔譯註），《現代中文
　　學刊》2010年第4期。
2　朱自清：《中國新文學大系・詩集》〈導言〉，上海市：良友圖書印刷公司，1935年。
3　卞之琳：〈翻譯對於中國現代詩的功過〉，《卞之琳文集》中卷（合肥市：安徽教育出
　　版社，2002年），頁551。

　　在觀念和方法上直接接受外國影響的案例,較早有魯迅的〈摩羅詩力說〉,那是一篇材料和觀點受日本木村鷹太郎〈拜倫——文藝界之大魔王〉影響寫成的論文。而梁實秋指出胡適的「八不主義」受美國意象派宣言的影響,更是人所共知。不過,就詩歌理論的翻譯介紹而言,較早和較系統的,還是傅東華、金兆梓譯述的《詩之研究》,一九二三年十一月由上海商務印書館出版。這是一本詩歌基礎理論著作,作者為 Bliss Perry。原著分為通論和抒情詩論兩部分,傅、金譯述的是通論部分,分為六章:「第一章　詩之背景,第二章　詩之範圍,第三章　詩人的想像,第四章　詩人之文字,第五章　聲調及格律,第六章　韻節及自由詩」。該書誠如鄭振鐸〈引言〉所言,或許算不上是最好的詩歌理論著作,「但是這部書卻較為淺顯易解。對於初次要研究『詩』的人,至少可以貢獻他們許多關於『詩』的常識。」或許正由於此,它不到半年(1924年4月)便得以再版。

　　而新詩的「建設」時期,也是西方理論批評翻譯介紹眼光敏銳、譯述水準較高的時期。特別是抗戰爆發前的一九三〇年代,分別出版了傅華東編譯的《詩歌與批評》(上海市:新中國書局,1933年),曹葆華選譯的《現代詩論》(上海市:商務印書館,1937年)。

　　《詩歌與批評》除「前言」外,實際收入詩歌論文十二篇(前言說「這裡十一篇譯作,都是關於廣義的與狹義的詩的批評。」數目有誤)。有意思的是,在〈前言〉中,編譯者把批評分為「主觀的批評」和「客觀的批評」兩種類別。而後又將「主觀的批評」細分為「文學的(詩的)」與「哲學的」,將「客觀的批評」細分為「歷史的」和「科學的」,這些劃分,實際上提示了詩歌批評的多樣性。

　　就一九三〇年代詩歌中國與西方思潮的密切關係而言,《現代詩論》更值得重視。在這本譯著的序言中,曹葆華寫道:「近十餘年,西洋詩雖然沒有特殊進展,在詩的理論方面,卻可以說有了不少為前人所不及的成就。在這本書中,譯者想把足以代表這種最高成就的作品

選譯幾篇，使國內的讀者能夠由此獲得一個比較完整的觀念。」該書除《序》外，收入詩歌論文十四篇，主推四位作者的理論，分別是墨雷（Gilbert Murray, 1866-1957）三篇，瑞恰茲（Ivor Armstrong Richards, 1893-1980）三篇，艾略特（Thomas Stearns Eliot, 1888-1965）三篇，瓦雷里（Paul Valéry, 1871-1945）二篇。譯者所選的這四位批評家及其另外三人的詩論，直到今天，仍然不減其理論意義。難能可貴的是，譯文不僅尊重原作的風格，對作者和論文的介紹也準確到位，與原作相得益彰。譬如第一篇選譯的是法國詩人瓦雷里的《詩》，譯者為作者寫的簡介是：

> 梵樂希（Paul Valéry）是當代法國最偉大的詩人，我們想要理解他的詩不可不先知道他的詩論。他主要承襲自波特萊爾（Charles Baudelaire）和馬拉梅（Stéphane Mallarmé）一直下來的象徵派詩歌。在外表上，他更把法國自瑞森（Racine）以降的謹嚴的形式看得十分重要。所以他理想的詩的境界與所謂純詩（La poésie pure）十分相近，把詩中的音樂成分看得異常重要；他以為詩的藝術必須如雕刻一樣苦心經營，所以十九世紀詩人那樣完全信任靈感的態度是他所不能同意的。他自己曾經用五年的功夫來製作、修改，完成一首五百行的長詩 La Jeune pargue。

而在為艾略特〈傳統與個人才能〉一文所寫的「附識」是：

> 愛略忒（T. S. Eliot）和梵樂希（Paul Valéry）一樣，自己是當代的大詩人；他的批評的主張，必須與他的詩合看。因為古往今來的詩人莫不在他的筆下出現，而且他又用典極多，所以許多人說他的詩歌是理智的或者甚至於說他是玄學的。這實在是

一種皮相的觀察。如果我們知道他之主張詩人不能不吸收含有
歷史涵義的傳統，和讀他的「詩不是情緒的放縱而是情緒的逃
避……」這一段話，對他的詩必可以多一點瞭解。

　　譯者的這些介紹和評點，既包含著對翻譯對象的閱讀心得，也隱
含著對中國詩歌語境的發言，實在是有所針對，有所倡導的。這一點
在他對瑞恰茲及其論文的介紹中表現得更加明顯：

瑞恰茲（I. A. Richards）曾經說過，他治文學批評直接間接都希
望供獻另外一種新的科學——這種科學他和不多幾位學者正在開
始研究著：他們叫他為「意義學」。他和阿克頓（O. K. Ogden）
曾合著一本《意義底意義》（The Meaning of Meaning），這裡所
分的四種意義便是其中精義的一部分——為了應用到文學批評
上，略為有點改頭換面。我們覺得把意義這樣一分，的確有不
少好處；文學批評中有許多問題，因此都可以得以解說。讀者
雖然不能盡悉這些問題，但在領會了四種意義之後，在欣賞詩
的時候試為應用必然得到很大的幫助。

　　如果說，曹葆華的《現代詩論》代表了中國學者的視野；那麼，
梁宗岱的《詩與真》（上海市：上海商務印書館，1935年）、《詩與真
二集》（上海市：上海商務印書館，1936年）則代表了學貫中西的中
國詩人融會中西的直接轉化能力。梁宗岱（1903-1983）無論從詩人
而言，還是從詩歌理論批評而言，在新詩史上都有重要地位。因為梁
宗岱，與其說是一個新詩的研究者，不如說是一個現代詩歌理論家；
與其說，他向中國讀者翻譯介紹了西方詩歌和詩論，不如說他接受西
方詩歌和詩論的啟發，提出了重要的詩歌理論，特別是中國現代象徵
主義詩歌理論。

　　把梁宗岱放在法國與中國詩歌關係中，他的意義更容易得到昭彰。中國詩歌尋求變革和發展的歷史進程，波德萊爾以降的法國現代詩歌，包括凡爾哈侖、馬拉美（"Stéphane Mallarmé"的今譯）、蘭波、阿波里奈爾、瓦雷里、聖瓊·佩斯、布勒東等人的作品，深刻影響了中國詩歌想像現代、尋求現代性的進程。現代法國詩歌對中國詩人的影響和啟迪，可以說在其他外國詩歌之上。周作人的《小河》和魯迅散文詩集《野草》曾直接受惠於波德萊爾的散文詩，著名詩人李金髮、王獨清、戴望舒和艾青都是法國詩歌的朝聖者；而瓦雷里的象徵主義和純詩理論，不僅在一九三〇年代，而且在一九八〇年代後期，都有廣泛的迴響。這種深刻和持續的影響，甚至讓法國學者在中國詩壇發現了一個法國派。米歇爾·盧瓦就曾寫過一篇題為〈法國派的中國詩人〉的文章，他說：「現代中國向西方開放時，特別重視法國。遠的且不說，『五四』運動的爆發就同《新青年》雜誌所作的可貴貢獻密切相關。而該雜誌的主編陳獨秀曾最積極向中國青年散播了對於法國事物的好奇和對於法國革命的讚頌。於是一方面是法國文學，尤其是詩，另一方面是法國人民的『公社精神』，對中國有巨大的魅力。」[4]

　　而在這些被法國詩歌、詩論哺育與啟迪的詩人和理論批評家中，梁宗岱顯得更加獨特和引人注目。這既由於他歐洲遊學時在法國結識了瓦雷里，得到這位後期象徵派教父的賞識（瓦雷里還為梁宗岱的法譯《陶潛詩選》作序），更由於接受歐洲象徵主義詩潮和理論的啟迪，作中西理論的融會貫通，提出了中國現代象徵主義理論。一方面，從理論的普遍性和徹底性原則出發，提供了「一個超空間時間的象徵的原理」。他把象徵定義為：

4　米歇爾·盧瓦：〈法國派的中國詩人〉（丁雪英、連燕堂摘譯），《文學研究參考》1987年第12期。

> （一）是融洽或無間；（二）是含蓄或無限。所謂融洽是指一首詩底情與景、意與象底惝恍迷離，融成一片；含蓄是指它暗示給我們的意義和興味底豐富和雋永。……換句話說，所謂象徵是藉有形寓無形，藉有限表無限，藉剎那抓住永恆，使我們只在夢中或出神底瞬間瞥見的遙遙的宇宙變成近在咫尺的現實世界，正如一個蓓蕾蘊蓄著炫熳的芳菲的春信，一張落葉預奏那瀰天漫地的秋聲一樣。所以它所賦形的，蘊藏的，不是興味索然的抽象觀念，而是豐富，複雜，深邃，真實的靈境。[5]

另一方面，幾乎可以稱得上用生花妙筆描述了創造象徵意境的「象徵之道」。「像普遍而且基本的真理一樣，象徵之道也可以一以貫之，曰，『契合』而已。」[6]而契合，首先必須做到的是物我兩忘，或者說「天人合一」，被梁宗岱形容為「我們在宇宙裡，宇宙也在我們裡：宇宙和我們底自我只合成一體，反映著同一的蔭影和反映著同一的回聲。」[7]而後，「世界和我們中間的帷幕」便得以揭開——

> 如歸故鄉一樣，我們恢復了宇宙底普遍完整的景象，或者可以說，回到宇宙底親切的跟前或懷裡，並且不僅是醉與夢中閃電似的邂逅，而是隨時隨地意識地體驗到的現實了。……我們發現我們底情感和情感底初茁與長成，開放與凋謝，隱潛與顯露，一句話說罷，我們底最隱秘和最深沉的靈境都是與時節，景色和氣候很密切地互相纏結的。[8]

5　梁宗岱：〈象徵主義〉，《詩與真·詩與真二集》（北京市：外國文學出版社，1984年），頁69-70。

6　梁宗岱：〈象徵主義〉，《詩與真·詩與真二集》，頁71。

7　梁宗岱：〈象徵主義〉，《詩與真·詩與真二集》，頁76。

8　梁宗岱：〈象徵主義〉，《詩與真·詩與真二集》，頁78。

　　梁宗岱的象徵主義詩學，受到歐洲象徵主義理論的影響，尤其是波德萊爾、瓦雷里、歌德等人的影響。但正如梁宗岱的《詩與真》，書名接受了歌德自傳的暗示，追求的卻是對文學「不偏不倚」的認識一樣，梁宗岱對象徵主義、純詩等現代詩歌觀念的闡述，融會了中國與西方詩歌經驗，理論與方法具有自身的自洽性和系統性。同時，也體現了主體與客體、拿來與給予、吸收與轉化的互動相生。事實上，這種互動性，不僅體現在向西方尋求資源與啟迪的中國詩人和中國批評家方面，也體現在來華工作與訪問的外國詩人和外國學者方面。譬如前面提到的瑞恰茲、哈羅德・艾克敦，還有燕卜蓀（William Emsom, 1906-1984）、朱利安・貝爾（Julian Bell, 1908-1937）、W. H. 奧登（Wystan Hugh Auden, 1907-1973）等為中國詩壇喜愛的來華詩人、學者，他們不僅向中國「輸出」了西方，也從中國文化中獲得了補益。

三　「奇文共欣賞　疑義相與析」風氣的形成

　　「建設」時代新詩批評和研究，在某種意義上，也是通過現代理性和細密的分析方法理解詩歌，塑造新詩讀者的過程。新詩不同於古典詩歌的一個特點，是語言文字上好懂而意境、意思、意味微妙豐富。特別是自從新詩告別「白話詩」時期的「明白清楚主義」，講究詩形、詩質以來，不僅一些古典詩歌的讀者讀不懂新詩，不少五四時代的讀者也指責三十年代的現代詩晦澀難懂。正是回應這種新詩發展中的問題，瑞恰茲等剖析詩歌的理論與方法引起了翻譯界的注意，曹葆華擇譯了他的《文學批評原理》、《意義的意義》，合併為《科學與詩》（上海市：上海商務印書館，1937年），貢獻給中國的批評界和中國讀者。而中國新詩的理論批評界，一方面是認真分辨「難懂」、「晦澀」的不同原因（如朱光潛）；另一方面是開始重視具體的文本批評，努力

改變傳統詩論那種點到為止，讓人們思而得之的評點風格，認真分析詩歌文本的肌理，貫通詩歌的想像脈絡，把握其豐富的美感。這些特點既體現在一九三〇年代的作品論和詩人論中，也體現在朱光潛等人組織的「讀詩會」的磋商探討中。而「奇文共欣賞　疑義相與析」的討論風氣也開始形成。

其中典型的事例，是一九三六年四月到七月關於卞之琳詩集《魚目集》你來我往的批評與辯論。。

辯論在蕭乾主持的天津《大公報》文藝副刊上進行。該刊於一九三六年四月十二日發表了劉西渭的〈《魚目集》——卞之琳先生作〉。劉西渭認為，從胡適的《嘗試集》（上海市：亞東圖書館，1920年）到卞之琳的《魚目集》（上海市：文化生活出版社，1935年），「從形式的破壞，到形式的試驗，到形式的打散（不是沒有形式：一種不受外在音節支配的形式）」，詩已經從「浪子式的情感的揮霍」，到如今追求「詩本身，詩的靈魂的充實，或者詩的內在的真實」。文章感慨：「從《嘗試集》到現在，例如《魚目集》，不過短短的年月，然而竟有一個絕然的距離。彼此的來源不盡同，彼此的見解不盡同，而彼此感覺的樣式更不盡同。……我們從四面八方草創的混亂，漸漸開出若干道路——是不是都奔向桃源？沒有人能夠解答，也正無須解答，但是我們可以宣示的，是詩愈加淳厚了。」[9]劉西渭認為《魚目集》象徵了中國新詩「一個轉變的肇始」，讚揚用具體描畫擺脫感傷的抒情，「從正面來看，詩人好像雕繪一個故事的片斷；然而從各方面來看，光影那樣勻稱，卻喚起你一個完美的想像的世界，在字句以外，在比喻以內，需要細心的體會，經過迷藏一樣的捉摸，然後盡你聯想的可能，啟發你一種永久的詩的情緒。這不僅僅是『言近而旨遠』；

9　劉西渭（李健吾）：〈《魚目集》——卞之琳先生作〉，上海市：文化生活出版社，
　　1936年。

這更是餘音繞樑。言語在這裡的功效，初看是陳述，再看是暗示，暗示而且象徵。」他特別舉〈圓寶盒〉為例：

我們不妨回到那題做〈圓寶盒〉的第一首詩。什麼是〈圓寶盒〉？我們不妨猜測一下。假如從全詩提出下面四行：

別上什麼鐘錶店
聽你的青春被蠶食
別上什麼骨董鋪
買你家祖父的舊擺設。

是否詩人心想用〈圓寶盒〉象徵現時，這個猜測或者不見其全錯。那「橋」──不就隱隱指著結連過去與未來的現時嗎？然而詩人，不似我們簡單，告訴我們：

可是橋
也搭在我的圓寶盒裡；

那麼，如若不是現時，又是什麼呢？我們不妨多冒一步險，假定這象徵生命，存在，或者我與現時的結合。然後我們可以瞭解，生命隨著永生「順流而行」，而「艙裡人」永遠帶有理想，或如詩人所云「在藍天的懷裡」。是的，在這錯綜的交流上，生命──詩人的存在──不就是

好掛在耳邊的一顆
珍珠──寶石？──星？

　　為了強化自己對這首詩「象徵現時」的理解，劉西渭還引入卞之琳的另一首〈斷章〉中的詩句，闡發生命存在的悲哀：「還有比這再悲哀的，我們詩人對於人生的解釋？都是裝飾：『明月裝飾了你的窗子／你裝飾了別人的夢』。」

　　劉西渭對〈圓寶盒〉的批評，就對詩作整體特點的感覺而言，是比較到位的，但對具體文本的分析，雖然行文才氣橫溢，似乎左右逢源，卻游離了文本的想像理路。因而引來卞之琳在同一個副刊上發表〈關於《魚目集》〉的文章予以回應，說劉西渭猜解圓寶盒的象徵和「橋」的理解，「顯然是『全錯』」：

> 我自己以為更妥當的解釋，應當──應當什麼呢？算是「心得」吧，「道」吧，「知」吧，「悟」吧，或者，恕我杜撰一個名目，理智之美（beauty of intelligence）。……
> 〈圓寶盒〉中有些詩行本可以低徊反覆，感歎歌誦，而各自成篇，結果卻只壓縮成了一句半句。至於「握手」之「橋」呢，明明是橫跨的，我有意的指感情的結合。前邊提到「天河」，後邊說到「橋」，我們中國人大約不難聯想到「鵲橋」。不過我說的「感情的結合」不限於狹義的，要知道狹義的也可以代表廣義的。在感情的結合中，一剎那未嘗不可以是千古。淺近而不恰切一點的說，忘記時間。具體一點呢，如紀德（Gide）所說，「開花在時間以外」。然而，其為「橋」也，在搭橋的人是不自覺的，至少不能欣賞自己的搭橋，有如臺上的戲子不能如臺下的觀眾那樣欣賞自己演戲，所以，這樣的橋之存在還是寄於我的意識，我的「圓寶盒」。而這一切都是相對的，我的「圓寶盒」也可大可小，所以在人家看來也許會小到像一顆珍珠，或者一顆星。比較玄妙一點，在哲學上例有佛家思想的，在詩上例有白來客（W. Blake）的「一砂一世界」。合乎科學一

點，淺近一點，則我們知道我們所看見的天上一顆小小的星，說不定要比地球大好幾倍呢；我們在大廈裡舉行盛宴，燈燭輝煌，在相當的遠處看來也不過「金黃的一點」而已！故有此最後一語，「好掛在耳邊的一顆珍珠——寶石？——星？」此中「裝飾」的意思我不甚著重，正如〈斷章〉裡的那一句「明月裝飾了你的窗子，你裝飾了別人的夢」，我的意思也是著重在「相對」上。至於「寶盒」為什麼「圓」呢？我以為「圓」是最完整的形相，最基本的形相。〈圓寶盒〉第一行提到「天河」，最後一行是有意的轉到「星」。[10]

卞之琳自己的解釋是詳細的，對理解這首詩提供了非常重要的參考，但詩人自己的解釋是否就是一首詩的真義？劉西渭不以為然，他寫〈答《魚目集》作者〉闡述文本喚醒的經驗的豐富性：「一行美麗的詩永久在讀者心頭重生。它所喚起的經驗是多方面的，雖然它是短短的一句，有本領兜起全幅錯綜的意象，一座靈魂的海市蜃樓。於是字形、字義、字音，合起來給讀者一種新穎的感覺；少一部分，經驗便有支離破碎之感。」他回顧與反思自己的批評思路，重新理順自己對〈斷章〉、〈圓寶盒〉等理解，得出的是不同解釋的「相成之美」。他在文章結尾時寫道：

> 如今詩人自白了，我也答覆了，這首詩就沒有其他「小徑通幽」嗎？我的解釋如若不和詩人的解釋吻合，我的經驗就算白了嗎？詩人的解釋可以撞掉我的或者任何其他的解釋嗎？不！一千個不！……詩人擋不住讀者。這正是這首詩美麗的地方，也正是象徵主義高妙的地方。[11]

---

10 卞之琳：〈關於《魚目集》〉，《咀華集》，上海市：文化生活出版社，1936年。
11 劉西渭：〈答《魚目集》作者〉，《咀華集》，上海市：文化生活出版社，1936年。

　　後來，卞之琳又寫了〈關於「你」〉說明詩中的人稱代詞。不過，關於《魚目集》的討論並未在《大公報》了斷，之後在該刊提及這次討論的還有朱光潛，在其他地方參加討論的還有李廣田、朱自清、徐遲等。李廣田認為：

> 這首詩的涵義是很豐富的，解釋起來真是說不盡，……第一節的圓寶盒是從靜處看，第三節的圓寶盒是從動處看，第一節的圓寶盒是一個完整無缺的宇宙，是無限的，第三節的圓寶盒是一個有限的世界，其實有限中也見出無限，靜的也是動的。在這裡，縱的時間，橫的空間，主觀的我，客觀的你，都在層疊中統一在一致裡。「你看我的圓寶盒跟了我的船順流而行了」，是靜中有動，久中有暫，「雖然艙裡人永遠在藍天的懷裡，雖然你們的握手是橋——是橋！——可是橋也搭在我的圓寶盒裡」，是動中有靜，暫中有久，「一顆晶瑩的水銀掩有全世界的色相，……」是小中有大，「而我的圓寶盒……也許也就是好掛在耳邊的一顆珍珠——寶石？——星？」是大中有小。於是內在的，外在的，無外的大，無內的小，是相對的，也是統一的了。……至於〈圓寶盒〉的第二節只是一種抑制的寫法，用鐘錶、骨董這些「暫時的」、「殘缺的」反襯「永恆的」、「完全的」，「別上什麼鐘錶店」、「別上什麼骨董店」，只說明不必執著，不必介意這些無用的事物罷了。[12]

　　而朱自清，則覺得這首詩「表現的怕不充分」[13]。徐遲認為卞之琳訴說的是「小小的哲理」，或者說是「感情的思想」，寫的是蘭波、

---

12 李廣田：〈詩的藝術——論卞之琳的《十年詩草》〉，《詩的藝術》，上海市：開明書店，1943年。

13 朱自清：〈解詩〉，《新詩雜話》，作家書屋，1947年。

梵樂希、里爾克、克洛黛爾式的「水銀似的詩」，「他想把一場華宴抹去而追求黃金的燈火，以貯藏在圓寶盒裡，他想把全世界的色相踢開而抓住一顆晶瑩的水銀，以貯藏在圓寶盒裡。……他華宴也沒有得到，而水銀也沒有得到：他不要華宴，而水銀是得不到的。」[14]

　　一首詩的理解吸引了那麼多詩人與批評家參與討論，稱得上是現代中國詩歌批評的一個奇觀。它是詩歌批評民主和自由對話風氣的見證。它在中國詩歌理論批評史中的意義，遠不止於幫助一般讀者如何理解一首意味豐富的詩，不止於揭示不同立場、角度理解文本的「相成之美」。它也讓人們更多地理解了批評的獨立、自由和再創造的特點，啟迪了詩歌批評的自我建構。事實上是，朱光潛由此提出了一篇好的書評理應有「再造」的權力，應當「容許它有個性、有特見，甚至於有偏見」，他說：「劉西渭先生有權力用他的特殊看法去看《魚目集》，劉西渭先生沒有瞭解他的心事，而我們一般讀者哩，儘管各人都自信能瞭解《魚目集》，愛好它或是嫌惡它，但是終於是第二個以至於第幾個的劉西渭先生，彼此各不相謀。世界有這許多分歧差異，所以它無限，所以它有趣；每篇書評和每部文藝作品一樣，都是這『無限』的某一片面的攝影。」[15]至於朱自清，則因此受到啟發提出了「解詩」這一命題，這一命題就是幾十年後當代學者孫玉石倡導的「解詩學」的前身。

　　　　　　　　　　——本文原刊於《福建論壇》二〇一七年第七期。

14　徐遲：〈圓寶盒的神話〉，見《中國現代作家選集・卞之琳》，北京市：人民文學出版社，1995年。

15　朱光潛：〈談書評〉，天津《大公報・文藝》「書評特刊」第100期，1936年8月2日。

新詩研究的歷史化

　　文字的建築之所以成史，不僅依靠創造者「自發」的書寫，也有待研究者「自覺」的建構。而中國新詩史的寫作，在當代已初見端倪，而今則蔚為景觀。這當然不是說當代以前中國新詩無以為史，而是說它自誕生以來前三十年的「研究」，雖然以朱自清為代表的一些學者的著述，也呈現出一定的歷史感，但就絕大多數而言，均為跟蹤詩潮、詩人、詩作的「批評」，稱不上是有歷史風格的「研究」。真正具有詩歌史意義的新詩研究，雖然起步於一九五〇年代，但它受到了許多非詩與非學術因素的干擾，要到一九八〇年代才算有了正常的開展。

一　非詩與非學術因素的干擾

　　不能說一九五〇年代至一九八〇年代近三十年時間是新詩研究的空白，而是說，這三十年中國新詩研究受到非專業因素的嚴重扭曲。僅以影響巨大的《中國新詩選（1919-1949）》和它的「代序」〈「五四」以來新詩發展的一個輪廓〉為例，便不難看到非詩因素對詩歌研究的嚴重影響。

　　《中國新詩選（1919-1949）》出版於一九五六年，據編者〈關於編選工作的幾點說明〉，這本詩選是「中國青年出版社為了幫助青年讀者豐富文學知識，瞭解『五四』以來中國新詩發展和成就的狀況」委託編者選編的，「因為它是一般青年讀者為對象的，需要照顧青年們的閱讀能力，也需要適當照顧他們的購買能力，因此出版社希望選

入的作品數量不要過多，盡可能選得更集中些。」[1]然而這本三百多頁，選入二十六位詩人九十首詩，兼顧歷史面貌和藝術成就的選本，既沒有胡適、徐志摩、朱湘以及《七月》詩人群、《中國新詩》詩人群的作品，也不見〈死水〉（聞一多）、〈雨巷〉、〈我的記憶〉（戴望舒）、〈預言〉（何其芳）、〈斷章〉（卞之琳）等已有公認的名篇[2]。這種既無歷史感也無藝術尺度的選擇，或許不能全部歸咎於編者，因為它是出版社委託編選的。但讀一讀這個影響廣大的當代詩歌選本的「代序」，你也不得不承認：選本是編者詩歌觀念的體現。

　　實際上，用來作為「代序」的〈「五四」以來新詩發展的一個輪廓〉寫成於一九五四年十一月，並於次年連載於《文藝學習》第二、第三期，早於《中國新詩選（1919-1949）》的編選出版。而這篇文章無論在觀察角度、基本觀點和敘述方法上，都體現了社會現實與意識型態對詩歌的決定性取捨。因此，新詩是為社會鬥爭而出生、發展和改變的。作者的總體判斷是：

　　　　徹底反帝反封建的新民主主義革命精神，促成了「五四」新文
　　　　學革命，同時給予它莊嚴的歷史使命和具體內容。新詩，是
　　　　「五四」文學革命的一個信號彈。即使從一九一九年「五四」
　　　　運動開始，到一九四九年新中國成立，算起來也已經有整整三
　　　　十個年頭的歷史了。這個期間，中國人民革命鬥爭怒濤般地沸
　　　　騰著。新詩，在每一個歷史時期，留下了自己或強或弱的聲
　　　　音，對於人民的革命事業作出了一定的貢獻。從誕生的那一天

1　臧克家：〈關於編選工作的幾點說明〉，《中國新詩選（1919-1949）》，北京市：中國
　　青年出版社，1956年。
2　臧克家的一九五六年十一月寫的〈再版後記〉隱約反映了讀者的不滿和委婉批評：
　　「我也聽到一個意見：是不是可以把編選的範圍再擴大些？」，同時在再版時補入
　　了徐志摩的兩首詩。

開始，它就肩負著反帝反封建的歷史任務，在阻礙重重的道路
上艱苦地努力地向前走著。它的生命史也就是它的鬥爭史。在
前進的途程中，它戰勝了各種各樣的頹廢主義、形式主義、克
服著小資產階級的個人主義情調，一步比一步緊密地結合了歷
史現實和人民的革命鬥爭，擴大了自己的領域和影響。[3]

社會現實與意識型態決定論不僅影響新詩發展的整體判斷，也影響它
的分期和敘述方法。該文把新詩三十年分為「五四」、一九二一到一
九二七年的大革命、大革命以後到抗戰以前，抗戰至全國解放共四個
時期，各時期沒有概括與命名，但都強調詩歌配合社會鬥爭與意識型
態的意義，敘述方式上也一律先談論思想鬥爭再挑選可以對應的詩人
詩作予以證明。新詩已被「莊嚴使命和具體內容」而前定，凡符合這
一使命與規定內容的，自然被挑選出來，而不符合的，便被打入冷宮
或作為批判的對象。中國新詩的第一人胡適遭受的就是這樣的命運，
作品沒有資格入選是題中之義，曾被人們看成「詩的創造和批評的金
科玉律」（朱自清語）的《談新詩》也被批得一錢不值，貼上了「資
產階級形式主義」、「資產階級唯心主義」的標籤。這篇文章這樣評介
胡適的新詩主張：

> 作為「五四」文學革命統一戰線中右翼代表的胡適，他在形式
> 與內容關係的看法上，就鮮明地表現出了他的資產階級形式主
> 義的立場和觀點。從他所有的談詩的文章裡，我們看見他所注
> 意的只是「試驗白話」這一「利器」，他說「文學革命的運
> 動」，「都是先從『文字的形式』一方面下手」，「都是要求語言
> 文字文體等方面的大解放」。這完全是本末倒置的從資產階級

3　臧克家：〈「五四」以來新詩發展的一個輪廓〉（代序），《中國新詩選（1919-
　　1949）》，北京市：中國青年出版社，1956年。

唯心論的立場觀戰出發的一種說法。因此，他說「白話詩」古
已有之，唐朝的王梵志、寒山的詩不就是嗎？這完全是拋開了
時代的思想內容單從語言文字方面的近似來作比擬的一種徹頭
徹尾的形式主義的看法。他在「談新詩」的時候，專在音節體
制等等形式方面著眼，幾乎沒有觸及到內容的問題，偶爾捎帶
一句半句，也只是抽象地說什麼「新思想」、「進取」、「樂觀」
精神，實際上就是他的改良主義思想和精神。[4]

對胡適作出這樣的評價，對任何一個有新詩歷史常識的人，不免大為
詫異。然而那是一個身不由己、言不由衷的時代，要麼閉嘴，要麼扭
曲自己。因為那時說什麼和怎麼說都受制於外部的語境。這一點在一
篇具有「定調」意義的文章中顯得更為清晰：「我國新詩運動的歷史雖
然較短，但也可以看出幾個時期中詩風的變化和發展。這種變化和發
展和我國革命以及文藝界的鬥爭又是分不開的。『五四』以來的每個
時期中，都有兩種不同的詩風在鬥爭著。一種是屬於人民大眾的進步
的詩風，是主流；一種是屬於資產階級的反動的詩風，是逆流。」[5]
有意思的是，這篇由談話改寫成的文章題為〈門外談詩〉，作者自謙
是詩的「門外漢」。然而，熟悉當代詩歌理論批評的人誰都清楚這篇
談話的分量和影響，那是一個「門外」為「門內」定調的時代，甚至
是「門外」大聲喧嘩，「門內」噤若寒蟬的時代。因此，後來新詩流
派研究專家孫玉石在一篇文章中這樣概括當代前三十年的詩歌研究狀
況：「由於長時期存在的比較單一和狹窄的文學理論框架和模式的束

4　出處同上。需要說明的是，臧克家一九七九年二月修訂了這篇「代序」，對胡適的
　　評介作了顛覆性的改寫，「就詩而論，在『五四』時代，胡適還是有他一份貢獻
　　的」，「〈談新詩〉……這些見解，在那時候出現，是有意義的。」不過，修訂稿說
　　胡適的《嘗試集》「出版於一九一七年」，史實有誤。
5　荃麟：〈門外談詩〉，《詩刊》1958年第4期。

縛，特別是由於『左』的政治思想和文學思想的籠罩，許多詩人和思潮流派，長期被劃入研究的禁區；一些複雜的新詩現象，在那種氣候之下，難以進行清理和探討；加上研究者們的自身文學觀念與文學素質也有很大的局限；這樣，期待在這一個時期裡，對於新詩發展的歷史的研究，能夠有比較大的突破性的進展，是不現實的。不僅如此，在有些觀念的開放性和論述的理論深度方面，甚至還表現出了很大的倒退。在『史無前例的文化大革命』的十年裡，關於中國新詩史的研究，同其他的學術領域一樣，更成了無人問津的一片空白。」[6]

二　發掘被埋葬的歷史

由於中國新詩研究遭受了匪夷所思的扭曲，許多流派、詩人被人為遺忘或打入冷宮。當代的新詩史研究，不能不從歷史存在的重新發掘開始。

首先是兩種詩歌選本的出版：一是《九葉集——四十年代九人詩選》，江蘇人民出版社，一九八一年七月出版；一是《白色花——二十人集》，綠原、牛漢編，人民文學出版社，一九八一年八月出版。《九葉集》收入二十世紀四十年代（主要是1945-1949）國民黨統治區九個年輕詩人的作品，應該是編選於一九八〇年一月之前，因為單頁印有辛笛、陳敬容、杜運燮、杭約赫、鄭敏、唐祈、唐湜、袁可嘉等八人於一九八〇年一月署名的悼詞。而《白色花》，收入了阿壟、魯藜、孫鈿、彭燕郊、方然、冀汸、鍾瑄、鄭思、曾卓、杜谷、綠原、胡征、蘆甸、徐放、牛漢、魯煤、化鐵、朱健、朱谷懷、羅洛等二十位在一九四〇年代初開始寫作，同抗戰文藝一同成長的詩人的作品。

6　孫玉石：〈十五年來新詩研究的回顧與瞻望〉，《中國現代文學研究叢刊》1995年第1期。

　　值得注意的是，這兩本詩集的編選都有特殊的寄託。《九葉集》八位詩人在書名頁後沉痛宣示：「在編纂本集時，我們深沉懷念當年的戰友、詩人和翻譯家穆旦（查良錚）同志，在『四人幫』橫行時期，他身心遭受嚴重摧殘，不幸於一九七七年二月逝世，過早地離開了我們，謹以此書表示對他的衷心悼念。」而《白色花》序言的結尾則顯得悲涼而又悲壯：

　　本集題名《白色花》，係借助詩人阿壟一九四四年的一節詩句：

　　　　要開著一枝白色花──
　　　　因為我要這樣宣告，我們無罪，然後我們凋謝。

　　如果同意顏色的政治屬性不過是人為的，那麼從科學的意義上說，白色正是把照在自己身上的陽光全部反射出來的一種顏色。作者們願意借用這個素淨的名稱，來紀念過去的一段遭遇：我們曾經為詩而受難，然而我們無罪！

這兩種詩歌選本無可替代的文學史意義，是為中國新詩找回了被強力抹殺的歷史，昭示了一九四〇年代中國詩歌的豐富與成熟。它們使人們相信：「在新文學史中，四十年代不論從什麼角度看，都應該是一塊巨大的里程碑。單就新詩而論，隨著抗戰對於人民的精神的滌蕩和振奮，四十年代也應當說是它的一個成熟期。」[7]同時，它們啟示了中國新詩流派研究的廣闊空間。因為，這兩個選本實際上都是自覺的流派詩選，兩個選本的序言也各自對自己的詩歌流派特徵作了認真的描述。

7　綠原：《白色花》〈序〉，北京市：人民文學出版社，1981年。

　　袁可嘉在《九葉集》序中寫道：「由於對詩與現實的關係和詩歌
藝術的風格、表現手法等方面有相當一致的看法，後來圍繞著在當時
國統區頗有影響而終於被國民黨反動派查禁了的詩刊《詩創造》和
《中國新詩》，在風格上形成了一個流派。他們認為詩是現實生活的
反映；但這個現實生活既包括政治和社會生活中的重大題材，也包括
在具體現實中人們的思想感情的大小波瀾，範圍是極為廣闊的，內容
是極為豐富的；詩人不能滿足於表面現象的描繪，而更要寫出時代的
精神和本質來，同時又要力求個人情感和人民情感溝通；……在藝術
上，他們力求智性與感性的溶合，注意運用象徵與聯想，讓幻想與現
實相互滲透，把思想、感情寄託於活潑的想像和新穎的意象，通過烘
托、對比取得總的效果，藉以增強詩篇的厚度與密度，韌性和彈
性。」[8]

　　綠原則這樣定位重新集合在《白色花》中的「七月詩派」：「不妨
指出，他們儘管風格各異，在創作態度和創作方法上卻又有基本的一
致性，那就是，努力把詩和人聯繫起來，把詩所體現的美學上的鬥爭
和人的社會職責和戰鬥任務聯繫起來，以及因此而來的對於中國自由
詩傳統的肯定和繼承。……他們各自進行了誠實而艱苦的探索，並由
於氣質和風格相近，逐漸形成了一個相互吸引、相互激勵前進的流
派……首先，他們認為，詩的生命不是格律、詞藻、行數之類可以賦
予的；從某種意義上講，詩在文字之外，詩在生活之中；詩在寫出來
之前就蘊藏在客觀世界，在什麼地方期待、吸引著詩人去尋找，去捕
捉，去把握。詩又不是現成的，不是可以信手拈來，俯拾即是的，它
執拗地在詩人眼前躲閃著，拒絕吹噓『倚馬千言』的神話，尤其抗拒
虛假的熱情和僥倖的心理，要求詩人去發掘，去淘汰，去醞釀，去進
行嘔心瀝血的勞動。然而，詩的主人公正是詩人自己，詩人自己的性

8　袁可嘉：《九葉集》〈序〉，南京市：江蘇人民出版社，1981年。

格在詩中必須堅定如磐石，彈跳如心臟，一切客觀素材都必須以此為
基礎，以此為轉機，而後化為詩。……其次，他們認為，自由詩的形
式並非如它的反對者們所設想，沒有規律可循，愛怎麼寫就怎麼寫。
恰巧相反，詩人十分重視形式，正因為他重視內容，重視詩的本身。
形式永遠是活的內容的形象的反映，必須為內容所約制，不可能脫離
對內容進行發掘、淘汰、醞釀的創作過程而先驗地存在。因此，詩的
形式應當是隨著內容一齊成熟，一齊產生的；如果把後者比作靈魂，
形式便是詩的肉體，而不是隨便穿著的服裝。」[9]

　　這兩種選本對被掩埋詩人詩作的昭彰，也為新詩史研究中資料的
發掘、流派和詩潮的研究提供了啟示。實際上是，以《九葉集》和
《白色花》的出版為起點，李金髮、穆旦、吳興華等詩人的重要性得
到了發現和定位，《象徵派詩選》（孫玉石編，北京市：人民文學出版
社，1986年）、《現代派詩選》（藍棣之編，北京市：人民文學出版社，
1986年）、《新月派詩選》（藍棣之編，北京市：人民文學出版社，1989
年）、《九葉派詩選》（藍棣之編，北京市：人民文學出版社，1992年）
等重要流派詩選先後出版。直至二十世紀末，郭沫若、聞一多、徐志
摩、朱湘、馮至、戴望舒、卞之琳、何其芳、艾青、胡風、穆旦、吳
興華等重要詩人都出版了全集或「詩全編」。

　　值得提上一筆的是，當代還出現了專門致力於新詩史料和版本研
究的學者。在臺灣，舒蘭編著的四大冊《中國新詩史話》（臺北市：
渤海堂文化事業有限公司，1998年），前兩冊匯集中國白話詩運動至
抗戰勝利，後兩冊專集中國臺灣地區日據時期至一九八○年代，有關
詩人、詩派、詩歌社團、詩刊和詩歌運動的史料，並在各個年代都附
有新詩論評的單篇年表，所花費的心血非同尋常。而在大陸，劉福春
自上世紀八十年代初以來，一直致力於新詩集的搜集和研究，為《中

9　綠原：《白色花》〈序〉，北京市：人民文學出版社，1981年。

國現代文學總書目》（福州市：福建教育出版社，1993年）提供了詩
集出版的全部目錄，並在後來進行了規模宏大的新詩編年研究。

三　流派研究的收穫

以被人為遮蔽的資料的發掘為基礎，在研究實踐中不斷進行理論
與研究方法的改進和調整，一九八〇年代以來的現代新詩研究取得了
前所未有的重大進展。

其中數量最多的，是詩人研究，特別是重要詩人研究，像研究郭
沫若、聞一多、徐志摩、馮至、艾青、戴望舒、卞之琳、穆旦、吳興
華等詩人的論文，數量之多不在話下，還有不少評傳、研討會論文
集、研究資料匯編，以及「××名作欣賞」等。難以一一盡列。就代
表性的專著而言，研究郭沫若的有《試論《女神》》（陳永志，上海
市：上海文藝出版社，1979年）；研究聞一多的《聞一多評傳》（劉
烜，北京市：北京大學出版社，1983年）、《聞一多美學思想論稿》（俞
兆平，上海市：上海文藝出版社，1988年）；研究徐志摩的《徐志摩
評傳》（陸耀東，西安市：陝西人民出版社，1986年）、《徐志摩傳》
（趙遐秋，北京市：中國人民大學出版社，1989年）、《徐志摩詩歌的
浪漫性和音樂性》（加藤阿幸，瀋陽市：遼寧大學出版社，1993年）；
研究艾青的《艾青論》（駱寒超，杭州市：浙江人民出版社，1982
年）、《艾青傳論》（楊匡漢、楊匡滿，上海市：上海文藝出版社，
1984年）、《艾青的跋涉》（周紅興，北京市：文化藝術出版社，1988
年）、《艾青傳》（程光煒、北京市：十月文藝出版社，1999年）；研究
馮至的《生命在沉思——馮至》（王邵軍，石家莊市：花山文藝出版
社，1992年）、《馮至傳》（周棉，南京市：江蘇文藝出版社，1993
年）、《馮至評傳》（蔣勤國，北京市：人民出版社，2000年）、《馮至
傳》（陸耀東，北京市：十月文藝出版社，2003年）；研究戴望舒的

《戴望舒評傳》（鄭擇魁、王文彬，天津市：百花文藝出版社，1987
年）；研究卞之琳的《卞之琳著譯研究》（張曼儀，香港大學中文系，
1989年）、《卞之琳與詩藝術》（袁可嘉等編，石家莊市：河北教育出
版社，1990年）、《卞之琳詩藝研究》（江弱水，合肥市：安徽教育出
版社，2000年）；研究穆旦的有《一個民族已經起來——懷念詩人‧
翻譯家穆旦》（杜運燮等編，南京市：江蘇人民出版社，1987年）、
《豐富和豐富的痛苦——穆旦逝世二十週年紀念文集》（杜運燮等編，
北京市：北京師範大學出版社，1997年）等。

　　不過，中國新詩尚未建立起成熟的形式秩序與象徵體系，雖然各
個時期都有傑出詩人出現，卻很難說已經造就了標誌性的偉大詩人，
而中國新詩的理論體與研究方法也未必已經完成建構，自成體系。因
此，研究魯迅可以成為專家，研究一個現代或當代詩人卻未必可以。
另外，對於新詩而言，單個詩人詩作的研究自新詩草創時期就已開
始，作為基礎性研究，它數量最多，卻未必最有特色。

　　一九八〇年代以來的中國新詩研究，最有特色的，恐怕還是流派
研究。說流派研究是這個時期的特色，一是因為它在現代尚未得到真
正的展開，二是的確取得了成就，造就了學者。在現代，雖然朱自清
在《中國新文學大系‧詩集》〈導言〉中，劃分出了自由詩派、格律
詩派和象徵詩派，雖然也有孫作雲《論「現代派」詩》等一些批評文
章出現，但由於各種流派本身的發展還不充分，成就和問題尚未完全
暴露，真正的研究還難以開展；而環境上中國已經進入長達十幾年的
戰亂，真正的學術研究也無法擺上議事日程。到了一九七〇年代後期
「文革」結束，「朦朧詩」站在地平線上向遙遠的「象徵派」、「現代
派」致敬，召喚著詩歌研究必須重新正視被遮蔽的詩歌現象，而大學
恢復高考和學位教育，也為學術研究鋪好了溫床。

　　在一定的意義上，從作家作品過渡到流派研究，是批評向學術研
究轉變的標誌。除流派詩選外，較有影響的新詩流派（含詩潮）研究

著作主要有：《現代詩人及流派瑣談》（錢光培、向遠著，北京市：人民文學出版社，1982年）、《中國初期象徵派詩歌研究》（孫玉石著，北京市：北京大學出版社，1983年8月第一版，1985年8月第一次印刷）、《二十年代中國各流派詩人論》（陸耀東著，北京市：中國社會科學出版社，1985年）、《正統的與異端的》（藍棣之著，杭州市：浙江文藝出版社，1988年）、《詩潮與詩神》（王清波著，北京市：中國人民大學出版社，1989年）、《情緒：創造社的詩學宇宙》（朱壽桐著，上海市：上海文藝出版社，1991年），《詩神‧煉獄‧白色花——七月詩派論稿》（劉揚烈著，北京市：北京師範學院出版社，1991年）、《中國新詩流派史》（柯文溥著，福州市：海峽文藝出版社，1993年）、《現代詩的情感與形式》（藍棣之，北京市：華夏出版社，1994年）、《中國現代主義詩潮論》（王澤龍著，武漢市：華中師範大學出版社，1995年），《探險的風旗——論二十世紀中國現代主義詩潮》（張同道著，安徽教育出版社，1998年）、《中國現代主義詩潮史論》（孫玉石著，北京大學出版社，1999年）、《七月派作家評傳》（李怡著，重慶出版社，2000年）、《中國現代主義詩歌史論》（羅振亞著，社會科學文獻出版社，2001年）等。

　　在這些中國新詩流派的研究成果中。陸耀東、孫玉石、藍棣之的建樹尤為值得注意。

　　陸耀東對新詩的關注開始於上世紀五十年代末期，八十年代初開始在《文學評論》、《中國現代文學研究叢刊》等有影響的學術刊物上發表論文，一九八五年出版的《二十年代中國各流派詩人論》，就是這些論文的匯集。這是一部可以視為二十世紀二十年代中國新詩重要圖標的學術著作，其中對徐志摩、馮至詩歌創作歷程和美學風格的論述，尤有獨到的個人心得。作者對這兩位詩人的把握，也是較為全面的，後來陸耀東還分別出版過他們的評傳。

　　藍棣之是上世紀七十年代後期中國恢復高考制度後中國社會科學

院第一批錄取的研究生，選擇的研究論題就是現代詩歌。他出版的第
一本研究著作取名為《正統的與異端的》，是由於當時現實主義被視
為正統，而現代主義藝術取向被視為異端邪說。他的美學立場顯然站
在「異端」一邊。因此，他為人民文學出版社編選了有廣泛影響的
《現代派詩選》、《新月派詩選》、《九葉派詩選》，對現代詩的趣味和
美感形式作了深入的探討，出版了《現代詩的情感與形式》一書。與
同時期詩歌流派研究的學者相比，藍棣之還有一個特點是，他比較重
視理論和方法的運用，他認真梳理過現代派及其代表性理論家（如袁
可嘉）的詩歌理論，對文學流派與文本呈現的「症候」比較敏感。

　　而孫玉石的研究，或許稱得上新詩流派研究的一個紀程碑。第
一，孫玉石開創了魯迅《野草》研究的新格局，包括與方錫德一起發
現了魯迅以「神飛」為筆名，在《國民公報》副刊發表的一組題為
〈自言自語〉的散文詩作品。唐弢先生認為：這組魯迅佚文的發現，
解決了魯迅研究中的一個疑難問題，使魯迅本人提到的「神飛」的筆
名，得到了落實：「幾年以來，經過不少研究工作者的努力，魯迅筆
名大都已同文章對號，惟獨沒有見到署名神飛的名字。因此這個筆名
還虛懸著。這回〈自言自語〉的發現，一連七篇都署神飛。這樣，由
魯迅本人提出，許多人看作疑難的問題，終於一下子解決了。」[10]
〈自言自語〉的發現，使觀察散文詩這一文類的試驗，有了寶貴材
料。同時，它對我們瞭解中國詩歌中的象徵主義實驗，以及這種手法
表現意識與潛意識的意義，提供了啟示。實際上，孫玉石是把象徵手
段作為《野草》的主要藝術手段看待的。也是從《野草》象徵手段的
研究出發，他開拓了當代象徵主義研究的荒野，奠定了中國現代主義
詩潮研究的基本格局，這是他的第二個貢獻。剛進入一九八〇年代，
孫玉石就在北大課堂教學中系統地講授「新詩流派研究」，他的《中

---

10 唐弢：〈花團劍簇──讀新發現魯迅佚文十一篇〉，《魯迅的美學思想》，北京市：人
　　民文學出版社，1984年。

國初期象徵派詩歌研究》是我國最早系統研究象徵派的學術著作，雖然一九八五年才發行，但書稿完成於一九八二年，已經在課堂上講授，先行產生過影響。而他的《中國現代主義詩潮史論》，完整勾勒了中國現代主義詩歌的版圖。孫玉石對於新詩流派研究的第三種貢獻，是提出和自覺實踐了「現代解詩學」，梳理了「解詩學」的理論與實踐，為理解和分析現代主義詩歌，提供了理論和方法。「解詩學」在英美是「新批評」的重要組成部分，在很大程度上，可以說是為理解比較複雜的現代主義文學文本服務的。孫玉石的「解詩學」是受朱自清〈解詩〉一文的啟發，在總結現代詩歌批評對詩歌文本的往復討論的基礎上提出來的。他的〈重建中國現代解詩學〉發表於《中國現代文學研究叢刊》一九八七年第二期，而踐行「解詩學」的詩歌文本細讀《中國現代詩導讀（1917-1938）》，於一九九〇年七月由北京大學出版社出版。

四　歷史化的新詩研究

　　如果特色以從無到有、從少到多來衡量。那麼，當代的中國新詩史研究是不能不談的。對中國新詩發展歷史的敘述，最早是作為文學史的有機部分出現的。比如王瑤的《中國新文學史稿》（上海市：開明書店，1951年），在對文學發展進行分期的背景下，每個時期都是先敘述總的文學發展狀況，然後進行詩歌、小說、戲劇、散文的分類敘述。後來成百上千的新文學史（或中國現代文學史、或中國現當代文學史，或二十世紀中國文學史）基本上都沿襲了這種敘述成規。中國的文學史寫作，是根據大學文學史課程的教學需要，按「部頒教學大綱」的要求編寫的，大多缺乏個性。真正有價值的詩歌史，似乎不應從教材型而應從學術型的專門著作中尋找。在此方面，最早見到的，是一九五九年六月開始在《詩刊》斷續刊登的〈新詩發展概

況〉。這是大躍進時代由《詩刊》副主編徐遲建議和組織，北京大學一九五五、一九五六級學生謝冕、孫紹振、孫玉石、殷晉培、劉登翰、洪子誠組成的新詩史研究寫作小組，他們利用一九五八年底到次年初的寒假，不到一個月時間就寫出了七章十餘萬字的書稿。不過，徐遲組織的這次活動，其意義不在當時而在後來，不在〈新詩發展概況〉本身，而在把幾個有才華的青年領上了新詩批評和研究的道路，他們後來幾乎都成了中國新詩研究領域的中流砥柱，為中國新詩研究作出了無可替代的貢獻。

　　孫玉石一九九五年發表的〈十五年來新詩研究的回顧與展望〉談到中國現代詩歌史的總體研究，認為「整體的歷史的研究是最艱難的研究。也是新詩研究水平的代表。」他在這篇文章中提及的新詩史著作有《五四新詩史》（祝寬著，西安市：陝西師範大學出版社，1987年）、《抗戰詩歌史稿》（蘇光文著，成都市：四川教育出版社，1991年）、《新詩三十年》（金欽敏著，廣州市：中山大學出版社，1991年）、《詩潮與詩神：中國現代詩歌三十年》（王清波著，北京市：中國人民大學出版社，1991年）、《新世紀的太陽——二十世紀中國詩潮》（謝冕著，長春市：時代文藝出版社，1993年）。孫玉石先生治學嚴謹，幾乎把之前中國大陸十五年新詩史著作一網打盡，只有一本史料粗疏的《中國新詩史話》（楊里昂著，長沙市：湖南文藝出版社，1992年）未能列入。

　　這些分時期或歷時的新詩史研究，孫玉石總體認為「比較薄弱」。不過，如果把視野擴大到包括臺、港、澳等漢語研究界，也有些值得重視的成果，比如臺灣王志健的《現代中國詩史》（臺北市：臺灣商務印書館，1975年），就是一部值得重視的著作。該書共十二章：第一章　中國詩的形式和內容；第二章　黃遵憲的詩學革新及其他；第三章　五四運動與新詩革命；第四章　啟蒙期的中國新詩（上）；第五章　啟蒙期的中國新詩（下）；第六章　新詩中的小詩、長詩及其轉

變；第七章　新詩中的格律詩派；第八章　從格律詩到象徵派；第九章　現代派的崛興與新詩的蹤跡；第十章　抗戰期間的中國新詩（上）；第十一章　抗戰期間的中國新詩（下）；第十二章　抗戰後的中國新詩。這部中國現代新詩史與一般新詩史的不同之處，一是從形式與內容的雙重視野交代中國詩歌的特質，在與古典詩歌的關係上討論中國新詩革新與革命。二是它的起點不是五四前後，而是黃遵憲的詩歌維新運動。三是主要按新詩探索的脈絡展開敘述。而敘述的角度與重點，也有特色與個性。

　　而在一九九五年至今新詩史中，朱光燦的《中國現代詩歌史》（濟南市：山東大學出版社，1997年）原來作為中文系選修課的教材印行過，「經過十年間的邊使用、邊充實、邊修改」而後正式出版的[11]。作者把現代詩歌分為「開創時期（1917-1927）」、「發展時期（1927-1937）」和「成熟時期（1937-1949）」，但敘述時主要以詩人先後出現與重要程度來分章分節。看看目錄你不免驚訝，現代三十年間，有這麼多值得大書特書的重要詩人嗎？這部厚達一千多頁的著作的另一個特點，是對新體舊體一視同仁，連何香凝都列節敘述了，然而卻遺漏了郁達夫、顧隨、馬一孚、聶甘弩等人的舊體詩成就。與朱光燦的新舊雜呈不同，龍泉明的《中國新詩流變論（1917-1949》（北京市：人民文學出版社，1999年）只討論新詩。這本書的作者雖然對四個時期的劃分與一般文學史著作沒有什麼不同，但把五四時期新詩的草創稱為「白話化運動」；把一九二一年至一九二五年看作是新詩的「奠基」時期，並且認為它是一場「自由化運動」；把普羅詩歌、格律派詩歌、象徵主義和現代派詩歌整合為「兩大詩潮的並峙與對流」；還在新詩抗戰以後的大眾化、民族化與現代化的「多脈流向」中理出一

11　朱光燦：〈寫在前面的話（代序）〉，《中國現代詩歌史》，濟南市：山東教育出版社，1997年。

個「歷史大匯合的趨勢」，讓人覺得新鮮有趣；而以郭沫若、戴望舒與艾青三個詩人來標誌中國新詩的三次整合，也是該書的一個特色。

　　進入二十一世紀以後的新詩史研究的著作，不在我們檢討的範疇，但很可能那才是它真正的收穫期。像《現代漢詩的百年演變》（王光明著，石家莊市：河北人民出版社，2003年）、《中國新詩史（1916-1949）》（已出版一、二兩卷，陸耀東著，武漢市：長江文藝出版社，2005年、2009年）、《中國新詩史（1918-1949）》（沈用太著，福州市：福建人民出版社，2006年），無論在材料、分期或詩人詩作的介紹上，都有新的貢獻。不過，文學與歷史天生就有矛盾，而新詩本身又還在摸索、尚未成熟，要把中國新詩這樣一種尚未定型的文學現象歷史化，條件並不成熟。而且，在某種意義上，「新詩」如果一旦被歷史化，建成文字的紀念碑、博物館，供人們瞻仰、參觀，它也就變舊了，連弱點和問題也被正典化了，原本具有動力學意義（「新詩」原也是可以作為動賓詞來理解）的創新衝動也就減弱了。

　　因此，似乎不必急著為尚未完成且存在諸多爭議的「新詩」建造歷史的紀念碑，或者說，新詩的歷史研究，應該根據一種現代文學形式誕生與成長遭遇的問題，尋找新的研究策略。新世紀一些研究著作表明，中國新詩的歷史研究，倘若能夠認真梳理和呈現一個新事物從誕生到成長過程的不同觀感和研究結論，不是武斷地為歷史作定論，做了斷，而是呈現認真的思考，關注發現的問題，將更有助於激活新詩探索的動力。

　　　　　　　　——本文原刊於《文藝爭鳴》二〇一五年第二期。

現代中國詩學的再出發

　　上世紀八十年代，是現代中國詩歌發展歷程中的一個「大時代」，其最顯著的特徵，是它既完成了對五四以來新詩傳統的重新銜接，也實現了藝術變革的再出發。這樣一個歷史轉變的「中轉站」，當然也是中國新詩理論批評活力四射、承前啟後的時代：在澄清歷史迷亂，重新確認詩歌的基本前提之後，一方面，聚焦於「歸來詩歌」、「朦朧詩」、「新生代詩」等詩歌潮流，以及臺港現代詩的反思與調整，湧現了許多面對現實詩歌變革的理論批評成果；另一方面，既受到當代語境的啟發，也得益於改革開放時代學術環境的改善，現代中國詩歌歷史問題的研究提上了議事日程，把批評提高到了學術研究的層面。可以說，在現代中國詩學建設史上，這是一個轉折的年代，一個承前啟後的年代，重新體認了中國新詩的現代性，為中國詩歌與詩學的發展開拓了道路的年代。

一　從基本詩學前提出發

　　在後來的文學史、詩歌史家心目中，八十年代前後中國詩歌最重要的現象莫過於被歷史事件湮沒的幾代老詩人的「歸來」與新一代年輕詩人的「崛起」，他們形成了被當代中國詩歌史濃墨重彩的「歸來詩人群」與「朦朧詩詩人群」兩大詩歌群落。然而，很少人注意到，這兩個詩人群所依靠的寫作理念，卻是一個最普通、基本的常識：「說真話」，或者「誠實」。

　　這是詩學史上的奇觀，自《詩大序》以降，雖然也有人揶揄「為

賦新詞強說愁」之類的矯情造作，卻少有人專題論述詩歌話語的真假
問題。然而，艾青蒙難消失二十年「歸來」後出版的第一部詩集《歸
來的歌》和增補重印的詩論集《詩論》，都把〈詩人必須說真話〉作為
自己最想表達的詩歌觀念：「詩人必須說真話。……詩人只能以他的由
衷之言去搖撼人們的心。……當然，說真話會惹出麻煩，甚至會遇到
危險。但是，既然要寫詩，就不應該昧著良心說假話。」[1]而同樣含
冤二十餘年的公劉，在重新獲得說話與寫作的權力後，認為二十世紀
「從五十年代後期開始，我們的詩歌就與虛假發生了聯繫；……流風
所及，有的詩，成了押韻說謊的藝術。」因此，他批評虛情假意詩歌
的各種問題，不僅強調「誠實」是詩人的良心，還把「詩與誠實」作
了自己詩論集的書名[2]。當然，不僅那些在體制內蒙冤受難後「歸來」
的詩人，一些游離在體制外的年輕詩人，也把真誠當作了詩歌的起
點，譬如北島就曾明言：「詩人應該通過作品建立一個自己的世界，
這是一個真誠而獨特的世界，正直的世界，正義和人性的世界。」[3]

　　「說真話」也好，「誠實」或「真誠」也好，很少見之於狹義詩
學的論述體系，即使在廣義詩學與文化學中，出自《周易》的「修辭
立其誠」歷經幾千載，也是路人皆知的老生常談。然而，晚清以降
「新詩」運動不斷求新求異，忽略的正是老生常談所體現的樸素真
理。我們千萬別忽略了家常便飯、茶米油鹽般的常談，毫不起眼，不

1　艾青的〈詩人必須說真話〉似乎未作為文章發表於報刊雜誌，只作為〈代序〉收入
　　《歸來的歌》（成都市：四川人民出版社，1980年）和作為增補重版《詩論》（北京
　　市：人民文學出版社，1980年）第一輯的第一篇文章收入其中。該文未標明寫作日
　　期，但艾青寫於一九七九年九月十八日的詩論〈新詩應該受到檢驗〉（《文學評論》
　　1979年第5期）一文中有「我曾經寫了〈詩人必須說真話〉一段話」的表述。

2　《詩與誠實》是公劉一九七九年二月二十一日根據上海一次詩歌議會的發言整理而
　　成的文章，同時也是他一本詩歌論集的書名，該書由廣州市：花城出版社，1983年
　　3月初版。

3　「百家詩會」，《上海文學》1981年5月號。

斷重複，庸常陳舊，了無新意。但是，許多不斷重複的東西難道不正
說明它是人類不斷需要、不可或缺的元素？最基本、最普通的真理實
際上都是常談，體現著最廣泛的價值認同。有學者注意到，「庸俗常
談可以被視為類同德里達（Jacques Derrida）早期著作中提出的『中
心』地位。正如中心一樣，常談／共處是價值的處所，一個價值『形
成和處在』（takes place）的地方。然而，儘管它們功能相類，但常談
／共處與中心卻有著截然不同的命運。中心永遠被視為一種形上的價
值賦予者。就算是經過解構的教誨，當它已經被置於『擦拭之下』
（under erasure）之後（亦即是說我們雖然得承認它的必要性但卻不
可把它讚揚為美德），中心仍然繼續其中心性的功能。而常談／共處
呢，雖然如同中心一樣不可或缺，但卻只能占據一個被貶抑的位
置。」⁴

　　八十年代中國現代詩學中「常談」體現著人與詩的相向性表達，
是一種泛化的「詩學」，必須聯繫現實與歷史語境，參照同時代諸如
「它彎曲的身體／留下了風的形狀」（曾卓〈懸崖邊的樹〉）、「卑鄙是
卑鄙者以通行證／高尚是高尚者的墓志銘」之類的經典詩句和詩篇，
才能理解其在詩歌史中獨特的意義。艾青、公劉、北島等詩人，是中
國詩壇的翹楚，他們寫文章直接表達詩歌的看法，往往是骨鯁在喉，
不吐不快，但就文章而論，未必是深思熟慮的細密周詳之論。但值得
注意的是，連錢鍾書這樣的學者在當時談論的也是同一個主題。

　　錢鍾書才高八斗，學富五車，皇皇巨著《管錐編》、《談藝錄》有
許多詩學論述，但論文卻屈指可數，在當代或許只有文革前的〈通
感〉、〈宋詩選序〉和文革結束後寫作與發表的〈詩可以怨〉。〈詩可以
怨〉是錢鍾書為日本早稻田大學一九八〇年十一月二十日文學教授座
談會而寫的講稿，談論的是《論語》中一個命題。值得注意的是，

4　周蕾：《寫在家國以外》（香港：牛津大學出版社，1995年），頁130-131。

《論語》〈季氏〉提出的詩歌功能有四個：「詩可以興，可以觀，可以群，可以怨」，為何錢鍾書單單挑出其最後一個進行討論？而且還是在國外的學者座談會上談論這個問題？這篇文章實際上體現了現代學術與現實關係的典範表述：學術之所以是學術而不是即興式的批評，是學者除了思想人格獨立，既不為權勢利用成為工具也遠離時尚的誘惑之外，必須秉持價值中立的學術立場，重視問題的梳理和思想的積累。但這決不意味學者不食人間煙火，不關心現實問題。只不過，學者的社會關切和人間情懷體現在學術問題的選擇和梳理上，他通過問題的選擇體現對現實問題的焦慮，通過辨析與說理體現自己對思想文化責任的承擔，以及對世間各種誤識與偏見的回應。或許這就是為什麼錢鍾書不說「興」、不說「觀」、不說「群」，特地將「怨」的功能與效果提出來討論的原因：中國詩歌進入「新時期」，那麼多曾被強行遺忘的詩人和詩作要求重見天日，那麼多久違的、陌生的詩人詩篇出現在「合法」或未經批准的刊物上，那麼多創傷性的經驗，那麼多奇異的表達與美感，國內批評界那麼多「歌德」與「缺德」的糾結，國際上那麼多善意與非善意的「誤讀」[5]。這些都是艾青、錢鍾書等人文章的思想文化語境。〈詩可以怨〉有一段議論「『不病而呻』已成為文學生活裡不能忽視的現象」的文字：「詩人『不病而呻』，和孩子生『逃學病』，要人生『政治病』，同樣是裝病、假病。不病而呻包含一個希望：有那樣便宜僥倖的事，假病會產生真珠。……詩曾經和形而上學、政治並列為『三種哄人的玩意兒』（die drei Täuschungen），不是完全沒有原因的。當然，作詩者也在哄自己。」[6]這段議論表面上是閒筆逸筆，透露出來的正是作者對現實與歷史問題的關切。實際

5　一九七九年春夏，中國文學批評界曾有圍繞〈「歌德」與「缺德」〉（《河北文藝》1979年6月號）等文章的大論辯，該文認為當時不少揭露「文革」傷痕的寫作「有『缺德』之行」。而當時一些國外輿論則將這類作品理解為「不同政見」的寫作。

6　錢鍾書：〈詩可以怨〉，《文學評論》1981年第1期。

上，關切是共同的，不同的是關切的方式：艾青、公劉以時評的方式直接回應，而錢鍾書秉持的是學術的方式和立場。

在〈詩可以怨〉中，錢鍾書努力揭示的，也是「常談」的意義：「尼采曾把母雞下蛋的啼叫和詩人的歌唱相提並論，都說是『痛苦使然』（Der Schmerz macht Huhner und Dichter gackern）。這個家常而生動的比擬也恰恰符合中國文藝傳統裡一個流行的意見：苦痛比快樂更能產生詩歌，好詩主要是不愉快、煩惱或『窮愁』的表現與發洩。這個意見在古代不但是詩文理論裡的常談，而且成為寫作實踐裡的套板。因此，我們慣見熟聞，習而相忘，沒有把它當作中國文評裡的一個重要概念而提示出來。」[7] 這篇文章的詩學貢獻在於，作者縱橫古今中西，涉及文學、哲學、歷史、宗教和心理學等諸多學科，通過這個命題與「長歌當哭」、「蚌病成珠」、「不平則鳴」、「詩窮而後工」等諸多命題的關聯性考察，以及與派生、悖立命題的分析比照，令人信服地說明了「詩可以怨」成為中國詩歌的「常談」是自然的、必須的、不可忽略的。錢鍾書揭示了「詩可以怨」所體現的必須有話要說和表現真情實感的詩學本質，提示了它作為重要詩學命題具有共同的心理基礎和廣泛的美學認同。

應該重視「說真話」、「誠實」、「詩可以怨」之類詩學「常談」對於當代中國詩歌重生與發展的貢獻：它重新確認了詩歌作為一種話語的基本前提和出發點，雖然它也是為人與一切寫作的前提和出發點，但在當時的歷史語境中，只有回到基本常識才能從基礎上動搖權力機制的文化邏輯。因為只有「說真話」，人們寫什麼與怎麼寫才有自主權，情調與風格才可能出自個人的氣質、修養，而不是外部的規訓。事實上是，正是這一前提的重新確認，啟示了中國詩歌面對新的現實與歷史。

7　錢鍾書：〈詩可以怨〉，《文學評論》1981年第1期。

　　第一，在詩歌與現實關係上，破除了當代詩歌寫作在主題、題材、情調、風格等方面的禁忌，使詩歌寫作能夠真正從「詩言志」的偉大傳統出發，全面體現「興、觀、群、怨」的社會功能。上世紀的七十年代末與八十年代初，是中國詩歌與人民關係的一個蜜月時代，是人們對詩歌最為熱愛與信任的時代，無論是以隱喻突入思想禁區，還是直面歷史與現實問題的沉思或吶喊，或者久違的情真意切的愛情詩，或者在個人感覺意識的尋幽探險之詩，都在詩壇爭奇鬥豔。這不能不認為是詩歌回到它的基本前提所產生的社會效果。

　　第二，在與歷史的關係上，這個詩歌前提的重新確定，從根本上動搖了對於「新詩」歷史格局的意識型態假定：「『五四』以來的每個時期中，都有兩種不同的詩風在鬥爭著。一種是屬於人民大眾的進步的詩風，是主流；一種是屬於資產階級的反動詩風，是逆流。」[8]讓那些被這種假定遮蔽的詩人詩作，回歸真實存在的歷史座標。「歸來詩人群」幾代詩人詩作的歸來，當然首先得力於他們獲得政治上的平反，但他們的詩歌價值的釐定，卻是由於有了正確的詩學尺度。正是由於啟用了正確的尺度，臧克家在一九七九年重版他影響巨大的《中國新詩選（1919-1949）》，將其「代序」〈「五四」以來新詩發展的一個輪廓〉對胡適的評價幾乎完全顛倒[9]。也正是有這個尺度，詩歌與現實、詩歌與想像、詩歌與寫作主體的關係獲得了更符合藝術規律的理解，《詩創造》、《中國新詩》與《七月》、《希望》、「七月詩叢」的

8　荃麟：〈門外談詩〉，《詩刊》1958年第4期。

9　〈「五四」以來新詩發展的一個輪廓〉最早作為文章在《文藝學習》一九五五年第二、三期連載發表。後作為「代序」收入《中國新詩選（1919-1949）》，由中國青年出版社，一九五七年出版。無論在刊物發表時，還是初版、再版的詩選「代序」，在談到胡適時，「文革」前都是「作為『五四』文學革命統一戰線中右翼代表的胡適，他在形式與內容關係的看法上，就鮮明地表現出了他的資產階級形式主義的立場和觀點。」但一九七九年重版這本詩選時，修訂後的「代序」對胡適的評價是：「就詩而論，在『五四』時代，胡適還是有他的一份貢獻的。……（《談新詩》中）這些見解，在那時候出現，是有意義的。」

詩歌作者得以在《九葉集》、《白色花》等流派選本中集結，——它們在一九八一年先後出版，不僅昭示了上世紀四十年代中國詩歌的重要流派和重要成就，也改變了中國現代文學史的詩歌書寫格局。

二　面向詩歌的現實與歷史

　　中國詩歌有兩千多年的傳統，有永不枯竭的詩學資源，一旦回到基本前提，詩歌創作便出現了少見的繁榮景象，湧現出許多新現象，提出了許多新課題，給詩歌理論批評帶來了新的時代挑戰。這種挑戰既來自現實的範疇，也來自歷史的領域。在現實方面，既有來自幾十年高度集中的政治生活形成的僵化藝術觀念的壓抑，也有如何理解與評價新的詩歌現象的問題。而在歷史方面，則有如何公正對待「新詩」運動以來被彰顯與被遮蔽的歷史現象，清理與總結這一筆歷史遺產的問題。應該說，理論批評在這兩方面都取得了令人鼓舞的成績。

　　詩歌理論批評在現實方面的貢獻，是改變了幾十年來規定發展道路、壓抑探索的局面，由藝術創新的阻力變成了動力，拓寬了詩歌發展的路徑與活力，豐富了藝術探索的視野和資源。這一點典型體現在對青年詩歌探索潮流的詩學闡述上。上世紀七、八十年代的青年詩人，在思想解放的時代倍受爭議，許多人認為他們是「覺醒的一代」、「思考的一代」，也有人認為是「迷惘的一代」、「跨掉的一代」。他們不同於前幾代「歸來」的詩人，有自己美好的信仰與詩歌記憶可以輕鬆承接，在經驗上，他們如同多多〈教誨〉一詩所寫的那樣「是誤生的人，在誤解人生的地點停留」，只好「和逃走的東西搏鬥，並和／無從記憶的東西生活在一起」；在藝術上，他們的來源多元博雜，不以現實主義為正宗。這是有著創傷性記憶的一代，在痛苦的人生體驗和不系統的閱讀中成長的一代，他們的詩歌所表達的感受、意識和情調，讓許多前輩詩人「感到顫慄」。因此，這些青年詩人的作品，不

僅為主流意識型態所拒斥，也讓前輩詩人覺得不可思議、難以接受：「為什麼在中國這樣一個經濟凋敝、國民經濟瀕於崩潰的這樣一個國家裡頭（就說那十年），怎麼會哺育出這樣一群小鳥來，它怎麼孵出來的？是什麼東西哺育出來的？」[10]「太低沉、太可怕！……在我當年行軍、打仗的時候，唱出的詩句，都是明朗而高亢，像出膛的炮彈，像灼傷的彈殼。哪有這樣！哪有這樣！」[11]雖然不無關愛憐憫之情，但包括艾青、公劉在內的著名詩人都無法完全認同這種詩歌的內容和風格。更不用說一般讀者了，當時在詩壇影響巨大的〈令人氣悶的「朦朧」〉並不是一篇有專業水準的詩歌批評文章，但其充滿藝術偏見的批評卻得到不少人的響應，甚至成了「朦朧詩」的發明者[12]，——正說明這種青年詩歌在當時的處境。

不過，有價值的詩歌所占有的，不是讀者的數目和身分，而是詩歌本身的質素。被貶抑的「朦朧詩」，後來不僅失去了它的被貶抑色彩，而且成了詩歌美學創新的印記。這裡有時間和語境的共同作用，也與「三個崛起」為代表的詩歌理論批評的推動密切相關。「三個崛起」是曾被批評者認為可以與波德萊爾《惡之花》相提並論的「現代」文藝思潮，「一浪高過一浪」[13]。最早是謝冕的〈在新的崛起面前〉，提出鑒於歷史的教訓，要以積極的、「允許探索」的態度面對

---

10 〈公劉在全國當代詩歌講座會上的發言〉，《當代文學研究參考資料》第1期，1980年8月15日出版。

11 顧工：〈兩代人——從詩的「不懂」談起〉，《詩刊》1980年10月號。

12 〈令人氣悶的「朦朧」〉，作者「章明」，發表於《詩刊》1980年8月號。該文提出：「少數作者大概是受了『矯枉必須過正』和某些外國詩歌的影響，有意無意把詩寫得十分晦澀、怪癖，叫人讀了幾遍也得不到一個明確的印象，似懂非懂，半懂不懂，甚至完全不懂，百思不得其解。……為了避免『粗暴』的嫌疑，我對這上述一類的詩不用別的形容詞，只用『朦朧』二字；這種詩體，也就姑且名之為『朦朧體』吧。」這話就是「朦朧詩」命名的由來。

13 鄭伯農：〈在「崛起」的聲浪面前——對一種文藝思潮的剖析〉，《詩刊》1983年12月號。

「一批新詩人在崛起」[14]；接著是孫紹振的〈新的美學原則在崛起〉，認為「與其說是新人的崛起，不如說是一種新的美學原則的崛起」[15]；然後是徐敬亞的長文〈崛起的詩群〉，將這個詩歌探索群體定義為「帶有現代主義文學特色的新詩潮」[16]。這些前赴後繼的「崛起」，激活了許多有意思的詩學話題，諸如「懂」（或明白清晰）與「不懂」（或晦澀）、「自我」與社會、傳統與反傳統、「現實主義」與「現代主義」，等等，引起了遠超出文藝範疇的討論。儘管立場不同，趣味有異，爭論並不見得都通向共識，但「三個崛起」的爭論顯然大大提高了讀者對「朦朧詩」的認識和接納能力。

　　這是不能就文本論文本，局限於概念系統和論述理路的創新所能評價的詩學，它們對於中國詩歌發展和詩學建設的意義，必須參考當時的思想文化語境、具體寫作背景，發表者的動機（包括編者的按語），以及發表帶來的論辯等因素，才能做出比較恰當的評價。歷史地看，「三個崛起」的提出和爭論，正如當時所創辦的全國第一份詩歌理論刊物《詩探索》的發刊辭〈我們需要探索〉所主張的那樣：「我們需要探索，……探索的精神，就是思想解放的精神。不滿才有改變，改變乃是一種催促前進的動力。」[17]這場持續幾年的爭論至少為當代詩歌的生態帶來了三個方面的改變：（一）為各種真誠、嚴肅的探索爭取到了現實的合法性；（二）推動了現代詩的理解與普及，為閱讀和理解現代詩開拓了視野；（三）促進了詩歌研究批評的專業化，啟發了抗衡的詩學向審美詩學的轉化。因為有這些轉變，當「新生代」詩在詩壇發動「第二次背叛」，標示疏離主流價值的「他們」與「非非」，高舉「女性詩歌」的旗幟之際，理論批評界不僅顯得比

---

14 謝冕：〈在新的崛起面前〉，《光明日報》1980年5月7日。
15 孫紹振：〈新的美學原則在崛起〉，《詩刊》1983年3月號。
16 徐敬亞：〈崛起的詩群──評我國詩歌的現代傾向〉，《當代文藝思潮》1983年第1期。
17 本刊編輯部：〈我們需要探索〉，《詩探索》1980年創刊號。

「朦朧詩」時期開明大度，而且藝術感受力也更細緻，老詩人牛漢主持《中國》雜誌時推出不少「新生代」詩作，撰文提示其「撼動了幾十年來不知不覺形成了框架的一些詩的觀念」[18]，唐曉渡編選《中國當代實驗詩選》，把更先鋒的「第三代詩歌」與「女性詩歌」推到舞臺的中央[19]，不再受到批評，就是顯證。

在開拓新的詩歌空間同一主題下，可以與面向現實的詩歌批評相提並論的，是學院氣息較濃的現代詩歌流派研究。過去人們對學院派的刻板印象，一般都認為他們趨於保守，散發著故紙堆的氣息。實際上遠非如此：現代大學為最有青春熱情與朝氣的思想文化氛圍所籠罩，同時又與世俗社會保持一定的距離，崇尚思想、人格的獨立和學術自由，因此「五四」以來反而是新思想、新思潮搖籃和發源地，培育新詩風的溫床，譬如北京大學之於「新詩」，西南聯大之於上世紀四十年代的現代詩風。而「朦朧詩」論爭的主力，也是大學裡的師生，除「三個崛起」的作者外，還有吳思敬、鍾文等。

面向歷史的現代詩歌流派研究，一方面是受到現實詩潮和「歸來」詩歌的啟發：「朦朧詩」出現在新的地平線，正在向幾十年前的「象徵派」、「現代派」招手致意，而《九葉集》與《白色花》的編者也一致認為他們都是被強行湮沒的詩歌流派[20]；另一方面也是八十年

---

18 牛漢：〈詩的新生代──讀稿隨想〉，《中國》1986年第3期。

19 唐曉渡與人合編的《中國當代實驗詩選》（瀋陽市：春風文藝出版社，1987年）是展示「第三代詩歌」藝術創新的重要選本，本書「序」與〈女性詩歌：從黑夜到白晝〉（《詩刊》1987年第2期）因敏銳把握了新的詩歌現象，在當時產生了較大影響。

20 袁可嘉在《九葉集》〈序〉中提出：「由於對詩與現實的關係和詩歌藝術的風格、表現手法等方面有相當一致的看法，後來圍繞著在當時國統區頗有影響而終於被國民黨反動派查禁了的詩刊《詩創造》和《中國新詩》，在風格上形成了一個流派。」（《九葉集》，南京市：江蘇人民出版社，1981年）綠原則在《白色花》〈序〉中認為：「他們各自進行了誠實而艱苦的探索，並由於氣質和風格相近，逐漸形成了一個相互吸引、相互激勵前進的流派。」（《白色花》，北京市：人民文學出版社，1981年）

代理論批評話語的有機部分，同構了當時的「詩歌場」。實際上，《九葉集》、《白色花》之後，孫玉石編選《象徵派詩選》（北京市：人民文學出版社，1986年），藍棣之編選《現代派詩選》（北京市：人民文學出版社，1986年）、《新月派詩選》（北京市：人民文學出版社，1989年），出版《中國初期象徵派詩歌研究》（孫玉石著，北京市：北京大學出版社，1983年）、《正統的與異端的》（藍棣之著，杭州市：浙江文藝出版社，1988年）等詩歌流派研究著作，不只是通過昭彰被忽略的詩歌現象，開拓中國現代文學史的研究空間，也為艱苦探索的當代詩歌理論批評，提供了歷史的依據。雖然，他們當初未必有馬克思在《路易‧波拿巴霧月十八日》所說的「革命危機時代」的自覺，為了讚美新的鬥爭，「他們戰戰兢兢地請出亡靈來給他們以幫助，借用它們的名字、戰鬥口號和衣服，以便穿著這種受人尊敬的服裝，用這種借來的語言，演出世界歷史的新場面。」[21]但像孫玉石為《中國現代詩歌流派》所寫的長篇導論〈新詩流派發展的歷史啟示〉[22]，強調新詩形成了不同流派的競爭與發展、借鑑外國詩歌資源等傳統，正是從「傳統」的角度暗示當代的多元探索的正當性。更不用說藍棣之為他所編選的詩歌流派選本所寫的「前言」了，「現代派」當時被視為洪水猛獸，但藍棣之「一九八三年春日寫成」的《現代派詩選》〈前言〉，卻認為它「堪稱一份值得珍視的文學遺產」，「經過現代派的活動，新詩創作中的好些複雜問題，如詩的本質，晦澀，自由詩與韻律詩，意象與環鏈等等，都在更深的層次上得到探討。」[23]——在藍棣之看來，當時「朦朧詩」激烈爭論的許多問題，「現代派」已經「在更深的層次上得到探討」，——這也是意味深長的。

21 馬克思：《路易‧波拿巴霧月十八日》，《馬克思恩格斯選集》第1卷（北京市：人民出版社，1972年），頁603。

22 孫玉石：〈新詩流派發展的歷史啟示〉，《詩探索》1981年第3期。

23 藍棣之：〈前言〉，《現代派詩選》，北京市：人民文學出版社，1986年。

　　當代詩歌現狀的批評與現代詩歌研究的你呼我應，互相支持，是上世紀八十年代中國詩學的一道風景：當代詩歌創新的光芒照亮了被時代灰塵遮蔽的歷史，引來了現代詩歌的考古與發掘，歷史的鉤沉和研究又反過來論證了創新的可能與意義。當然，不僅是為詩歌創新掃平了道路，也讓詩歌獲得了更開闊的視野：一方面是外國的詩歌，另一方面是各地的漢語詩歌。如果說，與外國詩歌保持正常的交流互動，只是延續新詩的傳統，不算八十年代的特色；那與臺灣、香港地區詩歌的交流互動，肯定是八十年代開始並形成高潮的，「兩岸三地」詩歌的交流互動，使人們對二十世紀中國詩歌的發展脈絡，有了更豐富的認識，也改變了「中國新詩」的邊界和研究格局。詩歌在中華大地已經沒有了邊界，像楊牧、鄭樹森編選的《現代中國詩選》（臺北市：洪範書店，1989年），選錄一九一七年至一九八七年前後七十年「以白話的、新的、現代的面貌發表之中文詩作」，已經顯示出現代漢語詩歌的整體性。而該選本「導言」對詩人詩作的描述，也有了現代漢語詩歌的整體視野，譬如他們這樣評價八十年代的中國詩：「就在這十年兩岸乃至於香港海外的詩作裡，我們明顯看到一份日愈沉重的歷史感。詩人通過他們對現在與過去的比照，探問著時代的悲劇和希望，為個人的理想和群體的生死深刻下定義；……詩人突出了他們隱約共同的神話系統，象徵，和語言。這十年是現代詩終於落實人生的十年，以強烈的文化意識超越其餘。」[24]

三　現代性的再體認

　　真實面對現實與歷史，無論是「朦朧詩」的激烈辯論，還是與世界詩歌互通有無，或者「兩岸四地」的交流互動，對中國詩學最大的

---

24 楊牧、鄭樹森：〈導言〉，《現代中國詩選》，臺北市：洪範書店，1989年。

促進，是在解放思想、改革開放的時代環境中，重新體認了中國新詩的「現代性」：上世紀八十年代是把詩歌的現代主義從邊緣推向中心的年代，也是促使了其反省與轉變的年代，這個年代的詩歌理論批評重新體認了「新詩」運動的特質，使諸多糾纏不清的歷史問題有了新的認識。

這當然不是認為之前的詩歌批評和研究，沒有意識到新詩的「現代性」。自上世紀初胡適「嘗試」與命名新詩，中國詩歌在延續二千多年的傳統中另闢新徑，以新的語言形式凝聚經驗，想像世界，實際上就是對詩歌現代性的追尋。但這種追尋，在相當長的時間內，一直局限於與「舊詩」對決和標新立異的格局中，並未深刻意識到作為一種代際性詩歌的現代品格：從它未成型時喜歡炫耀新名詞以示另類（「蓋當時所謂新詩者，頗喜摭扯新名詞以自表異」[25]），到它站穩腳跟後顯示出努力的方向（「怎樣學習新語言，怎樣尋找新世界」[26]），再到誕生一個甲子之際，認定它為「中國新詩是新時代的產物」[27]，「新詩」的現代品格，似乎總不能離開「時髦」和「時式」[28]。新詩的「新」，一方面，被轉換成了對「時代精神」的跟隨，千方百計把想像的語言和美學的糾正能力，變成社會動員的工具和促使行動的推力，因而把語言藝術的追求降到最低，或是「反映」給定視野中的現實，或是流於說教，結果詩歌變成了上過油彩的現實的倒影，既失去

25 梁啟超：《飲冰室文集四十五（上）‧詩話》，頁40，《飲冰室合集》第5卷，中華書局，1989年。

26 朱自清：《新詩》（1927年），《朱自清全集》第4卷（南京市：江蘇教育出版社，1990年），頁215。

27 艾青：〈中國新詩六十年〉，《艾青談詩》（廣州市：花城出版社，1982年），頁1。

28 聞一多在〈《女神》之地方色彩〉中提出：「現在一般新詩人——新是作時髦解的新——似乎有一種歐化的狂癖，他們的創造新詩的鵠的，原來就是要把新詩作成完全的西文詩。」（《創造週報》1923年6月10日第5號）朱自清則在《新詩》（1927年）中認為：「一九一九年來新詩的興旺，一大部分也許靠著它的『時式』。」（《朱自清全集》第4卷）

了探索和反思現實的能力，也失去了現代美學的精神風貌。另一方面，忽視真實經驗與現代漢語的互動相生，把「新詩」的與傳統詩歌的區別，誤解為「反傳統」、「西方化」（或謂「非中國性」），以為「為藝術而藝術」和「純詩」可以抗衡現實的黑暗與保守，把現代主義當成了新詩的現代性，窄化了「新詩」包容性，走了藝術創新的偏鋒。臺灣詩人在冷戰時代為迴避前途不明的政治現實，「排除一切『非詩』的雜質」，追求詩的「純粹性」，為「日新又新」強調橫的移植而否定縱的繼承[29]，結果是，年輕一代雖然接受了「現代詩」，卻也物極必反，成了臺灣「鄉土詩」催生婆。

　　八十年代的中國詩歌受到「撥亂反正」、「改革開放」、「實現現代化」的時代語境的鼓舞，胸懷與視野是向世界開放的。但非常值得注意的是，它既沒有重複簡單認同「時代精神」的老路，也不像一些海外學者所說的那樣是「彷彿是臺灣經驗的急就縮影」[30]，鑽現代主義詩學的牛角尖。儘管在詩歌創作領域，確實有人寫過《現代化和我們自己》之類有一定影響的詩作，主張用現代化「把全身的血液／重新過濾」；「朦朧詩」以降的實驗詩歌，也對西方的現代主義情有獨鍾，崇尚現代派詩人的文學英雄主義，認為現代主義的藝術獨立，或許可以改變文學的從屬關係，幫助中國新詩克服空洞吶喊和感傷呻吟。但八十年代的中國詩學究竟是從「常識」重新出發的詩學，努力尋求為有話要說而存在與用詩的方式說話的統一。因此，徐遲那篇認為「現代化」與「現代派」之間存在因果關係的文章〈現代化與現代派〉，並沒有得到多少人的響應。而「朦朧詩」論爭，也不過進行了一次現代主義的詩學常識的補課，其意義主要不是讓現代主義詩歌從階下囚變成了座上賓，從歷史的邊緣走到了舞臺的中心，而是從打破了現實主

29　參見紀弦：〈現代派信條釋義〉，臺北《現代詩》第13期，1956年。
30　楊牧、鄭樹林：〈導言〉，《現代中國詩選》，臺北市：洪範書店，1989年。

義的壟斷，讓人們意識到中國新詩現代性的特質及其豐富的表現形態。

　　是的，這是一種重新體認「現代性」的詩學，不是「現代化」的詩學，也不是「現代主義」的詩學，雖然它與社會制度的現代化有著相當密切的聯繫，雖然現代主義也是它的組成部分，但現代性更豐富、更具有包容性，更內在化，體現在人的心性、智力結構和感覺想像方式上，作用於語言、形式、技巧的功能性調整。為什麼當年朱自清不滿早期的新詩以自由、解放、靈感「取勝於一時」，就是因為沒有體現出內在的現代性，「墜入『花呀、鳥呀』、『血呀、淚呀』、『煩悶呀、愛人呀』的窠臼而不自知。……滿是一套寬袍大袖的舊衣裳。」[31]馮文炳在上世紀三、四十年代的北京大學課堂上談新詩，雖然延續五四時期新舊對立的文化思想，在「新詩」與「舊詩」之間劃出一條涇渭分明的「界限」[32]，把代際詩歌的差異關係理解為對立關係，是一種偏見。但他認為古今詩歌「內容」的不同實際就是「感覺的不同」，卻是觸及到了問題的關鍵。八十年代的「朦朧詩」論爭，現代詩歌流派和臺港詩歌的「發現」和研究，以及西方現代詩歌及詩論的翻譯介紹，最終作用於現代中國詩學的，是對於「新詩」觀念形態認識上的深入：「新詩」的「新」，當然直接體現在主題、意象等內容層面，以及語言、體式、技巧等形式的層面，但這些層面的背後，正是詩歌立場與感覺、想像方式的不同：不是傳統文人士大夫的傷春悲秋，歸隱田園的牧歌情緒，或失意人生的離愁別恨，甚至不是浪漫主義的自我傷感與社會感傷，而是能夠體現現代人理智與情感的交融，讓心智、感覺、想像與現代語言、形式形成呼應關係，相互依存。

---

31 朱自清：《新詩》（1927年），《朱自清全集》第4卷，頁215。

32 馮文炳在他的《談新詩》中說：「我發現了一個界限：如果要做新詩，一定要這個詩是詩的內容，而寫這個詩的文字要用散文的文字。以往的詩文學，無論舊詩也好，詞也好，乃是散文的內容，而其所用的文字是詩的文字。」《談新詩》（北京市：人民文學出版社，1984年），頁24-25。

　　正是由於重新體認了新詩的現代性，人們才對中國新詩的歷史與
現實有了新的認知。僅以「九葉詩派」的研究而論，袁可嘉認為它
「豐富了新詩的表現能力」：「他們是力求開拓視野，力求接近現實生
活，力求忠實於個人的感受，又與人民的情感息息相通。在藝術上，
他們力求智性與感性的溶合，注意運用象徵與聯想，讓幻想和現實互
相滲透，把思想、感情寄託於活潑的想像和新穎的意象，通過烘托、
對比來取得總的效果，藉以增強詩篇的厚度和密度，韌性和彈性。」[33]
而葉維廉通過這個詩派「從經驗到語言，從語言到詩」過程的研究，
還看到了現代詩人回應文化危機的三種方式：「第一，當詩人面臨文
化危機的衝擊，一時無法肯定眼前文化世界的完整，便設法用內心的
世界（對詩人來說，即是用文字創造的世界，也可以說是美學的世
界）來駕馭及補足外在世界的貧乏。第二，語言面臨危機，即一方面
我們明白文言無法適合於當時新思想的傳播，所以我們採用了白話，
但我們也明白，文言除了『言簡旨繁』之外，還有很多長處，可以負
擔起白話無法負擔的表達方式。所以我們有責任將白話提煉錘鍊，而
不要讓它落入『言繁而旨簡』。第三，文字與藝術世界的著力（指其
不落入專為表現而表現者），還可以視著對科學影響下的『減縮性、
簡化性、庸俗性的世界意識』的挑戰與抗議。」[34]

　　從袁可嘉、葉維廉對「九葉詩派」的研究不難看出，在詩與現
實、詩人與社會、情感與智力、經驗與語言、文言與「白話」、回應
與挑戰等諸多關係中，他們對詩歌的現代性已經有了比較完整具體的
理解。而這種理解對「新詩」運動給人們留下的諸如「反傳統」、「逃
避現實」等刻板印象也是一種有效的糾正。它讓人們意識到，雖然進

---

33 袁可嘉：〈序〉，《九葉集》，南京市：江蘇人民出版社，1981年。

34 葉維廉：〈從經驗到語言，從語言到詩──《詩創造》《中國新詩》中的理論據
　　點〉，《現代文學》復刊18期，1982年。

入現代以來，詩歌像一切藝術一樣受著「時間加速器」的牽制，人們對時間與空間的感受，與古人很不相同，但這既是他們與傳統、現實相「斷裂」的理由，同樣也是詩歌與傳統、現實發生關聯、進行對話的依據。這是詩歌作為語言藝術最迷人、最魅惑的地方，無論它的主題是什麼，它總要面對時間，經受時間的考驗。由於它作為人類從心靈出發，用心智與感情開啟與建構的世界，永遠具有信物的性質，它能從過去向未來的讀者說話，跨越時間的溝壑走進不同時代人的心靈與記憶中去。在這個意義上，詩歌從來不會割斷時間之流，而是通過語言，讓美好東西在時間中得到延續。也正因為它延續的是美好的東西，即有價值的東西，所以它會不斷回顧傳統（像上世紀三十年代的「晚唐詩熱」，這裡葉維廉研究「九葉詩派」回望文言的長處一樣），也會從人類價值出發與現實進行不同方式的對話，有「正對」亦有「反對」，包括「對科學影響下的『減縮性、簡化性、庸俗性的世界意識』的挑戰與抗議」。

　　當然，「九葉詩派」的現代性只是中國新詩現代中的一種表現形態，或者說只是新詩現代性的一種方案，就像「九葉詩派」重見天日之時，「七月詩派」與「右派」詩人也同時歸來，「朦朧詩」、「第三代詩」也在前赴後繼地「崛起」一樣，中國新詩現代性並不局限於一種認識，它在歷史過程中也構想和實驗過許多方案。中國詩歌理論批評和詩歌史的發掘性研究，實際上也糾正了我們關於現代性另一種誤解，認識到現代性並不就是「現代派」或「現代主義」：現代性的認識和方案是多種多樣的，既有互補的，也有矛盾對立的，它們相反相成，只是永遠沒有唯一正確或保證完善的方案，——如果出現這樣的認識和方案，那就不在現代性的討論範疇了。

　　上世紀八十年代中國詩歌理論批評對「現代性」再體認的歷史意義，是重新定位了中國新詩尋求現代性的方向，開放了討論現代性的

廣闊資源和空間，使中國詩歌繼續尋求現代性和日後反思現代性，有了新的基礎。

——本文原刊於《福建師範大學學報》二〇一七年第六期。

朱光潛的詩學

　　在一般新詩理論批評研究者的心目中，朱光潛是一位有很高建樹的美學家，卻不見得是重要的新詩研究者，原因是他直接談論新詩的著述非常有限。實際的情形或許正好相反：正是由於朱光潛的視野超越了新詩「局內人」的視野，他的詩歌理論，對於中國新詩的發展，更有意義和參考價值。

　　朱光潛對中國詩歌的重要價值，是無論美學和文學的研究，都以詩作為最重要的前提和基礎，同時又以更具有徹底性和超越性的詩歌基礎理論，為中國新詩的歷史變革提供了不可缺少的參考。

一　朱光潛與詩

　　在二十世紀中國詩歌理論批評的版圖中，絕大多數從事新詩理論批評的人，本身就是一個詩人，像朱光潛這樣「單純」的美學和詩歌理論家，可以說是鳳毛麟角。但完全可以說，朱光潛比許多寫新詩的人更熱愛詩歌，更關心年輕中國新詩的前途和出路。這完全是基於他對詩歌在文學、美學中的重要性的認識。他很早就說過：「一切純文學都要有詩的特質。一部好小說或是好戲劇都要當作一首詩看。詩比別類文學較謹嚴，較純粹，較精致。如果對於詩沒有興趣，對於小說、戲劇、散文等等的佳妙處也終不免有些隔膜。不愛好詩而愛好小說、戲劇的人們大半在小說和戲劇中只能見到最粗淺的一部分，就是故事。……愛好故事本來不是一件壞事，但是如果要真能欣賞文學，我們一定要超過原始的童稚的好奇心，要超過對於《福爾摩斯偵探

案》的愛好，去求藝術家對於人生的深刻的觀照以及他們傳達這種觀照的技巧。……要養成純正的文學趣味，我們最好從讀詩入手。能欣賞詩，自然能欣賞小說戲劇及其他種類文學。」[1]

　　正因為他認為「詩的特質」是一切純文學的必備條件，所以朱光潛開始研究美學問題以來，最難以忘懷的是詩。一九四一年在〈給一位寫新詩的青年朋友〉的信中，他說「在這二十年中我……天天都在讀詩」[2]，直到一九八〇年仍然強調「我對文學作品向來側重詩」[3]。他寫的第一篇美學論文〈無言之美〉，就明確提出，要提高文學欣賞能力，必須先在詩詞方面下功夫，而朱光潛留學八年後回國到北京大學任教，也是因為他的著作《詩論》受到胡適的賞識。

　　不必諱言，朱光潛對中國新詩的評價並不高，在〈給一位寫新詩的青年朋友〉的信中，他坦率地指出新詩人「作詩者多，識詩者少」，把寫詩看得過於容易，過於欣賞「自然流露」，「我讀過許多詩，我很深切地感到大部分新詩根本沒有『生存理由』。」在綜論各種現代文學門類的〈現代中國文學〉一文中，他說：「新詩不但放棄了文言，也放棄了舊詩的一切形式。在這方面西方文學的影響最為顯著。不過對於西詩不完全不正確的認識產生了一些畸形的發展。早期新詩如胡適、劉復諸人的作品只是白話文寫的舊詩，解了包裹的小腳。繼起的新月派詩人如徐志摩、聞一多諸人大體模仿西方浪漫派的作品，在內容與形式上洗鍊的功夫都不夠。近來卞之琳、穆旦諸人轉了方向，學法國象徵派和英美近代派，用心最苦而不免偏於僻窄。馮至學德國近代派，融情於理，時有勝境，可惜孤掌難鳴。臧克家早年

1　朱光潛：〈談讀詩與趣味的培養〉，《朱光潛全集》第3卷（合肥市：安徽教育出版社，1987年），頁349-350。

2　朱光潛：〈給一位寫新詩的青年朋友〉，《朱光潛全集》第3卷（合肥市：安徽教育出版社，1987年），頁267。

3　朱光潛：〈從沈從文先生的人格看他的文藝風格〉，《藝文雜談》，合肥市：安徽人民出版社，1981年。

走中國民歌的樸直的路，近年來卻未見有多大的發展。新詩似尚未走上康莊大道，舊形式破壞了，新形式還未成立，任何人的心血來潮，奮筆直書，即自以為詩。所以青年人中有一種誤解，以為詩最易寫，而寫詩的人也就特別多。」[4]

後來，他又通過新舊詩的不同藝術效果，探討了新詩的藝術欠缺：

> 我從小就愛讀舊詩，近年來為著要瞭解我們文學界的動態，也偶爾讀些新詩。就效果來說，新詩和舊詩的差別是很大的。有些舊詩，我讀了又讀，讀了幾十年了，但沒有覺得厭倦，而且隨著生活體驗的增長，愈讀愈覺得他新鮮，不斷地發現新的意味。新詩對於我卻沒有這麼大的吸引力，很少有新詩能使我讀後還想再讀，讀的時候倒也覺得詩人確是有話要說，而且他所說的話也確是很值得說的，不過總覺得他沒有說好，往往使人有一覽無遺之感，像舊詩那種「言有盡而意無窮」的勝境在新詩裡是比較少見的。許多舊詩是我年輕時候讀的，至今還背誦得出來，可是要叫背誦新詩，就連一首也難背出。這種情形當然也不能完全歸咎於新詩，我的偏於保守的思想習慣當然也在這裡起了作用，不過這恐怕只是原因的一方面，另一方面的原因恐怕還是新詩確有欠缺。[5]

新詩欠缺什麼？朱光潛認為：一是修辭未能「立其誠」，二是形式與技巧方面的功夫下得不夠，新詩過於信任「自然流露」了，雖然詩人「確是有話要說」，「也確是很值得說的」，卻不注意詩的「說話」方式，「沒有說好」。

說到底，朱光潛愛詩並且對中國詩歌傳統有非常深刻的理解，所

4　朱光潛：〈現代中國文學〉，《文學雜誌》，第2卷第8期（1948年1月）。
5　朱光潛：〈新詩從舊詩能學習什麼〉，《光明日報》1956年11月24日。

以對新詩的評價，表現出來的不是像一般新詩人那種自我肯定的「溺愛」態度，而是站在詩歌本體的立場，以一個學者和理論家的理性，認真探討存在的問題，尋求解決的方案。

實際上，朱光潛不是偏愛古典詩歌，他對新詩的熱愛並不遜於古典詩歌。只不過，他對新詩的熱愛不是「戲臺上的自我喝彩」，而是有針對新詩的「欠缺」自覺進行詩歌實踐和理論建設。

首先值得提及的，是組織了探討新詩朗誦、音節等藝術問題的「讀詩會」。

中國新詩運動中最早的「讀詩會」，或許應該從籌備創辦《詩鐫》的那一群詩人的聚會算起。那是一九二五年秋，聚會的人有聞一多、徐志摩、饒孟侃、朱湘、朱大枏、劉夢葦、于賡虞等，地點主要在聞一多那用黑紙裱糊、美術意味極濃的家裡，每星期聚會一次（另一種說法是兩星期一次），主要是觀摩作品、切磋詩藝。而三十年代中期通常在北京地安門慈慧殿三號朱光潛家舉行的「讀詩會」，則因其規模大，名人多，持續時間長，對現代中國詩歌的發展影響深遠，而為後人所津津樂道。這個「讀詩會」受了英國書店朗誦會、詩人組織的定期誦詩活動的啟發，它與聞一多「讀詩會」的區別主要是，聞一多他們那一群詩人主要是切磋詩藝，促進創作；而朱光潛等人的「讀詩會」的一個重要意圖是要探討新詩的音節、節奏等問題，既關涉創作，也關涉欣賞，因此參與「讀詩會」的人不局限於寫新詩的人。朱光潛組織的「讀詩會」，是北平詩壇的盛事，每月都有一兩次，當時北京大學的梁宗岱、馮至、孫大雨、羅念生、周作人、葉公超、廢名（馮文炳）、卞之琳、何其芳，清華大學的朱自清、俞平伯、王了一、李健吾、林庚、曹葆華，還有冰心、林徽因、周煦良、沈從文、蕭乾等，都是它的常客。沈從文在一九三八年寫的〈談朗誦詩〉一文中談到：「這些人或曾經在讀詩會上作過關於詩的談話，或者曾把新詩、舊詩、外國詩當眾誦過、讀過、說過、哼過。大家興致

所集中的一件事，就是新詩在誦讀上，究竟有無成功的可能？新詩在誦讀上已經得到多少成功？新詩究竟能否誦讀？差不多集所有北方新詩作者和關心者於一處，這個集會可以說是極難得的。」[6]

　　其次，由於朱光潛認定「詩的特質」是一切文學的必備條件，所以他主編刊物時一直把詩作為「樹立一個健康的文學風氣」的標識，獨具慧眼發現和刊發過許多高質量的詩作和詩評，同時他自己也寫詩評。僅以一九三七年五月創刊，因抗戰爆發出了四期被迫停刊的前期《文學雜誌》為例，其中刊發的詩就有：胡適的〈月亮的歌〉，戴望舒的〈寂寞〉、〈偶成〉，卞之琳的〈第一盞燈〉、〈多少個院落〉、〈足跡〉、〈半島〉、〈白螺殼〉，廢名的〈十二月十九日夜〉、〈宇宙的衣裳〉、〈喜悅是美〉，陸志韋的〈雜樣的五拍詩〉，梁宗岱譯的〈莎士比亞十四行詩二首〉，林庚的〈柳下〉、〈半室〉，曹葆華的〈無題〉，馮至的〈給幾個死去的朋友〉，方令孺的〈聽雨〉，楊世驤的〈雲麓宮前額〉，孫毓堂的〈暴風雨〉，林徽因的〈進城〉、〈朱顏〉、〈去春〉，賈芝的〈水手和黃昏〉，石民的〈浣紗溪（擬古之一）〉、〈謝了的薔薇〉，路易士的〈不朽的肖像〉，覃處謙的〈路工的鄉愁〉，高一涵的〈涼〉。發表的詩歌理論與批評文章則有：葉公超的〈論新詩〉、梁實秋的〈莎士比亞是詩人還是戲劇家？〉、郭紹虞的〈宋代殘佚的詩話〉、陸志韋的〈論節奏〉、周煦良的詩評〈北平情歌〉、朱光潛的詩評〈望舒詩稿〉等。只要看看這些作者與作品篇目，便不難看到朱光潛的編輯風格和文學品味。

　　第三，朱光潛不只在自己主編的刊物上發表有影響的詩作和理論文章，還在編後記中力薦好詩，或者直接寫新詩的評論。譬如戴望舒的〈望舒詩稿〉出版於一九三七年一月，在同年五月出版的《文學雜誌》創刊號就發表了朱光潛的書評。他非常敏銳地感覺到戴望舒是

6　《沈從文文集》第11卷（廣州市：花城出版社，1984年），頁251。

「一個懷鄉病者」，是「青春和衰老的集合體」，他引用戴望舒的詩句
「老實說，我是一個年輕的老人了／對於秋草秋風是太年輕了／而對
於春月春花卻又太老」後寫道：

> 這是〈望舒詩稿〉裡所表現的戴望舒先生和他所領會的世界。
> 這個世界是單純的，甚至可以說是平常的，狹小的，但是因為
> 是作者的親切的經驗，卻仍然很清新爽目。作者是站在剃刀鋒
> 口上的，毫釐的傾側便會使他倒在俗濫的一邊去。有好些詩人
> 是這樣地倒下來的，戴望舒先生卻能在這樣微妙的難關上保持
> 住極不容易保持的平衡。他在少年人的平常情調與平常境界之
> 中噓咈出一股清新空氣。他不誇張，不越過他的感官境界而探
> 求玄理；他也不掩飾，不讓驕矜壓住他的「維特式」的感傷。
> 他赤裸裸地表現出他自己──一個知道歡娛也知道憂鬱的，向
> 新路前進而肩上仍背有過去的時代擔負的少年人。他表現出他
> 的美點和他的弱點，他的活潑天真和他徬徨憧憬。他的詩在華
> 貴之中仍保持一種可愛的質樸自然的風味。像雲雀的歌唱，他
> 的聲音是觸興即發，不假著意安排的。[7]

朱光潛評論戴望舒詩歌的特點，說得上是準確犀利，他說戴望舒詩歌
單純、平常、狹小，認為「戴望舒先生所以超出一般詩人的我想第一
就是他的缺陷──他的單純」，引申出的是他對新詩問題的思慮：「讀
過〈望舒詩稿〉以後，我們不禁要問：戴望舒先生的詩的前途，或者
推廣說整個的新詩的前途，有無生展的可能呢？假如可能，它大概是
打哪一個方向呢？新詩的視野似乎還太狹窄，詩人感覺似乎還太偏，
甚至還沒有脫離舊時代詩人感覺事物的方式。推廣視野，向多方面作

7　朱光潛：〈望舒詩稿〉，《文學雜誌》創刊號，1937年5月。

感覺的探險，或許是新詩生展的唯一路徑。」與「戲臺裡喝彩」的批評家不同，朱光潛不僅發現和分析好的詩人詩作，而是同時關心一些代表性作品所反映出來的問題：新詩的視野不夠寬廣，感覺事物的方式不能對應新的時代。這實際上是告訴人們，新詩與古典詩歌的不同，是視野、感覺方式和想像方式的差異等更為內在的問題。不僅如此，在這篇文章中，作為美學理論家的朱光潛對戴望舒的一些詩歌觀念特別敏感，認為「詩人的理論往往不符他的實行」，許多詩句正是「詩不能借重音樂」的反證。

　　一九三七年只出四期的《文學雜誌》，三期都有朱光潛談論新詩的文字。專門詩評以外，還有他的「編輯後記」。該刊一卷二期刊發了廢名的詩〈十二月十九日夜〉、〈宇宙的衣裳〉、〈喜悅是美〉，朱光潛在〈編輯後記〉中專門提示，「廢名先生的詩不容易懂，但是懂得之後，你也許要驚歎它真好。有些詩可以從文字本身去瞭解，有些詩非先瞭解作者不可。廢名先生富敏感而好苦思。有禪家與道人的風味。他的詩有一個深玄的背景，難懂的是這背景。他自己說，他生平只做過三首好詩，一首是在《文學季刊》發表的〈掐花〉，一首是在《新詩》發表的〈飛塵〉，再一首就是本期發表的〈宇宙的衣裳〉。希望讀者不要輕易放過。無疑地，廢名所走的是一條窄路，但是每人都各走各的窄路。結果必有許多新奇的發見。最怕的是大家都走上同一條窄路。」[8]而在第一卷第四期的〈編輯後記〉則寫道：「本期詩欄大部分作者就是才露頭角的青年詩人。許多人對於新詩的前途頗悲觀，如果他們肯拿現代新詩人的作品和初期新詩人的作品細心比較一下，就會知道他們的悲觀是無理由的，一般青年詩人的毛病不外兩種，一種是文字欠精煉，技巧欠成熟，一種是過於信任粗浮俗濫的情調。前者可救藥而後者不可救藥。我們不敢說現在新詩人絕沒有第二種毛

8　〈編輯後記〉，《文學雜誌》第1卷第2期（1937年6月）。

病，但是也不能否認他們中間確有少數人知道它是毛病而力求避免。這是一個好現象，新詩的前途可樂觀者也正在此。」[9]

由此，我們不難感受朱光潛對新詩的關切和呵護。當然，無論對於中國新詩，還是對於朱光潛自己而言，最值得重視的，還是他的《詩論》。

二　《詩論》──建構完整的詩學體系

《詩論》是朱光潛自己比較看重的一本著作，在一九八四年版的〈後記〉中，他寫道：「在我過去的寫作中，自以為用功較多，比較有點獨到見解的，還是這本《詩論》。」該書在朱光潛留學時期就已開始動筆，寫成後曾作為教材在北京大學中文系、武漢大學中文系等地使用。正式出版的有四種版本。最早的版本是「抗戰版」，一九四三年六月由重慶國民圖書出版社出版。書前有作者的〈抗戰版序〉，正文十章，附錄〈給一位寫詩的青年朋友〉一文。一九四八年三月，正中書局出版了「增訂版」，除保留初版的內容外，正文增加三章內容，分別是「第十一章　中國詩何以走上『律』的路（上）：賦對於詩的影響」、「第十二章　中國詩何以走上『律』的路（下）：聲律的研究何以特盛於齊梁以後」、「第十三章　陶淵明」。第三種版本是北京三聯書店一九八四年出版的重版本，這個版本補入《中西詩在情趣上的比較》、《替詩的音律辯護》，分別附於第三、第十二章之後。收入《朱光潛全集》第三卷的《詩論》是第四種版本，它涵蓋了三聯重版本的全部內容，但附錄增加了初稿（一九三一年前後寫成）原有的〈詩的實質與形式〉、〈詩與散文〉兩篇對話。之後不同出版社出版的《詩論》單行本（如安徽教育出版社一九九七年出版的《詩論》和廣

9　〈編輯後記〉，《文學雜誌》第1卷第4期（1937年8月）。

西師範大學出版社二〇〇四年出版的《詩論》），都是按《朱光潛全集》第三卷的內容排印的。

　　朱光潛寫作《詩論》的動機在〈抗戰版序〉中有明確的表達：主要是由於有感於「中國向來有詩話而無詩學」的狀況，「想對於平素用功較多的一種藝術——作一個理論檢討」，通過這個檢討，匯通中西詩學，明辨吸收承繼的可能，補益中國的新詩運動。他說：

> 在目前中國，研究詩學似尤刻不容緩。第一，一切價值都由比較得來，不比較無由見長短優劣。現在西方詩作品與理論開始流傳到中國來，我們的比較材料比從前豐富得多，我們應該利用這個機會，研究我們以往在詩創作與理論兩方面的長短究竟何在，西方人的成就究竟可否借鑑。其次，我們的新詩運動正在開始，這運動的成功失敗對中國文學的前途必有極大影響，我們必須鄭重謹慎，不能讓它流產。當前有兩大問題須特別研究，一是固有的傳統究竟有幾分可以沿襲，一是外來的影響究竟有幾分可以接收。這些都是詩學者所應虛心探討的。[10]

　　朱光潛的《詩論》是我國第一部體系化的詩學著作，打破了中外、古今的分立，具有基礎理論的徹底性，同時體現了一個美學家對於詩歌美感經驗的細緻體察。它突出的貢獻，以中西會通高屋建瓴的美學視野，深入論述了詩歌的內質、形式，以及人工與自然的關係，為「舊形式破壞了，新形式還未成立」，過於沉醉於「自然流露」的中國新詩，及時提供了理論上的參考。

　　首先是澄清什麼是詩的問題。《詩論》前三章討論的都是這個問

---

10 朱光潛：〈抗戰版序〉，《詩論》，《朱光潛全集》第3卷，合肥市：安徽教育出版社，1987年。

題。值得注意的是，朱光潛討論詩的特質，所取的角度不是歷史追溯角度，分辨林林總總詩歌起源論，而是從心理學的角度展開探討。在「第一章　詩的起源」，朱光潛明確提出「歷史與考古學的證據不盡可憑」。他引用中國最早的詩歌理論典籍《詩》〈大序〉中的經典論述：「詩者，志之所之也。在心為志，發言為詩。情動於中而形於言，言之不足，故嗟歎之；嗟歎之不足，故永歌之；永歌之不足，不知手之舞之，足之蹈之也。情發於聲；聲成文，謂之音。」認為「詩、樂、舞同源」不算新鮮，最重要的是詩起源於人類的「天性」。他從人類的心理、欲望去闡述和分析這些問題，揭示的是人類與詩歌的天然聯繫：「詩歌是『表現』內在的情感，或是『再現』外來的印象，或是純以藝術形象產生快感，它的起源都是以人類天性為基礎。」[11]

　　那麼，這種天然的聯繫體現在哪裡呢？朱光潛在《詩論》第二章「詩與諧隱」中作了非常深入的探討。在這一章中，朱光潛首先提出不同類型的詩歌都有文字遊戲的現象：或是用文字開玩笑，或是用文字編謎語，或是玩文字遊戲。他認為這種文字遊戲就是劉勰《文心雕龍》中所說的「諧隱」。「諧」就是「說笑話」，「以遊戲態度，把人事和物態的醜拙鄙陋和乖訛當作一種有趣的意象去欣賞」[12]；而「隱」則是「用捉迷藏的遊戲態度，把一件事物隱藏起，只露出一些線索來，讓人可以猜中所隱藏的是什麼」。[13]諧與隱都帶有文字遊戲的性質，朱光潛考察詩與諧隱的關係，既是要揭示詩歌創作的動力，也是要從閱讀的角度揭示詩歌美感的豐富性：引起人的美感的東西不僅包括文本的內容與形式，也包括創造文本的智慧和技巧。他說：「詩歌

11　朱光潛：《詩論》，《朱光潛全集》第3卷（合肥市：安徽教育出版社，1987年），頁13。

12　朱光潛：《詩論》，《朱光潛全集》第3卷，頁27。

13　朱光潛：《詩論》，《朱光潛全集》第3卷，頁37。

在起源時就已與文字遊戲發生密切的關聯，而這種關聯維持到現在，不曾斷絕。其次，就學理說，凡是真正能引起美感經驗的東西才有若干藝術的價值。巧妙的文字遊戲，以及技巧的嫻熟運用，可以引起一種美感，也是不容諱言的。」[14]

　　當然，朱光潛從人類天性、從文字遊戲出發去討論詩歌，也是為了在「第三章　詩的境界——情趣與意象」中表達他對詩歌基本特點的理解：本於人生、基於創造的詩歌是「自然與藝術的媾合，結果乃在實際的人生世相之上，另建立一個宇宙」，這個宇宙「本是一片斷，藝術予以完整的形象，它便成為一個獨立自足的小天地，超出空間性而同時在無數心領神會者的心中顯出形象。」[15]這個把人生時空中的一點永恆化與普遍化，並且能夠在每個欣賞者當時當境的個性與情趣中吸取新鮮生命的獨立宇宙，主要由「意象」與「情趣」兩個要素構成，它們互動相生，凝成「詩的境界」。而在凝成境界的過程中，創造性得到了最高的體現。朱光潛認為，詩的境界首先是用「直覺」見出來的，因為「它是『直覺的知』的內容而不是『名理的知』的內容」。「見」具有創造性，「仔細分析，凡所見物的形象都有幾分是『見』所創造的。凡『見』都帶的創造性，『見』為直覺時尤其如此。凝神觀照之際，心中只有一個完整的孤立的意象，無比較，無分析，無旁涉，結果常致物我由兩忘而同一。我的情趣與物的意態遂往復交流，不知不覺之中人情與物理互相滲透。」[16]而主體的「情趣」，既依存於意象，卻也讓意象獲得了生命和完整性，詩人與常人不同，就在於能托情趣於意象，以象會意：「吾人時時在情趣裡過活，卻很少能將情趣化為詩。因為情趣是可比喻而不可直接描繪的實感，如果不附麗到具體的意象上去，就根本沒有可見的形象。我們抬頭一看，

14　朱光潛：《詩論》，《朱光潛全集》第3卷，頁47-48。
15　朱光潛：《詩論》，《朱光潛全集》第3卷，頁49-50。
16　朱光潛：《詩論》，《朱光潛全集》第3卷，頁53。

或是閉目一想，無數的意象紛至沓來，其中也只有少數的偶爾成為詩
的意象，因為紛至沓來的意象零亂破碎，不成章法，不具生命，必須
有情趣來融化它們，貫注它們，才內有生命，外有完整形象。」[17]

　　朱光潛對「詩的境界」的討論，值得我們注意之處，既在於清楚
闡述了詩歌的基本元素及其相互關係，更在於他卓有見地道明了情趣
在詩歌美學中的分量。實際上，情趣是朱光潛美學思想的精髓，闡明
情趣對意象的融化，論述情趣與意象的互動相生及其他們的共同超
越，是《詩論》中相當精彩的篇章。他讓人們意識到：「詩的境界是
情趣與意象的融合。情趣是感受來的，起於自我的，可經歷不可描繪
的；意象是觀照得來的，起於外物的，有形象可描繪的。情趣是基層
的生活經驗，意象則基於對日常生活經驗的反省。情趣如自我容貌，
意象則為對鏡自照。二者之中不但有差異而且有天然難跨越的鴻溝。
由主觀的情趣如何能跳這鴻溝而達到客觀的意象，是詩和其他藝術所
必征服的困難。」[18]

　　在朱光潛看來，作為詩歌基礎因素的情趣和意象，並不等於詩歌
本身，它們彼此需要通過對方才能獲得超度：情趣既需要意象獲得形
象，也需要通過意象獲得「解脫」（或「淨化」）；而意象其「見」出
本身便說明並非純客觀存在，它需要情趣才能獲得生命和完整性。正
是在「境界」超越經驗的意義上，朱光潛取消了「浪漫」與「古
典」、主觀與客觀、「有我之境」與「無我之境」的人為區別和對立，
而強調詩人跨越鴻溝、征服困難的精神，這種精神就是「從感受到回
味」的觀照玩索的精神。他說：「一般人和詩人都感受情趣，但是有
一個重要分別。一般人感受情趣時便為情趣所羈縻，當其憂喜，若不
自勝，憂喜既過，便不復在想像中留一種餘波返照。詩人感受情趣之

17　朱光潛：《詩論》，《朱光潛全集》第3卷，頁54。
18　朱光潛：《詩論》，《朱光潛全集》第3卷，頁62。

後，卻能跳到旁邊來，很冷靜地把它當作意象來觀照玩索。……感受情趣而能在沉靜中回味，就是詩人的特殊本領。一般人的情緒有如雨後行潦，夾雜污泥朽木奔瀉，來勢浩蕩，去無蹤影。詩人的情緒好比冬潭積水，渣滓沉澱淨盡，清澄澄澈，燦然耀目。『沉靜中的回味』是它的滲瀝手續，靈心妙悟是它的滲瀝器。」[19]

　　既有「滲瀝器」又能以沉靜中回味的精神履行「滲瀝手續」的，才是詩人。朱光潛講「詩的境界」，不是詩要不要抒情言志，而是用什麼樣的態度和方式抵達情志的審美境界，怎樣「調和」、超越情趣與意象的隔閡和衝突。他把「內質」與技藝統一起來了。

　　把詩理解為「自然與藝術的媾合」的感覺與想像的「宇宙」，自然就帶出詩歌作為「人為藝術」理論探討。在朱光潛的詩學觀念中，詩歌發展離不開「人為藝術」這一特點。從詩起源時的與生俱來的節奏形式，到沿襲基礎上的創造，以及超越已有形式的清規戒律，無不體現著「人巧」的魅力與價值。他多次引用古希臘語中「詩」這個詞的意義，指的是製作，所以無論是文學、繪畫或是其他藝術，凡是「製作」或「創造」出來的東西都可以稱為「詩」。朱光潛強調詩歌「人為藝術」的性質，是要張揚自覺克服困難的藝術精神，同時彰顯技藝和智慧在詩歌活動中的審美意義。他認為承認「詩的形式是人為的、傳統的」這一事實，可以增強詩歌創作方面的自覺。

　　辨析了詩作為「人為藝術」的性質之後，自然是人如何「為」詩了：詩人用什麼和怎樣在人生世相之外，另造一個「宇宙」？或者從主體的角度說，詩人如何向世界呈現他們的感覺和情趣？在討論這個問題時，朱光潛緊緊抓住語言這個關鍵因素，對詩歌把握和想像世界的方式作了抽絲剝繭般的探討。他努力撇清詩與散文的關係，分析同是以語言為媒介的文學寫作，在不同文類中運用語言的差異。通過

19　朱光潛：《詩論》，《朱光潛全集》第3卷，頁63-64。

形式、實質兩方面的仔細辨析，把詩界定為「有音律的純文學」，並
作了闡述：

> 就大體論，散文的功用偏於敘事說理，詩的功用偏於抒情遣
> 興。事理直截了當，一往無餘，情趣則低徊往復，纏綿不盡。
> 直截了當者宜偏重敘事語氣，纏綿不盡者宜偏重驚歎語氣。在
> 敘事語中事盡於詞，理盡於意；在驚歎語中語言是情感的縮寫
> 字，情溢於詞，所以讀者可因聲音想到弦外之響。[20]

在自由詩為主流的新詩運動中，提出「詩為有音律的純文學」這一觀
念，是一種理論冒險，但朱光潛令人信服地告訴人們，近代出現的自
由詩表面上沒有規律，實際上分行分節仍有起伏呼應，仍然是驚歎語
的語言策略，仍然有明顯的形式感。而詩歌的這種形式感，體現著詩
歌運用語言的紀律，就像文法一樣，體現著詩歌發展變化中存在著一
個不變的基礎。正是音律這個不變的基礎，使詩來自經驗世界卻能
「和塵俗間許多實用的聯想隔開」，成為獨立自主的審美世界。在朱
光潛看來，「音律是一種製造『距離』的工具，把平凡粗陋的東西提
高到理想世界」。[21]

　　不過，朱光潛把「音律」作為詩的重要特質，卻與一般人強調詩
的「音樂性」很不相同，雖然他也同意詩源於歌，歌與樂相伴，詩保
留有音樂的節奏的說法。但他特別強調的是，詩是用語言來想像世界
的，「詩既用語言，就不能不保留語言的特性，就不能離開意義而去
專講聲音。」[22]在朱光潛看來，一方面，詩歌的妙處正在於它自起源開
始就保留了音樂的節奏，又同時含有語言的節奏，所以音樂所不能明白

20　朱光潛：《詩論》，《朱光潛全集》第3卷，頁112。
21　朱光潛：《詩論》，《朱光潛全集》第3卷，頁121。
22　朱光潛：《詩論》，《朱光潛全集》第3卷，頁133。

表現的，詩可以通過文字的要素來達到。一首詩可以由文字呈現出一個具體的情景來，所表現的情緒可以是具體的、有內容的。另一方面，詩歌的發展，從民歌到文人詩，是一個不斷認識語言內在節奏的過程，或者說是不斷試驗音義合一的可能性的過程。

　　在現代詩歌理論中，沒有任何一部著作像朱光潛的《詩論》這樣全面考察詩歌的音律問題。他分別論聲、論頓、論韻，既區別音之長短、高低、輕重，也討論聲音在生理、物理、心理各個層面的反應。他明確告訴我們，四聲對節奏影響甚微，卻有助於造成和諧。他認為舊詩的頓完全是形式的、音樂的，常與意義乖訛，但新詩倡導完全棄律順義，是否正是散文化的根源？「韻最大的功用在把渙散的聲音聯絡貫串起來，成為一個完整的曲調」[23]，它是否有重新注意的價值？朱光潛不直接提供結論，他讓我們回溯「中國詩何以走上『律』的路」的歷史：從賦對詩文的影響，梳理藝術從自然到人為的過程，從齊梁時代對字音的重視，梳理語言音與義的離合關係，最終標示出詩歌進化的四個階段：第一階段，有音無義時期，就是詩歌的最原始時期。這一時期詩樂舞三者同源，所繫在節奏；原始民歌、現代歌謠和野蠻民族的歌謠可以為證。第二階段，音重於義時期。音樂的成分是原始的，詩的音先於義。語言的成分最初為了應和節奏，詞是後加上去的。隨著人類思想文化的發展，作者以事物情態比附音樂，才使得詩歌不僅有節奏音調還有意義。這一時期詩歌想融化音樂和語言，較進化的民俗歌謠大半屬於此類。第三階段，音義分化。這也就是「民間詩」演化為「藝術詩」的階段，詩歌的作者由全民眾演變成一種特殊階級的文人。文人詩在最初都是以民間詩為藍本，沿用流行的譜調加以改造完善。重點轉向歌詞，漸漸有詞而無調了。第四階段，音義合一。既與調分離，詩就不再有文字以外的音樂了，但是詩歌本出自音樂，便無法與音樂絕緣。音樂是詩的生命，從前

23　朱光潛：《詩論》，《朱光潛全集》第3卷，頁189。

的外在的聯繫既然丟失，文人就不得不從文字本身入手尋求節奏。到了音義合一的階段，詩即便不可歌卻必可誦，誦不像歌那樣重視曲調的節奏，而是偏重語言的節奏。

在音義合一的階段，詩的音律回到了語言內部，它內在化了，「可誦」成了詩歌音律的標誌。朱光潛揭示這個特點，既鞭策詩人須從語言的特性出發探索詩歌的節奏，也期待讀者改變傳統的欣賞習慣，把能誦詩當作「賞詩的要務」：

> 欣賞之中都寓有創造。寫在紙上的詩只是一種符號，要懂得這種符號，只是識字還不夠，要在見出意象來，聽出音樂來，領略出情趣來。誦詩時就要把這種意象，音樂和情趣在聲調中傳出。這種功夫實在是創造的。讀者如果不能做到這步田地便不算能欣賞，詩中一個個的字對於他便只像漠不相識的外國文，他便只見到一些縱橫錯雜的符號而沒有領略到「詩」。能誦讀是欣賞詩的要務。[24]

從詩是什麼的心理學角度的辨析入手，進而深入考察構成詩歌宇宙的基本元素及其相互關係，抓住語言這一關鍵因素，梳理其與其他文學類型的區別，並從其音與義關係的歷史演變中總結詩歌發展的規律，最後以一個偉大詩人（陶淵明）標示理想的詩歌，朱光潛的《詩論》為我們構建了一個完整的詩學體系。這個詩學體系，不僅具有理論的自洽性，而且有相當的歷史感，其中西匯通的研究方法和開闊的歷史視野，堪稱詩學研究的一個典範。

---

24 朱光潛：《詩論》，《朱光潛全集》第3卷，頁248。

三　朱光潛詩學的意義

朱光潛的《詩論》是中國第一部現代詩學理論，填補了我國詩歌基礎理論的空白。其開疆闢土之功，自不待言。其理論體系的完整自洽，其研究方法的中西古今貫通，也為中國現代詩學建構，提供了榜樣。但聯繫二十世紀以來的中國詩歌變革的歷史語境，《詩論》對中國詩歌及其理論批評，至少還有以下三方面的重大意義。

（一）回到詩歌的基本問題

在中國詩學的大格局中，朱光潛的《詩論》之於傳統，是把中國詩歌點悟式、語錄式的批評轉變為詩學理論體系的自覺建構，搭建了一座現代詩歌理論大廈。不容置疑，這個理論大廈是現代的，無論是它的理論體系，還是研究方法，都體現著現代人的理性精神和治學風格。而相對於同時代人的詩歌理論批評，朱光潛的不同之處在於，他不像絕大多數的「革新派」理論批評家那樣堅決地站在新詩那邊，以批評「舊詩」作為自己的理論起點；也不像新詩運動初期的守舊派那樣否定新詩的合法性。他既不站在新詩一邊，也不站在「舊詩」一邊，而是站在詩歌一邊。

正是因為朱光潛的詩歌立場不是「時代的立場」，他的詩學也就避免了時代的偏好與偏見。二十世紀的中國詩歌變革年代的理論批評，從胡適舉起「新詩革命」的大旗，到袁可嘉倡導「新詩的現代化」，一個基本的主題就是撇清與中國古典詩歌的承繼關係，無論語言、形式和意境，都力求讓新詩擺脫「舊詩」的陰影。這一點，甚至連主要依靠傳統文學資源的馮文炳也不例外，執意要在古典詩歌與新詩之間劃出一條界限：認為古典詩歌與新詩是對立的，新詩的內容是詩的而語言是散文的；而古典詩歌則相反，其語言是詩的而內容是散文的。這些理論立場和觀點放在現代轉型的歷史語境中當然是可以理

解的，甚至可以欣賞它們充滿著時代的激情和詩意。但問題是，一代人有一代人的詩歌與文學，是指一代人有一代人的風尚趣味，還是一代人有一代人的思想語言與形式？詩歌作為人類把握和想像世界的方式，有沒有中西古今共存相通的基本問題？

朱光潛《詩論》的意義，首先就在於秉持美學家的真知灼見和理論勇氣，揭示了詩歌發展變革不能迴避的基本問題：基於人類天性和語言媒介的詩歌，無論怎樣變革，都繞不開情趣、意象、音律（節奏）等問題。詩歌的這些基本的成分不會改變，時代只會強調它急切需要的部分，遮蔽其不那麼急切需要的部分。但只要是基本的因素，它不可能永遠被遮蔽，詩歌最終會回到自己的基本問題上來。就像《詩大序》對詩的六個定義，作為詩體與風格的「風」、「雅」、「頌」會在歷史長河中隱匿，但作為詩歌想像方式與技藝的「賦」、「比」、「興」卻世代長存。實際上，白話詩運動之後，無論是「新月詩派」的形式實驗，還是現代派詩對「詩是詩」的倡導，或者一九三〇年代一批詩人向晚唐古典詩歌致敬，都可視為「回到基本問題」的詩歌實踐。「學習新語言，尋找新世界」的中國新詩運動，作為一種探求新的可能性的詩歌實踐，自然不會也不可能長久離開詩的基本問題和基本規律的。

（二）從語言出發揭示詩歌的規律

回到詩歌的基本問題，對朱光潛而言，就是回到語言、回到漢語的根本特性。朱光潛在《詩論》中論詩，表面上看和一切詩歌理論一樣，談的是精神與形式的關係，實際上他與前代和同代詩論有一個很大的不同：別的詩論家都把語言與形式當作表達思想感情的工具，即胡適所謂的讓文字體裁「做新思想新精神的運輸品」，而朱光潛則能從本體的意義上理解語言形式問題，認為「語言的實質就是情感思想的實質，語言的形式也就是情感思想的形式，情感思想和語言是平等

一致的，並無先後內外的關係。」[25]對語言形式的這種本體認識，使朱光潛能夠在情智「徵候」的意義上理解語言：第一，精神與語言形式的關係，不是像餅與手那樣的傳遞關係，思想與言說的關係是互動相生的；第二，從語言本身的人為性、習慣性出發，深入探討了「人為藝術」特點與與規律。

　　這兩方面在「尋思」與「尋言」關係的梳理中堪稱範例。朱光潛探討「尋思」與「尋言」的關係，既由於詩歌從來就面臨著書不盡言、言不盡意的困窘，也因為詩歌將迷糊隱約的情趣變為固定明顯的意象和情境，是一個艱難的求索過程。在他看來，「尋思」，是一種「解決疑難糾正錯誤的努力」，就是把模糊隱約的變為明顯確定的，把潛意識和意識邊緣的東西移到意識的中心；而「尋言」，也是一種「尋思」，搜尋語言其實就是在努力使情感思想明顯化和確定化。他還把作品的修改也當作「尋思」與「尋言」的有機部分，因為所修改的並不僅語言的進步，而是詩意的彰顯和整體意境的提升。從「思」與「言」這種互動相生關係出發，朱光潛澄清了許多相通又相異的詩歌創作的理論問題：諸如「偶成」與「賦得」、「自然」與「雕琢」、「說話」與「寫作」等。他的基本觀念是：從思與言互為表裡的意義上理解詩歌，「偶成」與「自然」當然是詩歌理想，但是如果沒有經過「賦得」和「雕琢」的訓練，抵達理想的機率是很低的；「說話」當然比「寫作」更為鮮活和流動，但「寫作」的意義是能在流動變化中抓住了一個基礎，在「固定」流動中形成思與言合一的結晶，同時形成一種想像世界的方法與規律。

（三）回應新詩變革的迫切問題

　　朱光潛的《詩論》，實際上是一部有明確的問題意識和學術擔當

25　朱光潛：《詩論》，《朱光潛全集》第3卷，頁100。

精神的詩學著作，這就是從學理上回應新詩革命出現的問題，為新詩健康發展提供理論上的參考。從理論上梳理了詩歌的基本問題和創作規律，實際上已經回答了二十世紀初新詩革命中出現的許多問題。諸如「我手寫我口」、「做詩如說話」、古今文字的「死」與「活」，寫詩的自由與約束等問題。這裡特別值得注意的是，由於朱光潛在理論上對詩歌有透澈的認識，他對問題的認識顯然比同代批評家深刻。

首先，朱光潛的詩學，不僅體現了本體論的語言觀，也體現了本體詩學的發展觀。他清楚地分辨了語言與文字的關係，提出文字的死活不在古今而在運用，「散在字典中的文字，無論其為古今，都是死的；嵌在有生命的談話或詩文中的文字，無論其為古今，都是活的。我們已經說過，文字只是一種符號，它與情感思想的關聯全是習慣造成的。」[26]這種分辨，事實上糾正了胡適那種情緒化的、語體語用不分的語言觀，從而讓人們明白，語言文字無所謂新舊死活，它的生命全在於主體對它的激活。

其次，從思想與語言合一的本體論的語言觀出發，朱光潛不僅從理論上澄清了語言與形式方面「新」與「舊」的對立，而且敞明了新詩的「致命傷」：「沒有在情趣上開闢新境，沒有學到一種新的觀察人生世相的方法，只在搬弄一些平凡的情感、空洞的議論，雖是白話而仍是很陳腐的詞藻」[27]。聯繫朱光潛對戴望舒詩歌「單純、平常、狹小」的批評和引申出的「脫離舊時代詩人感覺事物的方式」的期待，人們不難發現朱光潛對新詩變革的深刻認識：新詩的語言與形式變革，實際上是感覺、想像方式、美學趣味的現代性革命。

由於上面兩點得以澄清，新詩如何變革的問題便不言自明：一方面，必須在思想與語言的互相依存關係上理解晚清開始的新詩的變

---

26 朱光潛：《詩論》，《朱光潛全集》第3卷，頁102。

27 朱光潛：〈給一位寫新詩的青年朋友〉《詩論》附錄一，《朱光潛全集》第3卷，頁271-272。

革，理解朱自清在《中國新文學大系・詩集》〈選詩雜記〉所說的「學習新語言」、「尋找新世界」的內在關聯；另一方面，必須根據現代漢語「說」與「寫」不斷趨近這一趨勢來探尋新詩的形式和節奏。朱光潛通過他的《詩論》啟迪人們：西方與中國都先後進行過語言文字的變革，現在都到了「在文字本身求音樂的時期」，現代人用現代語言創作的「新詩」，雖不像古典詩歌那樣可歌、可吟，然而仍須有可誦的節奏。因此，中國詩歌現代革新不應以「自然」、「自由」等藉口放棄形式秩序探討，而須從現代漢語的特點出發摸索「可誦的節奏」的規律。

朱光潛的這些詩學見解，後來在葉公超、林庚、何其芳、卞之琳等人理論和實踐中，產生了強烈的迴響；相信未來的中國詩歌，仍將進一步彰顯它的意義與價值。

── 本文原刊於《華中師範大學學報》二〇一五年第五期。

林以亮的詩歌批評

　　二十世紀中國思想文化領域的公害之一，是把複雜的問題簡化為二元對立的黑白歸類，從而演繹出一系列「站隊」式的劃分標準。諸如進步與落後、革新與保守、現代與傳統、左傾與右傾、革命與反動等等。它的直接後果是驅使不少知識分子陷於「順從──對抗」的兩極模式中不能自拔。這種現象對知識分子的思想方法和精神生產，是一種可怕的扭曲。因此，當我們反觀和梳理百年中國的文化成就的時候，在感慨那些無謂論爭的同時，會發現這樣一個醒目的事實：在現代中國，對文化發展真正提出有價值的問題、作出建設性貢獻者，往往不是各個歷史階段「立場正確」的人，而是一些具有獨立、自由的思想，自覺自明的邊緣知識分子。自覺在邊緣站立，與中心潮流保持必要的距離和清明的理性，更能以智力上的自治、人格上的獨立，在社會文化諸問題中發揮清理、甄別、預測、建構的功能。

　　在我看來，林以亮就是這樣一個游離於兩極對立模式之外，漂浮於主流之外的邊緣知識分子。雖然面對他高疊盈尺、類別不同的著述，面對他批評家、翻譯家、詩人、編輯的多重身分，對我這樣外文基礎一般的人來說，談論這位香港沙田文人圈子中的「約翰生博士」（余光中語），無異於一條河流談論一個大海。然而，林以亮不僅對於我們是一種誘惑和啟迪，而且對於現代漢詩，對於現代中國知識分子的角色定位，也是一個值得注意的存在。

一　邊緣：承受與認同

　　林以亮，即宋淇[1]。生於一九一九年。這是一個轟轟烈烈的年頭，一般的學者都以此年作為中國現代史的開端。然而，對於這時出生的中國人，特別是中國知識分子來說，卻意味著無端被拋入到了危機與混亂的中心。這是一個兩難的年代，像林以亮父親宋春舫那樣的五四那一代知識分子，雖然早有神童之喻，十三歲就考上秀才，對傳統中國文化始終抱有很深的感情，為此還讓小時候的林以亮讀私塾、讀莊子列子，然而，面對國家的落後和民族的精神疾病，以為西方的思想和文化，可以拯救日漸式微的中國，因此發狠斬斷自己的情緣，把興趣移到歐美戲劇上，「總希望文學能對時代發生一點作用，對改良社會有所貢獻。」[2]他們沒有料到，自己奮力追求的東西，已是西方知識分子開始反思的東西，正如當芬諾羅莎和龐德發現了中國古代詩歌的新大陸，向漢詩尋求法寶解西方的浪漫主義之弊時，中國卻迷戀上了西方的浪漫主義詩歌一樣，這裡體現了落後民族在尋求現代化過程中的文化時空錯位。我想，這就是林以亮後來為毛姆《中國屏風‧一個戲劇工作者》作注釋的文章〈毛姆和我的父親〉中所提及的「近代中國的基本問題」。毛姆與宋春舫之間展開對話的困難在於：毛姆作為一個對資本主義文明已有所警覺的西方作家，並不希望中國知識分子拋棄自己的傳統；而宋春舫這樣的五四知識分子，則出於擺脫國家貧窮、落後，實現現代化的願望，一心向西方「尋求真理」。

　　對於鴉片戰爭以來承受著過多民族恥辱的中國知識分子來說，宋春舫們的心情與選擇是可以理解的。然而，他們視文學為社會改良的

1　「林以亮」是宋淇常用的筆名之一，此外，還使用過「宋奇」、「宋悌芬」、「歐陽竟」、「飛騰」、「唐文冰」、「余懷」、「楊晉」等筆名發表作品。

2　林以亮：〈毛姆和我的父親〉，《昨日今日》（臺北市：皇冠出版社，1981年），頁85-86。

工具，政學不分，文化與政治不分的一攬子要求，實際上是理想主義
的，它導致的是文化上的激進主義思潮，而這種文化上的激進主義，
又自覺或不自覺地助長了政治上的激進主義。其始料未及的後果，是
走向文化改良的反面，只相信「武器的批判」而乾脆取消「批判的武
器」。這就有了二十世紀中國知識分子不斷被擠出歷史舞臺的中心，
從主角到配角、到跑龍套、到成為「反派人物」或「改造對象」的角
色演變。余英時先生把這種現象歸納為「中國知識分子的邊緣化」[3]
過程，感慨中國讀書人從士到專業人員的轉變，感慨知識分子政治、
文化權力的失落，感慨文化的影響力與凝聚力日漸式微，這的確是一
個悲劇。但或許知識分子自身也參與了悲劇的製造也未可知。

　　我想說的是，作為宋春舫的後裔，作為五四後一代知識分子的少
數現象，林以亮採取的是另一種思想文化姿態。這就是，在被迫邊緣
化的命運中，並不把中心的游離作為一種偶然，而是自覺認同自己的
邊緣身分，努力抓住社會歷史變遷中恆定的部分，開拓出另一種存在
的空間，尋求另一種可能的價值。也許，在我們這個功利主義橫行的
時代，這個文化離散的空間，這種在邊緣求索的懷鄉式的追尋，仍然
免不了悲劇的命運，然而卻不是沒有意義的。

　　從生活道路看，林以亮和其他生活在內憂外患時代的中國人一
樣，不會比別人承受得更少。但他並不像大多數的同代知識分子那
樣，從反抗黑暗政治定勢的激情出發，在反抗或認同的兩極中選擇自
己的姿態。他似乎始終游離於主流社會思潮之外，也游離於文學主潮
之外。這裡當然有被放逐的悲哀，但不願與主流社會和主流文學認
同，又是他自覺自為的選擇。譬如，從大學時代開始，他就與好友、
同學吳興華致力於新古典主義詩歌的嘗試，企圖在浪漫主義和現代主
義的雙重壓力中，融合中國古代詩歌的優秀傳統，為現代漢詩的寫

3　余英時：〈中國知識分子的邊緣化〉，《二十一世紀》1991年第6期（香港：中文大
　　學），頁15-25。

作，探索一條新路，但他們遵循的是文學本質的個人求索路線，「不喜歡發起文學運動、成立團體、或發表宣言來促使別人接受我們的主張」，只是把極強烈的感覺，「變成了我們內心生活的一部分」[4]。又譬如，或許他對現代中國政治有深刻的失望，對中國新文學的發展也有許多不滿，但他從不空談，而是明瞭自己的社會角色，始終立足一個文化工作者的本職與本分，踏踏實實，甚至不求聞達地進行文化建設工作。他的新詩批評，具有重要的價值；他創辦和主持的《譯叢》，已成為國際譯壇和中國學研究者的必讀刊物；他對《紅樓夢》翻譯問題的討論，不僅提出了中文翻譯和文化旅行的許多重要問題，也是《紅樓夢》研究的重要成果。

　　林以亮所以能在混亂的歲月裡做出許多同代知識分子不能做出的文化貢獻，一是他有現代知識分子獨立於潮流之外的自覺邊緣意識，二是他邊緣身分的認同恰好取得了邊緣環境的配合。邊緣意識其實就是堅持自由知識分子的價值立場。我想林以亮始終奉行的是自由主義的思想路線。這一點跟他開明的家庭教育和燕京出身有密切關係。中國具有自由主義思想的知識分子，歷數北大、燕京、西南聯大出身的為多，儘管在激進主義思潮氾濫的現代中國，這群人的聲音不合時宜也不成氣候，但以文化的立場觀之，他們的成就和意見，最值得注意。而林以亮在秉承這一傳統的同時，又以詩歌的唯美傾向和東方理性加以匡正，因而更具文化的純粹性。關於林以亮展開事業的香港環境，李歐梵先生在〈香港文化的「邊緣性」初探〉[5]中曾有一定的討論。不過，李歐梵指出的香港文化特點，諸如混淆精英文化與通俗文化的界限，反諷、揶揄、插科打諢的表現形態，並不能直接應用於林以亮現象的分析，倒是林以亮自己評論香港作家西西時提出的看法，

4　林以亮：〈詩的創作與道路〉，《林以亮詩話》（臺北市：洪範書店，1976年），頁60。

5　李歐梵：〈香港文化的「邊緣性」初探〉，《今天》第28期（香港：牛津大學出版社，1995年春季號），頁75-80。

更好地道出了香港這一邊緣之地，對於林以亮的意義，林以亮在那篇文章中說：「香港沒有文壇的風氣，每人憑個人的愛好和努力默默追求創作上的理想，無須擔心傳統和時尚所帶來的壓力。……一個自由的社會，自有其本身的發展規律，因此她不必理會五四以來中國文學作品的主要潮流」。[6]正是這種「沒有文壇的風氣」，「不必理會五四以來中國文學作品的主要潮流」的邊緣文化環境，保證了一個邊緣知識分子不受時風侵染的自由思想立場，使他比同代的知識分子（例如他的同學吳興華），更能充分展開自己的思想和個性。當然，所謂的「自由社會」，也像林以亮認為的沒有任何藝術是自由的一樣，生活也是如此，只能相對而論：香港有自由思想的「公共空間」·但作為一個高度商業化的地區，知識分子也面臨具體的生存壓力，因而林以亮、張愛玲初來香港之際，也得另求職業謀生，後來林以亮還從事過挺長一段自己並不怎麼喜歡的電影工作，直到一九六九年始回到學術界的崗位。再從另一方面言之，這種邊緣之地的生活，對在大陸出生和生活了半輩子的林以亮來說，也是一種被迫接受的境遇，有著如入無人之境的孤獨和寂寞。因為對香港人來說，他談的是大陸的文學現象，香港人覺得不大需要關心[7]，而對大陸來說，則被視為異己，根本就不屑一顧。總之他只能自我認定和孤獨摸索。而無法在思想撞擊和對話生成中，展開自己的話題。因此，在抄寫這篇論文的過程中，我最終決定刪去一大段關於林以亮一九五七年後，從一個詩人和犀利的新詩批評家，向隱士式古典詩歌鑑賞家轉變的討論與商榷。儘管我私心裡仍然認為，在現代漢詩面臨諸多迫切問題需要討論的今天，增加一兩個古詩鑑賞家（即使林以亮《文思錄》、《再思錄》、《三思錄》

6　林以亮：〈像西西這樣的一位小說家〉，《更上一層樓》（臺北市：九歌出版社，1986年），頁86。

7　本人曾與一些作家、批評家討論香港的文學批評的界定，就有一些人認為林以亮不能算是香港的文學批評家，理由是他討論的是現代中國文學，且作品大多在臺灣出版。

那樣出色的鑑賞），不是最緊要的事，我們真正缺乏的是林以亮那樣有深入見解的新詩批評。但是我實在無理也無法提出超越歷史和環境可能的假設：如果林以亮沒有這樣或那樣的限制，會做出比現在大多少倍的成就，而只能在比較中得出如下看法：雖然作為一個邊緣知識分子，又有邊緣環境的配合，二者相得益彰，可謂得天獨厚，但其中最根本的因素，還是他有邊緣知識分子的理性與清明：不把知識分子從政治文化中心向邊緣不斷滑落的現象，當作一種歷史的偶然，而是在被拋出政治文化結構的中心，失去萬人景仰的輝煌之後，皈依自己真正的本位，以邊緣者的距離感和理性的目光，對主流文化提出質疑、分析與批判，從而真正承擔起自己的文化責任和時代使命。我想，這就是林以亮所說的「不怨天，不尤人，力求心有所安」[8]的本質。

二　對「新傳統」的反思

　　作為一個自覺認同了知識分子的邊緣身分，又生活在中西文化交匯之地的知識分子，林以亮最引人注目的貢獻，是以自己學貫中西、深諳中西文學現象的優勢，主動回應中西文化交流與融合中出現的矛盾和問題，為西方人理解中國文化，為中國人借鑑西方文化，做了許多認真細緻的工作。他主持編譯的《美國詩選》、《美國文學批評選》贏得了許多讀者，不在話下。他對翻譯問題的檢討，卻不能不多提一筆：一冊討論西譯漢問題的《林以亮論翻譯》，一冊商榷中譯西問題的《紅樓夢西遊記》，既是翻譯中「信、達、雅」問題的討論，又是東西方文化差異和文化矛盾的揭示，其抽絲剝繭的精深功夫，非一般人可以練就，因而不論是翻譯工作者，還是其他從事人文科學工作的人，均值得一讀。

8　林以亮：〈序〉，《更上一層樓》。

　　當然，最不可忽略的，還是林以亮對五四以來中國「新詩」的反
思。它不僅典型體現了一個邊緣詩歌批評家對主流文學的觀察與分
析，所提出的問題，也最發人深思。

　　林以亮對五四以來的「新詩」，早有自己的看法，從他四十年代
開始創作的那些非常理性且形式感極強的詩作，以及他對吳興華新古
典主義詩歌毫無保留的推崇，我們立即就能感到他與五四以來的濫情
主義和感傷主義詩歌主流，有著深刻的分歧。這種分歧是「自覺的詩
人」與「自發的詩人」的分歧，林以亮尊重古今詩歌寫作的普遍規
律，反對浪漫主義直接流露感情的觀點，重視詩歌的藝術經營，重視
語言、形式、技巧對經驗的組織、延展、強化和深化，認為這些是一
切詩歌共同的出發點。他始終強調這個詩歌的基本出發點，主張反思
五四新文學運動製造的新舊文學的對立。因此，一九五三年當他在
《人人文學》上看到夏侯無忌的文章〈詩的欣賞與創作〉[9]，把情感
看成是詩最重要的因素，馬上覺得「骨鯁在喉，不吐不快」，寫了
《詩與情感》[10]進行商榷。

　　林以亮在這篇商討文章中提出的，主要是兩點：一、情感只是詩
的要素之一，不是唯一的要素，片面強調感情，將排斥許多別類詩歌
的居留，大大縮小詩的範圍；二、情感只不過是詩的原料，要經過詩
人精細的提煉才會變成詩，取消從情感到藝術品之間語言和形式的艱
苦轉化工作，簡單把美感經驗的傳達看成是情感的交遞，將導致詩歌
自足性的虛缺。他比喻說：「感情是電流，要使它成為光，非要有精
緻的機器和變壓器不可。」[11]這不是什麼高深的理論，甚至可以說是
一般的詩歌常識問題。然而，五四以來的中國「新詩」，恰恰在這基

9　夏侯無忌：〈詩的欣賞與創作〉，香港：《人人文學》1953年第7期。

10　林以亮：〈詩與情感〉，香港：《人人文學》1953年第8期。此文收入作者《詩與情感》
　　一書。

11　林以亮：《詩與情感》（臺北市：大林出版社，1982年），頁99。

本問題上出現了混亂：寫新詩和讀新詩的人，只是一味地要抒發感情，表現自我，認為只要把強烈的感情無遮無攔地傾瀉出來，便是藝術的大成功。林以亮的獨到之處，是通過這種只講感情，不要語言、形式和技巧考慮的現象，進一步順藤摸瓜，找出了它「根本忽略了中國文學的特殊性質、構造和音樂性」的要害，認為其最大的病根是受十九世紀西方浪漫主義詩歌的影響。他提出：

> 五四以來，中國的新詩走的可以說是一條沒有前途的狹路，所受的影響也脫不了西洋浪漫主義詩歌的壞習氣，把原來極為寬闊的領土限制在（一）抒情和（二）高度嚴肅性這兩條界線中間。我們自以為解除了舊詩的桎梏，誰知道我們把自己束縛得比從前更緊。中國舊詩在形式上限制雖然很嚴，可是對題材的選擇卻很寬：贈答、應制、唱和、詠物、送別甚至諷刺和議論都可以入詩。如果從十九世紀的浪漫派眼光看來，這種詩當然是無聊，內容空洞和言之無物，應該在打倒之列。可是現代詩早已揚棄和推翻了十九世紀詩的傳統而走上了一條康莊大道。[12]

這是五十年代初來自邊緣的對二十世紀中國主流詩歌最直率、也最激烈的批評。雖然早在二十年代，聞一多就提出過新詩中的濫情主義問題，梁實秋也對新文學中的浪漫主義弊端，進行過尖銳的指責，但他們的論述，似乎都沒有林以亮具體細緻，那樣既有中國古典詩歌傳統的闊大背景，又有二十世紀西方現代主義詩歌的重要參照。還有一點也值得注意，它是曾經在浪漫主義詩歌中沉溺過的詩人自我覺醒的聲音，林以亮說過：「對十九世紀文學我就是從死心塌地的擁護，變成懷疑，再變成批判和排斥。我逐漸感覺到五四以來對新文學最大，同

---

12 林以亮：《詩與情感》，頁71-72。

時也是為毒最深的影響就是浪漫主義。個別的作家不用說，整個的讀書界和群眾都免不了浪漫主義的壞影響：無病呻吟、感傷、暴露、以破壞呈一時之快、喜歡喊口號和用大字眼、感情衝動而缺乏自製、個人主義等等。」[13]

　　古典詩歌的深厚修養，對西方現代主義詩歌的深入瞭解，以及作為詩人的自我反思，這幾重因素，使林以亮的新詩批評，既有寬闊的視野和歷史感，又有洞察抉微的透視。因而更能貼近創作現象的實際。譬如他批評自由詩，說從艾略特的觀點看，藝術中根本就沒有自由這回事，「在取消了這些限制之後，詩人的困難反而有增無減。形式彷彿是詩人與讀者之間一架共同的橋樑，拆去之後，一切傳達的責任都落在作者身上。究其實際，自由詩並沒有替詩人爭得自由，反而加重了詩人的負擔，使他在用字的次序上、句法結構上、語言的運用上，更直接、更明顯地對讀者有所交代。」因此，他指出，「非得有了規律，我們才能欣賞作者克服規律的能力；非得有了拘束，我們才能瞭解在拘束之內可能的各種巧妙變化。」[14]他的分析和說理，是這樣貼切、深入，更不用說那些具體的舉例和分析了。

　　林以亮對新詩浪漫主義弊端的清算，主要集中在感情主義的狹隘性和表現的簡單化兩個方面，而他批評的出發點，則是中國文字的特殊性。這一點最值得注意，也是最有批判和建設意義。他指出：「中國的文字是象形的方塊字，在排列起來和印出來後，每個字所占的空間是相同的」，由於這是各自獨立而非黏連的文字，因此它的語法非常靈活，「我們要看了某一個字的位置和上下文後，才能判定它是名詞或動詞，是形容詞或狀詞。」所以它決定了中國詩的特色：「從容不

---

13 林以亮：〈詩的創作與道路〉，《林以亮詩話》，頁56。

14 林以亮：〈論新詩的形式〉，香港：《人人文學》1953年第15期，署名「余懷」。此文後來收入《林以亮詩話》。

迫，含蓄不盡，信手拈來；情感既不致奔放，意境也容易開闊。」[15]
這事實上是對漢語詩歌包容的文化特性和表現策略的指認，反對主體
的強行干預和扭曲，反對單線因果的追尋，注意空間表現的多重性和
意象性以及語言內部的張力，等等。詩歌的研究和批評，只有落實到
語言這個人類智力活動的根基問題時，才算找到了可靠的批判與建設
的據點。正是在這一點上，林以亮的新詩批評顯示了其有力的鋒芒和
詩學價值。他孜孜以求的，就是如何在文化失真的現代條件下，加強
母語的地位，他說：「我們必須加強母語的地位。所謂母語，就是子
女向慈母使用的語言。我們一定要把母語鍛鍊成為最富於表現力、字
彙豐富、活潑生動的語言，使我們身為子女的人都覺得驕傲。」[16]他
認為，這裡最重要之點是領會漢語的神髓，具備熟練的操縱力，在漢
語特有的空間感和音韻規律的調和中創造詩歌的形式和節奏。他曾盛
讚趙元任譯作《漫遊奇境記》中「跋」的翻譯，認為只有對中國文字
具有出色領悟力的人才能通過自己的翻譯，完成不同語言習慣的轉換
工作，「整首詩讀起來有山歌的味道，格調上卻有點像『天籟』，因為
非常自然，一點看不出人工斧鑿的痕跡。讀後使我們不禁要問：『我
們的新詩人為什麼不走這一條路？』」[17]

　　正因為林以亮深入到一個民族與他的母語無可選擇的關係範疇，
意識到漢語在歷史中積澱下來的文化精華，感同身受地知道新詩拋開
漢語的語言習慣和文化內涵，無異於自我貧乏，所以他才把五四以來
浪漫主義主流詩歌，歸結為對偉大中國詩歌傳統的背離，認為「五四
以來的新文學最主要的成就恐怕就是徹底的否定和破壞舊的文學傳
統，以致這些年來我們的創作和批評不像是一個有二千年優良傳統的

---

15 林以亮：〈再論新詩的形式〉，香港：《人人文學》1953年第18期，署名「余懷」。此
　　文後來收入《林以亮詩話》。
16 《林以亮論翻譯》（臺北市：志文出版社，1974年），頁126。
17 《林以亮論翻譯》（臺北市：志文出版社，1974年），頁115。

產品」[18]。這樣，作為一個身體力行的詩歌批評家，他不僅在五十年代初不遺餘力推薦吳興華的新古典主義詩歌，熱心探討古典詩歌形式的現代轉化和西洋詩歌形式與中國文字特色的融合問題，而且分別從語言、修養、寫詩態度、詩與傳統關係這四個方面，提出了自己的建設主張，──這是既反映了林以亮寫詩心得，又表現了他基本批評觀點的詩學見解，不能不抄錄如下：

（一）新詩的語言一定要超出大眾化語言和口語之上。所謂白居易的詩婦孺皆知這句話本身很成問題。他的作品，婦孺未必能懂，而他最淺明易曉的作品也不是他最好的作品。華滋華斯號稱以農村口語入詩，有人拿他的詩讀給農民聽，結果農民們完全莫名其妙。詩的語言根本與散文不同，新詩的語言也一定要與白話文不同才行。至於什麼是新詩的語言，當然還要等大家多做試驗方能逐漸發現。我個人則認為不妨採用一部分可以接受的文言句法；不是偏僻的典故，只要不是濫調也無妨採納；現代詩中既然已有所謂，「近韻」和「視韻」，只要讀上去和看上去好像押韻就行，新詩也不必大拘泥，古韻也可以使用。

（二）現代英美詩人都是博學之士，幾乎沒有例外。英國二次大戰前三年青詩人之一的劉易士，最近被任命為牛津詩座教授。連以寫沒有標點的詩出名的美國詩人克明士也在哈佛講過學。中國古代詩人更不用說了，他們雖不一定是學者，但至少是有學問的通人。唯有五四以來，詩格最卑，一群「不學有術」的文氓喊喊口號和抄襲濫調，就自命是而且被認為是詩人。詩人如果要寫好詩，只有一個方法：多讀古今中外第一流的詩作。（三）寫詩是極艱苦的事，一揮而就究竟可遇而不可

---

18 林以亮：《詩與情感》，頁64。

求，下筆似有神也要等讀破萬卷書之後。現代英國女詩人薛特
惠爾深知此中甘苦，平日把寫詩看成練習彈鋼琴那樣機械化，
總在練習簿上做種種音韻、節奏上的試驗。一首詩寫成後可能
看上去很完美，就像鋼琴家在音樂會上彈奏名曲時那樣渾成。
聽眾是不會想到演奏者要流多少汗才能達到熟極如流的地步。
（四）任何文化絕不會憑空產生，總是由傳統逐漸演變而來。
文學和詩歌當然也不能例外。一個寫詩的人如果輕視和拋棄傳
統的話，等於一棵樹自願切斷生在地底下的根一樣。他既然沒
有過去，也不可能有將來。[19]

林以亮從母語特質出發的對五四以來浪漫主義主流詩歌的批評，他對
建設現代漢語詩歌的思考，反映了一個長期被一流作品浸染、趣味很
高，同時又諳熟中西文化的中國知識分子的詩學理想。它與吳興華的
詩歌相似，本質上是一種新古典主義的詩學理論，其要義是對五四之
後被迫邊緣化了的中國詩歌傳統的召魂。它意味著現代漢語詩歌的創
作和理論，開始從青春期的逆反心理，走向一種相對平和與有反思心
態的中年階段。雖然林以亮求成心切，定出的標準太高、太嚴，實踐
起來很不容易，或許不如稍後夏濟安在〈白話文與新詩〉[20]中的觀
點，對新詩更富有同情心和實踐性。不過，林以亮所提問題的重要
性，遠遠超過了個別細節問題的可爭議性。如果聯繫葉維廉七、八十
年代比較詩學的研究[21]，聯繫「九葉」詩人鄭敏在九十年代發表的幾
篇重要詩學論文[22]，我們更能看出林以亮五十年代新詩批評的意義。

19 林以亮：〈詩的創作與道路〉，《林以亮詩話》，頁62-63。
20 夏濟安：〈白話文與新詩〉，臺北市：《文學雜誌》第2卷第1期（1957年）。
21 參見葉維廉：《比較詩學》，臺北市：東大圖書公司，1983年；《中國詩學》，北京
　　市：生活‧讀書‧新知三聯書店，1992年等。
22 參見鄭敏：〈世紀末的回顧：漢語語言變革與中國新詩創作〉，北京《文學評論》
　　1993年第3期、〈中國詩歌的古典與現代〉，北京《文學評論》1995年第6期等。

在我看來，在我國新詩理論批評中，從小到大地形成了一種新古典主義的現代漢詩理論，而林以亮，是重要的奠基者和實踐者之一。

三　對西化體制的反思

　　林以亮新詩批評的意義，從更深一個層面看，是他通過民族語言特性的追尋，在詩歌領域中，反思了中國轉型社會對西方文化的沉迷。二十世紀的現代漢語詩歌被稱為「新詩」，或許其本身就不是一種詩學本質的界定，而是一種時代風尚和社會心理的反映，因為詩的價值從來不能以新舊來論斷，只能以好壞來區分。然而，在二十世紀中國求新求異情結的支配下，幾乎很少人對這一「約定俗成」的概念提出質疑。許多人早已習慣了把我們被迫承受的文化殖民悲劇當作「創新」、「現代化」的壯劇加以頌揚。不錯，世界（特別是西方各國）已經走出中古進入現代，中國古典詩歌在盛唐之後也出現了體制化現象，語言和形式無法再承載複雜化了的現代經驗是顯而易見的。這時候，「取他人的薪火煮自己的肉」，借助西方「德先生」、「賽先生」和浪漫主義的懷疑精神、批判精神，質疑傳統的文化權力架構，實在是必須的。但問題是，對中國傳統文化和持續文化記憶的語言文學，是以反思為基礎，在實踐中進行現代化的改造，還是將它們當作「貴族文學」、「山林文學」和「死文字」一概打倒？反觀歷史，新文化、新文學的開拓者們強調的是後者，並且在後來的發展中逐漸被體制化了。這是一種與政治、經濟的現代化要求始終糾纏在一起的文化迷思。它的特點是在借助西方的知識、思想和意識型態來反抗傳統文化的宰制的過程中，落入了另一種宰制，失去了對外來文化進行反思的能力，因而在徹底破壞之後，無法重聚自身的光芒，顯示民族文化和語言的魅力。這就是林以亮所說的：「在中國寫新詩的人，像安諾德所說的一樣，正在兩個世界之間，一個已經死去了，另一個卻還沒

有力量生出來。」[23]而林以亮能夠在上一代人狂熱之後「冷靜下來，覺得有再度認識和尊重傳統的必要」[24]，自覺對正在體制化的主流浪漫主義進行反思，呼喚被文化迷思放逐的中國詩歌和語言的原質根性，正代表了認同邊緣文化，對另一種宰制形式的警覺與抗爭。

這裡當然有五四後第二代知識分子所擁有的時間距離和世界現代主義文化思潮的啟迪，同時也應該看到，對於與帝國主義軍事、經濟侵略結伴的文化殖民活動，各代中國人也不是毫無警覺，有文化危機感的，也遠不止林以亮這樣的邊緣知識分子。然而問題在於，五四時期那遺老遺少的一群，雖然傳統根柢深厚，滿腹經綸，卻對晚清以來蓄就的變勢缺乏認識，根本無力偏正陳獨秀、胡適們「不容有討論之餘地」的破壞激情。而局面一旦形成，並在功利主義的影響下，由「文化革命」演變為「革文化的命」，胡適已悔之為晚，無力回天，他這時再提「整理國故」、「多研究些問題，少談些主義」已無幾人理會。之後的情形，是我們不得不生存在一個支離破碎、失去了故國記憶和樂土希望的文化空間，如葉維廉所說的，幾代人「游離在一個崩離破裂的空間尋索、猶疑、追望。這種情境最像因為天災、戰亂、人禍而被迫離棄和諧統一的文化中心而流放他鄉的人，面對著新異，但心中卻是一知半解、支離破碎的事物，不知如何納入他記憶中的文化架構裡使之膠合凝融為一有意義的整體」[25]，即使漢詩語言和意象的魅力，被芬諾羅莎、龐德們驚奇發現，我們除湧動一陣「老子過去比你還闊」的阿Q式自豪外，卻已無力收拾舊山河，空悲切。大陸五十年代中期有人提倡「在古典詩歌和民歌的基礎上發展新詩」便是一例，它所表現的對現代世界詩歌的隔膜，不在話下，僅從其包含的民族主義和通俗主義（大眾化）本質來看，便可測出它離中國古代詩歌

23 《林以亮詩話》，頁1。

24 《林以亮詩話》，頁60。

25 葉維廉：〈被迫承受文化的錯位〉，臺北市：《創世紀》1994年秋季號。

傳統的藝術精神，有多大的距離。

　　現代漢語詩歌的成長與發展，只能面對本源感性與外來意識型態複雜的爭戰協商局面，從中國文化與語言的特殊性質出發，尋找自己的形態和建構策略，而能同時承擔起解構與建構使命的，必然是有中西文化的雙重視野，同時又對舊文化和西方文化的不同宰制形式有雙重反思的人。我認為，吳興華的新古典主義詩歌和林以亮的新古典主義詩歌批評，為現代中國漢詩的創造提供了值得深入的話題。他們不但以現代主義詩歌的經驗向五四以來主流詩歌的濫情主義和感傷主義提出質疑，而且通過對古典詩歌的回望，超越了現代主義，從而為避免不同形式的西化體制，提出了新的思路與策略。這一點，顯然是獨立於主流之外的邊緣詩人和批評家的獨特貢獻。

　　　　　　　——本文原刊於《香港文學》一九九七年五月號。

葉維廉的詩學研究

　　讀香港文學的材料總想起聞一多〈七子之歌〉[1]中「失養於祖國」的「孤苦亡告」。但聞一多詩中的「七子」指的是澳門、香港、九龍等當年自「尼布楚條約」到旅順大連租讓的國土，而我想到的則是那些去國離鄉的文人和學者。近代以來的中國每個時代都有一些這樣的人，雖然取得相當的成就，卻被視為「他者」，因而被史書所遺忘。就像我曾經談論過的林以亮，儘管在翻譯和新詩批評方面都有成就，但在香港，因為他所談的現代中國文學，在香港文學史中沒有他的地位；又因為他是一個被放逐「他者」，自然不會被大陸文學史所重視。更不用說葉維廉這樣游移出入於華文地區又流動遷徙於歐美外國的華裔詩人學者了，——香港回歸中國，但文學史如何接納這類「失養於祖國」的孩子？

　　葉維廉（1937-），廣東中山人，一九四八年到香港，一九五五年赴臺灣大學外文系、臺灣師範大學攻讀，取得英國文學學士、碩士學位。一九六三年赴美，次年以英文詩作獲愛荷華大學美術碩士學位，一九六七年又獲得普林斯頓大學比較文學博士學位。主要評論著作有：《現象・經驗・表現》（臺北市：文藝書屋，1969年版）、《秩序的生長》（臺北市：志文出版社，1971年版）、《飲之太和》（臺北市：時報出版公司，1980年版）、《比較詩學》（臺北市：東大圖書公司，1983年版）、《歷史・傳釋・美學》（臺北市：東大圖書公司，1988年版）、《解讀現代・後現代》（臺北市：東大圖書公司，1992年版）等。

1　聞一多：〈七子之歌〉，《現代評論》第2卷第30期，1925年7月4日。

　　葉維廉獲博士學位後，主要在美國加州大學任教，但也於一九八
〇～一九八二年接受過香港中文大學的講座教授教席。其實，與其說
葉維廉是一個美國學院裡的教授，不如說是一個被放逐到美國學院的
中國教授[2]。而事實上，他在香港讀中學時就開始寫詩，與崑南、王
無邪合編《詩朵》詩刊，以年輕人的熱情和挑釁性反思傳統，為現代
性辯護，甚至揚言「免徐速的詩籍」，因而他們曾被臺灣《六十年代
詩選》戲稱為香港詩壇的「三劍客」。在美國求學、任教後，雖說曾
經滄海，浪跡天下，是個有「雙重文化背景」的學者兼詩人，但在情
感上、美學觀念上，甚至在論說對象的選擇上，認同的仍然是中國文
化的精髓。甚至可以這麼說，唯其去國離鄉，承受著西方文化的衝
擊，才更深地追溯與反省自己的文化根源，體認自己精神與文化上的
歸屬，從而也就更關心故土文化的現實和未來。因此，他的早期論文
很多都在香港、臺灣的雜誌發表，著作也在臺灣和大陸出版[3]。

　　葉維廉的學術成就，主要在中西文學的比較方面，作為學術目
標，他所致力的，是「企圖在跨文化、跨國度的文學作品及理論之
間，尋求共同文學規律（common poetics）、共同美學據點（common
aesthet—icgrounds）的可能性。……希望從不同文化、不同美學的系
統裡，分辨出不同的美學據點和假定，從而找出其間的歧異和可能匯
通的線路；亦即是說，決不輕率地經甲文化的據點來定奪乙文化的據
點及其所產生的觀、感形式，表達程序及評價標準。」[4]這裡體現了從
事學術研究的「中間」立場，客觀上也有從邊緣向西方文化中心主義

2　在一次接受訪問中，葉維廉曾說：「我作為當時一個現代的中國人，作為一個被時
　　代放逐的人，出國之後空間的距離使我更有被放逐的感覺。」見《葉維廉詩選》附
　　錄〈葉維廉訪問記〉（康士林）（北京市：人民文學出版社，2008年），頁283。

3　除前述在臺灣出版的論著外，葉維廉也有部分論文在大陸結集出版，如《尋求跨中
　　西文化的共同文學規律》（北京市：北京大學出版社，1986年）、《中國詩學》（北京
　　市：生活‧讀書‧新知三聯書店，1992年）。

4　葉維廉：〈「比較文學叢書」總序〉，見《比較詩學》，頁1。

的權力架構提出質疑和挑戰的意義。因為根據語言學家沃夫（Benjam in Lee Whorf）的「文學模子」理論和結構主義觀點，不同的文化系統決定了不同的「美感運思及結構行為」，文化和文學的比較必須從兩個「模子」同時進行，方可進入「共相」的研究。然而，歐美學者往往站在他們文化中心主義和霸權主義的立場，雖然承認各民族文化、文學有差異性，但認為思維模式、語言結構、修辭程序是共同的。因此，他們總是站在自己的文化立場看待別的民族的文學現象，把不符合他們模子理想的，都當成不發達、愚昧、落後的，這樣便漠視了別的民族另有一種宇宙觀，另有一種價值立場和表述策略。針對這一現象，葉維廉在《比較詩學》中對東西方兩種「文化模子」作了深入研究，既認真探討了中國古代詩歌中建立在「齊物」、「天人合一」基礎上的觀物立場和表述策略，也追溯了西方從絕對理念出發的自我為中心的文化傳統。

　　在對中西兩個模子作根源性探究的時候，葉維廉非常注意從語言這一人類智力活動的基礎入手，對中西方語言背後不同的觀物立場和表述策略作了精彩的對比。他認為：以印歐語為代表的西方語言從本質上說，是知性的、分析演繹性的，主體突出，時空概念強，語法、修辭非常周密，因而表現出對於絕對理念的崇拜，從古希臘、古羅馬以來一直重視邏輯體系的建構。而中國的古漢語，是一種點興、逗發萬物自真世界在空間呈顯的語言，不只文字本身的象形特徵表現出對事物自身完整性的尊崇，而且語法相當靈活，常常省卻人稱代詞，不對時態作人為的限定，詞性模糊，沒有「主體」的強行干預。因而，它避免了單線因果關係的限約，具有全面網撈事物或讓事物在多重空間裡自呈自現的特點，兼備了摹擬性與表現性。對比這種不同的語言特點，葉維廉認為：西方人站立的是「以我觀物」的立場，從「自我」出發去解釋「非我」的大世界，不斷把概念、觀念強加於事物，讓物象成為先設理念的指證。中國人站立的是「以物觀物」的立場，

自我溶入渾然一體的宇宙現象，這樣便避免了主觀干預，肯定了事物的自足性與本真性。據此，葉維廉進一步指出，西方語言中呈現出來的觀物立場和理性傳統，固然有諸多長處，為數理邏輯和哲學思辨的發展提供了動力，但在感性與審美領域，其知性、邏輯分析的干預，也破壞了語言藝術的美感，特別是對詩歌，具有殺傷性。如果循著這種「普遍的邏輯結構」發展下去，就無法擴大美感領域，無法呈現本真世界，相反，將自設樊籬，導致意識的異化和本相的遮蔽。要克服這種弊端，只能在現實生活的自覺經驗中追尋，而不能在理念中建造。所以葉維廉認為，西方現代詩歌的「語言的革命」，是詩人改變印歐語系那種因果關係的努力，以龐德為代表的詩人對中國語法和詩歌表述策略的學習與摹仿，說明了西方語言的局限和西方詩人的自我反思。

葉維廉對中西兩種詩學「模子」尋根探源的追溯，是中國詩學與比較文學研究的重要理論成果；而從另一方面言之，這種學術實踐和思考結論也使一個直接承受兩種文化夾擊的詩人學者獲得了學理上的支持和本源文化的根本認同。這樣，雖然「共同的文學規律」和「共同的美學據點」也許還未最終覓得，葉維廉卻獲得了相對明確的追尋向度，找到瞭解西方文化之困和中國現代之困的「動力」——這就是，「重現」被西方文化霸權主義和文化殖民活動「抹殺」的「以物觀物」的立場和「具象存真」的表現策略；同時也重新體認了中國傳統原有的文、史、哲不分家的學術主張，「從中國古典文學、哲學、語言、歷史裡找出中國『傳釋學』的基礎，作為『如何去知而識』的基礎」[5]，由此出發從「根」上瞭解不同文化形態的生變過程，展開完全開放的「互照互識」的對話。如此理論與方法的體認，以及對文化「生變過程」的重視，推動葉維廉「由比較傾向純美學的討論走向美學與歷史的結合，到了後期，更是美學、歷史、政治、經濟科際整

5　葉維廉：《歷史·傳釋·美學》〈序〉，臺北市：東大圖書公司，1988年。

合的實踐」[6]。

　　應該說，葉維廉不是一個以「文本」作繭的「純學者」[7]。作為一個「被放逐」的學者—詩人，面對空間的游離和時間之傷，他一直對現代中國的文學現象（特別是詩）抱有濃厚的興趣。〈秩序的生長〉中從寫於讀大學時期的〈論現階段中國現代詩〉，到十年之後寫的成熟的論文《中國現代詩的語言問題》，大部分篇章是關於中國現代文學問題的。但這些論文，包括七十年代不少具體的臺港詩人論和作家論，基本上都是從美學和文學本體論出發的論文，借用作者一篇評論四十年代的《詩創造》、《中國新詩》文章的題目，可說思考的是「從經驗到語言，從語言到詩」的問題，在文學觀念和批評方法上，比較認同龐德、艾略特等美國批評家強調文學的自足性和「細讀」（close reading）文本的觀點。但《比較詩學》之後，葉維廉開始注意「語言的策略與歷史的關聯」（這也是他一篇論文的題目），他發現：當中國社會從傳統向現代轉型，知識分子在尋求新的文化理論根據（其特徵表現在對舊有政治、倫理、美學秩序的根本摒棄和歐美意識型態的大規模移植）時，「中國知識分子吸收西方思想以及他們在思想文化模子的協調上的態度是模稜的。……要完全了悟不斷處於迎拒雙重狀態下的過去與現在、本土與外來文化在不同層次互相滲透的過程，我們必須把握住有效的歷史整體性明澈的認識。這個洞識要求我們擺脫孤立的、單一的文化觀點（尤其是那些脫離具體歷史生成過程的觀點），要求我們走出限定時空範疇，以親睹文化特質在具體歷史之中有力的、同時興發的不同序次事件的生變」[8]。這一發現強化了葉維廉對現代中國文化問題的關注，促使他關注與龐德、艾略特完

6　葉維廉：《從現象到表現——葉維廉早期文集》〈序〉，臺北市：東大圖書公司，1994年。

7　葉維廉：《秩序的生長》〈序〉，臺北市：志文出版社，1971年。

8　葉維廉：〈歷史整體性與中國現代文學研究之省思〉，見《中國詩學》，頁204-206。

全不同的新近美英批評家的理論與方法，如弗雷德里克・詹姆遜、伊
格爾頓的西方馬克思主義批評，利奧塔的後現代主義批評，愛德華・
賽義德的文化批評，將它們與自己以往中西詩學的研究心得會通融
合，研究現代中國文化和文學在西方文化衝擊下的接觸生變，取得了
一批重要成果。

　　如果說，《比較詩學》是葉維廉最有理論建樹的學術成果，那
麼，八十年代以來他對二十世紀現代中國新詩的美學和文化「解
讀」，有著文學批評成就的代表性。它們包括研究「五四」到「九
葉」詩派時期的〈語言策略與歷史的關聯〉，研究大陸朦朧詩生變的
〈危機文學的理路〉，研究中國現代文化、文學、詩生變的〈被迫承
受文化的錯位〉等宏觀論述，及微觀剖析具體詩人如卞之琳、洛夫、
楊牧、崑南、瘂弦等創作個案的研究論文，以及〈散文詩探索〉這樣
的理論文章。其中提出和討論了許多重要問題，而最值得矚目的，是
他對「認同危機的文學」的探討。

　　「認同危機的文學」這個觀念，作者最初在〈語言的策略與歷史
的關聯〉[9]一文中提出，該文認為在「五四」以來「革舊建新」的熱
情中，產生了三種創作方向：「（1）過早樂觀的文學，（2）批判社會
的文學，（3）認同危機的文學。」第一種典型是郭沫若與早期徐志摩
的詩；第二種可以以老舍的小說和由「敘述現實」到「普羅」的詩歌
為代表；而最能體現知識分子矛盾心境的是第三種：由於曾經給過他
們統一性、和諧性的文化中心已經解體，而又無法融入無根的新文
化，內心充滿猶疑困苦與掙扎，即使人身沒有離鄉背井，精神上也仍
是一種「放逐」。這方面的作品有魯迅的創作、聞一多的詩。它直接
延伸到臺灣五六十年代的現代文學和大陸七八十年代的朦朧詩，並在
當代文化背景下更為醒目，成了二十世紀「中國人不得不承受的『鬱

9　此文最早發表於臺北《中外文學》第10卷第2期（1981年）。

結』」。葉維廉不僅劃分了「危機文學」的幾種書寫型態，研究了它在語言和讀者問題上的表現，而且在後來發表的多篇論文中進行了深刻的文化解讀。作者看來，這種文學反映了二十世紀中國人面對「被迫承受的文化錯位」產生的徬徨不安的情緒，是在文化離散的空間裡對記憶中、想像中文化中國的求索和求索中的頹然絕望。他認為，知識分子當年的危機意識並不因科學的發展而產生，雖然也不是與科學無關，「中國的危機，概括地說是：西方列強的船堅炮利（西方科學工業的成品），以一種史無前例的物質與意識型態的侵略，把中國趕到希望的絕境，使中國知識分子突然同時對傳統的意識結構和對西方的意識結構陷入一種『既愛猶恨說恨還愛』的情結。……五四運動，作為現代中國的主導運動，對中國過去全面的質疑和推翻而同時又不分皂白地擁抱西方種種思潮的運動，原是要把中國人同時從割地讓權的西方列強的控制和本土專制這兩重暴行中解放出來」[10]。這樣便造成了一系列文化「換位」現象：譬如二十世紀初，西方文人對科學帶來的巨大創傷性已很敏感，雖然無可奈何地擁抱它，但已開始強烈批判；而「五四」前後的中國文人卻對「賽先生」在西方的後果一無所知。又如「自我」，為要推翻專制王權和壓制人性的暴行，「五四」時期開始鼓勵西方所謂民主自由的「自我」，但對三十年代「自我膨脹」的反思，不是導向道家的「齊物」和儒家的「大同」，而是逐漸變成了對個人權利的剝奪。再如語言，當西方現代詩人對中國古典詩中的美學策略大加推崇和採用時，中國詩人卻將之丟棄，迷戀上了西方的語法、敘述性和演繹性。葉維廉認為，這種文化「移位」現象，把中國作家逐入到巨大的創傷性迷亂中，「認同危機的文學」，就是在迷亂中探尋解放道路的最沉重多元的書寫方式。而對這一書寫方式在二十世紀中國美學行程上的反思，是要吸取過去往往只要促使行動的

---

10 葉維廉：《解讀現代・後現代——生活空間與文學空間的思索》（臺北市：東大圖書公司，1992年），頁11。

「效果」，卻往往把語言藝術的考慮降到最低的教訓，「文化的持護和培植全仗語言策略的活用，破固翻新，在現代中國的異質爭戰的文化場域來說，美學的堅持，不是薩伊德所說的麻醉藥，因為現代中國美學的堅持，已經牽涉在抗衡外來意識型態的爭戰中，也就是包括了重新占有被邊緣化了，被迫『遺忘』的一些古典中國詩中可以為西方解困的語言策略與手段……」[11]。

　　作為美學與歷史討論的結合，葉維廉對「認同危機的文學」的解讀是文化性的，或者說，它越來越成為一種現代中國文化矛盾的解讀。他不僅從二十世紀中國對科學的迷信、「自我」的異變和語言策略的對倒中，發現了現代中國與西方世界的「歧異」，同時也發現它們之間「極其突出的匯通」──「凝融統一世界觀的破裂導致對過去的質疑與新的代替架構的追尋」[12]。他認為正是由於世界觀的破裂和心理狀態的失衡，導致了中國文學對現代主義的某種認同，以及文化空間上的歸屬；然而作為一種被放逐了原質根性的文化書寫，又別有一種無所歸依的創痛。在《解讀現代・後現代──生活空間與文學空間的思索》一書中，葉維廉援用了康士坦丁奴（Renato Constantino）的一個概念：「文化原質的失真」（culturalinanthenticity），以香港文化為例討論了殖民地的文化現象。「香港經驗是中國文化經驗的一部分嗎？是而又不是。是，因為是中國人的城市；不是，因為文化的方式不盡是，香港人的民族意識、歷史參與感不盡是」[13]。由於殖民者長期推行殖民主義教育，利用種種利誘、安撫等手段培植「仰賴情結」，表面上有言論和寫作自由，但實際上根本無法反映殖民政策下意識的宰制和壟斷形式，也無法探討民族意識缺乏的原因，只能在商業規律的支配下，生產一種不痛不癢的消費文學，「成為西方文化工

---

11 葉維廉：〈被迫承受文化的錯位〉，臺北《創世紀》詩雜誌，第100期（1994年）。
12 葉維廉：《解讀現代・後現代──生活空間與文學空間的思索》，頁12。
13 葉維廉：《解讀現代・後現代──生活空間與文學空間的思索》，頁147。

業的延伸」。「對殖民地香港而言，有民族自覺和文化關懷的作家和藝
術家，往往在『吶喊』與『徬徨』之後便陷入一種無可奈何的沉
默。……五、六十年代很多有相當自覺的文藝青年都走上這條不歸之
路，不然就是與爬格子的動物同流合污」[14]。在這裡，他談到自己曾
在〈自覺之旅：由裸靈到死〉[15]的長論中所討論的詩人崑南，認為他
戲劇性轉喻的「死亡」（即與作為詩人戰士的過去斷然決絕，以至於
「不可以向他提他的過去」），表現了抗拒殖民文化工業所面臨的憤
然。同時，也提到香港另一位小說家西西，不得不在被迫「遵從」中
求變數，在滿足「框框」讀者的文化消費習慣的前提下，利用現代主
義的一些發明性，潛藏人性的自覺與反思的種子。葉維廉這篇論文，
一九九〇年在臺灣最初發表後，曾引來年青一代香港學者的爭論[16]，
其中對香港文學的評價也的確可以商榷，但香港在殖民地期間的「文
化失真」現象，無疑值得嚴肅探討。

　　如果人們同意葉維廉「被放逐者」的自我指認，會想起曾以屈原、
王維、李白、杜甫、王陽明為例寫成《放逐與反放逐文學》（*On the
Literature of Exile and Couter—Exile*）的學者歸岸（Claudio Guillio）的
話：「在中國和西方，當一個作家被逐出原有的文化以外，有兩種基本
的反應，一是從世界中退縮；一是作哲學思考的努力，以求把握及瞭
解一切，因而減輕放逐之苦。」葉維廉無疑是認真作這種思考，並以
自己的學術見解回應當代社會的學者和詩人。無論是他的比較詩學研
究，還是他對「認同危機的文學」的文化解讀，對我們認識中國現代
化過程中文化失真與文化融合的矛盾，尋求不同文化交流中的對話立

---

14 葉維廉：《解讀現代‧後現代——生活空間與文學空間的思索》，頁152。
15 葉維廉：〈自覺之旅：由裸靈到死〉，見陳炳良編《香港文學探賞》（香港：三聯書
　店，1991年），頁159-187。
16 例如洛楓（陳少紅）就在〈香港現代詩的殖民地主義與本土意識——一個未完成的
　論述〉中，反駁了葉維廉對香港詩人的評價（見陳炳良編：《文學與表演藝術》〔香
　港：嶺南學院中文系，1994年〕，頁52-71）。

場和表述策略，都有不可小覷的啟迪意義。雖然，在後殖民後現代的
國際文化背景中，我們是否可以把現代社會中獲得的支離破碎的經驗
納入傳統的文化框架，或者說，傳統中那些被邊緣化了的觀物立場和
語言策略，能否重新占有，把它置放到現代文化的中心來，以解現代
世界文化危機之困？仍然是一個問題，而非無須爭議的答案。但是，
因為被放逐的命運，因為時間與空間的阻隔，因為語言和文化上的疏
離，他們得以在記憶中追尋，得以在孤寂中思考，在空虛中創造，超
越放逐帶來的哀愁與憤懣，使自己得到精神和心靈上的解救。這，該
是反放逐的真義吧？在現代生活中，「放逐」不僅是一種世界性的現
象，而且連同這個概念本身，也擴大了內涵與外延，它不一定是因為
政治的原因了。既有有所追尋、有所堅持的放逐，也有生活的、現實
的、私人理由的放逐。因此，理解與闡述這類人的文化和文學現象，
是無法拒絕也是不能簡單化的。

　　　　　　——本文原刊於《天津社會科學》一九九七年第六期。

附錄一
知識分子的事業格式與角色認同

　　文化問題的討論已經持續幾年時間了，這場討論對於重新認識我們的傳統，深入前輩關於國民性的思考，調整傳統與現代的關係，為我們走向現代化、民主化的進程掃清障礙，無疑有著重大的歷史意義和現實意義。不過，這場討論提出的問題有的過於空泛，又缺乏費孝通先生那樣深入實地艱苦調查的功夫。我想，倘若將文化傳統和中國讀書人的道路聯繫起來討論，努力解決中國現代知識分子的服務方式與途徑的選擇問題，可能會對現代中國知識分子健全心智的建設產生歷史作用。

一　士大夫

　　在中國尚未和近代世界發生更多的橫向聯繫以前，中國社會的基本形態如費孝通先生《鄉土中國》中所說，是鄉土性的。表現在空間關係上，它是一個基於自然經濟的不流動的、以血緣紐帶聯繫起來的地方性的社會；在時間關係上，是一個凝滯的、經驗性的社會。在這樣的社會中，知識分子是一支人數雖少，卻支持著封建宗法社會體制、文化結構的力量。因為他們在政治上是統治階級的各級官員，經濟上是中等以上的地主，他們流動面大，生活面和知識面遠比一般民眾廣闊，所以事實上他們是這個社會的主人，是這個社會文化特點的體現者，尤其是人格──心靈文化的集中體現者。

　　不過，這種社會的知識分子，並不是一支獨立的思想文化力量。自從儒家思想文化體系戰勝了諸子百家的理論，又經過董仲舒在制度

上的強化，罷黜百家、獨尊儒術以來，儒家思想已成為封建王朝占統治地位的思想。時代越往前發展，統治者對它的依賴性也就越大。因此中國思想文化的主流，一方面是文化意識型態，一方面是政治意識型態，知識分子的「事業格式」與政治生活保持著緊密的聯繫。這樣，讀書人的心理結構就不完全是一種嚴格的、一般意義上的文化—心理結構，而是一個更為複雜的社會—政治和文化—心理結構。在這種結構中，知識分子在事業格局、價值觀念上沒有獨立的追求，「士」與「大夫」沒有區別，成為一體化的名詞。個人的修身養性、十年寒窗，不過是為了經世致用、報效皇恩，為了「治國平天下」的政治目標，如范仲淹〈岳陽樓記〉中所言：「居廟堂之高，則憂其民，處江湖之遠，則憂其君」，功名進退都惦念著政治的廟堂。這不無積極意義，知識分子由於自身的道德感和社會、政治責任心的感化，具有強烈的參與意識和憂患意識。但也不無弊端，對於現實政治統治的依附，以政治需要作為人類其他眾多事務的尺度，勢必影響各學科的獨立發展，影響精神人格的培養和科學事業的迅速進步。

對現實政治的關心當然不等於說傳統社會中的知識分子都現實政治化了。作為封建統治的主角官僚階級，他們對知識分子的統治，雖然依靠政治的有效手段，但更重要的還是通過文化中介物來籠絡人心。他們知道，既然知識分子遍布政府機構，通向民間社會，如果在思想觀念上對政治缺乏同情，王朝的統治就要受到威脅，所以需要不斷充實儒家文化思想，以便使其成為知識分子的行為準則。而建立在自然經濟基礎上，旨在保存農業社會儉樸風氣的儒家文化思想體系，並不是一種認識世界、窮究萬物的思辨哲學，而是經世致用的實用哲學。這種哲學包含著血緣基礎、心理依靠、原始人道主義和個體人格的自我修成等內容。一方面，它有巨大的人生實用性，能有效地指導人們妥善處理人與人的關係；另一方面，它有相當的心理根據，迎合了小生產社會的人格思想。因此，儒家文化思想成為傳統中國讀書人

的行為準則和是非判斷標準，既有外部原因也有內部原因。如果說，歷代統治者的強調和建立科舉制度是作為外部條件聯結了他們對現實政治的關心的話，那麼，文化因素則作為一種內在原因為這種聯結提供了必然性。前者，是受制於社會結構、經濟和社會地位、事業需要等的一種不得不的、被動的選擇（你別無選擇）；後者，是出於精神、心理、文化上的自動順應。當然，一個民族的文化作為一個民族智慧的總和，它的作用和影響是遠遠大於現實政治的。精神上、心理上的自願順應的力量，也是超過外在的制度、權威制約的力量的。因此，雖然官僚階級的弱點也在中國歷代知識分子的性格中留下了濃重的陰影，但基於深刻的文化原因，畢竟避免了與這個階級同化。其中的許多人，把內心的道德命令置於本體的最高存在，追求傳統文化中的人格理想，把世間的一切都看成低於它們的東西，因此就有了魯迅所說的「我們自古以來，就有埋頭苦幹的人，有拚命硬幹的人，有為民請命的人，有捨身求法的人……這就是中國的脊樑」[1]。

　　然而，這畢竟都是個「怎麼做」的問題，而不是「做什麼」這種前提性的問題。對於中國歷代讀書人來說，做什麼的問題似乎是無需自我思索的，是早已規定好了的。他們畢生所從事的事業，他們的精神寄託，就是遵照四書五經、聖賢聖哲的教導，做君子，不做小人（從孔子開始就把複雜的人類分為君子和小人兩大類），通過經常的、艱苦的自我修養，實現人格的高貴和道德的圓滿。

　　中國傳統文化強烈的道德感作為一種「集體無意識」，深深地沉澱於歷代讀書人的內心深處，在這種自我道德價值的確定和人格理想的追求中，知識分子只有「達則兼濟天下，窮則獨善其身」的道路可走。「兼濟」是處於順境的讀書人通過儒家政治理想的社會實施，來

1　魯迅：〈且介亭雜文・中國人失掉自信力了嗎？〉，《魯迅全集》第6卷（北京市：人民文學出版社，1981年），頁118。

確定自己的人生價值，完成自己的人格理想；「獨善」則是處於逆境者通過道德情操的自我修成，在內心深處使自己保持「強者」的地位。他們從道德倫理和理想人格出發，始終自認為是在主動地選擇人生，主動實現自己存在的價值，但由於他們沒有思考（或者不能思考）「做什麼」的問題，因而始終意識不到自己選擇生活的被動性，他們事實上只能堅守道德——人格的精神堡壘，靜待命運給他們提供「達」的機會，而當這種機會一旦中斷或者逆轉，就甘心情願地退回內心世界，以十分平靜、坦然的心態蔑視生活的不公。魯迅說讀中國書常常使人沉靜下來，實際上反映了中國文化的某種特點和中國歷代知識分子的某種心態：平靜、安詳地接受一切，盡量避開冒險、否定和毀滅。因此，與這種「達則兼濟天下，窮則獨善其身」的人生信守相一致，他們總是輪換著使用兩種文化武器。如果說，儒家的入世思想，驅使讀書人一次又一次地捲入政治鬥爭的漩渦，那麼道家思想則作為一種精神的自我調節機制，像一條小船，把那些在漩渦中即將湮沒的讀書人接濟到一個精神避難所，把他們的注意力從現實苦難中引開，在修身養性中，在自然山水中，在美術、書法和文學中，忘懷個人得失和帝王功業的計較，既保存和肯定自己的現實生命，又保住了個人的道德操守。

　　堅守道德、人格的純真，「達則兼濟天下，窮則獨善其身」，這種人格模式深刻反映了政治—文化一元化，事業道路狹窄的情況下，在巨大現實問題面前無計可施的傳統讀書人的精神文化選擇，他們只能通過這種方式調和依附政治統治與維護自身尊嚴人格的深刻矛盾。它具有精神道德的歷史悲壯性，感染和陶冶了不少志士仁人，顯示了我們中國文化之所以具有強大生命力，經歷了幾千年外患內憂而得以保存、延續的根源。當然，個體道德、理想人格的單純張揚，並不能產生現代的科學、民主、平等、自由的觀念，特別是在只管「怎麼做」的行為上的道德考慮，不問「做什麼」的前提問題的情況下，當人們

把抽象的、似乎盡善盡美而事實上是一個簡單的善惡標準拿來丈量一切的時候，便往往忘懷了根本而只作手段的考慮，這勢必由「人類活動的產物」變成了「限制人類作進一步活動的因素」，變成維護舊秩序，滯礙生產力的發展，壓抑人的個性，窒息個人才能和創造力的東西。「當『文明的』道德占壓倒性優勢的時候，個人生活的健康與活力可能受到損害，而這種犧牲個人、傷害個人以激進文明的制度，如果升達到某一個高度，無疑將反轉過來，有害於原來的目的。」[2]這時候，不是努力去改造社會、變革現實，而是盡力去構築和加固道德倫理的防線；不是注重生產力的發展和意識的培養，而是以「安貧樂道」來獲得精神上的勝利和道德上的高貴，實際上是以道德而不是以物質的進步和人的價值覺醒作為標準。如是，道德的「善」就不再是善，甚至演變成一種相當酷烈的惡。知識分子看似這個社會的主人，而實際上是統治階級的工具、四書五經的奴隸，他們政治上的依從性和文化上的倫理主義，妨礙了他們作為一支獨立的社會力量，通過自己的方式和途徑有效地服務社會和人類。

二　零餘者

專注文治，只重精神力量，只講道德倫理，不顧及生產力的發展，不通過法律作為調節機制使政治適合時代的需要並使個人的才能和創造性得到發揮，國家和民族必然危機四伏；孔孟學說由曾經是領導和改造社會的力量，變成了羈絆創造的樊籬，由充滿人倫親情味的東西，變成了僵硬無情的教條。這時候，正如黃仁宇先生在〈萬曆十五年〉中所說的那樣，無論是皇帝的勵精圖治或者昏庸無能，高級將領的英勇善戰或者貪生怕死，文官的廉潔奉公或者貪污舞弊，思想家

2　弗洛伊德：《愛情心理學》（北京市：作家出版社，1986年），頁165。

的激進或者保守，最後的結果都是個人的道德努力無補於制度的弊端，無法取得事業上有意義的進展。不過，由於中國封建文化體系的強大和靈活性，自身的社會—文化結構並不能裂變出新的體系來。中國以自身為核心的文化體系是被外國人的槍炮打破的。十九世紀鴉片戰之後，中國在世界中的地位改變了，從一個自我封閉、自以為是的小世界體系，變成了一個大世界（科技、工業文明高度發展的世界資本主義體系）中的一部分。封建體制的解體和一九〇五年科舉考試制度的取消，意味著傳統讀書人受制度保證的傳統「事業格式」的中斷，不僅與官僚階級的固定聯繫被切斷，「士大夫」成了一個歷史的概念，而且知識分子的來源也變得複雜多了，他們失去了傳統社會的穩定地位，面臨著事業道路的重新選擇。

不唯事業格式的中斷，各種因素產生的對傳統文化體系的衝擊，也帶來知識分子價值參考體系的調整。從客觀條件上說，它是由於西方文化的衝擊、教育制度的改變，以及西方思想文化潮流的湧入；在主觀原因上看，傳統的讀書做官道路中斷後，為了應對現實的困境、為了人生的出路，知識分子對傳統文化、價值觀念必然要進行反省、懷疑和重新選擇。

知識分子所習慣的共同事業模式的解體和共同價值參照系所面臨的危機，不能不給剛剛逸出傳統生活軌道的知識分子帶來巨大的困惑感和茫然感。在傳統社會裡，科舉制度為讀書人準備好了一條通往政治生活和思想抱負的道路，知識分子不存在「做什麼」的問題，只有一個「怎麼做」的問題（最多只有一個出仕不出仕的問題），而現在卻把「做什麼」這樣重大的前提性問題擺在他們面前了，他們心理失重、困惑、茫然就順理成章了。二十世紀二十年代初，郁達夫在一篇文章中說自己的情懷只有憂鬱的連續，各種希望和想法都不能實現，他感歎說：「活在世上，總要做些事情，但是被高等教育割勢後的我

這等零餘者，教我能夠做什麼？」[3]郁達夫「零餘者」這個形象化的名詞，表現了二十世紀初我國知識分子的生活和心態：與傳統的道路和文化價值參考體系脫節之後，他們對社會和民眾有一種沉重的負罪感，他們不滿社會現實的黑暗，渴望做些事情，但他們又不能有所作為，不清楚還「能夠做些什麼」。

「能夠做些什麼」的困惑與茫然，概括了中國近現代相當一部分知識分子的內心苦痛，這種道路和價值選擇的困惑甚至屬於一個世紀的中國知識分子。對於廣大的近現代中國知識分子來說，當他們開始接觸社會、人生，關心社會問題時，給他們思維上帶來巨大衝擊的，是一八四〇年的鴉片戰爭、一八九四年的中日甲午戰爭。這些戰爭的失敗，引起了帝國主義瓜分中國的狂潮。然後，又是辛亥革命國內變革的失敗。在文化特點上，與中國歷史上異族文化對漢唐時代的影響不同，西方文明不是通過正常的文化渠道流入中國，而是作為帝國主義經濟、軍事侵略的伴隨物強制輸入的。它引起中國社會政治文化的變化具有兩重性：既促進了中國封建社會的解體，又使中國淪為了半殖民地的悲慘地位；既對中國封建文化產生了強大的衝擊，又具有明顯的文化侵略性質。這樣，知識分子就被推到一個兩難的境地：在歷史處境方面，他們作為東方封建大國的知識分子，長期承受幾千年封建專制和文化傳統造成的精神壓抑，迫切需要精神自由和個性解放；在現代處境面前，作為半封建、半殖民地落後國家的知識分子，又深深感受著西方政治、軍事、經濟和文化侵略帶來的民族危亡的威脅，迫切需要通過政治變革來實現國家獨立和民族的富強。燃眉之急的現實問題必然要壓倒、掩蓋歷史的任務，全社會全民族的問題必然要壓倒個體人生的問題，在強敵四逼、外患日深的情況下，知識分子順理成章地成了國家和民族主義者，好幾代知識分子都由愛國走向革命，

3　郁達夫：《蔦蘿集》〈寫完了蔦蘿集的最後一篇〉，上海市：亞東書局，1923年。

即使五四時期從性壓抑、感情解放角度提出問題，呼喊「知識我也不要，名譽我也不要，我只要一個能安慰我體諒我的『心』」的郁達夫，在《沉淪》這部小說的結尾，也還是把個性的壓抑歸結為國家的不富強。在這裡，作者的情感意向溝通了與傳統文化的聯繫，傳統社會讀書人的道德感和使命感轉化成了現代知識分子的感時憂國精神。中國的近現代知識分子，有良心者都很關心本民族社會政治和民族的苦難，就是一些學者、教授如胡適、魯迅、周作人、聞一多、朱自清、傅斯年等也「不得不多多少少地捲入政治」。這是由深刻的文化原因和近現代中國的特點所決定的。因為在參與社會政治生活的固定通道被堵塞後，足以同傳統文化價值體系抗衡的現代知識者的價值體系又還未建立的情況下，一方面，傳統的價值觀仍起潛在的作用，另一方面，由於民族鬥爭和階級鬥爭尖銳複雜，不能簡單按文化積累的方式，讓每個群眾和個人覺醒之後進行社會變革，迫切需要政治的力量和組織手段，這時候，大多數人當然只能被社會潮流推著走。因此，除了蟄居海外的理科學者和少數如魯迅這樣驚異於國民「強壯的身體」與「麻木的神情」之間的比差的人，從改造國民靈魂的角度找到了自己的道路，並保持了一定的獨立性外，絕大多數的中國近現代知識分子（由愛國而走向革命的職業革命者和追隨革命的知識分子除外），由於現實的黑暗，嘗試教育、科學救國的屢屢碰壁，都還未能很好地發揮自己的才能和創造性，以知識者自己的方式和途徑服務社會。他們還深深感到個人與社會的疏離，困惑於「能做什麼」的現實人生問題。

就是找到了道路，始終保持著獨立性的魯迅，深邃的目光也常常透露出悲涼的內心消息，面對同一戰陣夥伴「有的高升、有的退隱、有的前進」的慘痛經驗，他也有醒來後無路可走的孤獨和徬徨。他把自己的一本小說集命名為《徬徨》，一篇小說直接取題為〈孤獨者〉，而在散文詩集《野草》中，這種孤獨、徬徨的苦悶則更加令人震顫：

……我的心也曾充滿過血腥的歌聲：血和鐵，火焰和毒，恢復
和報仇。而忽而這些都空虛了，但有時故意地填以沒奈何的自
欺的希望。希望，希望，用這希望的盾，抗拒那空虛的暗夜的
襲來，雖然盾後面也依然是空虛中的暗夜……
……

我只得由我來肉搏這空虛中的暗夜了，縱使尋不到身外的青
春，也總得自己來一擲我身中的遲暮。但暗夜又在哪裡呢？現
在沒有星，沒有月光以至笑的渺茫和愛的翔舞；青年們很平
安，而我面前又竟至於並且沒有真的暗夜。[4]

……我只得走。回到那裡去，就沒一處沒有名目，沒一處沒有
地主，沒一處沒有驅逐和牢籠，沒一處沒有皮面的笑容，沒一
處沒有眶外的眼淚……
……我只得走。我還是走好罷。[5]

在這裡，充滿著做出選擇後前行的寂寞、孤獨、空虛，以致只能「有
時故意地填以沒奈何的自欺的希望」，來抗拒空虛中的暗夜的襲來，
而「暗夜」（與之搏鬥的對象）又竟至於不是真的，如入無人之境，
沒有對手（它又無處不在，無時不在）。戰鬥者實際上陷入了「無物
之陣」（在我看來，後期魯迅的不少雜文對具體人事過於尖酸刻薄，
正反映了與「無物之陣」戰鬥的臨時語境），魯迅這些作品所展現的
藝術情境和意象，包含著十分豐富的複雜社會、人生體驗和心理美學
方面的內容，既有二十世紀初一個「未經革新的古國」覺醒了的戰士
如入無人之境的孤獨和悲涼，又有心靈徬徨於「一個已死，另一個卻

4　魯迅：《野草》〈希望〉，《魯迅全集》，第2卷（北京市：人民文學出版社，1981年），
　　頁177-178。
5　魯迅：《野草》〈過客〉，《魯迅全集》，第2卷，頁191-194。

無力出生」兩種情境中的矛盾與緊張，同時也有切身體驗到的人類與生俱來的苦悶和抗爭。如果站在本論題的角度，則可以感受到一個現代知識分子的心態：即使對傳統文化有了深刻的認識和警醒，當真正展開實踐的時候，由於文化和時代的原因，他們也還時常有困惑、懷疑和頹唐的。

　　不僅面對「做什麼」的問題存在著選擇的困惑，而且在做出選擇後也為「怎麼做」所困惑。中國近代以來「各個領域或學科的獨立性格沒有得到充分展開和發揮，深入的理論思辨（例如哲學）和生動的個性形式（例如文藝），沒有得到應有的長足發展」[6]，以及從胡適、周作人的個人悲劇到當代某些知名學者順應政治需要修改哲學史、文學史的現象，以及當代影射史學的現象，文學和文學理論與社會學、政治學糾纏不清的現象，都可以在知識分子「做什麼」和「怎麼做」的文化困惑中找到答案。

三　角色認同

　　現代知識分子的時代困惑，實際上來自兩個方面。一方面是中國傳統文化的潛在影響，另一方面是舊文化價值體系崩潰所引起的內心失重。雖然這幾代知識分子在中國與近代世界發生橫向聯繫之後，主觀或客觀地疏遠了與傳統文化的聯繫，但是，傳統並不是說否定就否定得了的，它活在人們的「集體無意識」中，活在思想感覺方式中，活在感情意向和判斷習慣中。例如思維模式，人們就還深受著傳統的政治—文化一體化的影響。什麼是政治—文化一體化？一體化意味著把意識型態結構的組織能力和政治結構中的組織力量結合起來，互相溝通從而形成一種超級組織力量。這種政治—文化一體化的結構是自

6　李澤厚：《中國近代思想史論》（北京市：人民出版社，1979年），頁476。

給自足的小生產封建宗法社會的產物，它在工業生產方式興起後的近代都市社會已經失去活力，但是，由於中國近現代社會的半封建、半殖民地性質，由於為國家和民族獨立、人權而鬥爭的主題，「啟蒙工作對於一個以極為廣大的農民小生產者為基礎的社會來說，進行得很差」[7]。政治—文化一體化的結構只是在外顯的形態上被取消了，而在內隱思維模式方面的情形卻要複雜得多，特別是在創造性地走出了整肅腐敗政治、改善民生的道路，政治上取得巨大的成功之後，政治—文化的這種結構在內隱的思想行為模式方面不是走向了多元，而是為它的一體化提供了新的客觀的和心理方面的存在依據。在社會事務中「政治掛帥」的口號，人物評價的革命家與文學家、戰士與詩人兼提，藝術評判的政治標準第一，文學創作中普遍把個人的情感和想像納入「產生意義和價值的社會經驗」，等等，都表明傳統的思維模式和價值判斷習慣還在起作用。雖然政體是新的，不少人生活方式已相當時髦，但社會文化轉型並未完成，知識分子的心智還很不健全，未有一個與現代社會相適應的社會文化價值體系作為事業選擇和方法選擇的基本參照。

　　價值的真空，就像權力真空一樣很容易導致災難的，當代中國知識分子的使命，當務之急恐怕是投身於現代社會文化的重建工作。這當然是一項異常艱難的工作，就中國基本的社會文化環境而言，既要破除西方現代政治經濟結構的迷信，又要避免那種迷戀道統「向後看」的保守主義傾向；既要對現代諸問題諸現象持反省態度，又要避免情感主義的尖叫或反諷。也許，現代只是社會轉型過程的標誌，而不是一個根本欲求的目的。因此，現代社會文化建構不是實現西方的「現代化」，而是指向社會不斷開放的過程，即從目的社會（Teleological Society）走向波普爾所說的開放社會（Open Society）。這樣，現代社

7　李澤厚：《中國近代思想史論》，頁479。

會文化的建構，就是一種促進開放、爭取活力的建構。事實上，在當今社會中，個人身分、職業、價值取向已經變得多元，高度專業化的社會分工已經顯示社會的進步，不再單向依賴行動人物的權威，而是依賴各行各業、各學科的共同推進。那麼，現代知識分子的身分認同就不必跟政治權力聯繫在一起，也不必始終把自己的價值視為社會的中心價值，而是應當到位於自己的角色，以自己的方式服務社會。

不同類別的知識分子當然有不同的服務途徑，但對人文科學知識分子而言，主要還是以建構和傳播思想的方式服務社會。首先的問題是，我們能否以知識、思想的價值為價值，甘願為它付出艱辛的勞動，甚至生命，真正在思想和文化的價值尺度上獲得人生的成就感。其次，是要避免行動人物的暴力與專斷，在社會轉型的文化解構與建構、失範與融合的矛盾中，建立一種平等的對話關係。

我們這一代知識分子是在舊的已經死亡，新的又未成形的混亂中擔負起建構現代社會文化的使命的。自從十九世紀帝國主義用堅船利炮打開了中國大門以來，我們被迫加入了世界「現代化」行程。這種行程中，社會關係結構、文化取向及價值系統都被打散，等待著重排，它激活了許多人的批判激情和懷疑精神，使青年有可能對不可搖動的傳統文化權力架構提出挑戰，但也使我們立足的文化根基變得飄浮不定。知識分子游離在一個崩離破裂的文化空間裡求索：傳統文化的凝聚力沒有了，但新的文化又在哪裡？我們在兩種文化夾縫中，在文化虛位與文化錯位的時間、空間、風景、夢幻中，在文化失真與文化融合的持續矛盾和分裂中神傷愁困。在這種情況中，尤其要意識到社會的多元性與複雜性，防止思想匱乏狀態中的精神專制主義和語言暴力，即在談論現代中國問題時，認識到歷史現實關係的複雜多元，不僅「中心」變得多個，而且問題也是無數點與線的交織；即在面對思想和語言權力時，承認我們思考與表達的東西，都是對話性的，期待補充偏正的；或者說，乾脆承認我們的思想與表述，包括精神立

場、價值預設和講述方法，都可能是臨時的，渴望被超越的。從而不僅把現代文化結構的建設，作為一種社會的責任，而且也作為一種建構者完善自身的建構活動。使我們無論周遭環境有多麼惡劣，硬性的也罷，軟性的也罷，都能意識到，我們是在思想和語言的領域裡工作，是通過化解語言中權力結構的方式，維護全面的人性，保持理性的反省精神。而為了勝任這一工作，激情與勇氣固不可少，但知識、方法，以及對規則與技術的掌握也不可小覷；尤其在浮躁之風盛行和急功近利的時代，堅持在學術規則和技術的範圍內求索，更能防止自己的感情偏見和失誤。

一九八七年三月二十一日

——本文原刊於《面向新詩的問題》，北京市：學苑出版社，
二○○二年。

附錄二
從批評到學術：
我的九十年代

一　邊緣的認同

「後方」與「前沿」的邊界限變得模糊，在我是對現實失去熱情開始的。剛進入九十年代的時候，我幾乎不看報紙也不看電視，當時的文壇也沒有多少好作品可讀，自然也就淡漠了對當下文學現象的關注。記得那時自己給謝冕先生寫信，曾對「潮頭」、「道旁」頗有一番議論，希望有一批人能從潮流中抽身而出，把批評提高到學術的層面。不想這成了我興趣轉移的起點。

不過，我由意向到比較自覺的學術認同，還是從北京大學開始的。北大是我滿懷敬意與感激的學府，雖然我不是她的正規弟子，雖然她也豐富複雜，不是每一棵小苗都能長成大樹，每一個人都能理解北大傳統的精髓，但對我個人而言，事業上的兩次轉變都是在北大受到啟迪的。一次是一九八一年在北大進修，我從詩歌寫作的困境中拔出腿來開始了文學批評，並從散文詩這個小小的文類入手，梳理了中國散文詩的理論與實踐，最終形成了中國第一本散文詩理論專著《散文詩的世界》。第二次是一九九一年，我應謝冕先生的邀請作北京大學的訪問學者，增強了自己的學術自覺，我從詩歌成就的關注，轉向了中國新詩「問題性」的關注，並為寫作《艱難的指向——「新詩潮」與二十世紀中國現代詩》一書做了認真的準備。

進入二十世紀九十年代的北京文化界，表面上非常沉悶壓抑，深刻的反思與轉變卻在悄然進行。有的人在提倡「國學」，但更多的人

卻在重讀典籍和學外語，思想和文化的特徵正走向歷史化、個人化和
邊緣化。這裡蘊涵著複雜的隱忍與無奈，昭示了充滿激情和詩意的
「思想的年代」的結束，然而也多少去掉了二十世紀八十年代的空泛
與浮躁，把學術規則提上了議事日程。在這種思想文化氛圍中待在北
京大學，真是我的幸運，雖然當時我正在讀海德格爾的著作，內心裡
真是虛無之至，但謝冕先生主持的「當代文學焦點問題討論會」，讓
我看到索寞年代知識分子對文化理想的認同與堅持；而陳平原先生的
「現代學術史研究」課程，則給我展示了學術的意義和可能。北京大
學的訪問調動了我二十世紀八十年代中期文化問題討論中對知識分子
文化身分問題的思考，意識到在中國當下的文化處境中，既要破除對
西方現代政治文化結構的迷信，又要避免迷戀道統「向後看」的保守
主義傾向；既要對現代諸問題持反省態度，又要避免情感主義的尖叫
與反諷。在高度專業化的現代社會，社會的進步實際上不再單向依賴
行動人物的權威，而是依賴各行各業點點滴滴的自覺自為的建構。因
此，當一年的訪問結束，離開北京大學時，我終於認同了自己的邊緣
地位，承認現代社會的多元性，放棄文化中心主義的幻想，在邊緣重
返自身。在一篇記述這次訪問的隨筆中，我寫道：

　　　　中國現代民主文化之實現，公民社會的個人覺醒和知識分子的
　　　　角色到位，是諸多問題中關鍵的問題之一。……中國知識分子
　　　　從政治文化的中心地帶不斷向邊緣滑落，既是社會經濟決定論
　　　　和權力意志制約的結果，也是從士大夫中蛻變出來的中國知識
　　　　分子主動撤出文化中心地帶所致。其實，人文知識分子的邊緣
　　　　化，是傳統社會向現代社會轉型的特點之一，他們總是不斷被
　　　　逐出政治經濟結構的中心。問題的關鍵是，知識分子自身能否
　　　　在不斷失去的內心焦慮和精神失調中，在危機與挑戰面前做出
　　　　積極主動的反應，認清自己的邊緣處境，在邊緣尋求立足之地

和開拓自己的存在空間。中國社會從傳統到現代的痛苦轉型中，懷著巨大的失落感，眷戀過去的美好時光，企圖重新進入中心位置，並不能真正完成現代漢文化的重建工作。事實上，正是那種幽靈一樣徘徊的「中心」情結，使一些知識分子不能在順從與對抗兩極對立模式之外，發現新的事業格式和價值向度。邊緣位置與邊緣處境儘管有被拋、失落的意味，但也不妨看成是本位的皈依。處於邊緣位置不一定是壞事，不再被寵與看護的同時，依賴性、附屬性和奴僕性也隨之消散，從而真正以智力上的自治，民主開放的結構，在社會和文化諸問題中，發揮獨立的清理、甄別、預測和建構的功能。同時，邊緣的位置更能使知識分子真正面向民間社會：在民間社會尋求立足之地並作為民間社會的良知，在民間吸取力量智慧拓展自己的話語空間，同時又反彈民間社會的進步，從而更好地展開社會歷史轉型中文化價值的重建工作。真的，邊緣是必要的觀察距離和高度，正如德勒茲與柯塔利所說：「假如作家置身其脆弱社區的邊緣，更能表現另一個潛在社區，塑造另一種意識或感性。」[1]

我覺得邊緣的認同對我從批評到學術的興趣轉變起了非常重要的作用。不僅影響了我的思想立場和價值取向，也使我的心態變得平靜和安寧。我生性不喜歡熱鬧，這時候對大學院牆內的生活有了更深切的熱愛。我也曾在一篇短文裡寫過：「如果允許我重新選擇職業，我想我仍然會毫不猶豫地選擇『研究和說話』這一行當。儘管據說大學為『學問進步』服務的宗旨早已過時，大學的目標已從培養精英轉向培養社會操作型技工，然而我仍然眷戀那古老而美好的觀念。當然，這與其說是對『過時』觀念的眷戀，不如說是多年人生體驗後的認同。

1　見拙作：〈在邊緣重返自身〉，《作家》，1993年3月號。

無論如何，對精神和思想來說，大學過去是，現在依然是一片最具時間和空間馳騁的廣袤天地。」[2]當然，大學在體制化的過程中也日益走向僵化與保守，但大學畢竟是羅蘭・巴爾特所說的「歷史最後策略之一」，兩百年來形成了自己的傳統。在大學任職最大的好處是可以培養自己獨立的思想和自由的意識，不必迎合膚淺低俗的社會潮流，這在當今社會雖然很不容易，帶有自我孤立和自我封閉的色彩，但在這個紛紛揚揚、五光十色、充滿誘惑的現代世界裡生存，自我孤寂也似乎只有在大學才是一種可能。我認為孤寂不完全是壞事，它有兩方面的意義，一方面當然是與世界隔絕，像一種疾病；但也有正面的意義，這就是贏得了沉思的空間和自由思考的時間，使人有可能反思生存的時代，尋找自我的身分，追求精神的歸屬。

認清了自己的文化身分和精神歸屬之後，對一些現象便會有新的認識。記得二十世紀八十年代初自己讀《中國新文學大系・散文一集》中顧頡剛八萬多字的長文《古史辨自序》時，也曾深受感染，但當時印象最深的是時代與學術的衝突。二十世紀九十年代初重讀這篇長文，留意更多的卻是現代學術風範的形成。我是把《古史辨自序》作為現代學術史中一篇重要的文獻來讀的，想得更多的，是國學、家學與公學的關係，以及新式教育體制、新發掘的資料和西學等對形成現代學術傳統的影響。也許，現代中國學術形態與傳統中國學術並非沒有內部的關聯，它至少可以追溯到清代訓詁學和文字學對於社會功利性的疏離。當然，現代學術不等於清代學術，現代學風的形成得力於考古學的發現和西方學術方法的啟示，但中國現代學術形態之所以能在二十世紀三十年代得以初步建立，顯然得力於許多學者站在了兩條河流的匯合處：既有深厚的舊學根柢，又見識到西學的新思想和新方法，而歷史轉型時期政局動盪，民間卻對文化敬意尚存的時代狀

2　見拙作：〈說邊緣〉，《南方週末》1994年4月8日。

況，反而為現代學術的草創提供了有張力的空間。問題是，現代學術傳統本身還很粗糙，它的價值體系由於時代的特殊境遇並未被廣大社會階層所接受和理解，即使後來在這個領域中謀生的專業人員也未必全然瞭解它的意義，以其規則、規範展開自己的事業。

　　據說許多同行從事了大半輩子的研究，出了不少書，頂著「學者」的頭銜，卻對學術傳統和學術規範一無所知，這真是中國現代學術的悲劇。但對我們這輩學人來說，更銳利的問題還是有了認同後愈覺得力不從心。我們是有先天局限的一代，沒有私學經史子集的根柢不說，即使公學也是極不完善的，更不用提閱讀西方理論原著的能力了。我們這一代從事中國文學批評和研究的學人，除了「文化大革命」和「上山下鄉」等獨特的人生經歷和生存體驗換來的懷疑精神和批判激情，有幾人的知識背景和學術資源趕得上二十世紀二、三十年代那些學貫中西的前輩？我越來越意識到獨特經驗、感覺、激情的可貴與可怕，它可以轉變為一種建設的力量，也可以變成一種消極的因素，關鍵在於能否通過足夠多的角度和知識對它們進行深入的反思，變成人類思想和文化遺產的結晶。

　　這些東西成了我二十世紀九十年代信心與沮喪的根源。雖然自己早已疏離了一元論的、抗衡式的作派，但只有現在才銳利地感到了自己的空虛。我想自己這輩子是做不成大學問、一流的學問了，即使做二三流的學問，也得全神貫注，盡快補缺補漏，再不能讓當下的時髦話題分散精力，滿足於著述的出版與發表，而應根據自己的條件和可能，從最具體的學問做起，從基本材料入手，或許能提出和澄清一兩個有意義的問題。

二　視野的拓寬

　　我的主要學術興趣在二十世紀中國詩歌，不是由於中國新詩取得

了如何顯赫的成就，而是它呈現出來的問題對於我的感受、智力是一種有分量的考驗和挑戰。這種興趣可能跟自己大學時代曾是一個狂熱的「詩歌青年」，讀過許多「朦朧詩」有關（「朦朧詩」出場既調動了我讀詩的興趣，也徹底地打碎了我的詩人之夢）。但實際上，一九九三年我才在謝冕先生主編的「二十世紀中國文學叢書」中，出版以「朦朧詩」為主要論述對象的專著《艱難的指向──「新詩潮」與二十世紀中國現代詩》。這是我批評到學術轉型過程中一本寫得非常倉促的書，以從「國家話語」到「個人話語」，再到「詩歌本體話語」的變化過程為基本思路，也通過一些正式出版物以外的材料，揭示主流詩歌以外的一支詩歌異軍的形成和發展歷程。這本書出版後似乎有些影響，也引起海外漢詩學者的注意，但我自己認為學術意義非常有限，不過是觀照問題的立場和角度有所調整，強調了詩歌寫作個人的出發點而已。而自己最縈繞於心的詩歌本體意義上的反思，卻處處顯得力不從心，因此最終還是未能跳出「社會文化批評」的魔圈。[3]

　　寫作《艱難的指向》過程中力不從心的現象，實際上反映了一個可能是更為深刻的問題：邊緣立場「價值中立」如果不能得到學理上的支持，最終不過是毫無意義的空談。應該說自己對當代詩歌的許多現象不算陌生。自九十年代初開始，從閱讀《中華全國文學藝術工作者代表大會紀念文集》開始，仔細翻閱過包括《文藝報》、《人民文學》在內的原始資料。閱讀的過程真是驚心動魄、感慨萬千。也在謝冕先生的指導下合作了〈都市記憶與鄉村情結〉那篇未完成的論文，企圖以知識分子的立場對體制化的文學觀念作批判性的反思，然而這

3　荷蘭漢學家馬格西・萬・柯雷在他的中國詩歌研究著作中熱情評介《艱難的指向》，認為這本書體現了作者「社會文化批評的智慧」，而作者正為自己無法擺脫傳統社會學的研究方法而苦惱。柯雷的評價見Maghiel van Crevd. "Language Shattered: Contemporary Chinese Poetry and Duoduo," Research School CNWS Leiden, The Netherlands, 1996, pp.261-262.

篇論文寫到一半就失去了熱情，因為我發現自己還是就意識型態作意識型態的批判，並不是通過詩歌內在的問題來反思意識型態，我認為後者才有說服力。然而，提出詩歌的內在問題，顯然又必須首先回答詩是什麼，新詩又是什麼的基本問題，而在這些問題上捫心自問，卻是不甚了了，充滿矛盾的。這樣，為了尋求答案，又花了一年時間閱讀中國古代的詩話詞話。自然是受益匪淺。但還是沒能解決新詩的理論認識問題。大概既由於舊詩與新詩畢竟在經驗、語言、形式上有很大差別，也由於新詩本身還不成熟。

　　如何在自身觀念的矛盾和對象的不定型中展開研究？香港三個月的讀書生活給了我一些啟示。我是一九九六年一月以「客座研究員」的身分到香港的，所謂「客座研究員」，就是由邀請方提供基本的生活保障和研究條件，讓你自由讀書與寫作，臨結束時提交一篇論文。這種沒有雜事干擾的讀書生活是我所希望的，更何況那時邀請我的嶺南學院已遷至屯門新址，舊校則未移交，我住在風景優美的司徒拔道舊校，手持三所大學圖書館的借書證，而離我最近的香港大學圖書館又在薄扶林道，詩人戴望舒當年居住的「林泉居」就在這條道上。

　　香港是一個迅速膨脹的商業化海港城市，它耀人的經濟成就，曾是英國殖民者的驕傲。但英國人看重的主要也是它作為「轉運港」的經濟利益，對於文化和學術，除了在大學裡推行英國體制外，基本上採取不干預的政策。這樣，游離於殖民者的文化秩序之外，超脫於家國政治爭鬥之上，香港的文化和學術反而有了「三不管」的超然色彩。這種超然性，李歐梵先生站在自由知識分子的視野，曾著文說：「香港夾在兩個政權之間，形成了另一種政治上的邊緣：在兩岸政府言論控制之下，大陸和臺灣不准談的，香港可以談；換言之，香港反而形成了一種可以在報章雜誌上論政的『公共空間』。」他甚至認為這種「邊緣性」具有國際視野：「也許香港文化的特色，就在於它的『雜』性，它可以處在幾種文化的邊緣——中國、美國、日本、印

度──卻不受其中的宰制，甚至可以『不按理出牌』，從各種形式的拼湊中創出異彩。」[4]李歐梵先生的論述充滿熱情，但是否也一廂情願地把香港文化空間理想化了？他是否忽略了「幾種文化的邊緣」也往往是多種政治文化勢力爭奪的「中心」？香港文學史研究專家盧瑋鑾（小思）就曾指出，香港「由於交通方便，政治環境特殊，已經不只一次成為國際政治敏感地帶。近五十年來，這個中國人為主的地方，更是左右翼鬥爭、宣傳必爭的據點。」[5]香港學者和詩人梁秉鈞也指出：「邊緣性並不是一個時髦的名詞，而是一種長遠以來被迫接受的狀態。它代表了人家對你視而不見、聽而不聞，對你所做的事視若無睹。」[6]而比較文學專家葉維廉則指出了殖民地商業社會物質宰制的悲劇：「有民族自覺和文化關懷的作家和藝術家，往往在『吶喊』與『徬徨』之後便陷入一種無可奈何的沉默……五、六十年代很多有相當自覺的文藝青年都走上了不歸之路，不然就是與爬格子的動物同流合污。[7]

　　這樣看來，香港文化空間的「邊緣性」不是一個現代神話，而是一個匯聚了多種矛盾的場所。它與前面提到的個人思想立場的邊緣認同不是一碼事。至於李歐梵先生認為邊緣可以逍遙於中心之外，甚至可以北進中原或衝擊美國，則更是浪漫奇思了。不過，對於一個沒有身分認同的焦慮和具體生存壓力的客居學者而言，香港的確是一個打開視野和獲得多重參照的地方。香港各圖書館的優勢不在歷史典籍，包括現代文學的藏書也完全可以說是乏善足陳，但當代方面卻擁有很多內地學者無法讀到的書籍和雜誌，歐洲的、北美的、臺灣的、香港

4　李歐梵：〈香港文化的邊緣性初探〉，《今天》，牛津大學出版社（香港）1995年第1期。

5　盧瑋鑾：《香港文縱》（香港：華漢文人事業公司，1987年），頁41。

6　梁秉鈞：〈引言〉，《今天》「香港文化專輯」1995年第1期，香港：牛津大學出版社。

7　葉維廉：《解讀現代‧後現代──生活空間與文學空間的思索》（臺北市：東大圖書公司，1992年），頁152。

本地的，而且全是開架閱讀，檢索和複印也是由讀者自己操作，因此在圖書館讀書的效率也高。

　　三個月中我讀得最多的是臺港詩歌和文學理論批評著作。前者，是為二十世紀漢語詩歌的整體研究作準備；後者，是實施這種研究必要的「強身活動」。在詩歌作品方面，最大的收穫，是原有的視野之外，讀到了吳興華（梁文星）發表在香港《人人文學》、臺灣《文學雜誌》上的不少詩作，它們至少說明人們一般的瞭解之外，當代中國詩歌還有一種趣味很高又極講究形式的追求。在詩歌理論批評方面，接觸最多的自然是現代派與明朗派之爭，但最讓我留意的還是一批「新古典主義」的詩學論著，包括葉維廉在古典詩歌中為新詩尋找解困策略的比較詩學研究，林以亮對新詩形式的質疑，胡菊人、余光中、夏濟安等對新詩語言的不滿，等等。這些人的觀點與四、五十年代林庚、九十年代鄭敏等人的見解有許多相通之處，是經過浪漫主義、現代主義詩潮後，對中國古典詩歌的再體認。其中當然也存在不少問題，但沒有民族主義和通俗主義的狹隘性，注意詩歌內部問題的討論，卻是最可貴的優點。

　　香港的文化空間是多元共存的，有錢穆、饒宗頤這樣出色的學者在大學執教，有《中國社會科學季刊》、《二十一世紀》等學術刊物。但最大的特色還是中西交匯，得歐美風氣之先，學者們擅長以新出爐的歐美理論和方法處理面臨的一些思想文化課題。不過，無論從經濟、文化等任何一個方面看，香港都是一個「轉運站」，而不是知識、文化創新和生產的重鎮。它疏離了母體的文化傳統，自身的區域性傳統又還沒有形成，既缺乏充足的歷史文化資源，現實價值取向又受商業文化和西方趣味的引導。這就造成了他們比較重視個案的理論疏解的現象，卻難以顧全整體提出問題。這種現象在現當代文學研究領域尤其明顯：譬如香港詩歌，在現代漢詩格局中，其現代城市美學的想像風格是很鮮明的，甚至可以說從一個側面反映了現代漢詩想像

城市、理解城市的進程，從香港城市生態的獨特性出發，探索了一種以詩歌想像城市的新的感知體系和書寫策略。但香港的詩歌批評家卻普遍以「後現代」理論進行剪裁和闡述。你的理論前提是西方的，又不是提出自己的問題與其對話，就很難獲得獨立的思想價值。

不只正面，也有反面和側面，香港三個月的閱讀和思考使我意識到，研究二十世紀的中國詩歌，光有大陸的視野與資料是不夠的；而對研究者來說，由於二十世紀中國詩歌已不能在封閉的系統裡理解，需要有相當廣闊的知識背景和理論背景。但由於二十世紀中國詩歌本身的豐富性和複雜性，由於大陸、臺灣、香港詩歌的巨大差異性，使互參、互比、互鑒成為可能，諸多問題的提出成為可能。儘管新詩還不成熟，新的詩歌理論體系尚未建立，但只要我們扎扎實實地從詩歌發展中提出問題，進行深入的理論反思，還是可以有建構意義的。重要的是，問題一定得從詩歌現象中提出，有自己的真問題，對話與理論反思才能得到真正的展開。

三　從基本問題開發

學術研究的推進，主要取決於兩個基本條件，一是新材料推翻了舊結論，二是更有效的理論和方法「發現」了舊材料的價值。這兩方面是互相關聯、循環互動的。尤其是在面對近百年以來的中國文學的時候，造成「歷史遺忘」的，主要不是由於時間、戰亂或其他偶然因素，而是硬性權力的選擇和意識型態偏見。這就是為什麼，在七、八十年代之交，當思想觀念剛剛有所鬆動，「九葉」和「七月」兩個被強勢所掩埋的詩人群便得以「出土」，而這些作品的「出土」，又怎樣引起了人們對主流文學史所規劃的詩歌地圖的懷疑。更不用說八十年代「朦朧詩」論爭對當代詩歌理念的衝擊了，它不僅使我們反思當代的主流詩歌，體認二十年代中期以來的現代主義探索，也讓我們更加

注意中國「新詩」與外國詩歌難解的糾纏，而最終，當然也會對這一
詩潮本身進行反思和質詢。就二十世紀中國詩歌而言，經過這二十多
年的悲壯爭取，已有不少的資料重見天日，理論資源也不再像過去那
樣匱乏，可以說在物質上為它的學術化研究準備了基本的條件。然
而，當問題一旦從外部回到內部，學人的壓力實際上不是減輕了，而
是加重了。幾年前，一家報紙組織了一場關於「批評缺席」的討論，
我曾用隨筆發過一段議論：

> 文學批評有它自己的命運，包括自己無法左右的命運的命運，
> 我們完全理解社會轉型戲劇性來臨狀態下批評家們的內心焦慮
> 和精神失調，但文學批評從過去轟轟烈烈的「方法年」、「觀念
> 年」、「語言年」的亢奮狀態，一下跌入「缺席」的境地，卻不
> 能不讓我們反躬自問：當文學批評來到真正的考驗面前，即當
> 政治與經濟的主角位置開始交換，文學批評失去了傳統的對手
> 與拆解對象，失去中心意識型態的看護和以往讀者的熱情，需
> 要從自身提取動力並依靠自身的價值觀來支撐時；當世界文化
> 信息流通轉入正常，現炒現賣逐漸失去其新鮮感，需要批評家
> 從本土文學現象中發現和提出問題，自覺去分析、命名和評判
> 時，總之，當附加的外在價值逐漸剝離，文學批評須以自身的
> 價值與方法直接面對複雜的文學現象的時候，我們的文學批評
> 能否經得起短兵相接的考驗？[8]

這些問題對於學術研究來說，顯然更為嚴峻。如果說，在這個急功近
利的時代，能否抗拒種種誘惑，以思想、學問的價值為價值，真正全
力以赴地投身於自己的專業，是基於角色認同和價值、趣向的個人選

8　見拙作：〈在真正的考驗面前〉，《作家報》1994年7月16日。

擇。那麼，作出選擇之後，是否努力都能獲得較高的學術意義？如何避免重複的無意義的勞動？如何在層層覆蓋的話語中體現自己的個性？如何在「理論過剩」與「理論貧乏」的矛盾語境中保持吸納與反思的平衡？如何在急切擺脫習慣思維方式的同時，對文化時尚持反省態度，堅持在偏側的時代說出真實？去年我給一位詩人的信中曾說：「有時候我越來越懷疑思想、意識領域的『新發現』，卻對真實、言說準確有一種私心裡的尊敬。人們每每迷戀於『思想的深刻』，歷史往往讓真實與恰當的言說形式長存。」寫這話時，我心裡想的是新詩在學習新語言、尋找新世界過程中唯「新」是舉的歷史情結，思考它從這一情結出發，怎樣造成了兩種表面相剋、實質相通的現象，從而看到，「新」的體制化也是一種壓迫自由的力量，在鞏固某種意識型態，不僅誤導詩歌離開基本問題，也排斥它多元的發展。

　　求真、求是是學術的基本立場，但「真」和「是」是先在的指標，還是一個需要不斷探討的問題？我只認同後者。我覺得，不僅現實和詩歌是兩個無法對應的概念，現實詩歌和詩歌現實也是兩個本質不同的概念。二十世紀漢語詩歌現實是一個豐富、矛盾、多元的存在，也是一個運動、變化的存在。有半生不熟的白話詩，也有把現代漢語運用得非常出色的文本；有此起彼伏的形式探求，也有「詩質」的一再倡導；有政治抒情詩和新民歌，也有各種各樣的實驗詩；有矢志不移的探險者，也有浪子回頭沉溺在古典傳統中的人；有的詩人的一生詩作數量不多，但質量和風格相對穩定，也有人的詩風與質量前後判若兩人，等等。這些都是不可迴避的詩歌現實。一般的批評和個案分析當然可以根據自己的趣味作出選擇，但學術研究在選擇時至少要考慮到複雜多元的存在，不能只見樹木不見森林。而倘若對這種複雜多元性、運動變化性瞭解越多，就越會理解：由於二十世紀中國新詩並未成熟，中國新詩學本身是一種問題學。換句話說，對於新詩研究的學術性的考驗，首先是能否在複雜、多元、變化的詩歌現象中提

出真正的詩學問題，然後是，對問題作怎樣的闡述。

　　近百年來有多場關於新詩發展問題的討論，有些問題反覆被觸及，諸如詩歌與時代、內容與形式、「大我」與「小我」、傳統與現代、民族化與西化、懂與不懂，等等。誰也不能說這些問題是偽問題，但反覆被討論卻不能取得有意義的進展，是不是問題本身也值得反思？它們是表面問題，還是內部問題？是打掃好外圍再攻打內部堡壘好，還是進入內部基本問題的探討，讓外部問題迎刃而解好？我覺得二十世紀的中國詩歌研究受種種因素的影響，在外部問題上花的精力太多，因此去年在武夷山籌備召開了「現代漢詩研討會」，得到了國內外漢詩學者們的支持和響應。會議以「現代漢詩的本體特徵」為研討主題，對「新詩」根據的合理性提出了質疑，並著重探討了現代性、現代漢語與詩的關係問題。[9]與會學者不是一般地對詩歌的歷史現象進行歸類和描述，而是更關心基本問題的性質與闡述的前提，這是令人鼓舞的。

　　二十世紀中國詩歌的問題當然是很多很複雜，它與本世紀中國社會轉型時代境況中文化心理、意識型態難解難分的糾纏，為文化批評和意識型態批評提供了非常多的話題。但就詩歌的基本問題而言，最值得注意的恐怕是它的言說方式，即它的結構和形式，而結構與形式的探討又離不開語言問題的探討，離不開作者與讀者的共同認識。實際上，本世紀初中國的詩歌革命是與語言革命同時發生的，它的發展也始終與現代漢語規範的不穩定相關聯，處於寫作目的過於明確而語言背景卻比較模糊的矛盾中。我認為這是「新詩」不成熟和新詩理論

9　研討會各學者的觀點可參見：〈現代漢詩學術研討會綜述〉，《山花》1997年第10期；〈二十世紀中國詩歌的反思──「現代漢詩學術研討會」述要〉，《文藝爭鳴》1998年第2期；"Intenational Symposium on Modem Chinese Poetry." IIAS Newsletter' 14. Autumn 1997. p.32.《現代漢詩：反思與求索──現代漢詩學術研討會論文集》，北京市：作家出版社，1998年。

體系尚未建立的主要因素，甚至連「新詩」的概念本身也值得質疑。
這樣也決定了它的研究，不應自設一個主觀的理論前提，任何時髦的
理論對它都不適用。或許只能從語言和形式的基本問題出發，觀察和
思考它的生成與變化中的種種問題，在偏側的時代尋找標準，在混亂
中凝聚質素。我最近發表的論文〈中國新詩的本體反思〉[10]，便是基
於這種認識的一次嘗試。在寫作中，我覺得自己更深地體會到了羅
蘭·巴爾特所說的權勢寄寓在語言中，即語言結構中的觀點。當然，
在這裡，對語言的理解已經超越了傳統語言學的理解，不只是穩定封
閉的符號系統，不只是反映「現實」的媒介，或是孤立於社會的個人
創作的結果，而是與歷史、社會、政治聯繫緊密的文化行為。由此，
便不覺得關注語言、形式的本體研究會流於狹隘和膚淺，甚至懷疑近
年報刊提出文學批評與文化批評的矛盾是不是假問題。我們當然免不
了會把社會、政治、歷史等方面因素寫進和讀進文學作品中去，但離
開了本身的基本問題，馬上就會造成材料判斷上的失誤，自然難以得
出有效的結論。因此，包括馬克思主義文化批評家詹明信在內的西方
學者，在面對藝術作品的時候，也是主張「應從審美開始，關注純粹
美學的、形式問題，然後在這些分析的終點與政治相遇。」[11]而當代語
言學科和社會科學研究領域的反思性實踐，更是留意語言、文本中歷
史、社會、個人意識的蹤跡，從而發現了文化解構與建構的可能性。

　　問題仍然是實踐這種語言、形式角度的研究時，自己理論、方法
資源的貧乏，處處顯得力不從心。因此，我的九十年代在作從批評到
學術研究的自我調整時，雖然最縈繞於心的是本世紀的詩歌問題，但
也不能不花相當的精力作「自我健身」的工作：也讀古代詩話，也讀
西方和二十世紀中國的文學和文化理論著作，也留意海外漢學界和臺

---

10 王光明：《中國新詩的本體反思》，《中國社會科學》1998年第4期。

11 詹明信：《晚期資本主義的文化邏輯》（北京市：生活·讀書·新知三聯書店，1997
　　年），頁7。

港學者看問題的角度和方法，心有所得時，也寫一些「批評的批評」。從「批評的批評」中得到啟示，滋養自己的二十世紀中國詩歌研究，這兩方面的工作，我想自己將會持續相當長的一段時間。

　　　　　　　　——本文原刊於《東南學術》一九九九年第六期。

附錄三
見證香港的文化傳奇

　　收到趙稀方先生寄來的著作《報刊香港》，真有點小小的激動。對著印有《文藝青年》雜誌書影的封面，我自言自語：「報刊香港！是個形神兼備的好書名！」

現代香港的文化地標

　　「報刊香港」指的是香港的報紙刊物，它是及物的，面對近代以來香港紙媒的歷史。但以「報刊」作為香港的定語，則是精準、奇妙、形象的文化定義。

　　香港這塊南中國的彈丸之地，曾是現代詩人聞一多筆下「失養於祖國」的「苦孤亡告」，近代以來承受過太多的愛恨情仇：它在二十世紀的經濟繁榮和「轉運港」利益，是英國殖民者的驕傲與心病；它的失去與回歸，又是我們中華民族的恥辱與光榮。它是亞洲經濟神話「四小龍」之一，是「一國兩治」試驗田，是「中國功夫」和搞笑電影的搖籃，也是東方美食與大眾購物的天堂。作為「華洋雜居」、「商政交纏」、「雅俗並存」的現代傳奇，引來無數好奇的目光，被貼上形形色色的標籤。

　　然而在文化人的心目中，那傳奇中的傳奇，恐怕還是趙稀方所謂的「報刊香港」。因為在現代社會，不同人種、膚色的社群雜居，經濟奇跡與雅俗共處，並不專屬香港一地，唯有「報刊香港」，稱得上香港的現代「地標」，前無古人，後無來者。這真是二十世紀工業社會與冷戰時代出產的「紙上神話」：未有和過了活版印刷時代，不會

有「報刊香港」；光有現代印刷媒體而沒有冷戰時代的「飛地」語境，也不可能有「報刊香港」。趙稀方和不少研究香港的學者注意到，「英國占據香港並不是為了領土，而是為了貿易」，看重的是它作為「轉運港」的經濟利益[1]。因此，英國殖民者不像日本強盜統治臺灣那樣，除了武力占領，還要當代地人改變口音[2]。語言是一個民族的文化根基，臨到最後的選擇，英國人寧願失去英吉利，也要保存莎士比亞，因為只要偉大的母語還在，民族的凝聚力就在。

　　香港之所以存在於殖民者與被殖民者對抗模式之外，成為「經典的殖民主義理論無法解釋」[3]的另類，一方面因為它相當一部分是「租界」而非完的殖民地，另一方面就是潛隱在母語中文化傳統那不可思議的力量。統稱的香港只有港島八十點七平方公里的土地被英國占據，九龍（46.9平方公里）和新界（978.7平方公里）則是「租地」。租借的東西是遲早要歸還主人的，除非它的主人對自己的東西不愛惜。同時，既由於大部分地盤是租借的，更由於遷入移民大部分是講粵語的廣東人，語言文字保存著漢民族的血脈，延續著中華文化的大傳統和南粵地方文化的小傳統，英帝國主義的殖民統治就只能與本土文化妥協。一百多年間，英國殖民者在香港雖然得到了巨大的經濟利益，文化上卻未獲得更多的認同，除了在大學推行英國體制外，承載文化信息的報刊雜誌大多還是用漢語出版，居民日常生活交流也主要用粵語。這種狀況不僅帶來了西化經濟模式和南中國雅俗文化並存的景觀，還使它成了中國社會轉型中眺望西方的一扇窗口，一塊「借法以自強」[4]的試驗田。王韜（1828-1897）在「上書太平軍」事

1　趙稀方：〈香港：認同的困境〉，《當代文壇》2021年第2期。

2　日據時期，日本殖民者在臺灣全面推行「皇民化運動」，一九三七年開始在臺灣各學校和傳媒禁用中文。

3　趙稀方：《香港：認同的困境》。

4　王韜語，參見鍾叔河：《走向世界：近代知識分子考察西方的歷史》（北京市：中華書局，1985年），頁141。

件後避難香港，就不僅襄助英華書院院長理雅各（James Legge, 1815-1897）翻譯了《中國經典》（「The Chinese Classics」），還於一八七四年創辦了第一份中文報紙《循環日報》，每日在頭版頭條發表論說，形成了廣議家國民生的資訊輿論空間。

這種空間後來發展成為「報刊香港」的現代文化傳奇，王韜是奠基人，而「租地」政經文化各行其是的「飛地」現象，則是它的搖籃。在相當長時間裡，香港的文化，英國殖民者不想管，也管不了；而國內與國際的各種勢力，雖然誰都想插手，卻又誰都無法得手。這樣權力邊際與輿論博弈的交織，形成了冷戰時代香港文化的「春秋戰國」和報刊雜誌的雨後春筍。它思想文化方面的自由和報刊雜誌的繁榮，使遇到困難沒有活路的文化人，往往在這裡都可以謀得生路。這是否就是不少歷史轉折時期，許多文化人都把香港作為「避難地」和「中轉點」的原因？眾所周知，有的因為國難，有的由於個人困境，有的由於國難加個人困境，蔡元培、許地山、豐子愷、茅盾、戴望舒、蕭紅、端木蕻良、駱賓基、葉靈鳳、夏衍、張愛玲這樣的著名作家，都曾避居香港，與香港文化產生了難忘的互動相生關係；而錢穆、饒宗頤、金庸、劉以鬯、西西等學者、作家的獨特文化成就，更是受益於香港的特殊文化環境並體現了香港文化的獨特價值。二十多年前香港回歸之前與之後，筆者分別在嶺南大學和中文大學從事合作研究，自由出入于香港幾個大學的圖書館，也算目睹了這種文化風景最後的輝煌。那是我人生中一段懷念的日子，擺脫了職業、家庭、單位各種事務的糾纏，早上出發時在報攤買一份報刊在巴士上瀏覽資訊，白天在開架的圖書館閱讀與複印資料，晚上帶著新的收穫和思緒回到能眺望半港燈火的校園，每天都有「結廬在人境，而無車馬喧」的歡喜。不能忘懷的還有應朋友熟人之約在《香港文學》、《文匯報》、《今晚報》、《二十一世紀》、《現代中文文學學報》上發表的那些長短文章，稿酬竟然足夠客居的日常開支。那時，國內大學教師的薪酬還

普遍較低，自己卻能省下單位的工資和合作研究的薪酬，頭一回有了積蓄，不免內心竊喜，——這是否也是香港報刊繁榮的另一種「見證」？

　　文化人容易在「報刊香港」中生存發展，還只是其表面的意義。更為重要的，是「報刊香港」形塑的文化性格。李歐梵曾在一篇題為〈香港文化的邊緣性初探〉的文章中，將這種文化性格命名為「邊緣性」：在不願管與管不著的「三不管」地方，「反而形成了一種可以在報章雜誌上論政的『公共空間』」，「在幾種文化的邊緣——中國、美國、日本、印度——卻不受其中心的宰制，甚至可以『不按理出牌』，從各種形式的拼湊中創出異彩。」[5]李歐梵先生的論述充滿熱情，卻似乎忽略了權力的邊緣也正是各種勢力博弈的中心，如同香港文學史研究專家盧瑋鑾（小思）所言，香港實際上是各種力量「必爭的據點」[6]。或許，正是因為這種權力的邊緣性與潛在利益的中心性的矛盾，成就了香港各種思想文化的交匯爭戰，成就「報刊香港」上百年的繁榮。

　　各種資訊、觀點交匯的意義，是打開視野，防止偏聽偏信，塑造了「詭奇得有時令人難以置信」的香港「內景」，——這是比較文學學者葉維廉先生的觀點：「一度被批為殖民心態、民族意識形態淡薄、『文化』空白的香港人，反諷地成為最不輕易被各種不同意識形態左右的、心靈開放的讀者，在中國長期閉關自守，他們雖或要關心卻又無從關心而變得無奈與漠然，不能也不願對『左』或『右』付出真實的『忠誠』的階段（約有五、六十年），從壞處看，他們對任何政治都無承諾，對任何意識形態主張都是冷淡，對歷史的中斷與流失

5　李歐梵：〈香港文化的邊緣性初探〉，《今天》，牛津大學出版社（香港）1995年第1期。

6　盧瑋鑾：《香港文縱——內地作家南來及其文化活動》（香港：華漢文化事業公司，1987年），頁41。

似乎沒有悲劇感，但這『頡滑』的『變色龍』在不必擔心『文字獄』的情況下，讓五光十色的政治意見在『空白』的胸中流過，雖然也可能是流而不留，但長期印染，卻積聚成習慣成一種自由為本的內景，轉化為一種力量，使香港成為左右都不買帳的自主意識。」[7]

　　這種不跟風、不站隊、不輕易承諾的「自主意識」，是一種相信時間與觀察，兼聽和占有各種信息，實事求是的理性精神。香港中文大學的盧瑋鑾教授是香港文學史研究領域最讓人尊敬的學者，她對香港文學史料的搜集研究有目共睹，我曾寫過：「盧瑋鑾功不可沒之處，正在於她把七十年代以來香港文化人『自我』關懷與身份認同的熱情，轉化成了體認歷史的學術實踐，將不講規則、隨意采掇資料的現象，提升到學術的和系統的層面，從而為香港文學史的研究，打下了堅實的基礎。」[8]我相信，她掌握的一九二五年以來的香港文學史料，無人能與之匹敵。而她一絲不苟的治學品格，更是理性精神的體現。一九九七年我把「香港的文學批評」一節寄她訂正，她的回信讓我如芒在背。當時寫的《香港學院的文學批評》「二、盧瑋鑾：香港文學史研究的拓荒者」一文，有這樣一段文字：

> 作者對蕭紅和戴望舒的記述，通過詳細的資料，真可以說是為戰爭中逃難香港的中國作家，用文字建造了「災難的里程碑」，──它是沉浮於戰爭災難和人事漩渦中現代中國作家命運的象徵。……戴望舒被東江縱隊遺忘在淪陷後的香港，既無法一死殉國，卻又難逃羅網，「他們能做些什麼？」彷彿是五四時代郁達夫「零餘者」感慨的回聲。戴望舒在淪陷後的香港受盡折磨和考驗，「好容易盼得勝利的日子來臨，但勝利並沒

7　葉維廉：〈語言與風格的自覺──也斯（梁秉鈞）〉，《梁秉鈞五十年詩選》，臺北市：臺灣大學出版中心，2014年。

8　王光明：〈香港學院的文學批評〉，《當代作家評論》1997年第6期。

有給他帶來好運，除了一身病困外，他還得為衣食奔走，為家
事煩惱，為洗脫自己的汙玷而努力，這真是他一生的悲劇。」
難能可貴的是，作者不僅真實地敘述了這類悲劇，還能像黃繼
持在序言中所說的那樣，因跡還心，辨申其志行，寫出他們心
靈的固守與堅持，並將其導向歷史的反省與澄清。

這段文字中「戴望舒被東江縱隊遺忘在淪陷後的香港」，當時我是根據
太平洋戰爭期間日軍占領香港時「文化人大營救」名單沒有戴望舒這
一情況而寫的，還想到戴望舒《等待（其二）》（1941.1）中的詩句：

把我遺忘在這裡，讓我見見
屈辱的極度，沉痛的界限，
做個證人，做你們的耳，你們的眼，
尤其做你們的心，受苦難，磨煉，
彷彿是大地的一塊，讓鐵蹄踐踐，
彷彿是你們的一滴血，遺在你們後面。

盧瑋鑾覺得我的這句話不妥，「宜更正」。在一九九七年七月十三日的
回信中，她寫道：「我沒有如此說過，更沒有證據，故請刪改為『為
了某種原因滯留香港』，是否較好？」盧瑋鑾是對的。此後多方資料
「匯校」證明，戴望舒不是有關組織安排來港，不出現在營救名單也
是情理之中，更何況戴望舒滯港，還有更複雜的個人原因。重要之處
在於，沒有證據，就不能亂說，正如維特根斯坦所言，對於不知道的
事情，我們必須保持沉默。而沉默，對於有良知、有責任感的人，不
是置之不理，事不關己，高高掛起，作壁上觀，而是把它作為一個問
題放在心上，去觀察，去思考，從而獲得開口說話的機會。這是一種
通過學術文化培養的品質，《二十一世紀》創刊十周年座談會席間有

個學者說的一段話，至今仍然讓我感動。那是二○○○年十月，當時我在香港中文大學英文系從事一個項目的合作研究，因為曾在《二十一世紀》發過文章，座談會也順便邀請了我。很多參加座談會的名字都忘了，但有楊振寧、劉再復、劉小楓、金耀基、陳方正等先生出席是一定的。會上有個學者說：「八九後西方和本地都有人預言，中國五年要完，或者撐不過十年，但是現在五年過去了，十年也過去了，人家不僅好好的沒完，還有不少發展，我們是不是該好好反省一下自己呢？」話很平常，卻體現著對事實與時間的尊重，體現著求真求是的文化品格。

有品格的文化，從來都不只是用來對付別人的，也一定是用來反省自身的。

「失養者」的守望

《報刊香港》的一個貢獻，是在諸多正文正史有意無意的遺忘中，鉤沉了現代讀書人孤獨無助的文化守望。說來真是令人難以置信，早在十九世紀中葉，香港就被割讓英國，但中國的文化人從來就沒有把它看成是「他者」，很長時間裡照樣來來往往，中轉，謀生，辦報，避難，以至於抗戰時期「由於茅盾、許地山、蕭紅、夏衍和戴望舒等著名作家的加入，香港文壇勃然中興，成為了戰時中國文學的中心。」[9] 該書專辟第五、第六兩章，討論「南來與本土」的文學關係，介紹「被遺忘的淪陷區」作家孤苦無告的堅持，為中國近現代文學史的史料與書寫格局，提供了不能無視的參考。其中最令人震撼的，是對詩人戴望舒香港歲月的考辨：作者匯校香港、內地和戴望舒本人的資料文獻，以「戴望舒『附敵』事件」為中心，圍繞前幾年公

9　趙稀方：《報刊香港：歷史語境與文學場域》（香港：三聯書店，2019年），頁132。

開的戴望舒《我的辯白》[10]，還給一個獨立詩人的歷史清白：「從現有史料看，戴望舒在香港淪陷期間的表現的確是清白的，如果不苛責的話，可以說他在那種嚴酷的條件下是具有民族氣節的，無怪乎當時中共黨組織對他很信任。」[11]

　　「戴望舒『附敵』事件」現在是澄清了，但戴望舒當時為什麼會滯留香港？在香港又做了些什麼？使他不僅要進日本人的監獄，還要承受同一陣營同胞的誤解，仍然是未解的謎團，「恐怕將永成懸案」[12]。善良的人們不想讓歷史成為懸案，努力發掘史料，給出種種解釋，諸如徐遲說他捨不得書，杜宣說他等著妻子回心轉意，馮亦代猜想「根據潘漢年的指示，……與葉靈鳳一樣，都在從事地下工作」[13]，充滿善意，也充滿想像，讓人覺得不無道理，又不能完全信服。如今讀著趙稀方、李輝發掘的新舊史料，聆聽戴望舒《我的辯白》的悲哀與無奈，我卻在李輝《難以走出的雨巷》一文出示的戴望舒、穆麗娟光彩照人的婚禮合影面前木然，想起了魯迅、梁實秋不屑與成群結夥豺狼為伍的文人個性，想起這種個性支配下人生的偶然與必然，不由得湧出一個想法：或許，這是一個詩人必須承受的命運；而命運，如亨利·詹姆斯所言，「總也有連修伯特都會無言以對的時候。」

---

10 最早提到戴望舒寫過「自辯」的，是盧瑋鑾：《香港文縱——內地作家南來及其文化活動》（香港：華漢文化事業公司，1987年），該書第198頁根據「施蟄存先生1981年12月9日來信提供資料」說：「回到上海，他（戴望舒）寫了自辯書。」但未引述具體內容。最早發表戴望舒這封「自辯信」的，是一九九九年第六期的《收穫》雜誌。該期《收穫》發表了李輝《難以走出的雨巷——關於戴望舒的辯白書》一文，同時以《我的辯白》為題發表了戴望舒致文協港澳成員的「自辯信」。據李輝文章介紹，戴望舒這封「自辯信」是馮亦代先生給他的。馮亦代一九三八年在香港「開始我的文藝學徒生活」時得到過戴望舒的鼓勵，曾在一九八〇年第四期的《新文學史料》發表過《戴望舒在香港》一文，不過可能由於歷史的原因，這篇文章還沒有透露戴望舒寫過這封信。

11 趙稀方：《報刊香港：歷史語境與文學場域》，頁185。

12 盧瑋鑾：《香港文縱——內地作家南來及其文化活動》，頁198。

13 李輝：〈難以走出的雨巷——關於戴望舒的辯白書〉，《收穫》1999年第6期。

　　戴望舒滯港，既是命運的眷顧，也是命運的戲弄。像當年許多南來香港的文化人一樣，抗戰爆發後戴望舒一九三八年五月從上海赴港，是相信英國殖民地香港的安全，就像上世紀三十年代初上海作家相信租界比較安全一樣。這時的戴望舒有了一個讓他幸福陶醉的家，就是他與穆麗娟光彩照人的婚禮照片中建立起來的那個家：戴望舒告別了與施蟄存妹妹持續八年卻終歸無果的婚約，一九三六年六月與小他十二歲的中學生穆麗娟結了婚。八年的感情，八年的等待，有多少失落，就會有多少珍惜，戴望舒是多麼熱愛好不容易建立起來的家呀，你看看他寫了又寫的「過舊居」[14]，讀一讀《過舊居》中這樣的詩節，能不為之動容？

> 我沒有忘記，這是家，
> 妻如玉，女兒如花，
> 清晨的呼喚和燈下的閒話，
> 想一想，會叫人發傻；
>
> 單聽他們親眤地叫
> 就夠人整天地驕傲，
> 出門時挺起胸，伸直腰，
> 工作時也抬頭微笑。

短短幾年的家庭幸福是如此鮮活地占據著戴望舒的記憶，他還在《示長女》說：

---

14 一九四四年戴望舒在詩文中一再寫到「舊居」，包括詩作〈過舊居（初稿）〉、〈過舊居〉、〈示長女〉和散文〈山居雜綴〉等。

　　我們曾有一個安樂的家，

　　環繞著淙淙的泉水聲，

　　冬天日曝著太陽，夏天籠著清蔭，

　　白天有朋友，晚上有恬靜，

　　歲月在窗外流，不來打擾

　　屋裡終年常駐的歡欣，

　　如果人家窺見我們在燈下談笑，

　　就會覺得單為了這也值得過一生。

一九三八年五月戴望舒剛到香港時，命運似乎要眷顧這個經歷了漫長感情挫折的詩人，他的運氣相當不錯。一是他意外有了舒適的家，他的朋友，香港大學教授馬爾蒂夫人（Madame Marti）要回國，她那背山面海，有小溪石橋的「木屋」（Woodbrook Villa）讓戴望舒居住並代為看管，因此他有了「安樂的家」，在一座背山面海的兩層小洋樓裡[15]。二是英雄有了用武之地，他有了喜歡的職業可以施展才能：由於「七七事變」，我故鄉那個享譽整個東南亞的「虎標萬金油大王」胡文虎家族，將在廣州籌辦的《星島日報》轉移到了香港，正好被戴望舒趕上。經陸丹林介紹，戴望舒成了《星島日報》文藝副刊的編輯，他辦副刊的設想也毫無保留得到了採納。這樣，原先只想安頓妻女後「中轉」去後方抗日的戴望舒，就改變了計劃，留在了香港。

　　安家立業之後，戴望舒全力以赴投入了《星島日報》副刊《星座》的創辦，希望「《星座》能夠為它的讀者踏實地代替了天上的星星、與港岸周邊的燈光同盡一點照明之責」[16]。單純天真的詩人那裡知道，讓他舒服地留在香港，不過是造物主玩的欲擒故縱的把戲。不

---

15 這座小樓位於香港薄扶林道，戴望舒給它取過一個充滿詩意的名字：「林泉居」。

16 《星島日報》於1938年8月1日在香港創辦發行，這是戴望舒為副刊《星座》寫的〈創刊小言〉中的話。

錯，戴望舒的才能是得到了施展，短短幾年，《星座》成了抗戰文藝的重要陣地，從一九三八年創辦，到一九四一年十二月日本人占領香港，三年多時間「沒有一位知名的作家沒有在《星座》裡寫過文章的」[17]，因為這些現代作家都是《星座》的作者：郁達夫、穆時英、徐遲、夏衍、馬國亮、許欽文、蕭乾、蕭軍、蕭紅、端木蕻良、沈從文、蘆焚、沙汀、施蟄存、卞之琳、李健吾、方敬、郭沫若、艾青、袁水拍、樓適夷、陳殘雲、歐陽山、韓北屏、梁宗岱、李廣田等。發表了《呼蘭河傳》（蕭紅）、《大江》（端木蕻良）等著名作品。

　　然而，日本人來了。覆巢之下，安有完卵？先是一九四〇年六月穆麗娟哥哥穆時英被暗殺和她母親服毒自盡，穆麗娟母女回上海奔喪後一去不返，戴望舒去勸說又受汪偽政權威逼只好回逃香港。逃回香港後不久，就遇上日本人的占領，大部分來自內地的文化人都在東江縱隊的安排保護下撤回到了後方，命運卻讓戴望舒滯留在香港等待：「把我遺忘在這裡，讓我來見見／屈辱的極度，沉痛的界限……」

　　這是怎樣的屈辱與沉痛！我也曾為「戴望舒問題」所困惑，一九九六年初赴香港嶺南大學從事合作研究時，曾花費不少時間查閱資料，尋訪戴望舒在香港的蹤跡。我在薄扶林道徘徊，尋找早已被高樓大廈覆蓋的「林泉居」；在中環尋訪域多利拘留所舊址，撫摸著那截下邊是石壘、上面是磚砌的圍牆，想要辨析戴望舒的牢獄之災與〈獄中題壁〉、〈我用殘損的手掌〉等詩的關聯；我讀戴望舒在香港寫下的詩文，讀他朋友與熟人的回憶，在圖書館查找當時香港才能讀到的葉靈鳳〈憶望舒〉、〈望舒和災難的歲月〉，薩空了〈香港淪陷日記〉、公孫樹〈與楊靜女士談戴望舒的愛和死〉等。不由得想到學界對戴望舒人與詩的定位：「雨巷詩人」、「象徵派詩人」、「現代主義詩人」。當然並沒有什麼不對，但從「詩言志」傳統出發的戴望舒並不是一成不變

---

17 戴望舒：〈十年前的星島和星座〉，《星島日報》，1948年8月1日增刊第10版。

的風格詩人，也不是可以被西方文學思潮流派簡單化約的詩人，他首先面向的是自己的內心經驗，為表達自己感受和思緒而存在，讓它安頓自己的身心和靈魂。正因為此，「心史」成為「詩史」，詩集《災難的歲月》成了戴望舒「災難歲月的紀念碑」。

真的，你讀一讀《災難的歲月》，留心一下詩人為何反反復複地寫「舊居」「等待」和「寂寞」，想一想它們的內在關聯，不難發現戴望舒所經歷的心路歷程。是的，歷史無法復原，我有時甚至不忍心讓戴望舒所經歷的「災難的歲月」在文字中再一次發生。一九九五年農曆大年除夕，香港正經歷著幾十年罕見的寒冷，我剛讀完盧瑋鑾《香港文學散步》中關於戴望舒的描寫，一個人來到早已沒了蕭紅墓碑的淺水灣，默念著戴望舒寫的〈蕭紅墓畔口占〉（1944.11）：

> 走六小時寂寞的長途，
> 到你頭邊放一束紅山茶，
> 我等待著，長夜漫漫，
> 你卻聽著海濤的閒話。

這就是戴望舒「災難的歲月」裡的心境：這是怎樣同病相憐，怎樣的人生寂寞，怎樣的死活不成、百般無奈？要不，怎會覺得長夜漫漫，大海茫茫，生出對死亡的無限嚮往？

然而，無論命運怎樣戲弄，順境，逆境，天堂，地獄，戴望舒都是初心無改，堅守著一個讀書人的良知和底線。香港淪陷之前，戴望舒是抗戰時期「中華全國文藝界抗敵協會」香港分會的骨幹，參與了分會從籌備到因淪陷而終止活動的全過程，除了張羅協會的抗日活動，把《星座》辦成了抗戰文學的重鎮外，還與艾青創辦了詩刊《頂點》，與徐遲、葉君健、馮亦代等人主編了《CHINESE WRITERS》（《中國作家》）——「這是頭一個向國外作宣傳的文藝刊物」，老舍先

生在《八方風雨》回顧「文協」抗戰期間活動，談及各分會工作時，認為「最值得一提的是香港分會曾經出過幾期外文的刊物，向國內外介紹中國的抗戰文藝。」[18]而戴望舒自己的創作，除了以〈元旦祝福〉等詩篇祝福我們的土地和人民以更堅強的鬥爭贏得自由解放外，還翻譯了「西班牙抗戰謠曲」，「借力」反抗日本對中國的侵略。

　　在香港淪陷之後，面臨著失業、嬌妻愛女離散和牢獄之苦的戴望舒，真的見到了「屈辱的極度，沉痛的界限」。無須諱言，在那寂寞的等待，等待的寂寞中，為了生存，他也先後在日本「總督部」監管下的《香島日報》、《華僑日報》、《香港日報》等報刊做過副刊編輯與發表文章（這些曾被視為「附逆」的證據），但正如戴望舒〈我的辯白〉所言：「我只在一切辦法都沒有了的時候，才開始寫文章的（在香港淪陷後整整一年餘，我還沒有發表過一篇文章，諸君也瞭解這片苦心嗎？），但是我沒有寫過一句危害國家民族的文字，就連和政治社會有關的文章，我再也一個字都沒有寫過。」[19]事實上是，戴望舒那時發表的文章，大多是外國文學的譯介；他以「白銜」為筆名寫的「幽居識小」專欄，不要說欄目的名字「幽居」大有深意，內容也都是中國舊小說的閱讀筆記。而他在朋友葉靈鳳編輯的《大眾週報》以「達士」筆名開設的「廣東俗語圖解」專欄，就更有意思了：戴望舒生於杭州，在西湖邊上度過了青少年時代，後來考入上海大學，原也對廣東話知之甚少，不想衣食無著之際，竟把廣東話當飯碗了。「廣東俗語圖解」由陳第（鄭家鎮）繪圖，戴望舒廣征博引古代筆記、傳統典籍和南粵風俗傳說作解，倒也別有情趣。一個有修養、有想像力的粵語「他者」，雖然無法真切還原廣東俗語的原義，卻像龐德「發明了中國詩」一樣，讓我們感受了原汁原味的廣東方言不曾見過的文

---

18 老舍：《八方風雨》，北平《新民報》，1946年4月17-23日。

19 戴望舒：〈我的辯白〉（1946.2.6），引自《戴望舒精選集》，北京市：燕山出版社，2015年。

化魅力。真的，當我在香港大學馮平山圖書館看到戴望舒對「石罅
米」「阿聾送殯」「酸薑竹」「冇耳油壺」「豆腐渣落水」等俗語的詮釋
時，竟想起了羅蘭·巴特的《符號帝國》。據盧瑋鑾教授統計，「廣東
俗語圖解」從一九四三年四月三日在開始在《大眾週報》連載，至一
九四四年十月，有八十一篇，加上未放入專欄一篇，共八十二篇，本
來有廣告說已列為「大眾週報叢書」於一九四五年五月付排，「不日
即出」，「但相信此書並沒有正式面世」[20]。我在馮平山圖書館看到
的，也是缺漏很多的《大眾週報》，真是可惜了，不僅對戴望舒研
究，對於現代民俗研究，也是少了一份別具一格的文獻。

　　同樣有些可惜的，還有香港淪陷時期戴望舒的抗日民謠。其中寫
日本「神風」攻擊機的哪首「神風，神風／只只升空／落水送終」，
曾在戴望舒被告發「附敵」百口莫辯時，成了朋友為他「洗白」的證
據。馬凡陀（袁水拍）及時發表了《香港的戰時民謠》：「據香港的朋
友證實，這首確是戴先生寫的。而且不只這一首，共有十餘首之多，
因為他們單純易懂，富於民謠的特色，立刻為香港民間所接受而流傳
了。」[21]不過，這「十餘首之多」，完整找到的只有四首，都是盧瑋鑾
教授查找到的，被後人反復使用。我的遺憾當然一半在不能找全，因
為歌謠不立文字，隨風飄散；另一半也在研究者們大多關注它們對戴
望舒名節方面的意義，卻不怎麼重視它作為讀書人特殊的「存在方
式」。其實這種隱身民間，「借聲」言志的現象，是無法玉碎又不肯瓦
全的讀書人「古已有之」的生存策略。我家鄉就有個叫林寶樹的康熙
三十八年舉人，被選授海城知縣後因適應不了官場風氣，三個月便打
道回府，在我們山高皇帝遠的「梁野山」，用客家方言寫了本介紹一
年四季耕作民俗的歌謠集《元初一》，「在閩粵贛三地客家人中，不知

20　盧瑋鑾：《香港文縱──內地作家南來及其文化活動》，頁192。
21　馬凡陀：《香港的戰時民謠》，《華商報》，1946年11月18日「熱風」版。

道林寶樹其人的或許有之，但不知道《元初一》的，肯定少之又少。
我們客家兒童在沒有聽說過子曰詩雲、唐詩宋詞之前，就已經在背誦
這本方言寫成的啟蒙讀本了。」[22]儘管現代社會是理性社會，組織周
密，科技發達，像戴望舒這樣保不住「林泉居」和嬌妻愛女的現代讀
書人，已經沒有「梁野山」可去，但隱身於古籍民俗與民間歌謠的路
數還是記得的。

　　我們不要小看了這種無奈的存在方式，它也是有良知的讀書人面
對厄難安頓身心和服務社會的一種方式，雖然不那麼壯懷激烈，卻不
可小覷了它的意義。別的姑且不論，僅從我較為熟悉的現代詩歌而
言。戴望舒的「戰時歌謠」，就豐富了上世紀四十年代中國歌謠研究
的視野，形成了「解放區民歌」、「國統區（馬凡陀）山歌」和「淪陷
區歌謠」共生而相異的面向民間詩歌資源的現象。將這種現象與之前
北京大學歌謠研究會諸詩人對歌謠的搜集、研究和借鑒，三十年代中
國詩歌會對歌謠的革命性利用，之後五十年代因為期待在古典與民歌
的基礎上發展「新詩」而開展大躍進民歌運動等，聯繫起來，便能發
現歌謠在二十世紀中國詩歌的現代轉型中，有一條斷斷續續，欲續還
斷，欲斷還續的文學（詩歌）史線索。

「解謎」之難

　　介紹戴望舒厄運中的堅持和存在方式，是希望人們理解20世紀香
港文學的複雜性。尤其是所謂「南來作家」，他們疏離了大陸強勢文
壇和廣大讀者群，離鄉背井來到「聲色犬馬籠罩下的社會環境」[23]，
內心是別有滋味的。香港社會並不是天生就有「東方明珠」的聲譽，

---

22 見練良祥、林善珂主編：《梁野東風──武東印記》序一，北京市：社會科學文獻出
　　版社，2019年。
23 《當代文藝》創刊號「發刊詞」，1965年12月1日。

它的經濟繁榮和世界文化視野，是上世紀「亞洲四小龍」崛起之後才有的現象，之前在那裡落腳的文化人，生活與寫作都面臨許多困難。像詩人馬博良，原先也不認同「燒盡琴弦」，「為粗陋而壯大的手所指引」，由繆斯變成戰神的行動者，稱他們為「焚琴的浪子」。不想自己來到香港，疏離了政治卻不得不與商業環境妥協，編輯有銷路的通俗讀物《水銀燈》、《大偵探》、《迷你》，等到掙了錢回歸自己的文學理想，辦《文藝新潮》介紹西方文學和進行現代主義文學實驗，也不過才撐持十幾期，最後自己也成了另一類「焚琴的浪子」，遠走南北美洲，十幾年寫不成一首詩。這種現象絕非個別，葉維廉曾感慨：「有民族自覺和文化關懷的作家和藝術家，往往在『吶喊』與『彷徨』之後便陷入一種無可奈何的沉默，……五六十年代很多有相當自覺文藝青年都走上了不歸之路，不然就是與爬格子的動物同流合污。」[24]

何止與消費文化「同流合污」，他們也不得不與背景不同的報紙刊物周旋。香港的報刊，能賺錢養活自己的，基本上都是大眾讀物；而賺不了錢還能持續出版的，暗中都有背景不同、爭奪香港輿論陣地的機構出錢。然而，如果你以此推斷上面發表文章的作者文化身份和思想立場，那就把複雜的文化現象簡單化了。譬如「幫助美國新聞處出書」的人人出版社主辦的雜誌《人人文學》，歸類為「綠背雜誌」理所當然，但實際價值卻不能以刊物背景來判斷：不僅前後主編不同，風格有別；作者的價值取向和文學趣味也是五花八門。僅以「林以亮」為例，他在上面發表後來結集為《林以亮詩話》的詩論，是切中中國詩歌現代轉型問題的一部值得重視的詩學批評論著；而他用「梁文星」這個連吳興華本人也不知道的筆名，在這家刊物（還有臺北《文學雜誌》）發表的傑作，更是對二十世紀中國文學史、香港文學（和文化）史的特殊貢獻。香港是商政交纏、七嘴八舌地方，單調的宣傳

---

24 葉維廉：《解讀現代・後現代——生活空間與文化空間的思索》（臺北市：東大圖書
　　公司，1992年），頁152。

和高亢口號沒有市場，學術與純文學刊物大都走的是「調子不高，色彩不濃」[25]的路線。在上面發表作品的作家，常常利用各種勢力爭戰形成的張力，在「借來」的時間與空間，堅持自己的文化夢想。

哪個在《人人文學》為讀者所注意的「林以亮」，是我一九九六年初到香港嶺南大學合作研究時，花過不少時間關注的對象。他是現代戲劇史重要人物宋春舫的兒子，原名宋淇，平生與上海翻譯家傅雷，北京學者錢鍾書、楊絳夫婦，詩人和翻譯家吳興華；華裔美籍學者夏濟安、夏志清兄弟與陳世驤諸人，以及臺灣散文家梁實秋，詩人余光中、楊牧等，有很深的交往；與作家張愛玲的友誼更為罕見，她一九九五年在美國去逝，遺產不託付親人卻讓林以亮夫婦繼承。這是一個不理會五四以來的時代文學潮流，把對文學的熱愛「變成內心生活的一部分」的特立獨行的詩人、批評家和翻譯家，我認為他「與吳興華的詩歌相似，在我國新詩理論批評中，從小到大地形成了一種新古典主義的現代漢詩理論。」[26]

然而，對香港人來說，他談的是大陸的文學現象，香港人覺得不大需要關心；而對大陸來說，可能因為他在美國駐港新聞處打過工，不屑一顧。因此儘管我專門寫過他的文章，上世紀九十年代就在《山花》和《香港文學》分別刊出，都沒有什麼反應。直到二〇一二年廣州《南方都市報》推出他兒子宋以朗口述、陳曉勤整理，用原名宋淇命名的「宋淇傳奇」刊出，人們才知道，在政治與商業風雲反復滌蕩的時代，還有一條聯結各地重要學者、詩人的紐帶，一個甘於邊緣，保有民國知識分子風範的雅士。報紙連載的「宋淇傳奇」後來補入刪減的內容，二〇一四年在香港牛津大學出版社出版，第二年又以《宋家客廳》之名在花城出版社印行，暢銷國內市場。現在，宋淇和太太

---

25 海辛：《紅棉花開》，香港：中流出版社，1970年。

26 王光明：《林以亮：邊緣的作為》，《山花》，1996年11月號；《香港文學》，1997年6月號。

鄺文美的名字已廣為人知，因書中專門破解「《自我教育》與『林以亮』之謎」，「林以亮」也成了傳奇中的傳奇。

　　《宋家客廳》高朋滿座，雖然這裡的「客廳」只是一個比喻，不像上世紀二三十年代林徽因家的客廳，朱光潛家辦「讀詩會」的客廳名副其實，但能把「談笑有鴻儒，往來無白丁」的現代「客廳」延續到八九十年代的，恐怕只有學貫中西、立足邊緣的宋淇才有這個本事。可惜的是，這本「口述史」有兩個必須提出的問題：一是座上賓不全，少了我前面提到的定居美國、臺灣的學者和作家。像大陸讀者還知之甚少的夏濟安，是宋淇在光華大學時的同學，有著一生的交情。他於一九五六年在臺北創辦的《文學雜誌》，繼承朱光潛於一九三六年創辦的《文學雜誌》風格，培養了一代臺灣作家的文學理想和美學趣味，而辦這個刊物，就是宋淇與他於一九五〇年「在香港的時候想出來的」，夏濟安發表翻譯和批評用的筆名「齊文瑜」，還有生前收到的最後一封來信，也都出自宋淇之手。[27] 二是雖然兒子講述父輩的「傳奇」有許多優勢，但《宋淇傳奇》也罷，《宋家客廳》也好，當我讀完「《詩的教育》與『林以亮』之謎」，看到他揭開的謎底時，不禁生了疑問：兒子就一定是父親的知音嗎？

　　的確，《宋家客廳》不只能滿足一般讀者獵奇覽勝的欲望，還有文學史研究的參考價值。這一點正如陳子善教授的序言所說：「四十年代上海文學史以及整個中國現代文學史研究，都將會從這部引人入勝的《宋家客廳》中獲益，具有可能改寫文學史版圖的學術意義」。而我個人，也特別感謝「林以亮之謎」的破解，讓我知道自己二十多年前在香港寫的《林以亮：邊緣的作為》一個重大錯誤。這是一個誤導過包括夏志清先生在內的許多讀者的文本歸屬錯誤，——受《林以亮詩話》誤導，人們將吳興華生前未曾發表的五首十四行詩《自我教

27　參見戴天的訪談：〈夏濟安先生二三事〉，收入林以亮《詩與情感》（臺北市：大林出版社，1980年），頁141-156。

育》，誤信成了林以亮《詩的教育》。

　　那怕僅僅澄清這一個問題，《宋家客廳》也是功德無量，更何況它還貢獻了張愛玲後半生史料，公開了宋淇所保存的吳興華來信，提供了以「梁文星」筆名在港臺刊物發表的吳興華作品，使二○一七年版的《吳興華全集》，避免了二○○五年版《吳興華詩文集》的許多缺憾。特別是宋淇保存的一九四○～一九五二年吳興華的六十多封來信，是宋家獻給現代中國詩壇文壇獨一無二的禮物：我們見過不少現代作家的書信集，也讀過專門以詩歌為主題的通信《三葉集》，卻很少能夠讀到如此癡情、博學、專業的詩學書信。可惜的是，宋家如此完好保存了吳興華來信，宋淇寫給吳興華的信，卻早已消失在時代風煙中了。

　　但是，因為「客廳」賢人雲集，因為眾多的名人雅士與宋淇書信往來，就可以只將宋淇先生看成一個客廳的主人？或者，為了能給一世清明一時糊塗的父親挪用了吳興華的一首詩，給公眾一個說法，就不惜否認「林以亮」為宋淇個人的筆名，否認林以亮對現代中國文學的其它方面更重要貢獻？

　　《宋家客廳》第六章最後一節「《詩的教育》與『林以亮』之謎」，講的是《林以亮詩話》（臺北：洪範書店，1976年初版）收錄的五首十四行詩《詩的教育》，不是林以亮的創作，而是吳興華所寫與宋淇、孫道臨共勉的詩篇。宋以朗先生不徇私情，把歷史還給歷史，非常難得。他首先指出《林以亮詩話》提到的吳興華抄錄王安石詩的信[28]，不是「絕筆信」，是從事過電影工作的宋淇「在編劇」。然後循著這個邏輯為林以亮「解謎」：

　　　　我看了這些信後，便明白我父親不是想把吳興華的詩據為己

---

28 吳興華於一九五一年二月二十日給宋淇的信憑記憶引用了王安石〈鳳凰山〉，《林以亮詩話》（《詩的創作與道路》）談論了這封信並將它說成是「斷絕音訊」的信。

有，而是他心底根本沒有將「林以亮」當成自己一個人。我父親有數十個筆名，「林以亮」只是一個角色，但這個角色有某種特殊的意義，它既代表了作為「天生詩人」的孫道臨，也象徵了吳興華和他自己，即是說，「林以亮」是三位一體的位格，是他和他的朋友的共同暗號。[29]

作者努力為父親的挪用行為尋找解釋，可謂用心良苦。但這樣破解「林以亮」，卻無法對這個筆名的歷史負責，無法對「林以亮」與宋淇的個人關係有合情合理的解釋。這樣做不僅傷害了林以亮的讀者，也讓在詩歌中安放心靈的宋淇，無處安放他的靈魂與學問。因為「林以亮」這個最早出現在一九五三年總第十四期《人人文學》的筆名，直接聯繫著他在《人人文學》以來在港臺雜誌發表的眾多文章，聯繫著十幾部專著、譯著、和編著[30]。它的由來，遠不是宋以朗說的那麼簡單。在一九七三年版《前言與後語》（一九八〇年更名為《詩與情感》）自序中，林以亮寫過：

> 我從未以作家自居，自從事寫作以來，所寫所譯各種文章，先後用了十幾個筆名。有一次張愛玲同我談起，知道了這個情形之後，大表詫異，並說：「我的真姓名，學名，筆名都是同一個，尚且很少讀者知道我，你這樣做豈非同自己開玩笑？」……後來想想張愛玲的話也有道理，人生如白馬過隙，一點痕跡也不肯留下也似乎有點「絕情」，所以拿其中三個廢棄不用，而保留了林以亮和余懷兩個。余懷這個筆名是隨便從「明詩別裁」中檢出來的，多數為我的詩作之用，最近逐漸也少用了。所以

29　宋以朗：《宋家客廳：從錢鍾書到張愛玲》（廣州市：花城出版社，2015年），頁182。

30　基本書目可參見拙作《林以亮：邊緣的作為》「附：林以亮主要著作目錄」。

在這本集子中，除特別聲名（「名」疑為「明」之誤，──本文作者）之外，大多數文章都是用林以亮這個筆名發表的，但這並不違反我「不求聞達于諸侯」的做人原則。[31]

而在《昨日今日》「序」中，宋淇太太還因「林以亮」夫唱妻和，將鄺文美改姓，成了「林文美」，「序」中對林以亮的由來也有清晰的說明：

> 他生怕被人目為作家，不惜先後採用許多筆名，包括宋悌芬、歐陽競、飛騰、唐文冰、余懷、楊晉等，連近年為人熟知的林以亮（竟然有很多人稱他為林先生，我只好陪著做林太太。）也是在半開玩笑的情形下取的──就是把女兒的名字顛倒湊成。[32]

這樣，「林以亮」屬於宋淇個人，而不是「三位一體」的「共同暗號」，應該是很清楚的。宋以朗先生統計學出身，讀過《林以亮詩話》並發現問題已經十分難得，要他通讀父親的全部著作是強人所難。不過，有趣的是，宋淇也以「林以亮」筆名寫過自己的父親宋春舫：那是一九六六年，英國作家毛姆（1874.1-1965.12）因去逝成為世界文壇的熱門話題，而毛姆又在一部訪問中國的遊記〈中國屏風〉中，以〈一個戲劇工作者〉為題專門寫過宋春舫。當時《現代雜誌》便「力邀」林以亮寫了命題作文〈毛姆和我的父親〉，連載於一九六六年第二和三兩期。更有意思的是，毛姆與宋春舫存在著文化上的時空錯位，並不理解轉型時期中國知識分子擺脫貧窮積弱和實現現代化的願望，加上毛姆的個性和矜才使氣，文章對宋春舫不僅缺乏理解，還帶著挖苦諷刺，林以亮得為自己的父親辯護。

---

31 引自林以亮《詩與情感》〈序〉，頁2-3。
32 林文美：〈序〉，林以亮：《昨日今日》（臺北市：皇冠出版社，1981年），頁8。

　　然而林以亮這篇文章卻寫得雍容大度，「現在毛姆也逝世了，……
我現在將毛姆這篇文章中講到我父親而又需要說明要解釋的，逐點寫
下來。我所做的不過是注解工作。並無意為我父親辯護，他自己生前
都沒有作過任何表示，又何必要我來多說話呢？」由於毛姆的〈一個
戲劇工作者〉當時還沒有翻譯成中文，林以亮〈毛姆和我的父親〉便
邊譯邊作注釋，提供文章背景和雙方對話所涉人、事的資料和文獻。
文章的結尾，也不是辯解，而是面對歷史的個人感慨：

> 細讀毛姆這篇《一個戲劇工作者》之後，使我連帶引起了一些
> 感慨。這篇文章雖然只是膚淺的速寫，卻提供了近代中國的基
> 本問題。毛姆在談論到我父親和辜鴻銘時，無形中反映了一部
> 分西方高級知識分子的觀點。他們認為中國是神秘的，可愛
> 的，應該保持原有的文化傳統和美德，不應該盲目地去追隨和
> 學習近代歐美各國的科學和機械文明。他們認為中國仍在閉關
> 自守。他們完全忽視了世界潮流的趨向和中國本身對現代化的
> 迫切要求，……而我父親呢，卻多少代表了五四以來的歐美留
> 學生，希望把他們留學的心得應用到社會上去，不管是科學也
> 好，文學也好，以推進中國的現代化。[33]

同為宋家後人，同樣面對父輩「之謎」，宋家父子專業背景不同，掌
握材料的程度不同，關心的角度不同，理解問題的路徑、方法和答案
也就各不相同。這不是一個誰是誰非的問題，而是怎樣理解歷史的問
題。理解歷史之難，父子尚且如此，見證環境特殊、背景複雜的「報
刊香港」傳奇，就更不是件容易的事了。

　　　　　　　　——本文原刊於《十月》二〇二二年第三期。

---

33 林以亮：〈毛姆和我的父親〉，《詩與情感》，頁144。

作者簡介

王光明

　　一九五五年生於福建省武平縣，一九七八年畢業於福建師範大學中文系並留校任教，一九九九年調入首都師範大學文學院，現為福建師範大學特聘教授、現代漢詩研究中心主任。主要著作有專著《散文詩的世界》、《艱難的指向——「新詩潮」與20世紀中國現代詩》、《文學批評的兩地視野》、《現代漢詩的百年演變》，論文集《靈魂的探險》、《面向新詩的問題》、《閩地星辰》、《寫在詩歌以外》，隨筆集《邊上言說》、《前言後語》等。

本書簡介

　　「現代漢詩」是現代漢語詩歌的簡稱。它是一個與中國「新詩」進行對話的詩歌概念。作為中國詩歌尋求現代性過程中建構自己的一種話語形式，「現代漢詩」將「新詩」與「舊詩」的不同，理解為代際性文類秩序、語言策略和象徵體系的差異。本書從不同側面聚焦「現代漢詩」的基本問題，認真探討其凝聚矛盾分裂的現代經驗和文化價值的追求，研究其在相當矛盾、混亂、模糊的經驗與語言背景中，經由「現代經驗」「現代漢語」「詩歌文類」三者的互動，重建象徵體系和文類秩序的意義。

福建師範大學文學院百年學術論叢·第七輯　1702G07

現代漢詩論集

作　　者　王光明

總 策 畫　鄭家建　李建華

發 行 人　林慶彰

總 經 理　梁錦興

總 編 輯　張晏瑞

編 輯 所　萬卷樓圖書股份有限公司

　　　　　臺北市羅斯福路二段 41 號 6 樓之 3

　　　　　電話 (02)23216565

　　　　　傳真 (02)23218698

發　　行　萬卷樓圖書股份有限公司

　　　　　臺北市羅斯福路二段 41 號 6 樓之 3

　　　　　電話 (02)23216565

　　　　　傳真 (02)23218698

　　　　　電郵 SERVICE@WANJUAN.COM.TW

香港經銷　香港聯合書刊物流有限公司

　　　　　電話 (852)21502100

　　　　　傳真 (852)23560735

如何購買本書：

1. 劃撥購書，請透過以下郵政劃撥帳號：

　　帳號：15624015

　　戶名：萬卷樓圖書股份有限公司

2. 轉帳購書，請透過以下帳戶

　　合作金庫銀行　古亭分行

　　戶名：萬卷樓圖書股份有限公司

　　帳號：0877717092596

3. 網路購書，請透過萬卷樓網站

　　網址 WWW.WANJUAN.COM.TW

大量購書，請直接聯繫我們，將有專人為

您服務。客服：(02)23216565　分機 610

如有缺頁、破損或裝訂錯誤，請寄回更換

國家圖書館出版品預行編目資料

現代漢詩論集/王光明著. -- 初版. -- 臺北市：
萬卷樓圖書股份有限公司, 2023.01 印刷
　　面；　　公分. -- (福建師範大學文學院百年學
術論叢. 第七輯)

ISBN 978-986-478-810-1(平裝)

1.CST: 中國詩　2.CST: 詩評

821.88　　　　　　　　　　111022315

ISBN 978-986-478-810-1

2023 年 1 月初版二刷

定價：新臺幣 840 元